看见不等于发现

刘晓明 著

LOST IN THE SIGHT

当代中国出版社
Contemporary China Publishing House

图书在版编目（CIP）数据

看见不等于发现 / 刘晓明著 . -- 北京 : 当代中国出版社 , 2024.4

ISBN 978-7-5154-1344-0

Ⅰ . ①看… Ⅱ . ①刘… Ⅲ . ①长篇小说－中国－当代 Ⅳ . ① I247.5

中国国家版本馆 CIP 数据核字（2024）第 059468 号

出 版 人　王　茵
责任编辑　邓颖君　李　昭
责任校对　贾云华　康　莹
印刷监制　刘艳平
装帧设计　郝志燕
出版发行　当代中国出版社
地　　址　北京市地安门西大街旌勇里 8 号
网　　址　http://www.ddzg.net
邮政编码　100009
编 辑 部　（010）66572744
市 场 部　（010）66572281　66572157
印　　刷　中国电影出版社印刷厂
开　　本　710 毫米 ×1000 毫米　1/16
印　　张　37.5 印张　1 插页　682 千字
版　　次　2024 年 4 月第 1 版
印　　次　2024 年 4 月第 1 次印刷
定　　价　98.00 元

看见不等于发现。

这句话是我的老师刘镜的名言，在公安大学攻读研究生期间我整整嚼了两年。今天再次回味这句话却让我感到特别的兴奋，因为，我即将与老师在同一个部门工作了。此刻，我正坐在高铁上向着老师所在的城市——江海市，疾驰。

目录

一、拜师

刘老师并非公安大学的职业教师，他是江海市刑事科学技术研究所的专家，从事刑事科学技术工作三十多年，也是公安部刑事科学技术专家库中的现场勘查专家，曾多次来我们学校讲学，并作为公安部“双千计划”第一批被选中的专家到公安大学承担了一学年的教学工作，是我们大学的特聘教官。他的理论课及实训课皆备受欢迎，课堂上老师侃侃而谈，那些枯燥的专业理论经老师结合实践及案例的化解，变为涓涓细流渗入心田，让我们切实地触摸到了刑事科学技术的脉络，他最著名的名言“看见不等于发现”这句话就是这样渐渐植入大家心中的。从上初中起我就已是一名铁杆的福尔摩斯迷了，所以，刘老师的课算是讲到我心里去了。我们区队有一个男同学在自己的日记中曾写道：“其实，我更想叫他师父，因为他所教会我的不仅仅是刑事技术知识和技能，也托起了我的理想。”

可见老师的受欢迎程度！

主意已经打定，这次见到老师后要做的第一件事就是：拜师。

报到后我在别人的指引下直奔老师所在的办公室。

“丁探！”

循声望去，老师正站在刑科所大办公室门内看着我，老师的办公桌位于这间容纳了三十多人的大办公室内的一个角落，是一间小小的玻璃屋（让我倍感意外）。老师身着勘查服，一手拿着电筒，一手提着铝合金的勘查箱。

我的大号叫鲁丁，但在学校时除非正式场合一般不用，因为我是“福迷”的缘故，同学和老师们常常叫我“丁探”。

“刘老师好！我……”我正准备告诉老师自己的工作分配等情况，老师笑着点了下头：“知道了。”

“您这是要出现场吗？我可以去吗……”

在勘查车上，我一路向老师讲述着同学们的各种消息，特别重点讲述了自己如何如愿被分配到老师所在部门的经历。当然，没有忘记拜师之事。

接报的是一起居民小区内的入室盗窃案件，现场在三楼，报案人是个中年男性，他有点激动地讲述着发现经过，老师一边听着，一边看着那扇被撬得变形的防盗门，不时打断他开始跑题的话头。经过初步的现场访问得知，报案人系独居，今天一早外出打牌，中午回来准备烧饭吃发现房门被撬，并且原来放在餐桌上的手表不见了。

“我天天都戴着它！虽然不是一块昂贵的表，但对我来说有特别的意义。”报案人不断强调着。

同去的技术员小李子对现场的初步照相很快完成了，老师巡视了一遍现场，而后手持放大镜和手电筒仔细地查看起被撬坏的防盗门。我睁大了眼睛，不想错过任何一个细节，尽管以前实习的时候也跟着一线的技术员们勘查过不少的现场，但这可是与老师一起勘查的第一个现场。我一会儿仔细看着老师正在观察的部位，一会儿又看看老师，似乎想从他的脸上看出点端倪来，可显然是徒劳的，沉浸在专注中的老师严肃得近乎冷酷，不熟悉他的人常有一些“惧怕”的感觉。

“什么事情造成了你们之间这么深的矛盾呀？”

现场寂静了一会儿后老师突然问了报案人这么一句话。尽管只是淡淡的一句话，老师甚至连看都没有看报案人，继续用放大镜观察着防盗门，但却一下子让我坠入雾里云中，就像是猛地呛了一口水似的。这个转折太突然、太大了，我们接报的可是一起入室盗窃案件，怎么老师他……

“都是以前合伙做生意时留下来的事……”

报案人刚随口说出了这句话就突然卡住了，他愣愣地看着老师，眼神和脸上的表情似乎在问：你是怎么知道的？

“这已经是第二次了。”老师没有正面回答报案人的疑惑，继续说道。

“连这你也知道？上次我并没有报过案啊。”

“要说实话、走法律途径，否则解决不了问题。”

“可我……”

“不要再编造什么手表被盗的故事了。”

直到勘查车开动，报案人依然站在楼下看着我们。

……

“老师，可以进入讲授程序了吧？”

老师在大学讲课时曾谈到过他自己的一种培训带教模式：和带教的技术人员共同勘查现场，回到勘查车上后再细细地解答疑问讲授要点。

明明接报的是入室盗窃案件，而且也确实被撬坏了防盗门、损失了物品（虽然不多，只是一块国产手表），可怎么就被老师看出是熟人间的矛盾激化所导致的呢？对了，那块手表的故事怎么又被老师看出是报案人自己编造出来的呢？……好多疑问，简直是喷薄而出了。

老师笑了一下，开始了侃侃而谈。听着老师的讲解，那熟悉的语气语调仿佛自己又回到了大学教室第二排正中的座位上，只是课堂已由教室搬到了正在行驶的勘查车上。开车的技术员小李子一脸波澜不惊的样子，甚至用居高临下般的目光扫了我一眼。显然，他早已习惯了这种模式。

老师在防盗门上发现两种类型的痕迹：一种是使用工具形成的撬压痕迹，另一种是使用同一种工具形成的打击类痕迹，这两种痕迹在形成的原理上不同，主要表现在工具与金属的防盗门表面相互作用过程中力的角度、走向上的不一样。这些知识在教科书上都有讲述，但问题是如何结合实践中所遇到的具体情况去灵活变通的运用，这就是冰冻三尺非一日之寒了。

“那么老师，您怎么知道这次已经是第二次了呢？”我紧追不舍地问道。

“不仅是第二次，而且用的也是相同的工具。每个人都有自己做事的习惯，这一点告诉我还是上次的那个人所为。至于第二次，因为在防盗门上严格地说有两套痕迹，其手法、类型相似，但新旧程度不一样，今天是新形成的痕迹，工具作用处闪闪发亮，而另一组痕迹的工具作用处已经落有薄灰，并产生了一些锈斑。当然，必须使用放大镜才能观察到这一切。”

啊！要是刚才在现场老师也让我用放大镜观察一下就好了。

“不用着急，回所后在电脑上看会更清楚些，到时你就一目了然了。”老师看出了我的遗憾。

“镜工，那您是怎么知道关于手表的事是报案人编造出来的呢？”正在开车的小李子终于憋不住提问了。单位同事们都习惯叫老师为“镜工”。

这也是我即将要提出的问题。尽管那位小李子已经从事了六年的技术工作，算是前辈，但我心里还是很怪他多嘴。因为，老师曾讲过，看一名刑事技术人员的业务能力和发展潜力可从两个方面去观察：一是正面的能力展现，二是看他提问的内容，这也是看他发现问题的能力如何，而发现问题的能力本身也是一种能力。

“是呀老师，还有他为什么要编造这个故事呢？”哈哈！我的提问高他一筹。

“其实很简单，你们看到报案人的双臂了吗？都晒得一样黑，如果像他所说的天天都戴手表，那么手腕处皮肤的颜色就会偏淡。至于编造手表的故事，是为了逐步升级事态，借警方的关注去压制对方而已。”

唉，看见不等于发现。第一次和老师出现场我就中招翻船了，那么“简单”的现象都没有注意到。开车的技术员脸有些微微发红，是因为和我一样的原因？也或许是因为在一个陌生女性面前犯了一个“低级错误”吧。

“你最近买了一双物美价廉的皮鞋，但皮质不好，你今天在报到前又临时换掉了常用的发卡。”

看我陷入深思，老师以轻松的口气说道。

“您怎么……等等，让我想一下您是怎么发现的。”

没错，半个月前无意中发现一双特别中意的平跟皮鞋，而且价钱比我想象得便宜得多，可买回家后仅仅穿了不到三天便将其束之高阁了……

“因为它把你的脚磨坏了。”

老师接过了话头。我顿时恍然大悟，正是这样的，现在我的脚后跟处还贴着“创可贴”呢。

我急忙调整了一下汽车后视镜的角度，仔细审视起自己的头发来。

可能是我斜着眼睛瞟头发的样子挺古怪的吧，老师淡淡地露出一丝笑容，随即把目光转向了车窗外，任我自己忙活着，一言不发。凭我对老师以往的印象，感觉他是在思考着什么。

终于，我有了重大发现，我表层的一些头发竟出现了造型，样子就像是规则的长城图案。这肯定就是老师所发现的“信息点”了。我继续搜索着可用的信息，对了，老师刚才提到了发卡，说我刚换掉了发卡。

我快速思索着，头发、发卡……明白了！我从口袋中摸出上午换下的那个具有卡通图案的发卡，正是因为卡通图案的缘故，自己感觉这会让人觉得不成熟，所以才临时换掉的。

打开发卡的一瞬间我就明白了，是发卡较长时间压制头发从而导致了表层头发的塑形。

不知道为什么，我为自己解开了这道题而感到异常的兴奋，似乎我的目光终于可以洞穿某些事物了，又或许是在这一刻意识得到了升华……直到今天，这枚发卡还有那几根头发样本都被我仔细地保存着。这件“小事”成了我人生中的一个重要里程碑。

我再次抬起头来，见老师正在协助开车的小李子将后视镜调回原位。老师看见我兴奋的样子冲我竖起了大拇指！显然，老师刚才是刻意给我留出了独立思考的空间，希望我能自己找到答案，这是老师对我进行的一次独特的考试吧。

我之所以这样想是有依据的，老师的培训或者考试是“随时、随地、随人、随事”进行的，与老师在一起时你要认真关注他的言谈举止，否则，可能在不经意之间你就会错过一次难得的培训。当然，可能在你不经意之间，他也已经完成了一次对你的考试。记得有一次老师请我们几个研究生吃饭，服务员不小心碰倒了两瓶放在墙边椅子上的啤酒，两个瓶子一个摔得爆裂开来，而另一个只摔破了一点，服务员紧张地一边说着道歉的话一边拿来扫帚准备清扫。当时老师对服务员讲道：“请等一下，让我再摔几瓶后一起打扫。”所有在场的人都被老师的话弄得是丈二和尚摸不着头脑。只见老师在刚才那把椅子上摆放了三个啤酒瓶子，一个是空啤酒瓶子、一个是未启封的整瓶啤酒、一个是启封但未喝过的满瓶啤酒……老师是把实验室搬到了饭店的包房里，他向我们展示的是在同等条件下上述三个瓶子摔下后的破损形态异同。这顿饭就是一堂刑事技术的现场勘查课，吃饱的并不仅仅是肚子。

“老师！”

“你不是想成为我的徒弟吗，收下了。”

“耶！”成功。

二、心理的地形图

台风的红色预警播报尚未结束，暴雨便劈头盖脸地砸了下来。

铅黑色如同锅盖般厚厚的云层下，城市变得是那么昏暗而渺小，唯独道路上的红绿灯依然不屈不挠地闪烁着，维护着一种规则，在这特殊的境况下让城市有了一丝生机。一时间，我心里竟油然升起了对它的敬意。

也许是湿润的空气助长了声音的传递，桌上的内线电话铃刺耳地响了起来，震得我耳鼓膜一跳一跳的，同时也把我的思绪从漫游中拉回到了现实。

尸块是在下午4点钟左右被一名过路人发现的。他是本地的农民，今天去小镇上买东西，下午返家途中发现天色不好要下大雨，所以选择了抄近道走，路过现场时发现水泥小路边的草丛内有一个包裹，便好奇地走近前去观看，先是闻到了一股臭味，以为是旁边田地内的肥料发出的气味，便没有在意，当他解开包裹后才看清楚，里面竟是一块一块的人体躯干。

现场在远郊，勘查车闪着警灯，在暴雨中艰难地挪动着。

尸块是用两个大的塑料编织袋包装的。现场位于一条东西走向的水泥小路南侧的草丛内。编织袋的北侧约三米处依次是水泥小路、菜地，编织袋的南侧不到一米是一堵残破的围墙，编织袋以东是水泥路的延伸段，一直通往一公里外的村落，编织袋以西约五十米处是与水泥小路呈“丁”字状相连接的南北走向的公路，公路往北通向市区，往南则是郊区农村地带。

勘查车停在距离现场约四十米处的一块荒地上，我被老师强制命令待在车内。

“这是重男轻女！”

“你有一个重要的任务，负责保持与指挥部的联系，他们会打我的电话，有信息及时告诉我们。”

看见我一脸的不服，老师一边说一边把自己的手机递到我手中，然后一转身带着技术员小李子、胖胖他们下车去现场方向了。

雨非常大，雨伞几乎就是一个摆设，凹凸不平的地面上布满了大大小小、深浅不一的水坑，技术员们犹如行走在地雷区中，雨伞主要是用于保护携带的各种装备，在一闪一闪的手电筒光映衬下，他们的身影被车窗上的水流反复地扭曲着，渐渐地随着弯道消失在视线里。

北方少雨，多年的大学生涯早已让我适应了这种气候。却不想，一场不期而至的春雨竟让刘老师兴奋得诗兴盎然。

夜伴春雷催入眠，
晨嗅甘霖弃梦醒。
窗外绿艳纷纷雨，
竟是一载初识景。

老师发在微信上的这首小诗引来了不少的点赞。

老师说他并不擅作诗，只是把一时间的感悟捏在一起罢了。但他轻描淡写的注释并没有减弱大家的关注情绪，直到一周以后我们才实实在在地明白了这场雨对于老师的重要意义，它帮助老师完成了一项研究已久的课题实验。现场勘查中对于指纹的临场显现是一个技术内涵很深的工作，使用率较高的有 A 型显现剂、B 型显现剂、C 型显现剂，它们对显现客体的要求不一，如何准确地选择应用是老师长期研究的课题之一，尽管教科书上对此有相应的说明，但在实践中并不理想，特别是对于客体干湿度的认识和把握一直是基层技术人员面临的难题，因为，如果对于显现方法在选择上出现偏差，极可能导致显现上的失败。

在对于干湿度的认识上有局部划分法、地域划分法、季节划分法等不同的学术“派别”，但都不能解决根本问题。老师经过反复的研究和实践终于发现了导致认识混杂的核心所在，即对于案件现场上客体干湿度的评估不仅仅是现场局部微环境的干湿度问题，也不是单纯的南方、北方地域性的干湿度问题，还有一个重要的关节，那就是客体本身对于环境干湿度的敏感值，以及相应的客体干湿度敏感值在地域差异中的曲线反应规律。

干燥的北方、透彻的雨水、标准值的实验季节……终于促成了老师的实验，这才是诗的产生源泉。

不过，老师确实有诗兴随发的时候，一次现场勘查实训课下课，大家从像电影厂摄影棚一样的综合实训大楼内走出来，湛蓝色的天空下校园春意盎然，高高的柳树枝条荡漾，呼吸着室外清新的空气有一种心旷神怡的舒适。看见老师举目凝视的样子，有同学笑着问道：老师，现在用立体化的视角您看见的是什么？

“立体化视角”是老师反复强调的一种现场勘查理念，主要是提示技术人员在现场勘查工作过程中要注重对于各种现场环境、现象以及其内在联系性的关注与认识。

老师停住脚步，大家也随之陆续停下。

“枝柔戏风翠，天高衬柳蓝。”

……

校区大道上，老师的吟诵被同学们的欢声笑语裹挟着、飘荡开去。

强光手电筒的光柱就像一把锋利的宝剑在落幕的雨夜中肆意地割划着、劈砍着，雨丝反着惨白的光，仿佛因愤怒而变得更加狰狞。一个半小时过去了，老师他们返回的灯光在我眼前晃动，把我从阳光明媚的大学校园拉回到了狂风呼啸的雨夜命案现场。

“哇，好冷！”一踏进车门立刻有技术员缩紧身体叫道。

“丁探，把空调的风档开到最小，温度调高一些，否则大家会生病的。”老师一边拧着衣角上的水一边对我说。

这辆勘查车是专门用于重特大案件的重案勘查车，经过专门的改装，车上各种勘查器材、物品、电脑等一应俱全，并且还可以容纳十名技术员乘坐。

大家浑身都湿透了，衣服紧贴着身体，雨伞全都用于了保护勘查器材，大家一坐到车内的座椅上便深深地喘着气，负责现场照相和摄像的技术员翻看着机器内的图像，其他技术员整理着勘查器材，擦拭着箱体外表的雨水，很少有人说话，即使是对话也是极简短的语句，看得出来，他们太累了。此时，我才明白老师坚持不让我去的原因。

车内右前侧靠车门处的单人位置是老师的“专座”。这是上车前技术员小李子小声告诉我的。我好奇地看了小李子一眼，但没问为什么，我也不知道为什么不问问，但就是没问，上车后自己抢下了与之并排的左侧座位。此刻，老师就坐在那个位子上，一条腿高置于座位前的扶手栏杆上，眼睛盯着车大灯照亮的方向，一言不发。

也许是受到了重案勘查车上那种沉默气氛的感染或者暗示的缘故，我也一言不发。其实，前面自己一个人坐在车上等待的时候脑子里面已列出了一长串要问的问题，但现场却一句都问不出口，我和车上的技术员一样都在关注着老师的动静，似乎他就是一切的答案。

“丁探！”

老师把手横着伸了过来。我立刻反应过来，马上把事先专门准备好的一个精装中号笔记本连同一支新笔一起递给了老师。这可是我平常工作中事先做好的功课。资深老技术员胖胖告诉过我一些老师工作中的主要特点和习惯，老师出现场一般不自己携带笔记本，特别是重特大案件，据说为的是“轻装上阵”，老师勘查现场时基本上是全方位的亲力勘查，什么环境都阻碍不了他，爬过树、上过墙、钻过房顶……经常会让年轻的技术员们一惊一乍的。当他对现场形成了成熟的分析意见时就会用助手的笔记本进行分析要点的记录，这也是他回到案件指挥部进行现场勘查情况及案情分析汇报时的重点所在。事后，技术员会将老师在笔记本上的分析页整齐地裁剪下来交给老师，老师将它们归入自己专门的一本档案册中做永久的保存。胖胖姓陈，喜欢猫，但没人叫他大号，因为他比较胖且待人和善、长有一张佛一般的圆脸的缘故吧，大家都喜欢叫他胖胖，他跟着老师近二十年了，是老师得力的助手之一。

老师接过笔记本放在膝盖上，打开窗旁边的小型照明灯专注地写了起来。车厢内又归于一片安静之中，我可以很清晰地听见笔在纸面上书写划动发出的沙沙声，声音急速而连贯，我从中感触到了老师思绪的倾泻……

我的手突然颤动起来，原来是老师的手机，是指挥部的总内勤来电。不用说，肯定是问询现场勘查情况的，我犹豫地看了老师一眼，这时，一个手掌在我眼前晃动了一下，一回头，是胖胖在示意我把手机给他。

胖胖嘴上叼着一支香烟，但没有点火。他拿过手机侧身压低声音说着什么，一会儿把手机还给了我，身体往座位靠背上一躺，一言不发，继续品味着那支没有点火的香烟。

在现场完成对案件勘查情况及分析意见的整理书写也是胖胖告诉我的有关老师的工作作风和习惯，这样做的好处是有什么问题可以直接再次实地进行观察研究。再有就是在这种时候最好谁都不要去打断老师的思路。所以刚才我才会出现犹豫。

“啪！”约莫过了半个小时，老师合上了笔记本，我马上回到了自己的座位上。在老师埋头疾书的这段时间，我移到后面的座位听着技术员们小声给我讲整个勘查工作的过程，以及老师和大家在临场勘查中的讨论和分析的重点。这也是老师对我的要求，他说，如果一个人不深入地了解现场情况，是听不懂对现场的分析的。

随着老师的这个动作，车内的技术员们一下子都来了精神头，胖胖坐直身体，手上魔术般地出现了一把打火机并用征询的目光看着老师。

“抽吧。”老师冲着胖胖晃动了一下笔记本。胖胖是个“老烟枪”，为了不影响老师的思考，胖胖一直强忍着，我甚至认为，如果老师再不解除禁令的话，他会把那支在嘴上叼了许久的香烟生吞下去的。

胖胖眼中闪现出了一丝光芒，甚至有些炫耀地环视着大家，但当他的目光与我的目光相碰时眼中的光芒瞬间又消退了。

“这是一起杀人后碎尸抛尸的案件。”老师扭过身来面向大家说道。

“凶手和被害人之间是熟人，杀人行为没有预谋，是由于某种矛盾的激化而临时突发的杀人案件。杀人的第一现场在室内，而且是一个非常简陋、没有专门卫生间的房间。第一现场距离抛尸现场不远，应在三公里范围内。运送尸体使用了两轮类交通工具，比如自行车或者电动车。第一现场就是作案人的住处。凶手为一个中年男性，生活层次不高，曾在建筑类场所做过工。”

老师略微停顿了一下，用手拉了拉贴在前胸和后背的衣服。先前被雨水淋透的T恤勘查服几乎已经被身体焙干了。

“至于被害人，死亡时间初步分析在三天左右，是一个中年女性，长期穿着高跟鞋，平常步行量较大……简单地说，下一步的工作就是到附近的村落寻找和确认被害人的身源，身源明、案件破。”

老师一口气说出了对案件现场及作案人、被害人的分析意见。

“老师，您说到附近的村落寻找？这是因为……”

“别急丁探，你先消化一下，等你研究过现场照片和录像后我再逐点给你讲解。”这是老师的汇总结束语，看来上述内容老师和技术员们已经在勘查过程中深度研究过了，难怪大家返回勘查车后一个个都波澜不惊的样子。

“去指挥部。”

这是幻觉还是现实啊……

在闪光灯下，惨白的尸块被一层一层的被单包裹着塞入两个大号塑料蛇皮袋内，蛇皮袋下草丛内的雨水泛出淡淡的红色，那是一个红色木柄的单柄锯。在距离尸块包裹约两米处的低矮植物枝条上面挂着一个女式的挎包，包的拉链呈开启状，包内有口红、粉饼、卫生巾、餐巾纸、小票面零钱等杂物，在植物丛的深处有大小不一的土坑，在其中一个小坑的积水内浸泡着一把菜刀，菜刀的刀刃上有多处闪亮的新鲜缺口。现场周边的树木在风雨中不停地摇曳着，树梢的黑影间时而聚首、时而又分开，好像在窥视着现场，又好像在仰天长叹。

脑海中一幅幅的现场画面在不停地、循环往复地翻动着，随着画面转换的节奏，老师对现场分析的话语也如同配音一般在空中回荡着、环绕着。

一道闪电划过眼帘，我终于从睡梦中挣扎着醒了过来。强烈的日光从值班室窗帘的缝隙中刺入，今天竟然是阳光明媚的大晴天。床旁写字台上的电脑依然开着，昨晚我研究到几点已不记得了，屏幕上依然是现场的画面，它提醒了我，赶紧起床！

浓浓的咖啡香味缭绕在精美的糕点上方。

“请用早餐！”小李子摆出了一副店小二跑堂的姿势对我说道。

“不用了，谢谢。”我摆了摆手。

“是镜工买给大家吃的。”小李子急忙追加了一句。

“老师吃过了吗？”我随手轻轻地拿起了一块糕点，可并没有闻到什么奶油味。

“镜工不喜欢带奶油味的点心，是我特意这么说的。专门为你买的。”

“这种事不要再有第二次。”我放下手里的糕点向老师的玻璃小屋走去，我看见老师正在和严法医讨论着什么，肯定是案件，这可是我不愿意错过的。

“为什么不吃，那可是他用屡试不爽的绝活为你保留下来的。”老师一边说一边将一个糍饭团递给我，又用一次性的塑料杯为我倒了一杯铁观音茶。铁观音茶是老师最喜欢喝的茶。

“老师您早就知道？”

“假装不知道。否则他就没有成就感了。”严法医拉着长调说道。严法医是年近五十的老资格法医，中等身材，皮肤白皙，戴一副金丝边的近视眼镜，从部队转业，书生派中带有一股英武之气，平常喜欢一本正经地开玩笑。

我差点儿笑得背过气去！

“老师，昨晚我一边仔细研究现场资料一边回想您对案件的分析意见，但总也找不到两者之间的关联性。我是不是很笨呀！”

铁观音飘出的阵阵醇香让这个小小的玻璃房内油然升起绿色的生机，大脑细胞被不断地激活唤醒，思考的欲望快速上升着。迫不及待中，问题已脱口而出。

老师笑了笑，冲着我的身后点了点头。我扭转身去，只见小李子双手端着糕点正站在玻璃门外朝里做张望状，见到老师点头便轻轻地推门进来。

“我刚刚才发现，原来这个糕点没有奶油味。”小李子言不由衷地说道。

“第一，凶手和被害人之间是熟人，杀人行为没有预谋，是由于某种矛盾的激化而临时突发的杀人案件。”

老师没有再去理会糕点的事情，旋即转入正题。我立即从包内掏出录音笔打开放在老师跟前的桌面上。这是我最近刚购买的最新款大容量录音笔。樱桃红，漂亮又醒目。

小李子见状随手从一旁的打印机处抓起一张 A4 打印纸，又从老师桌上的笔筒内摸出一支铅笔，摆出了记录的架势。

“刚才和严法医又讨论了一下案件，昨晚的尸体检验也从法医学的角度印证了这一点。首先，被害人遭到殴打、卡压颈部等多种手法和行为的攻击，最终致死原因是颅脑损伤。在分尸过程中凶手还特别对可能暴露死者身份的肢体部位进行处理，也就是说，死者的身份一旦明确，凶手就有被发现的可能性，而陌生人是不会有此担心的。再有就是，对于尸块的包装物品五花八门，没有事先专门的预备。如果是事先有预谋的作案，那么在杀人的突然性、杀人的方法手段、杀人后的处理等方面都会与现在有所不同。哪怕是再简单的选择也会在现场上表现出来，因为它是作案者心理轨迹的写实，只要他去做了就会表现出来，不管你愿意不愿意。只是表现的形式、角度各异而已。刑事技术人员就是要去拨开笼罩在现象上的层层迷雾，让真相显露、让事实说话。”

老师略微停顿了一下，看了一眼正躬着身体记录的小李子，伸手轻轻取下他正在书写的A4纸，看也没有看一眼就递到我手中。纸上写的字歪歪斜斜、断断续续、大小不一，内容上也不连贯。

“这就是没有事先准备的结果。”

老师说完又拿起我放在桌面上的录音笔轻轻晃动了一下。“这就是有充分准备的行为。丁探的有所准备不仅表现在录音笔上，选择使用录音笔是源自对我工作风格与习惯的认识和了解。从表象上看，是买了一支录音笔，而这个行为的动机深处则是她思考后的结果，是她心理活动的结果。”

老师分析得非常正确。因为我发现，老师的教授行为是随时随地的，指不准什么时候就会有一场精辟的现场勘查微型课，别说不可能随时随地都随身带着纸和笔，就算是有纸笔也来不及记录，甚至连其具体的思维框架都勾勒不下来。曾想过要是自己会速记就好了，但很快便否定了这个想法，也许是我的个人认识吧，我发现，老师的讲授由以下几个部分组成：（1）具体讲授内容；（2）语气语调；（3）肢体语言；（4）对即时客观环境资源的随机借用。所以，要想尽可能充分地吸收，除了对内容的记录外，还必须注意看、注意领会，要跟随着老师的思路走。同一部欧美大片电影，从电视机里观看和到设备先进的电影院内观看，对电影内容的品位和感受是完全不一样的。

基于上述心理活动与思考的结果，我选择了录音笔。

“至于本案的杀人第一现场在室内，而且是一个非常简陋、没有专门卫生间的房间。这个分析是尸块上的各种现象告诉我们的。首先，尸块的包装物品几乎全都是日常成套的家居用品，档次低，较陈旧且洁净度差，室外环境一时无法收集。其次，在有多层外包装保护下的尸块上附着有一般不太干净的室内常见的灰尘及杂物，并且还发现有多处分尸过程中产生的溅落血迹以及流柱状干涸的血迹。尽管大雨浇淋，但在包装物内依然被保存下来。这同时还反映出在分尸现场没有清洗行为，如果是在卫生间内分尸，凶手至少会有清洗自己的双手等行为，而且不会刻意避开尸块，这就会在尸块上发现冲淋的痕迹。”

这时胖胖推开玻璃门探进头来，像是生怕打扰我们似的小声对老师说道:“准备好了。”

老师旋即站起身来对我们说道：“好，其他的问题我们去现场实地进行解析。”

强烈的阳光从车窗射入，尽管车内开着空调，但被阳光照射到的皮肤依然能感到一种灼热。现场很远。

老师戴着墨镜，脸朝向窗外。

我不由得想起了海南岛，曾听老师讲过，这副墨镜是到海南岛旅游时买的，虽然框架的样子一般，但却是水晶的镜片，老师很喜欢它，说戴着它眼球有清凉的感觉。后来，我也在海南岛买了一副水晶墨镜。

老师对海南的印象很深刻，还说到海南旅游的几天中几乎没有喝过普通的水，全喝椰子汁了……全是玩。但有一年大学放暑假，得知我们几个同学将结伴去海南岛旅游时，老师却给我们布置了一个实验作业：海南岛三亚海滩上的沙既细腻又具有较好的造型性能，是进行立体足迹模拟实训的上选之地，要求我们在海滩上分别就行走、奔跑、静态负重、站立等所形成的足迹形态进行制造、测量、分析，而且要有图有真相，不仅要有文字记录，还必须按规范分别进行拍照记录。

这可是一个非常严肃而且艰难的实验任务。比如行走的实验，要进行漫步行走、正常步伐行走、快速行走、倒退行走、左右脚负伤行走、背人负重行走、单侧负重行走、双人搀扶行走等具体科目。公安大学的实验室被搬到了海南岛的大海边上，光是听着都会有些激动加心动。

一次普通的旅游变成了一次实验性旅游。好嘛，大家用了几乎一整天的时间才在共同努力下完成了形态部分，又在各色水果的伴随下奋战了好几个晚上才陆续完成了文字及图片组合部分。事前，老师称他特地申请了一笔实验经费，还再三嘱咐我们在实验前准备好防晒霜、遮阳草帽、椰子汁等，并且多吃些当地的水果。开学返校第一天，但凡听到过我们海南传奇的同学们，其表情和反应不外乎都是：羡慕、嫉妒、恨！只是，一个偶然的机会，我从其他老师口中得知，那笔实验经费其实是老师自己出的。

“大家回答我一个问题，什么时候我们到达现场？”

老师冷不丁的一句话即刻让我的思绪回到了眼前。说话时老师依然保持着刚才脸朝窗外的姿势。

话音落下，大家便长、短、远、近地说了起来，只有胖胖眯缝着眼不作声，嘴上依然叼着没有点火的香烟，这是自从我加入后他的新常态。我因为来得时间不长，还有一些地域不太熟悉，所以也没有出声。待大家七嘴八舌的声音渐渐零落后，胖胖嘟着嘴不紧不慢地说了一句话："你们真的以为刘工在问现场有多远吗？"车内一片寂静。

不知道是什么原因，我突然感到一种冲动和兴奋，看见不等于发现！老师的这句话在我大脑中闪现出来。胖胖的话给了我重要的提示，老师在这片土地上工作了三十年，随便走到一个所在几乎都可以讲出故事来，怎么可能不知道地理信息呢？

啊！我知道答案了。"老师！我们早已进入了现场的范围了！"这句话我简直是叫出来的。

在老师对案件的分析意见中有一条是：第一现场距离抛尸现场不远，应在三公里范围内。老师刚才的问话实际上就是在解释这个问题了。认真仔细地观察以抛尸现场为中心，其三公里范围以内和三公里范围以外的各种地域条件、人文环境等，就可以发现，如果第一现场位于现在的抛尸现场三公里以外的话，就根本没有必要也不会将尸块运送到这里来，因为，那边会有更多可供选择的抛尸环境。

我在大学时曾听老师讲过类似的案例，印象非常深刻。此时竟然用到了实际的案件之中，并由自己亲口讲了出来，这简直太棒了。

"漂亮。"老师平静地表扬了一句，同时递给我一瓶矿泉水。"继续。"

"啊……"我一愣神。大家笑了起来，胖胖又将没点火的香烟叼到了嘴上，并且看了我一眼，然后挑衅般地眯缝起了眼睛。

一打开车门，一股热浪差点儿把我重新推回到车厢中去。酷热的气温对身体及精神上的逆向冲击用一种特殊的形式提醒着我——现场到了。

昨晚被大雨所阻，今天我是第一次踏入中心现场。一边听着老师的临场介绍，一边思考着它们所包含的信息内容以及这些信息对于揭示案情的价值所在。中心现场位于一条东西走向的水泥小路南侧的草丛内，水泥小路类似于人行道，其宽度仅约一米，顺着小路南侧一带的草丛内有散乱的石块、砖块，而且坑坑洼洼高低不平，并与水泥小路形成一个缓坡。小路北侧的菜地与路面有着约三十厘米的落差，泥土松软，一夜大雨形成的积水依然没有完全消退。中心现场处也只有那一堵残破的围墙略有一点儿遮掩的感觉。中心现场以西约五十米处是与水泥小路呈丁字状相连接的南北走向的公路，虽然是工作日的大白天，但这条连接着南面郊区农村地带与往北通向市区的双向六车道公路上车流量却很小，而两轮类的机动车和非机动车通过量倒是不少。我展开手中那份自下车后一直被我用来遮阳和当作扇子用的本地行政区域图，比较着、看着。老师用着重符号已在地图上画出了几个区域：中心现场以东一公里左右的村落、中心现场以南约两公里处的村镇混合区域、中心现场向西五公里处的废品回收站。另外，中心现场处往北距离市区约有二十公里路，路两侧皆为绿化，偶尔有零散的路边小店及公交车站点。

勘查车在我身边停下，卷起一股热风。车子何时开走的我都没有注意到。车门开启，伴随着一丝凉气小李子钻出车来冲大家招着手，并从开足空调的车厢内拿出一瓶冰镇的盐汽水递到我手中。

“镜工买的。”

“再给我一瓶。谢谢！”

老师带领技术员们又重新对中心现场及附近的环境进行了一次勘查和搜寻，衣服、裤子全都被汗水湿透了。看着老师工作的样子，我眼前浮现出了老师站在讲台上讲课时的样子，二者似乎判若两人，但似乎又是密不可分的统一体。

我拧开盐汽水的盖子，将瓶子和盖子一起递给老师。

“不、不用给他瓶盖。”胖胖喘着气对我说道。戴着乳胶手套，拧启瓶盖既不卫生又容易污染，所以常常是经别人帮助开瓶后一次喝完的，久而久之成了老师的习惯。胖胖对于老师的工作及生活细节了解甚深。

老师把浑身湿透的技术员们召集到树荫下面，让大家等衣服干一干再进入空调车，以免生病。

慢慢深吮了一口冰汽水后，看着我手中的地图，老师问道：“有何感受？”

“我大概明白了，避开人群、选择对凶手而言相对安全的地方抛尸。可是为什么不可以是从市区方向来的呢？”

“市区方向沿途没有居住群，而市区距离抛尸现场有二十多公里，如果来自市区，必然是使用汽车运送，那么完全可以行驶到更荒僻的地域抛尸，不会选择在大型公路边上抛尸。”

“那为什么是选用两轮类的交通工具运尸呢？”

“第一，中心现场所处的地形地貌环境只能行人或者两轮类车辆进入。第二，包裹尸块有两个大号塑料蛇皮袋，另外，还有红色木柄的单柄锯、女式的挎包、菜刀等物品，这些单人无法一次搬动，从痕迹特征看，两包尸块皆是从水泥小路相同的路边沿处沿缓坡被抛滚至发现时的位置的，女式挎包和菜刀在植物上和地面泥土上形成的冲击痕迹，其抛出的中心点都是两个大号塑料蛇皮袋处，说明这一切源于一串连贯的动作行为：作案人将两轮类运输车辆开至中心现场处，先抛下红色木柄的单柄锯，再抛下两包尸块，最后将女式挎包和菜刀抛出。”

“还有一个问题……”我感觉自己有点刹不住车似的,这些问题已在心中翻滚多时了。

“先喝点汽水，一会儿不冰了。慢慢说。”

“为什么会将尸块抛在距离公路这么近的地方呢？可以再往更荒凉的地方去呀！”

“好！好！好！这个问题问得太好了。”老师一连三个好字吸引了大家的目光。我感觉自己竟踏入了案件的核心地带，不由得紧张而又激动起来，眼睛紧紧盯着老师。

“这是个核心问题，出来前我已经向指挥部做了汇报，丁探手上地图中的标示点就是汇报中标注的，那里面有着侦查工作的方向及侦查工作的范围。”

我正全神贯注地听着老师的讲解,忽然感觉有人碰了碰我的手臂,回头一看,是胖胖,他用手势提示我赶紧录音呀!

“别急，等你准备好。”小动作还是被老师察觉了，他收住话头轻轻对我说道。好几次了，老师举重若轻的神态让我敬佩不已。

“结合现场勘查、尸体检验的信息，大家是否发觉，这里面有一个重大的矛盾点，即凶手杀人之后对死者处理中所表现出来的煞费苦心与抛尸行为中所表现出来的随意性之间的矛盾。”老师停顿了一下，似乎是给大家一个反应和思考的时间。随后老师用手指着我对大家说:“丁探提出的问题正是点中了这个矛盾点的所在,这是主要矛盾所在。”老师在课堂上不止一次讲到过，作为一名刑事科学技术人员应该学习一点哲学，看来现场用上了。

“前面我们分析到，凶手与被害人之间是熟人。但我们如何去理解熟人的概念呢？生活中的熟人大致分为两类，第一类为现实性的熟人，即明确双方认识，包括双方皆认识且常来常往、双方皆认识但交往不多、双方皆认识且有私下往来、双方皆认识但仅工作往来、双方皆认识却无直接交往；第二类为假想性的熟人，即认为与对方可能认识，包括在同一个单位或者一个大型部门工作过、曾经在同一幢居民楼内居住过、因某种日常行为接触过。”

鸡犬之声相闻，老死不相往来。尤其是在城市内，同一幢居民楼内居住多年但连对门邻居都不认识的大有人在。有一个真实的故事，有两人在外出旅游的火车上因铺位相邻而随意交谈起来，不曾想竟然一见如故，深谈中才发现，二人早已在同一小区的同一幢居民楼内生活了五年之久。

“所以，在此案中，从凶手的角度来看，被害人身份暴露对其自身安全的威胁是有限的，而这个有限即是指地域上的有限，在一定的小范围内不安全，而出了这个范围就相对无虑了。本案中的抛尸现场所在位置就属于凶手认为已经相对安全的地方了。”

“原来如此，太精彩了！”小李子高声叫了起来，并且看了我一眼，好像在说，这一声喝彩是为你叫的。

“这仅仅只是开始。”老师打断了喝彩声。

“这是一起恶性的杀人命案，不像日常生活中犯一点小错误，即使是出了对自己有威胁的境地，凶手也会尽量妥善地处理尸块，比如运得更远一点、藏得更深一些，等等。但显然他没有这么做，只是草率地丢弃于路边，连藏都说不上。为什么呢？因为凶手对于这个地区的夜间治安环境有一定了解，再往远处走就极可能出现遭遇联防队员设卡、巡逻人员盘查或者发生其他意外的可能性，所以，凶手已经是尽力而为了。根据这里的具体情况，这个距离就是约三公里范围。”

老师下意识地喝了一口汽水，紧接着一口气喝完了瓶内全部的汽水继续说道：

“另外，从包装物及现场物品零散分布的情况也反映出凶手并没有打算远走，这样的包装是走不了远路的。”

一声闷雷从远处渐渐翻滚而来，不知何时，阳光已收敛起耀眼的光亮，悄悄隐入了云层深处。起风了，老师拉了拉已被焐干了的衣服，挥了挥手让大家上车。

“至于第一现场就是作案人的住处。凶手为一个中年男性，生活层次不高，曾在建筑类场所做过工的分析，就比较容易了。”

车上，见我继续把录音笔放在小桌上，老师调小了两档空调的风量以减小噪声，继续说道。

“第一现场在室内，具备充足的时间及安全的空间进行分尸、包装等行为，只能是可以掌控的私人空间，如自家房屋、外租房等。而只有简陋的外租房才可能没有卫生间这样的常见设施，这也是生活层次的反应。从处理尸体的整个过程及细节特点来看，凶手在料理家务方面具有较为丰富的经验和技巧，这是年龄的写照。尸块的内层包装物品中有多张建筑设计图纸，落款年份都是近三年的，而现场周边并没有相应的建筑行为，一个人如果没有相关的工作或者生活经历是很难获得或者去收集这类图纸的。”

“被害人是一个中年女性，死亡时间为三天左右，这点法医学检验已经最后认定了。”

老师回头看了一眼严法医。严法医冲老师点了点头。

“长期穿着高跟鞋，平常步行量较大。被害人双脚十趾趾节上的老茧已呈铜钱状，厚实而坚硬，脚掌部位的老茧也同样如此，而没有哪个女性会每天穿着高跟鞋去练健步走的，所以，被害人日常的步行量很大。”

“老师，可以这样认为吗，此案首先要做的工作就是寻找和确认死者的身份。”我追问道。

“这只是常规套路。有条件也可以从寻找和发现第一现场入手，通过确认作案嫌疑人来反向发现被害人。”

“喵！”胖胖学了一声猫叫，并挑起了大拇指。

“来来来，我说各位，续上续上！”见老师的分析讲解告一段落，小李子热情地做起了跑堂，把一瓶瓶依然有冰感的盐汽水分发给大家，老师重新调大了空调风档。趁着我收拾录音笔的工夫，胖胖已经先将一瓶拧掉盖子的汽水递到了老师手里，而后习惯地将瓶盖随手扔进了车上的废物袋内。老师接过汽水喝了一口，然后转身看着胖胖：

“瓶盖呢？”老师一边笑一边问。

“啊……”胖胖一下子卡住了，立即，他回过神来——现在不是老师戴着手套工作的时候，瓶盖是需要的。

“镜工您这弯子转得太猛了，我还沉浸于刚才的分析之中没拔出来呢！”

胖胖说得没错，进入案件后，自己的大脑就一直在不停地高速运转着，自我的思考、问题的梳理、老师分析时的倾听、消化、新一层问题的产生、思考、倾听、消化……在一圈又一圈地高速旋转中，各种犹如厚重的坚冰般的疑惑与困扰一点点地消融掉了。很累很累，但解开谜团后的感觉真的很美好、很有成就感。

思考，真是一种金不换的幸福啊！

伴随着大滴大滴雨点砸在车窗玻璃上形成的噼啪声，老师的手机响了起来。是重案队的队长老何。四十多岁，头发稀疏，身体偏瘦，毕业于政法大学，可能是长年外勤工作的缘故，皮肤黑黑的，近一米八的身高，但脸上总是带有一丝疲惫的神情。

重案队的侦查员在排查工作中有了一个重要的发现，在距中心现场以南约两公里处的村镇混合区域中，一个半废弃的村落内有一间外租房的房客已多日不见，且房间内也已人去屋空。

说是半废弃，是因为这里的土地已经被房地产商买下，村内原住户绝大多数已经动迁搬走，由于房屋还在，便将其作为临时的外租房出租给外来人员居住，因为租金便宜，引来了不少的租客。重案队侦查员所发现的那间外租房是原本村农户阿原头家的，阿原头是个六十多岁的老头，每半个月左右来一次，有时是收取房租，有时就是随便走走，看看“老家”，最后一次来是在五天前。这次是被侦查人员请回来查房时发现房客不辞而别的。

我们赶到出租房所在的地方时，雨停了，是一场来也匆匆去也匆匆的短时阵雨。侦查人员正在等着老师的到来，简短地交接后，侦查人员带着阿原头回指挥部去做笔录，阿原头依然在为少收的一个月房租唠叨着。

那是一排建在已经荒芜的青菜地边上的平房，坐北朝南共六间，有一条破旧的水泥路把它与村落连在了一起，水泥路的宽度可以通行汽车，路面上的水泥裂缝中已经长出了一簇簇的杂草，因为地处村落深处地段，出租生意不好，现在都已无人租住了。嫌疑房屋位于靠东头的第二间，门上的挂锁已由房东阿原头用备用钥匙开启。

老师先让小李子对房屋的里外都进行了照相固定，而后身着勘查护具“三件套”（头套、鞋套、手套）、手持勘查工具的技术员们按照老师的分工各自有序地开始了对室内的勘查。室内很简陋，靠东墙呈南北向放置有一张只剩下光床板的单人床，房中间是一个方形木桌，房门旁边的南窗前是一个灶台，灶台上有一个单眼的液化气灶具，但却没有液化气钢瓶，看来并不开火烧饭，室内靠近床上方的位置有一个白炽灯，室内地面是已经有些裂缝的水泥地。

我高度关注着老师的一举一动，并努力去揣测其中的含意。只见老师一手拿着强光手电筒，一手持放大镜，时而俯身观察地面，时而又查看家具的腿脚，用手套擦了擦四周的墙面……

内行看门道，外行看热闹。记得老师曾讲过，如果你不能深入地去理解现场勘查的含义、不能理解和科学的运用立体的临场思维方法，也就无法看懂现场勘查行为中的意义，即使是再高超的技艺在你眼前展示，你也学不会、偷不走，因为你根本就感觉不到。由于事先老师给我开过小灶，所以，我现在大概明白，老师正在回溯现场、回溯案件的发生过程以及这一切与这间房屋是否具有关联性、关联性在何处。

终于，老师立起身来，他环视了一下技术员们的眼神，像是在询问，又像是准备说什么。但他却一言不发地走到窗口，轻轻拉开布满灰尘的窗帘布，看着窗外。

“镜工，这间房屋被打扫过了，走就走呗，这破屋，有必要吗？”胖胖嘟囔了一句，眼神中有一个大大的问号。

“看到这个窗帘了吗，满是灰尘，而除此以外的地面、家具、墙面等都很干净，而且，它们实在是太干净了！”

老师一边说一边举起手来晃了晃依然显得很白的手套。

“丁探，我们已经找到了这起杀人碎尸、抛尸案件的第一现场。”

尽管通过老师的表情和语气我心里早已有了一些预感，但当老师斩钉截铁地讲出这句话时胸口依然感觉到了猛烈的冲击，有点儿喘不过气来。

“室内的地面、家具、墙面等都经过了反复的打扫，正如胖胖所说的，有必要吗?这分明是想要极力抹掉什么，而不是常规意义上的大扫除，比如窗帘就根本没有打扫过。另外，这位房客还有一辆破旧的两轮电动车，这辆车平时放置在房门背后，我刚才在方桌的下方发现有滴落的机油，而且是在对地面打扫过后才滴落上去的，说明桌子被搬开过，并停放过电动车。”老师的语速非常快，但却节奏分明，让人能够清晰明确地听懂每一个字。

“下面就让我们来揭开这个杀人碎尸案第一现场神秘的盖头，也就是寻找到证据。”

根据老师标出的勘查重点部位，技术人员开始了更深入地勘查。是的，地面被反复打扫过，但是地面水泥缝中是打扫不到的；家具被仔细擦拭过，但在其低位隐藏的部位却会有“漏网之鱼”；明显的痕迹是被消除掉了，但是有些痕迹是需要用放大镜才能发现的……

市公安局物证鉴定部门的检验结果很快就反馈到了指挥部：经 DNA 技术检验，在出租房内地面、家具、墙面等处发现和提取的物证全都系死者所留。指挥部沸腾了。

作案嫌疑人很快就被抓获。他与死者之间因毒品交易之事矛盾激化，一怒之下将她杀害……

看过讯问笔录后我有太多太深的感触，也许这是我成为一名刑事警察后参与的第一起凶杀命案的缘故吧，凶手每一下的心理脉搏都被老师准确地点中。对了，第一现场距离抛尸现场的直线距离为：二点八公里。

雨刮在挡风玻璃上快速地摆动着，又一场透彻的大雨。在送我回家的车上，我把自己的感受也透彻地向老师述说了一遍。

“是啊。丁探，现场勘查过程中，通过对临场犯罪心理的解析，我们顺着作案人的思路画出了一张图，是犯罪心理的指引图，有了这张图，侦查工作就可以按图索骥。”

我换了个舒服的姿势靠在椅背上，听着老师的点评和总结，看着窗外。

风雨中，路上的红绿灯依然在不屈不挠地闪烁着。

三、思维的年龄

“一个老宅子，有人嗅到的是一股腐朽的气息，而有人品到的则是一件岁月的雕饰。”在微信上看到这句话觉得挺有意思，于是抄录下来也品上一品。

老师从外省出差回来后就一直没清闲过。应J省S市公安局刑侦支队的邀请，老师前往去为他们的全省刑事科学技术业务技能大比武参赛队进行强化培训，经过半个多月的封闭式教学与模拟现场实训，S市参赛队最终获得了J省公安厅举办的全省刑事科学技术业务技能大比武第一名，在业务技能规范化项目上获得了全省唯一一个满分。

老师对此行的点评是，用自己的经验为他们做了两件事：一是矫正，二是补漏。

胖胖叼着没点火的香烟紧跟着说道：“姜还是老的辣呀！”

“不尽然，辣的姜肯定是老姜，但老姜不一定就辣。”严法医慢条斯理一字一顿地反驳胖胖。

我一言不发地仔细聆听着，这种场合正是大家抖擞智慧的时候，做一个忠实的旁听者才会有渔翁之利可得。老师曾曰。

听着二人的对话，老师脸上显出了欲言又止的神态，但瞬间便消失了。也许是说来话长吧，我想。

模拟现场布置在四楼的大会议室内，我作为老师的助手参与了布置工作，当然也知道不少内情，比如表演的内容什么的。不知道是哪根筋出了问题，我竟然有一种可以捉弄他人的兴奋！此刻，连我自己都瞧不起自己。

时逢五四青年节，我们刑侦支队要开展一场由年轻的技术员、侦查员共同参与的协同模拟现场考核比武。

这次采用的是小品式的微型模拟现场，这个实训模式是老师的独创发明，它与传统的模拟现场形式相比较有两大不尽相同之处：一是大大节省人力、物力、时间、场地；二是以现场勘查临场工作理念作为培训及考核的核心。

这种模拟现场看似简单，但具有非常深的内涵，无论对于公安和政法类大学的在校学生还是对于实战部门一线的刑事技术人员，都是很有效的培训模式，它让你动手，更让你动脑，培训技术人员养成立体的思维理念。

市局曾举办过在职刑事技术人员提高班，考核时以六个人组成的小组为单位进行，参与培训的技术人员都是常年在一线工作，天天和各类现场打交道的老兵，有一些技术员的工作年限都超过二十年了。记得老师给其中一组的题目是勘查一个盗剪架空电缆线的现场，现场看上去非常简单，一根水泥电线杆、一段被剪断的电缆线。但老师对模拟现场的布置过程要求极严，甚至到了苛刻的地步，总的一个要求就是真实化。老师对模拟现场设置的要求是，从法律意义上不构成犯罪，其他都必须真实：撬门真撬、钻窗真钻，对现场血迹的设计也极为逼真……当然，爬电线杆剪电缆都是真人实具的进行，只是其中布置了需要技术人员在现场勘查过程中既要看见还要去发现的痕迹、现象。

给六人勘查小组的实地勘查时间为三个小时。那似乎是一个一刻钟就能完成勘查的现场。结果是，六人小组忙得不亦乐乎，花费了两个半小时才完成勘查。讲评过后，全组人员一致表示绝无怨言、累得很值得，考核形式新颖有嚼头，非常贴近实战，发现了许多日常工作中存在的漏洞，训练了临场工作的思维方式。只是唯独一点，电线杆是圆的，两个半小时看下来，大家转圈转得头都晕了。爆笑全场！

说是布置现场，其实非常简单，所有道具就是一张桌子、一个椅子、一个大碗、一双筷子、两个演员。这道模拟现场题目不用动手，只需要认真地分析思考，是一道理念考核题。

考核开始了，每组二人，分别由一名技术人员和一名侦查人员组成。共有十个组，分别在考核席上坐定。老师则与严法医坐在讲评席上。

我根据老师的示意，通知演员开始表演。

第一位演员出场，只见他走到桌子前坐下，端起桌上的面条大口大口地吃了起来，并且是一口气吃完，而后起身离去。第二位演员上来，他几乎是完全重复了一遍前一位演员的整个动作，而后起身离去。

表演完毕后老师宣布题目：根据刚才二位演员的表演，请分析他们二人中谁的肚子比较饿？依据是什么？

答案由各组写在纸上由我汇总交到讲评席。各组回答问题的机会将由你的能力所决定，也就是说，如果回答内容从现场分析的角度上讲没有递进作用的话，那么，你这组的考核就此结束。谁能走得更远，谁就是胜利者。

结果很惨。

我用了“惨”这个字来形容这次比武，因为最终没有一个组真正完成对这个模拟现场题的分析。各位看官如果有兴趣可以现在就立即合上本书，然后认真地体验一把什么叫作现场勘查中的立体思维模式。

我尽管一开始也与各组参考人员一样感到迷茫，但有一点我可能是走在了他们的前面，那就是，我了解老师的风格，他的题目都离不开理念上的培训，所以这个小品式的模拟现场题目其答案绝对不是：因为他吃得很快，所以他的肚子很饿之类的回答。

就不一层层地去推进了，简单解说，正确的分析由两大方面组成。

（1）需要了解当事人平常的饮食习惯。如：是否爱吃面食、面食的品位、面食的量、进餐面食的速度等。

（2）需要了解当事人吃完面后的动态情况。如：去休息了、去看一部正在观看的影片、立即去机场或车站接人了……

进入了这个状态就说明你步入了正确的轨道，明白了在本案中的思维角度、思维切入点，考核的目的也就已经达到了。也就是说，当掌握了一种正确的思维理念之后，剩下的就是学会变通的运用和经验的能动积累了。

我曾问过老师，需要多久才能有效地掌握这方面的本事？才会少摔跟头或者不摔跟头？

“一辈子。”老师回答道。

刺耳的警笛声、撕心裂肺的哭声、急速旋转的警灯，组装成的一台巨大的搅拌机，我的心似乎要被搅碎了。

刑事警察就是要在危难之际显身手，这话说说容易，做到可真不容易，不仅要有过硬的业务素质，还要有强大的抗压能力，一颗坚强的心。

离警戒带还有二三米的距离，已有联防队员跑上前来为老师撑起了警戒带。

“老法师来了！”看得出，他们很熟悉也很敬重老师。

“辛苦了！”老师一边弯腰快速进入一边向他们点头打招呼。

居民小区内在临近案发现场的楼房周边已经聚集了大量的人，除了小区内的居民，还有小区外的行人，因为现场靠近小区的大门处，消息扩散得很快。

“死者是一个七十多岁的陈姓老头，独居，早年工伤病退，一直依靠病退金及一些补贴生活……”重案队的何队长简短地向老师介绍着初期了解到的案情。今天下午三点左右小区物业公司负责居民楼楼道清洁的阿姨从 103 室虚掩的门的门缝中发现了异常并立即拨打了“110”报警电话。据访问的情况得知，邻居们最后一次看到陈姓老头是今天早晨八时左右，104 室的李阿姨从小区外菜市场买菜回来时遇到了从外面买早点回来的陈姓老头。

这是一幢六层的居民楼，每层有四户人家，现场位于一楼的 103 室。这是一套一室一厅结构的住房，总门朝西，总门内是厅，厅的北侧是厨房，厅的西侧由北至南分别是卫生间、卧室，厅的南侧是后院（天井）。

现场厅内地面上布满了血迹，简直难以找到下脚的地方，地面上的足迹也大都被血迹所破坏，仅残存着一些局部片断的鞋印，从类型看是由运动鞋所形成。老师一边现场开道，一边细致地观察着，随着开道用的踏板一块一块地向现场深处延伸，我从总门口已经看不清老师的身影，只能通过手电筒的光亮定位老师所处的位置。小李子正抓紧对现场的外围进行拍照，胖胖的眼睛四处观察着，时不时向侦查员询问着什么，手上的笔快速地记录着……大约过了二十分钟，老师终于踩着成趟的踏板走了出来。

一楼通往二楼的楼道上几乎放满了各种各样的现场勘查器材。老师将技术员们召集到一起，先详细介绍了现场内部所看到的情况，而后针对技术员们的业务分工逐项进行了勘查重点的布置。片刻后，技术员们散开，全面有序的现场勘查工作正式展开。

其实刑事科学技术研究所原本就组建有一个重案勘查组，组长由老师亲自担任，每个组员的重案临场勘查工作分工也是已经明确的，有法医、痕迹、照相、物证、记录、指挥等。比如，胖胖是负责现场记录的，现场勘查笔录的制作、现场方位图、现场平面图、现场立体图、现场上各类痕迹物证及其位置的标示、现场 PPT 的制作等工作都是由胖胖负责完成的。我担任老师的助手工作，带着笔记本、两部手机、录音笔等，负责完成老师交给的各种需要即时完成的工作，并且负责与指挥部及重案队的联系。我身上的两部手机似乎是在交替不断地响着，无论是我自己的手机还是老师的那部手机，除特定范围的工作电话外，所有私人类电话一概拒接。

我几乎是寸步不离地跟着老师。

经现场勘查见：103 室总门为防盗门，门完好。室内厅的中间偏北处是一张椭圆形餐桌，桌上有玻璃烟灰缸、两根香蕉、半根油条、一个破旧的保温杯。在餐桌的东侧、南侧、西侧桌边上摆放有木椅子，其中西侧的木椅子翻倒于地面，在椅子的西侧地面上是呈俯卧状的死者陈姓老头，其浑身是血，头部和颈部发现多处工具损伤。对卧室勘查发现，卧室内衣柜和箱子中的各类物品被翻出，床上、地面上都是翻出的衣物、被子等，有一扇衣柜的柜门横置于床面的物品中间。在卧室靠近门口处有一张梳妆台，梳妆台上有两个抽屉，其中一个抽屉上装有挂锁，挂锁呈锁闭状，另一个抽屉无锁，抽屉呈拉出状，抽屉内部分旧杂志被翻出于地面。后院的门呈开启状，后院内沿墙脚边摆放有十多个种着各类植物的花盆。

老师在现场内反复地查看着，并且不断向技术员们强调着工作的重点环节，各个技术员也不时将最新的发现或者感到不解的地方告诉老师。在陈姓老头的尸体前，老师蹲了很长的时间，一边与严法医交流讨论着，一边动手仔细查看着死者的损伤情况，在死者的头部、颈部等部位有钝器和锐器的叠加损伤，在其手臂部位也有类似钝器打击所形成的损伤。老师轻轻抬起尸体旁翻倒的椅子，在椅背下方出现一把切菜刀，老师先让照相和录像进行了记录固定，而后慢慢拿起菜刀用放大镜观察起来，在菜刀接近刀柄处的右侧刀面上一枚由人体组织液体所形成的浅淡指纹清晰地出现在放大镜里……

晚饭是在现场外面的道路边上吃的，后勤部门将成箱的盒饭直接送到了现场，侦查人员、技术人员、现场保护人员等，几十个人的“野餐”场面倒也蔚为壮观。也许是饿极了，感觉饭菜特别香，我为老师拿了两份饭菜，胖胖见状冲我挑起了大拇指！原来，他们也是这么做的。

“镜工，现场勘查情况怎么样？饭后可以汇报了吗？”分管刑事侦查工作的宗副局长蹲在路边一边吃饭一边看似很随意地问蹲在对面吃饭的老师。其实作为案件侦查总指挥的宗局心里是非常渴望早一分钟透彻地了解现场勘查及现场分析情况的，第一拨常规的侦查工作已经全面展开，现在他更需要的是精确指导的侦查方向和目标，而老师对现场的分析就是他需要参考的重要资源。凭借他对老师的了解及充分的信任，心里再急也从不表现在脸上，总是举重若轻地去沟通。宗局也有一句常常挂在口头的话：“只要在现场看到镜工的身影，我就心定了。”

“宗局，晚饭后您先回指挥部去，我已经安排胖胖他们做好了简易的PPT，先把前期勘查的情况向大家做一个汇报。我还要在现场更深入地勘查一下，有新的情况马上向您汇报。”

“别说什么汇报，保持联系。”宗局拍了拍老师的肩膀，站起身来把空饭盒扔进路边的垃圾箱内，然后又走到现场所在的楼门前静静地站立了一会儿，若有所思地看着外围的环境，最后转身向停放在五十米外的汽车走去。

直到宗局的汽车驶离，老师依然蹲着，两眼茫然地看着现场的楼门方向。我不敢打扰他的思路，这也是从胖胖那里讨来的经验。就这么过了五六分钟的样子，大家基本上都吃好了饭，两名联防队员拎着垃圾箱收拾着，胖胖和小李子先回指挥部汇报去了，临走时向老师打招呼，老师也像没有听见似的。我轻轻从老师的手中取下空饭盒和一次性筷子放入垃圾箱内。

“谢谢。”一直沉默的老师冷不丁冒出的一句话竟吓了我一跳！

“丁探，人生的学习形式主要有两大种模式：一种是被动性的学习；一种是能动性的学习。前者事倍功半，后者事半功倍。它们是人的思维年龄的重要构成。”

弯子转得之急，匪夷所思。但经验告诉我，重要的时候要到了。

“上次模拟现场分析比武的待论证结论有三种：一是肚子很饿所以吃得快；二是有急事所以吃得快；三是平时习惯吃得快。即便是这些看起来并不深奥的答案，如果没有相应的学习和经验积累也是意识不到的。丁探，去现场！”

我踉踉跄跄地尽一切努力紧跟着他的思路。

南方四月的季节有点儿湿而闷，再一次踏入现场，感觉室内的血腥味比第一次更重、更浓了！也许是刚吃完饭的缘故，我的胃部有些不适。真没用，别让我瞧不起你！我自己和自己较着劲……

老师重新又巡视了一遍现场，向技术员们细细交代了一会儿，大家分头去工作后，老师走到厅的中间，仔细端详起地面上的血迹来。

老师已经在现场对技术人员内部就作案过程进行过分析。现场内的血迹主要集中在房门内的厅中地面，有三大组成部分：第一块在总门背后的地面，在门背面上及邻近的墙面上也有洒落的血迹，地面上的血迹多为滴落血迹，且是具有一定高度的滴落，门背上、墙面上、地面上全是纯血；第二块在厅内椭圆形餐桌的北侧地面，这里的血迹形态有部分为滴落血迹，但滴落高度较低，地面上主要是流淌的积血，并发现有向桌子西侧的擦划血迹，擦划血迹的终点即是死者所在的位置，地面上全是纯血；第三块在椭圆形餐桌的西侧地面，也就是死者所躺倒处，这里的血迹形态有流淌所形成的血迹，但从死者的身体西侧到再西侧的卫生间门口地面上却有着大量被水稀释的血迹，在卫生间门口处是一个洗面台，在自来水龙头上、水斗里以及洗面台的台面上也都有稀释的血迹。这些血迹形态告诉我们，凶手与被害人之间的接触点以及首先打击点都在总门口处，凶手是用叫门的方式让被害人开启房门的，凶手随后进入房门并立即关闭房门对被害人实施打击，被害人有一个拼命反抗的过程，所以形成了门背后地面上、门面上、墙面上的不同血迹形态。被害人受伤体力不支后慢慢地倒在了椭圆形餐桌的北侧地面上，从地面的人体压痕形态看，被害人倒在这个部位时其双脚挡住了房门的开启，所以，最后凶手为了开门离开现场，将被害人的尸体拖拽到了椭圆形餐桌西侧的位置。凶手杀死被害人后先去卫生间门口处的洗面池清洗了双手以及衣服上沾染的大量血迹，动作急促而且慌张，造成了地面大量的稀释血水。清洗过后再对室内的家具等物品进行了快速地翻动，目的是寻找财物，但凶手显然对于现场及财物的放置不熟悉，翻动很茫然，真正放置财物的地方却根本没有触及。也就是说，凶手几乎是空手而归的。

"嘟、嘟、嘟……"老师身上的电话铃响了起来。老师正在用放大镜查看着椅子上的血迹，于是我伸手从老师勘查服的口袋中拿出手机接通并将手机贴放在老师耳边。以前这个活是由胖胖做的。

是重案队何队长打来的电话，老师一边听一边微微地点着头，最后用拉长的音调说了一句话："就等你这个信息了，谢谢啦哥们儿！"

记得就在吃晚饭的时候，老师曾拉着何队长走到一个偏僻处细细地对他说着些什么，何队长听着听着突然表现出亢奋的样子，但随即被老师以"嘘"的方式给压下去了。临结束的时候，老师还特别地握了一下何队长的手，那个意思好像是说"拜托了"。

"老师，有重要信息吧！"

挂掉电话后，我急不可耐地抢先问道，其他几个技术员也一一走了过来。

老师冲大家轻轻点了点头。

"是的。至此，所有的环节都连上了。"

不知为什么，我看老师脸上一点儿高兴的样子都没有，反而显得更加沉重了。他慢慢朝后退了几步，好像是要再看一下现场的全貌，随后摇了摇头，又轻轻地叹了一口气。

"丁探，给我笔记本。"

这是所有熟悉和了解老师的技术人员在重特大案件现场勘查中最想听到的一句话，这意味着，他已经完成了对案件现场的研究分析，开始书写用于汇报的备忘录了。

老师先在笔记本上画了一张现场平面示意图，在重点处做了标记，而后开始了书写。整个过程中他几乎连头都没有抬过，感觉现场上的一切早已刻在了他的脑子里。

"给宗局打电话。"

约莫过了二十分钟，老师停下笔合起了笔记本并轻轻对我说。我很快拨通了电话，依然将手机贴放在老师的耳边。

"宗局，搞清楚了，我在现场等您。"

也就一刻钟的时间，房门外便传来宗局的声音。老师拉开房门，技术员将三件套递给宗局他们。也许是太兴奋了吧，门外有人忍不住说了一句："镜工，有好消息了？"

老师立刻摆手示意他不要说话，宗局也猛然扭过头去看了那人一眼。

是啊，在学校时就学过相关的规范，现场勘查情况属于警务机密。怎么可以如此张扬呢？若干年后我渐渐明白，这不是在犯什么低级错误，只有长期从事刑事侦查工作的人才能体味到此时此刻的心情。难怪当时无论老师还是宗局都没有批评一个字。

几个大将都到了，地面上传来一片“嗞啦、嗞啦、嗞啦”的鞋套声，虽然每个人的行走方式皆不同，但都如同行走在地雷区内一样小心翼翼地选择着落脚点。房间立刻变得有点拥挤起来，还好，大家马上各自找到了不重要的位置站立，中间部分被空了出来。

“此案的大致作案过程以及法医检验等情况已分别由胖胖和严法医在指挥部汇报过了。现在我把对此案作案嫌疑人的分析情况给大家汇报一下。”

关上房门后，老师走到离房门较远的厅内侧部位压低嗓音说道。

这可是重头戏，直接涉及案件的侦破工作走向和具体目标。尽管有全程的录像，但我还是马上开启了录音笔。

“一、本案的作案人为一人，男性，身高约一米七，身体结实，体态偏瘦。

二、作案人与被害人无特别关系，单向认识的可能性较大，也就是说，作案嫌疑人认识被害人，而被害人并不认识或者并没有特别关注过作案嫌疑人。

三、作案的目的是财物。

四、作案是经过事先预谋的，从作案方法、时间选择甚至杀人等方面都有过事先的设想及准备，而不是临时起意。

五、本案不是流窜作案，作案嫌疑人的平常居住处或者落脚点就在本小区内，准确地说，就在现场附近。

六、作案嫌疑人是一个左撇子。”

老师合上笔记本递给我。

“还有第七点分析意见，请允许我等一下再讲。”

钉钉入木、刀刀见血。我脑子里一下子冒出这两句话来，尽管不太妥帖，但就是这个意思吧。痛快！

尽管我是一刻不落地和老师一起全过程地勘查了这起案件的现场，但刚才听了老师一气呵成的总结性分析结论依然感到激动和兴奋。要知道，这些分析意见可是案件侦查的指挥员、侦查员们最渴望了解的内容。从指挥员角度来讲，不仅实实在在地知晓了案件现场的有关情况，综合其他侦查信息便可以在此基础上有的放矢地调兵遣将，而且是实现精确打击；从侦查人员角度来讲，由于现场的分析明确地锁定了侦查工作的方向及范围，就可以极大地减少工作量，集中精力抓住战机。更重要的是，通过现场分析给犯罪嫌疑人的画像，使得侦查人员在具体的排查工作中有了甄别的条件，实现高效率的工作。

我环视了一下大家的表情，皆是惊喜而兴奋，伴着窃窃私语，似乎让现场室内的温度也提升了起来。

“镜工，给大家详细讲一下重点。”宗局长用戴着白纱手套的手扶了扶眼镜，语调平静地说道。

“好的，这也是我打电话请宗局和各位到现场来的目的。”

老师一边说一边走到靠近卫生间的地方。随着老师的移动，大家也纷纷调整着各自的位置，以便更好地看清老师的一举一动。我手中握着的樱桃红录音笔在室内的灯光下很显眼，也带给了我特权——大家把老师身边的位置留给了我。

“大家看……”

老师用手指着卫生间方向的地面说。

“凶手作案后身上有明显的血迹，尽管有过清洗但不会有太大的作用，仔细看一下卫生间门口的洗面池就可以明白我所说的意思，地面上水的溅落痕迹告诉我们，凶手不仅衣服上有血迹，裤子上也有血迹，而且量不少，另外，在水斗里面的水依然带有血红色，说明凶手根本没有认真地清洗身上的血迹。凶手离开现场时为了掩饰血迹可以脱掉外套，但一般不会连裤子也脱掉。穿着这样带血迹的衣服大白天很显眼，在人流量较密集的居民小区内极容易被人看见，本小区的围墙上全都安装有电子监控设施，何队长告诉我，侦查员已经去确认过无人翻爬围墙，而从现场所在的位置到最近的一扇小区大门约有二百五十米的距离，更何况，小区大门外就是门店林立的老街。所以，凶手不是外来户，而就是居住于本小区内的人，其住处离现场位置很近。”

“那凶手会不会和死者认识呢？”何队长插话问道。

“如果要说认识，最多也就是被动式的认识。”

老师看了大家一眼，显然，大家对于所谓被动式认识还不太理解。

“同在一个小区内居住，而且相距不远，难免会有一些碰面的机会，但相比而言，作案嫌疑人对于被害人会更为了解，否则他也不敢在大白天动手，说明作案嫌疑人知道被害人是一个单身独居的老人。”

老师转身看向何队长，似乎是专门要讲给他听一样接着说道：“但双方之间平日没有交往，是熟悉的陌生人。”

老师走到房门跟前转过身来用手指着地面说：“从总门处的血迹形态分析，作案嫌疑人是在门口处动手的，而且是使用凶器攻击性质的动手，说明作案嫌疑人原本就知道被害人是不会将他让进屋内的。如果二人间平日里就有来往，那么凶手完全可以找个借口先进入现场后再寻机动手，那样不是更加安全吗？”

老师忽然停顿了一下。

现场一片鸦雀无声，我甚至都听见了摄像机轻轻转动的声音。老师皱起了眉头，似乎准备要讲述一件非常痛苦的事情，他举目扫视了一圈，在人群中与严法医的目光相对视，严法医微微点了点头。

“作案嫌疑人的杀人手段很残忍，一定要致被害人于死地，但其中有不少叠加性的行为，即多余的动作行为。在被害人的身体上发现了一处椭圆形伤痕，一开始对尸体检验时认为是现场上菜刀的刀柄击打所形成，对此，我又与严法医进行了单独的沟通，现在已经确认，那不是菜刀的刀柄击打所形成，而是用牙咬所造成的伤痕形态。结合作案嫌疑人整个作案过程中在现场上的其他动作和行为，概括地讲就是两个字：幼稚。”

老师的表情严峻得有点儿吓人，双眼中射出的寒光直刺向窗外漆黑的夜色之中。

“我通过何队长了解被害人的个性脾气及待人接物情况，得知其个性较封闭，一般不与别人交往，而且胆小怕事，这与被害人在现场上所表现出的不屈不挠、拼死搏斗行为形成了极大的矛盾。但他在一些事情上非常的斤斤计较，有一次他从菜市场买菜回来，因为小区中一名学生骑自行车不小心碰碎了他一个鸡蛋，他不依不饶，硬是让学生拿钱赔偿了事。”

老师又一次停顿了下来，他想留给大家一点回味缓冲的时间。经历的案件多了，我了解了一些老师的语言习惯，在大学的课堂上老师也会这样，并且再辅以一些小提问来帮助同学们及时理解和消化所讲的知识内容。

“是什么样的作案人让平素里很怯弱的一个人变得如此勇敢呢？只有一种情况，那就是，凶手是一个让被害人看不起的人。这是一种居高临下的俯视心理，结合现场上作案嫌疑人的整体行为表现，能让被害人产生这种俯视心理的人只有一种，即学生、小孩。”

“作案嫌疑人是一个学生、小孩。这就是我的第七点分析意见。”

一段话落地，让现场所有的人都感到了一丝惊异。

老师转向宗局，果断地讲道：“宗局，根据现场勘查和对现场的分析情况，我建议，将侦查摸排工作的年龄起点线设定在十二岁。”

“十二岁！”何队长轻轻叫出声来。他看了一眼宗局长的脸，也许想要从那里寻找出更多的依据来。但随即就又转向老师道：

“镜工，你前面分析的内容我都赞同，可还有一点依然有些不太明白，现场卧室内那个被翻动的衣柜，嫌疑人可是将整扇柜门都拉掉了，一个十二岁的小孩子能有那么大的力气吗？”

“何队，你问得好。这个现象我们在现场勘查的过程中也注意到了……这样，大家请到卧室里来。”

卧室里，那一扇原本横置于床面的衣柜柜门现在已经被技术人员处理后靠放于柜子旁边的墙上。除宗副局长在初步勘查中由老师指引着路线小心地进入过现场，并听取了老师的简报，其他侦查人员基本都是第一次进入到站在总门口处所看不到的现场深处，所以大家都在东张西望地查看着卧室内的情况。

尽管胖胖在指挥部进行汇报时大家都已经通过投影的现场照片看到过现场卧室内的样子，但亲临实地时的空间感觉依然是大有不同的。有一分多钟的时间，当老师看到大家都平静下来后才开始继续讲解，他总是能够很有分寸地把握住别人的感受。

老师首先把卧室内现场的原始状况再一次实地介绍了一遍，而后进入主题。他走到衣柜的跟前，用强光手电筒照射着柜子与柜门的连接部位讲道：

“这个家具的质量非常差，制作的工艺很粗糙，在薄薄的木板外面贴了一层有木纹装饰的家具贴纸，衣柜与柜门相接处的铰链是用普通的小钉子进行固定的，而且，由于柜门与柜子之间尺寸上的匹配性差，所以大多数钉子都没有钉入木板的中间部位，而是钉入了木板与贴纸之间，或者仅是浅表地钉入了木板的皮层下面。也就是说，根本吃不住什么力。”

老师又用手指向床面接着说：

“我仔细看过了，被害人平常换洗用的衣服都堆放在床的里侧，而不是收纳进入衣柜，所以衣柜的使用率其实很低，否则，衣柜的柜门可能早就出问题了。”

“镜工是说用不了多大力量就可以将柜门扳下来。”一个副支队长一边点头一边说，“那么镜工，你分析作案嫌疑人是左撇子，这是怎么得出的结论？”

“在这起案件的作案过程中，凶手大量地使用了菜刀这个工具，所有动作都是由左手持刀完成的，现场上血迹的形态以及从菜刀上发现的痕迹证明了这一点。”

侦查工作的范围就好像一个可以调整大小的光环，现场分析中提供给侦查排摸的条件越多，这个光环就变得越小。显然，现在这个光环已经收到了非常之小的程度上。

一大碗薄薄的小米稀饭、一大碗原味淡豆浆、一个馒头、两块豆腐乳，老师这是准备把自己灌个水饱啊，我想。而老师却像欣赏艺术珍品一样地看着摆在眼前的早餐，这是他一早精心选择的，薄薄的小米稀饭和原味淡豆浆是他的最爱，只要有，必选。记得老师在公安大学工作的时候，他每日早餐的食谱连食堂卖饭的阿姨都记住了，排队轮到他时基本上双方都不用专门说话，阿姨直接就给他一一放到餐盘里了，当然，老师每次都忘不了微笑着说“谢谢”。

虽然很想吃一碗热气腾腾的菜汤肉丝面，但为了不耽误与老师一起出发，我还是选择了和老师一样的早餐。老师打趣说我选择了健康餐。

昨晚离开指挥部时已经是凌晨了。宗局根据最新的现场勘查及侦查信息调整了下一步的侦查工作部署，大规模的新一轮侦查工作已于今日一早展开，大批的侦查人员已下到小区中去了。

一大沓指纹摆放在指挥部一角的桌面上，为了方便对指纹的甄别鉴定，这个位子是专门留给技术人员使用的。桌面上全是各个侦查小组提取回来的嫌疑人指纹。虽然我在大学接受过指纹鉴定方面的学习，考试成绩还是满分，但要投入实战中仍是需要时日磨炼的，所以，我主要负责对指纹的登记工作，鉴定工作由胖胖进行初检、老师进行复核，在空闲下来的时候，我也会在老师的指导下双眼伏在立体显微镜上试着用重叠法进行比对练习。

指挥部在四楼，我居然真切地闻到了从底楼厨房里飘出来的饭菜香味，这是早饭“健康餐”留下的后遗症。

乳突线、犁沟、小点、小眼、小沟、小桥、短棒、分歧、结合、起点、终点……整个上午我在指纹的迷宫中摸索着、探寻着，此刻终于随着饭菜的气味飘了出来。

揉着发酸、发花的双眼，跟在老师身后走出大楼。室外明媚的阳光和清新的气息让我有一种透彻心肺的舒坦，简直有一种“放风”的感觉。肚子更加饿了，胖胖和小李子他们几个已经先去食堂排队端饭去了。

“镜工……镜工！”

一辆黑色的轿车急急地从大门冲了进来，何队长从驾驶室窗口探出头来大声冲着我和老师的方向叫着。

“镜工，你看一下，这是个中学生，住在102室，因为身份是学生，所以都由我带人去工作。”

何队长从包里拿出一张捺有指纹的A4纸递给老师，另两名侦查员停好车也匆匆走了过来。

102室，现场在103室。天呐!

“何队，他的年龄和身高是多少？”我忍不住问何队长。

“身高171厘米，年龄13岁半。全部条件都在镜工的分析范围之内，所以我们特别着急要镜工鉴定一下。”

“镜工，要不先去吃饭吧，吃好饭再看。”何队长有些言不由衷地说道。

就在我们对话的这二十几秒钟内，老师一直在目不转睛地盯着那张 A4 纸上的指纹。

“都别吃饭！给我一分钟时间！”

老师突然喊道，随即拔腿转身向四楼冲去！我、何队长还有两个重案队的侦查员反应过来后也一起朝老师追了过去。

等我们四人冲入指挥部大门时，只见老师已经端坐在显微镜前了，还在指挥部内的宗局和其他侦查员也都把目光集中在了老师身上。一秒、二秒、三秒……

不知道为什么，我竟下意识地计起时来。

“啪！”当我数到九秒时老师重重地一掌拍在了桌面上。

“就是他！现场菜刀上提取的指纹就是他留下的。”老师的话语几乎与“啪”声同时响起。

空气凝固了，指挥部里的人也似乎是被那凝固的空气所凝固了，直到宗局平静地朝何队长说了一句：“还不快去，注意政策。”

“明白！”

我目送着何队长他们的身影消失在指挥部门外。当我转回身来时，看见老师正静静地坐着，手中还拿着那份捺有嫌疑人指纹的 A4 纸。见我回身，老师朝我招了招手。

“丁探，你来比对一下这枚指纹。”

从老师手中接过指纹，虽然是一张普通的纸，但放在手中却感觉到非常的沉重。

案子破了。一个酷爱棒球运动的少年，就因家境条件不好买不起专业运动服装而走上了犯罪的道路。到底是谁的过错？我不想再思考下去。我的眼前一直晃动着一张表情直愣愣的脸，那是少年的母亲在得知一切之后的样子……

有一次电视台记者采访老师时问道：“您在那些重大恶性的案件破案后最想做的事情是什么？”

“睡觉。”

也许这是记者怎么也没有预料到的一种回答吧，她听后竟愣了一下，但随即又追问道：“您不想和战友们一起痛饮一杯庆功酒吗？”

“说实话，不想。”

记者的目光闪了一下，把身体朝前探了探，身形从侧面看形成了一个大问号。

“一个命案的发生，毁灭的可能是一个家庭，而当这个案件被破获时，可能又毁灭了一个家庭。那是一杯苦酒……”

可是今天这顿饭老师是必须参加了。根据宗局的指示，今天老师将以此案为材料，给全体侦查员、技术员作一次业务讲座。

老师带着我们这些技术人员到达会场时，离正式讲座还有半个多小时。宗局比我们早到，正在和大家交谈着，见我们一行人进入会场立刻站起身走了过来，他招呼老师到会场休息区的沙发上坐。我犹豫着是否方便跟过去，宗局看出来了，又一招手："小丁探，一起过来！"

宗局的烟瘾很大，一落座便掏出香烟来点上，老师用直直的眼神盯着宗局的香烟，宗局似乎意识到了什么，他看了一下烟飘的方向，立刻起身把我和老师让到了上风位置。可是老师依然是直直地盯着香烟，宗局知道老师是不抽烟的，所以"嗯？"了一声，表示不解。

"我想问宗局讨两包香烟……"

不等老师的话讲完，宗局立刻从皮包内拿出两条红中华香烟放到老师面前："刚买的，还没有焐热呢！"

老师笑了一下，并没有去触碰茶几上的香烟。

"镜工，你是怎么分辨出死者手臂上的那个椭圆形伤不是菜刀柄砸的，而是牙齿咬出来的？"宗局问老师。

"虽然它们的大小碰巧非常接近，但是这两种不同的损伤方式在损伤的形态上是有很大区别的，牙齿的咬痕不像刀柄的砸痕那么连贯，有短线状或者点状的齿痕。但正是这一点让法医走了一段弯路，因为从表面上看，它确实较连贯。我也是用放大镜仔细查看才发觉是牙齿痕迹的。"

"那它为什么会这么连贯呢？"

"因为它是隔着一层棉毛内衣咬的，衣物的存在相对均衡了力，所以必须借助放大镜等方法查看研究。"

老师的话音刚落，只见宗局撸起外衣袖管，隔着棉毛内衣的衣袖在自己手臂上咬了一口，随后拉起棉毛内衣的袖管认真地查看着手臂皮肤上的咬痕。

这个突如其来的动作让我感到非常惊奇，老师却很平静。

"有道理，高！"

宗局朝老师伸出大拇指。而老师指了指宗局的手臂，两手齐伸，双挑大拇指！

也许是发现连我都可以坐在这里的缘故吧，胖胖和小李子他们借着送茶水，也都坐了过来。老师随手拿起茶几上的两条红中华扔给了胖胖：

“宗局给你们的。”

“啊，谢谢宗局！”

“别谢我，谢镜工。”

看到红中华香烟，我脑海中翻出了一段有趣的故事，那是有一次小李子在我面前摆谱时讲给我听的。

在一起命案的侦查中，需要直接接触一下嫌疑人的一个铁哥们儿，因为他不仅很可能是知情人，而且还要进行一些相关物证的密取工作，尤其是在对物证的密取技巧方面难度非常大。后来老师根据对特定见面环境的结构组成特点，精心设计了一个方案，方案经指挥部研究通过，为了确保一次成功，决定由老师亲自客串扮演一个老板。

时值大夏天，服装方面好解决，就是缺少一个“拿得出手”的老板包，还有就是“高档”香烟。

这是一个紧急任务，需要马上出发，根本没有时间再去想别的办法。

老师认为，只要让对方从心理上认同我们的身份即可达到目的。他把自己的设计方案与大家进行了沟通，获得一致的叫好。

见面地点在一个非常特殊的非法加工厂内，老师扮演的大老板所需要走的程序是：听取对方工头的产品介绍，然后提出具体的订货规格。而取证工作就要在这个过程中完成。

警方都不是“业内人士”，并不特别了解“产品”的具体数据。所以只能运用智慧来完成这项特别的任务。戏，就这样开场了。

“老板”进入了现场内，几个小管家模样的人点着头向他问好，不但“老板”没有回礼，就连他的“秘书”（由胖胖扮演）也只是若有若无地点了一下头，提着一个公文包紧跟在后面。走到了会谈处，“老板”用手指与对方主管热情伸过来的手掌碰了一下算是握手了。刚坐下，只见“老板”向秘书招了一下手，“秘书”立刻上前躬身询问道：

“您需要什么？”

“包。”

“您的包在车里，我打电话叫小李子送过来。您需要什么？”

“香烟！”

“香烟，我包里只有红中华，您看……”

“拿来。”

“老板”接过新开封的香烟，先递了一支给对方主管，然后看了看周边的人，一边向他们扔烟，一边与主管寒暄着，其中有一支香烟“不小心”扔到了地面上，胖胖立刻抢先将手中的一支香烟递了过去："不要它了，换一支！"同时哈腰拾起那支香烟，夸张地将其抛入垃圾桶内。胖胖在拾烟的过程中已经完成了取证工作。

这边，主管正在向"老板"起劲地介绍着"产品"。只见"老板"很随意地用手指按了按太阳穴，秘书公文包里的手机响了起来，秘书拿出手机瞧了一眼即快速递给了"老板"。

"是我。好，嗯……一小时内赶到。"

其实，扔烟、换烟、按太阳穴、手机来电等，都是事先约定好的暗号，比如，只要老师按太阳穴，胖胖就立即将自己手机内事先准备好的短信发给车内的小李子，小李子就马上拨打老师的手机……

道具的安排也有特别的讲究：

一句"您的包在车里，我打电话叫小李子送过来。您需要什么？"混过了没有高档包这一关。

秘书为难的一句："香烟，我包里只有红中华，您看……"暗示了"老板"平时所抽的香烟更加高档。

案件很快侦破了。有趣的是，主管在交代中把"老板"一起供了出来。

小李子讲故事的水平实在是不敢恭维，其中肯定有不少水分，但核心内容真实。

讲座很精彩，再一次让大家、也让我领悟了一次什么叫"看见不等于发现"。这句话几乎成了晚餐桌上的下酒菜。

"丁探早上好！一会儿把写在你笔记本上的现场分析备忘录裁给我。"

"已经准备好了老师！"

我一边说一边将备忘录的复印件递给老师。哈哈！原件我收藏了。

老师接过复印件看了一眼，笑了起来。他用右手食指指了我一下，又将手指在右侧太阳穴上轻轻点了一下，随后手掌展开，并向外微微一挥。

大学时期我常利用假期参加公益活动、当志愿者，曾经与孤儿院里的聋哑儿童相处过一段时间。我看明白了，刚才老师是在用哑语表扬我：你真聪明！

"思维的年龄。"我感觉这是一个非常漂亮的新词汇，它是老师的独创。

四周种满各种植物的阳台内，太阳的光线与植物的阴影构成一幅立体的画面，一杯琥珀色的香茶摆放在折叠书桌上，其透明的玻璃壁上清晰地倒映出一旁的樱桃红录音笔。

难得的双休日，我选择了用这样一种怡人的形式开始。用了三个晚上的睡前时间终于整理完成了老师的录音资料。现在我终于可以静心地、连贯地品味了，我躺在摇椅上，双腿高置于桌面，样子不太雅观，但感觉很舒服。植物的气息和茶香在这间封闭式的透明玻璃空间内调配出属于我的生活氛围。

“人的思维活动有两大主要作用，或者说意义。第一，可以及时处理和决定人的行为状态以及把握这种状态的走势；第二，由个别点的思维形式渐渐修养形成面的思维形式，并在生活行为的过程中不断发酵，最终铸成个体的思维模式，这种思维模式就是个体的思维年龄。思维年龄与个体的生理年龄不成正比。在现场勘查、现场分析工作过程中，对于任何一个个体人物的分析都必须从其思维的铸成模式及形成源出发。否则，就无法透过其个人行为去发现其思维的活动，无法正确、系统地去解读个体。”

老师在庆功会讲座上的内容我已经听过多遍了，但每一次重温都有新的回味。

关于“思维的年龄”，讲座结束后，我单独问过老师：

“可不可以这样理解，因为不是什么事情都是一蹴而就的，所以，你经历的时间长了才会有机会了解到后面的情况，没有时间和耐心是看不到苹果成熟的。但这里面还有一个至关紧要的节点，那就是你必须做一个有心之人才行，否则就算是苹果在眼前熟过了十次你也会视而不见的。一个是生活，一个是品味生活，这就是构成思维年龄的根源。”

“继续。”老师的回答是笑着说的。

四、证据的盲视区

嗵！嗵！嗵！我轻轻用手指尖敲击着桌子。

“一团乱麻。”我自言自语道。

“虽然是乱麻，有麻总比没有麻好吧！”

就像人在饥饿的时候对饭菜的香味特别敏感一样，这个声音让我的神经一下子振奋了起来。老师出差到外省会诊案件，算起来有十多天了。

“老师！”我扭身站起来。

“辛苦了丁探。”老师微微笑了一下，并示意我坐下。胖胖他们跟在老师身后。显然，他们就案件情况已经碰过头了。老师的思维节奏非常快，更何况老师在外也一直关注着案件的工作情况，所以，据我分析，他们交流的时间不会超过五分钟。

“把你汇总的详细情况再给我讲一讲。”老师随手拉过一把椅子在我桌前坐了下来。我用手调整了一下电脑屏幕的角度，以便老师看得更清楚。

一个星期了，每天加班不说，感觉绞尽脑汁地思考分析最终依然是一片茫然。此时此刻有一种受尽委屈后见到救星时的感受。

记得老师曾对现场分析技能的魅力有过一个很有趣的比喻：给你一个现场，当你迷惑不解时再分析给你听，你会感觉豁然开朗，甚至觉得一点儿都不难，只是自己没有想到而已。好吧，再给你一个现场，你又会重复前面的过程。不服，再给你一个现场，你依然会不断地重复。直到有一天你渐渐学会并有效地掌握了现场分析的方法。这就是现场分析技能的魅力。

我算是踏入这个“魔圈”之中了。转眼间和老师在一起工作已经三年多了。经历了那么多案件，遇山开路、遇水搭桥，最终都是拨云见日。感觉学习到了不少知识技能，但一旦自己亲自操作起来就完全不是这味儿了。看人挑担不吃力，还是没有真正把握住现场分析的核心所在。

一周前的周一中午 2 点左右接到报警，某大型外资矿业公司发生群体食物中毒案件，当天，在公司总部专用食堂就餐的有五十名员工，在午餐后不久皆出现中毒症状被送往医院救治，其中十多人处于重症状态。经有关部门的初步化验和诊断，确认为一起由食物引发的群体中毒事件，而且导致中毒的物质是 S 食品添加剂。

面对这样群体性的突发事件，从普通员工至食堂工作人员、单位管理人员等，皆交织在一种极为复杂的心态之中，作为中心现场的食堂，也在这种复杂心态的驱使下被人为地变动、清理、破坏。

由于食堂已经被按照常规操作制度进行了清理打扫，这给现场勘查和取证工作造成了极大的影响，从专业角度上讲，这是一个被严重破坏了的现场。

虽然，按照民间的一种说法，“吃满三年萝卜干饭就可以出师了”，但我离出师还差得太远，跟老师在一起总是有永远学不完的东西。老师不在家，胖胖和严法医他们挑起了大梁。不过，我有着自己的心思，那就是把自己放在主勘的位置上去思考问题，这也是老师教我的一种学习形式——能动式的学习和实践。

我开始了系统的汇报，一边讲一边翻动着电脑上的现场照片，并不时地留意着老师的神情。

在二十多分钟的汇报过程中，老师一言不发，基本上保持着我早已熟悉了的近乎冷酷的表情，偶尔会微微点头。

汇报结束后，五分钟过去了，老师依然保持着一动不动的姿势，两眼盯着电脑屏幕沉思着……我们静静地陪伴在旁边，毕竟现在最愚蠢的事情就是打断他的思路。

“非常好。你们已经做得非常好了！”

得到老师的表扬不容易，但这次却没有感觉到一丝一毫的如释重负。老师接过了我们所承担的巨大压力，刚才的表扬就是“签收”。

“去现场。”

重案勘查车警灯耀眼的闪光束在阴雨中挥划着，仿佛要撕破梅雨季节的湿闷。

“天街小雨润如酥，草色遥看近却无。最是一年春好处，绝胜烟柳满皇都。”

“‘草色遥看近却无’有道理，绝了。它说明了观察事物的角度在认识事物过程中的重要作用。”

老师忽然吟诵起唐朝诗人韩愈的《初春小雨》来。

“镜工就是镜工，有举重若轻的境界和功力，大将风范！”小李子端着照相机朝着老师的方向，一边对焦一边说道。

胖胖躺在座位上，嘴上叼着没点火的香烟，仰脸看着车顶棚冷笑了一声，随后取下嘴上的香烟扭回头冲着小李子说：

“你小子懂个……”

也许是忽然意识到了我的存在，胖胖硬生生地将舌头调了个过儿：“……什么？如果我没有理解错误的话，镜工这诗兴肯定与勘查这起案件的现场有关联。”

“一个人的言谈举止从表象上看是一种行为组合，而促成这一切的根源则是人的思维组合。”这是老师在谈到对人的行为分析时讲过的一段话。所以，工作中我也特别注意从老师的“行为组合”去揣测老师的“思维组合”。

老师对我的这种“立体式”学习方法表示肯定：“鬼丫头。”用的可是句号，绝对没有开玩笑。

对这起棘手案件的勘查工作从一开始便遭遇到了瓶颈，当技术人员赶到现场时，现场所在的食堂后厨及相关部位已经被打扫得干干净净。能把厨房收拾得如此干净并不多见，显然，里面有着非常刻意的成分。

胖胖的感受代表了我们大家此时此刻的心境：怒火中烧！

老师历来对于现场保护工作都极其的重视，在大学时，现场保护是老师系统的教学及实训课件之一。

“现场保护是一门系统而严谨的警务科学体系，是确保实践工作中对案、事件甄别、案件侦查、案件破获、诉讼证据保全等一系列工作正常顺利开展与进行的基础。它由对现场客观物理环境的保护、对现场信息的保护、对民警自身的保护等知识体系所组成。”

老师讲课的内容我可以随口道出，这更加让我感到了情况的严重性。

“丁探，还愣着干什么？把现场照片传给镜工，请你师父远程会诊。对了，请他马上就看。”

对现场进行初步的勘查和固定后，胖胖喘着气对我发出指令。

是啊，我恍然大悟，立刻行动起来。

遥控培训也是老师在拓展式培训方面的发明，其顾名思义就是远距离有计划的培训。在现代刑事科学技术领域中点与点、点与面的互动交流、培训及疑难案件的研究工作方面具有特别的意义。其要点至今我都能够背诵下来。

（1）培训内容的随机性。急用先学，按需选材，分层次授课。

（2）教、学间信息交流的N次重复性。对于“作业”的完成不是一次性形成，也不是由一次性决定简单的对或简单的错，而是循序渐进，逐层深入地引导。

（3）培训的切入点以理念为主纲。因为什么样的理念产生什么样的行动，什么样的行动派生什么样的结果，理念决定效应。

（4）具有培训内容选材来源的广泛性。对于培训内容的选材，既可以由教授方按照培训计划进行有针对性地选择，同时还可以穿插一些由受训方提出的或者感兴趣的选材；既可以是已破获或者已查清的案、事件资料，也可以是尚未破获或者尚未查清的案、事件资料。

（5）善于从学员的答卷中寻找培训知识面上的个体切入点。

等等。

其中，在选材上选取由受训方所提供的，而且是他们亲身参与过勘查工作的已破或未破案、事件资料作为培训内容，在培训效果上往往可以取得事半功倍的回报。

这可是要有真功夫的。

一个小时后老师的回电到了：

"以该食堂日常餐饮操作的习惯为主纲，顺着操作流程去勘查取证，并通过侦查人员首先了解不同重度症状人员间的午餐食用量、食用菜品等的异同，整理出其中的规律性来。……"

老师在数百公里之外的电话那头用清晰又柔和的口气耐心地讲解着这起复杂案件现场的勘查要领及注意事项，这让我的心境逐渐平和了下来。

按照老师的远程指导，勘查工作有了明确的方向和重点，尽管很艰难，但没有停滞，我们发现和提取了各程序点上的物证，胖胖和小李子他们甚至把三大桶泔脚逐匙淘出查询，我眼疾手快，在其中发现了一个装S食品添加剂的包装袋，袋子上有一个大大的破口。另外，从何队长他们侦查人员处反馈的调查信息显示，虽然还不能系统地整理出规律性来，但有一点是能够确定的，那就是，所有中毒人员皆食用过午餐中的炒青菜。

根据有关资料显示，S食品添加剂是餐饮行业常用的物质，其具有防腐保鲜以及保持肉品成色的功效，但在使用的用量上有着极其严格的规定，如果用量超标会引发食用者中毒，中毒症状的程度取决于用量超标的程度，但人与人之间会有一定的个体差异。

素菜是人们饮食中较为普遍选用的菜肴，S食品添加剂引起的中毒症状会有个体差异。各个程序点上的物证相互间的关联性与此案件到底有何联系：怎样从现场上各个信息点所包含的内涵中去发现和确定案件的性质以及与此案发生有关联的人呢？

随着案件勘查工作的反复深入，各种信息资料不断累积增加，但却无法去解读及组合它们，案件的轮廓依然是模糊不清。

看见不等于发现。我们又一次陷入此圈之中。

在通往现场一个多小时的车程中，我不断地回忆和思考着此案前期勘查工作的各个细节。我好想看到老师将会是怎样地掀开这起案件的神秘盖头，怎样理顺那一团让我恨得牙痒痒的“乱麻”。真的有点儿迫不及待了。

重案勘查车驶入公司的大院，在食堂门前缓缓停下。小李子为维护老师的思路不被打断，总是将勘查车开得稳稳的。雨已经停了，太阳羞羞地露出了半个脸来，令人心情感觉好了起来！这让我想到了某些影视作品中的场景，戏如人生啊！

何队长他们的车已经先于我们到达，从神情看，他们已经等了一会儿了。显然，老师与何队长已经事先约好。

“镜工好！你终于回来了，瞧瞧，你一来现场就雨过天晴了。”看得出，何队长见到老师是由衷地喜悦。

“何队长好！”老师拉住何队长的手紧紧地握着。真是两个多年的好战友啊！

“在来现场的路上我就一直在惦记着你……”

“能被你惦记着的一定是非常重要的事。说吧，需要我做什么？”

听着老师与何队长之间的对话，更能感觉到他们的默契。老师拉着何队长的手往旁边走了一段距离，最后两人站住，老师先向何队长询问了一些什么，然后，老师向何队长又靠近了一步细细地讲了起来，一边讲一边扳着手指头……何队长先是认真地听着，紧接着又从随身的单肩包里掏出笔记本快速地记录起来，不时向老师确认着记录的内容。

我们当然听不见他们两人的对话，老师非常注重侦查工作中的保密意识，尤其是在一些具体的侦查工作方法和技巧方面，可谓慎之又慎。我认真观察着老师的举动，从他讲话神态的节奏中分析着讲话的内容，显然，老师是要让何队长他们着重去调查一些关键的信息，而这些信息对于老师对这起案件的研究分析至关重要。我的第六感告诉我，对此案，老师已经胸有成竹。

约莫过了十分钟的光景，何队长收起了笔记本，两人相视一笑，结束了谈话。何队长有些迫不及待地转身回来，和重案队的侦查员们简短地交代了几句，大家立即上车，旋即，三辆黑色的轿车掉转车头朝着公司大门的方向疾驰而去。

直到何队长他们的汽车消失在视线里，老师依然是一动不动地站在刚才的位置处，双眼看着何队长他们离去的方向，好像要亲眼看着自己射出去的箭准确地命中目标一样。

“老师。”我们一起朝老师走了过去。

“走，实地介绍一下现场。”

不到现场非“好汉”。在老师对现场的复勘工作经历中，现场的实地踏勘一直是他重要的工作组成，只要有可能，哪怕是时隔多年的案件，甚至原来的现场环境都已经不存在了，老师也要坚持去原始现场所在地看一看。用他的话讲：在实地可以感受到与案件有关的信息与氛围。

外资矿业公司位于远郊的一个大型开发区内，在开发区的东北部。现场所在的公司总部专用食堂位于公司内的西北角处，约为1200平方米。

食堂的大门朝南，为四组活动式玻璃大门。大门内为可容纳100余人用餐的餐厅大堂及两个商务包间。大堂的北侧是饭菜售卖间，共有六个售卖窗口。饭菜售卖间北侧由东至西分别为食堂仓库、后厨、点心制作间。

食堂所有的饭菜皆出自后厨，后厨内靠西墙是灶台，靠东墙是调料柜，靠南墙是操作台及货架。后厨的北窗东侧有一扇北门通往食堂的后院，后厨东墙的北侧有一扇东门通往食堂仓库，后厨西墙的南侧有双扇横拉门通往点心制作间。

点心制作间的主要功能是负责制作每天的早餐，有馒头、包子、馄饨、小笼包等品种，室内靠西墙是点心制作台，靠东墙是点心制作器皿，除了与后厨相通的双扇横拉门外，在北墙的东侧还有一扇玻璃门通往备料间，点心制作间无窗户，室内顶部装有两个日光灯管。

备料间内靠西墙和北墙各放有一台大型的双开门电冰箱，备料间的东墙南侧还有一扇东门通往食堂的后院。

食堂后院为水泥场地，在东院墙处是装有双扇铁门的后院大门。后院内靠北墙处停放着一辆两吨的货运卡车，靠西南墙角处排放着三个半人多高的塑料泔脚桶。

老师在食堂内的各个房间和功能区慢慢地、若有所思地走着，我不时回答一些问题，胖胖他们跟在后面，把最好的位置让给了我。

“你们看，丁探像不像一个导游？”小李子在后面小声对大家说道。

“说得好，用词准确！”

尽管小李子的声音不大，竟然还是被老师听见了。但让我感到有点惊讶的是，在这种时候老师为何会去理会这么一句随口而出的平淡话语。

老师止住了脚步，转过身来看着小李子、又像是在看着大家一般继续说道：

“在重大复杂案件的现场上，作为一名参与现场勘查工作的刑事技术人员，如果能够达到为别人导游的程度，这说明你是用功了的。这是在现场勘查中我们刑事技术人员临场工作的及格线。”

老师常常会从你意想不到的角度去深入探寻事物的实质与核心。要跟上老师的思路实属不易，但着实很过瘾，这也让我拿出录音笔的速度迟缓了许多。

“丁探，你说如何来体现出一个人武功的高强？”

又是一个急转弯。我手中拿着刚开启的录音笔，一时间有点卡住了……

“遇到一个好的师父、扎实的基本功、持之以恒的尚武精神。”小李子喜欢武术，抢先回答道。

“我看还必须要有较为丰富的实战经历，这样才能有经验应付各种情况吧。”胖胖补充了一句。

“察言观色、手疾眼快。”不知道为什么，本能地说出这两句话的同时心里空空的，我总感觉自己的脚没有踩在“实处”。

老师微微点了点头：

“一个好的师父、扎实的基本功、持之以恒的尚武精神、丰富的实战经历、察言观色、手疾眼快等，可以帮助人们学习和训练技能。除此之外，高强武功的形成还在于对所学技能科学合理地运用。”

老师刻意停顿了一下，似乎是让我们有一个思维缓冲的时间。随即，老师竖起食指并用非常慎重的表情继续说道：

“审时度势、措施得当。没有得当的措施，就无法发挥出最大的功力，而得当的措施源自临场的审时度势，当然临场中的审时度势产生于冷静的心态。”

“所以，作为一名刑事科学技术人员仅仅是掌握了扎实的业务知识与技能还远远不够，还需要修炼和拥有科学的理念去正确应用所掌握的知识与技能。”我一口气说出了自己对老师这些话的理解。

“OK!”

“回答正确！”

胖胖和小李子一左一右的赞扬让我有些脸上发烧。从老师的表情我看得出，他也非常满意。

“老师，可不可以透露一下您刚才和何队长的交谈内容？”我不失时机地抛出了这个在心里憋了好一阵的问题。

“当然。实地踏勘一下现场是为了再次验证我的分析和判断。”

老师走到厨房间内的调料柜前招呼大家坐了下来。大家知道我要进行录音，已经习惯将最佳位置留给我了。

“我们既然身在厨房里面，那我就选用一个生活中餐饮方面的例子来和大家做个讨论。”

老师伸手拉开了调料柜子的柜门，显露出里面琳琅满目的各类调味品。

“当一名厨师被指定烧制一道菜肴，并提供给他相应的食材、调料等条件后，这名厨师首先应该要做的事是什么呢？”

这是一个简单得不能再简单的问题，但在场的所有技术人员都没有立即回答。我只是在思索着，并不准备做任何回答。

“答案只有一个：一名优秀的厨师首先要根据这道菜肴对于食材、调料、烹饪条件等的要求，仔细去检查已经提供的各个项目，从中发现还缺少什么？有哪些不符合要求等情况，然后逐一予以补充完善后再开始烧制菜肴。如果不顾一切急于烧制将可能出现两种情况，一是因材料缺少导致半途而废；二是因材料品质问题无法实现相关菜品的色、香、味要求。比如川菜中对回锅肉的烹饪需要有豆瓣酱，一要看有没有豆瓣酱，二要看是否是四川郫都区生产的豆瓣酱。”

老师一回身从调料柜中拿出了一个小坛装的郫都区豆瓣酱托在手上。

“在对于案件、事件现场的研究分析工作中出现最多、最普遍的问题和教训就是：对于所获得的第一层信息照单全收，并且以此作为研究分析的全部资料。”

老师的双眼紧紧地盯着装郫都区豆瓣酱的坛子，好像是在对郫都区豆瓣酱坛子讲话。

“所以，刑事科学技术人员在工作中对于所获得的各种信息也首先要进行梳理，从中发现缺失之处、不实之处，并且能动而及时地进行补充，然后才可能有效地开展对相关案件或者事件的研究和分析。何队长去做的工作以及我们的实地复勘工作都是为了这个。”

老师朝皆呈关闭状的门、窗处扫了一眼，而后稍稍压低了嗓子继续说道：

“至于要与何队长单独研究，是因为其中涉及一些敏感的信息，稍有不慎就会引起误解和惊恐，甚至会让我们永久失去那些关键的信息，必须巧妙地智取才行。”

嘀！嘀！嘀！老师的手机铃声响了起来，我看见了屏幕上显示“何队长”字样。

终于等到了。

老师专注地倾听着电话中的每一个字，脸上依然是近乎冷酷的表情。大家都目不转睛地盯着老师的脸，通过前面老师的一番比喻和讲解，每个人都已深知何队长这个来电的重要性。因为我的位置离老师最近，所以隐约可以听见电话中何队长的讲话声，内容听不清晰，但从其讲话的语调上我可以感觉到一种兴奋的情绪。记得有一句老话叫：“听话听音，锣鼓听声。”这一招语调分析也是老师教给我的，当然，是开小灶，谁让我好学呢。

“就等你的这份作料点火开锅了。谢谢，辛苦兄弟们了！”

这通电话足足持续了二十多分钟。

放下手机，老师直起身体深深地吸了一口气又慢慢地呼出。

“一种行为的产生，在现场上的表现形式是相对静态的客观存在，我们要把这些相对静态的客观存在还原为动态的过程，通过这个还原的动态过程去发现其产生的原理，再通过其产生的原理去揭示案件或者事件的实质与真相。”

老师切题的开场白把大家的情绪和注意力调到了极点。

“丁探，还记得电话中我建议的现场勘查程序吧。”

“记得！”

我翻开笔记本：“以该食堂日常餐饮操作的习惯为主纲，顺着操作流程去勘查取证，并通过侦查人员首先了解不同重度症状人员间的午餐食用量、食用菜品等异同，整理出其中的规律性来，等等。”

我一字一顿地把重点读了一遍。

“我们当时就是按照这个程序来勘查的，访问信息是何队长他们及时告诉我们的。亏得镜工及时指点，否则至少不会想到要去泔脚桶内寻找证据。”胖胖接过话头讲道。

“复勘点心制作间。”

老师冷不丁的一句话让大家感到有点意外，因为这次的食物中毒案件中所有中毒者都是食用了后厨烧制的菜肴而中毒的，午餐食谱中并没有点心的存在。

站在点心制作间内，老师再一次细细地观察着室内的各个角落及器皿陈设，当他慢慢抬起头来仰视着屋顶上的日光灯时姿势一下子如同凝固般的不动了。屋顶上装有两支日光灯管，其中只有一支亮着，因为点心制作间没有窗户，所以，尽管是大白天也开着灯，此时由于两支日光灯管中有一支不亮，室内的光线不是很好。

“找这两盏灯的开关。”

老师的话音刚落，小李子便一步跳到与后厨相通的门边，伸手按下了墙面上的两个电灯开关，前期的勘查工作过程中，我们对于现场环境已经非常熟悉。经反复几次试验，都只有那一支日光灯管亮，显然，另一支灯管坏了。

突然，老师快速走到了室内靠西墙的点心制作台前，只见他双手在胸前比画了几下什么动作，而后先是蹲下用强光手电筒在地面上观察着，紧接着又俯下身子趴在了地面上，手电筒的光柱在点心制作台下面扫动一遍后停在了制作台下靠近中间的位置处。

“小李子，照相固定！胖胖，物证袋，准备提取。”

老师一边发着指令一边手指往地上一点站了起来。

“我也要看一下！”强烈的好奇心让我不顾一切地急着往地上趴，可是我的胳膊却被老师一把给拽住了：

“等一下。”

老师转身走出点心制作间，旋即手上拿着几张报纸走了进来，他把报纸分散铺在了制作台前的地面上。

“好了。丁探，看吧。注意观察它们的形态。”

我伏下身子趴在地上，点心制作台的台子底部距地面有一个高度约为十厘米的空隙，我侧着头，脸必须要贴在地面上才能看清晰台底地面上的情况，难怪老师刚才要拽住我。

在手电筒的光照下，我看到在操作台下地面上有不少白色的物质，它们的形态主要是由外向内侧的冲击所形成，最外侧距离操作台边沿约五厘米，最深处距操作台边沿约二十厘米。我仔细观察着它们的色泽和形态，明白了，它们是S食品添加剂。案件发生以来，我们已经对S食品添加剂太熟悉了。

我推开了小李子准备搀扶的手，自己轻松地撑地而起。我从小就喜欢运动，跑步、羽毛球等都是我的长项，这点动作尚不需要别人的帮助。

在小李子和胖胖他们进行现场取证的这段时间里，老师坐在餐厅的椅子上一直专注地在我的笔记本上写着分析意见。我知道，此案的谜底老师已经揭开。几年以来，这样的场景无数次地展现在眼前，但每一次依然是在激动和期待中煎熬地度过，即便是知道了答案，那推理分析的过程仍充满着诱惑。

“这起案件的第一个突破口就是那个S食品添加剂的包装袋。”

当大家都坐定后，老师开始了对案件的剖析。当然，我的录音笔已经放置在了最佳的位置上。

“那是一个已经破损了的包装袋，在包装袋上有一条从袋头至袋底部的大裂口，这个裂口几乎将整个包装袋一分为二。”

说到这里，老师确认似地看了大家一眼。我仿佛又嗅到了泔脚的酸臭味。

“可它是怎么破的呢？我们仔细去观察研究一下它的破损形态就不难发现，它是被撕破的。不仅是被撕破的，而且是被一股很猛的力量一次性撕破所形成的，这就是问题的关键所在。”

是啊，我们都看见了破损的S添加剂包装袋，当时也认为是被人撕破的，但却没有注意到这个包装袋破口中所包含的更深一层的信息。又是看见不等于发现！

“我们对现场的分析判断，首先是根据对现场环境及各种痕迹物证的解读去还原作案过程，然后去研究促成这些行为的主观、客观因素。如气候、光照、个性、即时情绪等，这样才能全方位地认识案件的立体构成，这就是立体思维以及由其派生的立体勘查。”

这就是我对老师最钦佩的地方，不管对于任何案件，他从来不是简单地告诉你一个答案或者一个单纯的分析过程，而是不失时机地对这种分析推理的过程进行归纳与提炼，用这种润物细无声的方式对技术人员进行培养和训练，想象一下：现场加实践加理论加综合阐述加即时解疑，还有比这更好的课堂、更有效的教学培训模式吗！坐在这样的课堂上，我由衷地感到一种幸运，甚至是一种幸福。

“当丁探第一次在电话里告诉我案件以及现场上的情况时，我就深深地感到了此案的复杂性，之所以让大家在现场勘查工作过程中以食堂日常餐饮操作的习惯为主纲，顺着操作流程去勘查取证，并通过侦查人员首先了解不同重度症状人员间的午餐食用量、食用菜品等异同，整理出其中的规律性来，就是要根据客观存在首先搭建出证据链条的轮廓，而后一个环节一个环节地去重建还原，最后通过科学的关联从而解析全案。这时候，我们必须有一个正确的思维切入点。面对众多的环节，我们要对其进行甄别，寻找发现并提纯其中真正需要的信息点，我们对临场工作中思维切入点的选择就是基于这些资源之上。在这方面，何队长他们做了大量的调查工作。”

老师再次停顿了下来。他拿过矿泉水瓶子喝了一口水，尔后用手将矿泉水瓶子高高地举过头顶看着大家说：

“大家看，我把一瓶矿泉水举过了头顶，你们说说，我的力气大不大？”

老师突然的这一个比喻让我们一时间无所适从。我知道，这里面肯定有着特别的寓意，但确实无法反应过来，大家面面相觑。

老师轻轻地放下手中的矿泉水瓶子。他轻轻地、深深地吸了一口气。

“当客体的个体特质性不能满足对主体的个体特质性体现和反映条件时，该信息点不能作为现场分析的支撑性依据。用刚才我的举动来诠释这句话，对于一个正常的成年人而言，一瓶矿泉水当然无法体现出其个体力量的大与小。所以，寻找临场工作中的思维切入点，准确地讲，就是要去发现事物本身的支柱性因素所在，因为它能帮助人们了解事物的结构。”

“镜工，在这个案件中，你选择的思维切入点应该就是 S 食品添加剂吧？”

胖胖取下嘴上那支没有点火的香烟，又往前挪了挪身体说道。

“对！就是它。它是此案中极其重要又关键的一个环节，吃透了它才能将其前前后后的环节有机地串联起来。”

老师坐直了身体，仰起头来。

“现在，我就把这起事件的全部过程向大家进行系统的分析讲解。”

我敏锐地捕捉到了，老师用的是“事件”这个词，心里一顿。

“在点心制作间内一共有两名工作人员，一个是五十多岁的陈阿姨，她主要负责点心的蒸制；另一个是四十多岁的点心师钟师傅，他主要负责各色早点的制作。其中，制作早点需要大量的肉馅，所以，他会根据消耗的情况不定期地制作较大量的肉馅备用。调拌好的备用肉馅里面是不加盐的，只有在取用时临时对所取用的肉馅进行加盐，而每次加盐，钟师傅都是将隔壁后厨炒菜灶台上的大盐罐临时拿过来取用，用完后再将大盐罐还回到后厨的炒菜灶台上。另外，每一次新制作的备用肉馅为了保持肉馅的新鲜和色泽，都会在肉馅中加入适量的S食品添加剂。”

老师讲到的这些厨房中的知识，我是平生第一次听说。原来，做个早点还有这么些个学问。隔行如隔山啊！

“为了确保早餐的准时供应，钟师傅每天早上五点钟就要到达单位制作早点，而陈阿姨在五点半左右到达单位，开始分批蒸制钟师傅制作好的各色早点，并把制作好的早点放入保温箱备用。”

我直直地竖着耳朵听着，感觉老师好像就是点心制作间工作多年的老员工一般对各项操作程序如数家珍。

“在事件发生的头一天，钟师傅新制作了备用肉馅，由于S食品添加剂已用完，所以无法及时在肉馅中施放，急性子的钟师傅为此还在电话中冲采购员发了一通脾气，等采购员送来新买的S食品添加剂时，因上班时间上的错时，钟师傅已经下班回家了。无独有偶，第二天一早，也就是事件发生的当天早晨，一贯骑电瓶车上班的钟师傅因车胎漏气临时改乘公交车上班，等他到达单位时已经将近五点半了。钟师傅匆匆忙忙地从大冰箱中搬出昨天新做好的一大盆肉馅，挖出了当天做早点所需要使用的量，然后到后厨炒菜灶台上取来大盐罐给取用的肉馅加入盐，这时他看见了昨天采购员送来的S食品添加剂，于是拿过来准备往备用肉馅中施放。按照平常一贯的使用方法应该是用剪刀在S食品添加剂包装袋口处剪开一个小口子，使用后再用夹子夹住口子存放。但剪刀放在后厨东侧的仓库里。这时，已经晚到的钟师傅情急之下便想用手在包装袋上撕一个口子，但在慌忙中用力过猛，‘扑’的一下子撕出了一个大口子，随着力的作用S食品添加剂泼洒到了点心制作台上以及台子下侧的地面上，其中泼洒在台面上的S食品添加剂中有部分撒到了放于台面的大盐罐内。S食品添加剂大家都看到过了，从色泽、形态等方面它与盐都有一定的类似之处，所以，泼洒在大盐罐内的S食品添加剂并没有被心急慌忙的钟师傅所察觉。”

是这样！……我的思路清晰起来。

“点心操作间无窗，除了从备料间、后厨、卖饭间间接透入一定的光亮外，室内主要靠两盏日光灯照明。何队长刚才电话回复我，其中一盏日光灯已经在事发前一周就不亮了，一直没有更换新灯管。案发当日为小雨，在阴雨天的早晨，室内的光线较暗。”

其实，就算是今天出现阳光之后，既有自然光的透入，又有灯光的照明，我们在点心制作间内勘查时也并不觉得光线有多么明亮。问题是，我们在对现场的勘查中注意到了点心制作间内有一盏日光灯不亮，但却始终没有意识到这个现象与案件之间的关联性。

“可谓是屋漏偏逢连阴雨，S食品添加剂包装袋的不慎撕破让钟师傅的心情更加焦躁了。他快速地做了几件事情：用一个新的塑料食品袋将撒在操作台面上的S食品添加剂收集起来封口放好、用扫帚清扫了撒在台前地面上的S食品添加剂并连撕破的包装袋一起倒入了泔脚桶内、将备用肉馅放入冰箱、把大盐罐放回到后厨的炒菜灶台上、开始制作早点。”

老师用手朝胖胖指了一下接着说：

“刚才你们从点心操作台下地面上提取的少量S食品添加剂就是在清扫中残存下来的。对了，丁探，你注意到台下地面上S食品添加剂的分布形态了吗？”

老师又看着我说。

“注意到了，有两种力的方向，一是由外向内的冲击力，另一种是带弧形的力。我认为，前一种力是钟师傅的脚快速移动所致，后一种力是扫帚清扫中形成的。”

“是的，丁探观察及描述得非常准确！”

小李子应声附和说。胖胖也若有所思地点了点头。老师定睛看了我一下，目光中透出一种欣赏。

“大家都已经知道了，S食品添加剂是餐饮行业常用的物质，其具有防腐保鲜以及保持肉品成色的功效，但在使用的用量上有着极其严格的规定，如果用量超标会引发食用者中毒。”

说到这里，老师起身拿来几个盘子并排摆放在餐桌上：

“请看，这里盘子的顺序代表着午饭各个菜的制作顺序。午餐中厨师烧制的第一道菜是炒青菜，故处于盐罐中最上层的S食品添加剂大都用在了炒青菜中，所以，但凡午餐中食用过青菜的人皆出现了中毒症状。由于午餐中并不是每个人都食用过青菜，所以，但凡午餐中没有食用青菜的人中毒症状都轻于食用过青菜的人。把何队长反馈的侦查信息梳理后会发现一种规律：排序越靠后的菜毒性越低，直至没有中毒症状。”

老师用手指从桌上排列的第一个盘子一直划拉到最后一个盘子：

“这就解释了为什么众多的午餐用餐人员在症状上有较大的起伏，比如，先吃的没有中毒而后吃的中毒了，吃得多的没有中毒而吃得少的反而中毒了，等等。所有的规律性都隐藏在这里面，并且都可以从这条规律链中得到解释。”

案发当初的各种猜测和谣传皆在这一刻被化解，压在我心头上那重重的磐石终于被移去。我长长地透出一口气。

“老师，从上述分析就可以排除了人为故意以及有针对性投毒的存在了。”

“嗯。丁探仔细说说看。”

“从老师梳理出的规律性已经解释了这一切，我只说一下关于源头的方面。首先对以下几个物品进行定位：备用肉馅位于备料间的冰箱内、S食品添加剂位于点心制作间内、盐罐位于后厨的灶台上、导致用餐人员中毒的途径是后厨烧制的午餐。如果人为投毒的话只需点对点即可，没有必要这么周折，而现在所展示的系列行为皆符合生活或工作中的自然性。……”

我学着老师的样子侃侃而谈着。我知道，胖胖、小李子他们是刻意把这样的机会让给我的。当我一口气讲完自己的体会和看法后，大家竟然没有出现任何的反应，老师依然是面无表情的冷酷，胖胖嘴上的香烟不见了，身体坐得出奇的直，小李子的脸涨得发红……老师的表情我已熟悉并习惯了，其他人的表情就让我不解了，不就听我谈一下心得体会吗，至于这样吗？

“掌声在哪里？”

我闻声猛一回头，宗局正站在我身后五米左右的地方，看样子已经站了一会儿了，也就是说，我刚才的高谈阔论基本上全被宗局听见了，而且是刻意在听的。一种嗔怪由心而起，可当我再次回转身来时，老师的眼神却让我的心情即刻平静了下来，在冷酷的表情下一丝微微的笑意在老师眼中划过，似乎在对我说：“很好！”

宗局刚出差返回，是从机场直接赶赴到现场来的。刚才进门见我正准备发言便用手势示意大家不要动，直到我讲完才出声喝彩！也是我思考得太投入，一时竟未曾察觉身后有耳。

整整两天时间，我基本上都是以睡眠为主。

早就听到过一些对于基层一线刑事警察的趣述，如假期的觉（睡觉）、抽屉里的药，等等。在老师的抽屉里我就看到过有四瓶“复方氢氧化铝片”（又称胃舒平）、一盒“甲硝唑片”等。

今天是宗局给的三天假期的第三天，我建议把老师拉到郊外去，让老师好好换一下心情，胖胖和小李子他们一致赞同！根据我的分工，由我负责开车并准备水果和点心，胖胖和小李子负责采购各种酒、菜，我特别关照了要买老师喜欢的红酒品牌。三下五除二，一切搞定，更让大家高兴的是，老师不但愉快地接受了邀请，而且“高兴得像个孩子”，这句话是胖胖背着老师说的。

天公作美，一个阳光明媚的好日子，在淡淡的水汽蒸润下，郊外的山岳丛林间充斥着嫩枝新叶的娇柔身形和散发出的清香气息，深深的展身呼吸能让人由内而外地接受一次万物的洗礼……

在我的直接指挥和督促下，小李子已经手脚麻利地完成了水果、菜肴、点心等的摆放，正要开启酒瓶盖。胖胖则仍在高挽着袖子奋力揉着面团，为老师的拿手绝活“工兵铲煎饼”做着准备，原本这是我选定的活，老师显然看穿了我的心思，悄悄对我说：“这活不好玩，让胖胖干吧。”胖胖眼皮都不带搭一下地就干开了，开始还哼着小曲，而现在已经没有曲，只剩下哼了，每次当胖胖认为揉好了的时候，老师用手指一按然后告诉他还远远不行……到底是亲老师啊！

我递给老师一杯铁观音茶，老师伸手接过去，但眼睛却始终眺望着远处的一个小村落。我顺着老师的目光看过去，在山脚下的树林里有一间被竹丛包围着的农家院落，隐约可见院内跑动的家禽以及屋顶袅袅的炊烟……

“丁探，知道吗，人的记忆不仅是单纯的事件记录，还包括当时的各种客观存在，比如景色、气息等。之所以要学会立体地思考和分析，是因为只有这样才能实现完整的信息获取。今天的自然气息让我一下子就想起了小时候和一群伙伴在野外采集野生草莓吃的场景，有一个小男孩的鞋跑掉了，大伙都去帮他找，而我则假装帮着找鞋，偷偷吃了好多的草莓。后来那个男孩的鞋总算找到了，但又不小心被树枝刮破了裤子，回家被狠揍了一顿，以后只要说到吃草莓就会下意识地摸摸自己的裤子……哈哈！”

“老师，就这么听您讲着都觉得好美！”

“各位！请赏光入席！”胖胖和小李子一人手臂上搭一条软软的树枝做出店小二的样子朝我和老师叫道。从声音上可以听得出，胖胖的气还没有喘匀。

一瞬间我发觉，自己已经开始了“立体”地研判所接收到的信息了。

老师做的“工兵铲煎饼”非常好吃！幸亏老师备足了量，否则还真不够我们三人狼吞虎咽的，老师端着一杯红酒，一边慢慢品味着一边欣赏着我们的吃相，脸上依然是冷酷的模样，只有熟悉他的人才能读懂其中的微妙。不知道为什么，也不知道从什么时候开始的，老师的这种冷酷特别能让我心定神宁。

“老师，没想到这个侦察兵的野战食品还真好吃。”

“工兵铲煎饼”的制作是老师在部队时学会的，是侦察兵野外生存训练中的内容之一，之所以称为“工兵铲煎饼”，顾名思义就是利用侦察兵野战装备中的可折叠式工兵铲当煎锅制作出来的煎饼。原以为只是弄熟了凑合吃的东西，却如同美食一般的诱人。

“还记得上课讲过的一个概念叫证据的盲视区吧，也就是说，表面看上去是证据的东西却经不起细致的推敲，其原因就存在于证据的不完整性上，而这种不完整性是隐藏于人们思维死角处的，引用一句医学术语就叫作：无自觉症状。我把这个思维的死角区域称之为：思维的盲视区。而当思维的内涵是对应证据的组合时，它就成了证据的盲视区。”

也许是看到我们都停下进食专注倾听了吧，老师“扑哧”一下笑出了声，一边用手示意我们继续用餐，一边自己先带头将杯中的红酒一饮而尽。小李子和我几乎是同时伸出手去抓酒瓶给老师续酒，当然，小李子还是把机会让给了我。

“我给你们讲一个小故事吧。”老师看着在杯中翻腾的红酒说道。

“等一下！”我急忙从包中拿出录音笔打开挂在靠近老师的一丛植物藤条上。樱桃红的录音笔在翠绿色的枝丛上微微地晃动着，忽闪出特别夺目的美丽。

“这已是三十五年前的事了，但今天我无意中看到的一个画面却瞬间从我的记忆深处调出了那段经历。”

老师的开场白让我想到了刚才他久久眺望凝视着那个被竹丛包围着的农家院落的场景。

“那年我十七岁，担任某野战部队师直属侦察连的副班长。有一次部队进行武装泅渡训练，在登陆过程中我的脚受伤了。为了抓紧治疗，连长让我先返回位于五公里外大山中的连队，我谢绝了派战士护送，坚持一个人走回去。全是山路，炎热的气候加上一瘸一拐吃力地行走使得全副武装的我浑身湿透。就在这个时候，一个声音叫住了我：‘解放军同志，你啷个受伤啰！这个样子啷个要得哦，跟我走……’我回头望去，在路边树丛里站着一个年纪约七十多岁的农村老太太，在她的身后还有一个五六岁的小男孩探头探脑地看着我。后来我才得知老人家已经八十多岁了，那个小男孩是她的重孙子。老太太的家就在几十米外的树林中，是一个当地常见的农家院落，在房屋的四周则是茂密的竹林，一张大号的木制方桌摆放在院子边沿的竹荫处。我被让在方桌前坐下，很快，一个用粗瓷大碗盛着的刚用铁锅烧开的水端到了我面前，水是储备在大水缸中的井水，有一种特殊的土香气息。流了大量的汗，我渴极了，一边吹着水面，一边不停地小口呷着……在整个过程中老太太的儿子只是陪坐在方桌前，他年纪近六十岁，不停地抽着当地的一种叶子烟，偶尔和我说两句话，老太太的孙子在我的鼓励下总算与我亲热起来，他的小脑袋依偎在我的腰间，两只小手一直没有离开过我身上的冲锋枪。大约有半个多小时，我起身道谢准备继续赶路回部队。这时，老太太的儿子朝我招了招手，并向我身后指着，自到来后一直没有再看到的那位老太太出现在我身后的竹林里，她步态稳健，一手握着一把篾刀，一手拎着一根青绿色并带着白霜的竹竿朝我走过来，她把比我身高还略长出一些的竹竿交到我手里说道：‘这样走起来稳当些……’”

说到这里老师停住了，他又一次扭过头凝视着远处树林里那一间被竹丛包围着的农家院落，久久地，仿佛是在寻找着那位步态稳健的老太太、憨厚纯朴的农夫、可爱的小童子。

老师的故事伴着树林中小鸟的啼鸣声把我也带入到了那个真实的场景之中。这个故事很让我感动，这个故事另外还有一个非常重要的意义，那就是诠释了老师关于证据盲视区的理论，老师对于这段几十年前往事的回忆源自无意中映入眼帘的类似环境，但回忆中不仅只是单纯的事件，而是包括与该事件同步存在的各类客观要件：人物特点、气候状况、物品特征以及它们相互的关联性。所以，在对现场的勘查分析工作中，当我们知道并关注到证据盲视区时，具有两个方面的重要意义：一是提醒我们证据组成要素的立体性；二是发现或者补充完善证据的途径和方法。

当我从植物藤条上取下樱桃红的录音笔时，感觉它似乎变得沉甸甸的，如同一枚成熟了的果实。

时间过得很快，准备回程了，但上车后我并不急于点火发动，大家依然沉浸于刚才的话题之中。

“证据的盲视区存在于人的头脑中。‘草色遥看近却无’，微观存在于宏观之中，筑成了宏观；宏观描述着微观的存在，昭示着微观。”老师总结式的语言。

“我说什么来着？我说什么来着？镜工那天在车上忽然产生的诗兴肯定与勘查这起案件的现场有关联！”

胖胖得意地看着我们，伸手从左侧衣服口袋中掏出了香烟，但很快又用右手放入了衣服右侧的口袋之中。

“老师，都说人生机遇难得，遇到您是我人生中最大最好的机遇！”

“没错，我们也一样！”胖胖、小李子附和着我的话。

老师从副驾驶的位子看了我一眼，笑着说道：

“谢谢丁探！也谢谢大家！”

稍微地停顿了一下后，老师的表情又恢复到了冷酷的常态模样，接着说道：

“机遇是可以促进人生有益发展的‘彩票’。之所以说是可以而不是一定能够，是因为机遇还需要人们去发现、把握以及科学地应用。人都需要有机遇，但又常常抱怨缺少机遇。这是因为没有正确地了解机遇产生的规律和条件。

人生机遇的获得一般意义上讲有三种途径。

（1）已知明确的机遇，比如考试类的形式。它们已经在某个时间节点处存在了。

（2）隐性的机遇，需要及时发现和把握住它。只有注重量的积累才会在机遇出现时实现质的升华。

（3）可以创造的机遇，以能力和智慧能动的为人生道路拓展、搭桥。

另外，机遇的获得是需要条件的，简单地说，就是人的个体资本，包括学识、健康、智商、情商、生活态度等。”

“镜工，说到这里让我联想到一个有趣的事，外出旅游时常常会听到导游对某些游客的描述：‘上车睡觉、下车撒尿、到了景点就拍照、回家一问什么都不知道。’我想，这是最要不得的人生态度吧！”

高速公路上，笑声洒了一路！回家的路。

由宗局亲自主持的案件总结讲评会气氛热烈，专案组的侦查、技术人员会聚一堂，满桌的各色水果、小吃让在场的人员无论是正在发言的、等待发言的、已经发过言的人嘴都停不下来。

尽管是严肃的案件总结讲评，老师的发言依然非常风趣，那种冷酷表情下的风趣尤其吸引了大家。老师的讲评中还对我进行了特别地肯定：

“在对这起案件的勘查工作中，丁探当属第一功臣，她最了不起的贡献就是在第一次的现场勘查过程中敏锐地发现并固定了重要物证——S食品添加剂的包装袋，也是重要的现场信息点。借用她自己的话讲就是：找到了一团乱麻。”

我下意识地紧紧抓着桌子，好像生怕自己会飘起来……

“不要怕‘乱麻’，相反应该更有自信，因为你已经拥有了‘麻’。‘麻’是什么？是资源，是可以帮助我们研究和分析案件真相的第一手资源。当你拥有了它之后，剩下的事情就是将它理顺，而要理顺它必须拥有冷静的心态，如果心态不好，就会很烦，那么‘麻’加上烦，可就变成麻烦啰。”

在大家的笑声和赞赏中，我想起了老师电脑屏保上滚动显示的两句话：

“水静成影，心静成思。”

五、视角的魅力

一对青年男女在小区的中心绿地内散步，男的倒剪双手迈着方步，女的一只手抓着男方的衣襟下摆，另一只手横置于小腹前。女的扭头看着男方并不停地说着什么，男方眼睛扫看着周围，对女方的问话唯唯诺诺地答复着……那个女子是我父亲同事的女儿。

看着眼前的情景，我忽然想起了在大学时一次有趣的经历。

有一天晚上老师为研究生学院做讲座，下课后同学们意犹未尽，于是就和老师一起在校园内一边散步一边聊天。校园内沿着围墙建造了一条环形的道路，走一圈约有三千米的路程，吸引了许多校内的学生、职工以及家住在学校附近的老师们，只要天气好，每晚都会有不少人在这里或散步，或跑步，或快步走。当和老师谈到临场心理学中心理因素对人的行为作用时，有个同学突然指着我们前面十米处路上人群中的一对正在散步的老夫妻请老师进行分析。说实话，我和其他同学一样，为老师捏着一把汗，不是对老师没有信心，而是事情来得太突然了，一方面我们也以极大的好奇心想看到老师在实战中的风采，另一方面嘛，题目确实太难了。

“好啊，这个提议很有趣。”

老师的这句话是我无论如何都没有想象到的：大气、霸气！

“从他们两人的年龄、气度以及此时此刻所出现的环境位置分析，他们是一对已经退休了的老教师，家中有一个还是婴儿的孙子辈……”

说到这里，老师停顿了下来，似乎在犹豫着什么。

“各位同学，他们既是你们的长辈，也是我的长辈，有些东西属于个人隐私，我就不便说了。”

其实，就前面的分析已经让我们佩服不已了。但总是有点小小的遗憾。

“好吧，看来我如果不拓展一下，今晚你们会睡不好觉了。”

老师察觉到了大家的心理。一句话又重新让每一双眼睛闪亮起来。

“我就再讲一个相对核心一点的分析吧。在家中是女方说了算，讲得通俗一些就是：男的是个‘妻管严’。”

哈哈哈哈！大家压着声音笑了起来，只有最初提出请老师进行分析的那位同学没有笑，而是微张着嘴看着老师……

“你认识他们？”老师转身问那位提问的同学。

“是的老师。他们的儿媳是我的老乡，也是我的师姐，现在有一个一岁多的女儿。”

老师点了点头。

“下面我来讲一下分析的过程。我之所以强调临场心理学，是因为人的心理状态曲线在很大程度上是受制于其所生活的环境，受制于其生活中的境遇。正所谓是习惯成自然，每个人就像是一个个毛坯，在长年累月的生活中不断地被塑造着、形成着自己独特的心理环境模式，而这种心理模式又会以人的言谈举止立体地表现出来。刚才的分析就是从结果去倒推其形成过程而已。”

这方面的生活例子老师在课堂上已经讲了很多，今天却是以实践的形式展示在我们眼前。可是我还是有些不满足，多么好的机会啊！那时候做梦都没有想到自己有朝一日会成为老师的徒弟，和老师一起工作。

“老师，我还有一个问题，您是怎么分析出他们家中有一个小孩，而且还是一个婴儿的呢？”

我的问题似乎是大家都漏掉的一个重要问题，目光又重新聚集到老师身上。

“气味。”说完，老师笑了。

哦！

现场是立体的、生活是立体的、思维是立体的、分析也是立体的。我笨死算了！

那是一个非常愉快的傍晚，最后以老师请大家吃完夜宵、叫来出租车、把车费塞到我手中、我们踩着熄灯的点返回宿舍、微信向老师报平安结束。

“那位小帅哥是个官迷。娶了一位非常喜欢他但他却并不喜欢的女孩为妻，严格地说，他娶的是女方的家庭、那个能帮助他铺平仕途的家庭，另外，女孩子很任性，怀孕约四个月了。如果是一本小说的话，悲剧的序曲已经完成。”

何队长的车子已经停在了跟前，他是来接我和老师的。早上老师搭乘出现场的车子到我居住的小区来和我一起去看望同小区内一位生完孩子在家休产假的女同事，刚从同事家出来就接到了何队长的电话：有两位外省的同行出差来支队，请求会诊一起前不久发生的命案。前面的一幕就是在等车的这段时间内看到的。只要和老师在一起，想停下大脑是不可能的。

“老师，您分析得完全正确，只是我不太明白为什么这就是悲剧的序曲呢？而且还已经完成了？”

刚坐上何队长的车，我就迫不及待地向老师提出问题。何队长先是一愣，当搞明白是怎么回事后就静静地笑了起来，笑得很诡异。

“女方只是被男方英俊帅气的外表所吸引，并没有深入地了解男方的人品、学识、修养等综合因素。虽然他对女方的话显得唯唯诺诺，但那只是表象的东西，他的双眼一直在路边的豪华轿车和过路的年轻女性身上转悠，心思根本没有放在怀孕的妻子身上。”

“您是怎么知道女方已经怀孕的呢？身体外形并没有明显的变化呀！”

“是从走路的姿态上分析出来的。”

老师对这个问题并没有具体的讲解，凭我对老师的了解，这肯定是有原因的，因为我也觉得不太好意思再往下问了。

“老师，那悲剧的序曲已经完成，这又是怎么回事呢？”

“这个问题我来替镜工回答你。”

何队长接过话头说道，可他的脸色很沉重。

“因为她已经怀孕了。当女方的父母从现在的领导位子上退下来之日，可能就是悲剧开始之时。”

不到一年的时间，老师的分析就应验了，他们最终还是离婚了，是由女方主动提出的，因为那个帅哥刚当上一个小小的科级领导就“喘上了”，严重的违纪不仅被开除了公职，同时也让女方如梦方醒……当然，这是后话。

我扭头看着老师，他一言不发地望着车窗外不断闪过的行人、车辆、树木、店铺，冷酷的脸上透显出疲惫。

昨天晚上有一起发生在郊外一个露天台球场的命案，两帮人因为争抢台球桌动起手来，斗殴造成一人死亡、多人受伤。等警察赶到时，除了一具尸体外，已空无一人，现场一片狼藉。何队长他们找到了一个在附近砖窑值守的老工人，他是目击者。看到他一脸惊恐的样子，老师轻声安慰了他一会儿，并从胖胖那里讨来香烟亲自为他点上火。交谈中，老师尽可能详细地询问案件发生时双方的打斗情节，比如涉及的环境部位、使用过什么工具、死者是什么时候倒地的，等。结束时又把胖胖口袋里一包未拆封的香烟递给了那个老工人。

“胖胖，双方打斗过程中主要使用的都是就地取材的砖块，注意查看每一块被使用过的砖块。”

勘查过程中一共发现了七块带有血迹的砖块。

“胖胖，都勘查到位了吗？”

“是的镜工，一寸地方都没有漏掉。……嗯。”

胖胖理直气壮地刚说完就后悔了。

连我都知道，老师在现场上是绝无戏言的，他之所以发出这样的反问，肯定已经发现问题了，用这种强调式的问话主要还是要让技术人员对于自己在现场勘查工作中存在的各种疏漏和不足有更深刻的记忆，老师把培训的方法和形式算是用绝了！我突然感到自己真的是太聪明了，竟然能想到随身携带着录音笔和老师一起工作。

老师看了胖胖一眼，转身走到尸体前蹲下，细细查看了一会儿，又拿着死者的双手翻来覆去地用放大镜观察着。死者是一个二十来岁的年轻人，穿着还算时髦，但服装档次很差，他仰面朝上浑身松弛地躺在杂草、砖块混杂的地面上，身体显得起伏不平。原本是人生的黄金年华，却在这里、因这样的原因、以这种方式画上了生命的句号。

“从正面看，死者身上没有发现出血处。另外，还要翻转身体来检查一下。”

严法医一边说一边准备翻动尸体。

“我来帮你。”

老师和严法医一起轻轻地、缓慢地将尸体朝一侧翻动着，我知道，这样的动作是为了尽可能地维护死者衣着上褶皱、附着物等的原始形态及部位。这些可都是用于现场分析的重要资源。

小李子迅速地进行着照相固定。在死者身体下面发现了五块砖块，老师一一进行了观察，在其中一个红砖的侧面上发现了一枚完整的血指纹。

死者身上没有出血处，双手上也没有发现血迹，红砖上的血指纹由其他人所留，而且，这个留下指纹的人很可能是自己受伤出血了。

从现场回到刑科所后血指纹很快便通过指纹查询系统查出了嫌疑人，何队长他们立即出发，嫌疑人在自己家中被抓获。此时距案件发生仅过了五个多小时。有趣的是，血指纹与形成指纹的血并非同一个人的，第二天，通过对形成指纹的血进行 DNA 的检验和查询，又抓获了另一个作案嫌疑人。

二位外省来的同志在何队长办公室正与几位重案队的侦查员谈论着有关案件的情况，他们来自 H 省 S 市，也是重案支队的，一位是侦查员、一位是刑事技术员，二人年龄相仿，三十来岁。脸上的疲惫加上眼球上的血丝告诉了我们近期的经历。

简短的介绍和寒暄之后谈话切入正题。

一个星期前，S 市郊区某农村水文站职工宿舍发生命案，一名三十五岁的妇女在家中被害。报案者是死者的丈夫，他当天一早去一公里外的水文站上班，离家时妻子还未起床。中午一时左右报案人回家去吃饭，见家中房门关着感觉有些奇怪，时值六月，天气比较闷热，平时妻子习惯开着房门做家务。当用钥匙开启房门进入室内时发现地上有血迹，接着又发现了浑身是血躺在床上的妻子。

现场所在的职工宿舍是一排坐北朝南的砖瓦平房，房屋北面是小树林，南面是水泥场地，水泥场地以南约五十米处是东西走向的郊区公路，公路向东通往三公里外的“农家乐”度假村，向西通往二十公里外的 S 市。平房共有七间，但常住户仅三户人家，家在附近村落里的职工一般都回农村家中居住，只是偶尔在宿舍居住。案件发生的头天夜里连报案人夫妻在内只有两户有人居住，现场位于平房的最东头一间，与当天的另一住户家相隔三户人家。

老师一边听着介绍，一边在电脑屏幕上逐张翻看着现场照片，不时将屏幕上的照片放大、放大再放大，以查看照片上局部和细节的地方。

“你们照片拍摄得很好！”

“镜工，我有一个从刑警学院毕业的师弟，在一次校友聚会上他跟我提到过您，也谈到过您对现场照片的要求：大景深、高分辨率。”

“你们目前主要的困惑在什么地方？”

老师一边问一边把座椅向旁边移开一些，并示意我到电脑前去。

我明白，尽管刚才老师是和我一起看的现场照片，但老师还是让我再重新仔细地研究一下现场资料。

有一次老师在谈到影响学习有效性的因素组成时曾讲到过，每一个人的学习行为都有自己独特的组合，这个组合包括学习的时间选择、形式选择、环境选择、心理因素选择、吸收与消化的顺序选择，等等。实践下来我感到非常有道理，举一个简单的例子，面对一幅从未看过的图画，同样对它的内容感兴趣的人在观察的时间上都会有所不同，因为每个人在对画面观察时的顺序、理解能力等方面是不同的。从顺序上讲，有的人先宏观后微观，有的人先微观后宏观，还有的人会混杂搭配去看，还有一种人，看了第一眼后思路会先游离开一会儿（陶醉一番）再回到主题上。总之，解剖人性是一件非常有意义、有价值的事。

我按照自己的节奏重新查看研究着现场资料，耳朵也没闲着，老师和外省同行间的谈话一句也没漏掉，因为那也是有助于研究案件的资料组成。

“我们有一个非常大的问题难以解释，死者丈夫在早晨离家出门时是把门关好的，门上安装的是带保险功能的自动门锁，这个锁是死者丈夫年前入住这个房间时自己购买更换的，钥匙一共有三把，一把在死者的裤子口袋里，一把在死者丈夫身上，还有一把在死者的婆婆那里，她婆婆住在二十公里外的S市，从来没有来过现场。死者丈夫回家时是用钥匙开的门，门锁是完好的，那么凶手是怎样进入现场房间的呢？如果说是死者起床为凶手开启的房门，可死者当时的穿着非常暴露，又是什么人可以让死者穿成这样就去开门呢？熟人吗？熟人可以让死者开门，但是，除了死者的丈夫，能让死者以这样的穿着去开门的熟人一直摸排不出来。”

“死者的丈夫有嫌疑吗？”何队长若有所思地说道。

“一开始我们也考虑过死者丈夫，因为据访问信息反映出他们夫妻关系不是很好，可从杀人的角度上看，还没有任何证据。死亡时间是具有一定弹性的概数，死者丈夫在这个时间范围之内又说明什么呢？另外，死者丈夫真的是非常伤心，谈到妻子常常是语不成句。”

“最讨厌的就是泛泛而谈的夫妻关系不太好一说。”

何队长深有感触地说道。他又拆开一包香烟，一边递给外省同行一边接着说：

“用什么标准去衡量夫妻之间关系的好与差，有些夫妻三天两头地吵架，但关系挺好的，而有些夫妻表面上看着一团和气，实则是同床异梦咫尺天涯。这里面涉及的因素有很多，文化层次、生活境遇、家庭氛围、健康状况、个性脾气，各个方面。”

各种讨论渐渐地平息下来，办公室内重新归于寂静。

一直在仔细聆听大家讲话的老师好像忽然意识到大家的目光正聚集在他的身上，他回礼似的冲大家笑了一下，人一下子变得精神起来。我感觉到了一种好兆头……

“丁探，资料都熟悉了吧。请把中心现场的情况全面地描述一下。”

老师出其不意的一句话让大家一时间不太明白，但照单全收。我知道，这是突破前的最后蓄势。让大家在知道结论时，知其然，也知其所以然。

“现场总面积约三十平方米，为一个单间房屋，位于平房的最东端，其西侧房屋为同规格结构，在案发前一周内无人居住。……”

大家都如同是第一次了解现场情况一样认真地听着。老师慢慢站了起来，他走到放置于室内墙边的一株绿萝前，拿起旁边的抹布轻轻地擦拭着大片的绿萝叶子。

“现场总门朝南，为单扇木制门，门朝内侧开启，门锁完好。总门内是厨房间，厨房间内有两扇南窗，窗呈关闭状，窗帘拉闭。靠南窗是灶台，靠东墙是放有切菜板等物的木台子，靠北墙是木制碗橱。在北墙西端是通往卧室的单扇木门，门上无锁，门内侧安装有插销，插销完好。卧室内靠东北墙角处放有一张双人床，床呈东西向放置，在北墙中部有两扇北窗，其双层窗帘皆呈拉闭状。靠东墙有一个写字台，写字台的北侧即为双人床的床头。靠南墙为一个木制方桌，方桌的东、北、西侧各有一个木凳子。靠西墙由北至南分别是衣柜、拉杆箱等物品。卧室有一盏日光灯，灯的开关位于床头墙面上……”

显然，我连珠炮似的讲述刷新了大家的目光，我从中读出了赞许！

“在双人床的南侧床面上被害人身体略向右侧呈半仰卧状躺卧，身着睡衣睡裤，身上盖有一床薄被，其前胸、颈部、头面部以及被子前端皆有血迹，在她的胸部及颈部、脸部都有锐器伤……在她的左手环指、颈部、左耳处分别戴有金戒指、金项链、玉石耳环。”

老师非常喜欢植物，在他的办公室及家中有不少长得很好的植物，这些植物中很多都曾经是别人扔掉后被老师捡拾回来的。他曾说过，植物和动物一样，都是有灵性的，你对它好，它会知道。但刚才老师擦拭绿萝叶子的行为还有一个内涵，他想在我讲述现场的过程中最后整理一遍分析思路，离开座位也是从行为和意念上让自己思维的角度得到一种调整，既要近观，也要远瞻。当然，这些都是事后老师在回顾对此案的分析时告诉我的。

“很好丁探。该看到的你都已经看到了。”

老师接过了我的话头。这句一般人理解为表扬的话对我来说却完全是另外一种意思：看见了，可你发现了吗?

“这个案件的真相已经明确了，答案就在眼前，无论是现场资料还是刚才丁探的现场讲述都已提到了它。问题是还没有发现，它就是答案。”

老师扫视了我们一遍。

“老师，我认为死者的丈夫有嫌疑，可就是还缺少证据，他们是在一起生活的，所以，很多常规的证据类型对他都不起作用。”

“是的，指纹、足迹等都无法印证这种嫌疑的具体性。这种情况也是当初很困扰我们的地方。”两位S市的同行也深有感触地说道。

“证明死者丈夫是凶手的主要证据就是——项链。”

我注意到，老师没有用“嫌疑人”，而是直接用了“凶手”一词。这种时候它就是一种信心的象征。

老师来到电脑前，把现场资料中死者颈部的特写照片调出来并且放大，而后将电脑屏幕转向大家。

“死者颈部的金项链是在她被杀害之后才被戴上去的。”

啊！老师这一句直接而简洁的话却让我们有一种被噎住了的感觉。电脑屏幕好像突然产生了强大的磁力一样，人迅速在电脑前汇拢，一时间，办公室内变得鸦雀无声。

好漫长的十分钟。大脑的车轮在飞速地运转着，跋涉在崎岖的思维道路上，虽然已经有了明确的目标方向，但却总也找不着通向它的路径。这是一种剪铰般的痛苦，如同一个十分疲惫的人却总也无法入睡。

这是老师刻意留给大家的时间，问题要解决，但更要让大家在这个过程中共同参与、切实提高。这也是“四随练兵法”中所讲的：随时、随地、随人、随事。只有把全身心都融入事业中去的人才可能如此地信手拈来。

大家的头慢慢从电脑屏幕前抬了起来，但没有人说话。我已经发现了问题的关键所在，正是这种发现让我一瞬间痛苦得讲不出话来，因为类似的现场现象曾经有过经历，但我却没有实现举一反三、触类旁通，内心惭愧不已……

半年前，在一个村庄发生了一起女婿杀害共同生活的丈母娘的案件，老师在现场给我们出了一道思考题：已知凶手是死者的女婿，请寻找证据。

谁说做题目有答案就好办了，有时候更难。

根据现场上的各种现象，熟人作案是肯定的，但此熟人非彼熟人，也就是说，要从事物的普遍性中去寻找它的特殊性。切勿以这是深奥的哲学为借口，老师一直认为刑事科学技术人员应该学一点哲学，并称这是一件很有趣的事情。

最后，老师将凶手盖在死者头部的一件浅蓝色衬衣轻轻拿起来并展开，告诉大家这就是答案，因为死者的致命伤集中于头面部，有大量的血迹，覆盖在其头部的浅蓝色衬衣上却没有一点血，因此衬衣是在死者头面部上的血迹完全干涸了之后才覆盖上去的，而在当时的季节及现场环境条件下，要等头面的血迹干涸至少需要两个多小时的时间，几乎没有哪个凶手在杀人后还会在空荡简陋的现场中停留如此长的时间，另外，在这起案件当中，在死者头面部覆盖衣物的行为本身也是一种恻隐之心的临场表现。

“丁探！你是不是想到了那件浅蓝色的衬衣？是的，就是与那起案件类似的原理。”

我闻声一愣，转过头才发现老师正站在对面看着我，一脸的“冷酷”，胖胖却是一脸幸灾乐祸地叼着点燃的香烟眯缝着双眼挤在老师身旁瞧着我。

老师的话也让我发现了刚才自己的行为——我正用笔反复地在桌面报纸上来回划动着，那里印着一件品牌衬衣的彩色广告照片。我为自己的失态而心生恼怒，直直地盯着胖胖嘴上的香烟，胖胖见状立即解释道：

“我是站在你下风的，嘿嘿！”

老师在胖胖的肩膀上轻轻地按了一下，胖胖立即收起笑容并掐灭了烟头。

“老师，在死者满是血迹的颈部，那条金项链上却一点儿血迹都没有，这就说明金项链是在被害人死亡后，等到颈部的血迹完全干涸了之后才被戴上去的，而这几个小时的时间跨度已经大大覆盖了报案人——死者丈夫的进出现场时间，只有他才能做到，所以，死者的丈夫就是本案的作案人。另外，给死者佩戴项链的行为也是一种恻隐之心的表现。”

“恍然大悟、如梦初醒，我不知道该怎么形容了，镜工，感谢！”外省同行起身走到老师跟前，脸色因兴奋而微微泛红。

何队长陪在一旁，脸上闪现着一丝自豪……

宴请完外省同行已经是晚上八点多钟了。饭桌上最开胃的一道菜就是嫌疑人到位，在证据面前交代了自己因家庭矛盾一时冲动杀害妻子并贼喊捉贼的全过程。

当鲜红的血液从妻子的身体涌出时，他才突然意识到了事态的严重，随着头脑的渐渐冷静，身体也慢慢瘫成了一团，和妻子一起生活的往事在眼前一幕一幕地闪过……天色一点点地亮了起来，他想到了利用时间差来迷惑警方逃避法律的制裁。天亮后他像往常一样正常去上班，为了掩饰自己发红的双眼，特意戴上了一副墨镜，当他在写字台上拿墨镜时突然看到了妻子平常佩戴的金项链，那还是结婚前恋爱时他为妻子买的，一股巨大的悲伤潮涌般袭来，几乎让他呕吐起来。他拿起金项链细心地把它佩戴在了妻子被鲜血染红的颈部……

“‘看见不等于发现！’镜工，这是我们这次最大的收获！”

外省同行的车渐渐远去，朝着家乡的方向、朝着他们的“前线”消失在眼帘里。

一夜好睡，神清气爽！

进入大办公室后我习惯性地朝老师的小玻璃屋看了一眼，竟然发现了宗副局长的身影。这么早？我油然升起一种预感：有重要案件。

我的办公桌就紧邻于老师小玻璃屋的外面，这里以前是胖胖的位子，至于是怎么换到我的手里的，这个嘛，当然是靠智慧去动之以情、晓之以理啰。

办公室的走道正对着玻璃屋的门，宗局一眼便看见了我的到来。

“小丫头，来得正是时候，帮我们泡两杯咖啡来。”

“好的，请稍等宗局！”

我快速地从办公桌抽屉内取出同学从国外寄来的黑咖啡，用刚烧开的纯净水冲泡了三杯（一杯是给自己冲泡的）。

宗局的烟瘾非常大，在指挥部内几乎是烟不离手的，但在老师的小玻璃屋内从来没有见他抽过一支香烟。仅凭这一点就足以看出他对老师的重视及尊重。

黑咖啡特殊的香味即刻便让老师这间普通窄小的玻璃空间内充满活力。宗局看出了我眼中的踌躇，微笑着示意我在玻璃屋内坐下。

果然还是发生于上周末的那起命案。

上周末下午四时许，“110”接报，在一个别墅区内发生命案，一名中年妇女在家中被害。报案人是死者的丈夫，四十二岁，从事房地产行业。夫妻二人曾在意大利留学及就业多年，两年前俩人回国创业，生意红火而顺利。

报案人称当天早上他先出门，当时妻子还穿着睡衣在洗漱。下午他因平日里随身携带的降压药用完，故提早离开公司回家。回家时房门完好，用钥匙开门入室时发现妻子身着外出的衣服、高跟皮鞋倒在总门处的鞋柜旁边地板上，随身携带的女包位于妻子脚后餐厅的地面上，包内的物品散放于地面，混杂着玻璃烟灰缸的碎块，妻子身体下有大量的血迹。他立即掏出手机拨打了“110”报警。在等待警察上门前，他小心地走进卧室内查看了一下，发现室内的衣柜、写字台、床板等都被翻乱……

现场为一幢二层楼的别墅，其中心现场位于别墅的一楼。现场总门朝东，是金属防盗门，门完好。

总门内是餐厅，餐厅的北侧由东至西分别为卫生间、厨房间，餐厅的南侧是客厅及阳台，餐厅的西侧分别是北卧室和南卧室。

总门内靠南侧为木制的鞋柜，在鞋柜北侧的地面上被害人呈俯卧状倒于地板上……

现场的概貌在我脑中闪现着。

“问题的核心就在于现场各部位的翻动到底是为了寻找财物的真翻，还是企图转移警方视线的假翻。我们不能认为死者丈夫有嫌疑于是就说那是假翻动；认为那是真的翻动就否定死者丈夫有嫌疑。要辩证地看问题。”

宗局认真听着老师的分析，不时点头表示赞同。我也没闲着，樱桃红的录音笔早已在最佳位置处工作着。

对于被害人的丈夫——本案的报案人，在勘查现场的当日就从技术的角度上做过甄别，在各种分析出的作案对象条件当中，有一项重要的条件与他不符合，那就是对象对于被害人家中财物的存放情况不了解。矛盾点在于：（1）他们夫妻二人结婚且在同一屋檐下生活了多年，嫌疑人对家中情况不可能不了解；（2）从现场勘查工作结论来看，现场上物品的翻动情况不是伪装出来的，是真实的翻动，是嫌疑人杀人后急切的翻动寻找行为所形成的。

从一般意义上讲，这些认识可以成立，但老师坚信事情不会那么简单，这其中交织着许多矛盾，还需要做更深入的思考与分析。

“熟人作案，这是肯定的。死者身旁餐桌上那瓶已经开启了的矿泉水以及桌面上那一串纵向排列的水珠给我们提供了重要的信息。首先，死者在被害前曾与凶手之间发生过激烈的争吵！桌面上那一串纵向排列的水珠就是饮水人情绪冲动时手持已开盖的矿泉水瓶子狠狠砸在桌面上所形成，死者有较严重的胃病，从不喝冷水，所以，矿泉水是凶手所饮用的。一个大清早跑到现场来与被害人发生争吵、并可随意取用放于现场厨房门口柜子里矿泉水的人当然是熟人，而且是走得很近的那一类熟人。再有，杀人是由临场矛盾激化所至，不是有预谋的作案……”

我的耳朵就像是被紧紧攥住了一样，尽管是第二次听老师分析此案，但依然感觉到了言语中那全新的递进。

我们再次回到案件现场。

老师决定亲身演绎凶手的整个作案过程，由小李子扮演被害人，老师扮演凶手，并请宗局以及我们大家作为观众“冷眼旁观”。旁观者清嘛。

凶手与被害人在餐厅内发生激烈的争吵，凶手将手中的矿泉水瓶子重重地砸在餐桌面上，甩出一串水珠，被害人急匆匆地走到门口鞋柜处换上了外出的高跟鞋，拿起女包准备开门离去，这时，恼羞成怒的凶手随手抓起餐桌上那个厚重的玻璃烟灰缸冲到门口，朝着被害人的后脑部狠狠地砸了下去，被害人随即扑倒在房门口的地面上……

演到这里，老师突然停住了。

“等等！……我发现问题所在了。”

“镜工，你是说鞋和女包？”宗局紧接了一句。

“对。”

“高跟鞋穿在脚上……”

“女包拿在手中……”

“准备开启房门……”

“为了离家外出……”

“顶枕部被打击……”

“由身后方挥打所形成……”

老师和宗局二人你一句、我一句的对话就像是在打哑谜。什么叫丈二和尚摸不着头脑，我们现在就是。

正在这时，宗局的手机响了起来，他把电话放在耳边稍稍听了一会儿，然后告诉对方等一下，又把手机交到了老师手中并笑着说：

“这是你布置的任务，你来听吧。”

电话是何队长打来的，老师一边听着，一边慢慢地在屋内来回走动，似乎是在根据电话里的内容在查看着现场。约有五分钟的时间，通话结束。老师征询式地看着宗局：

“全部契合，可以最后揭示了。”

宗局深沉地点了一下头。

“我先讲一下刚才真人演示中所发现的重要信息。”

说着，老师一摆手，小李子立刻重新配合老师的动作进入角色。

“在刚才的演示中，被害人有一个准备离家外出的动作，这是一个关键的信息节点，被害人离家的组合动作是：走到鞋柜处，换上高跟鞋，拿好随身的女包，转身走向房门。这组动作告诉我们的信息是，被害人是以常规的方式准备离家，而不是以逃跑的形式离家。”

我开始明白是怎么回事了。我一定要做一次深刻地自我反省。

“如果说，争吵的行为中有让被害人感到了重大威胁的因素出现，那么为了逃避危险，被害人会不顾一切地逃往屋外。换鞋、拿包等这些从容不迫的行为就不会存在了。但现场告诉我们，现实的情况是被害人并没有特别异常的感觉，所以才会以正常的方式准备离家。大家想一下，如果凶手是外人，哪怕是再熟悉的人，被害人也绝不会自己一走了之，将对方留在自己家中，更何况刚刚发生了激烈的冲突，被害人应该严词令其离开自己家才对。所以，能让被害人那么做的人只有一个，就是本案的报案人——她的丈夫。”

绝妙极了！我发自内心的为老师的分析重建喝彩！

其实，这些都是人们日常生活中的行为组成，但却往往成了我们最容易忽略或视而不见的资源组成。真可谓是抱着枕头找枕头、揣着钥匙找钥匙。

“镜工，那么，翻动的真与假呢？这个问题把我的头都憋大了。”小李子终于找到了插话的机会。

“假翻是盲目地通过使物品物理移位的方式来制造翻动的现象，而真实的翻动则是有目的、有筛选地形成相应物品的物理移位。对于这个问题，在第一次的现场勘查工作中大家就已经形成了共识：真实的翻动，无可置疑。只是觉得，真实的翻动与被害人丈夫之间难以画上等号而已。”

老师的话理顺了大家在思维上的层次，心里感觉踏实了许多。

“丁探，你手机里那些有趣的图画还在吗？”

“在的老师！”

昨天小李子通过微信发了几张看图小游戏来考我，被我“打”得落花流水！那些都是在大学里就玩过的东西。正准备删掉时被老师看见了，让我暂时别删，说有用。

老师接过我的手机随意选择了一张图片向大家展示着。

“大家看一下，这是什么画面？”

那是一张足球场的全景图。也许大家已经知道了老师的用意，所以没有正面回答，只是以征询的目光看着老师的脸。

“没错，它是一张足球场的全景画面。而当我们把这张图画顺时针转动 90 度后呢？它变成了一个站立着的足球运动员一脚踏在足球上的画面。这就是视角的魅力，有时候，我们不妨跳出思维定式的禁锢，拓展自己的视野换个视角去审视问题。”

在老师递还给我手机的时候，我看见小李子正冲着我得意地笑着，我狠狠瞪了他一眼。其实，这一眼是瞪我自己的，答案早就握在手中，却一点儿都没有感觉。

“何队长他们的深入调查工作为我们现场勘查中得出的分析意见提供了有力的信息支撑。这对夫妻虽然共同生活了多年，但两人间的感情早已破裂，不仅同床异梦，而且在财产等方面也早已是划清界限。由于在一些共同的经济利益方面一时间还不能完全分清尺寸，所以才暂时还维持着法律意义上的夫妻关系，但早已分房间居住，现场的南卧室是被害人所居住，而北卧室根本不是报案人所谓的客房，而是他自己的卧室。也就是说，表面上二人世界中的他们早已成了‘熟悉的陌生人’。所以，当丈夫杀害了妻子后，他在第一时间想到的就是要赶在警察到达现场之前将被害人平日藏匿的财物搜寻出来。这才有了现场上那些真实的翻动。”

“传唤被害人丈夫。”

宗局用手机向何队长下达了指令。

“人类社会中任何一项事物的运行和发展都不是孤立和单向独行的，事物与事物之间都必然有着双向或多向间的密切联系、互动，并以此而产生出推动事物前进和发展的可能和动力。当这种相互间的联系性和互动性实现优化的时候，便形成良性循环。如何有效地去推动和把握这种优化，则需要调整及拓展我们的视角，它不仅是眼睛所看到的点与面，同时也是思维的切入角……”

“别假装用功。肉涮老了就不好吃了！”胖胖嘟囔了一句。

案件侦破了。老师请我们吃肥牛火锅!

小李子谈到兴处，竟将随身携带着的老师所著的书掏出来寻章觅段地读了起来。

“你们看到那桌上的小女孩了吗？认真观察一下，看看能有什么发现。”

我依着老师所说的方向看过去，在隔开我们一张桌子的餐桌上，一个年轻的母亲和一个六七岁的小女孩正在吃饭，小女孩背对着我们，可以看见她的左手握着白色的瓷汤匙正在低头吃着东西。

“镜工，可以把回答这个问题的荣幸交给我吗？书不是白读的，多日来的修炼，相信我会有一定的进步与提高。”

小李子迫不及待地向老师请战。

老师的目光变得深邃起来，他冷酷的脸上泛出一丝让人莫测的笑意。

“这个小女孩是个左撇子。”小李子涨得满脸通红脱口而出。

老师没有任何的反应，而是抬起头来看着我……

熟读唐诗三百首，不会作诗也会吟。我变得越发谨慎了。我立刻站起身来……

“丁探等一下。”

老师叫住了我，把左手手掌在我眼前慢慢展开，我看见在老师的掌心上写着三个字“右利手”。

果然，当我很随意地走到小女孩正面时，发现她右手拿着筷子在夹水饺吃，左手握着白色的瓷汤匙不时从碗中舀一小口汤喝。

“镜工，你是怎么发现小女孩不是左撇子的？”

小李子十分专注地看着老师问道。这也是我迫切想要知道的问题。

“从后面观察其肩膀和头部的动作关联性。”

老师让小李子做吃东西状态。

“你们看，当他右手使用餐具时，他的右肩部就会动，头部会配合性的偏向右方，而当他左手使用餐具时，他的左肩部就会动，头部同样会配合性的偏向左方。”

“啊！明白了老师。可小女孩是双手都有餐具，怎么就断定她是右利手而不是左利手呢？”

我后面的一句话把正要欢呼的小李子重新又按回到了椅子上。

“你就没个定性劲。学学人家丁探，大脑始终得转着！”

半天没说话只顾低头吃喝的胖胖这时终于歇息下来。

老师欣赏地朝胖胖点了点头。这是他的爱将。

“第一，看动作的频率；第二，看动作的幅度。这两个方面的参数右手都大大高于左手，由此分析小女孩是右利手。”

……

跟随老师已经多年了，可每每关键时刻他总有新的精彩展现在大家的面前。单纯的经验之说是绝对片面的，敏锐的观察力和思维能力才是他的“撒手锏”。对人、对事、对案件、对生活……都可以实现观察角度及思维角度的最佳化。我感到，当这种能力达到炉火纯青的时候，人真的是可以神化的。

我想，这就是视角的魅力。

六、真与假

“假作真时真亦假，真作假时假亦真。第一是对行为的溯源，清楚其原点的真与假；第二是研究行为在进行过程中发生转换的可能性及促成因素；第三是当前客观存在与前二者间的关联性。……”

大半天了，时而念念有词、时而摇头晃脑，胖胖几乎都沐浴在书香之中。

“啊……装满了，装满了。得消化消化了。”

胖胖终于放下手中的书，仰头靠在椅子靠背上，一边用手拍打着前额，一边自说自话着。

我的心情开始兴奋起来，我知道，除了有任务以外，胖胖雷打不动的下午“茶果”时间快要到了。“茶果”的前身是茶点，内容很丰富，自从今年的体检结果出来以后，血脂、血糖两个指标迫使胖胖将下午的茶点改变成了“茶果”。

“嘿！一说到消化我才发现，大脑装满了，肚子却空荡荡了。啊，下午茶果时间到。”

胖胖的写字台上放着一个香蕉、一个橘子，这就是茶果的内容，当然，是为了健康大裁减后的结果。胖胖首先将手伸向了香蕉，没想到一把抓握下去，原本“丰满”的香蕉瞬间变成了香蕉皮。

“咦？怎么回事……”

胖胖不解地看着手中的香蕉皮。片刻间，胖胖似乎意识到了什么，他放下香蕉皮伸手又抓向桌上的橘子，结果一样，抓到的也是橘子皮。

“哈哈哈哈！”

胖胖略加思索后竟突然大笑了起来。这非常出乎我的意料，原本以为他先要四处追查一番的。

“丁探，你连谢谢都不说一声吗？”

胖胖一边冲我笑着一边说。

一个月的警衔晋升刚结束，今天是我第一天上班，以前写字台中的各种“库存”早已在培训前清空了，还没有进行补充。中午时分，胖胖如雷般的呼噜声把我的目光引向了他所在的写字台方向，桌上的香蕉、橘子立刻吸引了我的注意力，真想一口气把它们都吃了。

正伏在桌面上想着呢，一只手闪过，瞬间，香蕉和橘子已经放在了我的眼前。

是老师，见我直起身子他用手指在嘴前做了一个“嘘——”的姿势。紧接着，只见老师将我的茶杯盖子从杯子上取下并倒扣在桌面上，用迅速而似乎还带着一种技巧的手势将橘子、香蕉的皮剥掉，橘子放在倒扣的杯盖上、香蕉横置于杯子口上。老师一转身又走到了胖胖的写字台前，稍稍停留了一下即离开了。

一个让我没有想到的现象出现在我眼前：在胖胖的写字台上，香蕉、橘子完好无损地又出现在了桌面上，连位置和角度都和前面无二。

胖胖的目光非常和善，不但没有兴师问罪的意思，反而感觉是在对待一件十分有趣的事情。

“怎么会立即就想到是我吃的？”

这才是我此时此刻更感兴趣的问题，也是跟随老师多年以来潜移默化中形成的习惯。

“其实很简单。你是一个好奇心很强的人，刚才看到我的窘相非但没有兴高采烈，反而视而不见，这个反常的现象就告诉了我真相！”

“姜还是老的辣啊。哈哈……我把造型恢复得不错吧！”

“别、别、别！要是您老人家亲自动手的话，那我连皮都找不到了。你充其量就是负责吃。至于恢复造型的事嘛……”

“是我干的。”

是老师的声音。他随手将一个纸箱放在了胖胖桌上，五颜六色的，是各种时令水果。

“只能回来再享用了，现在准备出发。”

老师的这句话其实比那箱水果对我更具有吸引力。

大家立即动起来，胖胖将那箱水果放在了我的桌上，并冲着我轻轻拍了拍纸箱。

远郊农村的深夜伸手不见五指。

经过十多个小时的抢救，一名被送到医院急救室的老年妇女最终还是停止了呼吸，没有留下只言片语，原本勒在她脖子上的细长布带此刻松松地荡挂在肩膀边上。一个六十多岁的男子两眼惊慌而茫然地站立在急救台边上，护士正在拆除抢救用的仪器设备。他是死者的丈夫，由于陷于慌乱无措之中，他语无伦次地向民警讲述着事情发生的经过。

这是发生在昨天晚上的案件，因为抢救等缘故，直到现在才正式报案。

老师与先期到场的民警交流了一会儿，然后将死者的丈夫请到了停在急诊室外面的重案勘查车上。小李子麻利地拉上了全车所有的窗帘、发动车辆、开启车内特别安装的柔光灯。胖胖开启了一瓶矿泉水送到他手上，又抽出一支香烟递了过去……整个过程老师坐在他的对面，一直用和善的目光打量着他。用南方地域老农民的形象来描述他可谓是恰如其分，只是此时的他在巨大的打击下显得憔悴不堪，瘦小的身材几乎要缩到粘有泥土并带着一丝农药气味的外套中去。

“您的老家是哪里的？”

“……”

老师从胖胖手里取过打火机来，慢慢地为他点上了香烟。老师所问的几个问题其实都是已经知晓的，但谈话就这样一点点地展开了。老师的表情平素是很冷酷的模样，尽管那是他的自然状态，但此时所展示出的和蔼可亲仍让我倍觉感动。胖胖嘴上依然叼着没有点火的香烟，全神贯注地听着老师与老农之间的对话，小李子用摄像机静静地拍摄着。

通过老农的讲述，我们大致了解到了案件的发现经过。被害人老夫妻俩是一年前从西部某省的农村来到这个城市的，老农在一家果园里干活，被害人则在一个乡镇小厂里打工。本周被害人是上中班，按照以往正常的情况，在晚上十二时左右应该回到夫妻二人在果园的暂住处，昨晚老农左等右等不见老伴回来，情急之下就沿着她下班的路径去寻找，当路过一片蚕豆地时老农通过手电筒的光照发现了倒卧在田地里的老伴……

扑通！

突然，老农瘦小的身躯跪在了勘查车内窄小的通道地板上，他的双手半握着拳朝向医院急诊室的方向，双眼哀求般地紧紧盯着老师：

“警察……您要为我们做主啊……我的老伴……她活得太苦了……”老农说着说着，泣不成声！

老师赶紧离开座位，他双手将老农重新扶回到座椅上，然后蹲下身子轻轻地拍去了老农双膝上的灰尘……

破案的速度可谓是神速，过程也并不复杂。

在对现场的勘查过程中，小李子在中心现场外围的蚕豆枝丛中发现了两个连在一起的香蕉，香蕉很新鲜，甚至还带着些许的青涩。结合现场勘查的总体情况分析，这两个连体的香蕉是作案人在与被害人的搏斗过程中从自己身上掉落出来的。

小李子正准备将香蕉装入专用的物证包装袋中，老师伸手拦住了他……

“准备怎样处理它？”

“镜工，年初购入的那台高科技的全光谱显现仪器这次可以介入实战了，一百多万呀！”

老师的表情更加冷酷了，他轻轻地摇了摇头，我甚至感觉到了他从内心深处所发出的深深的叹息！

老师将香蕉拿到勘查箱前，从勘查箱中取出相关的显现工具开始全神贯注地操作起来。我在一旁当助手，老师所采用的是最传统但使用领域非常广泛的显现方法及程序，但他在具体运用上的手法和技能却是让我们意想不到的新颖……也就是约一刻钟的时间，老师的操作已经完成，几枚清晰的指纹及一些抓握痕迹赫然出现在两根香蕉上。

面面相觑。

这是此刻我唯一能想到的形容小李子等几位技术人员表情的词汇。

“传统的方法和技能不代表过时的方法和技能。对于它们内在的科学实质中所包含的潜力被开发了几成？它们的功能领域也是随着社会的发展给生活带来的变化所变化的，对它在这方面的认识与了解又有几成？新领域、新技术的创造发明是人类社会发展进步的必须与必然，要去科学地看待及应用，而不是成为它的奴隶……就像吃药治病，不选贵的，要选对的，这就是对症下药。这就是正确的科学观。”

“镜工，对不起……”

“办公室那箱水果的果肉归丁探，它们的皮归我们了！”

胖胖拍了一下小李子的肩膀。

“果肉大家享用，皮也大家‘享用’！”

我不领胖胖的情。今天老师的表演式操作以及讲评，让我内心受到了很大的震撼，不仅仅是具体的操作过程和技巧，最重要的是让我明白了一个看似平凡却不可或缺的道理：最大的科学就是人的理念，它是一切科技产品产生的初始，它发明技术、操控技术、推动技术的发展……理念决定效应！

“镜工，香蕉上提取的指纹比中了！”胖胖来不及放下手中的电话听筒便兴奋地叫了起来……

回到刑科所后，现场提取的指纹立即被建档并送进了指纹室进行查询。刚吃了半个梨，指纹室就传来了好消息。

“接下来看我的了。”

重案队何队长把手中抓着的几颗葡萄连皮塞进嘴里，用手撑扶了一下桌面站起来转身就走。

“等一下，何队……”

老师叫住了何队长并回头看了我一眼，我赶紧从纸箱中提出一大串葡萄快速用一个塑料袋装好递向何队长。

“镜工，这……”

“保重身体，注意安全。”

“谢谢镜工，明天一早你就可以看到审讯笔录。”

何队长很喜欢葡萄，既可以补充一定的水分，又可以补充到葡萄糖。用他的话说：它是饭的最佳临时替代品。

几分钟后，两辆黑色的民用牌照轿车快速驶出支队大门。老师站在窗前俯看着离去的轿车，从刚才何队长一出门，老师就一直站在窗前……

春季的清晨总会给人一些不一样的体会！

车窗外，公路两侧金黄色的油菜田连块成片，大自然的气息被熏染得美好怡人。

我将左右两侧的车窗各开启了一些，让自己尽情地陶醉其中。昨晚美美地睡了一觉，感觉几天来加班的疲惫得到了很大的缓解，加之今天一早就可以看到蚕豆地命案嫌疑人的交代笔录，心里存着一份期待，脚下的油门也加重了些许，汽车踏着时速限制的上限行驶着。其实，这种期待的主要含意还远远不止是笔录的交代内容，而是老师对笔录内容和案件现场之间关联性的讲评。对一个热爱刑事科学技术、一心想要更多地学习和不断充实自己的人来说，这个时候可是每起案件的精华之一。

我的车一进入支队大门就看见老师、胖胖、小李子等已经站在重案勘查车边了。

一袋原味浓豆浆，一块巧克力蛋糕，十颗红灿灿的大草莓。一踏上重案勘查车，小李子就将它们摆放在了我的面前。

“镜工电话中为你点的早餐，我在来单位的路上买的。”

小李子压低嗓门悄声对我说道。

“谢谢，多少钱？”

“镜工已经用微信把钱发给我了。哈哈！你有本事就去给镜工钱。”

老师曾私下对我们制定了一项“铁”的纪律：不许我们随便为他花一分钱，而他则可以“随心所欲”。抗议无效！官大一级压死人。

“丁探，吃完东西后仔细看一下嫌疑人的交代笔录。”

“是。老师！”

重案勘查车再一次驶向蚕豆地命案的现场。

通过小李子的介绍我得知：昨晚老师在何队长的办公室里一夜未回家，快天亮时嫌疑人的交代笔录才完成。老师看了以后发现笔录中存在非常大的问题，于是与何队长商量今天一早重返现场，通过复勘现场向大家再一次还原案件发生的过程及细节，让侦查员们深入直观地了解现场、了解案情，为制订下一步的审讯计划筑建基础。何队长带着重案队的侦查员们已经先出发了。

“老师，他都已经交代了杀人，却不讲真话，难道他有什么难言之隐吗？”

放下厚厚的讯问笔录，心里九曲十八弯地苦思良久还是不得其解。

“丁探，好一个难言之隐，思维直探核心，非常棒！”

这段话如果光从文字上去读，你也许会感到一丝喜色。可实际上完全不是那么回事，老师在表扬我的时候脸上没有笑容，今天他的脸甚至更显得冷酷了一些，我感到老师的眼角扫了小李子一下，小李子的脸像是触电一样“噌”地红了起来。从胖胖嘴上没有点火却不断颤动着的香烟我可以推想到，他正在极力憋着笑……

“你什么意思……”小李子压着嗓子质问胖胖。

“你呀，只配给人家买早餐！”

我佯装没有听见，继续着自己对案件的思考。

嫌疑人的交代完全是不着四六。他称：案发当天晚上在网吧花完了原本准备用来买充当晚饭的方便面的五元钱后，即漫无目的地在野外游荡，一方面，自己肚子饿得要死；另一方面，他实在是太想再次坐回到网吧的电脑椅上了，于是决定要寻找合适的目标搞点钱。虽然曾经因小偷小摸被公安机关处理过，自己也痛定思痛地计划过重新做人，但一无文化、二无特长、三无恒心，找工作四处碰壁已是常态，现在只能靠做一些粗浅的临时工度日。而此时，欲望已盖过了一切。

透过公路上路灯的光亮，他远远看见有一个女人独自一人在路上快速地行走着，于是立即加紧脚步跟了上去，约走了一百米左右，那个女人拐入了公路边上的泥土小路，这里没有路灯，小路两旁是高大的树木，路的两侧是蚕豆地，只能在远处公路路灯的余光下隐约看见环境的轮廓。他从后面冲了上去……他终于发现了，仰面朝天倒卧在蚕豆地里的是一个年纪很大的妇人，为了阻止她的呼叫，他伸手解下了她的裤带（那根细长布带）缠绕在了老年妇人的颈部……

嫌疑人的交代与现场勘查得出的分析意见大相径庭。我想，老师并不想简单地将分析意见和结论向大家再次重述一遍，而是要领着大家到案件发生的现场来，让大家在直观的感受中领悟现场分析意见的形成过程及依据。高明！

“案发凌晨，由于是夜间，而且当时精神高度紧张，被害人丈夫一时讲不清现场的具体位置，只能指认出现场的大概方位。我们根据被害人丈夫所讲的大概方位以及对被害人尸体初检时所发现的现场环境特点迅速确定了案发现场，就是这里。”

现场位于农村田埂小路旁的一块蚕豆地内，地里的蚕豆植株相对原始的倒伏范围在现场勘查中已做好了明确的标识，蚕豆的枝、秆、叶、果实皆非常的翠绿而饱满，尽管过去了一天的时间，蚕豆地地面泥土的湿润度等状况在南方连续阴天的保存下依然相对维持着案发当晚时的程度。

“对被害人尸体的尸表初检时我们罗列出了七个重要的信息点……”

在胖胖对案件现场勘查的情况、严法医对被害人死亡原因等做了概略性介绍后，老师、小李子和我走到现场所在的蚕豆地内。老师手中拿着几个物证袋，里面分别装着已经固定和取样的被害人物品。我将一张大号的一次性塑料薄膜桌布摊开铺设在地上，把物证一件一件地摆放在上面。老师环视着围绕中心现场外围站成一圈的侦查人员开始了讲解。

“这七个重要的信息点分别是：1. 死者的外衣被脱下；2. 死者的衣服及裤子上有多处湿的泥痕；3、在死者双肘、双膝处不仅有湿的泥痕，而且还有绿色的植物汁液附着；4. 绿色汁液已渗透到最内侧的衣、裤上；5. 死者的裤带不见，经死者丈夫辨认，原勒在死者脖子上的细长布带即是死者的裤带；6. 死者颈部的勒痕位于颈部前端；7. 颈部的勒痕这根用作裤带的细长布带可以形成。……”

老师一边讲述，我一边配合着逐一向大家展示相关的物品。案件发生初始，由于侦查工作的迅速展开，侦查员们常常只了解大概的现场情况，所以，今天老师所讲的内容以及所展示的现场物品对于大多数侦查人员而言都是第一次如此直观而真切地聆听与目睹。

“这里的植物被压倒一片，地面泥土的湿润度和蚕豆的枝、秆、叶、果实的饱满度等条件可以形成死者衣裤上的泥、植物汁液等客观状态，但是，它必须要拥有一个前提要素，那就是保持较长时间的接触部位稳定性。换句话说，也就是被害人要较长时间的被迫处于双肘、双膝与地面接触、挣扎的俯卧体位和姿态才能够形成现在我们所看到的——被害人的外衣外裤和内衣内裤上湿的泥痕和绿色的植物汁液渗透状态及程度。就是在这个过程中，作案人解下了被害人的裤带并从后面勒在了被害人的颈部……”

这真像是一个课堂，其实它就是一个非常特殊的课堂。小李子扮演被害人、老师扮演作案凶手，俩人默契而准确的配合不仅立体地还原了整个作案过程，也对各种物品上痕迹的形成物质、形成原理、形成条件等诸要素真人实景地进行了展示。

为了细节刻画的真实性，小李子在作训服的双肘、双膝部位还按照老师的嘱咐特意捆绑了双层的布料，以模拟被害人的外衣外裤和内衣内裤上湿的泥痕和绿色的植物汁液形成的原理。

“那么，嫌疑人在已交代了作案行为、包括杀人行为的情况下为什么又要回避案发时真实的客观事实呢？”

“为了‘面子’，真正的作案动机是为了色。”。

短短半个多小时的演绎与阐述，案件现场的每一丝组成要素都立体地渗透了在场每个人大脑的沟壑之中。

何队长和严法医四手齐伸，准备将老师从蚕豆地中拉上有着一米高左右落差的田埂路，老师摆了一下手，轻轻地一跃稳稳地站在了他们的身边，我手中拿着物证袋，也学老师的样子紧跟着一跃而上。

返程的路上，重案勘查车不紧不慢地行驶着，这是案件讨论的节奏。何队长及两个重案队的探长也应邀搭乘，大家热烈地讨论着这起“有趣”的案件，侦查人员和技术人员之间的深度交流总是会碰撞出全新的火花。托老“烟枪”何队长及侦查员们的福，胖胖也喜滋滋地叼着点上了火的香烟抽着，只是目光一直回避着我座位的方向。

“在对这起案件现场的勘查中，被害人衣裤上的泥及绿色的植物浆汁不仅帮助技术人员确定了第一现场的环境和具体的案发地点，而且还通过它的留存形态还原了双方的动作行为，通过双方的动作行为进而揭示了案件的性质。真是一环紧扣一环呀，让人心中敞亮！”

何队长舒心地、一字一顿地说着。

“在这起案件当中，如果单从表象上来看，揭示出作案人真正的原始动机为确定案件的性质提供了有力的支撑和依据。可大家有没有想到过，一份与现场勘查所发现的真实作案过程具有极大出入的交代笔录，在法庭上意味着什么？当辩护方解读出其中的真与假时，后果又是什么？……”

老师沉沉的语调似乎将车速也拉慢了下来。凭多年以来我对老师的不断认识及了解，老师此刻的思维显然已经跨越到了如何在今后的刑事技术工作中有效而及时打上这块“补丁”的领域之中。

“刑警，绝非仅仅无畏，他们无时无刻不是在与形形色色的犯罪行为、犯罪分子、纷繁复杂的社会和人心变数进行着高智商的较量。危难之际显身手，也不是一句口号，而是一种信念、一种实力、一种境界！”

我感觉，老师此刻有满腹的话想要对大家说……

渐渐地，不再有人抽烟，车厢内的空气变得纯净起来。

我非常赞同老师的见解。早在公安大学的时候，老师在课堂上就曾经为我们讲授过：

“犯罪也罢、社会也罢、人心也罢……皆充满着变数。尽管人们在不断努力地去发现和总结这其中的规律性，但规律本身也是充满变数的，如果不能正确地了解和认识到这一点，那么，规律不仅不能有效帮助人们的工作，有时甚至还会反过来束缚人们的思想，成为人们解决问题的一道屏障。”

通过多年来的亲身实践，我渐渐地开始理解老师这些话的内涵了。不仅是在理论上，而且还在实践中。

作为一家之长的男人，如果家中发生了盗窃案件，而且损失达数十万元，会怎么样呢？应该主动配合警察的调查工作吧。不！他拎着菜篮子去自由市场了……

这是一个三口之家，由年近七十岁的老夫妻俩和一个四十多岁的女儿组成。女儿是一家著名外资企业的白领，她有自己的寓所，平日里只是偶尔回家来看看。

那是我和老师一起勘查的一起某大型企业家属宿舍盗窃案件。当时报案称被盗窃的财物价值近五十万元，主要是黄金饰品类。上面所讲的那个情节是我和老师到达现场后通过询问报案人的女儿所了解到的情况。当时，老师小声在我耳边说了一句：

“记住这个信息，很有趣。”

“明白。”

老师单腿跪在地板上，不断调节着手电筒灯光的角度，用放大镜长时间地查看着原来放置财物的组合柜抽屉以及与之配套的抽屉框架。

现场位于总高 26 层居民楼的第 21 楼，为三室二厅的结构，其总门朝东，总门为双层防盗门，门完好。总门内是大客厅，客厅的西侧由北至南分别为书房、餐厅、西阳台。客厅的北侧由东至西为卫生间、厨房。客厅的南侧由东至西是卧室、储藏室。

这个抽屉是带有抽屉锁的，抽屉锁的钥匙共有三把，一把由妻子保管，另两把就锁在抽屉里面。当天早晨，妻子因有家事需要，用钥匙开启抽屉拿首饰用时发现原放于该抽屉内的所有金饰品皆只剩下一个个空空如也的包装盒……

终于，老师慢慢地抬起头来。

“丁探，你来看一看。”

老师一只手支撑着膝盖，样子很吃力地站起身来，我赶紧上前搀扶老师。

“我没事，丁探。谢谢。”

看到老师的脸色我才发现，原本是以为老师太劳累了，可现在却感到了从老师表情中透出的深深的遗憾。

对抽屉上撬压痕迹的勘查分析要从工具、材质、装配、功能等六个方面进行……

放大镜下，我按照老师教授的要领全神贯注地观察着、分析着。

抽屉位于组合柜门内侧的最底层，安装有抽屉专用锁。经观察和试验发现，抽屉及抽屉锁皆完好，钥匙也是开启、锁闭自如，但抽屉的面板上沿以及抽屉上框内壁面上都发现由工具撬压所形成的痕迹。

抽屉锁安装正确、到位，锁的功能完好，抽屉无明显的损坏，唯一的一把钥匙保管妥当，可抽屉里面的大量物品却被盗了，而且，报案人妻子反复强调她早晨用钥匙开启抽屉拿首饰时，抽屉是呈锁闭状的……这到底是怎么回事呢？

一时间，我感觉自己陷入了迷茫之域。本能中，我的目光慢慢地搜索着找向了老师的身影。

老师站在离我五米远处的卧室南侧阳台门口，正在向刚刚赶到现场的何队长介绍着情况。老师和何队长两人一边讲着话，一边朝我这里看着。此时看到我求助的目光，老师朝何队长点了一下头后立即向我走来。

听完我的困惑，老师反问我道：

“记得对抽屉上撬压痕迹勘查分析的要领吧。其中有一个对抽屉质量的勘查分析。那么，抽屉质量由哪些方面组成呢？”

“记得的，由抽屉的制作工艺和制作抽屉选用的材料两大方面。”

“勘查下来怎么样？”

“感觉这两个方面都不错。所以才……”

“丁探，我知道你的问题出在什么地方了。抽屉是由抽屉的内匣和抽屉的外框两大主要部件组成。内匣相信你已经反复仔细地勘查过了，那么，对外框的勘查有什么发现吗？要知道，外框是由上下左右四个面组成的……”

“啊……老师，对不起！我忽略了抽屉外框下侧面。”

通过对抽屉外框下侧面的勘查发现，这个组合柜抽屉外框的下侧面用的竟然是薄薄的层板。由于层板无法有效地承受压力，所以，当抽屉被工具撬压时，可以很轻易向下形成较大的扩缝。

结果让我大吃一惊，我快速地抬头看了老师一眼，老师显然读出了我眼神中的含义，冲我微微点了点头。

根据对组合柜抽屉的勘查还发现，抽屉是被小型的螺丝刀撬开，取走抽屉内的财物后，又用同一把工具将抽屉恢复到了原来位置。这样一来，只要不用钥匙开启抽屉并去使用那些金饰品，就不会发现抽屉被撬压过、财物被盗走。通俗地讲，就是起到延缓发案时间的目的。也就是说，这是一起内部人员作案的现场。

凡事物间必有其一定的因果联系性。如果简单地揭穿，后果很难预料。

老师与何队长细细的研究商量后，决定先从当事人的家庭情况入手，由何队长带侦查员进行外围的走访，老师和我“攻心”。

老师带着我把报案人妻子、女儿分别请到书房内详细地询问家中的日常习惯、人员关系等情况，收获很大。

一般来说，只有两种情况下可以看到老师的笑容，一是在课堂上，二就是在类似现在的情况下。

老师真诚的笑容极具感召力，我想，他打动了这一对母女……

经了解得知：母女俩关系极好。被盗的金饰品主要都是每年女儿买来送给自己母亲的。老夫妻俩是再婚重新组成的家庭，女儿系两人再婚后所生。俩人再婚前，男方与前妻在外省曾育有一子，但因病落下了残疾，腿脚不方便，前妻病故后，其子被当地政府安排在一家残疾人工厂内工作。男方每年都会不定期地前往探望儿子，并送去一些生活费用。

在询问工作临近结束时，母女两人讲出了一个令人意想不到的秘密：老先生在三个月前被确认为癌症晚期，且已无住院治疗的意义了。这是一个母女俩一直保守着的秘密，谎称保健品，每日按时让他服药。可是最近有邻居发现老先生曾一个人在小公园内落眼泪，感觉他可能已经知道了自己罹患绝症之事……

何队长他们从邻里、居委方面获得的信息也同步印证了这一切。

情况清楚明了了。老人自知时日不多，唯恐百年后残疾儿子的生活艰难，故自盗家中财物给儿子……他不怕被发现，因为那时候他可能已不在人世了，只是不想太早被发现，所以才……

“警察同志，您看这事我该怎么办好呢？手心手背都是肉，两位老人家，谁都经不起伤害呀……”

老夫妻的女儿几乎快要落泪了，她恳求老师的帮助。

“你们的态度最重要。原谅他吗？”

“当然、当然！”

老师取过一张便笺纸，用我的笔在上面写下了一段话交给老人的女儿。她接过便笺看过后脸上立刻出现了笑容：

“谢谢警察同志的周到，谢谢！”

“等我们离开后，你们一家三口坐下来，泡上茶，平心静气地谈。”

至今，我都记得老师在便笺上写的话：

“警察勘查过现场了，他们什么都知道了。我们是一家人，是亲人。这一点到任何时候都不会改变。”

作为一名刑事警察，我们的工作往往并非单纯地展现于业务的范畴之内，善解人意、善解心结，这既是提高本职工作质量的基础，也是警察这个职业存在的全部。

“老师，我有一个困惑，就像今天这个现场对抽屉的勘查，其实，相关的知识您都反复地给我讲解过，我也全都烂熟于胸了，可为什么一投入真实的案件现场之中就不能正确有效去运用了呢？”

我一边稳稳地开着车，一边静静地等待着老师的解惑。只要有老师坐在车上，我们每一个人都会尽量把车开得平稳流顺，第一是因为，老师有思考的习惯，第二，这也是老师出题、我们提问等交流互动的特殊时段。

“好问题啊，丁探。”

从老师讲话发音的深度上可以分析出：老师很赞赏这个提问。

“人们对于知识和技能的学习一般都要经历三个阶段：第一个阶段是认识和掌握；第二个阶段是熟能生巧……”

老师说罢看了我一眼，似乎在措辞，为了让我能更直观地理解。

“比如，某人拥有了一辆好车，但由于他的驾驶技能还不够成熟，所以驾驶中还没有把好车的优势发挥出来。”

知识和技能如车，驾驶水平如同对于知识技能的实际运用能力……真是让人豁然开朗的形容，连下一步努力的方向都点明了。

“老师，那第三个阶段呢？”

“第三个阶段是实现灵活变通的运用。还以驾车为喻，各种道路条件、各种气象条件、各种人流和车流条件……概括地讲就是不同交通环境中的应对驾驶能力。”

是的。社会的发展变化是不以人的意志为转移的，就如同一个万花筒，每一次角度的变化都会形成不同的图案组合，尽管千变万化，但却有着其内在的规律性和联系性。

真真假假、假假真真……孰好孰坏？

善意的假、恶意的真……孰是孰非？

刑事技术工作可谓“步步惊魂”，需要用一生去修炼、去探索、去拓展。

七、火的舞韵

高铁列车以超过300公里的时速前行着。

局里组织年度获得各种表彰奖励的人员分批去江南小镇做短期休养。车窗外闪现出一片大大的新车停车场，五颜六色的新汽车在阳光照耀下闪动着芒刺般的反射光！

我戴上了水晶墨镜。这个墨镜还是大学时去海南岛实验性旅游时买的。是老师事先推荐的，价格不菲，但戴着很舒适，介绍称水晶可以清凉眼球，就是略微重了一点。

坐在我身旁的老师正在认真地倾听着对面座位上何队长有板有眼地谈论着江南美食及各种小糕点的特色，为今天晚上的大餐做铺垫。这也是他长年出差办案的“副产品”。

“何队长，还记得河畔露天停车场大火案吗？”

在何队长的介绍告一段落之后，老师大角度地转换了话题。胖胖在何队长的身后站了起来，一脸严肃地朝着我做了一个手势。我恍然大悟，赶紧从包中取出录音笔。

“记得，镜工。而且永远也不会忘记那个……”

“嗯？”

“……教训。”

“还有我大花脸的样子吧！”

在这车上，只有何队长敢与老师随便开这种玩笑。

老师所说的这起案件也是我参与并且印象非常深刻的案件之一。

对了，这次休养结束之后，就有一个温故而知新的机会（先奸笑一下）。

应政法大学的邀请，老师为学校刑事司法专业学院的本科生及研究生讲课。我以想要再次感受一下大学生涯的氛围为由，赢得了一次再学习的机会：驾车陪同老师前往。老师今天讲课的题目是“对涉火类案件现场的勘查”。现在，讲台上，老师正在讲授着的就是那起非常有意思的火灾案例。

那是四年前的冬天，在阳光明媚的大白天，一个停放有320多辆新汽车的大型露天停车场发生火灾，二十多辆全新的进口汽车在大火中被不同程度的焚毁，经销商是欲哭无泪。经有关部门的初步勘查，在火场中发现了两处独立的燃烧点，结论趋向于人为纵火烧车。

几个小时的勘查后，有关部门技术人员得出的是模棱两可的结论。

听完汇报后，宗局一言不发。俗话道：行家伸伸手，便知有没有。这位当年省厅刑侦总队侦查怪才的心思早已从汇报的内容中飘走。宗局掐灭手中只抽了一半的香烟站起身来走出设在派出所顶楼的指挥部大门，向楼顶平台走去，何队长紧跟了上去。

“替我送送他们，我给镜工打个电话。”

老师已经连续加了一个多星期的班。当然，还有我。

稍事犹豫，宗局还是按下了手机上的发送键。

“镜工啊，看来非你出马不可了。把小丁探也带来吧，后继得有人才行呀！”

宗局在电话里简要地给老师介绍了一下案件的情况。说是简要，在重点的地方依然讲得非常细致……宗局很了解老师。

“什么叫趋向于……仅仅就是在火场中发现了两处独立的燃烧点？侦查工作能按照所谓的趋向于去开展吗？说明现场勘查工作完全不到位，只是照本宣科，完全没有可以让人信服的依据……”

案件重大。从楼顶平台打完电话回到指挥部的宗局拍桌子了。

时值节日，我谢绝了当日值班的小李子开车来接，开自己的私家车和老师直接赶赴现场。

现场在远郊的农村地区，需要有一个多小时的车程。路上，老师先后打了三个电话，第一个是与宗局的电话，第二个是给小李子的电话，第三个是给有关部门勘查人员的电话。电话中老师询问了几个基础性的问题，从老师的表情和语气看，他很不满意，对方则快要被“烤焦”了。

停车场占地面积约 23 亩，是汽车销售公司临时租用的农村荒地，停车场的东、南、北三面是临时砌起来的简易砖结构围墙，围墙高度超过两米，在停车场的西侧是一条南北流向的河流，准确地说是由偏西北方向逐渐向南呈弧形走向的河流，河流宽度平均约为三十米，其中河心最深处为二点一米左右。河对岸是一个居民小区。停车场的大门位于东围墙处，大门是单扇大铁门，大铁门的门锁是两把大号的挂锁，挂锁皆完好，在大门外是一条南北走向的水泥道路，道路宽度为十六米。

负责现场保护的派出所民警引导着老师和我进入停车场内，老师简短地问询了一些情况后即让他返回了自己的岗位。五分钟后，小李子手提着勘查装备狂奔着，从刚停稳的勘查车来到我们面前，他紧张地避开老师的视线向我这里靠拢过来：

“我说丁探，你这车也开得忒快了……”

我白了他一眼：“老师等着用装备呢！”

“手套、手电筒、放大镜。”

老师极讲究工作效率，但对于小李子的迟到，老师一句责怪的话都没说。我知道，老师的心已经融入现场之中了。

偌大的现场环境，老师是跑着在勘查。这不能不说是现场勘查中的奇观，之所以要跑着看，一是因为现场的范围很大；二是因为他对相关部位中信息解读得快，快到了不跑着看就会浪费时间。

这是我第二次看到老师跑着勘查现场。第一次是我刚来的第二年夏季，一个周一的早晨，在城区地带的大环线隧道中发现了多处人体组织。这个消息震惊了从上到下的每一个人，那可是繁华地带中一个车流量非常大的交通干道。当时正好是早高峰时段，从隧道被封闭的那一刻开始，道路的拥堵状况便迅速地沿路延伸，并且快速地向着与之相关联的各类道路膨胀……事件的突发性及事态的严重性使各级领导皆倾神关注！当务之急是尽快恢复城市交通。

交警的开道车带着我们硬是挤到了现场。现场全部处于隧道内，人体组织的分布零零落落的长达 140 米左右，胖胖和小李子分头拍摄现场照片，我负责制图和记录，老师和严法医进行具体勘查。整个勘查过程中，老师和严法医跑跑停停，一边勘查、一边不断把需要重点处理及记录的部位大声地告诉各位技术员……宗局的车实在开不进来，宗局是一个人下车后艰难地穿过人山车海才来到现场的，老师就如同没看见宗局似的理都没理他，继续着在现场上来回往复地跑跑停停。站在隧道内的宗局听着何队长及侦查人员的情况汇报，眼睛却片刻也没有离开过老师。

当时我特别刻意地留意了一下宗局的表情，有点出乎我的意料，因为他太平静了，甚至带着一丝欣赏地观察着老师的一举一动。

终于，老师和严法医一起跑到了宗局的面前，老师大喘着气回手指了一下身后的现场：

“最多两分钟，殡仪馆的车一开走，隧道就可以全部放行了！”

宗局看着老师和严法医，从随身的皮包中取出一包餐巾纸递给了老师：“精湛！”

负责记录的我计算了一下时间，从我们到达现场，到清楚案件发生的每一个细节，勘查完毕放行车辆，一共仅用了十三分钟。

各位看官，在没有经历这一切之前，我也不会相信会有这样的人和事情，但它却真实地、不可思议地出现了。

在河流东岸的岸边密布着许多的枯草以及半人多高已经枯萎的芦苇等植物。

老师结束了大范围地奔走式勘查后，在这里放慢了节奏。

沿着河流东岸的曲线，在岸边整齐地排列着不同款式和颜色的新轿车。勘查中发现，从排列在最南端的车辆开始向西北方向顺延：第一至第四辆轿车以及排放在其后方纵深的部分轿车被烧毁；第五至第八辆轿车基本完好，仅车头下方有轻微的烧灼痕迹；第九至第十九辆轿车以及排放在其后方纵深的部分轿车被烧毁；第二十辆轿车以北的其他轿车均完好。这就是所谓的两处起火点。在大学时期曾听一位火灾调查专业毕业的实习生讲过，在火灾现场上如果发现有两处以上起火点情况的，一般就意味着可能是人为纵火的案件。其中，两处以上似乎是一个临界线。

奔跑着、勘查着，我与老师几乎保持着同步的节奏，在这复杂地势条件上的复杂现场上行走，厚底的警用皮鞋突显出了其独特的优势。此时此刻，小李子站在现场的“安全”之处焦急而又无奈地看着我和老师全方位的“扫描”现场。他脚上那双价值近三千元人民币的高档进口运动鞋的鞋帮被现场上破碎且尖利的汽车玻璃划开了一条口子，为了安全起见，老师让他退出了现场的实地勘查工作，改为绘制现场平面图。

生活中，我几乎可以说是酷爱高跟鞋，我的那帮“死党”们甚至说，我就是为高跟鞋而生的，它既能挺拔我的身材、又能提升我的气质。但自从跟随老师后，我的私家车里及办公室写字台下皆常备着警用皮鞋，它帮助我自如地行走在各类环境的现场上。久而久之，我发觉，身着警服或者现场勘查服时配上警用皮鞋，自己会产生出一种特别的气质，这种气质并非源自个人的相貌、肤色、身材等因素，而是由自己的职业修炼所铸成，是一种职业的气质——严谨、冷峻、执着、自信。

老师把每一辆烧毁或者烧伤的车辆都细致地观察了一遍，不了解老师的人，如果单从表象上看，是看不懂他的勘查思路的。比如，老师用放大镜和手电筒非常仔细地观察研究着汽车内外的碎玻璃，时而反转比较，时而若有所思……这个行为其实是老师在还原其原始形态，从中探寻热源的来源方向、速度、持续时间等信息。此时，老师又下到了河岸的斜坡上，他沿着河岸的弧形曲线一步一步地由南向北移动着、勘查着，流连于河岸边那些已经烧掉的、部分尚未被彻底烧掉的枯草和芦苇之间，纵向、横向地目测着河岸的坡度及其长度。站着、蹲着、俯撑着、爬行着……渐渐地，老师已经是满头大汗，这可是最寒冷的冬季一月啊！

我被勒令只能站在岸上随着老师移动，不许下到岸坡上去，因为稍有不慎就有可能滑入冰冷的河水中。

“镜工，我来啦！”

在我一愣神的工夫，小李子已经跳下河坡挪到了老师的身边。原来，小李子急中生智，跑到停车场外面村庄里的老乡家中借到了一双高腰的雨靴。

我一直悬着的心总算放了下来。

在小李子的协助下，勘查工作加快了进度，又过了约半个多小时后，对停车场火灾现场的复勘工作已经基本完成。老师和小李子二人回到了河岸上。这时我才发现，老师的身上蹭到了许多的黑灰，裤子上还沾上了不少的河泥，尤其是脸上，由于不停地用沾满黑灰的手擦汗，老师此刻已经变成了一个大花脸。小李子下去时勘查已接近尾声，所以身上还算干净。

“丁探，天气情况查好了吗？”

“查好了老师。和今天的天气情况类似，本现场所在地区的前三日天气也均为晴好天气，风向皆为西南偏南风3—4级，阵风6级。另外，本地区最近一次降雨发生在两周前，为零星短时小雨。”

“老师，您找到答案了。”

老师回过头来把手举到我眼前，手中抓握着一把枯草。这时我才突然想起来，忘了让老师先洗洗脸。可是这里没有自来水，最近处也要去外面村落的农家……可老师的脾气，此时此刻根本不会去理会脸上的黑灰。唉，老师脸上横七竖八的都是黑色的擦痕印迹，“剪径”都无须再化妆了。

“答案就在这里。”

老师把枯草放在一块空地中间，小李子又按老师的吩咐去河边搜集了一些枯草堆放在一起。

“丁探，用手机把这段实验拍摄成视频记录下来。”

随着小李子手中的打火机在枯草堆边沿处打着火，枯草轰地一下子燃烧起来，在风的作用下快速燃烧着，瞬间，燃烧过程已经结束。

“你们看，河岸坡道上的这些枯草的燃烧特性是：易燃、燃烧迅猛、持续时间极短。”

老师一边用手抓起一撮刚刚烧完的草灰，一边继续讲道：

“另外，河岸坡道的自然形态不同，既有较平的缓坡、又有接近垂直状的陡坡。”

老师冲我和小李子招了招手，带着我们重新又走回到河岸边上。

“下面，让我们来组装一下这些信息点：从排列在最南端的第一辆轿车开始，在这辆轿车的西南侧近两米处是起火源头，所有枯草都在其以北处发生燃烧现象。第一至第四辆轿车前端的河岸坡道平缓，这四辆轿车以及排放在其后方纵深的部分轿车被烧毁；第五至第八辆轿车前端的河岸坡道是接近垂直状的陡坡，这四辆轿车基本完好，仅在车头的前下方有轻微的烧灼痕迹。也就是说，火舌只是在车头前下方轻轻地“舔”了一下；第九至第十九辆轿车前端的河岸坡道平缓，这些轿车以及排放在其后方纵深的部分轿车被烧毁；在第二十辆轿车处河岸线走向突然大幅向西弯折，且该车位于第十九辆轿车的西北方位处，加之风向为西南偏南，火苗朝东北方向偏移，无法引燃该车，故火势没有向北继续再蔓延。所以，第二十辆轿车以北的其他轿车均完好。”

各位看官，知道我为什么要随身携带录音笔了吧。是的，前面讲过，可此时此刻我必须再强调一次。老师的这段话让我们咀嚼良久才缓过劲来。

“镜工，还有一点我不太明白：这个河岸坡道的平缓与陡直和火势的走向间有什么关系呢？为什么被烧毁的都是位于坡道平缓处的汽车呢？”

“这里枯草的燃烧特性你们已经知道了：易燃、燃烧迅猛、持续时间极短。在风势的作用下，火势就像一股迅猛的海浪冲向河岸……”

“老师，我明白了，在海南岛那次实验性旅游时，我也注意过海浪冲向岸边时的形态：遇到平缓的岸边坡道会直冲上来；而遇到陡直的坡岸或者礁石则会撞击、回卷、退去。”

“所以，这里枯草的燃烧特性告诉我们，除非它们在风的推动下一鼓作气地冲上平缓的坡道，只要遇到陡直坡道的短暂阻挡，它们就会因燃烧殆尽而无后续之力。”

“棒极了，丁探！”

依旧是一脸冷酷的夸奖。也习惯了，挺好！

“镜工，案件的定性是什么呢？”

老师朝小李子做了一个手势，意思是“稍等”。

我感觉老师想要打一个电话，但发觉自己的手太脏了……我赶忙掏出手机来。

“拨何队长。”

“明白！”

“何队，通知走访的兄弟们，重点去找小朋友……”

挂掉电话，案件的性质我已经明白了，但感觉还缺乏一点依据。老师看出了我的疑虑，他走到起火源点处蹲下：

“来到现场时，我向保护现场的民警详细了解过，案件发生后现场即刻被封闭保护了起来，火为自然熄灭，因为没有使用消防救火的必要，消防人员仅对火场进行了余火的搜寻，所以现场相对处于原始状态。在离水源有近十米的这个最南端处，其燃烧过的草灰局部有一定的湿润性，但不均匀，与其他地方的草灰都不一样，也就是说，这里有过慌乱的淘河水灭火行为，但显然，行为无效。”

我和小李子蹲下仔细观察着地面上的草灰，果然如此。

“镜工，怎么就认定是从河里淘水呢？不可以用别的水吗？比如矿泉水。”

“因为在湿润的草灰中混杂着这河水中的渣子、草叶以及其他物质。用放大镜观察比对一下就能清晰地发现这些。”

“老师，这是一起因小孩子在河滩上玩火而不慎引发的火灾？”

“是的。如果要人为纵火，完全可以到隐蔽性好的位置实施，没必要在这个暴露的位置上，大白天，面朝着河对岸的居民楼窗户点火作案。再者，什么样的人会到这么一个又脏又臭的小河滩上来玩呢？小孩子，居住在附近农村里的小孩子。而且，他们已是这里的常客了，那个小土坑看到了吗？”

老师用手指着二十多米远处河岸边一棵香樟树的下面。我立即起身跑了过去。

“他们曾在那个小坑里用枯草和树叶烤过红薯。临走时也用河水浇过土坑。”

“镜工，你是怎么知道那个土坑是烤红薯的呢？”

小李子这句话一出口，我就知道：他惨了！事后，小李子也单独对我说过，当时自己立即就后悔了。

老师的风格是标准的“诲人不倦”型，这也是学生和同行们尊重他、喜欢他的因素之一。但他最反感的事情就是只知道动嘴，而不愿意去动手实践的人。在土坑的内外都残留有红薯的皮、蒂、须等物品。

我赶紧喊道：“小李子你过来看一下就知道了！”

小李子如同找到了下台的台阶，连滚带爬般地走向了小土坑。

我已经回到老师的身边。我在老师看小李子的眼神中发现了一丝笑意……不知是为什么，也许是第六感告诉我吧，如果我是小李子，此时此刻我绝对不希望在老师看我的眼神中有这样的一丝笑意存在。

我的手机响了起来。是宗局的电话，他刚结束了市局的一个会议，正在赶回指挥部的路上。每当大案，我的手机就自然成了老师的专线，这已经成为“潜规则”。老师亲自动手的习惯人人皆知。

我把手机轻轻地贴放在老师的耳边。

“宗局。全部弄清楚了，是……海浪原理！”

进入指挥部大门的一瞬间，潮水般的笑声一下子包围了我们。我这时才醒悟过来，老师的脸还没有机会和条件清洗过，我和小李子长时间与老师在一起，已经在不知不觉中习惯了老师的“大花脸”。

忽然间，笑声消失殆尽，就如同在一锅沸腾的开水中猛地浇入了一大桶冰水。

在大家的目光提示下，我们三人回转身体向门口处看去——宗局直直地站在门口，他的脸上没有一丝一毫的笑容，只是上上下下地打量着老师和我们，打量着、思考着。

“来……”

宗局扳过老师的肩膀，让我们三人面朝着指挥部内的全体人员。

“我要和我们刑警的脊梁合张影！”

……

放完最后一张投影照片，老师结束了汇报。这时，何队长站了起来：

“镜工，我进来时看你正在汇报中，所以没有打断你……”

随即，何队长转向大家接着说道：

“正如镜工对现场的复勘和分析，这是一起由小孩子在河岸上烧枯草玩耍而不慎引发的火灾。人，我们已经找到了，一共三个人，两个 13 岁、一个 15 岁……”

我和老师刚落座，宗局走了过来，向老师还有我招了招手。我们随着宗局来到指挥部隔壁的一间小会议室内。一个身着警服的中年人正坐在沙发上，见我们一行人进来，立即站了起来。

“这位是 Q 市公安局分管刑侦的赵局长。”

宗局又向赵局长介绍了老师和我。

“您好镜工！我是来请求您出马帮忙的。”

又是火，而且是两场火。真是祸不单行。

Q 市在一个月内的时间里发生了两起造成重大损失的火灾，一起发生在大型综合市场，另一起发生在有出口任务的工艺品制造工厂。虽然经过多次的现场勘查和研究，但在关键的节点上依然缺乏支撑性的证据，无法明确定论。赵局长一急之下拨通了公安部业务局老同学的电话，请求援助。老师就是赵局公安部的同学推荐的。

“镜工，带上小丁探，我很看好她。好好培养！”

“小丁探，照顾好你师父，他可是我们的宝贝、国家的宝贝。”

宗局的话像是讲给赵局长听的，我感觉。

“宗局啊，您就放心吧，都包在我身上了！”

这时我才注意到，赵局长的嘴上起了几个小水泡，双眼中也隐隐可见有血丝分布。

他快被“烤焦了”。

旋即，起程。眨眼的工夫，别克商务警车已经飞驰在通往Q市的高速公路之上。

“镜工，你们刚从现场下来，要不要先休息一会儿？”

赵局长从前排副驾驶的位子上回头看着老师。

从赵局长的话中我听出了言外之意。老师当然不会漏掉，我的这点意识都是多年以来跟着老师一点一点打磨出来的。

“赵局，我们不要紧。如果您的身体状况允许的话，我更想了解一下两起案件的基本情况。”

果然。老师的话正中赵局长下怀。

“那太好了！我这就详细地向您介绍……”

案情介绍持续了约四十分钟。老师全神贯注地听着，偶尔在对方言语停顿的间隙提一些简单的问题。

“镜工，大致情况就是这些。我们那边配合您及小丁探去复勘现场的人员、装备都已经就绪。您看还有什么需要准备的？”

“有一个小小的请求，请到药店买一瓶中成药……”

“药？”

“上清丸。”

“……没问题。马上落实！”

我看了看老师，老师诡秘地轻轻晃了一下头，然后闭目养神起来，看似养神，很快便沉沉睡去，睡得很深、很熟。我突然有一种感觉——或许，人在熟睡状态下会还原出本相吧，此时此刻的老师尽管脸部的表象仍然是冷酷的样子，但在那层冷酷之下似乎透露着一种祥和与安宁，像个婴儿。

我轻轻为老师扎上了后排座位上的安全带。还有四个小时的车程。

我醒来时车辆已经到达了Q市高速公路的收费站。

在收费站旁边的休息站内，等候着我们到来的是两辆现场勘查车，它满载着各种勘查装备，同时还带来了我们的早餐。车窗外，天色已经蒙蒙发亮，橘黄色的路灯标示出了由近及远的道路曲线，远郊清晨的空气洁净且凉爽，深吸一口让人心旷神怡。也许是耳鼓膜还没有适应的缘故，人们讲话的声音都像是从遥远的天际传来的一样。原来，在车上，赵局长见老师和我都非常的辛苦和劳累，特别关照司机把车速控制在时速100公里之内，中间还在休息站内多滞留了一段时间，以确保我们休息得平稳。所以，抵达目的地比预计的晚了三个多小时。

老师在车外场地上伸展手脚活动着身体，离车很近，透过半开的车窗见我醒了马上走过来：

“先缓一缓，然后下来活动一下，用过早餐后我们直接去现场。”

脚踏在实地上舒展身体的感觉真是好极了！长长的懒腰刚收回架势，一个塑料的旅行洗漱包递到了我眼前，是老师刚从休息站超市买的，赵局长抢着付的钱。

回想到出发时宗局对我的关照，内心惭愧不已：谁照顾谁呀……

离选定的第一个复勘现场——工艺品制造工厂需要两个小时的车程。这是一家生产特种竹制工艺品的工厂，所有产品全部出口国外，生意非常红火，工厂是三班倒连轴转的工作模式。一周前的傍晚时分，正当中班、晚班工人们交接并吃晚饭的时候，火灾发生了。

知道工厂生产的产品就不难想象火势的威猛。火借风势迅速在车间蔓延。在灭火的过程中，发现起火点不仅位于车间，而且还有一处在较远的铁皮棚内。相关部门初步认定这是一起人为的纵火案件，主要理由就是有两处起火点。

在初步的定性出来后，赵局长立即组织刑事侦查部门开展了调查工作，经过几天的工作不仅案件毫无进展，且疑窦出现：此案的作案目的是什么？如果烧车间是发泄、报复或者其他因素导致的行为，那么在铁皮棚处点火不仅毫无燃烧的延续性、扩展性，也不能形成对财物的损毁，其目的又是什么呢？

脚穿消防专用的高腰套鞋、头戴安全帽，我紧紧跟着老师巡视现场，赵局长及参与前期工作的相关同志逐段、逐点地介绍着情况。

工厂位于远郊的一个小镇上，据说当初选址于此最主要是方便原材料的进购，因为在镇子周边的农村山区都大量种植着竹子。工厂的四周都是镇区的商业街，没有特别高层的建筑。工厂内的中间部位是业务楼，业务楼以西是仓库及停车场；业务楼以东是一个约有四个标准篮球场大小的竹片晾晒场，晾晒场是水泥地面，火灾发生时，这片水泥场地上密集的晾晒着大量的竹片。在晾晒场的东侧就是发生火灾的车间。火灾中损毁最严重的就是车间，而另一起火点铁皮棚则位于车间所在位置的西北方向约七十米处，铁皮棚原本是建厂时放置水泥所用，现在成了临时停车棚，平日里会有一些自行车停放于此。

这里就是第二处起火点，老师在铁皮棚前停下了脚步。

据前期访问得知，火灾发生时场面一度很乱，大家感到非常的惊慌，有一名工人在跑向车间方向时，发现铁皮棚内有火光，随即冲了过来。当时棚内没有自行车停放，火光是由地面上的竹席等物质发出的，他来不及多想，用扫帚挥打、脚踏的方式扑灭了火，随后又跑往了车间……

铁皮棚口朝向东，无门，四面为水泥墙，棚顶铺盖有金属瓦棱板，所谓铁皮棚就是据此而称呼的。在棚内偏北侧的西墙处地面上有烧得炭化的竹片残渣，还有已呈纸浆化且被烧灼过的纸板残留物，在棚口处地面上有未烧完的竹席和纸板。

老师突然快步走到棚内西墙处并蹲了下来，他用勘查灯和放大镜仔细地查看着墙面，时而用白纱手套轻拭墙面，时而又俯身向前，用鼻子在墙面上嗅着什么。

“马上做两件事……”

老师猛然转过身来说道：

“一、找一把足够爬上棚顶的梯子来；二、去全厂寻找第一个看见铁皮棚起火的人。不是你们现在发现的那个，他充其量只是第二发现人，第一发现者另有其人。”

“就怕不知道该干什么。快！”

赵局长转身带着侦查人员及工厂领导快速离去。

“老师。”

我赶紧上前蹲在老师身边。

“丁探你看，这西墙处地面上有烧得炭化的竹片残渣，而墙面上既无燃烧痕迹也无燃烧的气味，这是一个矛盾点。”

我从老师手中接过放大镜仔细观察了一会儿，又学着老师的样子在墙面嗅了一下，果然如此。有些迷茫，但心情却开始亢奋起来……老师曾讲过：“发现现场上的矛盾点，离解惑的钥匙就不远了。”

“再往上看。”

顺着老师的指引，我抬头朝金属的棚顶看去。

铁皮棚坐西朝东，大小为南北长十米、东西宽七米，棚顶铺盖着金属瓦棱板，金属瓦棱板的正反两面上都喷涂有白色的漆。整个棚顶呈前高后低的趋势，落差约二十厘米，棚顶最高处距离地面约有三点五米。棚顶的后沿位于西墙上方，高出西墙墙顶三十厘米左右。金属瓦棱板呈波浪状起伏不平，其中在地面发现烧得炭化竹片残渣处正上方的棚顶后沿位置，有相对于其他部位较大的向下凹陷，由于金属瓦棱板本身就起伏不平，所以，如果不是刻意去观察，很难发现这个现象。

梯子找来了。老师把梯子靠放在棚北侧，然后向上爬去。

“镜工！”

赵局长安排好工作刚好回来，一眼看见老师正在往梯子上爬很惊愕，他瞪着站在旁边的技术员正要指责被我拦住了：

“赵局长别怪他们。我师父一旦进入现场就是全身心地投入，谁都拦不住。”

在外人面前我都称老师为师父。爬墙、上树、钻房顶……仅在师徒的圈子里，我、包括我的那些师兄、师姐、师弟、师妹们没少关照老师，让他注意身体、注意安全！可一到案件现场，谁说的话也没用。

“丁探，带着照相机上来。”

登上棚顶真是一目了然呀！在白色的棚顶一隅发现有黑色的物质，根据我目测的距离，那个位置正好就是棚内西墙发现炭化竹片残渣位置的上方棚顶处。进一步靠近观察发现，在靠近棚顶后沿有较大向下凹陷的金属瓦楞板处，不仅有炭化的竹片残渣、烧灼过的纸板残留物，而且在金属板面上也发现有高温灼烤形成的漆面色变。也就是说，这里曾经发生过燃烧。另外，根据棚顶上的痕迹形态还发现，燃烧的竹席和纸板已经在棚顶上放置长久了。

“丁探，注意观察炭化的竹片残渣形态。这就是破解此案的钥匙。”

我使用放大镜对竹片残渣进行观察比较发现，在棚顶发现的竹片残渣有两种不同规格的形态：一种符合被烧的竹席所形成的残渣形态，还有另外一种形态规格完全不同的残渣。这是怎么回事呢？

“哼！”

老师突然发出了一个极短暂的笑声，但脸上没有一丝一毫的笑容。

胖胖曾经告诉过我，如果在现场上听见镜工发出短暂的笑声，但脸上没有一丝一毫的笑容，说明案件已经被他破解了。如果你没有听见，但案子破了，说明你错过了。因为那是在不经意间发出的笑，从他意念的深处发出的笑。

说这话的时候，胖胖脸上也是没有一丝一毫的笑容。那表情是一种由衷的崇敬。

老师在棚顶上站直身体，向被烧毁的车间方向眺望着。

我突然大悟：

“老师！另一种规格的竹片残渣来自车间，是车间内被烧毁的竹片材料！可它们怎么会到这里来的呢？”

“还记得昨天的停车场案吧，海浪是怎么形成的？”

“明白了！老师。”

老师拿出手机拨打赵局长的电话。

各位看官，奇怪吗？棚上与地面这点距离也用电话，直接讲都不用太费劲呀！这可是现场保护范畴中铁的纪律：让不该看见的人看不见现场勘查工作的情况，不该听见的人听不见现场勘查工作的内容。

案件现场上，我与老师之间的所有业务沟通可都是压低嗓子说话的，就像是悄悄话。

老师与赵局长的电话内容有三个方面：一是从被烧毁的车间内提取炭化的竹片残渣样本；二是立即组织人员在被烧毁车间与铁皮棚之间的竹片晾晒场中沿竹片丛的间隔进行梳理，一旦发现有炭化的竹片残渣即站立原地不动，以人做定位标志，人员量根据需要增加，直到全部梳理和定位完毕；三是派人与气象部门联系，结合对当时救火等人员的访问，搞清楚现场所在位置在火灾发生时段中准确的气象信息。

在之后不到一个小时的时间内，所有工作全部完成，所有结论全部得出。

一、从被烧毁的车间内提取的炭化竹片残渣样本与老师在铁皮棚顶上发现的另一种规格的竹片残渣，两者在厚薄、宽度、茎丝密度等方面完全一致，厂内工程师也认定相同。

二、对竹片晾晒场的梳理结果是，在被烧毁车间与铁皮棚之间的竹片晾晒场竹片丛里发现了二十余处竹片残渣，其规格与棚顶、车间内提取的样本相同。残渣散落走势为由东南往西北方向。

三、经查询火灾当时的气象资料是，东南风，四到五级。

另外，真正的第一发现人终于找到了，是两名本厂工人。他们当时发现铁皮棚的棚顶上起火了，可又上不去，就找来工作中使用的长铁钩子将位于棚顶后沿的燃烧物拽了下来，并扑灭，而后离开。其实当时竹席及纸板上的火并没有彻底熄灭，阴燃一会儿后又重新燃烧起来，这时恰巧被第二发现人看见并迅即扑灭。

至此，起火点之谜解开，即中心起火点是车间。大火在烧穿房顶后，一些尚未彻底烧完的竹片炭渣被火势裹挟上升，并在风的作用下向西北方向飘落至铁皮棚顶上，引燃了原先放置于棚顶的竹席和纸板，因而出现了第二起火点，第二起火点并非人为点燃。

“丁探，竹片晾晒场中的竹片丛为什么没有燃烧呢？”

这是老师为我加的私房菜。

“老师，因为竹片皆呈竖丛状放置，不具有持续的燃点条件。”

“好！丁探。”

对中心起火点的车间勘查工作相对简单许多，根据火的燃烧趋势，位于车间中北部位置的机器以及码放于车间东墙、西墙、北墙处的竹片皆呈被动式燃烧形态，也就是说，它们本身不是直接火源点。而安装于车间东墙南侧近车间大门处的一个大型配电箱则呈现主动燃烧的形态，而且是由内往外燃烧……

“相信电器工程师很快就能从配电箱内找到答案。”

老师一边与赵局长讲着话，一边脱下手套。

“镜工啊，今天，我算是长见识了！”

赵局长握住老师的手久久不松开，好像一松手，老师就会飞走了。

“对了镜工，您看还有什么需要马上做的事情？”

“确实是有一件重要的事情需要马上做。”

“您说。”

“您该第二次服用‘上清丸’了。”

周围的人都笑了起来！

赵局长没笑，他再一次紧紧握住了老师的手。

我也没笑。

回到清晨在Q市收费站休息点用早餐的时候，赵局长一边将早餐递给老师，一边商量下一步的安排，老师将技术员送来的“上清丸”连同一瓶矿泉水递到赵局长手中：

“第一件事就是请您用药。这个中成药是清火的，您是指挥员，不能倒。”

“您还会看病？”

“您现在是急火攻心，我能看。”

我在一旁忍着没笑。

老师人生的第一个老师、也是老师终身的老师，就是他的母亲。她不仅教授他做人、做事，身为军医的她还教授了许多常用的医学知识和技能。

午餐非常丰盛。

“赵局长，您这是？不是还有一个现场要复勘吗？”

老师在餐厅门口停住了脚步。

“是的镜工，但饭还是要吃的呀。”

“……也对，饭还是要吃的。丁探，吃饭。”

二十分钟后，我们已经坐在赶往第二个火灾现场的勘查车上了。

这是一个位于住宅区边沿部位的大型综合市场，过火面积达2600多平方米，市场整体被烧毁。

该大型综合市场呈南北长、东西窄的类长方形状。市场内吃喝玩乐、花鸟鱼虫、中外家具店铺一应俱全。

市场为穹形的结构，顶部是铁皮覆盖，最大挑高约二十米。市场内大小不一的各色店铺由透明的玻璃墙分割而成，墙体高度皆在二点五米左右，仅在市场南端的管理人员办公区域为二层楼结构，其占整个市场南北长度的五分之一。

现场内一片狼藉：鱼死、鸟焦、家具炭黑、玻璃熔化……

站在这样的现场环境中，你最大、最直观的感受就是茫然不知所措：火从何而起？先烧哪里、后烧哪里？为什么？

老师在现场中走着、观察着，不时关照跟随的技术人员：把这个拍下来、把那个提取掉……

我心里紧紧地，我从未怀疑过老师的能力，但不知为什么，这次心里总是紧紧地。现场勘查是一个既费体力又费脑力的工作，也许是上午的现场勘查工作消耗太大了，此时此刻自己的心智有些接不上吧。

老师显然看出了我的心思，他放缓了一些脚步，一边观察一边和我说起了话：

“丁探，就像是人一样，不同类型的现场有着不同的风格，相同类型的现场在规律性上也有着其普遍性与特殊性的区别。这个现场看上去杂乱无章，但却透着其独特的规律性。比如，你看那些大块的玻璃墙，它熔化后的变形趋势、玻璃表面的光滑与毛糙等现象，都在向我们传达着一种信息，我们要做的就是去寻找它、发现它、解读它……通俗地讲，就是让现场说话，让现场告诉我们。”

也许是听见老师的现场讲解了吧，技术员们都围了过来。火灾现场内地面情况复杂，正常小心地走路都需要高一脚低一脚的，这样围绕着老师一边聆听一边走路是十分危险的事。老师见状选择一个相对宽一点的地方停了下来。

看着大家渴望的面孔，我的内心隐隐有一些伤感，我再一次感到，碰到刘镜老师是我一生中莫大的荣幸……

“在对于案件、事件现场的研究分析工作中，出现最多、最普遍的问题就是，对于所获得的第一层信息照单全收，并且以此作为研究分析的全部资料。”

“以一个生活中的例子来诠释一下上面的话……”

老师说到这里突然微微地笑了一下。这种场合下出现的微笑，在我的记忆里真不多见。

“我这个人对于川菜是情有独钟，就以川菜为例吧。当一名厨师被指定烧制一道地道的四川菜肴，并预先提供给他相应的食材、调料等条件后，这名厨师首先应该要做的事是什么呢？”

“镜工，是不是应该严格按照程序去烧制了呢？”

不用想我也知道，这名技术人员的回答是不正确的。其实，这是一个理念上的问题，老师特别强调理念的养成，有了正确的理念才能以不变应万变，才能客观地看待事物、思考问题。

这让我想起老师说过的川菜烧法：一名优秀的厨师首先要根据这道菜肴对于食材、调料、烹饪条件等的要求，仔细去检查已经提供的各个项目，从中发现还缺少什么？有哪些不符合要求等情况，然后逐一予以补充完善后再开始烧制菜肴。如果不顾一切急于烧制将可能出现两种情况，一是因材料缺少导致半途而废；二是因材料品质问题无法实现相关菜品的色、香、味要求。比如川菜中对回锅肉的烹饪需要有豆瓣酱，一要看有没有豆瓣酱，二要看是否是四川郫都区生产的豆瓣酱。

过了一会儿，赵局长的车在门口停了下来，他参加完一个紧急会议后又匆忙赶了过来。他从包内拿出一张 A4 纸交给老师，我在旁边看得很清楚，是整个市场内部各商铺的分布位置以及经营项目。这是老师急等着要的东西。老师谢过赵局长，仔细浏览了分布图后，将图举在手中接着对大家说：

“所以，刑事科学技术人员在工作中对于所获得的各种信息也首先要进行梳理，从中发现缺失之处、发现不实之处，并且能动而及时地进行补充，然后才可能有效地开展对相关案件或者事件的研究和分析。现在，我们所需的资料齐全了。”

我看到有技术员在做着记录。这些话，早在大学时就听老师在课堂上讲过，但今天在这样的场合与环境中再次听老师讲解，心中有着别样的感受。老师的镇定与自信不仅鼓励着我，也感染着在场的每一个人。

连续作战，而且面临着这样纷繁复杂的现场，却犹如是在闲庭信步。

一个半小时。仅仅一个半小时，现场复勘工作即告完成。

我就罗列几个重点吧。

一、市场的东墙外侧由北至南的每个店铺门外都装有竖直的雨水管，功能是在下雨时将屋顶的雨水排放到地面的下水道中去。每根管子的北侧面上都呈现烧焦痕迹。

二、市场内靠中间偏北位置处是卖鱼饲料的店铺，店铺内那些依然摆放整齐的塑料饲料瓶的上端部位皆呈现出不同程度的熔化现象，而且熔化位置皆处于东北面上。

三、市场的西墙外由北至南种植有成排的行道树，在行道树的树干上有烧焦的痕迹，烧焦痕迹的部位由北至南随着树的位置变化而变化，总的烧焦痕迹延伸线皆指向东北方向。

四、市场西北角处是个家具店铺，其店铺门朝西，店内火势的燃烧方向是由东向西燃烧，即由店铺内向外、向店铺的大门处燃烧。而家具店铺的东侧，即市场的东北角处是一家卖观赏鱼及其他水生小动物的店铺。

各位看官，核心信息点都已经排列在你的眼前了，你们看明白了吗?

起火部位在哪里?

这个部位的确定对于这起火灾案件的定性有什么样的作用和意义呢?

……

“一览无余。”

老师和赵局长并排站在现场南面一幢高层居民楼的楼顶平台上俯视着现场轻轻地说出这个词汇来。

我站在老师的另一侧。在这里，整个市场以及其周边环境状况可谓是尽收眼底。南北长、东西窄的类长方形状综合市场整个棚顶已经被烧得变了颜色，但在市场的最南端却出现了半塌陷的状况。

“镜工，其实我们有一个起火点的选项，但总感觉缺少支撑，所以没有向您提及。”

“是市场最南端出现塌陷的部位吧。”

“是的。”

“是认为这个部位烧得最重吧？”

“是的。可这是为什么呢？”

“赵局长，燃烧的程度与燃烧的先后顺序不存在绝对的必然性，关键要看燃烧物质的组成以及燃烧客体的物理结构。”

“丁探……”

我立即将市场内部各商铺分布图递给老师。

这方面的本事是向胖胖学习得来的。胖胖曾对我一本正经地说教道：“要成为镜工的合格助手是不容易的，他的一个手势、一个眼神你就应该知道他需要什么。”

这一点胖胖确实是做到了——“哼！”现场上老师这个极短暂笑声的寓意就是胖胖总结出来的。

“赵局长您看……”

老师将分布图靠近赵局长眼前。

“这起火灾案件的现场有两大特点：一是现场场面大，市场内部格局杂乱，各种电器设备特别是配电线路纵横交错。二是过火面积大，整体火灾趋势为由内往外烧、由上往下烧，在当天东北风三到四级、阵风六级的作用下，火势由东北向西南回卷式发展，火势在市场高高的棚顶空间内随气流快速穿越卷烧。市场南端的办公区域便是由回卷火引燃。市场最南端之所以出现塌陷，是与这个局部的结构相关联的——二层楼、办公家具，犹如夹心饼干，是‘顶天立地’的燃烧，故而会出现塌陷。”

“哦！原来如此啊……”

赵局长的这句话讲得很慢、声音很轻、脸色很凝重，像是在思考着什么、回忆着什么。

“这里。”

老师用手指在图上东北角的位置向赵局长说道。

“这就是这场火灾的起火部位。”

市场的东北角处是卖观赏鱼及其他水生小动物的店铺。

“赵局长，您是喜欢养鱼的，尤其是在养殖热带鱼上颇有心得……”

赵局长惊异地看着老师。

“啊，是您在介绍现场情况中随口讲到的。”

老师轻轻扶了一下赵局长的肩膀，继续讲道：

“对于观赏鱼的养殖是需要构造一定的环境条件的，需要提供光亮、提供氧气、保持温度、对水进行循环过滤等，而这一切都需要用电，并且是 24 小时不间断地供电……”

观赏鱼及其他水生动物的生意并不是很好做。什么专业知识、经营之道都不去赘述了，根据商场管理部门的记录，这个商铺也是走马灯似的更换着经营人，而每一个新的租客几乎都会重新设计和布置铺面结构，结果就是，新旧电线就如同蜘蛛网般混杂。

赵局长的口头禅是：“就怕不知道该干什么。”有了工作的方向就好办。后经专业部门的检测，火灾是由市场东北角处卖观赏鱼及其他水生动物店铺内电线老化所引发。

这起火灾案件的定性出来了：是……

如果是人为去纵火，是选择“水淋淋的”观赏鱼商铺呢？还是选择仅一墙之隔的木制家具商铺呢？

送君千里，终有一别。

又经过那天清晨用早餐的高速公路休息站了。

“镜工，我不知道该说什么。去两个风景点游览休息一下您谢绝了，连一顿像样的饭都没能吃到……”

昨晚，为了感谢老师，并为老师和我饯行，赵局长再一次准备了丰盛的酒菜，而老师在休息室的沙发上落座不久竟沉沉睡去了……

“赵局长，昨晚失礼了……来日方长。”

送我们返回的技术员已经把车开到了跟前，我和老师上车后放下车窗与赵局长他们挥手道别。他们技术大队长与赵局长的一段对话通过车窗飘入我的耳中：

“赵局长，需要向镜工学习的东西太多了，我们从哪里入手呢？”

“就从吃饭学起吧。”

“吃……哦，明白了！”

八、死者的“话”

郊外殡仪馆遗体停放间内的两侧靠墙紧密地摆放着一张张的不锈钢金属床，床上躺着已经化好妆的遗体，男女老少皆有，装扮也各不相同，从西装革履到长袍马褂、从锦衣旗袍到粗衣布鞋应有尽有。两侧的金属床中间形成了一条窄窄的通道，时值深夜，在窗内外有些昏暗的冷光灯投射下，不由得让人心里一阵阵的发寒，那条通道也显得特别的漫长……

从热烈喜庆、杯箸交融的婚礼现场直接来到了冰冷死寂的殡仪馆，从生活的新起点到生命的终点站，从充斥着对美好未来的憧憬到面对僵硬的尸体……仅仅半个小时。

临走时我与亲密的小姐妹——婚礼的新娘子紧紧拥抱，对她感到深深的抱歉，而后头也没回地直接上车离开。我没有回答她再三的询问，更不忍再注视她极度失望的眼神。

刑警，需要钢铁的意志、坚强的神经。我或许做到了，可是，实在是太痛苦了。

可能是为了我的缘故，老师在前面不紧不慢地走着，我紧紧跟在老师的身后，因为如果二人并排着走就可能碰擦到两边的床以及床上的遗体。我的高跟皮鞋在坚硬的水泥地上发出有节奏的“哒哒”声，那是我刻意加重脚步踩踏出的声响，似乎要通过这种回荡的响声来证实生命的存在。

老师不时地回头看看我，尽管一言不发，但每次都带着微笑！此时此刻，在这样一种环境中，我特别深切地体会到了老师无形的抚慰，紧绷着的神经也渐渐放松了下来。

严法医他们已经把从现场拉回来的尸体推入了解剖室。

初夏的傍晚，与江海市某大型养殖场相邻的郊区村落内发生一起火灾，起火的是一间外租房屋，当时屋内存放着大量的烟花爆竹，火势凶猛，很快便将外租房吞噬，火灾造成一名中年妇女死亡。

外租房所在的位置早年是一个养猪场，是一排类似平房的建筑，现场位于平房的东端第一间，其东侧、北侧是村内的道路，西侧是住户。堆放烟花爆竹的中心现场是由以前的猪圈改造而成，面积约二十平方米。室内北墙处有四扇玻璃窗户；房门位于南墙的东侧，为一个木制的单扇房门，房门外侧是堆放饲料及杂物的小厅，小厅的东侧是只剩下门框的大门。有关部门在救火过程中从门内侧约一点五米处的地面上发现一具尸体。

经侦查人员的初步调查，死者为一个女性，就居住在中心现场西侧的房间内，系单人独居，其丈夫在外区做泥水工，每一到两周回来一次。死者平日在附近的村办养殖场内做杂工，待人很随和。

她为什么不及时报警呢？只要转身跨出二到三步就可以冲出房门，为什么不逃离火场呢？

难道……是杀人？情色？焚尸？还是……

“何队长，目前关于死者个体的信息太单薄了，我需要更深入的信息……好的，拜托了。谢谢！”

老师挂掉电话，转身走到解剖台前。

一进入解剖室就有一股特别让人不舒服的焦煳气味直逼而来。看着解剖台上那具黑乎乎的尸体，不由得想起了多年前我第一次近距离看法医解剖时的情景，那是一具已经高度腐败呈巨人观状的尸体，一进入解剖室我就用手紧紧捂住鼻子，尽管戴着口罩，依然无济于事，那股气息熏得人连眼睛都有点睁不开……随着解剖的进行，气味越来越浓重，视觉、嗅觉的双重刺激，反胃也越来越强烈！就在我快要坚持不住的时候被老师一把抓住手腕拉出了解剖室，来到室外的绿化带凉亭内，我一下子软软地跌坐在石凳上，浑身发麻发凉，想吐却又吐不出来……

老师从勘查车上拿来两瓶矿泉水，让我洗洗脸、漱漱口，又把一个碧绿色的小瓶子递到我手中，是“风油精”。

多管齐下，短短的十几分钟后，我又神奇般地恢复了正常。当我再次在解剖室内站在老师身旁时，他直盯盯地看了我十几秒钟，我微笑着冲老师晃了晃手中的“风油精”。

“丁探。”老师的呼唤让我回到了现实之中。

老师把严法医递给他的口罩转递到我的手上，我拿过口罩正准备戴时，突然发觉几乎所有的人都目不转睛地看着我……我稍稍怔了一下，随即明白过来，今天原本是去参加婚礼的，所以不仅精心化了妆，而且在服饰、发型、高跟鞋的搭配等方面都用了一番心思。

“真是太美了！”

没注意是谁说的这句话，声音虽然不大，但在这个死寂般的空间里却显得那么的清晰……

也许是这句话发出的声音惊动了正在全神贯注观察尸体的老师，他抬起头来疑惑地扫视了大家一眼，那个意思是：怎么还不开始干活？但旋即，老师就明白了缘由，他轻摇了一下头——无语。而后低下头继续查看尸体。所有人立刻如梦初醒般地各自忙碌起来，就好像什么都没有发生过一样。

“等一下！”

我叫了一声。这时我才想起一件事来，我从随身携带的包中拿出一条中华香烟来递给老师，这是新娘子让我带给大家的，包的容量有限，只能塞下一条。

胖胖吓得脸都不带色儿了，小李子紧张地看着我，为我捏一把汗：刚才老师的“无语”，在这种状况下已经算是对大家的严重警告了！只有严法医不动声色。

“来得正是时候。谢谢新娘子！还有丁探！”

老师拆开香烟外包装，取出两包递给殡仪馆那位协助我们工作的值班师傅，然后将香烟交到胖胖手中，让他事后再分给大家。

胖胖与小李子面面相觑，然后同时转向我，轻轻点了点头……

对死者外观的查看持续了较长的时间。老师正面、反面、上面、下面反复地查看着，不时向严法医询问着、讨论着。小李子除了常规的照相外，又按照严法医和老师的要求对一些重点、细小的部位进行照相固定……

死者为女性，身高约一米五八，发育及营养状况正常。死者双腿弯曲、双臂收于胸前，浑身呈赤裸状，其身上的衣服、毛发皆被烧毁，经尸表检验未发现明显的外伤……

“根据死者身上的衣裤印痕可以得知，死者是生前在衣着完整的情况下被大火烧灼的，不是在被脱掉衣物后才被火烧的。这个很重要，它说明火灾发生时死者不仅是活着的，而且具有相当强的活动能力，所以才会有不停地挣扎、翻滚动作。而且，正是因为死者具有相当强的活动能力，有不停地挣扎、翻滚动作，所以才会造成全身衣物几乎被均匀地燃烧殆尽，只在腹股凹处有少许残存的内裤残片。”

可能是老师的分析吸引了自己的注意力吧，那种特别让人不舒服的焦煳气味似乎减淡了许多。

还是那句话：“看见不等于发现。”

的确，经老师的指点，尸体身上那些原本让人视而不见的细微现象和痕迹渐渐变得明显而清晰起来。透过死者近乎赤裸的身体外观，不仅可以发现已经被烧毁掉的上衣、裤子的印痕，而且连内裤及胸罩的印痕也有切实的体现。这些印痕客观而真实地告诉我们，火灾发生时，死者身上不仅由内到外都穿着整齐，而且位置、形态正常。

“死者口鼻腔、气管内的大量烟尘，也证实了这一点。”

严法医吃力地直了直腰，补充道。

渐渐地，夜已深。

……

旭日东升，又是一个阳光明媚的艳阳天。

当我和平时一样的一身现场勘查服出现时又引来了众人的目光。

“看什么？和昨晚不一样了是吧！”

“是的。我们的感觉是现在比昨晚更漂亮！”

尽管已经过去了若干个小时，可一进入火灾现场，依然有明显的潮湿的体感以及具有包裹感的热度。老师带着我们已经在这里工作了近一个小时了。何队长送来了由他根据调查信息亲手绘制的烟花爆竹“仓库”内产品分类放置部位草图。我则按照老师的要求，不断通过自己的平板电脑在网上查询着有关烟花爆竹方面的介绍等信息。

何队长还带来了一个重要消息：死者就是中心现场那一屋子烟花爆竹的主人。

“猜到了。”老师低头嘀咕了一句。

中心现场所在的房间门门锁完好，门正面的整个面及房门侧面皆有燃烧的痕迹，观察房门背的燃烧痕迹发现，火系从门缝外燃至门缝内的，这表明火灾发生时房间门为开启状态。根据烟花爆竹“仓库”内产品分类放置部位草图还原室内烟花摆放情况，并观察燃烧情况发现，靠近北窗附近的燃烧最为严重，该处上方的墙体剥落也最为严重……

“丁探，谈一下你对于这起案件的想法。”

老师站在室外路边的树荫下，讲这句话的时候眼睛并没有看我，而是看似呆呆地望着远处的一片草坪，那里有七八个小孩在游戏玩耍，从年龄看，大的三个孩子约莫有十岁左右，现在不是学校放假的日子，他们却没有去上学……

“第一，排除外来人员放火。火灾发现时死者是有行动能力的，无外伤，门也呈开启状态。另外，死者衣裤印痕整齐，故生前遭受性侵害的迹象也不存在。

第二，排除自己带火点燃。自行点燃的话起火点应在靠近门口处的烟花堆，而不是现在所呈现的，在离房门最远的北窗处，由于室内成箱的烟花爆竹已堆放至屋顶部，所以，也无法用扔的方式将火种抛过去。

第三，根据所查询的资料以及有关部门的初步分析认为，像现在这样天气湿热、现场的门窗一般都处于紧闭状态、加之每日长时间的阳光照射等综合因素，完全可以引起烟花爆竹类的自燃。这是一起因自燃因素导致的意外火灾事件。当然，何队长他们与有关部门联手调查的结果也排除了人为纵火。

第四，对于这位女性的死亡原因，也就是她为什么会死，我还没有十足的依据，也是我唯一不理解的地方。请老师解惑。”

我一吐为快，却把最核心的难题留给了老师。

“这的确是一个看上去难以让人理解的反常规现象，因为它似乎违背了规律的一般特性，所以才让人不能理解。”

老师收回目光，一边说一边接过我开启好瓶盖后递给他的盐汽水，同时微微点了一下头表示感谢。

显然是渴极了。老师一口气喝下去半瓶多盐汽水，在那个闷热潮湿的现场中工作流出了大量的汗水。

“丁探，不符合规律的一般特性并不代表它违背了规律的自然性，而是在一定条件下所形成的规律特质状态的变异，即规律本身在某种特定条件下所发生的回逆，是规律特殊性的一种表现。”

这种内容的话题一般是单独对我，或者有我在场时老师才会提及。他对我的要求是，理论加实践立体化地学习和掌握刑事科学技术业务。

“严法医，您也过来啦。”

老师朝着我的身后方向说道。刚才太投入听老师讲解案件，这时才发现胖胖、小李子、严法医他们都站在我的身后。

“我来看一下现场。您不是一直讲不能做纯法医，要把专业知识融入现场，与案件的具体情况相结合吗……刚才胖胖和小李子陪着我，一边看一边详细地给我讲了一遍，收获不小啊！不过，还有一个最大的谜团要等您来解析。”

老师赞许地朝严法医竖起了大拇指，脸上依然结着“冰”。

“那我们就从法医这里讲起吧。”

说罢，老师一口气喝完了手中剩下的半瓶盐汽水。我递上笔记本，上面有老师绘制的现场平面图，还有现场上的重要信息点提示。每次待案件结束后，我都会在老师所记录内容的后面写下自己的体会和感想。厚厚的笔记本又快要用完了，跟随老师以来，这已经是第六个笔记本了。几乎就在我递给老师笔记本的同时，胖胖抢在我前面拿走了老师手中的空瓶子。到底是我的“前任”。

“在这起案件中，虽然对于尸体的检验结果已明确了死者的死亡原因和性质，但它告诉我们的还只是一种表象层面的信息而已，并不能帮助我们去深入理解她真正的死亡因素以及与之相关联的现场要素。因为它还缺少了一个重要的因素——人的特性。正常的人是有思维、有情感的，人的行为正是在这种特性中产生和发展，并基于它而表现的。

首先，私自存放大量的烟花爆竹，这是不敢示人的一种违法行为，一旦被人举报或者被有关部门发现后果严重……其次，发生意外燃烧的“危险品”仓库与死者自己所居住的唯一房间仅隔着一堵薄薄的墙壁……再次，事发之时虽然周边有邻居和路人，但她却不敢轻易求助。”

说到这里，老师再次朝向远处草坪上游戏玩耍的那群孩子方向望去，重重地叹了一口气，接着说道：

“所以，当那名中年妇女敏感察觉到自家的“危险品”仓库出现了最不应该、最害怕出现的火情的时候，她只能奋不顾身地冲过去……当东房间原本关闭的房门一开启，大量空气涌入室内，瞬间便会引起原本就极易燃烧的烟花爆竹强烈的燃烧和爆炸！她冲入东房间，虽正面迎火，但仍在高度的紧张与慌乱中拼命做着毫无效果的抢救行为，紧张的情绪、猛烈的肢体动作，都导致其形成急促的呼吸，很快就会因呛入大量有毒烟气而出现中毒及窒息症状。此时，她就是想要逃走也已是绝无可能，已经摸不着方向的她在烟熏火燎的痛苦中挣扎直至死亡。”

返回支队的路上，重案勘查车内一片寂静，胖胖说了几个小笑话想活跃一下气氛，效果不佳。小李子依然把车开得稳稳地。

沉默良久，我终于忍不住开口道：

“老师，还有一个问题不知可不可以问？”

“丁探，在我们的记忆里，好像还没有你不敢问的问题吧。”他们把“你”字拉得很长。

的确如此。为了方便和支持我的学习，老师给了我“什么问题都可以问，什么时间都可以问”的特权。今天之所以有点谨小慎微，是因为，我感觉到那可能是个让老师心情不好的事情。

“当然可以。”

“老师，我至少有两次看见您目光关注地看着远处草坪上游戏玩耍的那群孩子，这里面有什么含义吗？”

老师微微点了点头，没有直接回答我的问题，而是转向胖胖他们：

“丁探的问题很好！”

“是的，到底是镜工的高徒！”胖胖竖起大拇指，佛一般的圆脸上挂满笑容。

“胖胖、小李子，你们能具体告诉我好在什么地方吗？”

“打破砂锅问到底……知其然，更要知其所以然……还有，不放过任何学习知识的机会……”

“需要借本词典给你们吗？”

“……”

“丁探用了‘关注’一词，说明她观察问题细致，抓住了问题的关键所在。”

毕竟是行业前辈，胖胖他们立刻感到了老师话中有内涵，忘记了老师刚才婉转的批评，全神贯注地看着老师。

“何队长告诉我的信息，死者在老家有一个十岁的儿子。”

……

久违了，办公桌。

终于在自己的桌前坐了下来。一个多星期的“野战”生涯暂且告一段落。和以往一样，我的桌前恢复了人头攒动的景象，胖胖、小李子及其他年轻的技术员们是我桌前的常客，严法医偶尔也会来，因为我这里水果、糕点、咖啡、茶叶等几乎一应俱全，而且，用胖胖的话讲，“都是腐败级别的”。

“嗒！”水烧开后电水壶自动断掉了电源。

小李子灵活地起身准备去端水壶给老师泡茶，但被胖胖一把拉住了。

“嘘——你们看，有情况。”

小小的玻璃屋内，老师斜靠在电脑椅上专注地看着电脑屏幕，他右手放在鼠标上，左手撑着头，左手的拇指和食指呈八字状分开，拇指托着下巴，食指则时而置于眉心，时而又放于人中……

这是老师深度思考时最常见的“小动作”。这也是胖胖告诉我的“为徒须知”之一。

“怎么了胖胖？”

胖胖没有理会大家的询问，而是朝我看了一眼。我心领神会地点点头，轻手轻脚地端起水壶推开玻璃门。

“哼！”

老师发出极短暂的笑声，尽管他的脸上没有一丝一毫的笑容，但在熟悉老师的人心中，这一声“哼”不亚于天籁之音。

当老师注意到我的出现时，以带着疲惫却又夹杂着一丝兴奋的语调对我说道：

“丁探，你来得正好……”

老师一边说一边随手拿起桌上的玻璃茶杯往嘴边递，这时才发现自己的茶杯还是空的。

“您别动，我来。”

我熟练地从老师写字台柜门里取出“铁观音”泡上。

“谢谢！”

又是一个飞来的案件。

前面我曾介绍过老师自创了遥控培训模式，旨在解决异地即时的业务培训、咨询需求，在同时，还有一个重要的功能，即对异地疑难案件的快速研究。每年都会有老师的学生、徒弟、同行等通过这种远程的方式从老师这里获得各种帮助，解决所遇到的难题。这不，又来了。

发送案件资料的是J省S市公安局刑事技术部门的负责人，其复姓太史，名秋芙，老师的徒弟，我的大师姐，刑警学院研究生毕业，辈分是让我仰望级别的。两年前因工作上的原因曾经和她见过一面，气质非常好，留给我的印象是做事干练、效率高，为人严谨、细腻……其实，我的介绍都是多余的，能被老师认可并收为徒弟的人，无论男、女都绝对差不了——我绝对没有拐着弯夸赞自己的意思。

传说这位大师姐是好酒量，但自从成为老师的徒弟之后就几乎不在公众场合喝酒了，那次是为了招待我这个小师妹才陪着我喝了一点红酒。但是有一点，据说，只要有老师在场，无论什么场合她都是滴酒不沾的。她对此的解释只用了两个字：“学习。”

严谨、细腻……可不是随口说说的。师姐发给老师的资料不论是文字方面还是图像方面都是严格按照老师的要求做的，可谓是一丝不苟。

S市市中心广场内有一个大型的绿化地，植物繁多、树木茂盛，蜿蜒的石子小道、凉亭、石桌、沟渠等大自然化的设计引来了众多的市民来此驻足小憩。然而，就在这么一个地理和环境位置都非常特殊的地方却发生了一起疑似命案。

所谓疑似，就是还无法明确确定案件的性质。身为S市公安局刑事技术部门负责人的师姐肩负了重大的压力，难怪急急向老师伸出求助之手。

上周日（即昨天）的清晨六时许，一名清洁工人在清理植物丛内垃圾时发现一具男性尸体。

经现场勘查发现，男性尸体呈仰卧状，衣着完整，无明显的搏斗痕迹，其头面部有钝器伤，大量出血，双手上也有血迹。经法医检验，其死亡原因系头面部生前遭受钝性物体打击导致颅脑损伤致死。勘查中，在尸体身旁的草丛内发现有一块红砖，砖上有血迹及毛发。法医认为，死者头面部的损伤，现场发现的红色砖块可以形成。在对其随身物品检查时，其裤子口袋内发现有一百八十二元零散的现金、半包香烟、一串钥匙等物。

经侦查人员调查访问，死者的身份也很快即被查明，死者六十三岁，曾在环卫部门做过临时工。他的住处在离开中心现场约一站路的某老式住宅内，系房屋的户主，单身独居，平日里常常拣拾一些废品卖了买酒喝。

另外，据对邻里及居委会的访问得知，死者曾有过间歇性精神病病史。

在指挥部的案情汇总、分析会上，围绕着这起案件的性质展开了激烈的讨论，或者说是争论更确切一些。

话题似乎并不复杂：自杀？他杀？

分析为死者系自杀说者的理由是：

一、现场位于市中心广场内，一般人不会选择这种环境杀人。

二、死者身上钱物俱在。

三、死者头面部的损伤自己可以形成。

四、死者曾有过间歇性精神病病史，存在发病自伤的可能。

五、现场无明显的搏斗痕迹。

这五条分析意见的提出确实征服了不少人，一度占据了讨论会的上风。认为死者系他杀的人尽管意见有所不同，但一时间到也无法明确提出反驳上述五条分析意见的理由。

最后，大师姐太史秋芙针对上述五条分析意见的一番话，使得原本处于沸腾状态的指挥部内瞬间变得鸦雀无声。

一、现场位于市中心广场内，一般不会选择这种环境杀人。一般不会不代表绝对不会，尤其是激情类的杀人案件，什么场所都可能发生。

二、死者身上钱物俱在。如果杀人后现场上的情况出现异常，比如有人路过、有夜间巡逻队靠近……不允许凶手再有时间去翻寻死者身上的财物呢？

三、死者头面部的损伤自己可以形成。自己可以形成就一定是自己形成的吗？依据呢？自己可以形成，别人同样也可以形成。

四、死者曾有过间歇性精神病病史，存在发病自伤的可能。只是存在自伤的可能性，自伤的依据是什么？据向医务人员咨询，间歇性精神病发病并不是一定会自我伤害的。

五、现场无明显的搏斗痕迹。杀人案件因素复杂，并非都会有明显的搏斗行为发生，比如，突然袭击式的杀人行为，只要击中了被害人的要害部位，会使被害人直接失去反抗的意识和能力，也就不会有搏斗发生了。

所以，现在下任何结论都缺乏充足的依据。现场必须进行复勘，并且请国内现场勘查方面的专家进行会诊。

到底是大师姐，思维敏捷、目光犀利。真棒！

这不禁让我联想到了师姐那有趣的拜师经历。在她研究生临近毕业的时候恰巧老师应邀到中国刑警学院去讲学，在其他同学们都忙着论文答辩并为此难以入眠的时候，师姐竟连续三天泡在学校可容纳三百人的学术报告厅内听老师的讲座。

大学请校外专家来校开设讲座并不少见。不过，师姐有一个原则：十分钟筛选法。即听了十分钟后依然不能吸引她的讲座即刻离场而去。

“当年，我的性格非常孤傲，几乎是目中无人。可老师那天的讲座，第一句话就把我给抓住了……”

师姐曾详细给我描述了第一次听老师讲座时的情景。

“他那天穿着一件皮夹克。校方主持人介绍完后，老师走到讲台的桌子前脱掉了皮夹克露出警用羊毛衫，而后他来到讲台的中间微微向大家鞠了一个躬，手持无线话筒一边走向大家一边问道：‘一个人上吊了，是他自己吊上去的，还是被别人给挂上去的、也就是说是自杀还是他杀呢，如何去甄别？这就涉及对包括那位死者在内的整个现场的勘查了。在这里，现场由两大组成部分：一是有形现场，即现场上的各种客观存在；二是无形现场，即当事人的心理与行为间的关联性。这就是我们今天的讲座所要讨论的问题。’”

在那天的讲座中，有一个涉及人员死亡的案例：冬季的早晨，在南方某县城郊外的荒草地里发现一具老年男性的尸体，死者上半身裸露，在其腹部有多处由单刃刀具形成的伤口，血迹流向为由左至右，呈现相对平直的流淌状态，说明刀伤形成后死者没有大的挣扎、搏斗迹象……腹部的刀伤系死者生前的自伤行为所形成。那么，他是左手持刀所形成的，还是右手持刀所形成的呢?

这是老师自创课件中的“互动式案例培训”系列内容之一。这种培训模式的形式是以真实的案件为蓝本，在授课老师的介绍、提问、引导、归纳、总结的过程中，调动学员们的主观能动性，通过抽丝剥茧的研究分析，最后共同实现对案件的解析。它最大的特点和优势就是全体学员的能动参与性。

左手持刀还是右手持刀问题的提出，学生们反应热烈，反复辨看着大型投影屏幕上的现场照片，有相互讨论、争辩的，更有以手中的笔、尺代替刀具，不断调整、变换身体姿势进行动态模拟的……三百人的学术报告厅内，研磨知识的氛围让人陶醉！为了给学生们更自由宽松的研讨环境，老师宣布休息十五分钟，让学生们在自由流动中增加讨论的交叉程度。

正在冥思苦想的大师姐似乎突然想起了什么，她立即起身快步跑出学术报告厅消失在众人的视线中……

讲座继续开始。大师姐匆匆回到自己的座位上，手中多出了半瓶矿泉水。

老师提问的话筒刚一离开嘴边，报告厅内便犹如雨后春笋般地竖立起无数个请求发言的手臂。师姐的手臂被湮没在手臂丛中，六七个同学已经先后进行了发言，依然没有点到师姐的名字，她一急之下索性从座位上直接站立了起来并高举起手中的矿泉水瓶请求发言。

师姐的这个举动一瞬间让报告厅内安静了下来，许多同学还不由自主地慢慢放下了手臂。

老师朝着师姐的位置看了一下，并没有直接请她发言，而是一步一步地走下讲台，走到了师姐的跟前，一伸手，把无线话筒递到她的手中。老师的这个举动引来了同学们热烈的掌声！这个掌声是给师姐的，也是给老师的。

“老师好！经过相关的实验发现，死者腹部的血流形态是其身体处于右侧位时刀刺所形成的。而死者右手臂中部外侧面上也有血迹，这里的血迹现在从现场照片上观察似乎是独立的，而当把现在处于平躺姿势的死者的身体向右侧转，便会发现，死者右手臂中部外侧面上的血迹系死者腹部血流的延长段。而要形成这个血流的延长段，就必须在死者呈右侧位姿态时把死者的右手臂侧压于死者身体的右侧下方。而这样一来，死者的右手臂就完全不能再做任何的动作了。所以，死者生前是用自己的左手握刀来刺扎自己腹部的。回答完毕，老师。”

“正确。”

莫愁前路无知己，天下谁人不识君。师姐透彻明了的分析让大家豁然开朗，掌声再起……

“刚才你讲到的经过相关实验，可否细说一下？”

“老师，请允许我在讲座结束后向您汇报……”

“谢谢！请坐。”

讲座结束后，师姐引导着老师以及一些耳朵尖且有心的同学、老师来到了楼下的装备室，这里是专门放置各种用于现场勘查教学的器材、设备等物品的地方，其中就有三十多具布置模拟现场时用的仿真人橡胶模特，男性、女性、儿童等以及与之相配套的各类服装，还有各种工具以及橡胶的“凶器”，有些服装因使用过多次，已经是“血迹斑斑”了。原来，师姐在课间休息的时候就是奔这里来的，她先是飞快地跑到旁边的校内超市买了一瓶矿泉水，然后来到这里，将一具男性模特摆放成老师所讲的死者姿势右侧位复原状态，用矿泉水代替血液进行实验，最后得出了死者系生前用左手持刀自伤的结论。

正当大家好奇地仿照师姐的方法进行操作的时候，老师悄悄把师姐叫到了一边，轻轻地说道：“去把装备室房门链条锁上你的头发清除掉，以后再使用这种方式进门时先把头发扎起来。”

师姐大吃一惊！几乎快要毕业了，这么多年从来没有人发现过自己使用非正常手段进入装备室的事情。

“老师……”

第二天正当老师在吃早餐时，师姐悄然出现在老师座位的对面。这里是教师食堂，学生食堂在楼下，她是端着餐盘溜上来的。

面对这位不速之客，老师丝毫没有感到意外。而是以欣赏的目光请对方坐下。

“老师，您可以告诉我您是怎么发现我的进门方式的吗？”

“可以。当我们来到装备室时，管理装备室的老师一脸的不解，见到你也没有反应。当他用钥匙开启装备室门上的链条锁时，我发现了夹在链条中的头发。头发是标准的警院女生发型，但不同之处是留有发油的痕迹，它的色泽以及香味与你的头发相同。”

“……”

老师的分析非常准确。师姐对于刑事技术很痴迷，特别喜欢做各种她能想到的实验，但装备室不可能为她一个人服务，于是就采用了从课堂上学到的非正常方式进入，并成了这里的常客……关于头发嘛，毕业临近，为了找工作面试，不得不稍稍地讲究一下。

“老师，可以……拜您为师吗？”

“理由是什么？”

“您玩真的。”

“……好理由。”

老师玩真的，他应邀外出讲课、培训、研究案件，只要有机会，他都会和当地的技术人员一起去勘查现场，不论案件大小，什么现场都看，真枪实弹地进行教学培训，而且，为了增强教学培训的效果，常常用当地的案件临时插入课件作为讲课的案例使用。这是老师与众不同的特色，他的本色。

老师完成讲学离校那天，师姐早早地来到专家楼下的大堂内等候老师，昨晚又积攒了大大小小十多个问题……

最后，当老师已经坐上轿车准备启动时，师姐突然透过车窗问老师：

“老师，我是不是太调皮了？”

老师几乎是不假思索地看着师姐说道：

“保护好自己，继续调皮。”

直到汽车驶出视线，师姐仍呆呆地立在原地未动。老师的回答是她做梦都没有想到的，长这么大以来，从来没有任何一个人对她的调皮行为表示过欣赏。家人、同学、朋友皆对她的“出格”行为头痛不已。她依旧是我行我素，这也铸就了她日渐孤傲的性格。

若干年后，已成为刑技部门负责人的师姐，在一次偶然相遇的机会请老师品茶时，小心翼翼地问老师为什么会支持自己的调皮行为，老师的回答再一次出乎了她的意料：

“调皮在人的行为中属于一种刻意性的主观意愿展现。有正面性的，也有负面性的，小孩子的‘人来疯’就是一种写照。你的调皮行为中充满着探寻及对某些规则的冲撞性，是正面的，这种类型的调皮是人类智慧之池的重要源泉和雏形。通俗地讲就是，调皮得有道理、有章法，既有摒弃，又具前瞻。”

“老师，那您也……”师姐没敢再往下说。

老师皱着眉头看了师姐一会儿，脸上的表情显然是：也有你不敢说的话啊！

“有一个小男孩，从小喜欢武术，而且勇于实践，结果是朋友越打越少，家长带着孩子上门告状的越来越多。母亲气极时也会教训一下男孩，有一次教训过后发现，母亲的手受伤了。男孩吓得不轻，于是总结教训想出一个主意……没多久男孩又闯祸了，母亲又要教训他，正要动手之际，男孩飞速从自家的门背后拿出一根圆木棍交到母亲手中：妈，您用这个打吧，这样您的手就不会痛了……期末考试，男孩三门功课不及格，不敢回家，不是怕打，是怕母亲生气。于是独自坐在山坡上苦思良久，想出一计，他仔细而又巧妙地修改了考试成绩，不曾想，回家后母亲一眼便识破了……痛定思痛，男孩开始苦苦研究失败的原因，大量阅读学习相关的书籍……后来，男孩成了一名刑警，一名刑事科学技术人员。”

“老师，我想，那个男孩就是……”

老师的眼中闪过一丝狡黠，随后抬头默视着天空，良久、良久……

师姐猛然想起，老师的母亲已经离世多年了。

和以往接到外单位、外省的求助一样，大师姐太史秋芙的求助也再一次给我带来了难得的学习机会。之所以说是难得的，是因为，这些案件已经经过许多人反复的研究，所以对这类案件的难点研究具有特别的价值。

这一次因为师姐的求助非常急迫，所以老师已经完成了对于案件的研究分析。先告诉答案，再去从现场上寻找相应的现象和依据，这也是一种培训的模式。千万别以为这样简单和容易。

第一，死者的衣着形态。死者上身着长袖外套，下身着黑色长裤，脚上着一双破旧的旅游鞋。从服装上的褶皱形态、附着物等情况看，死者倒地后没有被拖动和移位的迹象。

第二，死者身上的血迹主要集中分布于头面部。这说明死者从受伤出血开始，身体从来没有竖立起来过。

第三，死者的损伤都在面部和颈部。这说明，从打击行为开始，死者不仅就处于倒地的姿态，而且始终是仰面躺卧，身体没有变换过姿态。

第四，死者头面部的血迹流向以向左侧流淌为主。这说明，在打击行为的全过程中，死者基本上保持着头部向左偏转的姿势。

第五，死者的头面部、颈部的损伤皆由相类似的钝性物体打击所形成。说明打击行为系一气呵成，没有更换打击工具的行为。

第六，在死者身旁草丛内发现的带有血迹及毛发的红砖可以形成死者头面部及颈部的损伤，在死者附近的草丛内也有不少类似的红砖。这说明，打击行为所使用的工具是就地取材的，打击行为应为临时起意，而非事先的预谋。

第七，死者的双手上都有大量血迹。经仔细观察发现，死者双手上的血迹在手掌心、手背等处都有，但却没有形成与手掌呈类垂直角度的喷溅形态，说明，手上的血迹是捂压伤口所形成，而不是自己持砖块打击自己所形成。

第八，死者的损伤都在面部和颈部，没有人在类似的自杀行为中用工具打击自己的脸部、颈部的，应该选择打击头部。

第九，从死者头部附近树干、草丛上的血迹分布形态看，打击者是呈骑跨的姿势按压着死者，用右手持砖块进行打击的，颈部及其靠近前胸部位的多次打击行为反映出实施打击的人个子不高、手短，体形偏瘦。

第十，案发的地点、工具的选择、损伤的部位、打击的次数、打击的爆发性、财物的情况等，说明这是一起由临场矛盾激化所引发的杀人案件。

第十一，死者的身份、职业以及与这种层次人员能够产生如此之大矛盾的人，应该是与死者有同等层次的人员，而且二人之间打过交道，不是完全的陌生人，平日里的活动地域包括现场所在地点。

第十二，死者的双手、双臂等部位几乎没有发现抵抗伤。这说明凶手的攻击是突然进行的，而且出手凶狠，死者未及反应就已经失去抵抗能力。

第十三，综上所述，这是一起由矛盾的临场激化所引发的杀人案件。凶手为一人，男性，身高约一米六〇，人瘦，层次与死者类同，两人认识且有矛盾。

“啊——”

我终于透出这口气来。

就在我与胖胖、小李子等对照着现场资料回味时，大师姐那边已经按照老师的分析意见展开工作了。

老师对于凶手身高的判断太让人叫绝了，死者的身高接近一米八〇，所以老师据此判断出凶手的身高要比死者低约二十厘米。依据就是打击的部位，不是一次打击的部位，而是近三十次打击的部位。如此稳定的行为数据才具有用于现场分析所需要的有价值的信息点要求。

“老师，怎么才能更快、更好、更有效地去发现现场上信息点中的内涵呢？您看见了打击的部位、次数，就分析出了凶手的身高。这之间是如何进行过渡的呢？”

尽管笔记本上已经就此案记录得密密麻麻了，但我还是感觉没有咬到“肉”。

“丁探，带上照相机，我们去实验室。”

实验室内，老师走到工具痕迹操作台前，把一大块橡皮泥用圆木棍摊开压平，好像准备做大饼一样，然后，分别用圆头的榔头、方头的榔头、斧头、菜刀、拳头各自在橡皮泥饼上进行作用造痕。

“丁探，现在你可以根据这些痕迹的形态分析出形成它们的造痕体是什么吗？”

“可以，老师。很明显，它们分别由圆头的榔头、方头的榔头、斧头、菜刀、拳头的拳峰所形成。”

“好。它们就好比是案件现场上的各种信息点，你看见了凹陷的痕迹形态，就要去想到形成它的外凸状形态的工具。这就是临场工作的理念。至于你能够看出多少形成凹陷形态的外凸状工具，这就是需要你去不断总结和积累的工作、生活经验与知识了。在这个方面，你的能动性越强，提高得也就越快。”

道理通俗易懂，听起来、理解起来并不复杂，可是要做到这些，得进行多少的修炼啊。

老师就如何成为一名合格的刑事技术人员所说的一段话在我耳边响起：

“……仅仅是不怕吃苦、不怕受累，还远远不够。一名合格的刑事技术人员必须要耐得住孤独、耐得住寂寞、耐得住委屈。”

老师这段话中有两个重要的词汇：第一，合格（不是优秀）；第二，必须。

三个多小时前还与大师姐通过电话，而此时此刻师姐已经坐在我车子的副驾驶位子上了。大师姐简直就是追着自己的电话赶过来的。

大师姐更加的沉稳了。上车后师姐就特别详细地询问了老师的身体健康情况以及工作情况，听我说到老师还是一如既往地投入各种案件现场的勘查、分析、研究之中后，师姐沉思良久，长叹一口气：

“唉！我们的师父啊，一有案件就会不由自主地投入其中，不顾年龄，不知道什么叫劳累……而且，谁说也没用。”

案件破获了。凶手与死者类同，中年男性，身高约一米六〇，人瘦，两人认识且因抢地盘而素来不和。案件由矛盾的临场激化所引发。

我不由自主地加快了车速，老师今天的案件讲评会正等着我们。什么都可以错过，老师的案件讲评是不能错过的。

肠梗阻般的城市道路交通状况，紧赶慢赶还是晚了一会儿。我和师姐轻手轻脚地进入讲评会的会场，老师正站在投影屏幕前专注地讲评着案件，因站立的角度因素，他看不到我们的到来，但是一进入会场，大师姐还是朝着老师的方向认真地鞠了一个躬。

“死者是通过其独特的表达形式来向我们传递案件情况和死亡原因的。现在请大家观察研究这张照片，从中寻找死者的语言……”

讲评会已进入到“一会儿一案”阶段。现在投影屏幕上是一张头颅的图片，头颅已经白骨化，可见有一毫米大小的蛆虫从孔洞和骨缝中爬出，在右颞部至后枕部如同穿糖葫芦般地呈半弧形排列着五处打击痕迹，从前至后编为1—4号，其中1号、2号形成类圆形的骨裂，3号、4号形成了类圆形的孔洞，无论是骨裂还是孔洞，其直径皆为三厘米左右。

“镜工，我从法医学的角度上来谈一下自己的分析。”

严法医接过大家的话头侃侃而谈起来。

“从提供的这张照片看，1号环状骨折线周边清晰完整，在1号、2号两处环状骨折相邻部位，见2号环状骨折线有在1号骨折线处的错开，故推断2号骨折线为1号骨折线形成后再次打击所致。3号骨折缺损向前延伸的骨折线终止于2号环形骨折线处，为骨折力量遇到断端传导终止所致，故3号在2号之后形成。4号环状骨折缺损同样在与3号骨折相连的骨折线处错开，为骨折线已经存在的前提下无法形成完整的环状骨折。综上损伤推断，打击顺序为 1 号、2 号、3 号、4 号。打击所使用的工具为直径约三厘米的圆形榔头。”

严法医的分析得到了热烈的掌声！

老师总结的时候到了。我快速拿出录音笔竖放在桌面上。师姐赞许地看了我一眼。

“严法医的分析专业而精确。下面我再从现场分析的角度上做一些解析。”

老师一边说着，一边走了过来，到我们的座位前时一伸手将一瓶矿泉水放到了师姐的面前，同时用手势示意她不用站起来……这时我才发现自己竟连水都忘了给远道而来的师姐。

“这是一具高度腐败的尸体。打击部位相对集中，近乎一气呵成。打击的轻重表现形式为：1 号、2 号、3 号、4 号，由轻到重。具体分析如下：

第一，虽然，从表象上看，打击在颅骨上形成的损伤程度有所差异，其实，每次的打击力量大致相同，其差别的产生是因为：1 号、2 号打击形成时被害人的头部可移动，对打击的力形成了一定的缓解。而 3 号、4 号打击形成时被害人头部已无法移动，比如，有地面或者其他物体做衬垫。

第二，之所以说先后四次打击中，每次的打击力量大致相同，是因为四次打击对工具形态尤其是工具尺寸的反应皆较稳定，如果任何一次的打击力量明显轻于其他打击，则不能在颅骨这样特殊的客体上形成较完整的工具形态造痕。这一点在实际工作中极易被忽略，因为这需要刑事技术人员临场思维的立体性运转。

第三，和右颞部的打击形态不同，后脑部位，即 3 号、4 号被圆形榔头打击形态系由较垂直的力度打击所形成，被害人呈站立状时不能形成，应为俯卧状。

第四，综上所述，该案件系凶手突然袭击，将被害人由动态打致静态，死亡。”

掌声再次雷动。

依旧是醍醐灌顶的感觉。仅仅只是凭借这一张照片而已。尽管跟随老师这么多年，耳濡目染也算是见多识广了，但这种场合依然让我激动和感慨。

“真羡慕你们啊，能与师父在一起工作，随时随地的学习和请教……”

这是一顿非常丰盛的晚宴，老师为欢迎大师姐而专门准备的，我、胖胖、小李子、严法医等齐聚一堂，气氛欢快而热烈。师姐临时接管了我为老师斟酒的专利，自己是滴酒不沾。辈高 N 份也是压死人。

师姐不仅转达了 S 市公安局领导对老师的感谢，还带来了邀请函，邀请老师及我一起前往J省S市公安局刑事科学技术中心讲学，其间，还会安排老师前往最基层的三个边远县公安局技术部门带教，也就是和当地的技术人员一起勘查现场。

到底是大师姐，深知老师的心思及向往。临行前，领导曾问师姐怎么表示对老师的感谢，师姐皱着眉头说道：

"给他案件，给他现场……"

"啊？"

这恐怕是世界上对感谢最奇葩的要求了。难怪师姐下了飞机一上我的车就那么刻意地问及老师的健康情况。至于为什么连我一起邀请……哈哈！谁叫她是大师姐呢！

"……最可怕的禁锢是思维上的禁锢，而禁锢它的人往往就是你自己。"

老师接过师姐敬的一杯红酒，把它举到眼前轻轻地旋转和摇动着：

"为什么要'醒酒'？就是让红酒与空气接触，使它氧化，这样，酒的气味及口感就会更美好。从某种意义上讲，它也是对禁锢的突破。"

说罢，老师将杯中红酒一饮而尽。

"在对中心广场绿化带内凶杀案现场的勘查及分析中，现场地理位置、死者身上钱财、死者的病史等信息都经验化地约束了技术人员的思维，在这种先入为主的思维导向下，必然会遮蔽技术人员的视野……"

老师为师姐全面剖析了S市市中心广场绿化带内凶杀案在勘查和分析过程中存在的问题和教训。我的录音笔全程工作着。

师姐发话了，所有录音都要发送一份给她。

"现场是由组成它的客观存在以及这些客观存在在案件发生过程中的相互作用、变化来记录案件真实情况的。现场上的死者也是一样的原理，他们的姿态、衣着、附着物、损伤情况、血迹形态、物质转移和变化情况等都是对案件真实情况的记录，并通过这些记录向我们传递着相关的信息。现场上所有记录和反映死者生前和被害过程中行为状态以及心理状态的客观存在就是死者带给我们的信息，只有发现它、读懂它，才能让死者开口说话。因为，它们就是死者的语言——死者的话。"

老师说完，淡淡地笑了一下。

九、地下的“呐喊”

南方的冬季阴冷潮湿，特别有“冻”感。

走出飞机的舱门就让我明确地感觉到，回“家”了。两周前，我到北京的公安部物证鉴定中心培训基地参加刑事科学技术业务提高班的培训，今天可谓是“满载而归”。小李子早早地就等候在机场了，但见到他的时候却没有出现满脸堆笑的平素模样，而是一脸憔悴中夹杂着些许僵硬的笑容。

“怎么了小李子，你这是什么表情？”

“啊，没什么，见到你很高兴！”

“老师好吗？”

“镜工好着呢！对了，他让我转告你，回来后先休息两天，我们大家择时为你接风。”

“哈哈哈！”

“怎么了你，笑得那么瘆人。”

“你已经把什么都告诉我了。”

“什么？”

“第一，培训回来后的休息等事宜老师会亲自关照我，不会让你来转达，这说明有事了；第二，你的神情告诉我，你们已经连续加班三天以上，所以是有重大案件了；第三，老师对于案件已经是胸有成竹，破案指日可待，所以才会说择时为我接风。”

“魔性了、魔性了！镜工您可真厉害，瞧把个小丫头片子调教的，服了，服了！”

“你敢说老师坏话！”

“哪里敢啊，这不正夸着吗……你走慢一点，慢一点，穿高跟鞋还跟飞似的……别逼我施展出轻功……”

手机信息几天的缄默就让我感到了一丝异样，为此，我已经把一大包各种特色糕点、小吃等直接用快递发往了单位，自己仅携带着一个蓝色的拉杆箱飞了回来。下飞机后通过察言观色、语言套话，立刻便印证了我事先的猜想。这么些年来，跟老师学习的本领有太多太多，在实际的应用上也日渐成为我的本能。

我“押”着小李子出发了，勘查车快速而又平稳地向位于远郊的案件指挥部驶去。

已是五天前的事了。远郊农村，在对一个特大型水果基地进行土地整合翻造时，挖掘机从原来田埂旁边、绿化带内的地下挖出了一具女性尸体，经法医初步检验，死者系他杀，这是一起凶杀命案。为了使我在北京期间的学习、会友轻松愉快，老师让大家对我封锁了消息。

挖掘机从地下挖出来的东西一共有一大、一小两包。其中大包内包裹着的是一具女性尸体，尸体已经高度腐败且局部呈现白骨化了；小包内包裹着的是一些女性用品，主要有：一个装饰图案较夸张的发夹、一个手镯、两串用来戴在手腕上的珠串、一个用某种植物核串成的项链。

两包东西埋藏地点相距三米左右。包装物用的是塑料编织袋、防水布等，其中塑料编织袋从颜色、尺寸、密度、完整性、新旧程度等方面各不相同，至少有五种规格。防水布系人为割划成大小不同的不规则块状，防水布内侧面上还零散地附着有一些陈旧的烟蒂，经清理统计，共有各种烟蒂三十七枚，由于几乎每一支香烟都燃烧到了极尽头，所以，烟蒂上看不见香烟的品牌，只是从过滤嘴上纸的色泽、印花、长短等细微上的不同，可以看出香烟的品牌较杂，且档次不高。

前往指挥部的路上，小李子一边开车一边陆陆续续地给我讲着案件的情况。我手里捧着重案勘查车上配置的笔记本电脑翻看着现场照片。从表象上来看，现场似乎并不复杂，而且尸体已经高度腐败，时间毁灭了许多有价值的痕迹。可以给人留下深刻印象的应该是死者的头部：由于尸体已经高度腐败且在其头部、手足等部位已经局部呈现出白骨化，已成骷髅状的头部骸骨分开，上下两排牙齿夸张而突出，死者那大张的嘴就像在呐喊着什么……

可是，在老师眼里，现场上的每一个与案件有关的现象和细节都是储藏信息的宝库……尽管经历了无数大大小小的案件，但每一次总是期盼着倾听新一轮丝丝入扣的分析，用心去感触老师对每一个现场信息点的解析，并在这个过程中让自己得到淋漓尽致的陶冶与升华。

宗局曾经多次感慨道，不听完镜工的现场分析睡不着觉，那是一种特殊的享受。

胖胖是瞌睡大王，什么环境都能睡着，但我从来没有一次发现他在老师进行现场分析的时候睡过觉。

路上，我一言不发，只是默默地、仔细地看着、听着。这也是跟老师学来的：“从一个人对案件讲述的完整性以及重点所在，就可以看出他对于案件在了解上的广度、在理解上的深度。”对于小李子的讲述评价，我只能说很遗憾……我不想再多问什么了。

老师说过：“不要告诉我大概、可能、好像、也许、差不多……给我准确的信息；不要对别人讲大概、可能、好像、也许、差不多……给他们准确的信息。”

回想起我刚刚来到时，小李子那一副“前辈”的模样，真是今非昔比了。老师的点评是：事在人为！

不过，有一点小李子算是说清楚了，老师在第一天的现场勘查工作完毕后，已经对现场及案件做出了全面而精确的分析。宗局高度肯定了老师的分析判断，在完成了对侦查工作的布置后又追加了一句话：“我们离犯罪嫌疑人的距离仅一步之遥。”

我急匆匆又兴冲冲地赶到设在村委会会议室里的指挥部，却几乎扑了一个空。指挥部内的桌子、墙角、窗台等处有大量的盒饭空饭盒——或坐、或蹲、或站立，用餐的艰辛与匆忙可见一斑，两位年长的阿姨正拿着大号的垃圾袋在进行收拾清理。看来，侦查员们已经吃过午饭又出去工作了。从材料内勤处得知，老师一早就带着胖胖出去了。

“去现场！”

我有些心急火燎地对小李子说道。

“正确，镜工一定在那。”

“带上两盒盒饭吧，镜工他们还没有吃饭呢，该饿坏了。”

材料内勤在后面对我们俩大声叫道。

小李子拿了两盒饭，用塑料袋装好。我早已转身快步走出了指挥部所在的会议室，站在屋外的勘查车前等小李子。当小李子走到车前时，我一把抢过他手中拎着的盒饭，一挥手将盒饭扔进了路旁放置着的垃圾桶内。

“你！”

“你什么你！这么冷的天气，这又是冷饭，能让老师吃吗？”

“哦，我疏忽了、疏忽了。对不起！”

高高耸立的土堆是进行土地整合翻造工程中形成的人造山丘，高达近三十米。远远地就看见在“山”顶上坐着一个人，是老师。

世上本无路，走的人多了就成了路。从地面通往“山”顶就有这样形成的一条小路，否则，我今天可要当一回赤脚大仙了，我可是直接从机场赶到现场来的，脚上还穿着高跟鞋呢。也许是太过急于登上“山”顶，在最后两步路时由于脚下泥土块的松动使身体打了一个趔趄，还好被老师一把抓住胳膊才稳住了身体！

“老师好！我回来了。”

“胳膊有没有被抓痛？”

“啊，不会的老师！”

嘴上说不会，其实胳膊还真的有些疼痛。老师早年是野战部队侦察兵，至今仍保持着锻炼的习惯，我见过老师使用的一对哑铃，其每一个哑铃的重量为三十六斤。

站得高看得远。这句话用于形容这个土堆稍过勉强了，但在周边皆为一片平地的环境中也还凑合，对现场宏观环境的观察也可谓是一目了然。

在现场所在位置的南侧三十米是可以通行汽车及大型农机的农村基耕路，基耕路呈东西走向，其向东与现场东侧二十米呈南北走向的基耕路相交。在现场的西侧约七十米的地方是一个种苗场，种苗场现有职工五十多人，其中三分之二是聘用的外来打工人员，大多数为男性。在现场东北方向约二百米的地方是一个村落，村内目前共有本地人员三百人左右，另外还有近六百名外来人员在此租房居住，其中大多数人员在附近的乡镇小厂内打工，最近的工厂距现场所在位置约两公里，有公路及乡间小道可以通行，但还没有公共交通。

我一边眺望着眼前展现的宏观“地图”，一边在脑海中联想着案件资料中的相关内容。

“老师，您到这个制高点来一定有特别的目的吧。”

“在车上看过资料，知道现场的位置了吧？”

“老师，您知道我一定会来现场吧？”

“哈哈！镜工当然知道你一定会从机场直奔现场而来的。否则，就不是丁探了。”

胖胖贸然从身后插进话来，手中还提着两个鼓鼓的大塑料袋，一眼便可以从形状上看出：全是吃的。

哎呀！我这才想起来老师还没有吃饭的事情。原本想见到老师和胖胖后再视情况安排吃饭的事，以确保有热饭、热汤……

“各位客官，酒来啦！”

小李子也从胖胖身后不远处冒了出来，手中捧着一个纸板箱，是完整的一箱听装啤酒。

看这个架势，是要在这个顶部面积约二十平方米的山头上摆开宴席了。难道，这就是小李子所讲到的：“我们大家择时为你接风。”

我转回头来看着老师……

“看到现场旁边的那个种苗场了吗？宗局很快就会从那里来到这里。”

老师用目光示意着说道。

我突然间有一种很怪异的感觉：答案已经昭然若揭了，可自己却什么都不知道，尤其是答案产生的源泉。就如同是隔靴搔痒，越搔越痒！我的肚子也饿了，但我更加渴望的是老师的现场分析“大餐”。

“嘟！嘟！嘟……”

老师的手机响了。我习惯性地瞟了一眼，是宗局。

“宗局，是吗……何队长他们真棒！哦，胖胖按照您的指示，把您的钱全花光了……”

就像是被吐出来的一样，几个黑点从种苗场的大门处涌了出来，随着大门外一辆汽车的离开，黑点们重又被吸入场区内。

“嗬，小丁探鼻子真尖，在北京都能闻到香味，是从天而降的吧！”

也就是刻把钟的功夫，宗局已经出现在“山”顶，同来的还有严法医。从说话的口吻可以看出，宗局今天的心情不错。

原来，在小李子去机场接我的时候，老师已经带着胖胖、严法医等技术人员完成了对可疑目标的搜查取证工作，收集的物证也已由技术人员带回实验室进行检验去了。

当宗局听小李子讲完我的“来历”后双挑大拇指：

“好！刑事科学技术是需要传承的，只有像丁探这样为之痴迷的人才能承担起这份责任来。刑事技术是门科学，科学可是来不得半点含糊的。就拿这一起杀人埋尸案件来说，从地下就挖出这么一具高度腐败的尸体，还有几件零零落落的小东西，镜工却通过细致的现场勘查、缜密而又丝丝入扣的推理分析，揭示案件真相，大到侦查工作的方向、范围，小到对人员的甄别都提供了及时而有力的支撑。举重若轻啊，了不起，没有痴迷般的热爱和投入，仅凭从事刑事技术的年限长度是根本做不到的！”

看到胖胖和小李子他们在临时搭起的土桌上摆好了酒菜，宗局招呼大家围拢过来，他拉开一听啤酒递给了老师，又拉开一听递给了我……

“何队长他们在外省的调查工作取得了突破性进展，为了工作配合上的及时方便，我把指挥部移设到这个可以俯视全景的制高点上。今天不是庆功，我特意在这个特殊的地点让镜工替我安排了这点薄酒，是因为我实在想要对你们出色的技术工作表示我的感谢！”

宗局可真是出手不凡，这桌菜称之为大餐都不为过。但最好的“下酒菜”还是老师对这起案件现场的精彩分析，虽然案情已经渐渐明了，破案在即，但大家依然聊得眉飞色舞、回味无穷。最忙的当数宗局长，手机频繁地响着，不断有新的信息传来，不断有新的指令发出。

在“餐桌”上对案件分析的回顾其实就是大家你一段我一段的讲述及自我助兴，有调侃、有点评、有回味、有深思……我想，恐怕也只有在刑警的餐桌上才会出现这类的“下酒菜”了。我听得过瘾，不知不觉间啤酒也没少喝，但有一样重要工作可没有耽误，那就是全程录音。下面就是经过我整理后的主要分析内容。

（各位看官，在此，我要善意地提醒您一下：如果此时此刻您也在用餐，请一定马上暂停阅读。您不是刑事技术人员，下面的内容可能会引起您的不适！）

首先，简单回顾一下案件现场的基本情况：

远郊农村，在对一个特大型水果基地进行土地整合翻造时，挖掘机从原来田埂旁边的绿化带内地下挖出了一具女性尸体，死者系他杀。地下挖出来的东西一共有一大、一小两包。其中大包内包裹着的是一具女性尸体，尸体已经高度腐败且局部呈现白骨化；小包内包裹着的是手镯、珠串、植物项链等女性用品。两包东西埋藏地点相距三米左右。包装物用的是颜色、尺寸、密度、完整性、新旧程度等方面各不相同的塑料编织袋以及割划成不同大小、不同规格的块状防水布等。防水布内侧面上还发现附着有各种陈旧的烟蒂三十七枚，从过滤嘴上纸的色泽、印花、长短等细微上的不同，可以看出香烟的品牌较杂，且档次不高。

……

一、死者衣着相对完整，但脚上却穿着棉布鞋，这种着装形态不适合于出远门、也不适合于去到比较正式的场合办事，所以，死者的落脚点距离案发现场不会太远。现场周边近十公里范围皆为农村地区，根据现场周边环境的村落分布情况，应该在三公里左右以内的农村宅基内。

二、手镯、珠串、植物项链等女性用品系死者的随身物品，因为首先死者遗体上没有，再者，如果不是死者物品也就无须掩埋了。其实，这种小件物品无须掩埋，用别的方式也一样可以处理，之所以凶手会如此刻意去包装、运输、掩埋，也反映出了杀人行为的突发性，以及凶手处理现场时内心的慌乱无助。

三、手镯、珠串、植物项链等女性用品系死者生前自己从身上摘取下来的，因为凶手在掩埋死者遗体过程中无须刻意将这些物品取下。如果因为其他什么特殊的原因导致凶手要取下它们，那么又何必要就近掩埋呢？另行处理就行了。所以，手镯、珠串、植物项链等女性用品系死者生前自己从身上摘取下来的，凶手对它们的处理行为是对第一现场的“打扫”行为，即消除一切死者的痕迹。

四、死者上身穿着一件印花的薄滑雪衫，其纽扣全部呈解开状。经对找到的样品研究发现,这种滑雪衫的纽扣特别紧实,如果用力拉扯会造成面料的撕裂,而死者身上的滑雪衫完好无损，这说明纽扣是在平和正常的动作下解开的。

五、经法医检验分析，死者为一名三十到四十岁的女性。这样年轻的女性在什么样的环境内可以做出取下发夹、脱下手镯、解开衣服等放松的行为呢?对方应该是死者私密性的朋友，即凶手与死者关系密切。

六、从死者的衣着层次低、发型、装饰打扮等情况以及对已经呈脱落状的手指甲、脚指甲的观察分析看，死者系经济条件较差，但又特别要刻意修饰自己的人,而且既不是从事体力劳动的人,也不是坐在办公室内操作电脑工作的人。

七、法医对死者死亡时间的分析为一年左右。但在近两年的时间范围内，现场周边的派出所皆没有本地人员报失踪的记录，所以，死者系外来人员的可能性较大，这类人群因为在本地的熟人不多、流动性大且随意，所以即使是失踪了，往往也不太会引起人们的关注。

八、死者身上的可见损伤在其颈部，为锐器切割所形成，但无论是被割破的高领羊毛衫、还是上身所穿着的滑雪衫、浅色衬衫等，皆没有血迹的斑痕体现反应，说明使用锐器对死者颈部进行切割的时候，人已经死亡，而且，人处于仰卧姿势。所以，死者的主要死亡原因在排除毒化等因素的前提下，应该是机械性窒息死亡。

九、包裹尸体用的物品品种多而杂,说明作案无预谋性,系突发的激情杀人,尸体的埋藏处不是杀人的第一现场，只是处理尸体的现场。

十、防水布，一般家庭没有，适用于环境特殊的室内防潮所用。第一现场不仅有，而且使用量较多，新旧不一，说明使用的年限较长，是一个较为特殊的环境，不是一般正常的居家场所。

十一、防水布上黏附的烟蒂反映出香烟的品牌较杂，且档次不高，可以形成这么多烟蒂的黏附说明防水布用于地面上的铺设，而且是人员相对稳定活动的环境，倾向于带有家居功能的环境，并且是层次很低、不讲究的地方，比如，简易的工棚式居住环境。

十二、凶手对死者的包裹形状非常明显为一人形,绝对不敢公开的运输转移,所以，对于尸体的处理应该是在夜间进行，移动尸体的方式为人力搬抬。

十三、根据尸体埋藏的地点位置分析，凶手没有可以用于运送死者尸体的机动车辆，因为，如果有这样的机动车辆的话，尸体就不可能埋藏在这个距离附近农村村落如此之近的地方，在三公里以外的地域有更好的藏匿环境。

十四、两包东西埋藏点相距三米左右。为何不埋藏于一起，而再要费力去挖一个坑呢？这说明埋藏行为是分两次进行的。从坑的形态看，一个是为了埋藏人的，而另一个仅为一个不规则的小土坑，明显是针对小型包装物所挖掘的。特别有意思的是，两个坑在挖掘时所使用的是完全不同的挖掘工具，这告诉我们，掩埋行为由二人同时进行，分别挖坑是为了快。

十五、埋藏尸体是为了销尸灭迹，但埋藏尸体的深度仅为四十厘米。这不仅反映出凶手的体力不强，也反映出凶手急于离开掩埋现场的心理，为什么急于？怕被人看见。郊外的晚上不像城市内灯光映天亮，在这么阴暗的环境中也怕被人看见，说明凶手的落脚点就在现场附近。

十六、综上所述，杀人的第一现场距离埋藏尸体的地点不远，就在埋藏尸体地点附近的农村村落地域内。第一现场是一个层次很低下的带有家居功能的环境，即凶手的居住处所，并且具备拥有塑料编织袋、防水布等相关包装物品，凶手系单人独居，体力不强。死者与凶手之间不仅认识，而且关系非同一般。杀人行为一个人可以完成，但运送尸体、埋藏尸体的行为是由二人共同实施完成。凶手的层次不高，杀人行为是由某种矛盾的临场激化所致。

十七、根据案发初期何队长他们的调查访问情况，目前看，现场周边基本上可以具备以上分析条件的是：中心现场西侧七十米处的种苗场。因为，距离中心现场第二远的是现场东北方向约二百米的农村村落，但如果那里是杀人的第一现场，凶手没有必要将尸体移送到种苗场前掩埋。

在“山”顶上宗局讲到何队长他们在外省工作上的突破，是指本案的两名犯罪嫌疑人已经明确而且被锁定了，二人为表兄弟，就在离现场仅七十米位于现场西侧的种苗场内打工，二人分别住在种苗场内的两间简易工棚中，老师他们对其原来住处的搜查也再一次印证了这一点。

一阵轻风吹拂过来，夹带着一丝土腥味，又浸染着植物根茎的气息，让人嗅探到一种生命的结构。

自信对于老师的了解也算是有一定深度了，可每次重大案件的勘查分析他又总能带给大家全新的感悟。面对这个未曾读过大学，连大专文凭都是工作以后参加成人统考获得而足迹却涉及国内十余所知名公安、政法大学讲台的人，不是专业科班出身却在多种刊物上发表了几十篇论文并与大学教师合撰专业论著的人，这个因为没有本科文凭评不上高级工程师而徒弟中却有本科、硕士、博士、教授、警监的人，这个多次谢绝调往省厅总队而坚持在最基层一线工作的人……您，到底有多深啊！

不知不觉间，我的思绪开始飘移。

“植物扎根于大地方可形成生命的构架，刑事科学技术工作必须扎根于生活之中才会让技术人员真正得到武装。”

这是老师在一次和我们研究生座谈时讲的一段话。那还是在大学时期，有一次我和十几个研究生同学慕名前往一所政法院校参加由国外专家和老师共同参讲的学术讲座，四课时的讲座，老师与国外专家各讲两个课时……二人的精彩讲座交相辉映，博得了同学们热烈的掌声！那位外国专家是位女士，记得她将一盒精美的本国产巧克力作为礼物赠送给了老师，而老师将本次讲座所使用的课件赠送给了她。

讲座结束后，老师请我们研究生同学吃火锅，其实，我们大家也很希望能与老师谈谈感受。席间，老师向大家讲起了一个故事：一次老师应邀到一所知名的政法大学为研究生班讲课，前来听讲的除了同学外还有老师以及一些“蹭客”，可容纳九十人的阶梯教室内济济一堂，在老师近三个小时的讲座过程中，台上台下互动频繁、反应热烈……讲座结束后，陪同的学校老师对讲座给予了高度的评价！并对老师说：在这间教室内发生过许多有趣的故事，有个国内的专家教授西装革履地前来讲课，结果在听课同学和老师一个又一个尖锐的提问下，先是脱掉外套，后又解下领带，最后课还没有讲完而教室内听课人员已走光。还有一些花大价钱从国外请来讲课的专家，前来听课的人员如果能让教室达到三分之一的上座率，就算是一场成功的讲座了。

老师是用事例来告诉我们，在学习上要有选择、过滤、扬弃，它是实现有效学习的前提。

现实中，我们有一些机构偏爱和热衷于搞“高、大、上”，有很多人每年都趋之若鹜地奔命于各种“高、大、上”的交流、研讨、讲座之中。殊不知，刑事科学技术所追求的高大上不是那些个空洞、浮悬的理论及所谓成果，而是要具体的、脚踏实地的技能、方法、思维方式及其成果，即能破案。

宗局长的一句“举重若轻”，直观地评判了老师高超的专业素养。可是，冰冻三尺非一日之寒哪——用脑过度时用撞击墙面的方法来缓解头痛，极度疲劳时闭眼十秒钟手中的茶杯就会脱落掉于地面，半夜出警抓几粒胃舒平塞入口中抑制胃灼，酷暑天勘查连钱包内的纸币都湿透，高腐尸体检验衣服上气味让勘查车内臭味刺鼻，在被害人遗体前咬牙必破此案，用自己的机智数次避过了死神……

有多少人能够知道、愿意知道这一切背后老师的艰辛与付出呢?

“小丁探，想到什么了？”

宗局长的话把我拉回到现实中来。我跑神了。

“啊，只是觉得自己要跟老师学习的东西太多了，路还非常的漫长。还有就是，这顿饭太好吃了！”

“是的。不过小丁探，再漫长的路也必须一步一个脚印、踏踏实实地去走。至于饭嘛，确实都是好菜，但我看，最让你开胃的还是你师父对案件的分析吧！”

大家一起笑了起来！只有老师除外，我感觉他只是很认真地看了我一小会儿。刑事技术工作的艰辛无法用文字来表述，没有经历过的人是无法想象得到的，作为一名女性来说，面临的挑战会更多一些。但是，有你们在真好！

两天后，嫌疑人被抓获，案件正式告破。

被害人是在邻村一家路边小饭店打零工的外来人员，与嫌疑人偶然相识，后发展成情人关系，去年春节前夕因为回谁的老家过年的事发生争执，被嫌疑人一怒之下掐死。因为时值年关，而且被害人平日里也因收入太低与饭店老板间有过争吵，所以她的人间蒸发并没有引起任何人的刻意关注。

现场勘查与分析有一种被老师称之为魔术效应的现象：给你一个案件—不解—为你解开—恍然—再给你—又不解—为你解开—再恍然—再给你—仍不解……

老师的徒弟们大都经历过此种“折磨”。也正是在这种“折磨”下不断地学习、总结、提高、成熟起来。

尸体埋藏于地下的案件，在勘查和分析上难度系数都很大，时间越长越是如此。可老师对这类案件现场却有自己独特的界定。

“只要存在相对原始的现场，便可以让时光倒流、让真相重现。现场的原始是相对的，现场的变化是绝对的，但在变化过程中却又在添加着新的记录，构筑着时光的通道。”

可见，老师对于现场的原始性、对现场的保护是极其重视的。一位已经当处长的师兄曾讲过一个小故事：在一起死者为女性的凶杀案件现场，老师对一位非要挤入现场中心视察一下的当地政府官员大声呵斥道：“滚出去！”

无独有偶，后来那位官员因为嫖娼被查获，审讯中他竟再三请求民警不要把自己的身份暴露出去，以免影响政府形象……

第一次跟随老师勘查尸体被埋藏于地下的案件是一年夏季应邀去E省某地复勘命案现场。当地的刑警大队长在参加公安部培训班学习时曾听过老师的讲座，用他的话讲：印象刻骨，久不能忘。

感谢宗局长特别指定由我陪同老师一起前往工作，让我又多了一次跟随老师参与实战的学习经历，宗局长一直都是把我当男孩子用的。

案件发生在山区小镇上，一位中年妇女晚上十一时临睡前出门去公共厕所，结果一去不复返。亲朋好友们多次反复地寻找皆无果，三个星期后尸体被野狗在一个树木的垄沟中刨出。

一个多星期了，侦查工作进展缓慢。

一天早晨，刑警大队长卫斌在办公室翻看资料时无意中瞟见了摆放在对面玻璃橱柜中的培训班合影照片，他摔下手中的资料，立刻便拨通了局长的电话……

“每个案件对于我们都是一次新的挑战，不仅挑战着我们的智慧，也挑战着我们对于生活的了解及认识。”

在飞往 E 省的航班上，老师看着舷窗外的茫茫云海对我说。

老师是飞行发烧友，原本的理想是当一名飞行员。平素有闲暇的时候或者非常劳累的时候也会在家中的大屏幕电脑上玩一会儿高仿真的“微软 10 模拟飞行”游戏，学会这一款游戏可要花费一番工夫的，在朋友的介绍下，一位飞波音 757 飞机的机长成了他不见面的教官。外出乘坐飞机时老师会刻意选择飞机机翼后方靠窗的座位，说可以通过查看襟翼、减速板等的使用情况学习到一些飞行知识，也可以通过这种观察去了解飞行员的个性等。

“就如同这飞行一样，对于正常的飞行，一般人不会有什么特别的感觉和体会，而如果作为一个有心人去细细地品味，你就会发现，即使是一条相同的航线，每一次的飞行也都不一样，排除天气等自然因素，飞行员个体的特性是导致这种不一样的主要因素，比如个性、心情、技术、航线熟悉程度、正副驾驶间配合、导航，等等。”

“老师，您是说要从这些雷同的现象中去感触其不同，也就是从事物的普遍性中去发现其特殊性？”

“是的。但要注意，我们所看到的生活现象往往只是冰山之一角，那沉在水面之下的部分绝不是我们所想象得到的……”

说完这句话，老师陷入了沉思。昨晚，老师研究从 E 省发来的案件资料直到深夜。

记得是刑警大队长卫斌亲自驾车接的机。见面后，当老师正准备介绍我时，卫大队长急忙说道：

“不用介绍，我们局长和你们宗局长是老战友了，他已经事先告诉我说有一位很出色的女将会陪同镜工前来。看来这位丁探不仅业务出色，人也美丽，可以说是我见过的最漂亮的一线刑事技术员！”

卫大队长年近四十，白皙的脸上架着一副近视眼镜，是个热情而健谈的人，从外貌上看，他更像一个小学教师。当听老师说直接去现场进行勘查时，他却有些发愣。时值近正午，不仅火辣辣的太阳当头高悬，而且也已近午饭时间了。卫大队长无奈中把求助的目光投向了我：

“丁探……局长非剥了我的皮不可。”

“卫大队，我们开至现场需要多少时间？”

“大约要有一个半小时。”

“你们单位的技术员赶到现场需要多少时间？”

“那快，二十分钟就到了。”

“现在还有半个小时午饭，请你们的技术人员午饭后即携带装备前往现场，我们也差不多赶到了，即时便可以开始现场勘查工作。对了，麻烦他们带上我们三人的盒饭。”

“唉，从这件事情的处理上就足可以看出镜工风格啊！行！”

事后，卫大队长果然遭到了局长的“狠狠批评”，但，看得出，他被批评得很享受！当然，这是后话。

“周围有没有既能看到现场所在位置，又能看到死者住处位置的制高点？比拍摄方位照的位置再近一些的。”

快到达现场时，老师冷不丁地向卫大队长问了一句。

“有的。在南面水稻田中有一座小山，山顶上有一座小亭子，那里距离现场约一百五十米，既能看到现场所在位置，又能看到死者住处。”

“好，我们就在那个山顶小亭子里吃午饭。”

“啊……明白！”

跟随着老师一起工作很辛苦、很累、很……但经常有你所意想不到的景况出现、一般人难以拥有和经历的景况出现，真的很享受！工作也罢、生活也罢，这份苦，值了。

顺着蜿蜒的石阶登上小山的山顶，眼前顿时一亮。这个制高点真是太理想了，不仅能以非常好的视野观察现场的宏观格局，而且环顾四周一目了然，柔柔的山风里充斥着山野生态的“体味”，如能闭目小憩，真犹如是依偎在自然母亲的怀抱之中般怡然。

当地的技术员们比我们早一步到达，已经把我们的午餐在亭子中间的石桌上摆放停当，内容大大超出了盒饭的标准，显然是卫大队长暗中做了安排。

老师似乎并没有关注到餐桌上的变化，他拿起一只具有当地风格的大碗，我急忙抢过来为老师盛上饭、又搭配着在饭上堆放了一些菜后递给老师。卫大队长用不理解的目光看着我的举动，而老师却对于我的理解行为投来欣赏的目光。

我知道，老师选择在这里吃午饭绝不是怡情之举，而是要抓紧时间对案件现场的宏观格局进行勘查，以便更快地进入中心现场。所以，老师一定是要端着碗选择最佳的观察位置边吃边勘查了。当卫大队长终于读懂这一切后冲着我竖起了大拇指!

在卫大队长和技术员们的介绍下，老师的目光反复地扫描着前方：死者的家、路线、案发现场所在的树林……

“死者当晚最后一次外出时，脚上穿的是拖鞋吧。”

老师冷不丁地问了一句。

“是的，镜工。后来死者的拖鞋在中心现场找到了。”

卫大队长对老师突如其来问到的这个看似有点前不着村后不着店的话一时间还没有反应过来，但看得出，他正在努力地去思索着，至少，他已经隐约感到了这句话的不平凡。

“老师，您看。”

我接过技术员递过来的现场资料，翻到中心现场的部分，指着照片中死者的拖鞋对老师说。

尽管在出发的前夜老师就已经深入地研究了全部的现场资料，但此时，老师依然目不转睛地盯着我手中的现场照片，良久。

“抓紧吃饭，我们去中心现场。”

其实，除了老师自己因为一直查看研究着现场，现在碗中还有半碗饭外，其他人早已吃完饭了。看到这些后，老师自嘲地冲大家说了句：

“对不起。”

被害人的家依山而建，是那种小城镇里常见的三层楼格局的临街建筑，坐北朝南，门前是一块约有两个篮球场大小的水泥场地，夏日的傍晚伊始，这里就成了大排档的聚集地，热闹的场景一般都会持续到晚上近十点钟左右。在被害人的家门前十五米处是呈东西走向的小镇道路，公共厕所位于门前道路向东约二十米的街道南侧路边，发现被害人尸体的树林位于小镇道路向西约一百六十米的路北侧小山坳里，树林的面积为三千多平方米。与树林一路之隔的路南侧是水稻田。所谓小镇的道路，是一条二车道宽由水泥筑成的道路，也许是年份较长久加上路过的大型货运车辆日渐增多的缘故，路面上出现了不少的小坑小洼及裂缝。

发现尸体的中心现场位于小树林较深处，距离南边的小镇道路约有八十米，树林内地面为高低不平的垄沟地形，尽管表面上因为大量层层叠叠的落叶、枯枝铺盖而显得较平整，但因为对于地面的真实形态无可视性，一脚踩下去，如果不小心的话就很容易跌倒、绊倒或者扭伤脚踝。因为前期反复多次的现场勘查工作，树林内已经被踩出了一条道路，所以，一行人踏着前人走出来的道路较顺利地来到了中心现场。只有老师坚持要从无人踩踏过的地面行走，我必须跟随老师的步伐行走，但老师只准许我行走了十米左右体验一下便被赶回至“正道”上了，就这十米左右的距离，还是在别人的帮助下行走的。

一行一行的垄沟呈南北走向排列，垄沟深约二十厘米，宽约六十厘米。尸体是就着垄沟的深度下挖埋藏的，现场勘查资料显示，从堆土表面算起，埋藏深度约为五十厘米，除去二十厘米的垄沟深度后，实际埋藏深度为三十厘米，几场大雨后，坑中泥土渐渐下陷，为野狗的刨挖提供了条件。

尸体呈头南脚北仰卧状埋藏，在尸体的脚部以北约四十厘米处的落叶丛内发现了死者所穿拖鞋的左鞋，在尸体东侧约一点五米的落叶丛内发现了拖鞋的右鞋，与右鞋几乎在一起的还有死者的手机，手机已经破碎。

老师从技术人员手中接过他们带来的被害人的手机，隔着透明的物证包装袋用放大镜仔细地看了一会儿，然后又对埋藏尸体处周边的树干用放大镜逐个查看着……

当然，每一个勘查行为，老师都会让我重复，手把手地教授勘查技能、引导思维走向。

“勘查车上有立体显微镜吧？”

老师朝卫大队长问道。

“有的，镜工。我去把它拿来吧！”

一名技术人员抢着说道。

“哦不用。请把卷尺和多功能刀递给我，谢谢。”

老师对那位技术员微笑着。

这里是一片樟树林，也是当地绿化公司的种树苗圃，树的直径大都在十厘米左右。老师用卷尺对其中一棵树的树干进行了一番测量，这棵树的旁边就是发现死者拖鞋右鞋及手机的地方。完成测量后，老师又走到离中心现场约二十米以外的地方，用多功能刀从一棵与前面测量过的，粗细差不多的樟树上提取了一些树皮物质，用一个小的透明物证袋包装起来。老师阻止了我的跟随，只是走回来后把小物证袋递给我看。

一个小时后，我们全部撤离了现场，老师把大家召集到一同前来的大型现场勘查车上。老师先用立体显微镜观察了被害人破碎手机的表面，又观察了从二十米以外樟树树干上提取的树皮物质，并让我及所有在场的几位技术人员逐一重复了上述观察。

“卫大队长，现在我把对这起案件现场复勘研究的结果告诉大家。”

“太好了！久旱逢甘霖啊……要不要到局里去让局长和侦查员们一起听听您的分析？”

“效率第一，不必召回外面工作的侦查人员。丁探会有录音。”

下面就是我对在勘查车上老师分析内容的录音整理。

第一，本案的作案人数为一人，所有的动作行为符合单人动作（在本文中，有些特别专业的内容我不能讲得太细太具体哦，所以要经过整理，不能原盘搬出）。

第二，凶手的身高约一米六五，身体结实有力，文化层次很低，性格暴躁。凶手在杀人后就地取材利用石块等简单的工具挖出了一个土坑，将被害人埋藏后又收集了周边地面上的树叶、树枝等对埋藏部位进行遮盖伪装，这时被害人的手机屏幕亮了起来，因为手机事先调成了静音模式，所以没有声音。是家人打电话催问她为何还不回去。凶手见状立即抓起手机挂断了电话，但临走时想想还不放心，所以就把手机在旁边的樟树树干上用力给拍碎……

记得老师在讲到凶手“临走时想想还不放心”时，曾刻意问过大家：凶手到底不放心什么？

最后还是我回答出了正确的答案：被害人的手机里有凶手的个人信息。

老师再进一步问道：这又说明什么呢？

“镜工！凶手与被害人之间不仅认识，而且以前有过信息上的交流！”卫大队长兴奋地回答道。

老师轻轻地点点头：还有呢？

“老师，还有就是您所分析的凶手文化层次很低，以为破坏了手机就可以消除手机里面的信息。”

“OK！”

一位年轻帅气的技术员兴奋地站了起来。

“不过，镜工，当天与被害人有过通信联系或者其他方式联系的人，以及平日里与她联系频繁的人都已经初步排查过了，目前还没有明显的嫌疑人出现。这是怎么回事呢？”

“卫大队，不要只看联系的次数、频率，要特别注意对联系时间段的分析，而且这方面的分析必须与当事人日常的工作、生活习惯及规律性紧密结合起来，这样才能凸显出其价值来，也才能从中品出味来。注意规律性。”

“明白！”

“镜工，您分析凶手的身高是在一米六五左右，这又是怎么得出的结论呢？”

“我通过放大镜在手机裂缝中发现了树皮碎屑，并且从现场其他树干上提取的样本进行显微镜观察比较后认定手机裂缝中发现的树皮碎屑就是樟树皮的碎屑，这说明手机是在现场的树干上拍碎的，而且就是那棵位于发现死者拖鞋右鞋及手机地方旁边的樟树，虽然时间的关系，树干可能已经自我修复，但却发现了手机的破碎物质，最后嘛……”

老师朝我看了看，我立刻心领神会地接过话头：

“通过测量树干上发现手机破碎物质处的高度，再结合分析导致手机破碎形态的撞击角度，还原出凶手在树干上拍击手机时的动作，就确定出了拍痕的具体高度与行为之间的关联性，再结合人体生理学的相关知识即得出了凶手的相对身高数据。”

“太棒了。”

“镜工，厕所距离被害人住处仅仅二十多米，而且与现场所在方向正好相反，被害人会不会是被凶手强制劫持到现场去的呢？”

“正要告诉大家对这个问题的分析结论……”

以下是我对这个问题整理后的内容。

第三，凶手与被害人之间是属于非正常的男女交往关系，两人晚上的见面是事先就通过某种方式约好了，被害人是自己主动走到树林并进入到中心现场处去的，而不是遭受到外来力量的左右被强制胁迫前往的。

“原理其实很简单……”

看着大家面带问号的表情，我再一次接过老师“递来”的话头。

“首先，从被害人的住处到树林的距离为一百六十米，路面上有不少的小坑小洼及裂缝，并不平坦；其次，从道路到树林内中心现场的距离约为八十米，地面的行走条件极差，用举步维艰来形容一点儿也不为过。然而，被害人却脚穿着一双普通的拖鞋走完了全程……”

“明白啦，如不是被害人自愿前往，脚上的拖鞋早就脱落了！”

不知从何时起，大型勘查车的车厢内一下子安静了下来。

“卫大队，发什么愣？赶快回局汇报呀！”

……

案件是在我和老师返回江海市后的第五天破获的。

得知破案结果的宗局长非常高兴和自豪，并给了三天的假期。

在阳台各种植物的簇拥中，我又习惯性地端着香茶把双腿高高置于木桌上了，在轻缓的音乐中我闭上双眼回忆着近来几起案件的勘查分析过程、回忆着土山顶上的美食大餐、构思着新一篇论文的框架……蒙眬中我仿佛又看见了已经列入老师课件中的那起樟树林内命案，看见了老师投影在教室屏幕上的话。

“你可听见了她的呐喊？你是否感觉到了一名刑事警察肩头上那沉甸甸的责任？”

我想起了死者那大张的嘴，她似乎在呐喊着什么，在地下……

十、被剥离的人性

“丁探！哈哈哈哈！”

下午三点多钟，正是产生饥饿感的时间节点，我接到了小李子打给我的电话，他正在勘查一起被盗六万元现金的现场。

“吃错药啦！”

“没有、没有，丁探，我总算勘破了一起假案件，一起伪造的盗窃案件现场。”

老师曾讲过，一线技术人员如果五年以上都没有遇到过伪造、伪装现场，那九成的概率是被你漏过了。

“那就祝贺你了。”

“唉……别忙着挂电话！我想请镜工再来把一下关，你帮我给他说一下吧，拜托了！我这就把现场照片及案情简介用微信发给你。”

“咔！”

不等我回话，小李子急急地挂断了电话。

说到底，小李子还是缺少把握。可老师最近实在是太辛苦、太劳累了，一起碎尸案件刚刚破获……正因为如此，小李子才让我出面对老师说。

“让他把现场外围环境平面草图也用微信发过来。”

老师呷了一口我为他冲泡的浓咖啡，一边在我的手机上翻看现场照片，一边说道。

“丁探，今晚你最想吃什么？”

老师突然冒出一句题外话来。

“想吃火锅！”

“好。今天下班后我请你们吃火锅。走，去现场。”

这是一起发生在农村地区外租房的夜间盗窃案件，报案人为一对开设小面馆的中年夫妻，妻子称其凌晨2时许感觉人不舒服便从床上坐了起来，这时看见自家南窗不正常，后起身查看发现窗纱被划破，放于床尾处的拉链包被盗，包内有当天刚从银行取出用来进货的六万元现金。小李子勘查后认为，地处偏远之地的农村现场在夜间不会像城市中有灯光的弥射，而且报案人当时坐在床头处，虽然面朝着窗的方向，但其所处的位置距离南窗约有五米远，黑暗中不可能看出窗的异常。故而，这是一起伪造的现场。另外，听邻居反应，这对中年夫妻时常吵架，关系不太好。

听着小李子的介绍，老师的脸色由冷变冰。小李子不妙啊!

重要的节点又要出现了。我迅速调动起全部的脑细胞，一方面观察着老师的一举一动，包括视角的方向，同时，自己也勘查着、思索着。这种临场模式极累，因为，老师的思维不仅快，而且常常会出现跳跃，一不留神就会被甩掉。对于不熟悉老师的人，除非老师不断地停下来为你讲解，否则完全找不到方向。但，很享受!

“这位阿姨，请你像当时的样子再坐到床上。”

“哦，好的好的！”

老师等那位阿姨在床上按原样坐好后，顺着她的视线向窗口方向观察了一下，并轻轻地对阿姨说了句什么，阿姨使劲地点了点头。

“丁探，来看一下。”

我顺着阿姨的视线看去：窗……啊！原来如此。

经访问及临场模拟实验发现，在现场南窗外约二百米处的公路边有一个高亮度的路灯，报案人的位置、南窗划破的口子、路灯三者间正好连成一线，晚上透过路灯的光照很明显就能发现南窗上窗纱的透光反差。所以，报案人的陈述是正确的，这是一起真实的夜间“钓鱼”手法盗窃案件。

几天后，案件很快就通过视频追踪破获。

特色火锅、临水包房，老师、我、胖胖、小李子、严法医等大快朵颐。

这顿饭是在碎尸案件侦破期间老师和大家预约的。那几天严格地说就没怎么正经吃过一顿饭，所以，老师就说等案件结束后要请大家痛快地吃一顿!

“镜工，自从您说要请我们大吃一顿起，我的干劲儿可足了，一心就想着抓紧破案，然后大家痛快地聚一下！”

“你就是个大号的馋猫……”

“我馋？人家小丁探柜子里那些好吃的东西是谁偷吃的……”

“我说你俩是五十步笑百步！”

……

老师饶有兴趣地看着胖胖、小李子、严法医他们的“三国之争”，不时端起红酒杯品上一口，桌上似乎多了一道下酒菜。

在座的所有人谁都不会真的在乎一顿饭。“梅花香自苦寒来”，大家在乎的是一种凝结的情谊，气息相投千金难买的战友情谊，再苦再累都在所不惜。能和这样的人群共事、生命中能遇上他们，我极感幸运！

话题渐渐转到了刚破获的这起碎尸案上。吃着火锅、谈着令常人毛骨悚然的命案，这恐怕也就是刑事警察才会有的生活模式了。我为这个群体，也为我自己，敬礼！

我不想把那个令人恶心的名字写进我的日志中。

凶手绰号“大背头”，中年人，一米六五的矮胖身材，就职于当地政府机关，喜欢喝色彩鲜艳的甜饮料，开一辆奔驰轿车，稍显过长的头发梳着大背头的造型。

实际上，“大背头”这个绰号还是我们给他取的，那已是三年前的事了。那年，老师带着我、胖胖、小李子、严法医等勘查研究一起复杂的上级交办案件，临时的指挥部就设立在当地政府机关内的会议室中。大背头像苍蝇似的时常与包括服务员阿姨在内的女性搭讪，形态猥琐……小李子和胖胖一直想找个碴儿教训教训他，被老师制止了。

“伤其十指不如断其一指。”

对老师的这句话，严法医若有所思地点了点头，我更是心领神会。

一日，大背头手持一大瓶果味饮料在我们旁边的沙发上坐了下来，眼神时不时地瞟向这边，让人感觉特别的碍眼和恶心，看着他手中的饮料，我灵机一动计上心来：

“严法医，请教您一个问题。”

我故意放大声音说道。

“当然。请说吧小丁探，又在琢磨什么知识范畴了？”

“一氧化碳中毒死亡的人，其血液在颜色上会发生明显的变化对吧？”

“是的。会变成樱红色。”

“就像他喝的这瓶果汁一样吧？”

“嗯，是的。啊……”

话声尚未落地，只见那位大背头迅速甩下手中的饮料瓶，一手捂住嘴飞也似的蹿往厕所……旋即，从厕所内传出了大声呕吐的动静，而且是一浪高过一浪。

直到半个多小时后，大背头才沮丧地走了出来。他双手按在胸前，大背头式发型变成了披头散发，他本能地朝着沙发走去，当走到近前时又一眼看见了那瓶樱红色的果汁饮料……厕所被他“承包”了，无人愿意踏入那间被污染的地方。

事后，大背头曾私下对人嘀咕道：

“那丫头人是忒漂亮，可心眼也是忒狠毒了。”

老师听闻后只冷冷地说了一句：

“庆幸吧，没遇到她大师姐。”

从此以后，再也难觅大背头的踪影。没想到几年后又打交道了。不过，这次可不是“断指”了，是要取其性命。

这里有不少起起伏伏的小山包，但它的名字绝对不会让人感到赏心悦目——垃圾山。偌大一个城市每天所产生的相当一部分生活垃圾都由一辆辆的环卫大卡车运送倾倒在此。老师带着我们已经在这个垃圾的海洋中工作约两个小时了，一般人是想象不到身处这样极致恶劣环境中的感觉的，尤其是大夏天热空气所形成的蒸腾，瞬间便可以把人同化为“垃圾”，对这个现场的一次勘查，使我们那辆重案勘查车内的臭味足足持续了半个多月。渐渐地，嗅觉的麻木使大家已不再像刚进入这个环境时那样的恶心难忍……

如果不是有这个案件的亲身经历，我无论如何都想象不到，在这样的环境中居然还寄居着一群靠其生活的人，每一辆新开进垃圾山区的环卫卡车，从它进入起就会有约二十人的群体高度关注其动态，他们会判断并跟随着卡车，当卡车停下开始倒卸车上满载的垃圾时，人群便会一拥而上，争先恐后地捡拾各种可以卖钱的物品。终于，当一辆大卡车上的垃圾倒下来后，人群不是向上冲，而是像大白天见到鬼一样地惊叫着四下里奔逃开去。在卸下的垃圾中出现了大腿、手臂、头颅、胸骨、内脏等人体组织！

据何队长他们的调查，这一卡车垃圾来自绿怡街道内的两个大型居民小区，是其中十六个标准垃圾桶的量，为案发前一天的生活垃圾。

“镜工，尸块已经出现腐败，说明凶手在杀人后花了几天的时间来处理尸体，死亡时间为三天左右。”

严法医一边解剖，一边对站在旁边的老师说道。死者是一名女性，三十岁左右，身高一米六五，穿着较时髦……

“为什么是三天左右呢？可不可以更加地精确一些？”

小李子紧随严法医的话音发问。

“这还涉及处理尸体的具体环境条件，比如通风情况、掩盖方式、是否有空调等。”

对老师的解释，严法医赞许地点着头。尽管隔着口罩，仍能从眼神里解读到他对老师理解的感谢。

“分尸用的是一把很钝的刀，一把方头的切菜刀：在颈部等不宽泛的部位有刀头刮划的伤痕，小型刀不会形成；切割部位有撕扯的形态，锋利的刀不会形成。另外，凶手不是从事医务、屠宰等行业的人员，因为这类人群要获得一把锋利的刀具并不是一件难事……”

依旧是侃侃而谈，依旧是紧紧攥着指挥部内每一个人的心！老师站立在墙壁前，墙上投放的现场图片随着他的讲解分析在一页一页地翻动着，就像是剥笋皮一样，每剥去一层，就离核心靠近一步。每次发生重特大案件的此时此刻，指挥部内都如同一个特别的课堂，都会把我重又带回到大学的教室里。

“凶手是将尸块分别包装后扔入不同的垃圾桶，但却相对集中地出现在了远郊的垃圾处理场内，说明在凶手实施杀人的第一现场附近有较多的垃圾桶。凶手不会将尸块从城镇郊外向镇内转移处理，由此可以分析，第一现场处于城镇环境中，因为在郊外的环境没有正规的垃圾桶——环卫车只清理正规的垃圾站点，非正规设置的垃圾集中放置点中的垃圾桶不在环卫车清理范围内。”

老师停顿了一下，他用目光扫视了一下会场，走到操作电脑的重案队内勤跟前俯身说了句什么，墙面上立刻跳出了何队长他们调查发现的那辆卡车垃圾来源地——绿怡街道内的两个大型居民小区行政地图。

“杀人分尸的第一现场就在这个范围之内。凶手是一个中年男性，有一定的家居生活经验，但现在是独自居住和生活，极少自己开火做饭。杀人无事先的预谋，是临时发生的矛盾激化所致，后事处理忙乱，但却具有相当的忍耐性。”

是的，这两个居民小区向外隔一条街道的后面是一些待拆除的老式居住小区，其中一部分已经被拆除，形成一块一块的废墟地，所以尸块不会被人从外带入。天天自己做饭的家庭，不会让菜刀如此的钝性，而单身居住生活的人则会对一日三餐进行简单化处理。在如此巨大意外产生后，还能够对尸体进行如此繁杂的相应处理，体现了凶手在心智上的成熟度……

我不能再往下深入地多说了。见谅。

老师用手在墙面的行政地图上抓握了一下，形成结实的拳头状：

“更进一步的分析还请大家稍等一会儿。我原本正在等待一个重要的电话，相信它会给我们带来精确的信息，可是现在，我必须要失陪了。”

在对尸体进行解剖当中，有一样东西引起了老师的高度关注——瓶盖。

那是一个饮料瓶的瓶盖，夹在死者的衣物之中。小李子通过电脑很快查明了饮料的品种——某品牌的果味饮料。

“就是大背头喜欢喝的那种。”

我立刻想了起来。真有些戏剧性。

“丁探说的对，就是那种饮料。还有，何队长告诉过我，大背头也住在重点排查的居民小区内。”

老师嘴里说着，但神情却陷入了思考。突然，老师掏出了手机。

“宗局，我想请求加派人手参与对垃圾的清理筛选，因为……”

胖胖正在带领着几名技术人员和侦查人员清理发现尸块的那一大卡车垃圾，由于量大，环境恶劣，所以进展不快。没多久，宗局调派的二十名增援人员便携带工具赶到了垃圾山。

老师早已按捺不住，汇报完毕后即刻离开指挥部直奔垃圾山。宗局没能拉住老师，老师也没能劝住我。

经过三个多小时的艰辛工作，奇迹出现了：在一个粉色的垃圾袋内发现了七个果味饮料空瓶，全都是一个牌子，即大背头喜欢喝的那种樱红色的饮料。

后面的工作都是驾轻就熟的了，通过相应的侦查工作和指纹、DNA 等技术鉴定，不仅确认了垃圾山发现的七个果味饮料空瓶与大背头的关联性，而且进一步确认了第一现场就在大背头的住处——绿怡街道内大型居民小区某幢一梯一户型七层。

也许是大背头独门独户的居住现实以及其在政府机关的工作背景吧，“意外偶遇”的施女士很快便以准夫人的姿态入住了大背头装潢考究的安乐窝，直到她发现大背头的另外两处房产、发现自己并非大背头的唯一、发现大背头愈发频繁加班的真相……

终于有一天，她爆发了：

“你还有人性吗？你还是人吗！”

“什么？我不是人？我他妈早就不是人了！你是人？你认识我的真正目的是什么？抛下老家的两个娃，你是人？你有人性？”

当施女士重重的巴掌落在大背头的胖脸上、修饰优美的指甲在胖脸上划出四道血痕时，大背头狂怒了：

“今天让你知道什么是畜生——！”

一切都在瞬间完成了。当大背头从暴怒导致的虚脱中渐渐恢复过来时，大错已然铸成。

“早上好！”

“别理我。正处于状态之中！”

遭遇冷脸的胖胖怒睁大眼朝着小李子挥了挥拳头。

小李子正瞪眼专注地看着电脑屏幕上的文档，一脸的冥思苦想状。昨晚的火锅大餐小李子要抢着买单，被老师制止了，让他就那起盗窃案件写一篇总结代替买单。

“嗯——真香啊！”

小李子、胖胖等寻着味儿望向我的方向。那是在什么状态呀！

我没理会他们，端着一杯浓香的咖啡走进老师的小玻璃屋。

老师有一大早喝茶的习惯，如果没有特别的事情，老师上班进入小玻璃屋的第一件事就是泡茶。老师茶叶的放置位置、茶叶的用量、水温的要求我都熟悉，所以，大多数时候我都会在老师到达前十分钟左右为老师泡好茶。

老师看了看已经泡好的茶，又看了看我端上的咖啡，淡淡地笑了一下：

“看来，喝这杯咖啡是要有点付出的吧？”

唉，透明人，简直就像透明人……

“老师，昨天太史秋芙大师姐和我通电话了，她问您好！”

老师轻轻点了点头，脸上浮出一丝笑意。他接过我手中的咖啡：

“谢谢。是什么案子？太史的电话。”

“是一起疑似交通事故逃逸案件。不过，大师姐对上级技术部门的这个结论不认同，她认为是一起凶杀命案，只是感觉还缺少足够的现场依据做支撑，既无法说服他们，也不能最终下结论。昨晚，我们俩在电话里讨论了一个多小时，我也认为那不是交通事故，而是一起命案。昨天太晚了，师姐担心影响您休息，所以让我今天一早再告诉您。”

案件是昨天凌晨发现的，等上级部门的技术人员复勘现场完毕已经是傍晚了。大师姐很了解老师，如果昨晚就直接与老师联系，老师一定是连夜研究，直到完成对案件的分析、得出结论。以前就有过这样的情况，头天晚上把案件资料发给老师，等大师姐早晨醒来时老师已经把研究结论发给她了，再一看老师的发送时间，竟是凌晨三点半。有过那次“教训”后，师姐再也不敢晚上给老师发案件资料了。

此时此刻，案件的全部资料已经通过公安内部网络的途径传到了老师的电脑中，大师姐太史秋芙的电话也紧追而至。

也许是大夏天的缘故吧，山区农村的人们早早地就起了床，简单的早饭后便各自开始了新一天的忙碌。渔业养殖户二狗和大家一样重复着每天类似的生活和劳作程序，他今年已经近六十岁了，出名的本分老实人，一个女儿在城里工作，他和老伴俩人过着无忧无虑的生活。其实他有自己的大名：曾大年，但几乎无人那样称呼他，所以，二狗就成了大家公认的代号。

通往鱼塘的路是一条可供大型农机车辆通行的机耕道路，因为每天都会有车辆往来，道路被轧得非常紧实。在机耕路边有一条宽约两米的小溪，溪水来源于附近的大山上，近来由于雨水较少，溪水变得越来越浅，原本就清澈的溪水，现在更是把溪底显现得一览无余。二狗养鱼塘里的水也是靠溪水进行补充的，他一边走着，一边下意识地一路瞟着溪水，突然，二狗就像是急刹车一般地刹住了脚步……溪水里有一个人，二狗赶紧走两步靠近溪边，同时伸长了脖子……

“尤浑，他在这溪水里干吗呢？……啊！”

二狗终于感觉出了异样。

不到一个小时，大师姐就带领着技术人员赶到了现场，由于当地派出所的现场保护工作及时，让大师姐较为满意。

死者人称尤浑，当地村里人，三十多岁，靠经营一些山货特产为生，日子过得一般，但有一个特别的嗜好——赌，所以至今仍是单身一人过。

现场并不复杂，机耕道的宽度相当于二车道，呈东西走向，在路的南侧是一片茂密的竹林，路的北侧约一米处是沿路延伸的小溪，小溪底部距离路面的高度约二点五米，死者尤浑呈头西脚东仰卧状躺于小溪内。在机耕道相对中间位置的地面上发现血迹，血迹向着北侧的小溪呈滴落状延伸，地面上伴有拖曳痕迹。

尤浑身上的损伤主要在头部和右小腿，其中右小腿骨折，头部受钝性物体作用产生骨裂，死亡原因为颅脑损伤所导致。

法医检验的结论是：不排除车辆撞击所导致。这个结论很快得到了上级部门技术人员的认可。

“交通事故？”

大师姐冷冷地重复了一句。她没有参加指挥部的汇报，带着自己部门的技术人员继续在现场扩大范围勘查着。坐镇指挥部的局长很了解大师姐的工作风格，对大师姐不参加上级部门技术人员的汇报只说了一句话：

“需要支援时说话。”

繁星已布满了天空，在没有泛光污染的远郊农村，天上的星星显得特别的晶亮、闪烁。几个小时的工作并没有新的发现，局长亲自带队为技术员们送来了夜宵。

“从我对现场的勘查分析，这绝不可能是交通事故。”

大师姐向局长说完这句话后再没有说过一句话。她没有吃夜宵，一个人慢慢走上附近的小山包，望着天空中的星星，她仰着脸轻轻地、深深地吸了一口清香的空气，仿佛想要将那晶亮的小星星也一同吸入……

“老师，您要在该多好啊……”

……

“很有味道的一个案件。”

一个小时后，老师一边伸手去拿桌上的咖啡杯一边说道。

咖啡早已凉了，我急忙抢过杯子准备再去重新冲一杯，小李子和胖胖手脚比我略慢了一拍。老师摆了摆手示意我们坐下。在这一个小时内，老师一边翻看着大师姐发来的案件资料，一边逐张逐页地对我们大家讲解着，那个感觉就如同是老师刚从案件现场回来一样，精辟透彻得让人不可思议！

“刚才我对这个案件的现场分析你们还有什么问题吗？”

“镜工，法医说死者脑组织上有对冲伤，这是交通事故的一种损伤特点。这个怎么理解呢？”

“今天严法医不在，就由我来替他回答。”

老师听了小李子的问话，微微皱了皱眉。

“是的，对冲伤是交通事故的一种损伤特点，但有对冲伤并非就一定是交通事故啊！”

老师停顿了一下。他似乎有许多话想要对小李子、对我们大家说，但又似乎全都涌在了喉咙里……

“如果你了解了对冲的形成原理，或许就会让自己的思路拓展开来，高速的打击等外力作用都有可能形成对冲伤。”

老师又用手指了指严法医的座位：

“严法医是一个优秀的法医，我从他那里学习到了很多的知识。他是一个真正的法医，因为他是把法医业务与案件现场的整体状况结合起来工作的……不多见啊！”

“这不是交通事故。是一起有预谋的杀人案件。”

老师收回了话题，开始系统地分析案件的真实过程。

“案发当天傍晚时分，被害人尤浑一个人路过现场路段时，事先藏匿于路旁的凶手猛然冲出，并使用棍棒类钝性工具从侧后狠击被害人的头部，只击打了一次，这猛、准、狠的一击导致了被害人颅脑的骨裂，从击打的部位看，足以让被害人失去反抗能力。尔后，凶手把倒于地面的被害人上半身扶起来，使其呈坐姿，并与被害人有过语言的交流，当然，这个交流只能是凶手的单方行为了，因为，严重的伤势使被害人基本上已失去了清醒的意识。之所以这么分析，是因为：一者，在这么重的损伤下，被害人不可能自己有能力形成坐立姿势；二者，从被害人头部流出的血液主要集中于衣服前胸部位，从血迹形成的部位、形态、血流量大小等因素分析，这种坐立的姿势保持了一定的时间；三者，这种坐姿的形成是在被害人遭到打击倒地后即在外力作用下形成的，因为地面上的血流量很少，与头部的出血量不相符。其实，凶手也可以直接对躺倒在地面上的被害人说话，把他扶起来再说话是一种刻意的行为，体现出凶手特别有话要说，而且不管被害人是否听得见。注意！是不管被害人是否听得见，他都要说，这与其是有话要说，倒不如说是要把压抑的情绪发泄出来。”

老师喝了一口茶。这也是给我们一个消化缓冲的时间。

“尤浑右小腿的骨折也是凶手打击所形成，而且是在他遭到第一下打击倒地后紧接着打击地，断骨向上刺，硬刺破了皮肤，血迹主要集中于创口前端的裤子上，没有向下流淌的血迹形态。它说明了两点：一是被害人再也没有站起来过；二是相对静止的姿势保持了一定的时间，并没有马上被外力移动或者变换过姿势。这一点也进一步反映出凶手确实有话要说。”

老师那小小的玻璃屋已经挤满了人，连屋外也有技术员竖耳倾听。老师站了起来。

“凶手对被害人的攻击一共只有两次，第二下却选择了对其腿部的打击，而最后又将其刻意地置于了死地。为什么呢？问题的核心就在于第二次打击以及打击后的坐姿形成，这两个行为的作用不是杀人，而是行为上的发泄、言语上的发泄，其目的是——教训！当凶手这种情绪上的宣泄得到满足后，将被害人用力拖至小溪边并推入溪内杀害。”

老师再一次停顿下来。从老师讲话时的眼神看，他好像不是站立在窄小、拥挤的玻璃屋内，而是站立在现场，站立在案件发生的现场。

“所以，这起案件的性质是：仇杀。”

我心里一顿，一道闪电从脑海中划过！

“根据前面我们所获得的各种有关信息分析：凶手是与被害人尤浑非常熟悉的人，中年男性，身高约一米七零，体态中等，力量较大，本地人。两人之间有矛盾，而且，这种矛盾是凶手无法容忍的。作案有事先的预谋，了解尤浑当天的活动情况，并事先预伏于其必经之路处……”

各位看官，抱歉，只能说这么多了。

好吧，再透露一小点，关于凶手的身高、力量推断。

拖曳。不同身高的人在拖曳相同身高的人或者相同长度的地面物体时，所形成的物体与地面之间的夹角是不同的，而且有“实夹角和虚夹角”之分，其中实夹角反映了拖曳者的身高信息，而虚夹角则反映出了拖曳者的体能信息。

大师姐在老师分析完毕后的十分钟内便知道了全部分析内容，我用录音笔全程录下了老师对案件的分析，经老师确认后即刻发送给了大师姐。

人生如戏，戏写人生……破案的过程可谓充满了戏剧性。

在指挥部的案情汇总会上，当大师姐全面阐述了对案件的分析以及对嫌疑人的刻画后，一名案发地的社区老民警站了起来：

"我说一个情况，依照刚才太史秋芙主任的现场分析还有列出的嫌疑人条件，我感觉在辖区内有一个人特别像，而且很有趣，这个人就是死者的三舅郑钱，年龄四十七岁，经营渔场生意，曾经因为族内的矛盾与死者结仇。身高、体态等方面也接近。"

指挥部内沸腾起来。

"真羡慕你们啊，能天天聆听于师父的身边……"

破案的当夜，大师姐在凌晨时分拨通了我的电话，让我有点受宠若惊。我们几乎聊了一个通宵，在这之前，大师姐原本想先给老师发一个简短的短信，详情明日汇报，但思之再三，为了不打扰老师的休息，还是咬牙放弃了。

大师姐的语音优美而雅气，加之破案后的愉悦和轻松，侃侃而谈中让人特别有一种安全感。从案件聊到生活、又从生活聊到案件，最后，我竟意外地从大师姐口中听到了一个老师童年时的故事……

"老师是一个非常有心的人，虽然外表冷酷，但内心充满着对生活的热诚。在老师读小学五年级时，有一次随母亲去镇里赶集，路上见有一群人围着一辆大卡车七嘴八舌热闹非常……原来，这是一辆赴外省运送物资的车辆，刚开出单位不远即抛锚了，单位修理人员及县城汽修厂的师傅轮番上阵，依然无法让汽车动弹起来。后来，一位站在人群中观望良久的中年汉子挤进圈内，称只要肯给他五元钱，保证在一刻钟内让这辆汽车奔走自如。"

大师姐讲到这里停顿了下来，似乎在调整自己的情绪，又似乎在给我一个思考的空间。

"要知道，在那个年代，五元钱可绝不是一个小数目，国营大工厂的工人每月工资也就是三十元钱，而学徒工每月只有十八元钱。所以，中年汉子一言出口，人群瞬时安静了下来，没想到，卡车所在单位的领导权衡轻重后竟当场答应了。只见那位中年汉子拿眼扫视了一下装满着各种修车工具的几个铁制工具箱，从其中的一个工具箱内只挑选了一把螺丝刀，然后迅速钻入车底，一阵摆弄后钻了出来，让驾驶员发动车辆试试。结果怎么样你已经猜想到了吧，车修好了，中年汉子接过五元钱头也不回地走了。"

“厉害呀！”

“厉害？讲到这里，才是这个故事真正的开始。”

尽管隔着电话，我也能感觉到大师姐此刻那深邃的目光。不知为何，在言谈举止方面，大师姐身上时常会隐现出老师的影子与风格，总能从看似平淡无奇的事物或现象中发现和摸索出关于生活、关于人生的“密码”，就好比是从矿物中提炼出的能源，这些能源最终都成了他们人生的助推剂……“看见不等于发现”就是老师与生俱来所领悟的最重要的人生“密码”。

“中年汉子离开了，汽车也抓紧赶路去了，但人群并没有马上散去，人们纷纷发表着自己对这件奇事的感想，其中持批评意见者见多，认为不该修好了汽车还收钱……”

大师姐继续平静地讲述下去。但我敏感地捕捉到，师姐的情绪起伏正在加大。

“母亲拉着老师的手离开喧闹的人群来到路旁一棵大树下，母亲蹲下身子问道：镜儿，你认为那个修汽车的叔叔该不该收钱？老师回答说：该收钱。因为他有本事，如果没有本事，想要钱人家也不会给他的。我以后要成为一个有本事的人，挣了钱给妈妈买好吃的！”

我眼角挂着泪痕沉沉睡去，枕着大师姐讲的这个故事，一点一点走向睡眠的深处……

秋高气爽已初现端倪。

长期以来的加班熬夜和超负荷地用脑，老师处于严重的疲惫状态。宗局亲批为我们几名重案组人员放假三天，并私下关照我们把老师“拉到”郊外去呼吸呼吸新鲜空气。

在我、胖胖、小李子、严法医组成的四人（避开老师）小组会议上一致通过了由我担任总策划、总指挥、驾驶员的提议，但又一致否决了由我承担全部费用的提议，理由是：虽然我不差钱，但也决不允许我“视三个男子汉大丈夫为无物”！同时，也一致否决了严法医要求承担全部费用的提议，理由是：少数必须服从多数。

距目的地需要三个多小时的车程，在休息站短暂停留后，老师把我替换了下来。老师的驾驶风格很有些与众不同，各种动作切换间的衔接度相当紧密，几乎让人感觉不到，所以，乘坐的舒适性非常好。另外，老师在高速公路上驾驶车辆还有一个习惯，车速一般都会控制在时速 110 公里，因为在高速公路上顶着 120 最高时速开的车辆以及超速行驶的车辆很多，而大型客车的规定限速为时速 100 公里，少数其他车辆速度会更慢一些，老师的理念是：比快车慢，比慢车快。这样，与自己伴行的车辆就会相对最少化，安全性也就大大地提升了。现在，这也成了我们的驾车习惯了。工作也罢、生活也罢，一个理念可左其右也——看见不等于发现。

这次之所以要抢着由我担任总策划、总指挥，我是有一点小小的私心的：在位于T山县山区的村落里，有一个三年以来一直由我资助读书的女孩子，今年，她以优异的成绩高中毕业了，我准备一直资助她到大学毕业就业为止。半月前她来信说县里要集中所有的应届高中毕业生进行最后一次共青团组织活动，并对同学们的升学、就业等进行指导。她、她的老师、学校的校长等都希望届时我能前往参加。

长这么大以来还是第一次收到如此正式的邀请，一激动就一口答应下来了，可冷静下来一想，我拿什么去参加这个重要的活动呢？总不能“空”着双手去吧……后来，我就想到了老师，对，向老师求助！老师也是一口答应了下来，并且，仅用一天的时间就在案件指挥部里写出了让我们大家阅读后齐声叫绝的文章——《十八岁寄语》。

山区的晨曦如同薄纱般柔柔地映照在静谧的清流和树林上，似乎是在等待着什么，让人特别地产生出一种期望，T山县教育局年轻的副局长站在露天的讲台上，环绕着讲台，站立着由学生及学生家长为主的密密麻麻的人群。这位从北京大学毕业后自愿来到这个贫困地区工作了八年的教育局副局长慢慢将话筒举起，浑厚而明亮的朗读声传出，声音渐渐地扩散开去，把一种充满朝气、向往、激越的情绪播种到每一个人、每一棵树、每一丝清新的空气中去。

掌声中，不少同学和家长都流泪了。

泪水也再一次从我的脸颊上奔流而下，这一刻仿佛有千年般的漫长，思绪翻飞中我想到了许多、许多、许多……

河水由涓涓的山溪汇聚而成，经过一番奔腾后渐渐地安静了下来，光润的水面像一面大大的镜子映照着船上的我们，胖胖微闭着双目缓缓地做着深呼吸，表情陶醉而又特别让人想发笑，小李子任凭着赤裸的两腿随着船的移动在水中起伏，严法医双目四顾地为自己的相机搜寻着目标……

“老师！”

我把一杯香茶轻轻地递放到老师面前的小桌上，并招手让大家过来喝茶。

这是一艘中等型号的游船，船上供应茶水。我自己买了茶叶、携带了茶具，只用船上的开水冲泡。

“啊，谢谢！”

老师小小地啜了一口茶，细细地回味着：

“好茶、好水、好茶艺！此茶乃需此景配啊……”

“哈哈，人、茶、景，一切尽收镜头中。”

严法医一边说着，一边伸手端起杯子，小李子则抢过相机翻看起严法医的作品来。胖胖不屑地看了小李子一眼，双手捧起茶杯。

“谢谢小丁探！”

“老师,您一动不动地凝视着山上的翠竹林约有一刻钟的时间了,您刚才在想什么？”

我的问话让老师的脸色重又凝重起来。我真有些后悔自己的冒失。

“恶臭熏天的垃圾山、身为国家干部的大背头、河沟内被自家亲戚打断腿并杀害的人……他们与眼前的景色、周围的那些人们之间是多么的不协调，二者间存在着天差地别的不同，但却同处在一个社会之中。我们的任务就是将他们不断地清除，维护这朗朗乾坤。”

老师扫视了大家一眼，继续说道：

“这就是刑警的使命，我们应倍感自豪！”

老师的话让我心潮起伏，自己感觉到，这山河间的景致也在这种心境的润色中变得更加美丽清秀！

“镜工啊，您说，这人性一词在那些人眼里到底会是怎样的理解呢？”

严法医端着茶杯喃喃地说着，像是在问老师、问大家，又像是在自言自语。这让我想起了曾经和老师一起经历的一起凶杀案件：

那是一起发生在六年前的卖淫女被害的案件，案件很快即被破获。死者远在老家的家人接到公安机关的通知后以最快的速度连夜出发，在坐了三天两夜的硬座火车赶到后直奔发出通知的公安机关，正当侦查人员对他们的快速赶到表示感谢时，不想，对方脱口而出的话是问承办的侦查人员索要被害女儿的存折和财物，并称要连夜赶回老家。侦查人员告知他们死者尸体还未火化，准备将遗体移交给他们时，对方竟拒绝接收自己亲生女儿的遗体……这一幕，让铁骨铮铮的刑警们看得目瞪口呆。

“女色、金钱、贪婪物欲，就如同一把把利刃，切除剥离着他们灵魂中的人性成分。”

老师像是在回答严法医的问话，也像是在对我们大家讲的。

“总之，多行不义必自毙。”

十一、思维的制导

老师端着方便面蹲坐在地面一个大水泥块上。

方便面是在五十米开外的一个路边小杂货店里买的，老板娘特意新烧了一壶开水为老师泡的面。我们能找到这里来，也是杂货店老板娘给指的道儿：

“他在那边已有小半天了。你们是他的同事？来得正好，我正准备给他送点水过去呢。他是个好人！了不起的好人啊！”

老板娘是个健谈的人。

“您认识他？”

“太认识了！不过，他不认识我。当年，他救了我父亲……你们看，都记着呢！”

说着，老板娘拿出手机，从里面打开一张照片，竟是老师的工作照。

“邻里们都认为我父亲老糊涂了，是胡言乱语，是他相信我父亲讲的是真话，为我父亲找到了那六万元养老钱，否则，可真能要了父亲的命啊！”

老板娘手机里的照片一下子勾起了我的回忆——那是我刚开始跟随老师工作的年代，距今已有十多年了。那天，我和老师去勘查一起接报的居民住宅财物失窃案，到达现场所在的小区后，我们刚下警车，就有几个在小区花园内休闲的居民朝我们走了过来：

“警察同志，是不是37号楼二楼的又报案了？唉，他是老糊涂了，别把他的话当真，他三天两头地说自己的钱被别人偷走了……”

居民们说完，又用手指了指37号楼二楼的方向，然后在太阳穴旁点了点，意思是老人头脑有问题。

老人八十五岁了，走路还行，但思维和记忆上确实出现了一些问题，比如钱的数量、钱的包装上，一会儿说有六万，一会儿又说是六千；一会儿说是用塑料袋包装的，一会儿又说是用报纸包装的……

老师一直微笑着用较缓慢的语速耐心地与老人交谈。有一个细节我至今都记忆犹新：老人卧室内的大床上散放着各种杂乱的物品，老师指着床上的物品问老人，这些东西是您放在这里的吗？老人回答是，因为用起来方便。

很快，老师从卧室内大床附近空调室内机下侧的备用药品堆里为老人找到了用双层塑料袋包装着的六万元现金。老人感动得要给我们跪下……

回去的路上，我好奇地问老师是怎么找到那笔巨款的？老师告诉我：对大床上物品的询问其实是对老人的一个测试，通过老人的回答证实老人的思维能力和程度，并从中发现了老人对物品放置上看似随意混乱，但却有一定的规律性，即以使用的频繁性来取决放置的远近，所以，才从那堆备用药品中找到了钱。

老人的女婿偷偷拍下了这张老师的工作照，并发给了当时正躺在医院病床上的老板娘。

老板娘那句："都记着呢！"太感人了。我一拉小李子：

"快走！"

"哎……警察同志，水！给他带上水！"

我急转身提起了一箱矿泉水，小李子掏出钱给老板娘，被使劲推了回来，无奈，只好将钱扔在了柜台上转身就跑。

方便面已经没什么热气了，可老师依然一边思考着什么一边下意识地用塑料小叉子挑面往嘴里放，好几次竟然将误认为有面条的空叉子放入口中……小李子偷偷按下快门，把这一幕记录了下来。

"都记着呢！"

小李子的举动，突然间，让我又一次想起了小杂货店老板娘的那句话！心中一酸，眼泪终于夺眶而出。

我们是从"庆功"宴会上逃出来的。我和小李子参加完全市的专业技能比武后回到单位即得知刚刚破获了一起发生在高速公路高架桥下面的凶杀命案，嫌疑人已经被抓获，并且从其住处搜查到了被抢劫的手机等物品……庆功宴会即将开始。

"胖胖，镜工呢？"

"是啊，我老师呢？"

我们迫不及待地追问着胖胖！

胖胖一脸严肃地把我们引到宴会大厅的一个角落处。

"镜工一个人又去现场了。他认为这个被抓获的人不是本案的凶手。"

"可，不是说都交代了吗？还找到了被劫的被害人手机……这是怎么回事？"

小李子连珠炮般地问着。

"胖胖，你怎么不和老师一起去现场呢？"

我似乎感觉到了一点什么，平静地看着胖胖问道。

“你们听我细说。嫌疑人被抓获后很快便交代了，何队长第一时间把讯问笔录送到镜工手上，自己就站在一旁等着镜工看完。没想到镜工看完后即与何队长耳语了一番，何队长听着听着脸色突变，随即便急匆匆地离去。镜工对我说要再去现场研究一下，并让我留在这里等信息。”

“那这庆功宴？”

“乡里搞的，宗局拦都拦不住。唉……你们去哪儿？”

“找老师！”

我一秒钟都待不住了，一是担心老师，在现场上连个助手都没有，二是感觉到这起案件一定是我生命中所经历的奇案之一。我发誓，以后再也不去参加什么比赛了！

“老师！我们来了！”

老师闻声慢慢站了起来，感觉他断定我们会来。他轻轻地将方便面合上，双眼直直地看着我：

“是我的学生。”

在大学的时候老师就这样说过。一次模拟现场勘查实训练习，大家提出了许多问题，老师一直不厌其烦地微笑着回答大家，下课后，通过微信的询问依然延续着，直到深夜……

“老师，我们的问题是不是太多了？您一定不要嫌弃我们……我们分分钟会出现在您面前！”

“你们是我的学生，解疑释惑是我的责任，爱你们每一个人！不管是现在还是将来，在你们需要的时候，老师也会分分钟出现在大家面前。”

“老师，我们也都爱您！”

“镜工，需要我们做什么？”

“不用了。我已经打电话给宗局了，告诉他抓获的那个嫌疑人不是本案的凶手。相信宗局一会儿便到。”

“老师，既然他不是凶手，可他又为什么要承认呢？难道他不知道后果吗？”

“因为，他讲不清楚。”

老师的脸色变得异常凝重起来。

“第一，他去过现场；第二，从他的住处搜出了赃物；第三，他的衣服上有被害人的血迹；第四，他具备作案时间；第五，他有前科。”

“老师，您排除是他作案的依据是什么？”

“你们看，这个现场上有大量的血迹，这为我们分析和还原作案过程提供了很好的条件。这个嫌疑人的交代完全不符合整个作案过程，另外，他的身高、体态等也不符合现场血迹等痕迹形态形成应具备的条件，即他的自身条件不能形成。所以，他不是凶手。”

老师说完，转身从地上拿起吃完的方便面盒子，把它放入到一个破旧的废弃纸箱内以便临走时带走。老师对现场工作的各项要求都非常严格，比如，要求大家在离开现场时不能留下任何的垃圾。我走上前去想抢过来，被老师拦住了，他的表情是让我们认真听他讲话：

“我们的职业是刑事科学技术，其中有科学二字，科学，是来不得丝毫马虎的。嫌疑人说不清晰，我们可以替他说清楚，这既是科学的要求、科学的本质，也是我们刑事警察的责任和担当。”

老师的话让我想到了一些冤假错案的产生根源……老师，您是好人！

在案件现场上的各种痕迹中，对血迹的研究分析是公认的难点。我对于现场血迹的认识是从老师的课堂教学开始的，为了让同学们对现场血迹的价值有一个直观的认识，老师举了一个生活事例来阐述：如果你到一个陌生的城市去旅游，或者到一个从来未曾去过的大型游乐场去玩耍，你需要一张导游图来引导自己的行程。在案件现场上，血迹就好比是这个导游图。因为，血迹，是案件现场上的方向标。血迹以它独特的形态记录着案件的信息。

血迹，是案件现场上的方向标。老师在课堂上的这句话又一次为我们揭开了现场上血迹的神秘面纱，使那些光怪陆离、千变万化的血迹形态变成了一种特殊的文字、一种可以渐渐学会解读的文字。

宗局他们到了。

“镜工，我把这个一米八五的高个子民警借来了。你说要请我们看一出戏？”

“谢谢宗局！请稍等。”

老师把胖胖、小李子、高个子民警三人叫到一旁，如此这般地讲授了大约有一刻钟时间，直到三人全都点头表示明白。而后老师走了回来，对我们大家讲解：这三个人分别扮演这起案件中的三个角色，胖胖扮演被害人、小李子扮演一号嫌疑人（即现在的嫌疑人）、高个子民警扮演二号嫌疑人（真正的凶手）。

“还有一个嫌疑人？”

在场的人都叫了起来。只有宗局一言不发，他相信老师。

我的心情比以往观看任何一部好莱坞大片都激动与期待。

摄像机已架好，表演开始。

时间设定为凌晨一时许（案发时间段）。

二号嫌疑人来到现场，左右观察了一番后躲到了水泥柱子后面。被害人出现了，他来到现场后似乎在寻找什么人，然后反复地往返走动着、等待着。二号嫌疑人从柱子后面冲了出来，手中挥动着棍子狠狠地打在了被害人的头部，被害人惊吓之下一边围绕着两根水泥柱子跑，一边转回身向二号嫌疑人解释着什么，二号嫌疑人不依不饶继续追打，直到被害人倒于地面。二号嫌疑人又朝着地面上的被害人打了几下，而后把他拖到旁边绿化带靠放花坛处，然后迅速离去。不一会儿，一号嫌疑人溜溜达达地出现了，他无意中发现了被害人，观察了一会儿，感觉他可能睡着了，于是蹑手蹑脚地慢慢靠近，用手轻轻地从他的衣服口袋中摸出一个手机、一个皮夹，然后悄悄地离开现场。

“这，就是这起案件的真相。”

真正的凶手与被害人认识；一号嫌疑人只是偶遇后顺手牵羊；凶手是个大高个；被害人是应约来到现场的……

破案条件全在“戏”中了。

“我的天啊，把两个人的交代笔录合成起来，就是这样的过程！”

这是一周以后的一个周末的下午从刑侦支队重案队办公室内传出来的惊呼声！

案件破获了，何队长和队里的侦查员们又再一次在大屏幕电视机上播放那天老师“自编自导”的现场重建视频。老师和宗局坐在沙发上品茶，茶叶是大师姐太史秋芙托我专供老师的“铁观音”。

今天中午，宗局毫无征兆地出现在老师的小玻璃屋内，又冷不丁地问了老师一个看似没头没脑的话：

“镜工，那天你的中午饭是怎么解决的？”

“老师是吃的方便面。”

“五元钱一碗的。”

“镜工一直在思考案情，面都冷了，根本没好好吃。”

“要不是那位接受过镜工帮助的老板娘，连泡面的开水都没有。”

“镜工啊，你不能老是这样不注意自己的身体，它可不是独独属于你自个儿的，它属于国家、属于人民……”

“我说你们……哈哈哈哈！”

面对着我、胖胖、小李子、严法医等技术人员你一句、我一嘴的“贫”，老师冲着宗局笑了起来，笑得是那么的清淡、那么的腼腆！

宗局也笑着站了起来：

“镜工身边可都是聪明人！没错，我就是来为大家庆功、为镜工补回那顿饭的。下班后请你们和何队长他们一起享用正宗的川菜。”

宗局说完，招呼大家去重案队会合，回顾和总结一下这起案件侦查工作中的得与失。

刚在重案队坐定，我便又急急地跑回到自己的办公室，去拿“铁观音”。

不知是从什么时候渐渐开始的，我成了老师在外省的徒弟、学生、同行们有重要案件需要老师研究时的中转站、联系人了，而且头几句话都几乎雷同，问老师近来工作繁忙否？身体状况良好否？当然，还有个称呼作前缀：丁探、小丁探、丁师姐、丁师妹等。基本上，我一听语气语调就可以判断出对方是公事还是私事。尽管忙碌了许多，但我很开心、很享受！

以前，我只有师姐、师兄们，人数众多不做赘述，而现在我已经至少有二十多个师弟、六个师妹了。在所有的师兄、师姐、师弟、师妹中，大师姐太史秋芙的威信最高，人美丽就不用说了，她不仅业务好，协调能力强，尤其是很内敛，外表上温文尔雅、善解人意，而内心则无比刚毅和智慧。她对犯罪行为疾恶如仇、出手狠辣，工作中不会漏掉现场上任何一点证据。另外，还有一个除了老师和我以外很少有人知道的秘密，大师姐也是武术世家出生，她的通臂拳可是上火候的。所以，在我惩戒大背头时老师曾说道：

“庆幸吧，没遇到她大师姐。”

最任性调皮的是师弟猛猛。猛猛，大号：邢猛，刑事警察学院侦查系研究生毕业，现在已经是 V 市 S 县公安局的刑警大队长了。

“师姐早！”

大清早，刚在单位的车库停好车出来就被这突如其来的一嗓子给小惊了一下。

“猛猛！你……哈，明白了。你也不怕把老师给累着了，上星期才把你们那起草地中的血人现场研究好。怎么，这次的案件特别棘手？”

“我……”

“快和我上楼去见老师。”

“唉！师姐等一下，这是我孝敬您和老师的。您直接放在车上吧。”

猛猛说着一闪身，露出身后两个用胶带封住的纸箱，是两箱山货。原来，他等在车库是为了这个。

“猛猛，你不知道老师的脾气吗？”

我故意板起脸说道。就连太史秋芙大师姐也只能偷偷地把给老师的茶叶托放在我这里，由我泡给老师喝。

“知道、知道，老师不收学生的礼物。所以我才找师姐您呀！草地血人案老师竟然只用了一个小时就完成了分析，你知道吗，我们那里有一位刚从省厅专家位子上退休返乡休养的老刑技，我们先去就此案请教过他，材料递过去一个星期了，他说还要再研究研究。领导实在等不及了……唉，老师把案件解谜后，我又被领导一顿数落，问我为什么不早说有这么一位老师的存在？”

“你活该。”

“是的，活该。所以，今天才……来打扰师姐。”

上周一的早晨，当我到达大办公室时发现老师已经到了，而且是已经到了好一会儿了，因为老师正端着茶杯在一小口一小口慢慢地喝着——人到了、茶已泡好、茶水温度已可入口，故，老师已经到办公室一定的时间了。放到以前，这种对生活细节的观察及分析习惯肯定是不存在的，自从跟随老师后，通过不懈的修炼才渐渐地实现了自己生活形态的升级，而且，我特别深切地感悟到，这种改变不仅让自己变得更加耳聪目明，更让我立体化地品味到了人生的各种喜怒哀乐、酸甜苦辣。与小姐妹们聚会时她们谈起了我的这种神变化，我用一句话来概括了自己的这种感悟：感觉整个灵魂都变得充实起来。

不是每一个清早见到老师都会问老师早安，这取决于老师的即时状态，比如，如果老师处于工作状态或者正在思考着什么，就一定不要打扰。这一点也是胖胖当初对我的若干教诲之一。

那天，老师看到我走近后冲我微微点了点头并笑了一下。我知道，老师有话要对我说。

“老师早！”

“早！丁探。还记得猛猛欠你几顿饭了吗？”

前面我说过，我成了老师在外省的徒弟、学生、同行们有重要案件需要老师研究时的中转站、联系人了。请吃饭是普遍的“酬劳”方式，当然，也只能是“赊账”，感激加承诺，虚虚实实间浸润着的是战友间纯真的情谊，不会刻意去追求什么，只为那一丝丝不断的念想。

“哈，猛猛欠了九顿饭。老师，您怎么会问起这个？”

“现在欠你十顿了。”

“啊！”

寒冬的早晨，郊外空旷的田野草丛中发现了一具浑身是血的男性尸体，尸体近乎成赤裸状态，因为他浑身上下只穿了一条短裤。

老师的小玻璃屋实在是太小了。我们一大群人拥挤在老师的大屏幕电脑前，愣是把老师“挤”出了玻璃屋外。

“这架势，一看就感觉不正常。大冷的天气，却只穿了一条短裤……”

“会不会是做运动，所以穿得少？”

“运动？怎么可能，什么运动？跑步？赤脚在野外运动？冬泳？这现场以及其周边大环境中有水吗？”

“应该可能是在室内环境中被人加害后，又被运到这荒郊野外抛尸吧。”

“边上你发现汽车轮子的轧痕了吗？”

“运送尸体也不一定非要用汽车呀……”

“你们看，尸体再往路边移动不到十米就可以完全看不出来了，有那么深的草丛，为什么就抛在如此显眼的路边矮草丛里？”

“对呀……”

“我看啊，还是死者在野外活动时被人就地加害的。”

“什么活动？跑步？散步？路过？还是什么？那他为何是这样的一身装扮？”

“我们的分析这不是又回到原点了吗？”

“别争了。你们看人家胖胖和丁探多沉稳。”

“胖胖，你是资深人员，你说说吧。”

“我正在认真地倾听你们的意见，感觉都有道理，不过又感觉都不正确。”

“我说胖胖，你这不是废话吗，自相矛盾！还是请镜工的高徒丁探谈一下吧。”

球，终于踢到了我的脚下。

“我现在要说的有两点，第一点是：你们占了我老师的位子。”

我低沉着声音说道。

“啊呀！对对对，快快，镜工怎么被挤到屋外去了……唉，不对呀，我说丁探，是你自己坐在了镜工的位子上，还掌控着镜工的电脑好吧，怎么倒说起我们大家来了！”

“我的意思是说，你们不让开，叫我怎么移驾啊？”

大家哄堂大笑！

多么好的战友们啊！我的每一点进步都会得到他们的称赞和鼓励，而大家一直都宠着我所有的任性。

老师挤了进来，但并没有马上坐下，他转身看着我说道：

“丁探，说一下你的第二点。”

大家随即把目光集中到了我的身上。

“我的第二点是说：前面大家的讨论非常有价值，发现了现场上的矛盾点，也就意味着接近真相了，因为，它为我们的临场工作开辟出了一条正确的思维切入点。比如，我认为首先应当从这名死者的死亡地点进行分析，也就是说，他躺在这里时是死亡了还是依然存活着。解决了这个问题，就可以顺势解开其他一系列的疑问。目前，我就思考到了这个程度。”

短暂的沉默后，胖胖“啪”地一拍小李子的肩膀，小李子痛得咧了一下嘴。

“就是这个理，小丁探说得对！镜工常说：在现场上你至少要明确的事情是，你现在应该做什么？为什么要这么做？如何去做？丁探已经解决了前两个问号，下面就是如何去做的问题了。”

大家不约而同地将目光投向了老师。老师一直站着，这时，老师将电脑椅朝我的方向转过来并示意我坐下，看得出，他眼中带着一丝赞许。我坐下后老师自己却退回到一边，把观看电脑屏幕的位置让给大家。

“现在，我来讲，你们看。”

老师倚靠在墙边放置的铁皮柜上，开始侃侃而谈。

“大家先不用去研究死者身上的血迹，后面再讲。现在大家先注意观察死者身体上的色泽差异。”

死者呈仰躺状，只穿着一条短裤。把屏幕上的现场照片放大后发现，死者的前胸部位与其后背、双臂等处的颜色有所不同，前胸较白净，而后背及双臂等处的皮肤上却有淡淡的绿色以及草渣，其位于臀部处的短裤下移，臀部一半裸露，在裸露的臀部上也有着淡淡的绿色……

“是的。你们所看到的色泽差异是这个现场上一个非常重要的信息点。”

“镜工，我想死者身上的绿色应该是由地面上的绿草所形成的。”

“胖胖说得对。”

听到老师的及时称赞，胖胖很高兴！那支干叼在嘴上的香烟也随之抬高了角度。胖胖尽管已经和老师一起共事多年了，但只要一进入工作状态，胖胖都是毕恭毕敬的，他极其佩服这位自己的顶头上司，业务上是领导，生活中是兄长。这一点，在我刚来这里工作的时候就深深感触到了。

“那么，我再请大家思考一个问题，如果赤脚在草地上短距离的行走，或者赤裸着身体躺在草地上，是否就可以沾染上草的绿色呢？”

“老师，不能。”

我的抢截，让小李子刚张开的嘴重又闭上了，他斜视了我一眼！

“之所以说不能，因为身体单纯地与草接触，并不会染上颜色，只有当草在外力作用下破裂后，里面的汁液才会渗出并沾染在客体上。所以，死者身上的草绿色是地面上破损的草叶汁液沾染所形成。”

啪！啪！啪！

随着鼓掌的声音，在小玻璃屋门外传来了严法医的声音：

“细腻而透彻的分析！”

“可是，在这个现场上又如何去认识这一点呢？难道……”

我一头扎入了案情之中，都忘了对严法医表示谢意。

“让镜工来对这个现象进行收笔分析吧。”

在严法医的建议下，大家又不约而同地把注意力集中到老师所在的位置。

“其实，丁探刚才的分析已经触及了问题的实质。死者身上的草绿色是地面上破损的草叶汁液沾染所形成的，那，死者在什么情况下才能让自己的身体上沾染草叶的汁液呢？”

“在草地上打滚！”

小李子抢先一步回答道。

“可是，死人能自己打滚吗？”

一瞬间，一道闪电在我脑海中划过，让自己的“视野”变得无比敞亮！

“他当时是活着的！”

“对！”

老师站在我的背后，但我依然感觉到了老师投向我的目光的温度。

就犹如是被劈开了第一个节头的竹子，我的思维“哗”地一下子贯通到底。我的语速就像连珠炮一般……

“死者的身体上不仅是沾染有草的汁液，而且放大后细看，还能发现有破碎的草渣，草渣的分布杂乱无序，说明了草叶的破碎不是由于外力拖拽死者而形成，而是死者生前自身扭动所形成。那么，他为什么要扭动身体呢？因为，他痛苦，而且，他的这种痛苦是源自他身上的损伤。”

我一口气讲完自己的分析和发现，然后使劲扭转身体看着身后的老师。

“把打滚改为扭动，这是丁探一个伟大的纠正。”

老师看似平淡的语言中充满了内在的力量。他挤出小玻璃屋，走到我的桌前端起我的茶杯又挤入小玻璃屋把茶杯放到我的手中。

“丁探对于现场上细节现象的观察可圈可点，比如，她所谈到的关于死者身体上草渣的分布杂乱无序说明了草叶的破碎不是由于外力拖拽死者而形成这一点，因为，虽然外力的拖拽是可以导致草叶破碎的，但破碎的草叶会因为外力的方向因素的影响而形成相应的分布形态，不会像现在这样的杂乱无序。”

说到这里，老师稍稍停顿了一下，心情变得沉重起来，似乎一下子有千言万语要说，但却都被堵在了喉咙处……老师微微仰起头，就像是把字一个一个吐出来一般地说道：

“这，就是立体思维所派生出来的立体视角。就这一层‘窗户纸’阻隔了多少案件的破获啊！”

是的，老师每年都会应邀通过前往案发实地或者通过内部网络传输资料的形式为外省复勘、会诊、研究几十起各类疑难案件，其中有不少案件都已经距离案件发生过去几年、十几年了，由于当初在现场资料采集方面的不完善，有一些案件无法得出确切的分析意见。这让老师倍感心痛！

所以，我也渐渐由衷地体会到，老师为什么很少笑。不是他不爱笑，实在是心里沉重的东西太多了，用老师的话讲就是：“心痛！”

“下面我来谈一下对死者浑身是血的现象的分析……”

“打住！”

小李子好不容易抢到的发言机会又被严法医给打断了，他一边仔细地擦拭着金丝边的近视眼镜一边头也不抬地说着：

“浑身是血，这个描述就不对，说明你没有认真地观察过，因为，尸体只有正面的腹部、大腿处有大量血迹，而胸部、背部却没有血迹……”

严法医是一个学究型的人物，被他“点穴”可是有些痛的。

“啊，不好意思，严谨、严谨！下面我继续谈一下自己粗浅的分析意见，旨在抛砖引玉……”

……

血迹，是一个非常复杂的研究课题。大家你一言我一语，时而红脸相争，时而沉默深思，在老师不时地点拨引导下，案情逐渐明朗起来，最终的案件定性是：此案系一起自杀案件，死者身上出现的那些反常现象与其自身的即时精神状态有密切的关联。

“小李子，我说你吃过饭吗？”

我放下手机，电话那头猛猛高兴的答谢声刚从耳边消失就听见了胖胖朝着小李子的喊话。

“没有。怎么了？”

“没吃过饭？那你是怎么长大的？”

胖胖又在冒坏水了。借着自己心情好，我也加入其中——我朝小李子招招手压低声音说道：

“跟我学：今天的晚饭还没吃。”

“晚饭还没吃……啊……我说你们两个联合起来欺负人是吧……”

“哈哈哈哈！思维角度乱了……”

记得上中学时历史老师讲过的一个故事：隋朝皇帝听见皇宫外传来饥民的哀号声，便问宫里的太监这是怎么回事？他们为什么要哀号？

太监躬身道：“他们没有饭吃，故而哀号。”

黄帝闻曰：“他们没有饭吃，那让他们吃肉嘛！”

……

众人大笑！

“师父，我想就坐、坐、坐在这里等您的分析结论，然后立即把信息转回去，让兄弟们开展相应的工作。”

猛猛怯生生地鼓足勇气对老师说道。然后故意回避开我“恶狠狠”的眼神。

多年不见了，老师看到猛猛的到来很高兴，听了刚才猛猛的话只是微微点了一下头，然后对我说：

“丁探，替我给猛猛拉一把椅子进来。”

老师办公所在的玻璃屋实在是太小了，每每有人来找老师研究案件都得临时再从外面拿椅子。为此，我特意在玻璃屋旁的角落里备了两把椅子。

……唉，太史秋芙大师姐在自己的办公室隔壁特别为老师设立了附带一个可容纳二十人会议室的工作室，老师每次前往都在那里和大家研究案件。尽管老师一年也就去一两次，但那间工作室一直都保留着，而且其室内的卫生从拖地到擦拭窗玻璃等全是由大师姐亲自打扫。

大师姐曾对我说道，看见那个工作室会增强自己的信心，如同老师一直在身边一样。等老师退休以后会在第一时间把老师聘请过来，那时，工作室的使用率就高了。

猛猛小心翼翼地对着电脑中的现场资料介绍着案件的情况，老师认真地听着，只是偶尔询问、确认一些事情。多年以来的经验告诉我，当你介绍案件时，老师提问少就是你最大的骄傲，说明老师认同你介绍内容的质量和思路。

命案就发生于昨天的凌晨……

冯老匠夫妻二人是十二年前从老家来到V市S县打工的，凭着从小学来的养鱼绝活和勤劳的性格，经过近十年的打拼后便从承包渔场发展到自己购买渔场当老板，并建起了一栋三层的楼房，日子过得有声有色，一双儿女大学毕业后都在外省工作，除了逢年过节，平日里就老夫妻二人过日子。

原本老夫妻二人的卧房在二楼，三楼留给子女们回家时居住，但由于长年与水打交道，冯老匠的腿脚落下了毛病，因为走路不利索，年前，夫妻俩把卧室由二楼移到了底楼。

昨天的凌晨，处于睡眠中的冯老匠妻子被所睡床铺产生出的一阵短暂而猛烈的摇动惊醒了，她以为是冯老匠起夜方便后上床的动作重了一点，便扭回头去想要抱怨两句，就当她刚扭过身时，已张开的嘴僵住了——在透过窗帘的缝隙渗入室内的月光映照下，她看见一个黑色的人影正向卧室的房门处走去，随即消失在视线里，几乎没有发出一点声响。

经过十多秒钟的惊愕发愣后，冯老匠的妻子终于缓过神来，她把手摸向枕头旁边的床头灯开关处，抖抖擞擞中抓住按钮打开了灯，随后便摇动冯老匠的身体欲将其唤醒，可是她的发现彻底让她感觉到了什么叫真魂出壳！冯老匠身上有血，而且还有血液正不断地从他的脖子处涌出……

冯老匠家的三层楼房外有一个用砖墙围起来的院落，院落的大门朝南，为双扇大铁门，铁门晚上呈锁闭状态，门内侧的大号挂锁完好。院子外侧的东面、南面皆为鱼塘，西面是一片菜地，菜地西面是村内的宅基地，零散地分布着大大小小的农宅。院落北面是东西走向、可同时容纳两辆汽车通行的水泥道路。

现场在三层楼房的底楼卧房，卧房的房门朝北，卧房门外是底楼的餐厅，卧房的东侧是通往楼上的楼道，楼道东侧是底楼的大厅，大厅有双扇的南门，也是三层楼房的正大门。在楼房的二楼及三楼上各有三个房间、一个卫生间。

对底楼中心现场的勘查发现，卧房的房门位于北墙的东端处，晚上睡觉时门会关上，但不锁，从外面可以开启。卧房室内东墙处是卫生间；靠南墙由东至西分别为：床头柜（上置台灯）、老夫妻俩睡觉的双人床（南北向放置）、床头柜；西墙上有一组共四扇西窗，窗框上安装有金属的防盗窗栅，装有一左一右两组窗帘。案件发生时窗帘呈拉闭状态，但其中间存在有宽约十五厘米的间隙。靠西窗前有一个木制的矮式衣柜，衣柜前放有一把木椅子，椅子上堆放着冯老匠睡觉时脱下的外衣、外裤。

老夫妻两人呈头南脚北状睡觉，死者冯老匠睡在床的西侧位置，其妻睡于床的东侧位置。

冯老匠的脸朝向西，呈左侧位的睡眠姿势，伤口共有两处，位于死者的右侧肩部和颈部，血从伤口处涌出，朝下方流淌，渗入到枕头、床垫，并从床垫下方滴落到床下侧的地板上。

现场勘查中，在从一楼到三楼的楼道以及各个房间内皆发现了一种相同花纹种类的足迹。经过家属的初步清理，也没有发现家中有任何财物上的损失，甚至也没有明显的翻动。

……

猛猛用了大约半个小时的时间向老师全面细致地介绍了现场勘查及初期侦查工作的情况。我和老师一样，一直全神贯注地听着，不知从何时起，小小的玻璃屋内、外已经又悄无声息地站满了人。

其实，只要是了解老师而且又热爱刑事科学技术业务的人，谁会放弃或者错过这种机会呢？倒是我每每都会为老师提着心、吊着胆，这绝不是我对老师的能力有一丝一毫的怀疑，而是感觉，老师太不容易了、太劳心了。面对形形色色的案件，无论是直接前往案件现场进行亲身勘查、还是通过详细的案件资料进行案头作业，只要是所需资料和信息完整，每一次老师都是当场直接给出全面系统的分析意见和结论……我的心情就好比是在观看惊险的高空杂技，尽管表演者自信而从容，但观看的人总是揪着心！

“所以，师父，根据上述情况，我们认为这是一起在夜间入室盗窃作案过程中，由于被害人惊醒发现而引发的命案。因为，作案人是翻爬北围墙进入院内，然后再从底楼大厅的东窗钻入室内的。进入室内后，作案人先上到了二楼和三楼，而且每个房间都进去过，最后才又下到底楼并进入到冯老匠夫妻睡觉的卧房的。在杀害了冯老匠后，作案人仍是钻爬大厅东窗出去，而后再翻爬院子北围墙逃离现场的……”

（省略号是什么意思？当然是不能再进一步透露下去的内容。抱歉了。）

老师对猛猛的介绍很满意。等他讲完后，老师静静地沉思了一下，突然，像是想到了什么似的，老师抬头找到了我，我这才发现，给猛猛倒的茶水还端在我的手里忘了递给他。

“啊，不好意思，喝点水再讲。”

“谢谢师姐！哦！师姐您坐……”

猛猛接茶杯时发现我是站着的，急忙欲起身让座，被我按住了肩膀。

“嘘——！安静。”

说完，我用眼神示意猛猛老师已在思考之中。

老师转身面向电脑坐直身体并拿过鼠标重新开始浏览现场资料……

在胖胖传授给我的关于老师的各种重要关注项中，有一个项目是非常特别的，那就是，在老师亲自操作电脑研究案件资料的时候，也是一个很重要的学习机会。比如，翻看的顺序、速度、重复点、放大细看内容、鼠标在屏幕图片上看似随意地划动等，它是老师思维路径、信息点标注、信息关联关系的即时体现。如果你对相关的案件已经有一定的研究，那一定会从这些动作行为中受到重点启示与引导。

又是半个多小时过去了，没有人随意离去，只有不断加入的人，玻璃屋犹如拥有巨大的磁力，那些看不见的技术员们就竖立着耳朵等待。

事后，猛猛就此事对我感慨道：

“这才是刑事科学技术部门里应有的氛围，拥有这样的团队和氛围既是一种幸运，也是一种幸福！想不出人才都难。”

“丁探，让大家去模拟现场实训室，我们来对现场进行复盘。”

天啊！从猛猛对案件的介绍开始，仅仅约一个半小时。

多年的师从相随、同甘共苦，我对于老师语气和眼神中的内涵已有相当程度的熟悉，我知道，老师已经“破题”完成了对案件的全部分析。

此时此刻，我忽然觉得非常有必要强调和提醒一下：这是一本日志，它不是纯粹的文学作品，充其量也就是一本准小说。所以，对老师能力的记录和描述是真实的。你可能依然抱有疑虑并疑虑下去，直到有一天，你能幸运地遇见他——我的终身的老师。

一顿“大餐”即将来临！

各位看官，如果你在现场，从大家脸上兴奋的表情就可以看出这种期待。

还没有等我回答，老师紧接着又说道：

“为了侦查工作的及时性，现在我先把分析的结论告诉大家。”

瞬间，有一种心脏被凝固了的感觉。刚开始松散的人群又被“冻住”了。

老师走出玻璃屋来到大办公室，他先扫视了一下室内的每一个人，这是在确认没有“外人”的存在，小李子眼疾手快地跑过去关闭了办公室的总门。

保密工作重于泰山，老师每次应邀外出讲学，无论是地方公安机关的邀请、还是公安部举办的培训班，老师的课件都是一律不外传的，因为，老师讲课的课件是时常增补和更新的，而且，每一次在讲学前都会专门针对讲学的对象来对课件进行调整，所以，学员们听到的课件中不乏发生在半个月以内的新鲜案例。这尽管时常让主办方很“头痛”、学员们总“抗议”，但最后都表示充分的理解，原因就是：保密工作重于泰山！

“猛猛。”

老师轻轻地在猛猛的肩膀上拍了一下，然后把头转向大家。

我注意到了一个一闪即逝的细节：老师在拍猛猛肩膀的时候眉头微微地皱了一下。这也就说明，猛猛他们的前期勘查及分析工作中有重大的失误。

对于老师所倡导的立体化思维方式我自认是掌握到一定火候了，并运用在了我向老师学习本领的过程之中。比如，老师对一个现象或者事物的观察分析中，一方面我学习整个研究判断过程，另一方面，我还注意学习老师对于各种信息的筛选，怎么学习，察言观色就是其中的一个方法。老师可以说浑身都是“戏”，所以，自身的修养及造化是很重要的。

言归正传。老师已经开讲了。

“这是一起有预谋、有针对性的雇凶杀人案件。凶手为一人，年纪32—35岁，中等身高偏矮，约168—172厘米之间，身材偏瘦，与被害人之间不认识，之前也没有到过案发所在地，他是一个外乡人，有农村的生活阅历。凶器为一把篾刀，这把刀平日经常使用，刃口较为锋利。”

老师不到二百字的分析结论把在场的所有人都震住了。尤其是其中的“雇凶杀人”，连这也能看出来……尽管我已经很了解老师了，但依然是又一次被折服！

好像是为了更强化对大家的震撼似的，老师在短暂的停顿后，随即又进一步说道：

“凶手的雇主与被害人之间有矛盾，但是双方在以前是素无往来的。大家注意，是与被害人，即死者本人之间有矛盾。”

显然，猛猛听愣了。

这是纯结论，也就是未经具体解析的结论，猛猛出现这种表情是正常的，我见过许多第一次与老师打交道的同行在听到这种纯结论时的表现，与猛猛类似。

“猛猛！猛猛！”

猛猛终于听到了我压低声音的呼叫。他如梦初醒般地立刻走到我身边。

“快去小玻璃屋内给单位打电话。”

“是，师姐！”

玻璃屋的门还没有关全，猛猛手机的屏幕已经亮了起来。

模拟现场实训室就如同是拍摄影视剧用的摄影棚，是老师的又一处心血所在。由于房屋的局限性，不可能像公安大学那样直接设置好各种不同场景的模拟现场场所，所以，老师在宗局长的默许下“霸占”了一个大约二百平方米的老会议室，把会议室一隔为二，利用这两个大房间在“螺蛳壳里做道场”：一个大房间是实训间，用于布置各类实训所需要的场景；另一个大房间是仓库，用于储存各种道具，小到一个茶杯、香烟盒，大到一张双人床、一堵墙。经多年的不断积累，仓库已经很充实，具备各类常见场景的布景需要。

对于一些有嚼头的案件现场，老师会带我们来这里进行现场“复盘”，这样会让大家更加直观地了解到案件现场上那些细节的形成原理以及变化过程，还可以运用移形换位的方法让大家扮演不同的角色，既感受过程，同时又领会到当事人的心理状态，尤其是人的心理在特定环境和条件下产生变异的因素所在。

既是研究、训练，又似玩游戏。寓教于乐！

小李子非常感激地从我手中接过了现场平面图。在研究案件的过程中，我已经根据案情资料完成了现场平面图的制作。这也是老师在大学里给我们上课时就提出的要求。这样做的好处就在于，要对案件进行研究，首先要搞清楚现场上的各种客观存在以及从宏观到微观的东、南、西、北方位和相互间的关联性，否则将会是一头雾水。

小李子带着几个年轻人，拿着我提供的现场平面图，按图索骥从仓库内挑选搬运着所需要的道具和物品，猛猛责无旁贷地参与其中，不仅出力，而且还不断地纠正着物品摆放的位置、角度。很快，现场已经复制完毕。

“现在，还需要一个扮演被害人的演员。”

老师一边走向现场的双人床，一边说。

“胖胖，你的体型与被害人比较接近……”

“好的！”

不等老师说完，胖胖就像是早有准备似的立即放下手中的物品快步走到老师跟前。对于老师，胖胖是非常尊重的，别看他平时叼着根不点火的香烟嘻嘻哈哈的，但心可细着呢，我在与老师工作交往中出现的一点点小瑕疵都会被他挑出来，从中，他对于老师的感情也可见一斑。

按照老师的吩咐，胖胖躺在双人床上被害人的位置处，并对照着现场资料上的细节特点裹紧了被子……

各位，我只能讲到这个程度了，再往深处讲就泄密了。

不知何时，重案队的部分侦查员们在何队长的带领下也出现在了模拟现场实训室内，他们轻手轻脚地进入，并随手关上了厚厚的隔音房门。

这里太像是一个舞台了，按场景需要布置的各种道具、明亮的LED灯光、充满悬疑的气氛……老师身着深色的现场勘查服伫立于场景的中央，他习惯性地先环视了一下周围密密麻麻的“观众”群，当视线与站立在前排的何队长相遇时，老师的脸上绽出了一丝笑容！

“现在，我把对这起案件的分析过程和依据向大家进行说明。”

老师缓缓地挪步转动着身体，清晰的声音在室内扩散着、回荡着！

大将风度、举重若轻、收放自如、娓娓道来……不，都不准确。突然，我的脑海中闪出了老师经常对大家说的一句话：

刑警，就要危难之际显身手。

“思维的制导是犯罪分子临场行为的指向源泉。它不仅仅表现在犯罪临场行为的具体举动之中，也包含着这种举动的临场心理因素……”

老师的“课”，无处不在，随时、随地、随人、随事，张口即来。所以，跟随着老师，在学习方面不是机会多与少的问题，而是应接不暇。

思维的制导是一种看似无形实有形的案件现场客观存在，而且，它绝不是一般意义上的犯罪心理问题，而是深入到人的心理活动在临场客观环境、因素影响中所产生的“微调”范畴。

举一个日常生活中的例子吧。

说张三、李四二人是一对喜欢面食的人，尤其对于单位食堂早餐中供应的面条是情有独钟，但近来二人却不约而同地一反常态起来，每每只买粥与馒头加咸菜，深究其因得知，张三依然对单位食堂早餐中供应的面条情有独钟，只是为了在女朋友面前要保持良好的身材，才咬牙对拌料中含油脂量较高的面条视而不见。而李四本身就偏瘦，不存在身材问题，而是因为体检中被医生告知其血脂指标超标了（瘦的人也会有血脂高哟），所以才“弃面于不顾”。

从表象上看，张三与李四二人的行为现象是一致的，但其导致的因素却大相径庭。

一段日子后，张三与李四又先后开始吃面条了，什么原因？

张三结婚了；李四前面的体检结论弄错了，他的指标是正常的。

从表象上看，张三与李四二人的行为现象还是一致的，但其导致的因素依然是大相径庭。

那么，这个生活的例子分析完了吗？没有。以上只是铺垫，以下才是深层次的心理之源——张三不是怕胖，李四则是真的担心自己的健康。

“这不是一起在夜间入室盗窃作案过程中，由于被害人惊醒发现而引发的命案，因为从死者所盖的被子的内侧褶皱、外侧褶皱所呈现的力的趋势看，符合死者正常睡眠时盖被子的个体行为所致，如果死者有过被惊醒的过程，必有行为上的举动，那么这些褶皱就会被破坏。再有一点，死者身上的血迹形态属于静态流淌，如果死者有过被惊醒的过程，他在行为上的举动也会导致血流形态的变化……所以，死者是在睡眠状态中被凶手杀害的。”

躺在双人床上的胖胖也很辛苦，和作为道具助手的小李子一起不断地配合着老师的描述作出相应的动作，让在场的每一个人都清清楚楚地看到被子、血液（老师配制的仿真血液）在案件发生过程中的状态，以及被害人处于睡眠状态和惊醒状态这两种情况下所产生的变化。

跟随着老师的讲解分析，现场资料中那一幅幅的画面在我的脑海中翻动着。这种时候也是最能让你刻骨铭心地认识和理解到什么是“看见不等于发现”这句老师的名言的内涵的时候。

“之所以说这是一起有预谋、有针对性的雇凶杀人案件，是因为从工具的选择、行凶的手法、行凶的过程等因素所表现出来的一种‘就事论事’的内涵，没有具体的情绪指向……是虎头蛇尾式的作案表现……”

省略号处是不能外泄的内容。我来概括一下老师分析结论的内涵吧：凶手的所有临场行为不过就是一种“职业的微笑”而已。

“凶手是中等身高，身材偏瘦：一者，在爬墙进入现场院落时用双脚去踩踏较细的树枝作为支撑，反映出对自身体重的衡量与自信。二者，离开现场时从墙上下滑时双脚横向间距很小。三者，在被害人头旁边的枕头上留下了较长的“拖刀”痕迹，根据现场的具体情况计算以及小李子刚才所做的模拟试验，可以明确地体现出凶手的身高矮，在168—172厘米之间，否则不会在枕头上形成这么二十厘米长的回刀拖痕。”

回刀拖痕。我，或者说我们都看见了被害人头旁枕头上的割划破口，也知道这个割划破口的形成是凶手举刀加害被害人行为中所形成的，却无论如何都没有想到、意识到它还与行凶者的身高有关联性，但经老师这么一讲，立刻就明白了其原理。太有用了！就以对于身高的计算来说，以往最常用的方法是通过足迹的长度来换算，但老师对这个方法的泛泛使用不赞同。因为，首先要对现场足迹本身有一个验明正身的必须，比如：鞋的种类和其模具特点方面，外底比内底长？还是比内底短？还是与内底长度相同？再比如，形成机理方面，是行走状态形成？还是跑动状态形成？是快步走？慢步走？挪步走？负重走？单侧负重还是相对匀称的负重？等等。所以，在现场勘查工作中要善于运用多种方法和技巧来分析计算当事人的身高。

“从整个作案过程及其各处具体细节来看，凶手在心理上有一定的成熟度，但仍然较明显地透着毛糙，还有些盲目自信。作案有相对完整的计划，而对完成情况却无验证……根据猛猛他们的现场实验，案件发生时中心现场的光线微弱，能见度很差，尽管凶手经较长时间在现场的活动后其视力已经相对适应了这种黑暗的环境，但要对现场上的细节有较明了的观察是不可能的，而凶手并没有采用任何其他的方法来弥补。有一点需要特别强调一下，即凶手行凶完毕后是走着离开中心现场的，而不是跑着离开的，说明他并不存在要赶时间的问题，而是认为事情完成了，该离开这里了。这是心理成熟状态的一种直观体现。故，其年龄不到四十岁，应在三十五岁左右。”

“老顽童”“未老先衰”等词汇大家都不陌生吧，什么意思？它们所体现的是特定人的心理年龄与生理年龄间的落差。

是的，在对犯罪嫌疑人的分析刻画上，年龄的分析很重要，因为它是侦查工作在范围设定、排除依据等方面的一项重要参数。但老师在这个方面却有着与众不同的认识，老师认为，纯年龄的计算是不可取的，有时还会将案件的侦查带入歧途。判断一个人的年龄应考虑生理与心理两个方面的临场表现因素……

我来化解一下老师的相关理论吧。

其一，一个从小在“温室”中长大的人，即使达到相当的年龄了，在生活中也不如一个在“常温”条件下生长的少年；而另有一句话则为“穷人的孩子早当家”。

其二，注重健康生活、科学锻炼的人，即使已有相当的年纪，却亦可能思维聪慧、行动敏捷；反之，尽管年值妙龄，也无从寻觅出丝毫的风华正茂之气象。

所以，老师在对嫌疑人的年龄项目进行分析时，会将传统的推算方法与嫌疑人的临场行为状态相结合进行具体的分析。

“凶手与被害人之间不认识，之前也没有到过案发所在地，他是一个外乡人，有农村的生活阅历。凶器为一把篾刀，这把刀平日经常使用，刃口较为锋利。”

老师连续几大点的讲解后，接过我递上的茶杯慢慢地喝了几口茶，也给大家留下了片刻消化的时间。何队长见状立即吩咐一名侦查员出去提来一瓶开水交给我，以备给老师续水。

“据当地警方调查，凶手在进、出现场所在地大环境时没有任何的躲避行为。为什么？因为，他自己不认识当地人，当地人也不认识他。最重要的是，他并不住在附近地区，事后也不会再与案件发生地有任何的关联性。所以，他是一个外乡人。凶手的农村生活阅历主要体现在临场中的一个行为情节当中，即进入现场后先直奔二楼去找人。二楼地板上的足迹，是其由蹲爬的移动方式所形成，而二楼上的五个房间都是无人居住的。凶手进入二楼的房间后足迹并没有靠近过室内的柜子、箱子等物品，而是绕一小圈后即离开，说明他是在找人。另外，在本地及周边省份的农村，底楼的房间一般是用于放置物品用的，是不住人的，只有在两种情况下才会在底楼的房间内居住人：一是家中有老年人，上下楼梯不方便；二是家中有残疾人，无法自行上下楼梯。”

讲到这里，老师停了下来，他走到我跟前将茶杯递给我后转身走向依然躺在双人床上的胖胖。

“大家看……”

老师一手指着屏幕上的资料画面、一手指着胖胖的头部。

“凶器为篾刀，这种刀的刀头部位有一个向下弯曲的钩状造型，吻合被害人伤口中被“挖”的形态。这把刀经常使用，因为，枕头、枕巾、死者皮肤等接触面上皆没有发现铁锈，以及其他脱落的附着物。刃口锋利是因为被害人睡觉用的枕头很柔软，却被回刀拖划割破，钝刀根本无法形成。把这种厚重的刀磨到锋利的程度是需要花费功夫的，仅仅杀人是不需要如此锋利程度的，说明这把刀平日里是做细活用的。”

老师朝着小李子点了点头，小李子立即从电脑中调出了在网上查询到的篾刀图片及其日常使用的画面。

真可谓是立体化讲解，既有屏幕上投影的图片，还有模拟现场上真人加实物的演绎。

“最后，是凶手的雇主与被害人之间有矛盾。再次提醒大家注意，是与被害人，即死者本人之间有矛盾，但是双方在以前是素无往来的。之所以这么分析，是因为两个方面的因素：第一，被害人夫妻两人把卧室由二楼移到了底楼是年前的事情，距离案件发生已经有近半年的时间了，但雇凶方却并不知道被害人家的这种生活模式及变化，所以，凶手仍是以农村常规的生活模式和习惯上二楼去找被害人。第二，被害人夫妻二人的睡觉位置，老夫妻两人呈头南脚北状睡觉，死者冯老匠睡在床的西侧位置，其妻睡于床的东侧位置，更靠近房门。也就是说，凶手从房门进入卧房后，是刻意绕过死者的妻子直接冲着死者本人的位置去行凶的。”

……

“师姐，这是一次让我刻骨铭心永世难忘的现场分析。真想投奔到老师这里做一名普通的技术员……”

猛猛要连夜赶回V市S县公安局去。现在是侦查工作的关键时刻，老师没有挽留，只说道：

“案子破了后过来一趟，我为你摆酒庆功。”

猛猛努力挺直腰板：“好。谢谢师父！”

想着刚才告别的场面，再看看猛猛已显憔悴的面孔，我感到内心一阵阵的隐痛。

“为什么不想着把自己修炼成像老师一样的人呢？”

“……我会努力，师姐。”

直到一个多星期后，我才舒出闷在心里的那口气。案子破获了，凶手系当地一个做水产批发生意的老板，因同行间的竞争而迁怒于被害人冯老匠，从邻省花钱雇用了自己的一个远房亲戚前来“教训”被害人。

对了，凶手的身高为170厘米、年龄为35岁，干瘦身材。

“丁探，镜工找你。”

胖胖用手指了指玻璃屋，脸上的笑容带着些许诡异，没点火的香烟沾在嘴唇上微微地颤动着。小李子似乎正在非常专心地往玻璃杯里放茶叶，而我注意到，杯子里的茶叶量早已超过他平时用量的两倍还多……

直觉告诉我：不妙。

玻璃屋内，老师把两箱山货的钱交到我手中，让我通过手机转给猛猛。同时，提醒我新鲜的山货不能久存，抓紧食用。并说，如果猛猛执意不收钱也可以，让他带着现金亲自来玻璃屋还钱……那他也得敢呀！

连猛猛不肯收钱怎么办都告诉我了，堵死了所有的路。特别是，老师一句批评的话都没有，而且是全程微笑。但我却感觉到了最严厉的批评！

“是。老师，我……”

“丁探，问猛猛好。”

我只有执行的份……害死我了。再有机会看我怎么收拾这个调皮的小师弟。我咬着牙切着齿，高跟鞋发出的声音也比平时大了一些。

“实话实说，东西都是好东西！”

可能是我走出玻璃屋时的表情吧，胖胖安慰似地说了一句。

猛然间，胖胖的话惊醒了我！

“原来你、你们……”

我用手指点着胖胖和小李子。胖胖也已经意识到自己说漏嘴了，用手反复做着自扇嘴巴的动作。

“还、还有严法医。”

一定是茶叶放太多的缘故，端着茶杯的小李子皱着眉头补充说道。

“我说胖胖，你忘记她是谁的学生和徒弟啦，你这一嘴等于把一切都告诉小丁探了。”

严法医终于露面了，一脸和善的笑容。

第二天一早，我即仿效老师的做法，把一箱山货全部分给了大家。也是一点儿都没有给自己留下。

十二、看见不等于发现

老师被评为了全国公安系统优秀教官！

看得出，老师非常珍惜这份荣誉，他坐在小小的玻璃屋内捧着大红色封面的证书仔细地端详着，用手轻轻地抚摸着上面的每一个字。良久、良久没有说话。

老师的脸上没有一丝一毫的笑容，而是一种沉思、回味、探寻的表情。我能理解，同事们也都能理解，这本证书里面包含了太多的内涵，是由无数的付出、艰辛、汗水乃至鲜血书就的。

今天我到了个大早，特意为老师冲了一杯咖啡在他快到前一小会儿放到了老师的办公桌上，目的是让老师一走进小玻璃屋就能闻到浓郁的香气，并把全国优秀教官的证书放在了咖啡杯旁——惊喜与祝贺二合一。昨天，我替在外地出差工作的老师领回证书后就第一时间把好消息传递给了大师姐太史秋芙，大师姐立刻便在单位群里挂出，并大大的附上了四个字：实至名归！

感觉咖啡该要冷了，可老师还一口都没有喝呢。

虽然，我知道这时候最好是别去打扰老师，但看着桌上那杯冷咖啡，我还是忍不住轻轻推开玻璃屋的门走了进去。胖胖、小李子、严法医等技术员们也都借机跟了过来，小小的玻璃屋顷刻间便被塞满了。

老师站了起来，面对大家的祝贺一一点头感谢！他看着证书，若有所思地慢慢说道：

“我人生第一次勘查现场还是在我成为一名警察之前的事，就因为我曾经在野战部队服役时是一名侦察兵，所以，某部队保卫处的领导硬是连拉带拽地把我请到了发生在部队大院内的盗窃案件现场。没想到，我的分析意见后来竟然在破案中发挥了重要作用……”

老师的这个故事我在前面讲过。我第一次听到这个故事还是在公安大学读研究生的时候，老师的课很受欢迎，同时老师本人也成了研究的对象，就有同学在课间问老师，您人生勘查的第一个现场是什么？在哪里？……老师的故事却让他本人更成了谜一样的存在。也是从那个故事开始，我真正关注起这位与众不同的外聘专家。

“我人生第一次应邀登上大学的讲台是在我从事刑事科学技术工作第十六个年头的时候。记得那天我是在公安专科学校的阶梯教室讲课，教室内一共有五个班级共二百多名学生，其中三个侦查专业本科班、两个刑事科学技术专业本科班。上课伊始，我先在大屏幕上投放出了一张照片，然后在讲台的正中央位置处站定……很快，同学们就纷纷认出来了，照片中的人是我，而且就是站在现在的这个讲台位置上。是的，那是十六年前我参加新招录民警培训时拍摄的照片，当时我们就在这间阶梯教室内上过课，有一次是照相课的实训练习，我拉着另一个学员跑到阶梯教室，让他为我拍摄下了这张模拟讲课的照片，没有想到，十六年后我又站在了这个讲台上，所不同的是，这次是真的来讲课的。”

……

老师的故事很多，而且丰富多彩，就像是一首乐曲，音符高高低低、曲调急急缓缓。公安内部网上也同步挂出了老师的宣传图片。我在微信群里编排出以下的文字，也浓缩着我的感悟：

每一张照片背后都是一滴滴辛勤汗水湿衣背，

第一个现场背后都是一次次缜密思维巧还原，

每一份课件背后都是一回回呕心沥血苦结晶，

每一次突破背后都是一天天苦心经营斗智勇，

每一次培训背后都是一个个废寝忘食不眠夜，

每一个头衔背后都是一次次细致勘查弃生死。

有一次，我问老师取得今天的业绩有什么秘诀？我知道，有不少人问过老师类似的问题，我也知道，如果真有什么一点就通的秘诀，老师早就告知我们了。但我还是想要自己问一下，似乎这样做了心里才会踏实一些。

“知道大沙漠里的胡杨树吧，它可以在四十摄氏度的高温酷热中生存，也能经得起零下四十摄氏度严寒的历练。其生而千年不死，死而千年不倒，倒而千年不腐。在看似贫瘠的大漠荒原中用坚韧、执着、不屈不挠的品格挺立起一簇簇生命之绿！让人肃然起敬！”

这就是老师给我的秘诀，是我获得的最精髓、最宝贵的秘诀。

大师姐太史秋芙是经过考证，在长期追随老师的学生和徒弟中没有问过老师关于秘诀之事的人。她说，她也想过这个问题，但已有了答案：师父本人就是答案。他不断地用自己的言行在向我传递着这个答案、这个秘诀。

大师姐就是大师姐，层次果然不同！

一阵电报的嘀嘀声传来。这是我自创的手机铃声，我用莫尔斯密码进行设置的，电码的内容是：“看见不等于发现。”

离上班时间还有半个多小时，昨夜值班的小李子一个请求增援的电话把我和老师召唤到了案发现场。

在某居民小区一幢十二层楼的楼顶平台上，一名年轻漂亮的女性在深深地呼出一口气后，朝着蔚蓝色的天际纵身跃去……

“自杀、他杀，一字之差，天壤之别。自杀案件是各种案件类型中勘查难度系数很大的案类。因为，同一种行为，当事人自己可以形成，别人也能伪装。难度就在于证实是否为当事人自主行为上。对此，刑事技术人员应当高度警惕。”

老师在大学给我们上课时给我留下印象很深的课程之一就是对“自杀”案件现场的勘查。老师讲到，之所以要给自杀二字加上双引号，是因为，在技术人员通过现场勘查查明事实真相前，自杀二字是不能作为案件定义的。

有一次胖胖和我跟随老师到某地出差，正在与当地刑侦部门领导商量工作时恰逢一个技术员进来汇报，说接报了一起自杀案件，领导让他再叫上一名技术员一起前往，那名技术员却说：自杀案件，简单。我一人去就行了。三天后，当我们准备离开返回时，那位领导请老师给他们的刑事技术工作提一点建议。记得当时老师低头沉默了一会儿，然后抬头说：

“时间太短，没有什么建议，只有一点担心。那位接报自杀案件的技术员，他当时一脸放松的表情让我十分地担心……”

“哦？”

那位领导陷入沉思……直到我们登上返程的高铁，他才若有所悟地握着老师的手：

“镜工，我明白了。十分感谢！”

高铁的玻璃窗户就像是一个大大的屏幕，不断变换着景物和色调，我两眼茫然地看着窗外，心里依然在回味着老师与那位领导间的对话……

“丁探，知道吗，我国在古代时期就高度重视对非正常死亡案件勘查检验的及时性和准确性。南宋的宋慈在其所著的《洗冤集录》一书中就曾有这样的阐述：‘诸尸应验而不验，或受差过两时不发；或不亲临视；或不定要害致死之因；或定而不当，各以违制论。’”

随着列车运行的节奏，老师缓缓地对我说道。显然，老师看出了我的心思。

“从本质上讲，现场无大小之分，每一个现场都需要刑事技术人员倾心地投入研究……就算是伪造出来的一个假现场，也要发现其假在何处以及为什么要伪造出这个假现场。”

我的目光从窗口被“拉”了回来，思维也被重新激活专注到了老师的话语中。

“有一个山区农村的农民，在政策的扶持下，靠着祖传的手艺和勤劳实现了发家致富。这本是一件让人感到幸福的事情，可那位农民却看着大把的钞票发起愁来——害怕那花花绿绿的金钱会给自家招来灾祸。和家人苦思良久，终于想出一个‘妙计’：他在自家的墙上挖了一个洞，而后到公安局报案，称家中被盗，钱财尽数被窃。”

我朝着老师的方向调整了一下坐姿，凝神倾听。

“这就是一个伪造的假现场，勘查现场的技术人员很快便识破了其中的玄机……可事情并没有被简单的完结，通过侦查人员的细心调查，这个偏僻山区农村的治安状况浮出水面……不久，两个在这一带靠盗抢为生的犯罪团伙被扫灭。”

老师的脸色冷峻得让人生畏。

“那个老农是欺骗了公安机关，可为什么呢？一个老实本分的农民，只想靠着自己祖传的手艺和全家人的勤劳实现致富，却反而感到胆怯，这是作为刑警最大的耻辱。……面对老百姓那期盼过上美好生活的渴望，还会轻视并以一脸放松的表情去对待‘小案子’吗？一定不会。一名合格的刑警，不光要会做事，还要会做人才行。”

胖胖悄悄挑起了大拇指！

说完后，老师把目光投向了车窗外。随着老师的目光望去，我发现，窗外的一切竟是那么的美好！

小李子用了大约十分钟的时间对现场情况做了汇报，讲得很细。

老师一边听着，一边仔细观察着俯卧于绿化带草丛中的死者，从衣着上的每一个细节到头发、鞋底……突然，老师的目光在死者的手上停住了，他戴着医用乳胶手套的手轻轻抓起死者白皙的双手，用放大镜仔细观察了一会儿，然后又用鼻子嗅了一下：

“丁探，你来闻一下她手上的气味。”

我凑过去也嗅了一下，死者的手上有一种某品牌植物护手霜的清香气味。我又按照老师的方法，用放大镜仔细观察了死者的双手，在她右手小指外侧发现有一小块黑色，类似于油墨。

少许，老师站起身来，低头快步在绿化带中走着、搜寻着，不时在草丛中捡拾起一个个大小不一的碎纸片。

我紧跟着老师，努力去领会他的每一个举动。老师转身把手中的一小把碎纸片小心翼翼地放入我手中的透明塑料物证袋内。透过塑料袋，我看见碎纸片上写有黑色的字迹，但由于撕得很碎，一时也无法看出字迹所表述的内容。

“这里的风向是西北偏北风三至四级……我们去起坠点。”

老师手指着绿化带对负责现场保护的派出所民警交代了几句后带着我和小李子登上了楼顶平台。

大家有没有注意到，这里用的是“起坠点”，而不是起跳点。因为案件的性质没有确定下来之前是不能轻易言之为“跳”的。

十二层楼的楼顶平台高度等同于十三层楼的高度。起坠点位于楼顶的东北角处，这里有一个向下凹陷的小平台，在小平台内有一支黑色的水笔、一些与楼下绿化带草丛中碎纸片类似的碎纸片，其中水笔已经折断，从它的折断形态和相关痕迹看，水笔是被人握在手中反复在水泥地上猛刺所折断的，在放大镜的观察下可见有少许黑色的油墨渗出。

放下放大镜，老师又将那支折断的水笔拿到鼻子前轻轻嗅了一会儿……

“你们来闻一下水笔上的气味。”

“好的老师。”

我原本就离老师近，一伸手便从老师手中接过了折断的水笔。动作慢了一拍的小李子一脸气鼓鼓的表情，但却敢怒而不敢言。

我完全明白老师的意思，不出所料，在那支折断的水笔上我嗅到了某品牌植物护手霜的清香气味，与死者手上留有的某品牌植物护手霜的清香气味无论从香型还是浓度上都非常接近。另外，在放大镜下看到的少许黑色的油墨渗出让我立即联想到了死者右手小指外侧那一小块类似于油墨的黑色物质——水笔的折断是被人握在手中反复在水泥地上猛刺所造成的，其油墨的渗出部位正好处于小指的外侧位置。

我一抬头，发现老师正在看着我。

“老师！”

“明白了吧？”

“明白了，老师。死者在自杀前曾写了一些东西准备留给某人，但越写情绪越激动，最后刺断了水笔、撕碎了所写的东西并抛撒了出去，而后……”

“正确。那下一步该做什么？”

“收集散落的碎纸片进行拼接。因为她这样做的答案就在那些破碎的纸片中。”

……

嘀嘀声传出，我的手机又发出了“看见不等于发现”的电码铃声！

是宗局。

自从我接替了胖胖的工作位置后，只要老师在出现场，包括宗局在内的人们与老师联系时全都不约而同地把电话打到我的手机上来，原因其实很简单：在现场上，老师从来不当“甩手掌柜”，总是身先士卒亲自动手，一边工作一边指挥。

郭仲，宗局的同学，现任S省公安厅刑事侦查局副局长。曾听宗局讲过他这位老同学的趣事。就像一些职业飞行员同时又是飞行发烧友一样，郭仲副局长是一个有着浓郁刑侦情结的人，至少有两次，他为了不离开刑事侦查工作岗位而主动放弃了“升迁”的机会，被人称之为：硕果仅存的“傻子”。对这一点，我十分不同意，老师当年婉拒了担任刑侦支队领导的机会，选择了刑事科学技术研究所所长一职，在担任了八年的所长后，又数次谢绝了局领导的挽留，毅然主动辞去刑事科学技术研究所所长职务，集中精力专心投入到纯粹的刑事科学技术业务之中，终年忙碌于一线实战带教，从课堂教学培训到疑难案件研究等，乐此不疲！受到了许许多多认识或不认识的人们的尊重与爱戴……

郭仲副局长出差路过本市，特意停留了一天，一方面看望一下难得碰面的老同学宗局，另一方面嘛，是慕名于老师，想借机一睹老师的真容。

放下电话不到五分钟，宗局的车已经出现在了现场。

也就是在一个多小时之前，郭仲副局长坐上了前来接机的宗局的轿车，几句寒暄后，话题便“无意”中转到了老师的身上……

“据说，你们那位刑技大拿镜工工作的环境是在一个小玻璃屋内，连个像模像样的专家室都没有。还据说，他在好几个省份都有一直处于空置状态的专家室，是他的徒弟、学生、同行们为他准备的，哪怕镜工一年只去使用一次也情愿。更有甚者……”

“我说你一会儿据说这、一会儿据说那，什么意思？镜工的领导到底是你还是我啊？是你了解他还是我了解他？一切，等你见到他之后慢慢就会明白的……”

“我说宗局，你这里我虽然说只来过一次，但大概的路我还是有些记忆的，你这行驶的路线好像已经偏航了吧！怎么，你……”

“眼睛够贼的，说着话也没忘了观察行进路线，你这一心多用的毛病算是改不了啦……当然，应该叫眼观六路耳听八方。”

两位老刑侦充满智慧的幽默对话直到宗局拨通我的电话才算是告一段落。

“镜工正在勘查现场？太好了！知我者，老同学也！”

“知己知彼，才不会领错路嘛。老同学了，我怎么会不知道你此次真正的来意呢！”

“哈哈……”

车上的对话我是怎么知道的？简单，宗局的驾驶员多年前就被老师“圈了粉”，还是一名铁杆粉丝。

自从宗局的介绍词说完起，我发觉，郭仲副局长的目光几乎一直在老师的身上扫描，似乎想要看清晰老师身上的每一根汗毛……这让我想到了一个十分应景的词汇：惺惺相惜！

“小丁探，介绍一下这起高坠案的勘查情况。”

宗局的确是非常的智慧，他深知郭仲副局长的欲求，所以，专拣他感兴趣的“菜”上。

我先环视了一下周围：

“二位领导、前辈，请到这边来。”

我领着众人离开围观的人群，来到二十米开外一个僻静却阳光充足的草坪处站定。

老师冲我微笑着点了点头。这可是极大的表扬姿态了！

站在老师的身边我充满自信，不急不缓、侃侃而谈，连陈述带展示现场提取的物证，用了约十分钟的时间完成了汇报。

宗局、老师、小李子、宗局的驾驶员等都看着郭仲副局长，他们皆面带微笑，只有老师依然是一脸的冰霜，这是他的自然表情。

而我，则看着老师。

郭仲副局长朝我走近两步。

“不亢不卑、有条不紊。你先带我们避开人群，具有良好的保密意识；在周边有多处可选位置的情况下选择了这块充满阳光的草坪，具有敏锐的环境意识；对现场情况的讲解思路清晰、分析缜密，具有深厚的业务功底。不愧是镜工的高徒！”

“郭局，谢谢您。不过您谬赞了，高徒还远远说不上，只是老师的学生之一而已。”

我不假思索地脱口而出道。

宗局和郭仲副局长的脸上皆露出了赞许的表情。

郭仲副局长走到老师的跟前，欲言又止，最后缓缓地、一字一句地说道：

“还有什么比站在冬季这和煦的阳光下聆听一段有趣的现场分析推理更让我这个老刑侦倍感享受的事呢……”

“谢谢郭局。”

“能给我简单地介绍一下你关于立体思维的理念吗？”

老师扭头看了一下宗局，眼中略带着一丝疑惑。

“哦，镜工啊，四个小时后郭仲副局长就要登上飞机出发了，所以，只有现在有这么一小会儿时间。”

原来是这样。就这一件事已足见老师的魅力。

“因为生活是立体的，现场是立体的，每一个客观存在都不可能处于完全绝对的独立之中。所以，在对案件现场进行勘查的过程中，刑事技术人员不能以平面的思维去看待和认识现场上的痕迹、物品、现象，而应该在看到某一个具体的点时，充分地去研究它所存在的环境，以及它与其他客观存在之间的关联性……”

老师、我和郭仲副局长在小区内绿化带中的石子小径慢慢散着步。是宗局暗示我跟随陪伴着。

老师讲的每一个字都清晰地传入了我的耳中。尽管已经跟随老师许多年了，从理论到实践都得到了深入的洗礼，但学无止境，更何况老师的专业研修非常的深厚，哪里学得完、学得够……这也是宗局让我跟随陪伴的原因。宗局是一个非常善解人意的领导，会工作、善用人、敢突破。否则，当年他怎么会对老师辞去刑事科学技术研究所所长一职表示理解和支持呢。

“举一个眼前的例子吧，郭局您看我们前方约三十米的地方，同样的石子小径，同样的道旁绿化植物，但颜色却不同……”

我顺着老师讲的方向看去，果然，在那里，石子小径旁边的绿化植物叶片上有一层灰白色，不像现在我们身边的植物叶片是绿色的。说话间，我们三人已经走到了那个位置。

“镜工，先让我来试着分析一下。”

“郭局请。”

“这个路段的东侧是一幢二十几层的办公楼，而这段长度约四十米的灰白色植物带正好处于并且等同于高楼投射出的阴影范围内，植物叶片上的灰白色是尚未化去的霜。其他处于阳光照射下的植物叶片上的霜早已化掉，所以叶片呈现绿色。”

郭仲副局长一边细致地观察一边谨慎地说出了自己的分析意见。

无疑，郭局的分析是正确的，可不知道为什么，我总有一种感觉，那就是“没感觉”。也许是和老师在一起工作久了吧，“胃口”也大不一样了的缘故。

“郭局，您讲完了吗？”

果不出我所料……这句话从老师的嘴里问出来，那绝非好兆头。

“是的。请镜工指点。”

“5 分。”

“什么？”

“您的得分。”

“……可否问一下，满分是多少分？”

“啊，百分制。满分为 100 分。”

郭仲副局长的情绪非但没有低落，反而变得兴奋起来，如同看见了一个宝贝般地兴奋起来！而老师连礼节性的微表情都已经消失，重新挂上了一脸的冰霜。

“唉……”

老师极不易让人察觉地轻轻叹了一口气，转而用软和的语气侃侃而谈起来。

“让我们先回到出题时的位置处吧。”

我们一行三人又重新回到了距离大楼阴影处约三十米的地方，这里就是刚才老师给郭局指示前方绿化带内植物叶片色泽不同的地方。

“请郭局再仔细观察一下前方处于大楼阴影中的植物。现在还来得及，再过半个小时，随着太阳照射角度以及气温的改变，这一切就会发生变化了。”

尽管，题目是给郭仲副局长出的，但我已经完全投入了其中，这么好的学习和训练机会怎能放过呢。

老师反复给我们强调过，一个人能力所需的知识结构有两大组成部分：

一、业务知识；

二、生活知识。

认真学习业务，并在生活中做一个具有好奇心的人，能动地去观察生活、体味生活……

这么有内涵而且有趣的题目老师能够举重若轻般地信手拈来，足见其综合修养和功底的深厚。

我的大脑飞速地运转着、检索着老师教授的观察分析知识和技巧……

我的天啊，我终于发现了——那段长度约四十米的、正好处于并且等同于高楼投射出的阴影范围内的植物带，表面上看去植物叶片上皆有一层灰白色的霜，但细致的观察下会发现，但凡是处于小径两侧路边的植物叶片以及绿化带中树木根部周边的植物叶片，在色泽上比其他部位的植物叶片略深且纯。

“镜工，看来另外的 95 分我是拿不到了。”

其实，并非郭仲副局长的视力有什么问题，只是他不知道要去看什么，从何角度去观察，所以，才会视而不见。

在老师的引导下，郭仲副局长终于发现了其中的端倪……

“原来，95 分藏在这里。”

“郭局，真正的分数还不是这些，而是为什么会出现这样的现象。”

“为什么？”

“郭局，您的时间很紧了，所以我来替您简要地解答吧。其实产生这种自然现象的因素主要是小径以及树根旁泥土在储热、吸湿能力上都强于其他植物丛部位……也就是说，在研究分析某一特定事物或现象时，必须将与之共存的时空要素进行关联，这就是立体思维，也是现场分析中的思维切入点。”

我暗暗为老师挑大拇指！老师以顺水推舟的巧妙方式让郭仲副局长“下了台”。

一直站在远处观望的宗局面带着和谐的微笑迎接我们的返回。

后来胖胖和小李子对我讲，在看见我们三人往回走的时候，宗局就对我们这边发生的故事作了预测性的演绎，并露出诡异的一笑：

“知道我为什么不陪他们散步了吧！当年与镜工第一次打交道时，我就得到过镜工类似的见面礼。”

郭仲副局长此行的真正目的是为一起发生于两年前的凶杀命案而来，请求宗局给予大力协助。而协助的方式就是“借”镜工。

“知道吗，当得知自己在满分为 100 分的计分规则下只得到了可怜的 5 分时，我心里的感受是什么？高兴！简直是欣喜若狂！为什么？因为如果这么容易就从镜工这里拿到了 100 分，那镜工就不称其为镜工了，我这两趟的飞机票也就白瞎浪费了……”

郭仲副局长在临上车赶赴机场前说了上述的一段话。并将我称之为“镜工未来的备份”。

三天后，老师和我将应郭仲副局长之邀飞赴 S 省参与命案的复勘研究工作。

机翼后方靠窗的座位，这是老师最喜欢的位子。从滑行开始，我便一言不发静静地坐在老师身边，因为这是老师最“忙”的时候，他聚精会神地注视着舷窗外，机翼的变化、散絮般的白云、广袤无际的大地、蜿蜒如银线的河流……

老师脸上的“寒冰”在悄无声息中融化，具有穿透力的目光也渐渐变得柔和、顾盼，眼神就像一个追随着母亲具有磁力般身形的孩子。

飞机进入巡航阶段，空中乘务员送来了饮料和餐食。借着这个机会，我向老师谈了自己刚才的感受。

“你的观察和分析很细腻、很准确。”

看我已经吃完了饭，老师小声地说道。

老师的环境意识非常敏锐，在这样的公众场所，毫无顾忌地说话既不礼貌也容易泄密。

“环境的改变对人们生活行为的作用有时是非常微妙的，它的微妙之处就在于，你已经随之而变化了，却一时感觉不到，或者把这种经历了改变后的现象理解为事物的原始本质。就像在这万米高空的民航客机上用餐时，乘客们比在地面上更钟情于番茄酱，因为环境的微调使番茄酱变得更爽口了。”

说完，老师把盛着热咖啡的塑料杯轻轻放在小桌板上的凹圈内，然后用手指了指我餐盒中的番茄酱斑迹。

果然如此，我一直以为航空食品中的番茄酱品质会更好一些，原来如此啊——

从地面到万米高空，老师的“课堂”真是无处不在。我不禁想起了一次我和大师姐太史秋芙谈论到什么是人生最大的幸运时，大师姐的回答：

“与智者同行。”

前来接机的年轻副大队长慌了起来！

“直接去现场。”

“啊……”

“通知你们的技术人员带好全套勘查装备与我们在案件现场碰头。”

“这……”

“麻烦您了，就请按照我老师说的去做吧。”

“……哦，那好的。马上！”

显然，无论是老师的工作风格还是老师的神色，对方都非常的不适应，一时间竟有些无所适从起来。见状，我及时用和颜悦色的表情和语气帮助他“消化”了老师的意思。

从副大队长打电话时的表情分析，他的上级们特别欣赏和钦佩老师的决定和做派！即刻取消一切接待安排，有关侦查、技术人员马上携装备赶赴案件现场。

没有发生意想中领导的责怪与批评，副大队长显得一脸轻松。

顷许，副大队长似乎突然想起了什么重要的事情：

“镜工，您的出场费是多少？”

说完这句话后，他把目光转到我的脸上，好像答案在我这里一样。这让我实在有些哭笑不得！

还好老师给我解了围：

“出场费？啊，你们已经付过了。”

“付过？可……还没有呀？”

“给我案件研究，这就是付给我的出场费。”

“什么？”

“走吧。”

“是！镜工。”

副大队长的神色由轻松之中转而浮现出一丝自信来，给人一种真实的感觉。

近两个半小时的车程后，副大队长指着不远处一栋二层楼结构的农舍告诉我们那里就是当年的案发现场。

“停车。”

离现场还有二百米左右时，老师带着我下了车。

我知道老师的目的，他要踏勘一下现场所处的外围环境情况。

多么洁净的天空啊！冬季的阳光把田野照射得通透而明亮。跟着老师行走在田埂上，深嗅着带有田间泥土特有气息的空气，心情别样的恬静。

大冬天的，她们还在忙活什么呢？我注意到，在田地内零零散散地蹲坐着一些上了年纪的农村大娘们，他们手中拿着类似金属小铲子的工具，埋头专注地操作着，偶尔相互间递上一两句话……

在离案件现场还有约一百米处的田埂小道上站着一位略显驼背的大娘，她刚从地里走出来。随着距离的靠近，我发觉，大娘好像是在刻意地等待着老师和我。

“大娘您好！”

老师紧走几步到大娘跟前。

“你们又来啦？”

“……”

老师和我都被大娘这突如其来而又意想不到的问话给将住了。

“杀人的案子破了吗？”

看来，大娘已经看出了我们的身份。可老师与我都是便装，那个副大队长驾驶的也是民用牌照的汽车，大娘居然还是发现了我们的身份。也难怪，自案件发生以来，警方始终是紧抓不放，这个现场已经十数次的复勘，但我依然不得不佩服老人家的观察力。

“还没有破……所以，我们再来看一看。”

这么多年以来，我第一次看到老师这次的样子，就像一个考试成绩不好的孩子站在母亲面前一样的神情。一时间，我的心里很难受、很难受。

“你们辛苦了。”

低低的声调。说完这句话，大娘转身重又向田地里走去，没有半句责怪。看着她的身形，我感到大娘的背驼得更明显了。

案件发生在S省E县的郊区农村，距离今天为两年零一个星期的时间。

被害人李桂桂，女，六十五岁，十年前丈夫病逝后一直独自居住于这栋二层楼结构的农舍内。子女多次提出要让她搬过去同住以便照顾，但都被性格执拗的李桂桂拒绝了，一者怀念逝去的丈夫，不愿离开这个家，二者自己身体健康一点儿不耽搁下地干活儿，三者也不愿意给工作忙碌的子女们增添负担。没办法，子女们只能是隔三岔五地来探望她一下。

那天是周六，一大早子女们开车过来接李桂桂去自己家里吃饭，见房门锁着，以为是老人还未起身，为了不影响她休息，没有叫门，而是用钥匙直接开门，结果在卧室内发现了躺在血泊之中的母亲。

这栋二层楼结构的农舍内底楼是客厅、餐厅、厨房、卫生间及李桂桂的卧室，二楼主要用于放置各式家具细软等物品，另外，农舍还有一个约三百平方米的后院。

前期的勘查及分析情况是：作案人于傍晚时分翻越后院围墙进入院内，因底楼客厅通往后院的门被锁住了，所以，作案人扳开了有陈旧性破损的底楼卫生间窗扇钻入室内，在卧室内与李桂桂相遇并行凶，将李桂桂杀害后按原路逃离现场……

手套、帽套、鞋套……强光手电、放大镜。老师一边穿戴一边听着案情介绍，偶尔询问一些细节。

长年受老师的熏陶，让我的环境感变得异常敏锐，通过对大家在复勘工作中的言谈举止、眼神表情，我得出了这样的结论：当地的同行更多的还是在就事论事地应付着复勘工作。

也难怪，两年多了，反复的现场复勘研究也确实难免让一些人产生“审美疲劳”。完全可以理解，我想老师也是这样想的，尽管他看似心无旁骛地“浸”入在现场里，但这种氛围哪里避得开老师的触角。

“被害人并没有马上死亡，在凶手离开现场后，她又慢慢苏醒了过来，而且自己挣扎着从床上翻到了地面上……但最终还是因出血过多而死亡。”

老师的这一段话顷刻间勾住了现场每一个人的心，这也是复勘工作开始以来老师首次谈及对现场的分析。从我对老师工作风格的了解可以明确的是：至此，老师已经吃透了现场，对现场的“一草一木”实现了整体的把控。

“你们看，尽管在地面有大量的血迹，但却没有出现任何由打击行为所形成的挥洒、喷溅等痕迹，全都是在相对静态的动作行为过程中所形成，而且，特别重要的一点是，这些血迹形态的形成与被害人的个体动作之间具有关联性，没有一点儿多余的表现。”

大家聚拢过来，专注地咀嚼着老师所讲的每一个字，精神状态瞬间发生了一百八十度的转变。

“这个现场并不是完整的原始现场，报案人撒了一个谎……”

老师蹲在血迹前面，手指着现场资料中对应位置的照片说道。

“在被害人头部所在地面上有一块直径约五厘米的不规则空白，这是在被害人流淌出的血液已经干枯后尸体又被移动过所形成的……移动尸体的人就是报案人。”

现场复勘工作已经进行了三个多小时。整个现场就像是一间大大的课堂，老师顺着作案过程的先后顺序一边走一边讲，丝丝入扣的分析不断激发着大家跃跃欲试的挑战欲望。

“我真怀疑，这案子就是这位专家自己做的，否则，你说他怎么知道得那么清楚、那么细……”

无意中，我听到身后有人压低着嗓子在说话，心中暗自发笑！的确，这案子就如同老师自己做的，在立体思维中就是需要把自己融入角色中去进行思考……有一个灭门的恶性凶杀案件破获后，犯罪嫌疑人的交代甚至远不如老师对现场还原分析的全面和细致，因为，作案人在临场只是完成了一系列的犯罪行为，而现场分析必须建立在对现场上的各种痕迹物证都充分吃透的基础之上才能实现和完成。当时，有一个领导曾打趣地说道：让犯罪嫌疑人和镜工各自书写一份交代笔录，犯罪嫌疑人一定“争”不过镜工！

进入临时指挥部的大门，里面已有许多人在等待了，从局长到局里与侦查工作有关的各部门领导及业务骨干几乎尽数到场。

从大家的情绪不难看出，有部分零散的信息早已从现场被传递到了这里，这种情绪用文字来表示的话就是两个字：期待。

“根据现场痕迹形态的分析，作案人在翻越现场后院围墙的过程中是颇费了一番周折的，首先，地面上的足迹反映出他在现场外围反复地寻找选择着翻爬点，可是，上墙固然不易，而下墙则更不易了——从当年现场勘查时所拍摄的照片大家可以看到，从墙顶要下到院子里面其实并不难，无论是翻爬点所在位置还是其他部位，至少有三处非常容易下墙的部位，可是墙上的痕迹却显示，作案人在这几个点之间反反复复地又进行了好一阵儿的选择。为什么要这么折腾呢？因为作案人的身体不灵便……这种不灵便有两种情况，一是原本就不灵便，另一种是临时因受伤、疾病等原因导致的短期不灵便。但有一点是明确的，即在案件发生的那个时候是处于不灵便状态的。那么，到底不灵便到什么程度，大家请看我的模拟演示……”

和从不坐定讲课一样，老师的现场分析也都是以“游讲”的形式进行的。这时，老师以室内的一张桌子模拟围墙，做着下“墙”的动作姿态。这种形象的演示将现场的分析立体化、形象化了，给人以一目了然的直观感觉和认识。

“结合对现场上足迹形态特点的分析……作案人的这种不灵便源自身体与年龄的因素，概括地讲，作案人不年轻了……”

（各位看官，再次抱歉，鉴于你们不是业内人士，所以我只能点到为止，不能再深入下去了。）

“作案人钻进、钻出底楼卫生间窗扇的动作是一样的，都是正面向前提腿前迈……这是作案人本能的习惯行为，也是作案人留给我们的一个重要信息点，因为，窗的间隙宽度只有约五十厘米，在这样的宽度限制下依然可以从容地以这种身体姿势钻进、钻出窗口，说明作案人身体很瘦，从他手、脚的落点和接触点进而可以看出，作案人为中等身高。”

我全神贯注地操控着电脑，随时配合着老师在台上的讲解分析投放出相应的现场图片。这活儿看似简单，实则，很难很难——不仅要了解案情、熟悉现场，还要知道老师的思维跳跃和讲解风格。目前，除了胖胖，只有我能“全天候”式的胜任。

如果说影视剧情里有高潮、低潮的话，在老师的现场分析过程中没有低潮，只有一浪接一浪的高潮！多年以来，莫不如此。

“案件发生的时候，被害人卧室内的电视机是处于开启状态的，但作案人却毫无顾忌地进入并行凶，行凶后即离开了现场，地面足迹揭示了这一点。这告诉我们，作案人的作案目的不是入室盗窃，不是为财物而来。”

“扑通！”

从我旁边的桌面上传来了手机翻倒的声音，这个原本很轻微的声响，此刻却显得特别的刺耳。我用眼角瞟了一下，是他们的局长，正在用手机录像。后来我发现，用手机录像的还不止一个人。

“接下来我要特别谈一下作案工具……”

老师之所以说“要特别谈一下”，是因为作案工具在现场分析中往往被平面化地看待，或者称之为“直线思维”，会去确认工具的种类、正常用途、追寻来源等，其实，对于作案工具的研究分析是大有作为的，它是案件现场上一个重要的信息点，在一定条件下会对犯罪嫌疑人有直接的指向性……说来话长，也不能多说。还是来听一下老师在这起案件中对于作案工具的分析吧。

“在这个案件的现场上，我们能明确的是由作案人自己携带到现场的作案工具只有一样，就是手套。而作案人进入卧室内将被害人李桂桂杀害所使用的工具是就地取材的卡通造型座钟，座钟是木制的，很结实，但它的分量却不重……也就是说，这个座钟并不是适合用于作为凶器的物品，而在李桂桂的卧室内是可以轻而易举地找到多件比座钟更称手而且适用的工具的……”

这个卡通造型的木制座钟宽二十五厘米、高十五厘米、厚度十厘米，根据现场痕迹看，座钟原来置放于卧室床头旁边的床头柜上面，作案人顺手抓起它并用它对被害人李桂桂实施了加害。

“作案人没有携带凶器，到现场也没有刻意的寻找凶器，只是随手、顺势地利用了座钟……不是为了杀人……”

老师这个分析一出口，我就感到桌子震了一下。我脑海中闪现出了一个让我自己也感到惊诧的结论：老师的这个分析已具颠覆性。

这就是立体思维，这就是立体视角下对现场的勘查与分析。客观存在不以人的意志为转移。

“……被害人衣着完整，是的，但这并不能说明她没有被性侵犯。但是，在这起案件中没有性侵犯的行为，被害人的衣着形态处于自主的原始位置，这是无法伪造的特殊生活形态……所以，不是为了色。”

老师第一次停顿了下来，他伸手端起了一次性的纸质茶杯。

水早该凉了！我一惊，赶紧站起身来……

“丁探，我来。”

大队长抢到老师跟前说了句：“镜工请稍等！”

转眼工夫，大队长从隔壁自己的办公室内拿来了一对很精巧的透明玻璃茶杯。

“镜工，这是我上周刚买的，没有使用过。”

大队长一边说，一边麻利地用开水烫洗茶杯、放茶叶、洗茶、冲泡。

“前面只是一心想要听取镜工的现场分析意见，竟然把这事给忽视了。”

讲话间，两杯热气腾腾的铁观音茶放在了老师和我的桌上。

“铁观音！”

我说出声来。刚才那么长时间我都没有注意到茶叶的品种。

“这是省厅的郭仲副局长专门关照的，说镜工和丁探都爱喝铁观音茶。”

局长微笑着把茶杯朝我跟前移了一移。

“谢谢！”

连这都关照到了，真够细腻的！难怪郭仲副局长和宗局两人是长年要好的朋友，不仅是同窗，最主要的还是投脾气。

汇报工作继续进行。

“如果我们把作案人在现场的行为轨迹及具体行为状态连贯起来去看，就会发现这其中自始至终透射出一种厚重的情绪——由某种矛盾所产生的情绪。所以，这是一起因某种矛盾的激化而最终导致的恶性案件。”

指挥部内有人长长地舒出一口气，低低地交谈声语气轻快！

“还没有完。”

老师说罢微微笑着朝大家扫视了一圈并点了点头，然后离开投影屏幕慢慢地朝大家走过来，一边走着一边继续说道：

“仅仅分析出矛盾激化还远不够，还不是现场分析的最终目标点。那么，是什么样的矛盾导致了这起案件的发生呢？生活中矛盾的因由十分复杂，但可以把它划分为两大类型，即一般性矛盾和隐性矛盾。”

这里既是一线的指挥部，又好像是一个特别的课堂。场上的老师既是在汇报对案件的分析情况，又是在这个过程中以眼前的案件为例，向大家传授着专业的知识和技能。这就是老师所具有的与众不同的魅力。

“现场所在的地域是远离城市的农村地带，人口的流动性相对较小。当地人对于本村的熟悉程度相当高，甚至能说出各家各户的户籍情况……案件发生于傍晚时分，无论从时间段而言还是从当地村民的生活规律和习惯而言，这都不是一个适合作案的时候。根据刑侦大队侦查员的介绍，我还发现两个重要的信息：一是调查中没有发现案发前后时间段内有外来人员出现在村庄；二是没有发现被害人李桂桂和他人有明显的矛盾。这些信息是经过反复细致地侦查得出的结论，是可信的。”

老师朝大队长点了点头，然后若有所思地说道：

“隐性矛盾这个概念在侦查工作中使用的概率并不高，尤其是对这种矛盾类型的特点知之不多。这种矛盾产生的后果往往是非常出乎人们意料的，之所以说出乎意料，还是因为它具有的隐性特点——当事人以外的人几乎不知道矛盾的存在。在隐性矛盾中又可以划分为单向隐性矛盾、双向隐性矛盾。双向隐性矛盾容易理解，就是有矛盾的双方或者多方彼此间都知道矛盾的存在；单向隐性矛盾则相对冷僻了，它是一方对另一方或者多方存在的成见和不满，有点类似于恋爱中的暗恋。”

对于隐性矛盾一说，最早还是读研时听老师在公安大学上课讲过这方面的案例，而且是老师到公安大学来给我们上的第一节课中运用到的案例。当时我及同班的同学们都感到了一种带有一点恐惧感的惊异：一个小店铺的老板被害，现场分析系仇杀，但案件久侦不破，因为怎么排查都找不出死者与谁有过节和矛盾……后来案件在一个偶然的机会中终于破获，凶手是被害人的近邻，他对杀人动机的交代却出乎了每一个人的意料，他与被害人没有明显的矛盾，甚至平日里给人的感觉还是关系较好的，半年前被害人对自己的小店进行了重新装修，就连店名也进行了重新命名。而祸，就是起于这个新的店名，因为店名冲了犯罪嫌疑人长辈的名讳……事先没有交涉、没有争吵、没有水火不容，一切都是那么的“平淡”，就像隐藏在平静海面下的火山。

这个案例让我发现了人性非常隐性的一个面，既是知识面上的增长，也是对自己为人处世的重要警示！

“事物总是有其两面性的，隐性矛盾也一样，它最最主要的特点就是：指向性强！”

说着，老师朝我电脑上的现场方位照点了一下，然后转身并快步地走到屏幕前，用手在大屏幕上画上一个圈：

“这起命案的发生就是属于隐性矛盾的激化所致。从现场所在的地理环境这个宏观要素到被害人李桂桂个体的生活经历、执拗性格等微观要素都从另一角度告诉我们：凶手就在附近，就在被害人李桂桂关系网的小圈子内。”

上年纪、中等身高、很瘦、身体不灵便、不为财、不为仇、不为色、因隐性矛盾激化杀人、就在被害人李桂桂关系网的小圈子内。

作案人的轮廓已渐渐浮现，并由朦胧转而变得清晰起来。

……

迎接我和老师进入县公安局刑事科学技术室大办公室的是一阵欢快的掌声！

老师依然是按照自己到外省市出差工作的一贯做派谢绝了原本的景点旅游安排，要求到刑侦大队与技术员们进行一天业务交流，这乐坏了县局的同行们，就连昨日通宵值班按规定今天下午可以回去休息的技术员们也都留了下来。

昨天晚上我又把录音笔充足了电，因为我知道，今天将又会是收获的一天。果然，技术员们也是备足了功课，谁也不愿错过这个绝好的学习交流机会。

室外碧蓝的天空阳光明媚！我终于可以换上钟爱的高跟鞋了。

“镜工您好，我昨晚值班时勘查了一起入室盗窃案件，现场上的足迹很蹊跷，从楼下客厅到楼道都很清晰，但在二楼的卧室门口处却消失了……”

一个守候在办公室门口的年轻技术员抢到了第一个与老师对话的机会，一边说着、一边将老师和我引导到已经开好的电脑前坐下，电脑屏幕上是案件现场的资料图片。他是昨天的值班技术人员，略显惺忪的目光及疲惫的表情记录了他的工作艰辛。

这名技术员讲述的案件发生于昨天夜间十一时许，案件发生地点是一栋二层楼的自建楼，报案人是这家的男主人，被盗物品为一部新购买的进口手机，手机当时放在二楼东卧室内北窗的内窗台上。

农宅楼的二楼共有三个房间，分别为东卧室、西卧室、北侧书房，其中东卧室是报案人十二岁儿子的住房，西卧室是报案人夫妻二人的住房。昨晚十时三十分左右，报案人一家三口开车从外地亲戚家回来，用钥匙开门后由母亲带着十二岁的儿子先上楼，而报案人自己要把汽车开至离家约七十米处的停车场内停放。整个停放车辆的过程不超过二十分钟，回到家后想起自己的手机一路上都被儿子拿在手里玩游戏，便去儿子的房间拿手机，左找右找没有，便摇醒已经入睡的儿子，儿子称把手机放在了北窗的内窗台上……

“丁探，你来分析。”

“是，老师！”

在十多双惊愕的目光注视下，我接替老师坐在了电脑前。

在前面的案情介绍过程中，我结合老师的提问引导已经对案件现场有了整体的认识，可以说也基本上发现了案件中的端倪……

这是我一直以来的习惯，只要跟老师在一起研究案件，我总会竭力以赴，因为我要在老师正式开始分析之前先得出自己的分析意见，这样，当听过老师的讲解后才会更能发现自己在分析过程中存在的不足与漏洞。这是一个行之有效的能动式学习方法和形式，老师对此非常地认可、赞赏！所以，才会有刚才老师的“让肩”（把担子交付到我的肩上）。

看官们是不是为我捏了一把汗？不用的，老师可是有的放矢的。

“我先从现场地面的足迹形态开始分析。”

地面上的每一个脚印都包含着丰富的信息，简单地说，它不仅有鞋的种类、档次、新旧等信息，还可以反映出人的行走快、慢、姿态，行走人即时的心态，等等。

“现场上提取了一种鞋印，是旅游鞋鞋印，从楼下客厅到楼道确实都很清晰，从鞋印前包尖的出现程度分析，系快步行走上楼的姿态所形成，而在二楼的卧室门口前地面则是原地反复挪步的动作，随即在进门处消失了……”

我停顿了一下，把电脑屏幕向人群集中的方向转动了一下，以便让更多人看清楚我所讲解的内容。

“把现场足迹进行立体化分析可以发现，上楼的足迹不仅体现了快步行走，而且基本上都位于楼道的中间部位，这是一种毫无顾忌的自然行走姿态，入室盗窃作案不会这样行走，而是会一边走、一边观察……在二楼卧室门口前面原地踏步的足迹是作案人站在门前进行观察、寻找的动作所形成。”

显然，我的分析已经接近问题的核心了，大家进一步伸长了脖子，人群也收缩得更紧了一些。

“有句话叫无巧不成书，勘查现场的这位技术员在发现卧室内没有鞋印后不是简单地对待，而是做了一个临场的现场实验——自己在卧室内穿着鞋踩了一脚，并用照相机把自己的足迹拍摄了下来，以印证卧室内地面是可以踩出明显的鞋印的，没有鞋印说明作案人的鞋没有进入卧室内……”

我说着转过头去看着那位年轻技术员。

“对的，刚才我是这么介绍的，做了现场实验。”

“那么，报案人家人应该都是进屋后更换家中的拖鞋是吧？”

也许是不习惯一个漂亮女性的目光直视吧，那位技术员的脸红了起来。他避开了我的目光把脸冲着天花板的方向说道：

“对对对，当时我问过报案人，都、都换拖鞋的。”

“好的。现在我告诉大家，作案人在卧室门口脱下了旅游鞋，穿着袜子进入卧室，并从内窗台上盗走了手机，然后又穿着袜子下楼离开了现场。”

“啊……哦？这……是怎么看出来的？”

我看了老师一眼，从老师的目光里我读出了一个字：好！

“在你所拍摄的踩踏实验足迹中碰巧把作案人的袜印也拍摄了进去。一是打光角度不好，袜印较淡；二是你拍摄自己的鞋印时只是为了证明一下鞋印可以看得出而已，没有按照标准的现场足迹拍摄规范进行拍摄，所以袜印很小，不注意很难看得出来。”

说着，我放大了电脑屏幕上的足迹图片，一枚右脚的袜印足迹浮现了出来。

“哎呀！这……这……这……”

“这叫看见不等于发现。”

感慨、钦佩声四起！

“清晰的旅游鞋印只有上楼的，却没有下楼的……”

“所以作案人是提着自己的旅游鞋离开的现场！”

那位技术员涨红着脸抢出了这句话。

“正是。”

“感谢啊，分析得太完美了……我要记录下这个案件以及您对现场的分析，作为我以后现场勘查工作的一个典范！”

“别急，这还只是一个开始，现场分析还远没有完成。”

“什么？！”

我想到了一个词：瞠目结舌。现在我的周围就全是这样的表情。

刚认识老师那会，我及我的同学们就是这样被老师圈粉的。

“夜晚十时三十左右，报案人一家三口开车回来，用钥匙开门后由母亲带着十二岁的儿子先上楼，而报案人自己去附近的停车场停车，且整个过程不超过二十分钟，回到家时手机已经被盗走。”

“是的……”

“第一，尽管长途乘车早已支撑不住的十二岁孩子上楼后未加洗漱倒床便睡了，但楼上有人、楼外有车，什么样的小偷会选择这种条件去作案呢？”

“说的是啊……”

“第二，从鞋印前包尖的出现程度分析，系快步行走上楼的姿态所形成，这不符合偷盗类案件的临场作案心理，应该是蹑手蹑脚边走边观察才是。二楼的卧室门口前地面上原地反复挪步的动作更符合观望找人的行为，这与上楼的行为倒是相互呼应的。下楼却要提着鞋轻手轻脚不发出一丝声响地离开……所以，作案人原本并非进入现场来盗窃财物的，而是来找报案人的，盗窃行为系临时起意。那么，是什么样的人会在这个时间段来找报案人呢？又是怎么会在报案人一家人刚回到家便这么及时地出现在现场了呢？”

“天啊，我的小心脏……”

“家中还有人？”

“是的，在楼外的东厢房里还居住着一位男性房客，勘查现场时他已经入睡了，所以，没有太当一回事。”

“年轻的男性房客。鞋印的模具是男鞋，鞋印的压力面、上楼步伐的轻快都符合年轻人特点。”

仅仅过了一个半小时案件便破获了，我对现场的所有分析都得到了印证。

与县公安局刑事技术人员一整天的交流很快便过去了，明天中午我和老师将飞回“家”。

傍晚时分，落日依然明亮且温婉，弯曲的景观河道旁两排垂柳也已现婆娑，河水在两侧用大石块砌成的岸堤护拥下明快的闪烁着波纹。

每次破案后的心情都格外的愉悦！这种感受是只有作为一名刑事技术警察才有机会拥有的享受……此时此刻，那阳光、那垂柳、那清流都仿佛是对我的奖赏……

“老师，点评一下这美好的景色吧！”

老师具有高度敏锐的“触觉”，这也使他对于生活的品味更加的细腻而深入，也为他的生活增添了些许的精彩，闲暇中常常也会触景生情有感而发！在大学时，老师这种别样的情趣也让我们感受到了他的与众不同。后来我得知，老师从读中学时起就对诗词有所偏好……

我认为，对生活的热爱加上与众不同的敏锐天赋是幸福人生一个重要的组成因素。善解人意可不是一种谁都可以成就的修养。老师的一个小故事就是这方面的写照吧。

参军后，老师所表现出来的优秀军事素质使他在仅一年多的时间里就从战士、副班长、班长升到了代理排长，被替换的老班长是参加过自卫反击战的老兵，他佩服老师的那股上进劲头，二人成了好朋友。一次，老师发现老班长情绪极其低落，原来，相处了六年的女朋友身边又出现了一个追求者，女朋友举棋不定，竟然出了一道题目让双方回答，以“帮助”自己做出最后的抉择。

题目是：告诉我你有多爱我。

在深入了解了那位女友的情况后，老师随手写了一个小纸条交给老班长：

“写上这句话即可。”

“写上这几个字就能成？”

对老班长的问话，老师只是狡黠地“嗯”了一声。

一周后，老班长拿着女友的回信找到了老师，女友在信中称被老班长的表白深深地打动了！

老师只冷冷地对老班长说道：

“但愿她能学会尊重自己。”

老班长听后若有所思……

四年后，早已退伍的老班长带着在外企当主管的白领夫人以及孩子来看望老师。席间，老班长悄悄地告诉老师，当年他果断地回绝了那位出题目的女友，是啊，相处了六年，她依然没有搞清楚状况……与现在的夫人则是在公司内的一次培训中认识的，尽管当时追求她的人不止一个，但老班长待人的真诚和事业上的执着还是吸引了她的注意，两年的交往后，一天，她突然问老班长对她的感觉是什么？老班长不假思索地又说出了当年在部队时老师用小纸条写给他的那几行字！三个月后，他们结婚了。

老师写在小纸条上的是自己做的一首诗：

“纵然此生两茫茫，仍应欣慰共戴天，

得奉双目明如月，永随征程照路前，

……”

老师说自己写的其实都是大白话，既然让人看，就该一目了然。

不过，我不太同意关于大白话之说。离开了对生活的挚爱和品味，哪里就能随随便便地说出这些感人的大白话来。

在落日的余晖之中，应我的请求，老师略加思索便轻快地吟诵出：

“春风梳柳垂，碧水依堤娆，

河川褪素颜，归雁筑新巢。”

真美、真应景！

半个月后从S省E县公安局传来了好消息，案件破获了，老师对案件的分析得到了印证。至于凶手的作案动机嘛，依然是让人出乎意料但却又在老话的“情理”之中：分红款在家族内部再分红时的“不均”。

矛盾由来已久，但家丑不可外扬掩饰了矛盾的存在。

一大早，宗局出现在老师的小玻璃屋，当着我们大家的面把两大盒“铁观音”茶叶亲手交给了老师。

S省公安厅刑事侦查局郭仲副局长的电话如影随形般地也响了起来……

郭仲副局长反复观看了县公安局上报的现场分析汇报录像。

郭局对老师的评价是：“镜工上镜！”

十三、现场的“穴位”

六个新烧制出来的泡菜坛子一溜排列着放在泥土地上，每个坛子之间间隔两米且从1号到6号分别进行了标注。

自从大师姐太史秋芙派专人到郊区集市上把这几个新的泡菜坛子买回来起，老师就一刻不停地“把玩”着它们。

显然，老师是“玩”得不亦乐乎而且是乐不思蜀，我、大师姐、胖胖、猛猛等人全都被晾在一边视而不见。

春暖花开，我们一行是在大师姐的“严令”下前来其“领地”休养度假的，大师姐真正的目的还是想让老师休息一下，顺便也与我们小范围地聚一聚，因此，大师姐事先特别叮嘱大家尽可能不要谈论案件。为此，从机场上车后我便抢先把话题引到了老师特别喜爱的四川泡菜上，大师姐对老师说想要利用传统泡菜坛子特有的质地和功效作为实验器皿使用，只是对于坛子的密封度要求很高，已经用过几个了，虽然事前都经过传统方法的检测挑选，但仍然不是每一个坛子的密封度都达到实验要求……于是就出现了前面的那一幕。

每个坛子的直径约为五十厘米，老师将等量的报纸并且以相似的蓬松形态放入每一个坛子内，而后用火点燃、盖上盖子、在盖子周围的水槽内倒入等量的清水。不一会儿，水槽内的清水开始嘟嘟的冒出泡来，越来越大、越来越猛，持续一段时间后，水泡逐渐减少，随后，清水开始被一点一点地吸入坛内，直至全部被吸光。

完成一个坛子的测试后，老师又开始对第二个坛子进行测试，直到完成对全部六个坛子的测试。老师认真仔细地观察着水泡的情况以及吸入的速度和时间……最后，老师将其中一个坛子挑选出来，让一个年轻的技术员把它按压在水中，让水浸至坛子水槽边沿的位置，而后又依照前面的程序进行了一次测试，当坛口水槽内的清水开始猛烈冒泡时，在坛体处出现了一串极为细小的小气泡，就像是断线的珍珠串一样不时地上浮出一个个小水泡。

看到这里，我们大家也都明白了老师的实验意义：

“坛体上有砂眼。如果单纯是作为泡菜坛子用，没有什么问题，一方面，它们都可以通过传统的检测，另一方面，这种极小的砂眼会被纤维类物质堵塞。但是作为实验用的器皿则不行。”

“明白了师父。您进去清洗一下吧，茶已经给您冲泡上了。”

尽管是早春季节，但明媚的阳光下，老师还是忙得满头是汗。对此，大师姐也只是表面平静而已，她的优雅已经成了一种深厚的修养和习惯。事后一次单独交谈时大师姐曾告诉我，在大学时，她的顽皮是小有名气的，自从遇见老师后才渐渐地修养塑形，她非常惊奇老师总是能一眼看穿自己的心思，后来时间长了才发现，老师才是一个真正顽皮的人：不按常规出牌，善于剑走偏锋破解谜团，揭示出常人视而不见的现象。老师那句著名的“看见不等于发现”就是他对刑事科学技术的最大感悟！说实话，大师姐很欣赏老师的“顽皮”，认为那是一种智慧、执着、个性的交融，跟老师一起工作是一种无法言喻的享受。但又实在是担心老师太劳累了！

“太史，把你明白的内涵告诉师弟、师妹们吧。”

“……是，师父。”

大师姐稍做停顿，随即转身，一半面向着我们一半面向着老师开始讲解。我感觉，无论什么时候，大师姐总是那么善于把握住做事做人的分寸。

师姐讲解的语速比平日里稍快一些，显然，是想让老师早点休息。

“传统方法体现出来的坛体密封只是一种现象，而这种现象却是具有很大变数的。制作工艺、工艺的规范程度、入库存放、出库、运输、再存放、再运输等，每一个环节都可能改变其原始的工艺要求及品质，所以它还不能体现出其实质性，还必须做进一步深入的检测、从事物最本质的角度出发去进行检测，不能把出窑与实验场之间直接联系在一起，而要考虑到其中还存在的工艺、规范、入库、出库、运输等因素的影响。师父曾讲过，诸事、诸物皆存在着宏观穴位及微观穴位，这种实践特性就是事物的宏观穴位，而由此派生出的具体的现象比如坛体上的砂眼则是事物的微观穴位……针灸健身治病利用的就是人体的穴位……所以，就像人体有穴位一样，事物亦如此、案件亦如此。发现了穴位的存在才可以把握住事物发展的脉络。”

大师姐简要地讲解完后微微朝大家点了一下头，而后面露微笑看着老师：

“师父……”

“太史，更有深度了。喝茶去。”

这是一间非常适合品茶的雅居，古色古香的砖木结构建筑，四周的大玻璃窗上挂着本色的竹帘，朝阳窗户上的竹帘垂放着，光线透过细密的帘缝弥漫在屋内，散发着竹的韵味，背阳方向窗户的竹帘呈开启状，窗外开阔坡地里的竹海随着密集的叶片的摇动而起伏翻涌……竹之秀美立体于心！

大家刚在茶室中坐定，猛猛便将一个中号的竹制茶杯端到老师跟前，我正纳闷怎么用这个茶具给老师用，猛猛的一席话随即让我释怀：

“师父，这是一杯温热的茶，您先解一下渴！”

老师真的是渴了，接过竹杯大口大口地喝了起来。这功夫，大师姐已经把用紫砂茶具新冲泡的铁观音茶轻轻地摆放在了老师的面前，服务员也一一为大家摆上了相同的茶盏。

“好茶，痛快！”

欣赏了老师豪放的牛饮，大师姐也透出一口气来，接过竹杯交给服务员后轻轻地在老师左侧位子落座。老师右侧的位子当然是我的喽！

“太史，这环境、这布置、这茶水，你费心了！”

“师父，要说费心的话，我们可都在费尽心机的渴望和创造能像这样与您相处、聆听您教诲的机会啊！”

“是的师父，大师姐说的也是我们想说的。上次您为我们解决的那起雇凶杀人案件实在是太精彩了，我在得到领导表扬的同时又再一次被领导私下里狠狠批评了一顿，还是怪我不该对您的存在隐瞒不报，既浪费了大量的时间，还花费了为数可观的专家出场费。您不仅分文不收单位让我转交给您的专家费，连我自己花钱买给您的一点山货也把钱全数打给了我……所以，能更多地聆听到您的教诲是我们每一个人心中的念想。”

一说到那些山货我就有气！害我被老师“深刻”地批评了一顿。正在与老师讲话的猛猛显然也意识到了这一点，被我目光扫得缩了一下脖子。

有老师或者太史秋芙大师姐在的场合，猛猛从不敢有任何的“造次”。

“师父，您喜欢飞行，就给我们讲一讲关于飞行的趣事吧。”

一切的安排，包括谈话的内容都是冲着能让老师放松进行的，这就是大师姐。

我得学着点儿。

茶的馨香不仅触动着人的每一个味蕾和嗅觉神经，同时也搅拨着人的思维，让畅谈与聆听都变成了一种独特的享受！

“实践特性是事物的宏观穴位，具体现象是事物的微观穴位。人们往往会单纯地把思维的目光定格在微观穴位上，而忽视了对它的产生源头即宏观穴位的追寻和研究。所以，派生出了那些人人都认为是正确的事物——但那是错误的。”

樱红色的录音笔静静地工作着。它早已成了我的随身之宝，至今为止，我在核心刊物上已发表了近二十篇业务论文，录音笔功不可没！

“有一部根据真实事件拍摄的美国影片《萨利机长》，讲述的是 2009 年 1 月 15 日，美利坚航空公司 1549 号航班执飞纽约至北卡罗来纳州，空中客车 A320 飞机在起飞爬升过程中遭遇到加拿大黑雁的撞击，导致飞机的两个发动机皆起火失去动力……具有丰富飞行阅历及经验的萨利机长在认定无法到达任何一个就近的机场降落后，果断地决定在纽约哈德逊河的河面进行迫降，并以高超的驾驶技巧实现了史上最完美的水面迫降。这次成功的迫降让机上 155 名乘客及机组成员全部生还。萨利机长一时间成了最大的英雄……”

随着老师的讲述，我的脑海中一帧一帧地闪动着故事中的画面。这部影片我反复看过多遍，不仅是因为老师对于飞行的挚爱，这个典型的飞行案例让我更深入地了解了飞行、感受到了飞行的魅力，案例中事件的结果与具体形成方式之间的关联性更是称得上绝版的启示录，让我非常直观地再一次感触到了什么是立体思维。

萨利机长的英雄之名很快便被人们随之而来的质疑给淹没了：根据相关部门的调查以及邀请多名飞行专家的反复模拟试验证明，萨利机长当时是完全可以将受伤的飞机安全降落到就近机场的，在哈德逊河的迫降行为成了置安全于不顾的冒险行径。

萨利机长的智慧、冷静和经验发挥了关键的作用，他向有关调查部门提出了两个至关重要的问题。

第一，受邀的专家们经过了几次练习才实现成功降落的？答曰：十七次。而根据当时的具体情况，飞行员是绝不可能获得第二次机会的。

第二，专家的模拟飞行是从飞鸟撞机后即开始进行迫降操作的，完全忽略了正常情况下飞行人员对事件从发现、评估、联络到采取相关措施所需要的反应时间。

35 秒钟。

这是调查部门经研究后增加的发现、评估、联络到采取相关措施所需要的反应时间。当然，这少于当时的具体消耗时间，但尽管如此，也已导致专家们的模拟飞行全部失败。前期的专家模拟飞行中正是忽略了这一点，而它，正是此事件临场处理过程中的穴位所在。

“思维活动是随机变化的，这种变化就是思维的穴位，而正是它派生出了一系列的具体的临场行为，不能认识到这一点，就难以实现对思维活动的准确把握，就难以实现对人的行为根源的准确把握，就无法及时和准确地把握住现场的穴位所在。”

老师端起茶盏结束了他的讲述。我也下意识地跟着老师吸吮着茶汤。

我感觉，味道更好了！

一夜好睡，清新爽洁的空气犹如是天然的氧吧，让我重温了婴儿般睡眠的感受。

7时整，大师姐太史秋芙已经在餐厅等候了。

老师谢绝了大师姐安排的酒店，坚持要住在公安局的招待所内。

“师父是不想让大师姐太破费。”

对于猛猛的分析，我非常不以为然，老师绝不是那种“凡夫俗子”。

大师姐的见解才是一针见血的：

“这样一来，师父就可以敏锐地嗅探到案件的气息了。”

“师姐早……老师已经用过早餐了吗？”

餐桌上摆放着几个用过的餐具，其中有一个盛放过老师爱喝的淡豆浆。师姐绝不会坐在一个别人用过餐后未经收拾的餐桌旁等候老师，一定是事先确认好老师的起居时间，并提前五分钟为老师备好早餐的。

我发觉，大师姐的神态有点异样，像在思考着什么，而且一向对自己外表严苛的她，今天的发型却有少许松散，当然，一般人是绝对不会注意到的。

原来，今天凌晨时分，位于市区的一个农资仓库发生火灾……大师姐是从现场赶回来的。

早晨，老师在餐桌边一坐下来就问师姐火灾案现场勘查得怎么样了，师姐一瞬间愣住了！老师笑着让师姐坐下：

“太史，是你身上的烟熏味告诉我你刚从火灾现场赶过来。”

火灾案说起来有点话长：前天的傍晚，位于市区的农资仓库发生了火灾，整个仓库被完全焚毁。好在很快便确定并控制了嫌疑人……可过了一天半之后，位于上次被焚仓库旁边的另一个农资仓库又发生了火灾，大师姐带领值班技术人员于凌晨4时许便赶往现场……

“哦，丁探，你快吃饭，师父回房间换鞋去了，马上就会出来去火灾现场勘查。”

“那……猛猛、胖胖，让他们继续睡吗？”

“不行。”

知道我大师姐太史秋芙的厉害了吧，她要杜绝一切可能让老师情绪不好的因素。

老师下楼来了，一脸的“冰霜”。这是老师日常工作状态的标准表情。

“师父！”

大师姐微笑着迎了上去。

我也喝完了最后一口豆浆，紧随其后。

老师的目光在我俩的脸上轮流扫描了一遍，点了点头。

我们一行快步朝停在门外的警车走去！

“师父早！二位师姐早！”

胖胖和猛猛就犹如从地底下钻出来的一样，一先一后地从警车的车身后面现出身形来。

……

远远地，就有一股一股夹带着潮湿味的热气流迎面袭来，丝丝缕缕的烟雾在我们的四周游荡着。一种厚重感、压抑感由心底产生出来，不由得让人想要去阻挡和躲避。

老师选了一个地势稍高的位置站定，宏观的扫视着火灾现场的周边，不时抬头注视着气流的变化，偶尔还抽抽鼻子，嗅探着现场的气息……一瞬间，有种非常特别的感受从我内心深处翻腾起来，在这个充斥着邪恶氛围的环境中，老师就像是一个顶天立地的擎天之柱般屹立着！把一切都玩弄于股掌之间。

“师父，这是现场的方位图。”

大师姐将一个平板电脑递交给老师。看得出，老师对此很欣赏。看着平板电脑屏幕上的电子图，老师不时地用手局部放大、缩小方位图中的细节结构。

什么叫作深一脚浅一脚？在这类大型的火灾现场内行走会让你瞬间领会，而且终生难忘。

“啊！”

随着一声本能的喊叫声从嗓子眼冲出，如同慢镜头般，我感到自己的身体不可挽回地向着一旁的灰烬堆倒去。千钧一发之际，我的胳膊被铁钳一般的大手固定住了，整个身体的分量仿佛都挂在了上面。几乎是同时，一阵风起，大师姐太史秋芙的身形已经闪现在了我即将倒往的位置处……

“师父，好漂亮的擒拿手！”

大师姐脱口而出！

扶我站稳了身体，老师轻轻松开了手。

“有没有抓痛你？”

“一点儿没有，老师。”

我说的是实话，刚才尽管是一个闪电般的动作，但却依然十分有分寸。

老师的力量很大，不仅仅因为他有在野战部队侦察兵的经历，而且他一直都在刻意地进行着力量上的训练，尤其是手上力量的训练，所以，在现场勘查中爬墙、上树、克服障碍等都很轻松。一次在厨房间内勘查，为了看清被两个液化气钢瓶遮挡住的位置，老师一手拿着勘查灯观察着，一边用另一只手很随意地将两个钢瓶往一边挪开了一米的距离。没想到这个动作竟让厨房的两个大师傅看了个目瞪口呆：要知道，这是两个加重的液化气钢瓶，每个重量约四十五斤，早上才更换的满瓶，两人费了九牛二虎之力才连拖带拽地移到了厨房。其实，这还不算啥，七十斤重的杠铃，老师可以单手从地上抓起来后连举十多次。

老师扭身朝后方喊了一声，让大家注意安全，而后又对我说道：

“丁探，你跟在我身后走。”

“是，老师。”

大师姐轻轻拢了拢头发，微笑着说：

“来，拉着我的手……”

经过勘查发现，两个在不同时间段发生燃烧的仓库从物理结构角度看实际上是相互连接的，只是中间有砖墙进行了隔断。每个仓库的长度和宽度都接近一个足球场大小。

老师一边听着师姐对前期现场勘查情况的讲述，一边挪步前行。

仓库的屋顶基本上都烧没了，个别部位还剩下一小段乌黑的残碴在如泣如诉般散乱地渗着青烟。

我们把第一次被烧毁的仓库称之为一号仓库，第二次被烧毁的仓库称之为二号仓库。一号仓库被焚烧的程度要重于二号仓库，达到了通透的程度。二号仓库内的情况略微好一些，被焚毁物品的轮廓部分尚可看出。

老师手持着一根长木棍一边观察一边用木棍翻动、刺扎着一些具体部位，我明白，那是在了解不同物质的燃烧程度以及局部燃烧情况与现场整体燃烧情况之间的关联性。时间在一分一秒地过去，已经两个多小时了，终于，老师在靠近两个仓库接合部的地方站定了下来。

“就犹如是火山爆发中熔化的岩浆一般，虽然已经冷却了，但依然包含着充足的能量。”

老师的声音不大，但正好足够我们听清楚。这也是现场勘查工作中保密方面的要求：让不该看见的人看不见现场勘查的情况；不该听见的人听不到现场工作的交流内容。

在老师的脚下，有约二十平方米的熔化物质层，其厚度在四十厘米上下，呈现出灰绿色，坚硬中却仍有着一定的弹性。

老师让我们悉心地进行观察和感受，同时，嘱咐大家注意安全。

“太史，让仓库所在单位了解情况的相关人员马上画出两个仓库内不同物品放置情况的详细图解，标明物品的名称、数量，对不同物品的质地要标注详细，也就是说，要了解清楚它们的燃烧特性。”

“师父，这个工作已经安排去做了，不过，我马上把您刚才提出的具体要求告知他们，让他们立即补充完成。”

我发现，大师姐听完老师的话后，目光闪亮起来。

“好。给我纸和笔。”

“老师，给您！”

这是老师勘查现场中的习惯，也是一个特别重要的关节点——说明老师心中对于整个案件现场的主要分析已然成型了。

这一点，大师姐当然是一清二楚的，还有胖胖、猛猛，大家的脸上都显现出了一种信心。

只是极短暂的一个闪念，我随即便焦虑起来，因为，我依然对这起火灾案现场没有梳理出头绪来，“两眼一黑”是对在以黑色为基调的火灾现场上陷入迷茫的最好比喻。

我观察了一下大师姐的表情，她没有丝毫的不安，只是微笑并专注的观察着老师的一举一动，并不时地在笔记本上记录着。

当你具备了相当的刑事技术业务功底后，在现场勘查过程中密切地观察老师的一举一动也会带给你很大的启示，因为，从某种意义上讲，你在被老师的思路带着走。当然，还有一个重要的前提：你要了解老师的思维方式。这一点，必不可少。

事后，大师姐告诉我说，起初，她对这起火灾案现场也一样的找不到头绪，当老师给她布置了所需收集资料的具体内容后，她即恍然大悟，明白了查明案件真相的关键点所在……

到底是大师姐啊，功底就是高我们一筹。

“镜工，现在可以让我抽根香烟了吧？”

胖胖趁着老师心情好，不失时机地提出抽烟的话题。要知道，从严苛的现场勘查工作纪律上讲，在现场是绝对不许抽烟的。

老师似乎没有听见胖胖的请求，他正拿着放大镜和勘查灯伏在墙上仔细地查看、寻找着什么，时而又夹着工具快速地书写起来。此时此刻的老师是心无旁骛的，大师姐和猛猛紧随着老师，观察研究着老师的勘查细节，每当老师移动身体时大师姐还会关注老师的脚下，防止全身心投入的老师不慎踩空而跌倒。

“这里有那么多的烟雾还不够你抽的。”

我有点不耐烦地冲了胖胖一句！别打扰老师好不好。

“算我没说……多嘴、多嘴！”

胖胖边说边轻轻用手扇了两下自己的脸。

“拿五张标示牌给我。”

说这句话的时候，老师的脸依然冲着墙面，双目紧紧地凝视着墙面上的几块黑斑，好像稍一离开，它们就会消失掉一样。

标示牌是现场勘查的必备工具之一，上面有数字编号及尺寸刻度，而且分有不同的颜色，用于对现场所发现的重要物证进行标示。

老师接过标示牌，用胶带纸将它们分别粘贴在墙面上五处大小高低不一的黑色斑痕旁，然后缓缓地倒退了几步，就像艺术家欣赏自己刚完成的作品一样，观察着、思考着。

“猛猛，把它们的尺寸测量一下。”

墙面上的黑色斑痕其实是墙砖接缝处贯穿的孔洞。离地面最高处约一百六十厘米，最低处约九十厘米，最大的孔洞约为10厘米×5厘米，最小的孔洞约为7厘米×3厘米……我在记录的同时大脑快速地运转琢磨着其中的玄机。

“哼！”

老师突然发出了一个极短暂的笑声，但脸上没有一丝一毫的笑容。熟悉老师的人也同样会熟悉老师的这个临场表情，这表明老师又一个重要的思维节点，其含义是：目标已经锁定，迷雾已然拨开。

我似乎已经开窍了，只是感觉还差一步。

“丁探，记录完毕后你用放大镜仔细观察一下那些孔洞。”

老师显然看出了我的心事。

为了让自己的脸更贴近砖墙，我脱下了安全头盔。这是老师规定的火灾类现场勘查标准配备：安全头盔、高筒消防雨靴……

猛猛从我手中接过头盔，用手拿着置放于我的头部上方为我进行防护遮挡。这也是老师的规定。

两个仓库之间的隔墙为双层砖墙，厚度约十五厘米，这也就是墙上孔洞的长度，变换灯光的角度可清楚地看见孔洞内壁上浓黑色的烟尘，在孔洞的洞口处墙面上，从洞口内涌出的烟尘向洞口的两侧及上方扩散附着，与洞口的黑色混合在一起，故而离远看时会呈现为一块黑斑。

“老师，有大量的浓烟从墙面上的这几个孔洞内涌出来。而且……应该是喷涌出来，因为在孔洞的洞口两侧也附染上了浓黑的烟尘，只有强有力的烟尘喷吐才能形成。”

“好，丁探，好。”

得到老师的肯定是幸福的。场面宏大而且复杂的现场上，起决定因素的往往还就是那些稍不留意就可能会被忽略掉的部位及细节。只有亲身经历过类似环境和场面的人才能够入骨地体会到我此时此刻的内心感悟。

我感到，自己已经发现了现场的穴位。

大师姐手里拿着一张湿巾纸走到我跟前，轻轻地在我鼻子尖上擦拭着。这时我才注意到，胖胖、猛猛他们刚才一直看着我发出坏坏的笑——我的鼻尖在墙面上蹭上了黑色的烟灰。

大师姐一回身，胖胖和猛猛瞬间收敛起笑容并面对面做出讨论状：

“刚才我有一个很重大的发现……”

“你说得没错，我也发现了这个现象……”

其实，他们都非常敬业。

“师父，仓库内物品种类以及位置分布平面示意图发过来了。”

大师姐将手中的平板电脑端放在老师面前。

我听闻后赶紧凑了过去，站在我前面的胖胖闪开身体，把靠近老师的位置让给了我。

从分布图所标示的内容看，这两个仓库内主要放置的都是农村家用沼气类器具和物品，如沼气灶具以及相关配套物件等，而且都是使用纸板、薄木板等作为包装材料。其中，在二号仓库的隔墙处，也就是我们观察墙面上孔洞的位置，堆放着一捆一捆的管材，共叠放了上下五层、纵向十排，约十五平方米，堆放总高度约七十五厘米。

“太史，请他们将管材的样品送一段过来。”

“师父，样品已经在送来的路上了，最多十分钟就可以到。您先喝点水，休息一下。”

听到大师姐的话，我这才突然感觉到了嗓子干渴。现场内的火虽然扑灭了，但蒸腾的热气依然把这里变成了一个大烤箱。

猛猛正在将一瓶瓶盐汽水分发给大家，大师姐接过一瓶盐汽水拧开瓶盖后双手递到老师手里，而老师又随手递给了我……

橡胶管的样品送到了。是一种橙色的专用管材，直径两厘米。

老师把样品管材拿在手里，用放大镜对管材本身以及管体上印的文字、符号等仔细观察了一会儿，又把它放到鼻子前面嗅了一下。

“胖胖，借用一下你的打火机。”

只见胖胖一伸手，打火机像变戏法般地出现在他手心里。

原来，他早已准备好了。这意味着什么？意味着胖胖预先就明白了老师下面即将要做的事情。跟随老师多年，平日里嘻嘻哈哈的胖胖是深藏不露啊！

老师蹲下身子，“啪”地按下打火机按钮：

“一、二、三、四……”

当老师数到六的时候，管材在离开打火机的火源后已经可以自行持续燃烧。

“大家注意，这种管材经外来火源持续约六秒钟的不间断作用即可被点燃并自行燃烧，而且，不产生烟雾，一般的风力吹不灭。”

老师一边说一边示意猛猛用摄像机拍摄记录下来。

“它的燃烧状态也是很有特点的，始终是保持着近两厘米高的火苗，给人一种不温不火的感觉。”

不一会儿，燃烧的管材开始向下滴落熔化的物质，地面上，燃烧后形成的凝状物呈现出灰绿色，坚硬而有一定的弹性。与现场内地面上的熔化物质层完全一样。当滴落的物质有一定积累后，便可以看出来它们在持续燃烧中的火苗……

谜底揭开了：一号仓库在火灾发生的过程中，有一些未完全燃尽的渣粒随着烟尘一起通过仓库间隔墙上的孔洞喷入二号仓库内，并且掉落在了靠墙放置的管材上，随着未完全燃尽渣粒在数量上的积累，终于引燃了堆放的管材，而由于这种管材小火、无烟雾等独特的燃烧特性，所以在经过了漫长的一天半时间后，终于呈现燎原之势并引燃了仓库内堆放的其他物品。二号仓库内其他物品以及仓库屋顶的燃烧差异也印证了这一点。

人的疲劳或者说是累有两个方面：一者是体力上的，二者是精神上的。而从事刑事科学技术工作则是两者兼而有之，是立体的、全方位的。但是，在这种状态下进行休息却可感觉到一种特别的舒坦，哪怕是一小会儿，都是一种享受。此时此刻，一小口香茶润舌可谓沁人心脾！

洗过澡更换了衣服，在茶香飘荡的会议室内大家都显得很精神，大师姐更是容光照人，她俯身微笑着将两条当地特产香烟递给胖胖，胖胖竟害起羞来，满脸涨得通红！

从公安局的招待所步行至大师姐办公室所在的十二层高大楼只需六分钟，然后乘坐电梯至六楼刑事技术中心。此时此刻，我们大家所聚集的地方就是太史秋芙大师姐在自己办公室隔壁特别为老师设立的附带一个可容纳二十人会议室的工作室内。老师每次前来都在这里和大家一起研究案件。整个工作室窗明几净，窗台及桌面上摆放着净化空气的植物“绿萝”“仙人球”等，这都是大师姐的用心。

当地的十多位技术人员与老师和我都是老熟人，再次相见更是分外亲切，与胖胖、猛猛等也是一见如故。大伙谈论着别后的故事，也掺杂着今天对火灾案件现场的勘查研究，各个谈兴十足。

老师手中拿着一叠刚看完的案件笔录等资料，双眼却凝视着茶杯上方袅袅的水汽……

这是刚才一名值班技术员送交给大师姐的案件资料，说一名涉嫌盗窃的嫌疑人怎么都不承认自己的盗窃行为，而且大喊冤枉……侦查人员希望技术部门能够给予协助。

这次大师姐没有掩饰，在稍稍地犹豫之后还是将资料递给了老师。这让我有一丝诧异，但没好开口询问。几个月后再见到大师姐时我想到并重提了此事。

“万事万物都具有关联性，哪里能绝对跳得开案件。也许，有选择地给师父出难题，就是让他休息放松的最好方式。”

大师姐眺望着天空喃喃地说道。

这是后话。

在老师看资料的过程中，我一直在一旁侧身看着老师手中的资料。

老师见状立即把已看完的资料交到我手中：

“丁探，你先看一下，然后我们来研究。”

老师的话告诉我，他心中已经有谱了。

这是一个盗窃化妆品商店案件的资料，包含文字和图片两部分，内容很详尽。我仔细地翻看着，其中嫌疑人的陈述有一段深深吸引了我的目光：

“我当时摇摇晃晃地在大街上走着，突然看见一个黑色的人影朝我撞了过来，我一闪身就摔倒在地上，费了半天的劲儿才爬起来，可一转身，那个人影又朝着我扑了过来，我又差一点儿摔倒在地上，我发起怒来，发现地面上有个石块，就抱起它来向着黑色人影的方向狠狠扔了过去，我听见“咣”的一声响，好像是玻璃破碎的声音，这下真把我吓坏了，于是我不顾一切地拼命逃离开去……”

猛猛、胖胖等也接力似的从我手中把资料拿去传看。

“这两天的天气都挺不错，月色如洗啊。”

看完最后一页资料时恰好听到老师的这句话。他站在玻璃窗前，一手插在裤子口袋里，一手高高举起撑扶在窗框内侧，仰头凝视着天空，似在观察，又似在思索。

直立在老师身体侧后方约两米处的大师姐没有回接老师的话，我心里非常清楚，她是不愿打扰老师。这时，一个当地的技术人员走上前准备请老师品尝刚刚清洗好送来的本地产水果，被眼疾手快的大师姐及时而无声地制止了，那名技术员立刻明白了是怎么回事，调皮地吐了一下舌头，大师姐又招手将他唤至一旁，轻轻地耳语了几句，技术员朝老师的方向望了一眼，点头并快步离去。

终于，老师果断地转回身来，他用目光在室内扫寻着，大师姐立即闪身进入老师的视线内。

“太史，大家一起去月下散步如何？”

“太好了，沐浴一下银月的洗礼，有助于退去白天烟火的熏染。”

大师姐总是那么的优雅。

“你安排人去准备的车辆应该好了吧？”

“是的师父……可是，您是怎么知道这些的呢？”

惊讶之余，这也是我特别想知道的问题。

只见老师用手指了指窗，却没有说话。我和大师姐、胖胖、猛猛几乎同时会心地笑了起来：老师通过窗上玻璃的反射光知道了他身后所发生的情况。可只过了瞬间，大师姐脸上的笑容便突然消失了，转而以恍然大悟般钦佩的目光投向老师……

“师姐，我知道我这是废话，可还是忍不住想说出来：师父怎么突然要去散步了，难道师父对案件已经基本明了了吗？”

猛猛压低声音对我说道。

“老师是要利用今晚与案发当晚相当的自然条件下去实地踏勘现场。”

“明白！”

猛猛竖起了大拇指。

大师姐轻盈地转动着方向盘，流畅地在街道间穿行着。二十多分钟后，汽车缓缓地停靠在离案发现场约三十米的路边。

什么叫作现场？今晚，我算是又一次更深入地领会了这个概念。

被砸的是一家化妆品商店，它的橱窗是安装的落地玻璃墙，玻璃内侧的展示架上铺有深色的绒布做衬底，绒布上按一定的组合造型摆放着各种功能、款式的化妆品样品。

“丁探，你先来，朝着玻璃墙正面走过去。”

老师让大家站在空寂的道路中间，然后正对着玻璃墙走过去。老师是在通过实地、实景的现场实验印证自己的分析。

月夜、玻璃墙、深色衬底、运动中的人，随着我脚步的移动，玻璃墙中一个扭动着的黑色人影朝我撞了过来……

一个充满疑问的案件竟在这举手投足间被解释了。

“师父，您是怎么想到这个方面的呢？”

回程可真的是月夜散步了。大师姐让当地的技术员先开车走了，大家一起和老师边走边谈论着这起看似不大，但却不太容易“消化”的案件。大师姐的话总是那么的具有代表性。

“从材料中我发现案件有三个突出的问题：一是嫌疑人用‘石块’对玻璃的打击仅有一次，而这一次的打击还并没有形成方便盗取财物所需的效果。当时也没有出现干扰作案的外来因素，而嫌疑人却住手了。二是玻璃墙上被打击的部位，玻璃墙内侧的展示架共分为三层，打击的部位在由上向下数第二层的底部，也就是说，从这个玻璃破碎的部位看，嫌疑人拿不到第一、第二层展示架上的商品，因为太低了，另外，嫌疑人也拿不到第三层展示架上的商品，因为又太高了。三是对‘石块’的称呼，其实那是一个水泥块，不是石块。”

“老师，嫌疑人的陈述是可信的。”

“是的，丁探。”

老师的讲解提示是醍醐灌顶的，每一句都点在了事物的要害之处。

“师父就是牛！”

一直竖着耳朵听的猛猛脱口而出。

“准确地说，应该叫专业。”

胖胖不紧不慢地应声接道。

多年来，胖胖给我留下的是一种非常特别的感觉：平日里不显山不露水，但内涵很深，他对老师的欣赏也是专业级的，可谓是“品”。另外，胖胖的意志力是一流的，比如，他的烟瘾很大，但自从我的加入后，他留给我的更多都是抽着不点火香烟的形象。

是的，应该叫专业。专业既是具体的技能，同时也是一种修养、一种精神、一种品格，需要用毕生去浇铸。

“太史，案件的结果只是一种现象，但要最终确定案件的性质还需要从现场上的每一个具体细节去进行研究，它们就是现场的穴位。”

“师父，我明白了。”

大师姐侧身面向着老师说道。

其实，依照大师姐的专业功力及领悟能力，一点便透，早在我们临出来前，看到老师指窗的动作后大师姐面部表情上的微妙变化，就已经说明了她的心领神会。但她还是静静地聆听着老师的每一个解析，让我们充分地渗入性学习和理解。

“师父，这里有一家航空博览园，上个月刚落成，园内收集了近五十架不同型号的退役军用和民用飞机。明天是周末，咱们去放松一天吧。”

老师可是资深的飞行发烧友。大师姐的这个建议带给老师的喜悦可想而知！

“镜工，这可是一顿大餐啊！”

胖胖不等老师回答，紧接着大师姐的话说道。

“对了，胖胖，你现在香烟是越抽越少了吗？”

老师作出关怀的表情对胖胖说。

“他……不是……她那个……”

胖胖听罢老师的话后本能地朝着我看了一眼，急急地辩解，好像慢一步就会被剥夺掉抽烟的权力似的，有些语无伦次起来。

“不过，这样更好。抽烟毕竟于己于人皆无好处，是吧。”

“那个……也确实如此……”

胖胖说完，又朝着我的方向看了一眼。

我向胖胖竖了一个大拇指！

“胖胖，你今晚出发前好像对我说过一句话：在丁探师姐的‘逼迫’下，你已经修炼到接近戒烟的程度了。我真为你感到高兴！”

猛猛在一旁推波助澜。

“你！”

胖胖瞪着猛猛，恶狠狠地扭动着口型：多嘴！

……

大师姐很享受地观望着这场对话。那神态，就犹如在看着几个顽皮的孩子一般。

我可以从内心深处体味到老师的喜悦！此时此刻，我自然而然地又回想起了老师对于换位思考的独特解析：

“穿着鞋在野外行走，你可以感触到地面的凹凸不平，而如果赤裸双脚走，你则还能进一步感触到地面的干湿以及温度上细微的变化和不同，感触到不同草类在软硬度、密度上的不同……在换位思考中必须强化思维上的敏感度，这就要求‘脱去鞋袜’抛掉个体陈迹，这样才能实现对现场上各种信息点的感知性。”

是啊，因为它能引导着我们去发现案件的穴位所在。

话音、笑声，还有我高跟鞋的节奏在月夜的天空下轻轻地回荡着，是那么的清晰、素洁！

十四、证据不老

终于又一次翻开了那本沉重的案卷，一切都历历在目，那小区、那车、那人、那血……包括那天送来的早餐，滚烫的豆浆和菜包。

十二年了，工作中无数次路过当年的现场所在地，我依然听见一种经久不息的呼喊声，我依然无数次地回复着：我没有忘记、我不会忘记！

因为，那是我的使命。

阳台上方垂吊着的风铃在内侧纱窗透入的微风中“叮咚”地吟响起来，我轻轻合上笔记本，依旧习惯性地把双腿高高搁置在桌上，同时，调整了一下桌上茶杯的位置，好使茶香随着微微的空气流动飘入鼻中。就这样，我在全封闭的无框玻璃阳台内，沐浴着透过植物叶枝洒入的阳光，聆听着大自然轻柔的演奏，沉沉睡去……

……

我使劲地往回拽着一张大网，那种沉重的感觉告诉我，有一条大鱼落入了网中。

渐渐地，网中的大鱼浮出了水面。突然，大鱼向我跳了过来，它气势汹汹地质问我：

“你凭什么抓我？你凭什么抓我？”

我吓了一跳，它竟然会说话……

也许是看到我手足无措的样子吧，大鱼更加的疯狂起来，我快要抓不住网了……

“啪！”

一声响后，大鱼重重地跌倒在网底。

是老师出现在我的身旁，他的一记重拳打得大鱼直翻白眼！紧跟着，老师用铁钳般的大手一把掐住大鱼的腮：

“饺子，好吃吗？你，消化得了吗？”

“……”

“你翻窗进去，杀害了一位八十多岁的老人家，还吃光了老人当天包的饺子。”

“……”

老师的面容如阎王爷般冰寒冷酷，不紧不慢的声调裹挟着字句射向大鱼！大鱼哑口无言，它的身体因恐怖而扭曲变形……

“丁探，结果这个畜牲。”

“老师，用什么来结果他？”

“用饺子。”

“饺子……”

我突然发现，在我的手中正握着一个饺子，我一扬手，饺子飞向大鱼，随着“嘭”的一声巨响，大鱼顷刻间被饺子砸得肉酱四溅……

……

手，感到被轻轻地触碰，我挣扎着醒了过来。

一扭头，铿铿的尖耳朵和黑脑袋出现在我的身旁，那双让许多人感到胆寒的眼睛正直直地盯着我的眼睛。

铿铿，是我的爱犬，一条三岁的德国黑背狼犬。我俩很有缘分，偶然的一次机遇，在以此为业的闺密家一群新生幼犬中，我一眼看中了它，由于实在太喜欢了，不到三个月我就冒险抱回了家中，惊得闺密一日三次往我家跑……三年了，铿铿不仅是我业余生活中的忠实伴侣，同时也是我的保护神。出差、加班时，会拜托闺密帮忙照顾，只要我回家，它总是与我寸步不离。

见我醒来，铿铿显得很兴奋，它冲我轻轻地吠了一声，然后扭头朝着门的方向看了一眼……

铿铿的表现给了我三个信息：一是有客人来；二是熟悉的客人；三是铿铿喜欢的客人。

是老师他们来了！

我赶紧起身。

今天是老师、胖胖、小李子、严法医等我们重案组成员以及何队长到我住处聚会的日子。我早早地就起床打扫和整理了，并且订好了今天的美食——当然是主打川菜了。

见到老师，铿铿别提有多高兴了，又扑又跳！

铿铿的名字还是老师给取的。第一次见到铿铿时，老师称它的吠声铿锵有力，于是我就给它起名为铿铿了。一次，我赴老家省亲，适逢铿铿生病，老师一连几天下班后都去看护在闺密的兽医院打吊针的铿铿……这么说吧，现在铿铿只吃三个人给它的食物，除了我就是闺密和老师。

老师他们的到来为我恬静的房间注入了活力。

老师给铿铿买了一个很符合铿铿个性的牛皮脖套。

胖胖带来了一大箱铿铿爱吃的罐头。

小李子抱了一箱原装进口的法国葡萄酒。

严法医拿出两罐福建岩茶。

何队长是这次聚会的特邀嘉宾，他捧来的艺术盆栽十分夺人眼球。

纯净水、铁观音、紫砂杯……四溢的茶香不仅烘托了我的茶艺，也把谈话引导到今天聚会的主题——十二年前的老街区凶杀案。

或许是季节变换的缘由吧，城市初春的悸动随着黑色天幕的张开渐渐地平息下来。

老渣头今晚的心情格外的好，“清一色”“一条龙”这些平日里常常只从别人口中蹦出来的词，今晚愣是让他不厌其烦地念叨了好几遍。走出牌友的家门，老渣头感到有一丝寒意，他双手把身上的棉背心使劲拢了拢，当手指触碰到怀中口袋里那些今晚赢得的纸币时，一股暖意顿时赶跑了春寒！他在墙角避风处小了个便，又随手点了一根香烟，一身轻松地踽踽朝九十米开外的家走去。

一辆轿车“呼”地一下从老渣头身边窜过，老渣头一个趔趄坐在了地上。

“该死的，抽风啊！在小区里开那么死快……这是哪个畜生乱撒尿……啊！”

老渣头撑扶在地上的手摸到了一摊液体，当他将手靠近鼻子的时候一股异样的气味透入鼻孔——是血腥味。

那天我和老师都在值班，赶到现场时大约在凌晨四点。在勘查灯的照射下，那满地的鲜血似乎加重了料峭的春寒。

“丁探？”

老师注意地看了我一会儿问道。而我却两眼直直地望着老师，一时竟说不出话来。

工作三年多了，跟随着老师也参与过几十起恶性案件的勘查，但像今晚这样的场面还是第一次遭遇，我真正知道了什么叫血流成河，也第一次发现一个人身体里竟有那么多的血……

“跟着我就行了。一切有老师呢。”

老师说话的声音很低，但却充满了一种特别的能量，让我很快刷新情绪，进入了状态。

这是一个较老旧的大型农村住宅小区，近年来小区进行了环境整治，修建了水泥道路、种植了绿化，面貌上焕然一新。案发现场位于小区纵深处的西区，这里距位于小区东区的大门约三百米。中心现场在小区的水泥道路上，地面上断断续续的血滴、血泊顺水泥道路延续了七十三米，血迹形态显示，血迹是由西向东延伸的，在距血迹东端十五米的地面上发现了被害人的尸体，被害人为一个年轻的男性，身长一米六八，身体肥胖，其仰面半侧躺在地面，上身穿的衬衣被撕破，身上可见有多处锐器伤痕，左胸处有模糊的文身，在其西北方二点三米处的地面上有一件带血的黄白相间图案“滑雪衫”。被害人浑身皆被血浸透，其右脚上的皮鞋已经脱落。在地面上发现有带血的汽车轮胎印痕……

经扩大现场搜寻范围，在小区外一点五公里的公路边发现一辆带有血迹的某国产品牌黑色三厢小轿车。

时间在不知不觉中流逝，当老师第三次更换掉电量耗光的勘查灯时，天色已经发白了。

“镜工！休息一下吧。”

是宗局。他早已赶到现场了，当时老师正全神贯注于现场勘查之中，所以他没有打扰。

“宗局，再给我一点时间。”

“你一定是在等严法医的尸检情况吧。”

“是的……”

正说话间，老师的手机响了起来，是严法医的来电。

没有寒暄。老师专注地倾听着电话那头严法医的讲述，被害人身体上的损伤有十九处，死于由锐器损伤导致的失血性休克……

“严法医，烦请您再观察一下损伤在平面角度和纵深角度上的情况……好的，明白了。谢谢！”

“宗局，我现在去勘查那辆被抛弃在路边的汽车。”

“早饭马上就要送到……好吧，一起去。”

可以明显地看到，宗局的目光中流露着心痛。

老师提着勘查箱刚走出不到十米却突然像想到了什么似的猛然驻足，他回身看着我，一种欲言又止的矛盾表情……

我明白老师的心事，他既希望我能全程参与所有现场的勘查，但又担心我太累身体吃不消。

“老师，我没事。”

“……”

“镜工啊，丁探这丫头好样的！”

宗局用欣赏的语气说道。

老师面无表情，用几乎只有我能听见的声音轻轻地吐出一个字来：

“走。”

所谓的一点五公里是指两个现场之间的直线距离，黑色轿车实际的行驶里程约为三公里。

轿车所停放的公路是一条“断头路”，再往前七百米是一个河道，原先的公路桥被施工的重型货车轧坏后已经拆除，新的公路桥尚未建成。所以这里在夜间是一个很冷僻的所在。

轿车的停放位置属于正常的靠边停车形态，车内散乱地放着一些低俗的路边小报、光盘、口香糖等物，有一种令人作呕的霉臭气息发出。

勘查中发现，轿车内的方向盘及左侧驾驶室门把手处有抹擦状的血迹。在轿车的右前侧车轮、反光镜等处有呈散落状的血点，在轿车右后车门上有蹭擦的血迹。轿车的后备箱内放有两盒麻将牌、机油桶、水桶、一双拖鞋等杂物，在物品及箱垫处皆有滴落状的血迹……

工作中，时间总是过得飞快，眨眼间又是一个半小时过去了。此时老师正在仔细地观察着轿车的底盘，他时而像做俯卧撑般地伏在地上，时而又借用仪器进行观察。终于，老师站起身来结束了勘查工作。

现场勘查是一项既大量耗费体力又大量耗费脑力的高强度工作。此刻，一旦放松下来，我才真切地感到自己快要支撑不住了：一夜未睡、六个多小时连续的勘查、让人情绪高度紧张的场景、滴水未进……

早餐直接送到了“断头路”这里。寒冷中，滚烫的豆浆让又饥又渴的我一时间无从下嘴，心情有些烦躁起来……

“先用它焐焐手再喝。”

老师递给我一袋未开封的豆浆，换下了我手中已经被我开封了的豆浆。

“丁探，慢慢吃。一切都已经明白了。”

老师虽然没有一丝笑容，但他的话以及递来的豆浆，让我的情绪顷刻间冰消雪融，心里亮堂起来。

老师的方法真不错，当手暖起来时，豆浆也变成了可口的温度。在极度饥渴时，饮食已不仅仅是果腹，而成了一种享受！

我观察了一下周围，很少有人大声交谈，有的甚至抓住这难得的时间打起盹来……我再次领略了什么叫“隔夜面孔”，刚工作时听不懂这句话的意思，我只知道有隔夜茶，后来还是胖胖告诉我：“隔夜面孔”就是指一夜未睡觉的脸。

老师坐在斜前方约十米处的一块石头上，他没有吃东西，只是慢慢地喝着豆浆，目光眺望着远处流动的河水。我几次想让老师吃点什么，但都忍住了，胖胖不止一次地告诉过我，这种时候尽量不要去打扰老师，他既是在思索着、又是在积极调整休息着。

“丁探，镜工发呆多长时间了？”

我一回头，何队长在我身旁蹲了下来，夹带着一股浓浓的香烟气味。显然，何队长也深知老师，他把声音压得很低。

“二十分钟。”

不等我回答，老师头也不回地说道，就像是在对远处的河水说话。

“镜工，难不成你后脑勺也长着眼睛吗？”

何队长慢慢站了起来，神情认真地问道。

其实，这也是我特别想要问的问题……老师到底厉害到什么程度？这么些年来，我没有看到边。

“何队长，我不但知道你的到来，还知道丁探先吃了一个菜包，然后喝了一袋豆浆，又吃了一个橘子，现在正在喝第二袋豆浆。”

何队长惊愣的目光求证似的看了我一眼，我点了点头，我感到自己的目光一定同样的惊愣。橘子是老师特意关照小李子去为我买的，但何时送到我手中，老师并不知道。

“其实，说穿了很简单，是缓缓流动的风把声音及气味传送给我的。”

老师扭回头淡淡地说道。说完，老师又拍了拍身旁的另一块石头：

“过来说吧何队，别在丁探跟前抽烟。”

老师的思维跳跃很快，你甚至没有足够的时间欣赏他智慧的闪烁便已进入到下一个阶段了。我深知，哪有什么简单的事情啊，这举重若轻的潇洒是经年孜孜不倦刻苦修炼的结果。

“何队，拿些橘子过去！”

“好！嗯，闻着就甜。”

没有多余的说道，两个男人的谈话很快就进入了主题。何队长显然有许多话要说，但从他说话的神态看，侦查工作不太顺利，他不时大口大口地吞吐着浓浓的烟团，那烟，似乎不是源自香烟，而是他自己在燃烧……老师则一直是默不作声地认真听着、思索着。逆光下，二人的造型构成了一幅剪影，我就如同是入定了一般地欣赏着这一幕，直到胖胖为老师递上一袋新的豆浆，我才猛然觉醒，感到了自己的失职。

宗局回来了。

宗局和我们一起刚赶到抛弃汽车的现场便被一个电话唤回到局里去了，在那么一瞬间，我从宗局的脸上读到了无奈。

脸显歉意的宗局下车后即大步朝着我们所在的方向走来，老师、何队长起身迎了上去，我已“满血复活”，精神抖擞地紧跟在老师身后。我知道，核心的时刻来临了。

“这辆被抛弃在路边的轿车的停放位置、地面轮胎印痕轨迹及形态可以发现，凶手会驾驶汽车，而且技术也较为熟练。”

老师沿着地面上的痕迹边走边讲解，大家的目光随着老师的讲解移动着……小李子全程摄像，我手中录音笔也运转起来。人群中有一位外省来挂职的刑事技术部门中层领导，他是第一次和我们一起出命案现场，也是第一次见识到这样的临场工作模式，感慨万分，他用自己的手机录着像，同时还喃喃自语地讲解配音。事后，他长叹一口气道：这才是干活！这才是分析！这才是……

“前面，我请严法医在尸检过程中特别地观察了一下死者身体上的锐器损伤在平面角度和纵深角度上的情况，测算结果告诉我们，凶手的身高比死者要高，约为一米七五左右，而且体型偏瘦……”

老师手执一段树枝当作是凶器，以一个侦查员作为“模特”比画着。这种立体式的讲解丝丝入扣地还原着作案人及被害人双方的动作、同时又刻画着双方的临场心态。

“简直了，帅呆、酷毙！”

那位挂职领导的表现，在我眼里实在是有些少见多怪了。我为老师感到无比的骄傲。

“大家请看，轿车的右前侧车轮、右前侧反光镜等处呈散落状的血点形态，再请看轿车右后车门上这些蹭擦所形成的血迹的形态，它告诉我们，最初的打击行为是从车辆的右前门处开始的。在第一现场尸体所在位置以西近八十米处的地面上有一个由零散的血迹构成的长方形轮廓，那就是最初的停车地点，地面上的血迹与现在大家所看到的车辆上的血迹从形态、部位、趋势等方面吻合……”

讲到这里，老师停顿了一会儿。是的，思维要跟上并消化、理解老师刚才的分析，是需要一些时间的，这也是老师停顿下来的目的。

“这就涉及一个非常重要的问题，案件的起因……”

收住话语，老师把目光投向了我，而且目不转睛地期待着。

“是临场的矛盾激化所致。”

我竟脱口而出，一下子把所有人的目光都吸引到了自己身上！

“继续，丁探。”

没有一丝笑容，但语气是赞赏和温暖的。

老师鼓励我的同时快速地看了宗局一眼，宗局会意地点点头。

“在矛盾的初始阶段，死者更多地占据着主动，当车辆停下来后，他从驾驶室下车来到凶手坐的副驾驶一侧，拉开车门将凶手拉下了车。而后，冲突便迅速地升级了。”

“丁探，你为什么认定死者当时是乘坐在驾驶室的位子呢？”

老师说着话，先后拉开了副驾驶与后排座的两扇车门。

我可以感悟到，老师的提问与其说是提问，不如说是在引导我更完善对案件的分析。临场工作中，思维切入点至关重要。

“请看……”

我走上两步欲通过演示来证明自己的分析，这时才注意到，手中只拿着笔记本、录音笔。就在这时，胖胖快速走了过来，他轻轻地接下我手中的笔记本，同时为我递上了一支强光勘查灯。

千万不要轻看了胖胖这个不起眼的行为，这可是现场勘查方面的高手之举。第一，他知道我要通过对物品上褶皱的解读分析来作为依据之一；第二，强光勘查灯是进行这个实验演义的必备工具……

这么多年以来，从老师到各位前辈，大家都在不同的侧面帮助着我、爱护着我，让我得以茁壮的成长！通宵的现场勘查工作，极大地消耗了体力和脑力，而此时此刻自己却得以充满自信地侃侃而谈，一种苦尽甘来的幸福和自豪油然于心。

事实胜于雄辩，动嘴加动手，把案件中当事人双方的行为如同播放动画片般地展示在了大家面前，得到了一致的认可和赞赏。（过程涉密。略。）

“过瘾！过瘾！听得过瘾，看得过瘾。我说何队长，如此年轻而且又如此漂亮的姑娘一开口便语惊四座，她是何方神圣啊？……什么，镜工的弟子。额的个神啊，连这次我前前后后有过四次挂职的经历，这次算是开了眼了！不虚此挂呀！”

那位挂职领导说着说着，陷入了沉思。

“镜工，这可是个重要的定性转折啊，排除了抢劫杀人。也就是说，在这起由矛盾激化最后导致的命案中，死者，即被害人是由最初的主动进而变成了被动，并且被起初处于相对被动地位的凶手所加害致死的。”

宗局看着车上的血迹分布，缓缓地说道。那神情，犹如正在重看回放的案发过程。

“那么，这在对于凶手的个体刻画上有什么内在的逻辑关联性呢？也就是你一直提倡的立体思维方面。”

不知为什么，此时宗局的这个新问题不像是单纯的提问，或者理解为一个人在观看了一部精彩的剧目后对其续集的渴望更确切！

“在这起案件中，对于凶手的个体刻画，首先应取决于对死者的个体情况研究……”

“逻辑折射”，这个概念在脑海中出现。老师的分析过程让我的思绪又回到了大学的实验室内，实验台上放着一大块被压平了的橡皮泥，橡皮泥前面放着十二种不同规格、形态的锤类工具。老师把每样工具都向同学们进行了展示，并对工具的特点及用途进行了介绍。

“现在，让我们从最基础的分析原理开始。”

老师随手从台面上拿起了一把圆头的榔头挥手砸向橡皮泥，在橡皮上留下了一个圆形的凹陷痕迹。

“大家就算没有看见我刚才使用工具的种类，也都可以很轻松且准确地从这十二种工具中找出我所使用的这把圆头的榔头……承痕体的质地、局部硬度、成痕形态、成痕规格等相互间都具有内在的联系性和规律性，明白了这其中的内在联系性和规律性，你们就开始入门了。”

这节实验课的主要内容是对现场上工具痕迹的分析。即通过已知的存在去分析未知的存在……老师将这种分析方法称之为“逻辑折射”。当然，它不仅仅用于对工具痕迹的分析。

我想，此时此刻，老师正是在运用“逻辑折射”的方法和原理去实现对此案中凶手个体情况的刻画。

死者为一个年轻的男性，约三十岁，身高一米六八，身体肥胖。死者的穿着很“俏”，但都属于地摊货，在其左胸处有模糊的文身，文身构图随意、粗糙，是一个鸡不像鸡、鸟不像鸟的动物造型，身上还有香水的气味……

文身是一种文化现象。简单地说，它分三、六、九等，上乘的可称之为艺术，它的创作涉及诸多的因素，如，当事人的性别、体态、气质、肤色、肤质、性格、追求乃至信仰等，在此基础上进行设计和构图，并运用专业的工具和工艺进行文制、着色等流程。所以，从某种意义上讲，文身是一个人的自我介绍。

“……综上所述，死者的生活层次很低，是一个靠租别人汽车从事黑车生意的人。”

老师又一次停顿下来。

是呀，小时候大人们讲的故事里总是好人、坏人泾渭分明，而在具体的现实生活中好、坏、正、邪、对、错……有时是那么让人费解。

“尽管此案中凶手的身高要比死者高一些，但依然是一个让死者用俯视心理去看待的人。结合现场勘查中所获得的整体信息分析，凶手身高约一米七五，身材瘦，比死者年轻，系外来人员，对案发现场所在地区的道路和环境不熟悉。另外，他的腿脚不太好，从形成地面足迹的步伐形态及鞋底特征看，类似于小儿麻痹症所导致的腿部残疾，但不是常见的那种严重程度，否则就没有能力开车了。还有就是，他是一个性格非常内向的人……”

“镜工，从汽车到死者所在位置有近八十米的距离，既然凶手的腿脚有问题，那他是怎么追上死者的呢？”

何队长走前一步向老师问道。关于凶手的腿脚有问题，这可是在侦查排摸工作中能起到重要作用的信息。

“问得好。”

老师点了点头。

“死者脚上所穿的皮鞋明显偏大，根本不合脚。加之临场高度恐惧和紧张，导致了在奔跑过程的摔倒，他是自己把自己给绊倒的。”

“镜工啊，难怪在现场见你对死者的皮鞋和里面的鞋垫那么感兴趣，拿着放大镜左看右看。原来这里面也有文章呀！”

“镜工，再讲解一下关于对性格内向的分析吧。”

宗局几乎是紧接着何队长的话音提出的问题。

作为一名掌握全局的指挥员，源自案件现场上的任何一点信息都是至关重要的，在侦查工作的范围、方向上都具有指向性的意义。

性格内向，我思考着这个词汇，老师是怎么分析出这一点的呢？我知道，老师对现场的分析一定是依据现场上客观存在的信息作为支撑的，绝非一般的推测。

空白！对了，只有前面老师与何队长单独交谈时的一小会儿时间是个空白，是我脱离老师的一个信息空白点。

正想着要找何队长询问时，宗局正好也提出了这个问题。

“无论是喜、怒、哀、乐，当人们的情绪达到顶点状态时往往都会声随意达，而根据何队长他们的访问信息，在整个案件发生过程中，旁边住户中多位惊醒的居民皆只听到了一个人的喊叫声音，这个人先是大声地辱骂，后来声音突然转为了害怕的质问，再进而转为了一边奔逃一边呼救！”

老师原本冰冷的脸此时更加冰冷了。

“结合现场勘查所得到的关于案件发生过程的信息，这个发出声音的人就是死者，而凶手则从头至尾只有粗大的喘息声发出，但他不是哑巴，他在驾驶死者的汽车离开小区大门时，呼叫过门卫开门，因着急，所以不等门卫穿衣出来就自己下车拉开了小区半掩的大门驾车匆匆逃离。”

宗局满意地点了点头，大家小声的议论也透出对现场分析充满肯定。

“还没有完。”

老师又一次聚焦了大家的目光。他蹲下身体，用手指着汽车右侧的轮胎和底盘打开了强光勘查灯。

“根据现场路面血迹的冲压痕迹形态及地面留白情况，再结合对这辆汽车轮胎及底盘上血迹形态的勘查分析，凶手在驾车逃离现场时是直接从死者身体上碾轧过去的。愤怒和紧张的情绪已经让凶手变得无视一切了。”

老师说着站起身来，看了看何队长，又转向宗局：

“在汽车的后备厢内有多处滴落状的血迹，它是凶手弃车时翻动车内物品过程中所形成，血滴具有持续性，血源只有一个来路，即凶手本人。也就是说，凶手的手部受伤了。”

老师仰起头，望着浮动的云彩继续道：

“现在，他犹如一个惊弓之鸟。不过，‘网’已织好了。”

“那就张网捕鸟。”

……

真实的工作中，并非都像影视剧里所表现得那样：一大群人在烟雾弥漫的会议室内听取汇报、研究案情。各路情况的即时汇总、研判、决策、指令等多在就地进行中。在老师对案件进行分析的过程之中，人群里不时就有电话的进与出，尤其是何队长和宗局。信息与指令在被不断地刷新着！

破案是一个系统工程，涉及诸多的环节，有人说运气很重要，对此不敢苟同。积案的产生往往就是存在着其中某个环节的缺失，比如现场勘查的质量、案件分析的深度、证据的应用、工作的能力、个体的责任心、反侦查的手段、数据库的效能等复杂的构成。所以，不是每一起案件都能及时地破获。

“‘网’已织好了。”

老师的这句话让我想起了：“善有善报，恶有恶报，不是不报，时候未到，时候一到，统统报销。”

光阴荏苒，十二年了，每当有人向老师谈及此案时，老师都会十分坚定地说：

“张网以待，只等触网。”

终于，触网了。一次普通的酒后驾车，刑事科学技术织就的证据之网瞬间便牢牢地将距案发所在地千里之外的凶手罩入网中。

“镜工早！我回来了。”

刚走进刑科所大办公室的门，何队长就拉直了嗓门朝着小玻璃屋的方向喊道。他带队出差，顺利地抓获了当年的凶手，此案的嫌疑人崔某某。

老师正在泡茶，闻声后并没有回复，而是小声地让我再拿个一次性使用的茶杯。我明白，那是为何队长准备的。

“还是老习惯，到单位第一件事就是泡茶。看看这个，我给你带的砖茶……哦，连我的茶都泡好了，谢谢。”

“昨天深夜回来，没多睡一会儿？”

老师边说边把茶杯摆放在靠近何队长一侧的桌面。我快速把备用的椅子推进小屋请何队长坐下，然后拿好录音笔和笔记本进入到小屋内，胖胖、小李子、严法医等技术人员也陆续进来，可见大家对这起案件的关注。我再次感到了这间玻璃屋的窄小，再次想起了大师姐太史秋芙为老师准备的那间用于研讨案件的会议室。

“多睡一会儿？你、你们能同意吗？”

何队长打趣道。

“镜工，嫌疑人仗着已经过去了十二年漫长的时间，拒不交代。尽管铁证如山，不怕零口供，但我还是希望他如实交代，这起案件一定有值得我们去总结的东西。”

老师深深地点了点头。

“何队长，介绍一下嫌疑人的情况吧。”

“嗯，好的。”

何队长小小地吹了一口还烫嘴的铁观音，开始了讲述……个性、生活习惯、家庭、嗜好、追求等。讲得很细、很具体，他深知老师的“口味”。

二十多分钟的时间里，老师只插话详询了两个问题，一是了解到平日里吃饭，家中老人不动筷子，嫌疑人是绝对不会先吃的；二是嫌疑人有两个小孩，孩子的尿布都是由嫌疑人亲手清洗，不让自己媳妇动手，再晚回家也是一样。

“镜工，对下一步的审讯工作有什么建议？”

大家的目光又一次聚集到了老师的身上。

审讯，既是一门科学，又是一门艺术。要具备专业知识、要有丰富的职业经历、生活阅历、要详知案件细节、要吃透嫌疑人、要懂得心理学常识、要……

“人非草木，孰能无情。”

老师的回答意味深长。

“从第一次见面到现在，有好几周了，从第一次惦记你这个人到现在，已经有十二年了。我们也可算作是老朋友了吧。”

审讯室里，何队长一改以往的风格，微微侧靠在椅背上，一脸放松的表情。

崔某某闻言露出一丝苦笑。

这细微的表情被何队长尽收眼底。

昨天，老师在观看了前几次的审讯录像后，对何队长说道：

“有一点是肯定的，你们所讲的每一句话、每一个字，他都是非常仔细地听入耳了的，并非如同他表现的那样油盐不进。这是他思维的主流，也就是矛盾的主要方面，他怕自己说不清楚，怕没人在这种时候还会相信他。所以，我建议……”

“铁证如山。其实，你不讲是你自己的损失，你放弃了自己的权力……好了，按照法律的程序，我们之间就要分别了，今天我是特意来再看看你的。既然你不爱和我多说，那我就谈谈对你的印象吧，如果说的不对，请原谅。”

何队长不紧不慢地说着，同时从衣服的口袋内掏出一包香烟来起身递给崔某某一支。

“你平日里抽的香烟比我这个贵很多，我可买不起，凑合着抽吧。”

崔某某哪里还在乎香烟的贵贱，点上火后使劲地抽了起来！

“人的一生说简单也简单，只要去珍惜，去细细地品味，哪怕是一支最普通的香烟也同样会带给你一种特别的感悟。更何况，你这人的底子还并不坏，尊敬老人、爱孩子、疼媳妇……”

崔某某拿香烟的手开始抖动，他下意识地抬头看了一眼坐在审讯台后面的何队长，似乎是要确认一下他不是在开玩笑。他的手抖动得更加明显了，何队长说的每一个字都精确地点到了他内心的痛楚之处。

“……那位驾驶员对你人格的不尊重伤害了你、同时也激怒了你……”

“不！不！不！”

崔某某突然大叫起来！

“我不在乎他怎么对我，可是——他不该骂我的母亲、不可以骂我的母亲……可他骂了，一而再再而三地骂，我才……”

崔某某双手捂脸号啕大哭。泪水顺着指缝渗出，一滴一滴地掉落在地面的五枚烟蒂上面。

嫌疑人，崔某某，无前科，现为农场货运司机、车队队长。身高一米七四（赤脚），瘦，案发时年龄二十一岁。当年他来到本市仅十八个小时，原本准备寻找一家浴室过夜，贪便宜乘坐黑车，却因车费之争意外案发，作案后不敢再滞留本市，即刻赶往火车站，不问目的地，盲目地登上一趟最早开启的列车逃走……

一失足成千古恨啊……

这句话，送给那些案件中的嫌疑人，也送给特殊案情案件中的被害人。

预订的饭菜送到了……

溢出的饭菜香味把大家从十二年前的老街区凶杀案重又拉回到了现实生活之中。

收起茶具，大家忙活了起来，我指挥；小李子开瓶、取杯、倒酒；严法医与何队长摆盘、布筷；而老师则被我按在椅子上“指导”。

“还有铿铿呢。”

不等我吩咐，胖胖已经行动起来，从他带来的那一大箱铿铿爱吃的罐头中取出一罐来，十分艰难而费劲地开启了一听，再倒入清洗干净的食盆内，一边擦着汗一边端到铿铿的面前。

“哈哈……”

我捂着嘴轻轻笑了起来！

“你笑什么？你……”

胖胖在抬头质问我的同时发现大家都在笑，这才感到有些异样，他再看了看铿铿，不但没有见到食物时的兴奋，还一脸严肃地望着自己。

也就是铿铿熟悉的胖胖了，要是换作一个陌生人擅自去触碰它的食盆，铿铿早就不客气了。

“给我吧。”

老师说着从胖胖手里接过了食盆。

前面我曾说过，铿铿只吃三个人给它的食物。

“铿铿，咱们用餐啰。”

老师边说边将食盆放在鼻子下嗅了嗅，铿铿立刻靠紧老师并低头吃了起来。老师则缓缓地抚摸着铿铿的头和背，一脸怜惜的表情。

“合着我是出钱、出力还愣没落着个好字。唉！铿铿，你是个势利眼。”

胖胖的自嘲又引起大家一阵笑声！

说话间，菜肴酒水已摆放齐整。

何队长被让到上座，我则坐在老师的左侧，因为老师习惯将酒杯放于自己左手位置，我选择这个位置方便为老师添酒。

冷、热、锅、煲、点，我一共准备了二十六道精致的川味菜品。

“你们知道这桌上为什么都摆放的是冷菜吗？”

严法医一落座便从美食家的高度帮助大家开起胃来。

“你说这话不是气我吗，当然是先品尝冷菜再上热菜。”

小李子一脸不屑地抢答道。

“对呀。虽然我不太懂，但感觉到这里面一定有道道。因为我注意到，桌面还有不少空余，而冷菜却并没有全部摆上桌。”

胖胖往前凑了凑，似乎想把桌上的菜看得更清晰一些。

“啊……这，我倒没发现……”

“小李子，如果你能处处都有胖胖一样的意识，恐怕会少吃许多苦、少走许多弯路。”

严法医半开玩笑半认真地说道。

“看见不等于发现。我虚心接受！洗耳恭听。”

“哈哈哈哈！我这也是现学现卖，刚刚从丁探那里学习来的。”

是的。刚才，严法医与何队长负责摆盘、布筷，具体的操作细节都是按照我的指挥进行的，所以严法医才会有此一问。

要真正享受到川菜之韵味还得会吃才行，不同的菜品要按照一定的顺序去品尝才不会造成口感上的冲突，才能尽享各种菜肴的美妙……

“妙哉呀，顺序、顺序，这让我想起了那起发生在深山苗寨的火灾案。”

胖胖突如其来的插入，截转了话题。

“九个月的瘀结，一日内化解。”

听了胖胖半卖关子的话，何队长伸长了脖子，他看看老师，又看看大家。

“那么精彩的故事我竟然都没有听说过！胖胖，快讲讲。”

“胖胖，就给大家再加一道下酒菜吧！”

严法医扶了扶金丝边的近视眼镜，摆出了倾听的架势。

“啪！”

胖胖轻轻地在桌面上击了一掌：

“既然如此，且听山人细细道来……”

哈哈！酒，有时真是生活的润滑剂，只要适量。

其实，胖胖口才很好，只是平日里不常显露而已。随着胖胖的侃侃而谈，我的思绪游入了千山万水之外的深山苗寨……

站在老师身旁我数了一下，一共约有二十五道弯，每一个弯道处都有一个到两个身着民族服装的妇女坐定，她们面前摆放着一个小木桌，桌上放着盛满当地自酿米酒的塑料桶和成沓的土瓷碗。按照当地的待客风俗，上山进入苗寨的客人在每一个上山的弯道处都要接受苗家妇女的敬酒……

“镜工，怎么样，要不要我先去打好招呼再上山？”

说话的是当地派出所来陪同我们的一位老民警，姓胡，四十多岁，很干练。他担心老师“闯”不过酒阵，故出此言。尽管我知道老师的酒量，但这次除了量多外，对当地米酒的能量我一无所知，所以，心里为老师捏着一把汗。

这次是宗局亲自安排老师、我、胖胖三个人到他战友的“地盘”进行为期五天的休养。不知为什么，我总有一种黄鼠狼给鸡拜年——不安好心的感觉。对于我的想法，老师说了四个字：“求之不得。”

“小胡，把他们两人免了吧，否则上山还怎么研究案子呢。”

“好的，镜工。……呃……您怎么知道是去研究……”

老师没有回答，他仰头望向山寨，深深地吸了一口气：

“走吧。如此盛情，却之不恭啊！”

老师说罢缓步而行，边走边观望着四周的景色，不一会儿便走到了第一个弯道处。见有游客到来，那位身着民族服装的妇女提早就起身迎候，等老师走到近前时她弯腰双手端起一碗米酒微笑着递给老师。

天哪，离近了看才发现，那碗里的酒足足有四两多……三碗不过冈，不错，武松喝了十八碗还打死了老虎，可这后面还有二十四碗等着呢！

我和胖胖瞪大了眼看着老师的一举一动。只见老师把双手往身后一背，探头酒碗轻轻地品了一小口，然后微笑着说道：“好酒，谢谢！”说完转身继续缓步而行。

如此这般，终于渡过了让人提心吊胆的二十五“关”，走到山寨寨门近前正欲迈步进入时，又从山寨门的两侧闪出两位身着民族服装的年轻姑娘，每人手中捧着一个大大的牛角，牛角里装满了酒，我目测了一下，每个牛角里面少说也有一斤以上的量。不过，此刻我一点也不担忧了，我已经看出，老师深谙此道。

“客人请留步。”

银铃般的声音！

老师闻言驻足停住。

“恭喜您过关！这是我们这里最好的米酒，敬请品尝。”

从老师脸上的表情我可以推断出，这两个牛角里的酒确实为上等的米酒。老师每个牛角都连喝了三口，这让那两个年轻姑娘非常惊喜！

“丁探、胖胖，这最后一关的米酒你俩也品尝品尝吧，否则不能真正了解山寨文化。”

正求之不得，我和胖胖也模仿老师的样子每个牛角都连喝了三口，呀！清甜中隐透着酒的厚重，好喝。

山寨文化。老师把学习浸透入了工作和生活的一切，比如，今天上山的十五个酒关，其规矩就是老师事先做功课的结果。事后，我还问过老师是怎么知道进山寨是有案件要研究的，老师随手画了一张草图说道，当地的风景点都在山寨的周边三到五公里的地方，而且我们所去的山寨还是地处偏僻的农村。当然，这里处处都有美丽的自然风光和洁净的空气……我想起了这次宗局的亲自安排，感受到了什么叫“黄鼠狼给鸡拜年”。

正如前面胖胖所言的：“九个月的瘀结，一小时内化解。”这是一起发生在九个月前的火灾案件，一个村民建立在半山腰处的房子在大白天被一把突如其来的大火烧毁了近二分之一。幸亏是大白天发现及时，否则后果不堪设想。

这是一栋二层的木结构房屋，这种几乎全由木板建造的房屋第一次亲眼见到，大开眼界。

房屋由西至东的功能为：居住区、储藏区、杂物区。其中，居住区为家庭人员起居活动的区域，位于西端，唯一与火有关的厨房也在这里；储藏区位于中间，储藏区的上层几乎空着，只在房梁上挂满了苞谷（玉米），储藏区的底层屋内放置着两口棺椁；杂物区位于东端，是个半开放的结构，尽管已是废墟一片，但从残存的物品可以看出，当年这里堆放着成垛备用的劈柴。

这是一个四代同堂的普通农家，不过孙子们长年外出打工，留下重孙辈由老人带养……一把莫明之火不仅烧掉了杂物区的大部分，还将储藏区内的两口棺椁几乎焚毁……

九个月了，祖孙们搬到亲戚家暂避，这里成了没人敢轻易涉足的怪屋。可是，虽经多次勘查研究，但对于起火点尚未最终得出明确的结论，只是倾向于储藏区内的棺椁处。起火点不能确定，就无法给出案件的准确定性。

我一边听着派出所民警老胡的介绍，一边观察着这个自然村的环境，在风景秀丽的山坡上散建着一栋一栋的房舍，看似无序而随意，但细品却由衷地感怀到一种和谐与宁静，坡地草坪上放养着耕牛，相对平坦处是一垄一垄的农田，孩子们无拘无束地游戏于大自然慷慨的馈赠之中。时值正午，清淡的炊烟透着木柴的气息浸润在山区的湿雾之中，以一种独特的形式诠释着民以食为天的真谛……

派出所民警老胡戴上手套摘下一块块用于遮掩现场的大塑料布，从老胡熟练的动作可以看出，他已经无数次地做过同样的事了。

整个房屋裸露了出来，尽管经历了九个月的风雨，但依然能感触到案发当时的氛围。老师带着我勘查过不少的涉火案件现场，可同样是烟火肆虐的痕迹，出现在这栋建筑风格粗犷的房屋上显得格外令人不安。

老师绕着整栋房屋的外围走了一圈，在走到房屋北侧的时候，老师停下了脚步，详细地观察着房屋北窗外侧上方墙面的黑色烟熏痕迹。他时而后退数步远观、时而扶贴着墙面近看……

“老胡，火灾发生那天这里的天气怎样？”

老师冷不丁的一声喊，让派出所民警老胡愣了一下，但随即便反应过来，他朝前紧走几步说道：

“是大晴天。”

“没什么风吧？”

“啊，是的。您怎么知道的？”

老师回头看着老胡笑了一下：

“这上面写着呢。”

“什么？”

老胡听了老师的话，先是模仿着老师的行为皱着眉头在墙面上反复寻找着，迷惘了片刻，随即恍然大悟般地深吸了一口气：

“难怪啊，昨天所长给我交代任务时好几次叮嘱我要特别上心接待，果然不同……”

老胡如此快的领悟让我对他刮目相看，这方面也只有从事刑事技术工作多年的人才能敏感和体味到。

在最基层蕴藏着丰富的“资源”，像老胡这样悟性好、有天赋的人才如果能及时地被发现、启用，其能量无限。可目前，理念上重重的阻隔往往屏蔽和破坏了人才资源的“生态平衡”，比如学历、文凭……

各位看官，到这会儿你可能早就想要发问了吧，为什么没有当地公安机关的刑事技术人员到达现场来配合复勘工作?

哈哈，因为宗局单单忘了告诉他的老同学——当地的公安局长，老师的工作风格。

和前面大家已经熟悉的情形一样，老师跳过了所有“常规”化的繁文缛节，一下车便直奔案件现场。尽管派出所民警老胡紧急向上面汇报，还是让所有人都措手不及，更何况地处山区，不可能像城市一样的“抬腿便到”。所以，至今为止，老胡仍然唱着独角戏。

不过，我发现，老胡特别欣赏老师的工作做派!

我被严令不许进入中心现场。

尽管心里老大的不乐意，但我知道，这是老师对我的爱护，在这样的现场环境内，不确定的因素到处存在，半个现场几乎都是危房。

手套、头盔、长筒套鞋、电筒、放大镜等，全套装备除了手套是老胡随身携带的以外，其他皆为老胡从村委里借来的。

装备整齐，老师只身进入中心现场。

站在现场屋外，我只能凭借着从昏暗的房间内闪烁的手电筒灯光位置来判断老师的勘查行为：老师在房屋储藏区的底层屋内，也就是放置着两口棺椁的那间屋内停留了很长的时间；位于房屋东端的杂物区是半开放的结构，我可以较清楚地观察到老师的工作情况，在成垛堆放的劈柴所形成的废墟堆里，老师手持着一根长约一米、直径约三厘米的树枝一边观察、一边朝着某些部位反复地探插着，我看见，有的地方可以插入几乎整条树枝，而有的地方则深浅不一，老师的目光从地面到残存的墙壁，一直顺延到了屋顶，屋顶上横七竖八地斜支着深度炭化的梁木，屋顶已穿透……

“老胡，请给我借一把梯子来！”

站在杂物区的中央，老师仰头望着被火焰洞穿的屋顶大声叫道。同时，我还看见——老师笑了！虽然只是很短暂地从脸上掠过，但我还是捕捉到了那给人以希望和信心的、看似不经意的一笑。

现场周边已陆陆续续聚集了不少村民，从他们低声的交谈以及神情中不难看出，他们不是在看热闹，而是真切地关注着这起案件的进展。我想起了远亲不如近邻这句话……

听到老师要梯子，不等老胡发出声音，立刻便有年轻的村民起身飞也似的跑开去，大声喊道：

“梯子有，我去搬！”

很快，梯子就到了。

为了安全，老师阻止了准备直接将梯子搬进中心现场的热心村民。老师走出来，从村民手中接过梯子转身又进入到中心现场。老师的身影在残垣断壁的现场内时隐时现，我尽管不断调换位置，还是只能通过长长的木梯子在现场的移动来了解老师的位置和动态。

“不好，镜工要上二楼……”

同样在密切关注着老师一举一动的胖胖冷不丁地脱口说道。

梯子从杂物区移入了储藏区，靠在了储藏区底层与上层之间已经被烧穿了的木地板洞处，老师顺着梯子爬到了上层，在这个过程中，老师对木地板的上、下两个面的燃烧情况仔细地查看了一会儿，而后果断地进入上层并做出了一个让我们瞠目结舌的行为，将梯子从底层上提到上层，并且靠放在上方房顶破洞处的炭化木栋梁上。显然，老师是要爬上去勘查房顶处的燃烧情况……这太危险了，无论是木质地板还是深度炭化的木质栋梁，皆已经不堪重负了。

常说“心提到了嗓子眼”，而我的心却是蹦到了嗓子眼！

我想要大声叫停老师，但已然来不及了，老师已经爬上了梯子，此时大声地呼喊可能让老师分神从而导致危险。在现场周边聚集的村民们这时也不约而同地停止了交谈，整个现场都寂静了下来……

老师终于在靠近房顶的位置停了下来，这时我才发现，在老师的后腰处皮带上斜插着一根长约一点五米、长满树叶的树枝，我竟一时无法猜出它的用处。梯子上，老师使劲扭转着脖子和腰身以弥补环境条件对身体活动和观察上的局限。我目不转睛地仰头看着梯子上老师的每一个举动，一方面是关注和评估着老师的安全性，另一方面是细心揣摩着老师勘查行为的具体含义。只见老师反复地观察和比较着房顶与房梁在燃烧分布上的关联性，不时用手中的一根细铁丝在炭化的木梁上刺探着，我明白，那是老师在比较各个不同部位的炭化深度。最后，老师把目光停留在了残存房梁上挂满的苞谷（玉米，后面皆称苞谷）上，观察片刻后，老师反手慢慢地抽出后腰皮带上插着的树枝，然后握住枝柄处探向残存房梁上满挂的苞谷，利用枝叶像扫帚一样在苞谷上侧轻轻地扫动着，积尘和灰渣纷纷飘落下来……几分钟后，老师停止了清扫，他再一次全面地观察着苞谷，脸上露出满意的表情，紧接着，老师伸出手去摘下了几挂苞谷并将它们转挂在了梯子的横挡上，就在老师再次伸出手去摘较远处的苞谷时意外发生了，只听见“咔嚓”一声木板破裂折断的刺耳噪声，老师的身体沉了下去，随着飞扬的灰雾消失在视野中……

“老师！”

几乎同时，围观的人群也发出了一片惊呼之声！

我大声叫着，同时向中心现场冲去，可刚迈出两步，手就被人抓住了。

“丁探危险！让我去！”

我回头一看，是胖胖。都什么时候了还……

“放开！”

“不行。”

为了摆脱胖胖，我下意识地猛然使出了当年老师教授的擒拿术“缠腕”，用另一只手卡住抓握在我手腕上的胖胖的手同时扭臂扣腕，胖胖“啊”了一声立刻转身蹲了下去……

“丁探别伤着胖胖！”

老师的声音！

我赶忙扶起满脸痛苦相的胖胖。

“老师……”

“镜工……”

“我没事，安全着陆。”

老师双手抱着几挂苞谷出现在现场门口，透过弥漫的扬尘，民警老胡出现在了老师的身旁。原来，老胡趁我们不注意，早已溜进了现场，刚才多亏了老胡的援手才没有伤着老师。

围观的人群中再次出现一片哗然，只是这时的哗然仿佛是湍急的流水汇入大大的河湾后渐渐归于平静所释放出的“哔啵”声。

尽管没出大事，但事后当我在电话里向太史秋芙大师姐讲述此事时，电话的那端依然传来了大师姐的惊呼：

“啊！……还好……”

猛猛的反应更特别：

“你说什么？师父真的没事？你确定……啊……对不起师姐！我怎敢没大没小，是着急……对对，要沉住气……下不为例……”

总之，一传十，十传百。我的手机几乎要被师兄、师弟、师姐、师妹以及同行们打爆了。直到老师在群里发出了微信：

“……尽管着陆动作硬了一点，但一切正常无恙。现正在勘查现场，距离地面高度为零。谢谢大家！”

不是吧，这真不是在拍摄影视剧，可……

就在现场上的一切渐渐平复下来的时候，当地公安局的同行们终于赶来了。三辆闪烁着警灯的车辆出现在视线里。也许是山路的崎岖，警灯上下左右摇晃得很厉害，显现着前进的艰难……

热心的村民担来了几桶清水让老师和老胡清洗一下，老师在将手伸进水里前停顿了一下，口中念叨了一句：

“好清好美的水啊！”

我要为老师拍打身上的灰尘，被老师拒绝了：

“这样会把你弄脏的。”

说完，老师从地上捡起一根树枝，一折为二，一段递给老胡，然后二人避开人群走到下风处用手中的枝条抽打着身上的灰尘，在拍打声的节奏下，那笼罩在飞尘中的肢体动作像是一种特别的舞蹈……我用手机把这一幕拍了下来。

“大写的男人！”

胖胖站在一旁欣赏般地低语道。

这，也是我的感受。

“镜工——”

声音由远及近。

公安局的童大队长带着几位技术人员和侦查人员终于满脸歉意地来到了近前。

前面曾说过，老师单刀直入现场的决定打乱了他们事先的安排。

“呀！镜工，您身上怎么……老胡？”

“还是坐下说吧。我们自到达现场以来，镜工还有这位美丽的女工程师可是一刻也没闲着！”

接过老胡的话，我向大家做了一下自我介绍，并隆重推出了胖胖。

“老胡，你可太不够意思了，眼中只看见美女，却没有看见体积比她大的我！”

“哈哈哈哈……”

胖胖的一句笑话即刻消除了大家之间初次见面的生疏，气氛活跃起来。

在一棵大树下，或树根、或石头，大家席“地”而坐。老胡首先汇报了我们到达现场后的各种工作情况，包括那惊险的一幕。童大队长他们听得很仔细，尤其是对老师在现场上各种具体的勘查行为表现出了特别的关注和兴趣。只是，脸上始终隐现着一丝愧色。

“镜工，现在需要我们做什么，请您吩咐。”

自见面寒暄以来一直处于静默状态的老师看着童大队长淡淡地说出一句出乎所有人意料之外的话。

“我想要吃一个烤苞谷。”

“什么？”

从这句让别人丈二和尚摸不着头脑的话语里，我明白，老师对于这起案件的现场已经了然于胸。事后我问过老师为什么突然说想要吃烤苞谷。老师悄悄地回答说：馋了呗！

……

“首先，排除现场储藏区内的棺椁处为起火点。”

老师饿了。我开始是这么认为的，忙活了半天，我早就饿了，可当刚烤好的、散发着浓郁香气的苞谷递到我手中时，馋的成分立刻超过了饿！烤苞谷以前也吃过，但都无法与今天的烤苞谷相提并论，我想，一是苞谷的品种、生长环境等的因素，二是烤制过程中所涉及的柴火、方法、技巧等因素。

老师手中拿着烤苞谷，开始向童大队长他们介绍自己对现场的分析。

“棺椁处的燃烧部位主要在它的顶部盖板以及北侧棺体上，而棺椁的底部等其他部位没有燃烧导致的损坏。重要的一点是，这里发生的燃烧，其特性都是属于被动式燃烧，也就是说，是由外来的已燃烧物质附着后导致的燃烧。”

这个弯子拐得有点急——被动式燃烧。

只要是被点燃的，不都是被动式燃烧吗？

“在这个被动式燃烧的组成中，关键的一点是引燃物，它是已经呈燃烧状的房梁，是燃烧及炭化程度大大重于棺椁的房梁。”

大家这才恍然大悟。房梁，在这里是重要的信息点。它不仅仅是引燃物，而且还显示了燃烧的顺序。

“在储藏区内的棺椁处向上看，大家可以看到残存房梁上满挂的苞谷。”

大家随着老师的语言一边转头望去，同时点着头。虽然对老师不熟悉，但已经在老师的引导下渐渐明晰自己的思路了。

“刚才我爬上去的目的就是要搞清楚房梁燃烧及炭化程度大大重于棺椁的缘由，结果发现，房梁上悬挂着的苞谷的朝上一面及朝东侧的一面皆被烧焦了，而朝下的一面却是正常的，仅有轻微的烟熏痕迹……也就是说，现场储藏区的火全是由上向下燃烧的。”

老师用手中的烤苞谷比画着。

“另外，在现场储藏区内棺椁北侧的房屋北窗外我发现，由屋内冒出的烟雾所形成的烟熏痕迹在北窗外侧上方墙面上呈向西偏斜的趋势，说明火灾发生时这里的即时风向是偏东风，根据烟熏痕迹的偏斜角度分析，风级约为三级风。”

老师说完扭头看着老胡，那神态似乎在问：你都看到了吧？老胡立刻向老师点了点头并向童大队长说道：

“镜工明察秋毫。自火灾发生以来，这房子我们不知转过多少圈了，真是没有关注到墙面上的烟雾痕迹。”

“看见不等于发现。”

这句老师的名言冷不丁竟从童大队长的口中冒了出来。看来，他事先研究过老师，做过功课的。

“这是镜工的技术名言，今天我算是真真切切、实实在在地体会到了。”

“看见不等于发现。贴切！贴切！”

老胡反复念叨了几句。

……

一番品味后，大家重新又把目光投向老师，更加全神贯注地继续聆听老师的分析。

“起火点是位于最东面的现场杂物区内。准确地说，是位于杂物区内堆放的成垛成垛的备用劈柴处。从这里劈柴的燃烧形态可以发现，火是由下向上燃烧蔓延的……”

老师再一次停顿了片刻，看了看大家的表情，然后说道：

“我分别探插和拣看了位于不同部位的残存劈柴，发现它们属于同一种类的树木。从劈柴的残段看，原始堆放中越是位于下层的劈柴燃烧的程度越严重，而越是位于上层的劈柴，其燃烧程度就相对越轻，留存的残段也越长……”

老师说着看了胖胖一眼，看样子是准备吩咐什么，而正处于聆听状态中的胖胖真不愧是跟随老师多年的搭档，他马上反应过来，不等老师开口即言道：

“明白！”

说罢，胖胖起身快步朝现场杂物区的位置走去。

“等等！”

老胡也明白了是怎么回事，他叫住胖胖的同时已快速起身跑向现场杂物区：

“别再把你也弄脏了。”

这一幕让我有点感动。要知道，换成是别的现场，这一般都是我的专利。而今天我却被老师牢牢地“钉”在了现场外围。

胖胖还是进入了现场，因为，老胡知道是要提取一些劈柴燃烧后形态的样品，但胖胖更知道应该怎样去进行提取。

很快，二人各自抱着一捆“样品”走出了现场，并按照劈柴的原始叠放层次在地面上排列摆放出来。一目了然，其燃烧状态正如老师所讲的“下重上轻”。

注视良久，童大队长起身从地面捡起一段炭化的劈柴：

“我们当初的勘查怎么就没有发现这一切呢？”

“童大队长，这里面有一个临场工作中的思维切入角问题，简单地说就是，你首先要有这方面的想法，才会更有针对性地去工作。而这个想法又源自技术人员在现场勘查过程中对现场上每一处痕迹及现象的观察。比如，火从劈柴堆的上层、中层、底层等处开始燃烧会形成各自不同的局部与整体之间的燃烧过程、形成各自不同的局部与整体之间独特的燃烧形态及后果……”

从童大队长及大家的面部表情可以看出，老师对现场的每一个分析和讲解都如同久旱后的甘霖。

“所以，这起火灾的起火部位是现场杂物区内劈柴堆的下部。火势先为阴燃，后形成明火，量的积累形成了质的飞跃，故而等发现时，火势已成气候，加之燃烧物几乎皆为木质，所以，在不长的时间里便造成了严重的后果——先是向上烧穿了屋顶，而后在当日三级偏东风的作用下，又烧穿了西侧储藏区的屋顶，燃烧的坠落物进而又引燃了屋内放置的棺椁……”

在老师流畅而严谨的讲解分析下，一个看似杂乱无章的火灾发生过程被清晰地梳理出来。

我的录音笔一秒钟都没有闲着。因为没有能够进入中心现场，所以，回去后要通过录音并结合现场照片等资料补课。

就在大家紧皱的眉头渐渐舒展开的时候，老师的一句话又让大家重新绷紧了神情。

“最后是关于这起火灾案件的定性问题……”

看到大家神情的变化，老师轻轻摆了摆手中的烤苞谷，意思是让大家别太紧张。

“在我前面对现场的分析中有一个非常重要的词汇，那就是‘阴燃’。”

火势先为阴燃，后形成明火……

我已经完全彻底地明白了一切。那么多年的徒弟可不是白做的，我最大的收获就是学习到了老师的理念和思路，这可是真传。理念和思路，旁人可能无法真切地理解和感悟到它的重要性，这么比喻吧，就如同得到了一个指北针，它可以帮助你应对各种复杂的境遇……

“不仅是阴燃，而且根据勘查中的发现，起火部位几乎是位于杂物区的中央，离门约有十米的距离，这个位置处原先是柴垛，人不可及……另外，在这个现场上还有一个至关重要的现象，那就是杂物区的结构……”

杂物区位于现场的东端，是个半开放的结构，其南侧、东侧、北侧皆为半高墙的结构，墙高约为一米五，墙的四角处由砖柱支撑，中间零散地装有一些木条，间隔较大，近乎为镂空状态。

各位看官，读到这里，你是否已经明白了其中的玄机？

“老胡，如果这把火由你去放，你选择什么途径去点火？”

老师突如其来的点名提问虽然让老胡有些猝不及防，但他还是几乎不假思索地脱口回答道：

“把火种从屋外通过半高墙扔进去。”

“那么，火种会落在什么部位？”

“落在劈柴顶部。”

“那么，火的燃烧趋势又是怎样的呢？”

可能是对于燃烧趋势的概念有点陌生的缘故，老胡一时间卡住了。

“燃烧趋势应该是由上往下燃烧。”

胖胖抢答道。

“啊！对对。只能是由上往下燃烧。”

老胡兴奋地站了起来：

“也就是说，火灾发生的原因只能是由……”

我突然感到自己一直在笑！面对难题，老师的四两拨千斤真是棒极了。

“镜工……真是神仙一把抓啊，您帮了我们一个大忙。”

鉴于所处的环境因素，童大队长压抑着声音挤出了这句话。

老师却没有丝毫的兴奋表现，尽管我深知老师的个性习惯，但我还是感到这不是单纯的原因。果然……

“问题还没有彻底解决。”

老师的这句话一瞬间冻结住了大家的表情，也冻结住了大家的心情。

“我先给大家吃个定心丸，刚才的结论没有错。可问题并没有解析穷尽，在这种情况下，光有一个正确的结论是经不起推敲的。”

我已经顾不得别人是什么状态了。老师的话再一次深深地吸引了我所有的注意力，我又一次感到，一个难得的学习机遇出现了。

我下意识地把录音笔朝老师身边又挪了一挪。

“我问大家一个问题：像老胡所说的那样，是否可以从外面通过木条间的间隙将火种扔进杂物区内，但不排除扔进去的火种正好顺着柴垛间的缝隙掉落到柴垛的底部，从而形成了由下向上燃烧的形态呢？”

这个问题几乎可以推翻一切了。我定睛观察着老师面部的每一丝表情，往日里熟悉的老师，此刻却又隐隐泛出了些许的陌生。

鸦雀无声。

“杂物区内的劈柴每一根的长度五十至六十厘米，根据现场内残存的柴垛排列痕迹，起火点恰好位于柴垛的中间部位，而不是柴垛间的接合部位。也就是说，从外面是无法将火种扔到这个部位的，火种是在堆放该处劈柴的时候留下的。”

依旧是鸦雀无声。大家在消化着老师所讲的每一个字……

终于，童大队长开口了，他的目光反复扫视着身边的侦查和技术人员，最后落在了老师的身上：

“这才叫现场勘查，这才叫刑事科学技术，这才叫证据意识。镜工所讲到的许多现象和数据，我们竟然大都没有掌握，或者了解甚少。借用镜工的话讲，我们的不足就是缺乏临场工作中正确的思维切入点，这是一个理念上的缺失。”

老师看了一眼周边的老乡们站了起来，朝童大队长走过去，童大队长也立刻起身相迎。

“童大队长，还有最后一点工作，就是火种的携带人是谁？以及……”

童大队长一把握住老师的手：

“明白。镜工，这交给我们了。”

“先把今天现场复勘中新的发现和证据固定下来。”

“得令！”

……

童大队长他们留下开展工作了，我们一行四人先期返城。

可能是心里的压力得以释放了的缘故，回程的路上感觉四周的景色更加的美丽，老师甚至要求下车徒步行走一段，这也乐坏了我和胖胖！

呼吸着清新的空气，山区美丽的风光让我目不暇接……直至天色渐晚，我们才重又回到车上。

“老胡，车进入城区后请找一家药店。”

老师的话让我一惊！难道老师真的受伤了？

“老师……”

“镜工，您怎么了？身体不舒服吗？”

“哦，没有。我是给胖胖买瓶治疗跌打损伤的药。”

“什么？”

“老胡，我们这位丁探的擒拿手法很厉害，动作准确、快速、寸劲狠辣……胖胖刚才为了阻止丁探冲入现场救我而意外受伤了。”

早在大学的时候老师就对我提示过：

“丁探，你天赋很好，训练中点到为止，注意别伤了同学。”

我这才注意到，胖胖一直在捏揉自己的手腕。

“啊——是吗！”

老胡当然不知道在现场外围发生的那一幕，但在听了老师的话后还是下意识地缩了缩身子。

“镜工啊，不用去买药。我们这山里的草药效果非常不错，局里一个同事的家里就是这方面的世家。”

还好光线暗，掩饰了我的尴尬。

擒拿技能是老师在大学里教授的，就是前面讲过的每课一招，开始只是从防身的角度去学习，由于它的技巧性特别强，所以自己也很快喜欢上了，经常拉了同学一直反复地练习，老师见我热情很高，也不断地给予深度的点拨指导，遇到大师姐太史秋芙后更如同知己般的投缘。当然，平日里是不显山不露水的，这也是老师的要求，故除了老师之外，单位中无人知晓。胖胖可以说是我的第一个实战对象，结果也出乎自己的意料，虽然很对不起胖胖，但内心之中更多的竟然是一种欣喜的感觉，不由得想到了那句话：功夫不负有心人。

“挺老实呀……”

正想着心事呢，坐在一旁的胖胖阴阳怪气地吱出一句话来。因为自己理亏，正不知怎么回复，老师却先说话了：

“胖胖，手不痛了？不可得理不饶人还欺负人哦。”

老师的玩笑很得体，我使劲捂着嘴不让自己笑出声来！

胖胖用手指指我又指指他自己，张大着嘴半天才好不容易憋出几个字来：

“谁……欺负……谁呀？”

说完，胖胖也大笑起来！

……

晚餐。县公安局的领导郑重地向老师及我们这一行人表示感谢，并同时提出了两个要求：

第一，为局里的民警讲一周课；

第二，认真品尝一下当地的土菜，以积累生活阅历。

不愧是宗局的同学和挚友，听得出，关于老师的情况，宗局为他备过课。

记得晚餐有三大内容，分别为：

一、烤苞谷；

二、辣菜（内容略……）；

三、牛角里装的那种米酒。

老师曾说过：

“品味生活，是学习，更是双重的享受。”

哈哈！享受起来。

……

晚餐后，我们准备与局里的技术人员进行座谈交流，这也是老师事先计划好的。刚在刑警大队技术室的会议室坐下便接到了童大队长他们传回的火灾案件最新调查结果：

火种为叶子烟（直接用烟叶手工卷出来的土烟，现卷现抽）烟蒂，来源：自家人堆放劈柴的劳动过程中掉落。

一名技术人员将最初的现场勘查资料递给老师，指着一间卧室的照片对老师说：

“这就是嫌疑人睡觉的房间，他一直都是一个人住。”

说是说一张卧室的相向照片，但拍摄的角度及取景位置都不规范，画面中主要以一张床为主，床上的被子没有叠，一切都给人随意和不讲究的感觉。

“这张照片是拍摄于火灾发生当天的现场勘查过程中吗？”

老师观察照片后突然问道。

“是的，镜工。”

“虽然拍摄得不太规范，但我还是非常认可你们当天的勘查工作，因为你们没有仅仅关注于现场过火的部位，而是全面地固定了有关联性的环境组成。”

听到老师给予的肯定，那名技术人员很高兴，可能是由于我在场的缘故吧，他的脸在腼腆中有些泛红。

“这张床的主人为一名五十多岁的中年男性，身材偏矮，人很瘦。他的精神状态和身体状态都不好，性格较为孤僻……”

那名技术员的眼睛在不断地睁大，逐渐形成了一种异样的表情：

“镜……工，我还没有介绍这名嫌疑人的情况，可您怎么好像全都了解……”

大家全都从座位上起身并聚拢过来。显然，占据最佳位置的我妨碍了大家，因为大家都不方便靠我太近。我赶紧撤身离开，只见呼地一下子，“缺口”便被塞满了。

“其实，这里面的道理说穿了并不难……”

老师看着大家渴望的目光说道。

“关键还是理念的问题。比如，从照片所显示的房间内各种陈设告诉我，这不是七十岁以上老年人的起居环境，也不是相对年轻一点人的起居环境。那么，在这个家中只有排在第二代的人居住了；床单和枕头上相对静态的压痕面积比例及两者间的关联性告诉了我他的身高和体态；床单上褶皱形态、被子内侧面褶皱形态和被子外侧面褶皱形态相互间呈现的关联契合性展示了当事人起身下床的行为过程：缓慢且有多次停顿。一个五十多岁正当年的男性出现这样的状况，显然是他的精神状态和身体状态都发生了异常。”

老师端起杯子慢慢地喝了一口茶，直到大家重新把目光从照片上移到自己的脸上才继续讲道：

“至于性格较为孤僻一点，室内的茶杯、酒杯、碗筷等日常常用的生活用具几乎都是单人份，屋门角处叶子烟烟灰的堆积位置可以推断出他抽烟时所坐的位置，这不是与人聊天的角度……很难想象一个性格正常的中年人会置身于如此的环境之中、形成如此的生活迹象……”

各位看官，又要说抱歉了，有些分析内容不能再做深度披露讲解了。下面的评析也许能弥补一点：

一般来说，人的状态有两个方面：一是身体状态；二是精神状态。这两个方面对人的作用和影响是有本质性区别的。

以一个人的日常起床行为为例：身体状态的影响具有一定的局限性，手不方便、脚不方便或者身体的某个部位不适……会在寝具的形态上体现出行为的局限性。精神方面的状态对人的作用和影响则是相对全面的——无论手还是脚都不“方便”。而一个人精神状态如斯，他的身体状态能无恙吗？

有一点很重要，在研究的过程中，切勿只盯着现场环境中某一个局部的现象，而要结合整体环境进行综合分析，比如，床上的其他物品、室内的生活迹象等，它们都从不同的角度和侧面记录着人的即时“状态”。

收回话题。

老师的分析很快就得到了印证，嫌疑人季某某，家中的主要劳动力，五十四岁，身高约一米六八，性格孤僻，案发前半年左右被检出身体疾患，精神状态跌落的同时，烟却抽得更加厉害了。火灾发生前，他一个人在杂物区内码放劈柴……

“至此，九个月的瘀结，一日内化解。”

胖胖说书般利落地结束了他的讲述，随后又揉了揉手腕，真是投入匪浅啊！

“说到底，还是思路啊，借用镜工的话讲就是临场工作中的思维切入点问题。”

严法医摘下金丝边的近视眼镜，一边擦拭着镜片，一边感慨道。

“您说得对。”

胖胖接过严法医的话接着说道：

“立体思维。这让我想到了一个脑筋急转弯的小题目：树上有六只鸟，一个人举起猎枪‘啪’的一枪打掉了一只，树上还有几只鸟？如果用平面思维去回答，还有五只鸟。而如果用立体思维去回答：树上没有鸟了。二者间区别在什么地方？立体思维还进一步深入地考虑到了枪在发射时所产生的声音、被击中的鸟突然坠落、被打掉的枝叶、其他动物受枪声影响所出现的反应等因素，以及这些因素间的相互作用。”

“我说小李子，你怎么一直不停地在吃东西，胖胖刚才的体会你听清了吗？”

大家这才注意到，小李子的嘴一直都没停过。

严法医冷不丁地向小李子发问。凭我的直觉，这里面一定有内容。

“听清了，明白无误！”

“那我考你一下。”

“请便。”

“树上有六只鸟，一个人举起猎枪‘啪’的一枪打死了一只，那六只鸟还剩几只？”

“没啦，全飞走了。”

小李子不假思索地接口回答道，一抬手又喝了一口酒。

哈哈哈哈……大家笑成一团。

小李子被笑愣了，他莫名其妙地看着大家，以至于连嘴里的酒都忘了咽，他的这副表情让大家更加是前仰后合了。最后，小李子无助地把目光投向了老师。

“还有五只鸟。问的是鸟的数量。”

老师轻轻地说道。

“啊，严法医，你又挖坑陷人！”

何队长专注地听着、细细地品着、纵情地笑着，分享着这一切。他站起身来端着酒杯。

“为立体思维、为证据，干杯！”

眼前的一切让我感动，当琼浆玉液荡漾在口中的瞬间，我感到一种释怀、一种幸运、一种自豪！

一杯尽饮，老师并没有马上坐下，他由衷地、一字一顿地说道：

“寻找、发现、固定、有效运用证据，是刑事科学技术人员的神圣使命。之所以说天网恢恢疏而不漏，是因为：法网由证据织就，证据不老！”

虽然在座的除去老师只有五个人，但掌声同样热烈而厚重！铿铿请求似的朝我轻吠了一声，我轻轻一招手，它立刻直立起身体，把两个前掌搭在了我的手臂上兴奋地摇动着尾巴……

意犹未尽。饭后，我们一行人来到小区旁边的公园内散步，会工作、会生活才是有趣的人生！忽然间，我想到了我做的梦……

“老师，今天上午在您和大家到来前，我做了一个梦，梦见的竟是上个月刚破获的那起发生在五年前的‘二月天别墅’命案……”

“丁探，知道梦境中你手中的饺子象征着什么吗？”

“是……证据！”

“对！”

老师难得的笑容含蕴而温馨！

初夏季节，茂盛的植物充满了生命的活力，尤其在这细密的小雨之后，每个枝条和叶片都竞相抖擞着清纯芬芳的气息，深深地吸入一口，顿感神清气爽心如飞鸿！

十五、解读现场

“这对父子谁先死亡？”

“这个方面还不太清楚，从腐败的程度上看好像差不多，我再去咨询一下法医吧。”

清早一走进大办公室就看见老师与昨天值班的小李子二人在对着电脑屏幕谈论案子。

老师的“冷”是一种常态，但此时脸上却还带着一层霜，小李子站在电脑旁边，他的肢体语言浸透了自信的缺失。

我习惯性地朝老师的小玻璃屋内扫视了一下，电脑已经开启，屏幕上显示的是我请老师修改的论文。但我发现，茶杯内虽然已经放好了茶叶，可还没有冲泡，显然，在等水烧开时老师刚打开电脑不久就被小李子拉了过去。

“具体情况要具体分析。两具尸体尽管都在同一户内，但他们所处的小环境不同，一具位于相对宽敞的卧室内，一具位于窄小的卫生间内……不要单纯地去依靠对腐败程度的判断。”

“什么？”

“现场是一种特殊的语言表达形式，它用自己独特的存在性记录和传递着案件或者事件的真实情况。我们要充分地发现和解读这种特殊的存在，用我的话讲就是——信息点。”

我一边为老师冲泡茶水一边听着他们的对话，渐渐明白了小李子的问题所在。

昨夜，接派出所案报称，在某小区居民楼二楼的一户人家内发现两具已近高度腐败的男性尸体。据民警初步调查得知，两名死者为租住于此的一对父子，父亲六十二岁，儿子三十七岁，半年前从外省来到本市打工……两周前，父亲因腿部严重受伤瘫于床上，不能自主走动、生活也不能自理，因而休养在家，为照顾行动不便的父亲，儿子辞去了临时工的工作……

在现场勘查中还发现了一本半年前的病历，儿子患有严重的糖尿病（四期）。

“试想，如果是父亲先死亡，那么，儿子为什么不报警？为什么还让他躺在卧室内而不按正常途径处理？”

“我好像有一点明白了！”

在老师的启发和引导下，小李子渐渐醒悟过来……

“也就是说，只有是儿子先于父亲死亡，而由于其父亲瘫痪在床无法采取任何措施直到最后因饥渴也导致死亡，才能形成现在的现场现象。”

老师很缓慢地点了点头。

“我再问你一个问题：儿子在卫生间内是处于什么样的情况下死亡的？”

“应该是在上厕所的过程中……因为他的短裤是脱到膝盖处的。”

“短裤位于膝盖处就一定是在上厕所吗？”

“不是，其他生活行为也可以有这种动作，可是镜工，怎么去区别呢？”

“你仔细观察，卫生间的门朝北，门内东侧即为抽水马桶，死者上身偏向北方半俯卧于马桶前地面，其右腿曲置于右腹下，而左腿则向后并向东绕抽水马桶几乎贴靠于东墙了，双脚上拖鞋穿着正常……丁探，谈谈你的分析。”

站在老师身后的我被抓了个正着。还好刚才一边泡茶一边已经“介入”其中了。

老师就是老师，这句看似有些唐突的话其实不然，它说明了两个方面的问题：一是老师知道我已经进入办公室了；二是老师感觉到了我对于案件的关注。

我轻轻地把端在手中的茶杯递给老师，老师双手接过的同时欠身致谢。

“老师，我认为，如果把这名死者目前这种很别扭的姿态按照来势回溯还原到正常状态的话，他的姿势正好是坐在马桶上，再结合他裤子褪下的位置综合起来看，当时他是处于上厕所的状态，是在这个状态下倒下来的。”

老师没有说话，他放下手中的茶杯，双手十指交叉看着我。我熟悉老师的这个肢体语言，意为让我继续分析下去。

“我发现有一个细节非常重要，那就是死者的双手臂皆处于下垂状态，这不符合正常人在面临跌倒时本能应该有的自我防护行为，这个现象可以揭示出两个问题，一是倒地为自然行为，没有外来力量的作用，双臂的位置与身体的形态以及上衣、裤子的褶皱相匹配，这是外力所不能形成的；二是导致倒地的原因是疾病，而且倒地行为发生时，人已经处于昏迷失控状态，所以才没有出现正常的自我防护本能。”

我一口气畅叙了自己的分析。

受老师多年的熏陶，一旦投入便忘乎春秋。当我把目光从屏幕上移到老师脸上时才发现，老师脸上的霜已经不见了，他看我的目光像在欣赏自己的作品！

“是，高温加腐败的尸体，现场勘查的艰辛不是一般人能够想象出来的，但这却不是工作质量下降的理由。”

老师起身拍了一下小李子：

“辛苦了。”

……

回到小玻璃屋内，老师继续看我的论文。

刚泡好不久的茶还很烫，老师轻轻嗅吸着蒸腾的茶香，静静地审阅着屏幕上的每一个文字及标点……

从事刑事科学技术工作以来，我已经在国内多个专业刊物上发表业务论文十六篇了，可以说，每一篇文章都浸透着老师的心血。不光是我，近到胖胖、小李子，远到大师姐太史秋芙、猛猛以及分布在各地的学员们，从文章构架到案例导入，甚至是资料的收集与提炼，用呕心沥血来形容老师的无私付出丝毫不为过。

有一年老师应邀去猛猛的单位研究一起案件，抽空带着我和猛猛与当地技术人员一起勘查了几起现场，这也是老师平素一贯的风格：有言传，而且还要有身教，理论与实践相结合的立体式培训。每一个现场回来，老师都会召集大家进行讨论评析，充分进行消化……临走那天，在高铁车站的候车室内，老师问送行的猛猛：

“现在可以写得出论文了吧？”

猛猛惊讶地看着老师：

“师父您怎么知道我正为写论文发愁？”

老师笑而不答！

“泄密”者是我。

在这之前，我也遇到过相似的困扰，不同的是，我很幸运，可以随时得到老师的指教。这得天独厚的优势让不少人“嫉妒”得牙痒痒。

“镜工！”

我的沉思被宗局的声音打断。

从音调及表情上看，宗局今天的心情不错，他大踏步地走过来，在他的身后有一个约四十岁具有文人范的男人，身材中等偏矮的他用小步跑的方式跟随着宗局的步伐。

“小丁探，你也来一下。”

对于宗局的这种召唤我早已熟悉和习惯了，但凡是老师有任务，基本上都有我的份。领导要刻意培养，而我也正中下怀。

我又一次深深地感到，老师的玻璃屋实在是太窄小了。进入玻璃屋后，我没有理会“文人范”的礼让之举，而是绕行站在了老师的身后。

“范先生，他就是镜工，这位是镜工的高徒，叫她丁探就行了。镜工，这位是记协的范鉴同志，也是一名作家。他是闻名前来采访你的。”

“哦，师范的范，前车之鉴的鉴。铁杆‘福迷’……”

“文人范”嘴里讲着，同时以指为笔、以掌代纸地比画着。酸！

不知何时起，喜欢并崇拜福尔摩斯的人皆被称为和自称“福迷”。

“文人范”是无意中从法制频道节目里发现了老师的存在。用他的话说，一开始自己是将信将疑的，福尔摩斯是文学作品中的人物，生活中真会有这样的人吗？整整三个多月的时间，他充分利用和发挥了自己记者职业的特点及人脉去了解老师，“文人范”服了。

“还是让现场说话吧，通过具体的勘查工作你更能立体地了解和认识镜工。他，玩真的。”

宗局将一盒铁观音茶放在老师的桌上后转身离去。

小李子的车开得是越来越稳当了。

如同坐摇篮般地驶过最后一长段坎坷的临时道路后，勘查车在一栋处于装修中的饭店前停了下来。

宗局刚从大办公室离开，报现场的电话就进来了。今天是小李子值班，尽管宗局吩咐过要给“文人范”提供体验现场勘查工作的机会，但是，小李子放下电话听筒后仍然是稍事犹豫才颇为勉强地来到了玻璃屋：

“镜工，现场来了，不过……”

之所以说小李子显得颇为勉强，原因有两个：一是老师今天的安排将被打乱，这可是我们谁也不愿意做的事情；二是报来的是一个非常普通的盗窃案件。

对于这个“小”案子现场，“文人范”的脸上出现了明显的失望神情。不用说，这逃不过老师的眼睛：

“范记者，您喜欢‘福尔摩斯’一书中的哪几个故事？”

“哦，镜工，我都很喜欢！因为不同的案件从不同的角度反映和展示了主人公福尔摩斯的智慧，也揭示了那个年代的社会现象及人文氛围。福尔摩斯的成功，不仅是他个人智慧的独立因素，还必不可少地需要具备对其所处的时代的深度认识和理解。这种深度认识和理解既是成功的组成，更是成功不可或缺的土壤……”

还真是一个“福迷”，一提起福尔摩斯，“文人范”便口吐莲花侃侃而谈起来。

“哎呀，不好意思镜工，我打断您了！”

“文人范”像紧急刹车般地收住了话头，他意识到自己喧宾夺主了。

老师没有介意，他拉上勘查服的拉链转身正视着“文人范”道：

“福尔摩斯受理的都是重大恶性案件吗？”

“不是的，也有许多普通的……哦！镜工，我明白了！”

“那就出发吧。”

现场是一间约一百平方米的私人小饭店，从场面的状况看，装修工程正进行到水电方面的施工阶段。

报案人是施工队的小老板，中年人，身体肥胖，见警车到来立刻苦起了一张脸。

为了防止噪声扰民，饭店的装修工作一般都是在白天进行，唯独昨天晚上加了两小时的班。加班的原因一是要赶工期，二是施工内容是排布电源线，不会产生噪声。一共有五名工人加班，根据自己的工作内容，加班的工人们是陆续离开施工现场的，最后离开的是一名电工，他说自己是在晚上八点左右结束工作的，走的时候锁上了饭店的大门。今天早晨七点半，工人们来到饭店时发现大门已经开了，以为有人先到了，也没有多想，进入现场便按各自的分工干起活来。施工队的小老板是在接近十点钟时到来的，无意中他发现用来锁闭饭店大门的挂锁不见了，而且挂锁的搭扣处有一端呈断裂状。他心中一惊，赶忙进入饭店内查看，果然，昨天上午刚进的三十二卷电线除去施工已用掉的外，缺少了四卷……大门钥匙共有三把，都在，不过这些钥匙平日里就随手放在施工现场内，谁都可以取用。

一口气讲完事发经过，小老板显得有点喘，他伸手从怀里摸出一根香烟来叼在嘴上，准备点火时发现了站在旁边的我，于是又从嘴上取下香烟重新塞入怀中，脸上同时附带了一丝笑意。

老师一边听着小老板的介绍一边观察着大门的挂锁搭扣部位。

各位看官，不同地区对这种锁具的称呼会有所区别。为了能清楚地描述，我认为有必要赘述一下。

锁具的组成有挂锁、锁搭襻、锁搭扣三个部分，用锁搭襻扣在锁的搭扣上，挂上挂锁完成锁闭。

饭店的大门为单扇门，门上挂锁已不见，锁搭扣圆孔靠近门框一侧的边被钳断。

“抓紧照相。”

老师对小李子说道。

工人们的施工行为使现场遭到了极大的破坏。

站在环境“脏、乱、差”的现场内，“文人范”的目光在数次茫然地环视扫描后落在了老师身上，他关注着老师的眼睛，似乎想在那里发现些什么。此时此刻，也许他早已忘记了自己“迷”的“身份”。

不知为什么，我在内心中大大地冷笑了一声！

在饭店深处的一个角落内堆放着水泥、瓷砖、木材、灯具、电线等各种各样的装修材料。据小老板称，从表面上看，码放整齐的电线卷并不缺少，翻开最上层的电线卷后才发现，缺少的电线卷空档被用两箱瓷砖给填补上了。

老师微微点了点头，他饶有兴趣地逐个看着工人们的工作情况……

按照现场保护的规定，现场勘查中应该让工人们全都离开现场的，可在初步了解案情之后，老师刻意略微推迟了一会儿清场。看到我稍有不解的样子，老师轻轻地对我耳语道：让他们继续工作一会儿更有价值。

从老师饶有兴趣的神态中我隐隐理解了老师的用意。

“镜工，现场外围以及门锁的细目照片也都已经拍好了。”

小李子进来对老师说道。

“好。”

老师转身向大门走去。“文人范”如影随形般地跟了过去。

“老师，给您。”

我手里拿着电筒、放大镜。这么多年了，在现场勘查工作中，老师在什么时候需要什么，我早已熟稔了。前面我就发现，老师对挂锁表现出了特别的兴趣。而对痕迹形态的细目观察是离不开灯光和放大镜的。

不过老师并没有接过我递上的工具。

“丁探，交给你了。”

说完，老师让出位置离开大门走向了一旁的植物丛。“文人范”似乎一下子没有了方向，他看看老师，又看看我，身体在我和老师二人之间来回地扭动。终于，他还是选择了老师。

“镜工……我是说，这位美女……她行吗？啊！这么说多有冒犯了。”

“文人范”靠近老师压低嗓音说道。

“范记者，你看她漂亮吧。”

“非常漂亮！可……”

“一会儿你就会知道，她的业务能力和她的相貌一样漂亮。”

“哦！我竟给忘了，前面宗局已经介绍过她是您的高徒。今天，我可要开开眼了。”

“恐怕不是开开眼那么简单，她会让你脑洞大开的。”

……

上述对话是事后小李子告诉我的。难怪，在结束工作准备上车返回的时候，“文人范”摧眉折腰地对我说了一段话：

“丁探，我郑重地向你道歉，就在二十分钟前，我还怀疑过你的能力。请原谅！”

我没有理会他，这些话对我来说毫无价值。

其实，从老师对我说的“丁探，交给你了”这句话中，我已经嗅到了重大的提示：门锁处有问题。

用了不到十分钟的时间，我便“交作业”了。

“老师……”

我看了看“文人范”，因为他是外人。

要知道，保密意识是确保证据有效性的灵魂。老师对我们保密意识的灌输是从公安大学时期就开始的，保密意识也是自己开始工作后常常在耳边鸣响的警钟！所以，这种养成已成了自己的一种本能。尽管“文人范”这次是通过组织介绍来采访的，我在临场工作中还是“本能”了一把。

直到老师说“文人范”是“自己人”后，我才开始了分析汇报。

“老师，这是一个伪装现场。作案人是可以获得门锁钥匙的内部人员。”

与老师冰冷的面容相比，“文人范”的表情被瞬间凝固在了惊讶的峰值。

对此，老师事后给我分析过其成因，这次勘查的虽然只是一个普通的盗窃案件，但对“文人范”来说则完全是另外一回事，不管他曾经看过、听过多少故事，甚至亲身采访过多少案件，但是，像这样大深度的现场分析可以说是第一次，而且从接报、出警、勘查、分析等过程都是他亲身经历、亲眼看见的。这可是玩真的。

“等等，丁探，您先等等再往下说，可否让我先去看看。”

老师从我手中拿过电筒和放大镜连同手套、口罩一起递给了“文人范”。

用“文人范”的话讲，他这次是真实过瘾的“侦探”了一次。

“看人挑担不吃力啊。我这一看，更加是云里雾里了。”

看罢多时，“文人范”一边摘下口罩、手套，一边说道。

“老师，从挂锁搭扣被钳断的痕迹形态分析，在挂锁呈正常锁闭的状态下是无法在目前所看到的这个搭扣底部位置处形成钳切痕迹的，因为，这个部位被锁的搭襻所遮盖，工具根本就无法触碰到这个部位。”

小李子已经完成了物证的提取，我们一起来到门锁处后我接着说：

“也就是说，挂锁搭扣是在挂锁被开启并且取掉、锁的搭襻呈张开的状态下被工具钳断的。作案人有这把房门挂锁的钥匙，他先用钥匙开门，盗走屋内的电线，而后再用钳子钳断锁搭扣，这是一个经过伪造的现场，作案人企图把侦查人员的视线转向为外盗。”

随着我的分析和演示，“文人范”露出了恍然大悟的神态：

“真是神仙一把抓呀！”

老师见“文人范”已经听懂看明白了，接过话头讲道：

“范记者，其实从到达现场后对报案人的临场访问中就已经发现端倪了。”

“端倪？镜工，刚才我一直都在场，可我并没有觉察到什么，您所说的端倪是什么呢？”

“工作量与工作时间不匹配，那个电工不需要加班到那么晚的。电工有嫌疑，我推迟清场就是想观察他，果然，发现了异常的现象——他在拧螺丝的时候竟然把扳手当成了螺丝刀，这两样工具从形态、重量等方面可都是截然不同的，他跑心了。当时，他虽然是一副埋头干活的样子，但他知道，我正在盯着他看。”

“那也就是说，作案人就是他——那个电工！”

老师点点头。

“啊！镜工……就是说，我亲身经历了一次破案！”

“是的。”

“不容易呀……”

在看着那名电工被警车带走后，“文人范”若有所思地对老师说：

“不仅要勘查各种痕迹，还要透析访问信息，还要审视犯罪心理……不容易呀！”

“因为现场是立体的，所以，对现场的勘查也应该是立体的。”

“立体勘查，妙呀。镜工，有一事我尚未解怀，可否……”

“范记者有话尽管请讲，我不能让你带着疑问结束采访工作啊！”

“谢谢。我是说，刚才您为什么没有和丁探一起勘查门锁，而是带着我围绕现场散了一圈步？这里面是不是也有着玄机啊？”

散步？！为了掩饰由内心深处产生的、强烈的笑意，我假装看风景转过了身去。

“嗯，不愧是记者先生，很注重细节。好，现在我就带你去看看玄机所在。”

老师是现场上的主心骨，“散步”之举确有玄机，“文人范”的敏锐值得称赞。

我叫住了小李子，让他也先陪着一起“散步”。小李子心领神会地一笑。

这个饭店正面靠马路，其他三面皆为绿化带，绿化带的构成除了高大的樟树外还有围成一圈的半人高灌木丛。

“瑟瑟秋风戏疏密，带落一片秋意浓。”

老师的吟颂随口而出，却是眼前景色的写实。我用笔记录下了这个独特的“现场诗”。之所以称它为“现场诗”，是因为它与本案有关。

“镜工，让我试着解读一下您的诗句：劲吹的秋风顽皮地穿梭在高高低低的林木之间，带下的一片片落叶不断地描绘着季节的韵味。”

“谢谢点评。”

“镜工，其实我从来就不认可一些影视剧里对我们刑事警察的描写，我认为，刑警更多的是头脑冷静、斗智斗勇、运用智慧去践行使命的，绝不是只会挥拳舞棒、动辄拔枪之辈。”

说话间，散步已近终点。

“范记者，你有什么发现吗？”

“没有。”

“你看，在这一圈灌木丛上散布着不少的落叶，尽管初看有疏有密，实则包含着一种自然天成的均匀。它有两个特点：一是相对的均匀；二是落叶的叶片基本都飘落在灌木丛的顶部。”

“对对，果然如此。”

“可是你看看这个部位……”

老师指着一处位于高大樟树旁边的灌木丛让“文人范”细看。“文人范”左观右瞧，时而探身、时而低蹲。终于，他面带钦佩之色地转身看着老师竖起了大拇指！

“镜工，这里的落叶大都在灌木丛的枝丛中间，与其他的灌木丛不同，因为位于这棵大树旁，故不易发现。”

“范记者，这反映了什么呢？”

“是呀，这是怎么回事呢？……啊……我好像有点明白了，作案人是从这里穿过灌木丛逃离现场的。对的，一定是这样的！因为，只有这样，落叶才能出现在灌木丛的枝丛中间。”

“文人范”有点喘！他说完后眼神专注地看着老师。

“范记者，你差不多就说对了。”

尽管是一句带好评性质的话，但老师的“冷”，还是让“文人范”目光的火花渐渐地消失殆尽。

“范记者，你是否在乎身上的衣服会沾上一点灰尘？”

老师稍稍犹豫后对“文人范”说道。毕竟，他是外人、是客人。老师是要让“文人范”通过亲身进行现场实验去感知现场。

“哦，不会的。福尔摩斯不是也为了查看现场上的细节而毫不犹豫地俯卧于泥地之上吗。镜工，我知道，您是想让我亲身体味一下现场的真实，我理解的。”

别说，“文人范”还行。

“好。这样，你把自己置身于作案人的位子，演绎一下小心翼翼地穿过这个灌木丛离开现场的过程。”

“文人范”点点头，立即便进入了角色。在旁边五米远的一个类似的灌木丛处开始了实验。

可以说，“文人范”他是充分地体现出了小心翼翼的内涵，这一方面是老师提出的要求，另一方面嘛，当然还是本能地有些心痛自己的衣服。我看到过牌子，也的确不便宜。

为了让“文人范”的演绎更加的自然一些，我学老师的样子背转过身去。随着，枝丛和树叶“哗哗”声的停止，不到两分钟，身后便传来的“文人范”的声音。

“镜工，我完成了！”

“文人范”站在灌木丛的对面，已经率先“欣赏”起自己的作品了。

“哎呀，好几根灌木枝条都被折断了……”

“文人范”摇摇头，对自己的表演不满意。

“范记者，这恰恰是一种真实的再现。虽然，你与作案人在身材方面有所不同，但在此案的现场实验中不妨碍特点的形成。”

“特点方面……镜工，我感觉特点上的不同就在于灌木枝条的折断与否。”

“丁探，你是案件现场的主勘，你说一下吧。”

老师把话头递给了我，这让“文人范”有稍许的惊异，但有过前面的“交流”，所以惊异很快便转换成了一种饶有兴趣的神态。

“老师，特点上的不同除了灌木枝条的折断与否外，还有一个更加重要的现象——灌木枝条上不少新鲜的小叶片被蹭落了。之所以说是更加重要的现象，是因为本案中的这种现象反映出了作案人的体态。”

“文人范”有点懵。

灌木丛的枝条是横七竖八不规则的，它的折断不具有必然性，而枝条上小叶片的脱落则必须有蹭擦的作用才能形成，无论是直接蹭擦还是间接蹭擦……老师一边讲解，一边让“文人范”用放大镜观察细节。

“行行出状元！高……可树旁那个地方又是怎么回事呢？没有钻过人吗？”

“没钻过人。”

我主动接过了“文人范”的话。我感觉，为了一个“文人范”已经耗费了老师太多的精力和时间。

“这个位置的压痕形态反映出曾有过物品的摆放，准确地说是藏匿。”

“丁探，你是说，这里藏匿的可能就是被盗的电线？”

“回答正确。”

“可依据是什么呢？”

“看这里……用放大镜。”

在靠近大树树根处一个小而尖的短枝上，挂有一块比拇指指甲盖略大一点的黄色纸片，它是在移动物品时被短枝刮下来的，由于它的颜色正好与树根处的颜色相融入，故而毫不显眼，很难发现。将纸片的正面翻过来，可以看到两个半数字，它是被盗电线外包装纸箱上的代码数字，与现场内尚存的同类型电线外包装一致。因为“文人范”提到了“散步”一事，小李子在老师的示意下才暂时没有提取它。

其实很简单，把中心现场交给我后，老师便对外围现场进行了巡视……

什么叫“乌鸦嘴”？

“文人范”眼下就充当了一回。

在返程的勘查车上，“文人范”颇感遗憾地自言自语说：要是遇上一个有死人的案件现场就好了。话音刚落，现场就到了，在某工厂的宿舍楼下绿化带内发现一名身上有血的中年男子，已死亡。

勘查车立即改变了行驶方向。

经与先期到达现场的“110”民警联系得知，死者身份已经查明，是厂里的勤杂工，居住在宿舍楼的七楼。不排除是高坠死亡。

“镜工，这可能就是跳楼自杀案件吧？”

“文人范”语气虽然文质彬彬，但难以掩饰其中所透出的泄气的情绪。

“大记者，这需要经过现场勘查后才能定论。”

正在驾驶勘查车的小李子对“文人范”前面的“乌鸦嘴”以及现在又失望的语调有些不以为然，转头一本正经地调侃道。

“文人范”品出了味，觉察到了自己的失态，一时间面色有些尴尬。

“范记者，放松自己，还是让事实说话，让现场告诉我们吧。”

老师为“文人范”打圆场。

我进入缄默状态。

七〇三室由死者及其妻子二人租住，面积约三十平方米，由卧室、小厅、卫生间、厨房间组成。格局的构成为：总门朝北，门内是一个东西走向的短过道，过道西接小厅；小厅的北侧由东至西分别是卫生间、厨房间；小厅的南侧是卧室。

据其妻子称，死者今天因身体不适而请假在家休息，一直在床上躺到下午一时许，突然起身说要去上厕所，当时自己也没有在意，直到过了大概十多分钟听见楼下的喊叫声才发现厕所里没人了。

因为每层的房屋结构相同，所以，死者倒卧处位于厕所北窗外的下方。死者为一名中年男性，其身着灰色长袖棉毛衫、黑色长棉毛裤和黑色圆口布鞋、灰色袜子，身体呈左半侧卧状，其口腔、鼻腔及耳内有血水流出，其身长 170 厘米，体形瘦……

“文人范”紧随着老师的身影在现场上移动着，甚至会通过观察老师的目光去琢磨。

“镜工，看来我的——预感——是正确的，显然——这就——是一个跳楼——自杀的——案件。”

宿舍楼共为七层，没有电梯。一个多小时后，“文人范”气喘吁吁地对老师说道。

“显然？大记者，那么请你讲一下自杀的依据吧，都显然了，应该可以脱口而出了吧？”

正在绘制现场平面图的小李子闻言轻轻摇着头说道。

“当然可以。镜工曾经讲过，勘查工作中要注重对现场的还原重建，而对现场的还原重建必须建立在与现场上的客观痕迹现象相吻合的基础上。”

“文人范”娴熟地引用老师的理论进行铺垫。

“根据案件过程的还原，死者起床后即进入卫生间内，并从卫生间的北窗先翻爬出去再反身坠下。直接从床上起来，应该是穿着拖鞋的，卫生间北窗前地面上有死者生前专用的拖鞋；爬窗行为，有内侧窗台及外侧窗台上的抓握印痕。这就是依据。”

“文人范”把勘查过程中老师向他做的逐点讲解搬了出来。小李子一时竟也无语了。

“不打无准备之仗。以后想明白了再说话。”

我悄悄对小李子说道。

……

一路无语，勘查车返回单位。

“文人范”几乎是见人就打招呼！

为期一天的采访即将结束了，“文人范”为自己能够如此快速地“入门”感到意外的惊喜。他请求老师再让他做一次面对面的深度采访，实践了大半天，理论部分还需要补充一下。

我了解老师，他对这些没有兴趣。

就在我准备挡驾时，老师朝我摆了摆手。

其实，老师想让“文人范”见好就收。实在是不想扫他的兴。但出于礼节又不方便拒绝他一再的请求。

我在心中嘀咕了一句：“文人范”，这可是你自找的……

采访已经持续了近一个小时，在家的技术员们也都饶有兴趣地围绕在四周，一方面是看新鲜；另一方面是被老师的谈吐所吸引。

“镜工，一名新技术员一般需要多长时间的培训及带教才可以放单独立应对普通的案件现场？”

“至少需经历一年扎实的培训。”

“镜工，请恕我直言，根据我一天的亲身感受，我认为这一年的时间是不是显得有点长了？”

“现场上的各种客观现象是千变万化的，单纯地了解一门理论的基本原理是一个方面，掌握它、并能在实践行为中变通地应用它则是另一回事情。”

“镜工，您对我们的技术员们是否有点……我今天的表现，您可否给予一个评价？”

老师没有立即回答“文人范”的提问。他转头慢慢地环视了大家一眼。

“范记者，刚才的自杀案件可以确认吗？”

面对老师突转的话题，“文人范”先是愣了一下，但随即挺直身体回复道：

“是的镜工，绝无问题可言。我吃得透透的，信心满满。”

“范记者，你在卫生间内都发现了什么？”

“死者生前所穿拖鞋、大开着的窗户、马桶盖子上的拖鞋踩踏印痕、内侧及外侧窗台上的翻爬和抓握痕迹，还有……”

老师的提问显然让“文人范”莫名地产生了一丝警觉，话语已不像与小李子对话时那么流利了，更像是在背书。

“好。范记者，请你再讲一下那位死者的情况。”

问题似乎越来越简单了。“文人范”变得放松起来。

“死者为一名中年男性，其身着灰色长袖棉毛衫、黑色长棉毛裤和黑色圆口布鞋、灰色袜子，身体呈左半侧卧状，口腔、鼻腔及耳内有血水流出，其身长170厘米，体型瘦……”

“哗——”

大家为“文人范”的记忆力鼓起了掌！

老师一边鼓掌一边朝我微微点了点头，意为：丁探，你说吧。

“范记者，我想接着老师的话再提个问题。”

“当然，请出考题！”

“根据死者妻子的讲述，死者起床后是穿着拖鞋进入卫生间的，在卫生间内的马桶盖子上也留有那双拖鞋踩踏所形成的足迹，而拖鞋在卫生间内，现场上死者脚上穿的却是黑色的圆口布鞋。谁会穿着布鞋穿拖鞋呢？请解释一下。”

一鹰入林，百鸟压音。

“文人范”的脸犹如变色龙般地不断变换着颜色！他瞪大双眼上下左右地重新观察和审视着瞬间变得陌生的一切。

……

“镜工，简易PPT做好了。”

小李子走过来对老师讲道。

“开始吧。”

投影屏亮了起来，投出的正是刚才勘查的那起高坠自杀案件。

这是老师的良苦用心，仅一天的接触，为了让“文人范”对刑事科学技术有更直观一点的了解和认识，决定让“文人范”对案件有一个充分发酵的自我吸收过程后，再进行全面细致的揭示评析。

“这是一起看似简单明了但实则充斥着许多异常变数的现场。”

老师慢慢地踱着步开始了对案件的讲评。

“其实在现场上往往会有不止一种现象以信息点的形式向技术人员做着某种揭示。比如，刚才丁探所提及的问题，现场上有两个信息向我们发出了异常的信号：第一，就是穿着布鞋穿拖鞋的信息，在楼上卫生间内看到了拖鞋，在楼下死者的脚上看到了布鞋，却没有发现它们之间关联性上的异常；第二，根据人体的损伤部位以及地面的冲击凹陷痕迹，死者是双脚首先接触地面的，可是在死者的布鞋上却没有反映出相应的泥土及植物在高速冲击情况下的附着……”

如果说老师讲的第一点还容易理解的话，第二点却不禁又让人瞪大眼睛观察投影屏幕上的现场照片去“复勘”现场了。

看见不等于发现。

半个小时丝丝入扣的现场讲评，让参与和没有参与这起现场勘查的技术员们都深入透彻地浸润了一次科学的理念。

有位老同事曾经调侃地说道：现场上的现象一旦揭穿了似乎都不复杂，但在揭穿之前却全是谜。现场的魔性。

现场勘查过程中老师叫我单独把报案人的妻子带到勘查车上来进行详细的询问，在这个安静封闭无任何外界干扰的环境内，报案人妻子几经吞吐终于说出了实情：事情发生后，她见自己丈夫赤裸着双脚“走了”的样子，心中异常难过，就从家中拿来新袜子和丈夫平日里常穿的圆口布鞋给他穿上了。这一幕让一个保安看见了，他告诉她这是破坏现场的行为，让警察知道了说都说不清楚。所以，直到在勘查车上被老师的问话噎住才“坦白”。

“案件现场，是一个充满各种未知数的地方，什么不可预计的情况都可能发生。刑事技术人员必须高度地警惕和谨慎。”

老师结束讲评，来到“文人范”跟前轻轻扶了一下他的肩膀。

“镜工，我儿戏了，对刑事科学技术的严谨性和科学性没有足够深度的认识。唉……看人挑担不吃力啊！”

“如果谁要把某项业务技能视为儿戏当成玩物的话，那么，真正成为玩物的，就是他自己。”

“……明白……收到！”

如同刚完成一次艰苦的长跑，痛苦中包含着欣慰和享受。“文人范”慢慢地坐回到沙发上。

“文人范”的采访工作结束了。我和老师一直送他到大门口。

“镜工，这只是一个开头，我会一直向您请教、学习，争取做个名副其实的‘福迷’。”

“有恒心方恒远，多交流。”

“丁探，不愧是镜工的高徒。你美丽、智慧而犀利！”

对“文人范”的赞美，感觉自己淡淡地笑了一下。

时间已近中午，陆陆续续有人手拎着从单位门卫室取回的外卖急急匆匆地消失于各个楼层的办公室内，渐渐地，舌尖之愉在五味混杂的“交响曲”中浸染了整幢大楼。

可能是要去“赴宴”的缘故，我突然间对民以食为天这句话产生了特别的感觉。

这是“文人范”第五次发出聚会的邀请，理由越加地充分了：“迷”队伍要扩充。

这个理由对老师有所触动，终于接受了邀请。

城市的交通颇难掌控，我和老师以不超过两分钟的误差赶到了聚会的酒店。

“文人范”的热情通过他的表情及肢体语言远远地就沿着走廊传递了过来……

让我在位子上先坐下后，老师才在我旁边落座。雅阁内的气氛迅速升温，看得出，无论是对老师还是对我，“文人范”事前都做了充分的宣传。不过，大家依然有许多个想不到。

想不到天天面对着各种刑事案件现场的人中竟有那么美丽的女警官；

想不到如此资深的国字头现场勘查专家却因没有大学本科文凭而没有评定高级工程师的资格；

想不到作为刑事警察的老师和我从来不带枪；

想不到……

有太多的想不到！

“丁探警官，你绝对是模特或者空姐的材料。现场上的死人、血迹甚至是尸块……你一点儿也不害怕吗？”

所有的提问基本上都具有代表性，一个人问，所有人的目光都期盼着答案。

怕、不怕，有一个过程……感觉所有的回答都毫无意义。

我没有作答，而是扭头看了看老师。

“她不怕。”

尽管老师的回答是大家意料中的回答，可人们在表情上的反应仍然是强烈的，他们直直地看了我一会儿，似乎需要对这个答案进行一下消化。

是的，人们往往会不由自主地对生活中的诸事物进行匹配，比如，鲜花与芬芳、春天与雨露、丑陋与坏蛋、草药与苦涩等。

可世界的结构绝非如此匹配般的简单，它不仅复杂异常，而且处于不断的变化之中，人们也正是从这种复杂和变化中不断地增长着见识、积累着经验……

"……你真了不起。"

异口同声地赞美。

我想，这是大家内心的各种情绪在冲撞、纠结后得出的——对我的认识。

"丁探警官真的是美丽，尤其是听到你的工作故事后，这种美更加地升华了！"

一位看上去比我大十几岁的女士依然关注着我，脸上的表情中糅合着羡慕、怜惜和敬佩。

"如果不用隐形眼镜，而是像平时一样佩戴眼镜的话，将会更加透出您的气质。"

老师冷不丁地一席话将"火力"吸引了过去，终于将我从"重围"中解脱出来。

"哦！镜工，您是怎么知道我平日是佩戴眼镜的呀？"

她有些惊讶地将身体向前挪近了一点儿，手指不经意地在眉心处触碰了一下。

"镜工，您是不是看到她脸上的镜架压痕了？"

"不可能的，我的眼镜价值两万多元，极其轻巧，根本不会在脸上形成压痕……"

"那是？"

"还是请镜工揭示推理过程吧！"

"对，这才是今天的主菜呀！"

"有一种神秘的感觉！"

"……"

老师刚才对眼镜的分析也深深地吸引了我。还是那句话，在老师身边，到哪都是课堂、随时都能学习。所以才会有同学情愿利用双休日乘飞机往返两千多公里只为跟随老师勘查一天现场。

"说不上什么神秘。"

老师摆了摆手说道。但这句话却让桌上的神秘气氛更加浓郁了。

"其实，是这位女士的肢体语言透露出的信息。长年佩戴眼镜的人有一些习惯性的小动作，比如，推、扶镜框等，当习惯成自然后，即便是偶尔没有佩戴眼镜，也会下意识的出现这类小动作，尤其是在出现关注、不自然、羞涩、迷惑等心境变化时容易出现。"

老师喝了一口茶，刻意地停顿了一下，给大家理解吸收的时间。

“这位女士对丁探警官很感兴趣，在前面的交流过程中，我注意到她数次重复着推扶镜框的动作，而她既没有佩戴眼镜、看东西又没有明显的视觉障碍，所以我才得出她平日佩戴框架眼镜，今晚佩戴着隐形眼镜的分析。”

桌上出现了一阵短暂的沉默，大家脸上的表情却已先于语言绽放出了钦佩!

我又学习到了一个新的知识点。在后面的聚餐、交谈过程中我不露痕迹地暗中观察着那位女士，果真像老师分析的一样。

“生活中不缺乏乐趣，缺乏的是发现和创造乐趣的人啊！”

“正是如此。”

“镜工、丁探，与你们这样的刑事警察打交道真的是一件趣事。”

“今晚我推掉了另一个活动赶过来是英明的。”

“接受镜工的建议，不再戴隐形眼镜了！”

那位女士刚从洗手间回来，脸颊上出现了一副精美的眼镜。

“谢谢！”

老师微微欠身道谢。

“镜工，您给人的感觉总是有种神秘的色彩。您到底是一种怎么样的人呢？”

“这个，我有发言权……”

“文人范”直接截过了话头。

“百姓需要的人！”

好！我在内心喝彩。

“虽然我与镜工直接接触的时间不长，但我在之前做过功课，大量地收集过有关的资料，这次和镜工共同实地勘查现场的经历激活了我所了解到的有关他的故事，也清晰了对他的印象——忠诚、正义、精湛的业务技能铸就镜工心中之剑，故，无须持枪带械，剑气吞吐间击碎一个个罪恶的梦魇！”

“文人范”的话营造出了一种很特别的气氛，大家之间的交流渐渐进入佳境……

如同是刻意要烘托气氛似的，酒和菜上桌了。

作为本次聚会的召集人，“文人范”自然是少不了一篇文质彬彬的开场白，而其内容也自然是三句话不离福尔摩斯，无论是文学著作中的，还是现实生活中的，可谓饱述淋漓!

“现在请镜工为今天的相聚致祝酒词。”

意料中的事。

老师在掌声中站起身来，他先半转身朝我轻轻点了点头：

“谢谢大家！因范先生的引见，我和丁探得此机会与大家认识，很荣幸。真诚希望各位为光大刑事警察的智勇谋略多费一份心。”

“文人范”冲大家点了点头，表情非常滋润！

简短的话语后，老师低头从桌上端起了小酒杯……酒是我亲自为老师斟的，红星二锅头酒，液面高度被我控制在一厘米左右。

老师看了看小酒杯又随手放下了，他让服务员拿上来一个标准的葡萄酒杯，满满当当地斟上了酒。我心里一惊，急抬头看着老师的脸，这一杯可有三两啊……老师当然明白我的焦虑，他用一个不起眼的微表情告诉我：没事，我有分寸。

老师的意外之举让“文人范”脸上的表情由新奇渐渐变得严肃起来，似乎在说：镜工您来真格的？

“为了今天的聚会以及表达我和丁探对大家的敬意，我满饮此杯酒，大家只需随意便可。”

说罢，老师端起斟满二锅头酒的葡萄酒杯送向自己嘴边。几乎就在同时，从餐桌不同位置上伸过来数只胳膊拉住了老师端酒杯的手。

“镜工、镜工、镜工！咱们慢慢喝、慢慢喝，心意我们领了、领了……”

……

好嘛，除我外，一桌十一个人，无论男女没有一个是酒量差的。不过，每个人向老师敬酒时在量上皆掌握得极有分寸，即使如此，也一点都不轻松，就连我这个以茶代酒的也能真切地感受到那种肢体语言表达出来的压力。

近两个小时的聚餐会气氛相当融洽，面对各种各样的提问与好奇，老师侃侃而谈，曲折繁杂的案件情节紧紧抓住了大家的心：凶杀案件现场，通过对室内茶几上一只拖鞋的分析，把嫌疑人的范围从茫茫人海缩小到三个人；烧炭自杀的现场上，八块瓷砖对当事人内心活动的深度展现；居民小区发生的高坠案，尸体却躺在底楼楼门内侧，难道死人还会走路；惨死在车厢内的被害人为何手托下颌面带微笑……

桌上不乏“老政法”，但今天再次让他们有一种开眼了的触动感。“文人范”的腰板始终直直地挺着！一方面，他在全神贯注地听；另一方面，他也在人们目不转睛地神态中享受着自己的“成就”。

至于我嘛，自然是逃不过去的，但在老师的策应下，我很快便把大家的注意力由身材与美貌转移到了变化莫测的案件现场之中……我还真切地见识到了什么叫深度入迷状态的现实体现——一位中年女作家边机械地吃着螃蟹边全神贯注地听着我的讲述，当案子讲完，人们深舒一口气时，她却看着自己面前的蟹壳大声问道：谁吃了我的螃蟹？让全桌人一度笑崩！

临近尾声时，一位作家协会的负责人突然袭击般地问老师：

“镜工，您自称酒量不大，但今天您的实际表现可不是那样的。这可否算作不实事求是？”

表面上，这只是夹带着笑容的一句玩笑，但实则却是一种应变能力的测试。你可以有一万种说法，可是，就看你怎么说。

“我的酒量平时的确很一般，今天之所以会让你们感觉我酒量好，是因为酒逢知己千杯少的缘故吧！”

“棒！真棒！技术刑警的回答！”

其实人们都知道，没有好的酒量是不可能有酒逢知己千杯少之娱的。对老师巧妙的回答，我也在心里大声喝彩！

聚会在掌声中结束。

老师太辛苦了，我决定拉他去散散步。

聚会结束时，我越俎代庖替老师谢绝了“文人范”安排的车辆及陪送。

对我的“任性”之举，老师会心地说道：

“太好了。”

漫步在江边的景观大道上，傍晚清凉的微风和悠长的笛鸣声让人进入了一种全新的心境之中。我想，或许这就是对人生的品味吧，在经历了喧嚣后才能更真切地体味到宁静的舒柔……

看得出，老师同样很品味这种舒展的感觉。

“老师，您觉得范记者能完成破案任务吗？”

“可以。”

老师的口气很肯定。

“丁探，通过这几天来的接触发现，范记者不单单是一个‘福迷’，他的领悟性好，甚至可以说有一定的天赋……”

在刚才的饭桌上酒过三巡后，“文人范”陪着他的一个同事向老师“报案”，同事称，去年到国外做为期一年的访问学者，走前托自己亲兄弟临时保管一件价值不菲的清代瓷瓶，前天回国后却被其兄弟告知清代瓷瓶被盗了，并说高度怀疑是自家的钟点工阿姨所偷，因为阿姨有自己家的钥匙，通常都是他们去上班后阿姨自己来家中干活的。

碍于面子，“文人范”的同事尽管半信半疑，但一时对是否要去公安机关报案犹豫不决。

加上酒精的助力，报案人情绪有些激动，以至于引来了全桌的目光——那些目光与其说是被报案人所吸引，更确切地说是投向了老师。

“瓷瓶收藏在家中什么地方？”

老师压低声音平静地问道。或许是受到了老师举动的影响，报案人的情绪稳定了一些，桌上其他人员也仿佛意识到了这已属于别人的隐私问题，故而也都王顾左右而言他，重又浸入佳酿的氛围中去了。

“放在书房内的书柜顶上，是靠内侧位置放的，瓷瓶的外侧放置了一些其他的物品进行遮挡。”

“是谁放的、一年中动过否、最后一次看见瓷瓶是什么时候、有哪些人知道此事？”

他们夫妻二人知道，因为放的时候大家都在。没有动过，这次之所以发现，是因为他踩着梯子上去放东西……是放回一尊玉佛，最后一次看见就是上去取玉佛的那天，他说是在我回国的前三天，担心我着急，没有事先打电话告诉我……

报案人说话的声音越来越低沉，就像一个即将泄尽气体的皮球。

老师轻轻转动着手中的酒杯。

“你和范先生是……”

“我们是从小的同学，现在的铁哥们儿。”

“那，你不介意我要单独向范先生交代几句话吧？”

“当然……”

报案人机械地回答完后，又猛然抬头盯着老师，似乎读出了一点老师的话外之音。

也就三分钟左右的时间，老师和“文人范”回到了包间。不同的是，“文人范”的面部表情由出去时的迷茫转而变成了坚定与期待。看着款款落座的老师，“文人范”由衷而又钦佩地摇了摇头，看见我的目光时，他伸出了大拇指！

清风，不断地撩动着思绪的翼展，我非常喜爱这种交流的氛围与感觉，老师曾称之为：享受。

“现场勘查工作中最重要的是通过对现场各种信息的提炼来确定临场工作的思维切入点。其实，当你的思维通道正确的时候，一切都会变得简单起来，有时候甚至简单到让人不可思议。”

老师侃侃而谈。确实，认真研读过《福尔摩斯探案集》的人在这方面一定会有深刻的感触。

“我让范记者所要做的事是验证事情的真伪，也就是报案人兄弟所说的是不是真话。”

“老师，稍等一下。”

我借着老师讲话停顿的间隙快速地买来了两杯热咖啡。

“对不起老师，打断您了。”

“谢谢！其实我刚才停下话头就是看到了那家咖啡店。哈哈，还是丁探手脚快！”

这也是大家喜爱老师的原因之一，善解人意。中途打断老师的思路不仅失礼，而且是业务上的大忌，我也是跟随老师长久了，所以，偶尔会有些任性。

咖啡很烫，老师通过吸管微微吸吮了一口，感慨似的深呼吸了一下。

“知道我为什么喜欢清咖吗？它简单、醇厚、通透。”

我也偏爱清咖，好这个口感。大学时代同学们聚会或者游玩活动时常常为我这个另类要单独附加一句发音悠长的交代：清——咖——一——杯——

“老师，刚才吃饭时您给范记者单独交代的就是验证这件事情真伪的具体做法吧。”

“丁探，你会怎么做？”

老师没有直接回答，而是直接反问。这说明我的判断是正确的。

对老师的提问我早有预料。引导、启发、互动，授人以鱼，更授人以渔，老师的风格。

“老师，吃饭的时候我就已经在思考这个问题了，刚才您讲到‘简单’一词对我有很大启示。是的，如果我们在对现场上各种信息的提炼方面出现偏差的话，往往就会让原本并不复杂的问题变得扑朔迷离。”

老师饶有兴趣地仔细听着我的讲述。看得出，他为我在对该案思考上所做的“提前量”深感欣慰。

“所以老师，我的想法很简单，只要去认真查看一下瓷瓶放置的原始位置处有无瓷瓶瓶底形态的痕迹即可。”

“正确。”

“老师，所以您才肯定地说范记者能够完成。”

老师点了点头，拿出手机给我看上面一条两分钟前“文人范”发来的微信：

“镜工，按照您的吩咐，已报案。正如您所分析的，警方技术人员没有发现瓷瓶的印痕。牛！”

“老师，您早已得出分析结论了……”

“丁探，还记得去年冬天的那起‘花盆藏金’案吗？”

“记得的。啊，这两案间有异曲同工的味道！”

“对。这就是经验积累、变通应用的重要性。”

去年冬季，某小区内一户居住在四楼的居民报案称：自家卧室内封闭式阳台上的一个花盆被盗了，问题的关键在于，他在这个被盗的花盆内埋藏有价值超过人民币十万元的首饰……现场勘查的小李子实在是无计可施，拨通了老师的电话。

有花盆的印痕，形态和尺寸与报案人所说的吻合，封闭式的阳台完好无损，被盗的不仅是花盆，就连花盆下的塑料托盘都一起不见了。除此之外，家中无任何翻动，财物皆在。

“试想，如果是不了解家中情况的人作案，不会去单单偷一个普通的花盆，而且盆中所种植的也是常见的植物，无价值可言；而如果是了解花盆中秘密的人有针对性地作案，那么，一定会想法延迟发案的时间，延迟的时间越长就越安全……”

老师站在小玻璃屋内一边转身踱着步，一边一字一句地对位于电话另一端现场上的小李子说道：

“把位于报案人眼皮下的花盆直接偷走，这不是等于主动向报案人报警了吗？……有一个细节请你高度关注，那就是为什么会连塑料托盘都一起偷走？……一般而言，这种行为暗喻了两个信息：一是喜爱植物之人的‘照单全收’；二是这个人的落脚之处离现场不远……”

“镜工您好！现在是我。”

电话那头由小李子变成了何队长。原来，正在现场附近办案的何队长闻知案情后直接赶了过去。

听到何队长的声音，老师的眉头即刻舒展开来，又再次重复了上述分析。

“镜工放心，您的意思，我明白！”

……

案件很快水落石出了，结果让人哭笑不得，却在老师分析的情理之中：

报案人有一个关系密切的闺密在同一个居民小区内买了房子，前几天刚刚完成了对新房屋的装修，为了给新房屋除异味和甲醛，趁报案人不注意，直接“顺走”了花盆并放入了新房屋内。

……

我再一次感受到了天外有天。

“丁探，一者，瓷瓶放置处不是随手可及的地方，需用梯子登高才能看见；二者，据介绍，柜顶上放置了许多被称为古董的收藏品，靠外侧、也就是站在地面可以看到的位置上摆放的物品从未移动换位过，看多了早就习以为常，不会特别地去吸引人的注意，也不可能知道柜顶内侧有物品的增减；三者，一个古董收藏发烧友能视如此宝贝于无物吗？定会时常欣赏之，即使是上去取放其他物品也会不由自主地看上几眼，这是人的本能；四者，柜子顶部不属于保洁阿姨的打扫范围，而且阿姨本人至今也没有要辞工的因素和迹象；五者，他的兄弟是知道报案人回国的具体时间的，可所谓被盗信息却并非报案人回国之后就及时告之的，而是报案人上门去准备取回托管的瓷瓶时才称被盗。同为收藏爱好者，能不懂得事情的重要和敏感吗？”

“老师，是不是可以这样认为，从范记者反馈的信息以及从痕迹学的角度来看，报案人兄弟二人是一人的脚刚跨出国门，另一人就将瓷瓶收入私囊据为己有了。”

“正确。”

“哈！”

三天后，“文人范”的电话再次响起，案件破了。

就在报案人出国的第二天，他的兄弟就请假外出，把那托管的瓷瓶“深藏”了起来……

当然，这是后话。

解开了一个谜结，心情舒畅通达，思维也更加快速地运转起来，品着咖啡，又想起了一桩挂心良久的事情：

“老师，您今天敬大家第一杯酒时的举动真让人捏着一把汗，如果一开始就喝那么大的量，后面怎么应对大家的热情呢？难道您……”

还没说完，我便立刻对自己的话产生了怀疑，老师向来心思缜密，绝不是鲁莽行事的人。另外，不按常理出牌、剑走偏锋的风格……可能……是一个诡计吧……哈哈！

“是的。丁探，这是我在去的路上就想好了的小计策，物极必反啊，唯有这样，才能用我的‘海量’去镇住他们，换得了酒桌上人人皆点到为止的祥和局面。”

“老师，万一他们没有劝阻您第一杯酒呢？”

“问得好，丁探。确实得分人，不是什么样的人群都可以用这种方法的。所以，兵法才曰‘知己知彼方能百战不殆’啊！”

“明白了老师，审时度势、活学活用才是精髓所在。有的时候，我真感觉自己不够聪明，没有及时地发现和领悟客观现象和事物间的联系性。”

“丁探，你是说自己笨吗？我怎么没有看出来？难道是我看走了眼……”

哈哈哈哈！

一年后，“文人范”的采访札记《写真刑警》出版了，洋洋洒洒二十多万字。

今天“文人范”是来赠书的，同时也是来索请签名的，不是他签名，而是他向我们——书中的主人公们索要签名。

老师、我、胖胖、严法医、小李子还有何队长等人一共签了多少本已经不记得了。“文人范”的同事朋友们，尤其是那晚参与聚会的各位是一个都不能少……

“镜工，您这小小的玻璃屋在这间容纳了三十多人的大办公室内实在是太小了，小到需要通过寻找才会在这角落里发现它的存在。不过我还是很幸运的，因为我竟在不经意间发现了它的存在。”

作家就是作家，我们熟视无睹的环境竟让他一语双关地感慨和提炼到如此的深度。

这句话让我感到难过，一种早已麻木了的难过。一瞬间，我想到了太史秋芙大师姐，想到了那间为老师准备的，带会议室的工作室。

“镜工，可否请您送一句话给我……”

“文人范”的目光透出渴望和诚恳。

“行。”

“看见不等于发现。”

老师似乎并没有被“文人范”的情绪所感染，只是如平常般淡淡地说道。所不同的是，说完后老师随即又补上了一个同样淡淡的微笑——以示感谢。

十六、解冻证据

坚实有力且富有节奏的步伐透着老师的冷峻与自信，也在不断熏陶着我的人生。

五个半小时的飞驰，高铁终于稳稳地停在了V市的站台上。

这次我和老师是去参加部里的业务培训班，老师应邀去讲课，我是听课接受培训的。为了猛猛的求助，我与老师特别提早了两天出发，先赶到V市S县复勘案件现场，然后再继续赶往部里的培训班所在基地。

一个月了，侦查工作仍然没有大的突破性进展，身为刑警大队长的猛猛终于忍不住拨通了我的手机……每次向老师求助，猛猛都会拿我做“缓冲”。

“情况已经基本了解，有新的信息请及时补充。”

老师平静的语气中隐隐透出一丝兴奋。凭我对老师的了解，他一定是从案件情况的介绍中“嗅”到了重要的信息。

“这冬天冷啊，伸不出手来，就改语音了。”

猛猛对案件情况的最新补充很详细，尽管声音中不断掺杂着唏嘘的哈气，还是赶在老师到达前完成了汇报。我能想象到他长出一口气的样子。

越野车在V市通往S县的高速公路上行驶得极具分寸。

“师姐，现在咱们是不是先到……”

猛猛小声地问我下一步的安排。按理说，我们都深知老师的脾气，他一定是要直奔案件现场而去的。但长途跋涉加上恶劣的气候，猛猛无法不考虑到老师的身体，所以才偷偷地求助于我。

“丁探……你……”

老师听到了猛猛的说话，但他没有像平日那样直接决定去向，显得有些犹豫。

“老师，我不累，去现场吧。”

我当然明白，老师的犹豫是出于对我的关心。也明白，我的话是自欺欺人。

……

现场在半山腰的一片斜坡地块内顺势而建，为一栋二开间的砖木结构住宅，外间算是客厅加厨房，里间是卧室。被害人为一名年过五旬的农村妇女陈某，自前年丈夫去世后一直孤身居住于此。尽管周边散落着一些村民的自建房，但相互间并没有多少走动。

一个月前的早晨，路过的村民发现她家的房门半开着，在房门内侧的地面上已形成了积雪，推门进入卧室发现陈某仅穿着短袖内衣和短裤蜷缩在双人床的内侧，身上有大量的血迹，被子掀在床尾处，人已经死亡，遂报案。

呼啸的大风好像累了似的停了下来，山区里一片寂静，也正是这种出奇的寂静让环境显得越发的冰冷。远远望去，现场似乎被这寒冷的季节和晶莹的白雪给紧紧地封冻住了一般。

在最初的现场勘查过程中，猛猛刻意留了一手：在移动被害人尸体时运用了非常吃力的方法，但确保了现场的相对原始性，床上除了尸体被移走外，没有任何变动。猛猛知道，即便是床单上的一个褶皱，在老师眼里也是重要的信息点。

“敢情从案件发生那天起你就想好了要麻烦老师出马。”

“有师姐在，我才有近水楼台之便呀！多多感谢了！”

“为什么不直接与老师联系……”

“我哪敢呀，师父提问题的角度往往是想都想不到的，尽管做足准备也是防不胜防。别说师父了，我连太史秋芙大师姐也不敢轻易去招惹。”

“那你就敢招惹我丁探？”

“不是招惹，我是变着法地给师父‘送礼’，师姐是知道的，师父就喜欢难啃的骨头……”

“掌嘴！”

……

现场复勘开始了。

老师在临场工作中的思维跳跃不仅快，而且往往给你出其不意的感觉。所以，不熟悉老师的人很难体会到其中的“奥妙”，而熟悉老师的人则需要开足脑力、须臾不可分神，即便这样，仍待长期的磨炼方可跟上步伐。

现场的环境非常简陋，坐北朝南的一栋平房从中间一隔为二，西间是客厅加厨房，东间是卧室，总门位于西间的南墙西侧，门朝南，房门的门锁是完好的。在西间与东间卧室之间的门位于中间隔墙的北侧，门上只挂了一扇厚厚的布帘，没有门扇。

勘查中发现，西间的客厅加厨房内也仅仅就是一些居家常见的物品，尽管放置上不整齐，但却随意而自然，在北墙和南墙上各有两扇玻璃窗，窗呈扣闭状，窗帘拉住。卧室内靠北墙摆放了一台电视机，靠东墙分别放置有写字台和双人床，其中双人床位于东南墙角处呈东西向放置，在床尾与西墙之间是大木箱以及堆放的被子、衣物等。

根据猛猛的介绍和现场资料显示，被害人陈某当时仅穿着短袖内衣和短裤呈左侧位躺卧于双人床的南侧，其双手、双脚皆呈蜷缩状，在其头面部上有多处钝性物体击打以及锐器刺扎所形成的损伤，被子掀在床尾处……

尽管尸体已经不在现场，但大量的挥洒状血迹仍对案件的残忍做出了直观地展现。

我寸步不离地紧随着老师在案件现场移动，猛猛陪同在一旁，不时回答着老师提出的各种问题，并对需要补充的情况立即安排侦查人员开展相关工作。

一个多小时后，猛猛的额头上已然雾气蒸腾。老师见状后立刻回身看了看我，我一点事都没有，猛猛是压力太大了。

见我没事，老师的脸色略略缓和了一点。

“猛猛，辛苦了。”

“我……没什么！师父，您怎么看这个案件？”

“请把偏正光灯拿来，还有静电仪。”

老师说完后微微发出了笑声，但脸上没有一丝一毫的笑容。我捕捉到了。

猛猛几乎是飞奔着出去的！作为徒弟，谁不熟悉老师此时此刻笑声的含义啊！

“老师，案子破了。”

“是的。”

大家发现没有，在我问老师案子破了的话后面并没有按常规加上问号。

被害人的位置在双人床的内侧，床头及内侧墙面上大量的挥洒状血迹说明被害人在这个位置、呈这种姿势情况下被反复打击过，而当凶手站在床下时是无法实施这种打击行为的，只有站到床上去才能形成。

这，就是临场工作中的立体思维。老师通过对现场上整个作案过程的还原，敏锐地发现了重要的痕迹遗留地点和痕迹的种类……发现了被害人与凶手之间的关联性。

床面床单上的足迹用肉眼几乎是看不出来的，而老师看出来了。在老师的引导下，我终于在靠近被害人原来躺卧位置处的床单上发现了那非常隐约的足迹。

偏正光灯、静电仪，终于让床单上的足迹显现出较为清晰的形态：是赤足印痕。

“丁探、猛猛，被害人是在穿着短袖内衣和短裤的状态下被打击的，而凶手在大冬天居然可以不穿外出的鞋子，赤脚。陈某是一个女性，什么人可以让她如此的不回避、如此的无所谓呢？这是一个方面；另一方面，赤足印可以通过痕迹、DNA 等手段鉴定确定嫌疑人。”

“师父，侦查的方向、范围皆已明确，下面的工作交给我了。”

猛猛以更快的速度飞奔着出去！

太阳终于撕开了厚重的云层，大地变得耀眼光亮，心，随之而温暖起来！

“镜工，算是碰巧吧。无论如何，请您再帮个忙！”

局长已经算是觍着脸了。

“他是呈俯卧状的，右侧脸朝上，左侧脸朝下，右手呈弯曲向上的姿势，左手下垂……案件发生时人是活的，有过行走。”

“另外……”

老师站住了脚。

“就在南卧室门口内侧地面上可以看到死者躺卧的痕迹。可惜，你们没有现场照片。”

快十四年了，他一直在等待这句话。

十三年前他还是副局长，他奉行 ×× 专家，待若上宾，冷落了直言不讳的老师，最后，专家留下几句话满载而归：

“听了你们的汇报，前期工作总体来说是不错的。下面我再补充几句：第一，摸排工作是否再深入一点，摸排的范围是否再扩大一些；第二，我们的工作做得再细一点儿；第三，我们的责任心是否再强一些。总之，党和人民在等待着你们胜利的消息！”

没有条件，给摸排工作增加了多么大的困难！

重案队长从会议室出来后愤愤不平地自言自语道。

“理念的落差不是空洞的口号可以填补的。”

老师长叹道！他当年只是一个过客。

“镜工……”

局长的语调近乎哀求。

“进入现场有两人，中等身高，瘦，其中有一人在作案过程中严重受伤，准确地说，他上楼、下楼都需要扶墙……这些都是十三年前我讲过的话。”

“……”

我和老师走了。头也不回地走了，十三年了，什么病都……

“猛猛啊！等你当局长吧。”

俗话说得好，无独有偶，大师姐的电话恰到好处地响了起来。什么叫恰到好处？猛猛的案子解决得快呗！

又是照片。

但，同样是照片，大师姐的不一样，每张照片都有准确的出处，都是严格按照规范进行拍摄的。

在铁路公安的办公室内，老师立刻就进入到现场中去了。

太史秋芙大师姐有些等不及了，她反复在站台上踱着步！是啊，只有八个小时，老师和我必须离开……

大师姐心不在焉地跟我打着招呼，心事全在老师的目光中……她还在老师研究的过程中用手机偷偷地给老师拍摄了许多角度的照片。

左手边摆放着铁观音茶水、右手边摆放着老师喜欢的草莓、蓝莓、橘子等各色水果，水果已经清洗干净放在托盘内，还有点心等物品，几乎都把老师给包围起来了！

在大快朵颐的同时，我隐约感到太史秋芙大师姐有心事，老师已经开始工作了，她怎么还有心事呢？

“唉，一个案件的破获，意味着又一个家庭的破碎。”

不由我多想，老师的话直直地传入到耳朵之中。他像是自言自语，又像在结束一段故事。整整两个小时，老师连水果、点心、茶水的边都没有碰一下，全神贯注于案件中。

“这个现场是抛尸现场，但人的死亡却并非由颈部的绳索所导致。”

“师父，尸检的结论是先天性心脏病造成了死亡……可您是怎么确认不是绳索造成的呢？这也是我们迷惑的地方。”

太史秋芙大师姐一直高度关注着老师的一举一动，闻言急速地靠到了老师的身边。

“颈部为双股绳子，一共围绕颈部缠绕了八圈，可是，有三点细节值得引起注意。”

我早已停止了进食行为，和大师姐一样紧盯着电脑屏幕，目光与大脑随着老师的鼠标移动着。

“第一点，他最后使用的是活结；第二点，绳子较松，在颈部上没有形成勒压及摩擦造成的痕迹，一切处于静态之中。也就是说，颈部的绳子是人死亡后再捆扎上去的；第三点，捆绳子的手法很熟练，具有职业特点。”

一个平常的日子，十二岁的男孩钱某在失踪一天多后出现在了杂草丛生的空地内，由于先期处于炎热的环境内，尸体已经开始腐败。除了颈部的绳索外，身上没有发现任何明显的损伤……

“失踪那天死亡男孩的去向是排摸工作的重点。换句话说，这原本是一个意外事件……弄巧成拙了。用一条围绕颈部的绳子，还有捆绳子的手法去找到当事人，一切终将大白于天下。”

“师父，您所说的三点，我们一个都没有注意到。我们，不，是我的工作没有做好……”

大师姐就是大师姐，虽然窘迫，但仍旧带着一种果敢！

“以后再总结吧。告诉我你的第二个需要我帮忙的案件。”

老师平淡地说道，可是老师越是平淡越是让人心不定，这也是我们长久以来对老师的了解。

可能我们惴惴不安的心情触动老师了吧，他微微笑了一笑，拿起桌上的茶水和水果吃了起来。

还有案件，原来如此。我说大师姐心事重重呢。可，老师是怎么知道的呢？

第二个案件是一起火灾死亡案件。一天中午，一个小区的居民家中冒出了滚滚浓烟……一名成年男子在火灾中死亡……可是他，那位死者光有生命的意识，比如，呼吸等是不够的，还要看他的活动能力。

我暂时收起了自己的好奇心，全身心地投入到案件之中去，丝毫不敢怠慢。

“太史，一个人如果形容他是活蹦乱跳，最先在你脑海中出现的是什么画面？”

仅仅半个小时，老师就提出了问题。说实话，我还不太明白案件的就里。

“师父，直观地说，是一个人在跳跃，充满了活力。”

“好。跳跃需要用到人的什么部位？”

“需要用人的双脚……啊，我知道看什么了。师父，您一点就通呀。”

“用 Photoshop 截取后调整、放大。”

“是，师父。”

大师姐熟练地在电脑上操作着，不一会儿，死者的双脚出现了。

“这是人自主行走所形成的痕迹，是伪造不出来的。”

“师父，这说明他生前在火场中行走过。”

“对。”

“师父！”

“这才是第一步。”

“？”

“第二步是印证第一个发现人所看到的现场景象。”

“可是……”

“来。把这张现场照片的这个范围画面用 Photoshop 截取放大。”

真是神仙一把抓呀，画面放大后，一个人的形态渐渐出现在我们眼中，根据形态的具体特点，可以非常明确地看出，死者的姿势是仰卧状，头朝右侧，右手向上，左手下垂……与第一个发现人所看到的现场景象完全一致。

现在明白了吗？

“师父，我明白了。为什么您不讲，我就很难看出来呢？现场勘查中是严格按照程序展开的。”

这就是大师姐。知其然，更须知其所以然。

“这就是立体思维。它是临场思维切入角的重要形式。当我们研究某一事物或者现象时，必须明白和了解它与诸事物或现象之间的关联性。否则，便走入了孤立、平面、静止看问题的死胡同。”

说起来似乎并不复杂。但，俗话道，冰冻三尺非一日之寒啊，真是百里千刀一斤漆。

“是的，现场勘查是有一定程序的，但我们为什么要唯程序论呢？现场上充满不确定因素，而且，每一起现场的情况皆可不同，我们要根据现场的具体情况合理地、变通地运用程序，创造出正确可行的程序……自古就有将在外，君命可有所不受之谈。”

可谓是一席话唤醒“梦中人”，老师讲话的篇幅不长，但每一句都敲在点子上。这是最直接、最受欢迎的实训课，无法复制和模仿，因为它是需要真本领的。

“师父，跟您真是有永远学不完的知识啊。我又回想起了在大学里您给我们上课时讲过的一个案例，对于那家人报案被盗三十万元一事，大家讨论了近两个星期的时间仍不得要领，您只看了一遍现场照片，用时约一刻钟就说：‘这是一起伪造的现场’……”

那起案件胖胖给我讲过，老师根据现场地面上的木屑痕迹把案件给破了，因为，一是现场的原始性保护得很好；二是哪个小偷会大白天开着门再去破坏门锁呢？一切就摆在眼前，可就是“发现”不了。

看见不等于发现。老师的话内涵深远！

如果说大师姐在接站等老师和我到来时是焦虑万分的话，现在则是痛苦万分了，因为，老师和我要走了。

“师父，我了解您的脾气，在车站的一家西餐厅订好了座位。其实，是我想多陪陪您和丁探师妹……”

大师姐说不下去了。老师行色匆匆地一路上“过关斩将”却连一顿像模像样的饭都没有吃上，就连我、一个同行者也觉于心不忍。

“你真周到啊！”

老师对正在开车的大师姐说道。

对了，后来我听说，在回程的路上换由另一个技术员开车，大师姐一个人坐在后排位子上若有所思，直到返回单位。当然，这是后话。

西餐厅的经理显然与大师姐很熟悉，老早就等候在了餐厅门口，看到大师姐，脸上即绽开了笑容，但我还是从他脸上的笑容中察觉出一丝敬畏。

“您到了！”

他管大师姐称您，这已印证了我的判断。

“师父，这边请进。”

大师姐冲他点了个头，然后笑着对老师说道。在我心目中，大师姐对老师的笑永远是发自内心独一无二的。

经理是个精明人，很快就从大师姐的眼中“认识”了老师和我。谈话中我才了解到，一年前的二月，经理一家人买了新房，但一直时不时地闹鬼，晚上常有人撞门，不仅影响睡眠，更叫人提心吊胆不得安生。多次出警后，派出所的所长找到了太史秋芙大师姐，这个在业务上也被称为大师姐的人。

真是世界之大，无奇不有。

经理家的房门朝北，门外是一条东西向的走道，在走道上有一扇北窗……

大师姐详细询问了情况，尤其是细节，带着技术人员到现场后三下五除二便彻底搞清楚了问题。那段日子适逢风向东北偏北，风级三到四级，阵风六级。

“门锁在安装上与房门不匹配，遇有阵风时就会产生出撞门似的声音。”

门锁是经理的老父亲买来自己安装的。经专业人员重新安装和调试后问题解决了。

“我说太史大拿，你是怎么看出来的。”

派出所所长一张无奈与好奇混合的脸上布满倦意。

大师姐没有看他，似乎对着天、似乎对自己、似乎在回答着问题：

“一是风向、风级；二是撞门的节奏和重量。”

从此，经理也记住了这个“捉鬼”女豪杰。

大师姐丝毫没有介入聊天的兴致，她轻轻地摆了摆手，经理知趣地退身而去。

“师父，您太辛苦了、太累了，虽然解开一个个谜团是您的快乐，但您的辛苦实在是让人心痛。”

“时日不长，要抓紧呀！”

“您别这么说，我、我们最不要听这句话。”

“……”

有个男人慢悠悠地从眼前晃过，他端着茶杯、手上夹着包香烟、口袋内传出蛐蛐的鸣叫声。

大师姐脸上露出冷漠和厌恶，这也是我最反感的一种人，一种行尸走肉。

“人生之路是自己走出来的，你怎么对待人生，人生就怎么回报你。”

老师看出了我们的心思，平静地说道。

……

离别了大师姐，我和老师又飞驰在了高速铁路上，看着车窗外的景色，重新又让我想到了心存已久的疑问：老师是怎么知道大师姐还有案件不好讲呢?

“太史秋芙对我的信任是非常坚定的，可当我破解了第一起案件后，她仍双眉不展……我了解太史秋芙，她是难以启齿，除了案件之外，还会有什么事呢，更何况，她带来的资料并不止一个案件的。综合起来，我得出了她手上还有案件的结论。”

举重若轻啊!

“老师，您真丰富。”

“热爱生活才会让自己丰富起来，终身学习是一件很幸福的事。是雄鹰就应该翱翔在蓝天上……”

依然厚重的冰层下隐约可见涌动着的溪流，它们会随着冰层的变薄而渐渐清晰起来。

“就如同这涓涓的溪流，再严酷的寒冷也无法永远阻止它前行的执着，因为，大地需要它。”

我若有所思地点了点头。

十七、第二战线

在人的生命中，有时候必须做出困难决定，开始一个自我更新的历程。必须扬弃旧的思想、旧的习惯，才能获得重生，再次起飞。只要愿意改变旧的思维和习惯，学习新的技能，就能发挥人的潜能，创造崭新的未来。

放下笔，抬起头，一个全新的日子开始了。写日志是我的习惯，一时心血来潮，将过去的日志分门别类地组合成了几个章节，当然，原版是保留着的，但那也太流水账了。

最近老师特别忙，在几个公安类、政法类大学间，基层一线的公安刑技部门穿梭着，用他的话说：我在上大学，新的大学。

省厅组织的培训班缓缓落下帷幕，为什么说缓缓？依依不舍啊。昨天聆听了老师的讲课，虽然我和老师在一起工作，几乎天天面授机宜，但老师的课仍让人感动不已，一方面，我觉得自己回到了大学时代；另一方面，用理论对实践进行总结，并用实践来诠释理论，这可不是什么人都能收放自如的。一位同行不由自主地说道：每次听老师的课都如同打了鸡血一样的振奋！

话糙理不糙，老师的能力和魅力可见一斑。省厅一位技术部门的领导更直接：

“别人是讲案子，您是手把手地教大家破案子……我现在就与您预约明年的培训讲课！”

……

作为老师的学生，我还没有专门讲过老师在教学等方面的故事——先看一篇公众号上发表的文章吧。

刘镜，江海市公安局刑科所专家，前所长。公安部全国刑事科学技术特长专家；中国人民公安大学特聘教官；中国刑事警察学院客座教授；华东政法大学校外兼职教师；江海市公安局刑事科学技术重特大案件现场勘验指挥专家；公安部全国公安系统优秀教官。

刘镜老师立足本职工作，刻苦钻研“犯罪现场勘查”技术，用多年来总结的特殊勘验经验，使一个个作案人现出原形。他不仅是实践专家，在学术研究方面也有很深造诣，从事刑事科学技术工作以来，先后在《江海刑事技术》《东方刑侦》《公安理论与实践》《公安部论文集》《中国人民公安大学学报》以及其他论文集等刊物上发表业务论文几十篇。刘镜老师长期潜心研究刑事技术，并无私传授经验，在培训方面，他独创了“信息点理论现场分析方法”“双面双点案例培训法”“现场保护及临场访问侦技配合法”“练兵与考核有机结合的个案跟考法”“现场勘查工作临场思维理念培训的微型模拟现场实训”等工作方法及相关理论。基于优秀的培训质量和良好的口碑，他先后应邀赴公安部物证鉴定中心、公安部物证鉴定中心培训基地、最高人民法院立案庭、中国刑事警察学院、中国公安大学、中国政法大学、西南政法大学、华东政法大学、江海政法学院、江海市公安高等专科学校、江海市公安局物证鉴定中心、江西省、江苏省、山东省、内蒙古自治区等地开展业务讲座及重特大案件研究复勘工作。还应邀参与了中国刑事警察学院《犯罪现场勘查》课程改革工作。

××年×月至××年×月，受公安部“双千计划”的指派，刘镜老师在中国人民公安大学刑事科学技术学院进行为期一学年的教学培训工作。

一年来，刘镜老师多次为硕士研究生、本科生和教师做专题讲座，他以高度的事业心和责任感，辛勤工作在讲台上、实验室里、模拟现场中，先后承担刑事科学技术硕士研究生方向课和本科生、国防生、二学位的专业课，教学效果优秀，受到学生的一致好评和喜爱。他特别善于思考，善于创新教学方法，其教学理论和方法成为警务硕士研究生精品课程《犯罪现场勘查技术》的教学亮点，同时为校级教学改革项目提供了大力的支持。起始于勤劳，收结于平淡。凭一身真功夫，刘镜老师是侦查破案打击犯罪的特长专家；靠着三尺讲台，刘镜老师发挥特长甘于奉献，衬托着千万朵桃李之花尽情开放。既有理论水平，又有实际工作经验的刘镜老师为刑事科学技术学院教学输入了新鲜的血液。

一篇很实在又接地气的报道，没有一点儿空洞的口号和浮夸。棒棒哒！

喜欢老师的课，但又怕老师出的题目，看似神鬼莫测，却简单到极致……

……两人在室内有过一番搏斗，凶手拼命追拉着被害人，最后他将被害人仰面朝上摔倒在地面上，然后用手卡住了她的脖子……

这是一次现场勘查的实训考试课。师弟喋喋不休地终于讲完了整个作案过程，长出一口气并喝了一口水。大家等待着，等待着老师的评语，仿佛等待着命运的走向一样。

“这个勘查组给自己的组起了一个响亮的名字，叫‘逢勘必胜组’。”

老师的评语开端总是那么的幽默，一下便让大家放松了心情！不知为什么，我有一种不祥之感。

老师的题源自实践，看上去不难，结果也不难，但做起来非常的不容易。他可以让你——一个待考者一起布置模拟现场，但你在参与了全过程后仍做不出他的题目。

“但是，你们研究过进刀的角度和刀面的角度吗？他涉及双方的体位。”

这句话让在场的人全都懵了。显然，这个方面的工作没有进行过。

“当你们研究过进刀的角度和刀面的角度就不难发现，被害人是在失去知觉之后才很快被移到阳台上的，而且是在阳台上动的刀，动刀时凶手呈俯身状、被害人呈面略朝上身体半左侧位状……被害人的姿势和衣服裤子上的褶皱显示，她是处于被动状态。阳台，是一个半露天的环境，凶手不怕暴露自己吗？怕！但有一个时间段是安全的，对，有的同学说了，是傍晚天黑以后。根据现场内部的灯光、物品摆设情况及新鲜程度可以知道，案件发生在傍晚，结合特定的季节以及当时下雨的时间，案件发生于当晚的五点半至八点以内……”

“案件结束了吗？没有。”

其实，这些都是老师在课堂上多次讲过的知识，现在我对理论与实践的有机结合有了更深一层的认识。

“需要这么麻烦吗？这是一个欲盖弥彰的行为，目的是想要转移刑事技术人员的视线、混淆案件的性质……但这种类型的伪装现场是无预谋的临场矛盾激化行为，凶手已经从中显现出来。”

进刀的角度和刀面的角度、很快被移到阳台上、物品摆设情况及新鲜程度、双方的体位、转移刑事技术人员的视线、伪装现场……这些关键词在同学们的口中和脑中反复地咀嚼着，渐渐，脸上显露出兴奋的神色！

明白了，老师！在现场上，我们作为刑事技术人员，一定要学会和掌握在思维上的收放自如，不能到现场后就一头扎进现场的某些环节中不知自拔。

立体思维，再一次让我们警醒了。

看见不等于发现。是真不等于发现啊，一切都摆在眼前，可就是视而不见。

……

“其实，在对现场进行分析的过程中大家已经触及了案件的关键处，那个‘追拉’一词中的‘拉’字用得很贴切，拉，不是杀人，是纠缠。你们能理解，说明吸收了，这很重要。这既是你们以后的努力方向，也是今天大家的成绩。”

掌声自发地响起了，不为成绩，为老师！

各位看官，不好意思，不能说得太多了，有许多许多的故事都不能明示。点到为止，给大家展现一下老师的文笔吧。

公大刑科院教学小记

应公安部“双千计划”的工作指派，我已经在中国人民公安大学刑事科学技术学院工作了近一个学年的时间。期间，我不仅得到了学院领导的热情关心和大力支持，而且也时时刻刻地感受到了各位老师以及同学们对我工作的无私奉献和倾力相助。回顾走过的路程，有着不少让我永久难以忘怀的故事。

一、水的故事

在学院杨老师的提醒下，我每次去上课都会带上一杯水，可是过了不久，我发现，由于上课的地点经常变换，且不是每个上课地点都能方便地补充开水，所以，有时听课的老师或者同学为了给我加一杯水要跑很远的路，我心里非常过意不去，为此，我开始上课不再带水杯了。

几次上课后，新情况又出现了，每次课前我正在讲台调试课件时，在陆续走进教室的同学中会有人冷不丁地把一瓶矿泉水放在我的讲台上……

我决定自己买水。于是每次上课前我都会去学校内的超市买好一瓶水，到达教室后立即先把水放在讲台上。

没过多久，我的这个习惯动作被朱老师知道了，她回到办公室后立即亲自把成箱的矿泉水搬到了我所在的办公室内。

二、地胶的故事

在模拟现场以及各种痕迹临场提取与解读的实训教学过程中，我感到实训用的器材方面有不足，向陈老师谈了这方面的问题，并提出了自己的设想。学院领导很快便知道了此事，并特别关照，只要是我教学所需要的器材要全力给予保障。

一日，接到陈老师电话，说她在公安部研究所看到他们用于足迹检验的地胶，感觉效果很好，便立刻打电话问我是否需要。成卷的地胶买回来了，菜刀、斧头、锯子、道具假人……一件件全新的实验实训用道具补充进了实验室。其中，地胶送达的第二天就已经进入了我的实训课堂，看到同学们在地胶上反复地行走、观察、测量、分析，教学效果立竿见影，我的内心感慨万分。

三、道具服装的故事

微型模拟现场是我根据多年工作及教学实践的经验所创立的临场理念培训课目及形式，对所有的设计、情节、道具、程序等都有着很高的要求，而且坚持宁缺毋滥。

由于战训馆模拟现场内原有的道具模特已经过多年反复的使用，其身上的服装早已污染、破损、残缺不全，面对即将开始布置的模拟现场题目，我一度犯了愁。陈老师得知我的想法和担忧后毫不犹豫地说道：放心，这事交给我了。第二天一早，陈老师将一包东西拎进了模拟现场，大家打开包一看，好嘛，衣服、裤子、鞋子、袜子，从里到外全套具备，都是老师从自己家里拿来的。大家高兴极了，一拥而上，七手八脚地为道具模特更换上了干净整洁的“新”衣服。

模拟现场考核准时开始，由于“新”衣服没有污染，考核的同学们结合在课堂上所学习到的知识，对“死者”衣服上的血迹、泥土、草渣、褶皱形态等分析得丝丝入扣。

四、海绵帽子的故事

对血迹形态的分析是一门非常有难度的实验实训课，其中一个重要难点在于对血迹形态制作上的真实性要求，目前，实验室的道具模特都不具备这样的实验特性和条件。

面对着在地上躺成一排的多具道具模特，我和赵老师陷入沉思之中。

为了给学生们展示真实的临场血迹形态，必须一丝不苟地对待每一个细节。这时，赵老师突然对我说：我用海绵按照一定的厚度去缝制海绵帽子吧，把海绵帽子给道具模特戴上来制造相关案件情节行为中应产生的血迹形态效果。

没做过的人可能体会不到，那真是一件不容易的事情。没想到，几天后赵老师还真就拿着六顶海绵帽子来到了模拟现场。

血迹形态分析实训课成功了。

看着同学们非常投入的身影，我想，就如同肥皂和人体肌肉的关系一样，我得把对不同海绵的厚度、密度对血迹形态形成的影响摆上研究的日程了。

五、“游玩”记

我在自己的课件中有这么一句话，真正的大课堂并不是局限于教室，而是人们所生活的社会。知识无处不在、学习亦无处不在。

五一劳动节来临，三天的假期成了许多家庭的福音与期待，在跃跃欲试的人群中，有一个人却做出了一个特别的决定：他准备用三天中两天的时间开着私家车去陪一个人在北京的景点游玩一番。

做出这个决定的人便是丁老师，而他要去陪的那个人便是我。

说实话，到北京后一直沉浸于各项教学工作、案件研究和课件建设之中，还真是没怎么认真地“看望”过这座古都加首都双重身份的美丽城市。接到邀请，心里也非常的高兴……

“游玩”很顺利，但真正的收获却是在于游玩中所包含的实质内涵。整个“游玩”成了一次流动中的微型讲座，所遇到的景物、人物皆成了随机的命题资源。我们从现场勘查的程序谈到现场分析的方法，从刑事科学技术的理论谈到对眼前实景、实物的临场分析判断，丁老师可谓求知若渴，如果不是被两道“重”题卡住，我连将食物送进嘴里的时间都不多。这是一次非常愉快而又充实的“游玩”。

六、灰尘的故事

灰尘无处不在，北方天气干燥，各类物件上极易落上灰尘，这已经是人们司空见惯的事了，但这小小的灰尘却在我记忆中刻下了深深的一笔。

一天，我利用自己没有教学任务的课余时间为高老师教研室的部分老师及一些研究生开展小型讲座，讲课过程中我的手在讲台和教具上沾染了一些灰尘，当时，我只是下意识地拍了拍手，持续三个多小时的讲座过程，我并没有特别去留意这个小插曲。

说实话，那真是一个很不起眼的小动作，但不曾想到却被高老师和同学们看到了。更让我料想不到的是，在第二次小型讲座开讲的头一天，高老师带领着研究生们利用休息时间对讲座现场及所涉及的教学用具等进行了全面仔细的清洁打扫。

这件事情让我非常的感动，沉思良久，仍不知应该怎样表达自己的感谢，因为我在无意中了解到，高老师前不久刚摔伤了腿部，至今上楼梯走路都不利落。

这不是一个简单的清扫行为，它所体现和代表的是刑事科学技术学院这个团队的一种治学理念和风范！

我在公大经历的故事有很多，将留存于我的心中。正是这一切在时时刻刻地教育着我、熏陶着我、督促着我全心全意地做好每一项工作。我庆幸自己拥有这样一个机遇，庆幸认识了公大人，庆幸与刑事科学技术学院的老师们成为永远的朋友。

刘镜

20××年×月×日

“您好刘老师！

这些小事儿您都记得，粗放的外表细致的内心，理性的言行感性的情绪，和您的职业和成绩很贴合，给您点赞！更向您学习！”

这是老师们、同学们的观后感浓缩。

老师在师生中的威信高不仅仅是他精湛的业务，还有一点是不可遗漏的，那就是他的人品。举一个生活中的例子吧。

食堂买饭窗口的师傅们久而久之记住了这张热情的脸，早饭也好、中饭也罢，只要长长的队伍中出现老师的身影，根本无须问便会将不同品种的饭菜放在老师跟前，他（她）们早已记住了老师吃饭的“老规矩”。

再举一个研究中的例子。

一日傍晚，一位老师将某省毕业生传来的案件资料发给老师，请他方便时研究寻找突破口，第二天一大早这位老师就在手机上看到了回音，细细地列出了案件的情况和自己中肯的意见。欣喜之余这位老师进而又转成了惊异，原来老师发出信息的时间是凌晨三点钟。

金无足赤，人无完人。我知道读者们的想法，难道他没有不足之处吗？食五谷杂粮的老师有。以下是我工作后亲身经历的事。

严厉，眼中不容沙子。

好花还需绿叶配，打开PPT即被呛住了。教学方法、模式、技巧等从一定意义上决定着课程的“生命力”。另外，依然存在着面面俱到的课件制作通病，要树立一个教学的突破点，制作出具有特色的，属于你的体会、感悟的课件。要知道，类似内容和题材的课件已是铺天盖地，没有特色就没有存在的实际意义及价值。可以模仿，但那必定是为了创新所准备的。

老师毫不留情地删掉了一份又一份报上来的课件，淘汰了一个又一个准备当教官的人。

“请问，您上衣口袋内鼓鼓囊囊装着什么东西？”

“啊，是各种证件，不好意思，太难看了！”

应聘者边解释边红着脸忙不迭地将上衣口袋中的物品掏出来放入裤子口袋内。

“你知道今天参加应聘吗？”

“一周前就接到通知了。”

“你刚才把上衣口袋内的物品转移出来共用了多少时间？”

“……大概用了半分钟。”

他被淘汰了，一位想成为教官的人。

站在一旁作为特邀嘉宾的太史秋芙大师姐轻轻点了点头，脸色很冷。

气息相投，方能品味分寸、得心应手啊！

俗话说，恻隐之心，人皆有之。我理解这一切，但更希望知道详细的缘由。

“丁探，你知道小小的蚊子一年会咬死多少人吗？”

老师先没有直接回答问题，而是反问我道。

“……”

“据世界卫生组织统计，经蚊子的叮咬传播疾病，每年导致全球逾七十万人丧生。”

我还是第一次认识到如此触目惊心的事。

“教书育人，轻者是程序与技能，重者可是关乎每一个战友的生命。不能误人子弟呀！”

老师抬头看着广阔无垠的天际，长长叹出了一口气。

“各行各业都有自己的规范，比如在航空业，乘务人员从安全的因素出发，在进出驾驶舱的过程中规定必须要：背进面出。”

大家自己体会一下老师深入浅出的讲解方式吧。

“在某些发达国家，只要法官要求，现场勘查人员和鉴定人员必须出庭作证。现场勘查人员和鉴定人作为专家证人出庭作证，诉讼地位与普通证人相同，必须接受控辩双方的交叉询问。所以，警方非常重视刑事技术人员出庭作证培训，经培训合格才能成为鉴定人。法庭对刑事技术人员诚信要求极高，专家证人一旦被怀疑提供伪证，将终身不被法庭认可。”

谈话看似转换了角度，但其中的异曲同工却从另一个方面展示了什么叫严谨。

是的，法律不是儿戏，不能有一丝一毫的差池。要想飞得更高、更远、更长久，需要明白舍得之道，有舍才能有得。尽管有痛苦、有纠结、有挣扎；尽管会从更深的层次上再去经受饿其体肤、劳其筋骨……

但却是智者生命长河中的必由之路。

因为，这既是生活的规律，也是生命的法则！

望着老师的身形，我从心里蹦出了这样一句话：

生命之光在担当中闪烁。

老师，您是我永远的老师！

十八、采集生活

过完春节，终于又开始上班了。为什么说“又开始”呢？其实对于刑事警察来说，过年过节经常是更劳累。

但，无论是人们口中的黑色星期一或者是节假日后遗症，对我来说一律都不存在，因为又可以在老师的带领下一起研究形形色色的案件了。这是一个太平的节日，除了正常的值班、备勤等工作外，没有额外的加班加点。一周的时间没有聆听老师的教诲了，心里显得空落落的。我不由得加快了车速，“踩”着道路限速的线前进着。

离开办公室还有一段距离就听见一阵“唰唰唰”的声音从位于楼道的盥洗室内传出来。第一天上班，打扫清洁卫生是必不可少的事情。

进入办公室与每个见到的同事问候过新年好，就挽起袖子开始清洁工作，老师的小小玻璃屋是我的第一个目标，为此，我还特意比平时早了半个小时出门。

“老师新年好！”

“新年好！丁探。”

走进玻璃屋我才发现，屋内干干净净一尘不染，老师正端坐在办公桌前看着手中的一份案卷，桌上的茶杯内飘散出铁观音的香气。

原来，老师来得更早，不仅完成了清洁工作，而且就连我、胖胖、小李子等几个靠得近的也一并捎带了，并在我们的桌子上放了一张贺卡和红包。感觉到年味一下子被升华了！老师不但注重案件的研究分析，更是一个非常热爱生活的人，智商、情商双高者。

我挽着袖子却没有了活干，在老师面前一下子感到自己陷入尴尬之中，还好就在此时，小李子满脸是笑地进屋来向老师道谢！

“隔壁的老李真是喜爱他的紫砂壶啊，用钢丝球把壶洗得是锃光瓦亮。据说，他平时非常喜欢紫砂壶，经常与一群壶友交流，也收集了不少壶，就连他最喜欢的孙子都不让碰。”

小李子用欣赏而又神秘的口吻述说着。

老师听着听着，索性放下了手中的案卷。从老师的表情上看，小李子的话引起了他的关注，尽管他脸上的神态很放松，但从我对老师了解的角度上依然品味出了一种深深的忧虑。

果然，在小李子说完后老师站起身来略停顿了一下才对小李子说道：

“小李子，你知道目前最昂贵的一把紫砂壶价值人民币多少钱吗？”

“……”

小李子有些茫然，一时无言以对，他求助似的转脸望向我。

“资料显示价值约一亿元人民币。”

我轻轻地替老师回答道。这也是一次老师和我与太史秋芙大师姐及几位同事一起品茶时听老师谈及的，记得当时就连茶师也竖起大拇指夸赞老师知识渊博。

“在紫砂壶的世界里，层次多样，也良莠不齐。一把壶的价值里面既有紫砂泥的因素，又有壶的工艺、壶的造型、制作师等因素。所以，小李子，那些连最喜欢的孙子都不让碰的壶在家中收藏着，至于老李刚才用钢丝球清洗的那把壶不值什么钱，用通俗的话讲，那就是一个地摊货。”

老师用最最言简意赅的话语阐述了一个复杂的问题。我知道，老师忧虑的不在于小李子对紫砂壶知识了解上的深浅，而是他看待事物、思考问题的方法。

小李子满载而归了。

“丁探，你看一下这份案卷资料。”

在我接过案卷后，老师才重新坐下并又拿起了另一份案卷。

回到自己的座位上后，我开始细细地翻阅起老师交给我的那份案卷。

简单地说吧，这是一起发生在某工厂家属区内的案件，一辆行驶中的轿车把停放在道路旁的吉普车撞坏了，并导致了轿车驾驶员的死亡。矛盾的焦点在于，是死者自己驾驶的汽车，还是有他人驾驶。

现场位于家属区内的一处停车场，停车场的北面是围墙、西面是厂房、南面是连接停车场和家属区的水泥路、东面是家属区。停车场由南至北共有六个停车位。事件发生时，六个车位上皆停满了车辆，其中停放在最南侧车位上的是一辆吉普车，事件中轿车冲过车位南侧宽约五十厘米的绿化带然后撞击在了吉普车上，导致了吉普车的严重损坏，轿车上的驾驶员经抢救无效后死亡。

水泥道路为双向行车路，呈东西走向，在停车场最南侧车位处有一个“T”形向南转弯，并向南延续有一百米的距离，然后再转向其他方向。

这是一起移交过来的事件，第一时间并没有通知刑事技术部门勘查现场。

“去现场。”

见我已看完了案卷资料，老师带着我、胖胖、小李子、严法医等一干人立即奔赴现场。

“丁探，你给大家介绍一下情况。”

两个多小时的车程中，我不仅详细地介绍了整个事件过程，而且还向大家传阅了现场照片。至此，我充分明白了老师对时间的把握性，他将会议室搬到了重案勘查车上。

何队长正站在路边，当他的目光看到我们的重案勘查车后，脸上无奈的神态终于放松开来。

“辛苦了。”

对于老师的问候何队长犹如没有听见一样。

“镜工，没有目击者、没有监控探头、没有……真是英雄无用武之地啊，我正在琢磨着新的办法呢。”

“不用急，希望产生于坚持之中。让我再仔细勘查一下现场。”

老师的冷静稳定了人们的心，大家分别开始了自己的工作。何队长本能地将身体向旁边闪了一下，仿佛愿意奉献出一切。

“老师。”

我把手套、电筒、放大镜等勘查物品分次递给了老师，并在拿出笔记本的同时默默地拿出了自己的录音笔，因为我预感到了一种特别的信息——老师将会有别致的分析角度。

老师没有按照正常的现场勘查程序走，一上手就跳过了一些过程、错开了一些程序。我看出来了，老师在案头工作中心里已经有谱了。

“丁探，认识这种植物吗？”

老师的目光焦点最终聚集在了停车场南侧的绿化带上。

“老师，是路边常常栽植的冬青，四季常绿。”

这是引子，我想，老师在这样的现场上忽然对常见植物的兴趣绝非偶然之举。

老师的话把何队长等人也吸引了过来，围观着这种随处可见的东西。可见，现场上老师的一举一动多么的牵动人心！从另一种角度上讲，现场需要这样的主心骨。

“是的，这种植物还有一种特点……”

说着，老师起身把两米开外的同类植物弯折状地一下子按到了地面上。

“它特别的柔韧，你就是这样按，它也不会轻易地折断，并且在放开后很快就可以恢复状态。”

当大家在认真思索时，老师站起了身拍着手上的灰尘说道：

“这就是答案。”

瞬间，我恍然大悟。就好比一张悬空挂着的纸，任你用东西去刺戳，它会自动地向后向上让开，而只有以非常快的速度去穿过它，它才会在被穿透后依然相对的处于原来的位置。现场上，在肇事轿车行驶过程中冲轧过的绿化带处可以发现，宽度约等于轿车宽度的缺口处，种植的冬青齐刷刷的像被剃了头一样折断了，剩余的长度约等于轿车底盘的高度。

老师，您真厉害！思维别致是一方面，生活知识和阅历的丰富让人叫绝！难怪，您常说：现实生活是最大的人生课堂。

“何队长，请……”

“明白！”

何队长心领神会地跑开了。他明白了老师的意图，进行现场实验。

经过二十几分钟的实验，结论已经展现在人们的眼前，在车速达到和超过时速 100 公里的情况下，才能出现与现场类似的现象。

“这么快的行驶速度，在发生碰撞后，只要车上有人，无人能够幸免于难。所以，轿车上发现的死者就是轿车的驾驶员。”

说完，老师平静地将各种勘查工具交还到我手中。

“镜工，能告诉我在刑事技术上您有什么是不会的、不知道的吗？！”

面对何队长的别致性夸赞，老师幽默地回答道：

“我不知道应该怎么回答您提出的这个问题。”

“哈哈、哈哈、哈哈！”

就像是魔咒一样，相似类型的案件有时会不断陆续地出现。刚从现场回到办公室，猛猛打来的电话就在我桌上响了起来。

“师姐新年好！有、有一起案件想请您和师父研究一下，是这样的……那个对了，现场的资料已经放在师父的 FTP 文件夹内了。”

电话挂了。

直奔主题、人很紧张，典型的有预谋行为。

我一边心里嘀咕着，一边起身走向老师的小玻璃屋。

又是一起与行车有关的案件。

某天夜间，两个人告别了参与聚会的伙伴后一路跌跌撞撞地向饭店停车场走去。二人中一人是素不喝酒的人，另一个却是无酒不欢的人，不喝酒的人搀扶着另一个醉酒的人吃力地行进着，然而，到了车跟前那位喝醉的人却反悔了，执意要自己开车，推拉中实在拗不过醉汉的力气和失去理智的狂妄……

酒精催促着车辆行进的速度，在一处急转弯的路口，车辆终于由前行变成了横滚，车内的人皆被抛出了车外……二人在漆黑的夜幕中永远地闭上了双眼。

速度太快了，汽车已面目全非，包括安全带在内的一切皆无法挽回这悲惨的结局。

事情发生后，双方的家属都指责是对方的人驾驶的车辆。平日那种笑脸、热情、友谊等皆荡然无存！

老师轻轻地喝着杯子里的茶，轻轻地喝着。

这是老师思考问题的一种形式。可巧妇难为无米之炊啊，这样的案子从何处下手得出让法律认可、让人口服心服的结论呢？

“丁探，复杂的另一面就是简单啊，有时候一切都取决于我们的意识和思维。”

老师说完拿起了电话。

老师是通过电话再一次与猛猛确认了有关专业机构对肇事车辆检验的结论。当老师放下电话时没有继续喝茶，而是又仔细地看起了尸检照片。

“当一个技术人员在工作中缺少相关的意识时，他的举动只能是机械的。”

老师说过的话全在实践中让我验证了。同时我也知道了作为刑侦部门大队长的猛猛即将面临的“下场”。

照片实在是为拍而拍，而且在技术上不过关，看不清楚你想看的部位和细节。

从老师的脸色上我知道，他很生气、很生气！

片刻后，老师的目光从我的脸上扫视了一下，但随即改变主意似的自己又拨通了猛猛的电话。显然，老师知道我的脾气不会比大师姐太史秋芙好多少，所以还是自己对猛猛讲。此刻，老师正以极大的耐心吐出每一个字……

仅一刻钟后猛猛就回电了，且语调非常的兴奋。

“案子破了。汽车的驾驶人是那位醉酒的人。”

老师放下电话默默地说道。

还是那句话，对事情而言，不理解时是一团迷雾，而当一切大白于天下时，你会觉得并不复杂。

老师解开此案之谜的关键词是三个字：安全带。

这么说大家就明白了，汽车上正驾驶与副驾驶位置的安全带位子正好相反，正驾驶是左上右下，副驾驶是右上左下。只要是在行车过程中束了安全带的人，虽然被抛出了车外，但通过他身体上的损伤形态就可以知道他是坐在哪个位子上的了。

专业部门对肇事车辆的检验结论是，安全带处于正常使用位置。

在我严厉目光的注视下，风风火火的胖胖和小李子放慢了走向小玻璃屋的脚步，二人鬼头鬼脑地相互嘀咕了几句什么，然后无奈地跌坐在各自的位子上。我知道他俩的用意，可老师才刚刚进入午休。

老师在玻璃屋内休息的方式很特别，人靠坐在椅子上，双脚高高地搁在写字台的边沿上。

老师揶揄地说道，这样可以防止下肢静脉曲张。

可这样的姿势能睡好觉吗?

无语……

“谢谢。”

老师从小李子手中接过茶来微微地闻了闻，蒸腾的香雾仿佛替代了汤汁的功能一般，老师也旋即进入了工作状态之中。经过近一个小时的午休，老师可谓又精神饱满地开始了案件研究工作。

唉，一年四季有太多的案件需要老师去研究和分析了。

难怪胖胖和小李子他们着急，这是一起某世界知名企业内发生的案件。

昨天晚上，某世界知名企业内的两个车间发生盗窃案，机床上的铜质部件被选择性拆下后盗走，其价值两万多元，而且，作案人还顺手盗走了停放于车间外仓库旁几辆卡车的车大灯。

“今早上班的工人发现车间内的异常后立即通知了保卫部门，现场也在第一时间被封闭保护了起来……”

胖胖站在老师身旁节奏分明地介绍着情况。到底是“老人”，就是与众不同，句句都在点子上。

“现场在初步勘查后，一时还没有头绪，为了方便您的复勘，我让他们继续保护着。”

……

重案勘查车在奔驰着，何队长也被老师请到了车上。老师这么做是为了在第一时间获得第一手资料。虽然是复勘现场，但各信息的汇总和研判仍然在进行中。

浇水就要浇在根处。生活与工作相互渗透、互为师长。老师做事向来既出乎意料、又在情理之中。

“下班后大家想吃点什么？”

在听完所有的情况后，老师冷不丁地从嘴里冒出这句话来，让人们的思路一下子变得不知所措起来，唯胖胖和我二人听出了话中之意：一是今天不用加班。说明案件破案在即；二是老师这次破获的案件及破案的方式将有所不同，老师也想借机犒劳近来连续作战的弟兄们。

尽管老师素来对吃饭不感兴趣，但我们几个例外。

还没有想出一个辉煌的菜名来，勘查车业已抵达现场。

宗局长的车比我们晚两分钟到，可见其对案件的重视。宗局下车后没有按照引导的那样去指挥部，而是一阵风似的走入现场之中，他略微寻找便看见了老师的身影。

“镜工。”

宗局并没有更多的话，只是呼唤一声老师。他知道，在这种场合，最好的支持就是给老师、给刑事技术人员更多的空间，并告诉他们，我与你们在一起。

“宗局，放心。”

老师的话，与其说是向宗局打招呼，不如说给了他一颗定心丸。宗局的眼角飘过一丝笑意，他的司机将两条香烟无声地递到了胖胖手里。

“丁探，这里有全套的工具，是我借来的。现在请你把这个汽车的大灯给拆下来，不限定时间。”

就在大家都在车间里忙碌的时候，老师悄然地将我叫到了外面停放的汽车旁。我仔细观察发现，老师选择的汽车是一辆与被盗大灯的车辆一模一样的汽车。

我似乎心里明白了老师的用意，略做观察和思考后便拿起地上的工具开始了拆卸汽车大灯的工作。我很快便选好了灯旁边的两枚较大的螺丝下手，可是拆得快，装得也快，错了！于是又开始了新的选择……不一会儿的时间额头上已布满了汗珠，连后面赶到后即和我一同“作战”的胖胖和小李子等也江郎才尽、无计可施。

我更加领会到了，拆这种型号的汽车大灯是有技巧的，不是简单地一蹴而就的。

“丁探，我来拆给你们看。”

老师接过我递过的工具放到地上，然后换了一把工具。

啊，我连工具都用错了。

仅花了不到一分钟的时间，老师已经顺利地拆下了汽车大灯。

那几枚看上去毫不相干的十字螺丝恰恰是关键之所在。

“老师，作案人会不会也像我一样，把起初拆错的螺丝装回去，然后再渐渐地找到应该拆的地方呢？”

“问得好，丁探。”

老师赞许地朝我点点头。

“过来一看便知道了。”

走到被盗车大灯的几辆汽车前，我认真看了半天，还是没能看出奥妙在哪里……

“大家看，地上只有拆卸正确的车灯螺丝……”

见状，老师提高了嗓门，既是对我，也是对大家说道：

“氧化层。大家看到了吗，但凡是正确拆卸的螺丝，其表面上的氧化层皆被十字螺丝刀破坏了，而其他的螺丝表面氧化层皆是完好的。”

拆卸掉的螺丝都在地面上，其十字螺丝处的氧化层已被破坏，形成了新鲜的工具痕迹，而不需要拆卸的螺丝也都好好地固定在原位处，其氧化层完好。

被我拆过的螺丝上，氧化层确实被破坏得非常明显。

“还有一处很重要，希望引起大家的注意。那就是，作案人使用的工具是十字螺丝刀，一般的盗窃对象常常携带的是一字形的螺丝刀，因为方便、多见。”

果然如此。唉，都说猪是笨死的，人又何尝不是呢！

“还有个重要的信息点——车间机器上拆下的大量螺丝。”

老师继续说道。那种神态语调，又把我带回到了大学的课堂内。真怀念啊！

难怪老师带着我去勘查汽车的大灯，原来车间内的情况他早已明了了，是在小玻璃屋内的案卷研究中就已经明了了。

看见不等于发现。

老师的话又回响在我的耳边！

机器前地面上的螺丝有一个最大特点，即是按照螺丝的类型分门别类地放置的，而不是随意地掉落地面所形成的形态。这真是一个重要的信息点，汽车大灯处也是一个重要的信息点。

我彻底地弄明白了一切。

有很多知识是老师曾经讲过的，而且源自生活。第一，作案人很熟悉特定型号汽车的维修方法，所以能够轻易地使用正确的工具拆下汽车大灯（一字形螺丝刀也可以拆，但不是规范使用的螺丝刀）；第二，作案人在明知拆下的螺丝没有用处的情况下，依然本能地将不同类型的螺丝分门别类地放置，这是一种习惯，一种职业习惯，说明他曾经或者目前仍然在从事着机器维修类的工作。

另外，作案人是通过破坏车间的窗户进入到车间里面的，破坏金属窗栅所选用的钢锯条锯齿粗细的选用也再一次说明了作案人身上的职业特征。

“如此的轻车熟路，说明了作案人对环境的驾轻就熟。”

真叫是一通百通，在老师的循序引导下，思路一下子全打开了。

不知道为什么，在这一瞬间，我竟然想到了那个为了与老师勘查一天现场而不惜利用星期天从北京坐飞机往返的同学。

我真幸运呀！

回程的重案勘查车内一片轻松的氛围，胖胖又叼起了不点火的香烟，小李子的心事在武术中飘荡，而我却心情沉重，有一种心里发痒却无法挠到似的感觉。

什么时候我才能修炼到接近老师的程度？我深深地体会到大师姐太史秋芙和猛猛等同行之苦，也深深地体会到了老师肩负的重担和辛苦。每每有案件破获，我都会去总结，又都会发现，里面的道理老师曾都给我们讲过，是的，问题的关键在于我们无意中去割裂了它——工作与生活。

老师参与侦破的第一起案件是军人服务社盗窃案，不正是老师在当侦察兵时对攀登痕迹的发现、观察和琢磨吗；对血迹的分析不也是一次老师的手被不小心扎破而突飞猛进的吗，他发现原来并不仅是滴落的血点，还有挥洒的血迹，因为人会疼痛；被子的外侧褶皱与内侧褶皱的关系，是以冬季人盖被子的特点作为出发点的；由走到停、由停到走、原地挪步、负重行走、信马由缰、快步奔跑……哪一样知识和技能是脱离了生活的？我渐渐地清醒了起来、充实了起来、信心重又返回到我的身上。

回到办公室没多久，何队长的电话也追了过来，两件事，一是告诉我们，案件破获了，作案人是单位的汽车修理工；第二件事，听说今天晚上老师要请客吃饭，别把他落下了。

情报真准，哈哈哈哈哈哈！

一片笑声中，浑身的疲劳一扫而空！

对一名刑事技术人员而言，现实生活是最大的课堂。

是的，老师的话讲得非常好。其实有许多犯罪行为中所出现的现象，无非就是犯罪人某种生活行为和技能的翻版，并且这种翻版现象是本能的，是不以犯罪人的意志所转移的。

对了，晚上我们大家吃的是牛肉火锅。

火锅很香！

十九、立体思维

严法医，一位年近五十岁的老资格法医，中等身材，皮肤白皙，戴一副金丝边的近视眼镜，从部队转业，书生派中带有一股英武之气，平常喜欢一本正经地开玩笑。这不，尽管昨天值班，但依然是谈笑声不断：

“我说你成天叼着根不点火的香烟摆什么 pose？”

“我乐意！怎么着吧，我乐意、我乐意！”

“我看啊，是贱！”

“那你呢？”

“我那叫对女同志的尊重。”

……

“你们在说什么呢？”

我走进大办公室打断了严法医和胖胖之间的斗嘴。

“啊，那个什么，我们正在研究昨天晚上的一个案件呢。”

“是的是的！正研究着呢。”

“是什么案件？让我学习一下。”

“案件材料已经交给镜工了，我们只是余兴而已。”

“对的。”

俩人打着哈哈，正应付我呢，老师从小玻璃屋内走了出来。俩人的脸色立刻变得一本正经起来。我好想笑，但强忍住了。

“严法医，我想问一下昨天你和胖胖等人一起出勘的那起在室内烧炭自杀的案件情况。”

老师与我互相问过早安后说道。

“哦，那是一起自杀的案件，是俩人共同完成的行为。当时……镜工您？”

严法医可能感到了老师问话的内涵，所以在讲到案情时卡起壳来。

不怒而威，就是老师这样。

“还有什么吗？”

“没有了。”

老师点了点头，有些不知应该说什么好的神态。这让我感到了事态的严重性。

我们亦步亦趋地跟着老师走进了小小玻璃屋内，望着老师桌上的电脑屏幕，我紧张地翻动起来，好像是我在工作中不够圆满似的。

昨天傍晚时分，阿三吃过饭后趿拉着个拖鞋到邻居赵四和他老婆租住的农宅房去叫他打麻将，见赵四屋内没有亮灯，门却没有锁死，于是便熟悉地推门而入，可刚迈了几步就被绊了个四脚朝天……

直至警察赶到现场，阿三仍然没有停止干呕。

现场是平房，为坐北朝南的房屋，门朝南，门内是卧室，卧室的西墙靠南侧分别是厨房间和卫生间。

对卧室内勘查发现：

卧室的总门朝内侧开，门呈完好状，在门的下侧地面上有毛巾及衣物等东西。卧室内靠东墙是南北走向放置的双人床，在双人床的东侧床面上偏右侧位躺卧着赵四的老婆，人已经死亡。在双人床的西南床脚处地面上半倒卧着赵四本人，其上身靠在双人床上，下半身位于地面上，也已经死亡。二人身上的春秋服衣着完整，皆赤裸着双脚……

卧室内靠北墙是写字台类的桌子，北墙上有双扇窗户，窗户呈关闭状；卧室内靠西墙北侧放置有箱包等物品，箱包皆呈关闭状；在卧室的中央位置处地面上有一个金属的洗脸盆，在盆内有大半盆已经燃烧过的木炭，金属脸盆有高温烧灼过的痕迹，脸盆盆体的温度已呈室内常温状。室内的地面为复合地板，地板上除放置炭盆的位置被烧焦外，其他部位相对完好。

另外，室内上方中部有一盏日光灯，其开关位于双人床床尾处，日光灯呈关闭状，经现场实验，日光灯完好。

我一边翻阅着现场资料，一边仔细品味研究着，老师已经把座位让给了我，我没有客气，不需要与老师在这些方面浪费时间。这也是老师素常的作风。

在老师如此态度的“提示”下，我等终于有了重大的发现：在床单上有小便失禁后所形成的斑痕，而照片经放大后可以看出，赵四没有小便失禁，是赵四的老婆在死亡后产生了小便失禁的现象。没有特别拍摄细目照片说明当时的现场勘查人员并没有发现这个现象。在刑事侦查工作中，拍摄现场照片也如同是写一篇文章，从它所显示的内容就可以从一个角度上知道技术人员，尤其是现场照相的技术人员对整个现场的了解以及认识的程度。

严法医在生理上有一个特别的特点，那就是一遇到紧张的事情就会情不自禁地鼻头出汗。这不，他已经多次下意识地在擦拭鼻子上的汗水了。

我慢慢地站起身来，仿佛动作太快了会有什么东西遗失似的。

“老师。”

我知道，一切没有那么简单的，所以两眼直直地看着老师，静静地等待着评判。

“丁探，请再观察一下赵四老婆身上穿的裤子。”

话很柔和，字却很硬。老师以独特的方式表扬了我、批评了严法医和胖胖、指出了仍然存在的问题。这种一箭三雕的语言方式除了老师外我没见到第二个人。当然，这第二个人在今后的某一天也许就应该是我吧。不是骄傲，是一种励志的方式，否则，怎么对得起老师对我呕心沥血的培养啊！

严法医他们是越凑离电脑越近了。这个动作在这种情况下除了能让自己看得更清楚外，还有一个作用：自我情绪的掩饰。

赵四的老婆身上一共穿了三条裤子，它们分别是内短裤、长棉毛裤、深色的长外裤。

终于，他们“意识”到了自己霸占电脑的行为，重新又把最佳的位置让给了我。

其实，现场是严法医和胖胖一起勘查的，现场的所有照片他俩都有，之所以要“挤”在老师这里重温现场，是期望着通过老师的讲解去“温故而知新”。在学术上是来不得一丝一毫的马虎和侥幸的。

“赵四的老婆位置被移动过，而且是在失禁的小便已经干了以后被移动的，准确地说，是被向双人床的内侧推动的，她现在所躺的位置不是处于小便失禁的浸润范围中心位置。”

我为自己的新发现而兴奋，这说明，赵四原本是也想要躺到双人床上去的，只是最后死在了床尾处的地面上而已。

“好啊，丁探！”

老师的高兴溢于言表。严法医看着电脑屏幕上那自己早已“熟悉”的照片，握起拳头在桌面上敲击着，仿佛是现场、照片一起欺骗了自己似的。

“还有。”

老师的话对我们大家来说，无疑如同是“雪上加霜”般的刺心。

“赵四在他老婆死亡后还做了如下动作：先是为她穿上了长棉毛裤，而后移动了她，最后，又为她穿上了深色的长外裤。第一，长棉毛裤上和深色长外裤上没有发现小便失禁的痕迹；第二，在长棉毛裤上有相应的移动痕迹，而在深色的长外裤上的褶皱形态是由他人穿上裤子所特有的。这一切说明，赵四老婆是处于穿着内短裤睡觉的，是正常的睡眠状态……这是一起杀人后的自杀案件，应该进一步深化侦查工作，以防止出现‘并发症’。”

随着老师的分析，我们又埋头潜入这起案件中去了。

“……在过去一些成功的案例中，刑事技术人员已经有意或者无意地运用立体思维这种科学有效的方法了，比如，当现场上出现一杯无色透明的液体时，刑事技术人员往往不再本能地把它看成为水、酒、酒精、白醋等物品，而是通过各种方法和途径去最终确定它的成分。当某个盛器中装有水时，也不是简单地称之为一瓶、半瓶、一桶、三分之一桶等，而是在标示盛器尺寸的基础上描述为液面高度是多少了。

虽然只是一种雏形状态，但这一切都极大地推动着刑事科学技术向前沿化、科学化的方向迈进。要使一种正确科学的方法和理念渗入到每一名刑事技术人员的心中，成为他们在工作中和生活中的一种本能，仍需时日。因为在这世界上最难渗入到人心中的两个字是“理解”。

学习并运用立体思维，这不仅仅是个观念上的问题，而是实实在在的认识问题。我们不妨用实践中一些相对较直白的案件来对立体思维进行一下诠释：……”

讲台上的老师侃侃而谈，却犹如带动着千军万马一般，所有学员的心都随着他的语气语调而起伏着。

“那么如何有效地去运用立体思维呢？除了不可或缺进行系统的培训外，在临场工作中最重要的就是要知其然，更要知其所以然。

在临场工作中，人们的‘目光’或是散光，或是寸光，怎么去把握住立体的‘眼光’呢，首先应该清晰地认识到，世界的组成是立体的，而立体思维绝不是要让人面面俱到地看待和考虑问题，是有的放矢。在现场上无论是人、物还是现象，技术人员必须要从他们、它们之间的关联性作为依据，比如看到一盘菜时主要想到制作它的锅，制作它的各种调味品，还要考虑到它是否被吃过，谁吃的、吃了多少等问题。看到一个人脚上穿着的鞋，应该考虑什么呢？它的大小是否与当事人适合，它的款式是否与当事人相配，它的新旧与磨损的情况所反映出的当事人的生活行为，如开车、走路、骑车、走路加骑车、开车加走路等。

有一起自杀案件，当事人有过割腕、服药、触电、上吊等多种行为，可不可以有伪装的行为呢？比如，先使用别的方式导致他的死亡，然后再伪装成上吊自杀的现象。问题的第一步是解决他的死亡方式，在他的长裤两腿内侧及相对应的脚下的地面上技术人员发现了相对垂直状流淌的小便失禁痕迹，在众多的自杀行为中只有上吊导致的死亡能够形成上述小便失禁的痕迹，所以他的死亡是由上吊所导致的。第二步再去解决其他问题，因为牵牛鼻子的绳索已经掌握在了我们的手中，按图索骥即可。

对诸事物和现象之间关联性的及时认识和把握，是一个关键，有业务性的、有生活性的，但他们之间有着不可避免的相互穿插与交融。在没有空调的年代人们怎么度过盛夏的晚上？以上海为例，人们会选择在弄堂口放置睡具，为什么，因为那里有穿堂风，环境的物理结构形成的凉风为人所用。那么，如何顺着这种原理去寻找我们所得到的启示呢，那就是在勘查涉火类现场时我们必须去能动地观察和掌握现场的客观物理环境，以及它们对火的形成、发展、蔓延等各阶段的影响力。再顺延下去，为什么火场上应该烧得重的地方却不重，应该烧得轻的地方却严重了呢？第一，风的方向、风的级数、风的变化等；第二，特定部位物质的燃烧特性，易燃、不易燃、不能自主燃烧、无法在相应条件下燃烧……

关键点是提示性的重点环节，不是单一的运用方法和框架。系统的培训加上能动的实践运用与总结才是立体思维逐渐形成的必由之路。特别要提出的是两个字：热爱。因为这是立体思维产生和持续提高的动力源泉。”

因要避免开涉密问题和内容，本书隐去了许多的精彩，再次请各位看官见谅。

听老师的课必须要全神贯注，并且要连贯系统。这既是学习的方法，也是学术的规律，不以人的意志为转移。引用一位资深师兄私下里的话：“老师那套东西，你认真去学都不一定学得会，更何况你还不用心，那肯定是学不会的。”

立体思维是老师在长期工作实践中归纳、总结出的一种临场工作思维模式。实践证明，这是一种非常行之有效的临场思维模式。我第一次真正接触到这个方法不仅是课堂上老师的细致讲解，更是跟随老师后的实践经历。

那是一个看似平淡无奇但却让我记忆深刻的案件。

那是春季的一天早晨，小李子像往常一样将昨天（星期天）白天勘查的一起农村盗窃案件的资料发给了老师。这是技术员们的一种习惯性做法——在现场勘查中但凡有点疑惑的案件，第二天都会请老师进行会诊，这也是老师辞去刑事技术研究所所长职务后的固定工作之一，换句话说，这也是老师辞去领导职务的原因之一——为了能够全心全意将人生有限的精力都投入到对各种案件的研究中去。

二层的老式农宅楼房，周围附近的房屋仅仅不到十米的距离。

房屋内的各个房间内只要是可以翻动的地方全都被作案人动过……至于进出口，房东当天下地去干活的时候没有锁门。

小李子的疑问在于，二楼卧室五斗橱内放置的一副金手镯不见了，而那个原本呈锁闭状的抽屉仍旧呈锁闭状，抽屉上没有发现任何撬压和破坏的痕迹。

老师一边喝着“铁观音”茶，一边在电脑屏幕上浏览着现场资料，偶尔会从桌上拿起放大镜仔细查看细微之处，而每当老师使用放大镜时，站在一旁的小李子都会显得紧张起来！因为这说明在现场的照相上有问题，比如，缺少相应的现场细目照片。

而当老师开讲前，又会有许多技术员涌入这小玻璃屋内来听讲，由于里面的环境实在太小了，所以，只能是里面开完了小会再在外面开大会。

要是有个投影装置就好了，我常常在想。可据说不能“随意”购买，我想自己花钱购买，就是买上一百台投影机，对我来说也只是小钱而已，可是被老师制止了。

“这些家具虽然老旧一些，但做工却都非常地讲究，不仅不用一颗钉子，甚至连油漆都是传统的土漆刷就。”

正在说话的老师这时再一次从桌上拿起了放大镜。小李子的心显然是又一次提到了嗓子眼上，他不住地下意识卷弄着自己的衣角。

“太好了！”

老师冷不丁的一句话让小李子的手停了下来，眼中透出匪夷所思的神情。

“那个，按照您曾经多次说过的，现场照片要从各种角度拍摄，因为个中的微妙可能要到后来才可能实现真正的理解……所以，我就刻意多拍摄了一些。”

小李子下意识地回复着老师的喝彩，心头仍是丈二和尚摸不着头脑。

那是几张从不同角度反映抽屉内物品被翻动情况的现场照片，从对焦取景、曝光以及照片的分辨率等方面讲，可以算是拍摄水平不错的。可是，对于小李子这样一位不算太老的老技术员，为这么一点点的事情远远不是能让老师表扬的，这里面的道道在哪里呢？

“读书时有一个同学家里就曾请过一位老木匠做家具，那时候没有现在这么多可供玩耍的东西，于是旁观制作家具也成了一种乐趣……”

老师的话引起了一丝遐想：

哈哈！老师小时候擅自更改考试成绩的事又浮现在脑海中，被母亲一眼识破并教训后，老师竟反复琢磨露马脚的原因，企图改进。哈哈哈哈！胖胖悄悄告诉我的。

我强忍着笑意。

尽管反复研究现场照片，可我还是一无所获，无奈之下只能在老师处寻求答案。

“他，作案人，是一个木匠，至少曾经有过木匠的经历。”

用呆若木鸡来形容许多在场人的表情一点也不过分，因为，这个领域离我、离我们实在是太遥远了。

“这一套家具是传统的制作方式，整套家具没有使用钉子，而是运用榫头间的相互作用来坚固家具的，放金手镯的那个抽屉是呈锁闭状的，但在它下侧的抽屉却都是无锁的，根据木榫头的色泽差异，作案人是抽出下方的抽屉……而后熟练地依次拆下装金手镯抽屉上的各个榫头开启抽屉，在盗窃了物品后又自然而然地依次装上了抽屉的木榫头，所以，形成了目前复原的状态。”

……

随着老师的讲解，我也在头脑中渐渐画出了一幅立体的抽屉结构图。进而，抽屉的结构图转换成了各种物品的结构、转换成了社会的结构……动物界的竞争、植物为传播种子的诱人艳丽、气流在不同季节的路径，等等，这其中既存在着不同的智慧，也存在着不同的规律性，引用那句话吧：世界之大，无奇不有。

记得一个系列的多起夜间盗窃民宅案件，作案人利用墙面上的水管作为攀缘的工具，最高到六楼全都不能幸免。老师对作案人的分析是：

“此乃一个独腿的人所为，准确地说，他没有左腿。”

分析引起了许多人的质疑，认为连四肢健全的他们都爬不上去的高度，一个独腿的人怎么可能凭一己之力爬上去呢？

那个时候老师还是一个人微言轻的年轻技术员，没有人把他的话当回事。但当案件破获后，人们惊奇地发现，作案人就是一个没有左腿的人。

真理往往掌握在少数人手里。

自己爬不上去，不代表作案人也爬不上去，案件研究分析中最大的思维障碍就是主观的用自身的情况、能力作为衡量的标准来判断作案人的临场行为。

正可谓慧眼识英才，刚上任不久的宗副局长私下找到了老师，请他谈一下分析的依据：

“宗局，说穿了并不十分复杂，我研究了所有十几起盗窃案件的现场资料，发现在能够看得见的现场照片上都只有一侧的墙面上出现攀爬的痕迹……”

这次的谈话持续了近三个小时，用相见恨晚、惺惺相惜来形容一点都不过分。

在老师曾经历的案件研究中，还有一起关于脚的故事，一日，老师接到了另外一个徒弟（我的前辈级人物）传过来的资料，是一起刚发生的凶杀案件，记得由于案件比较急，老师连午饭都没有时间去吃，后来是我们到外面的饭店中去为老师买来了饭菜。

案件发生在一家娱乐场内，作案人不仅残忍地杀害了碰巧加班后睡在店堂内的一个职工，还席卷了店铺内的大量财物……

在老师倾心研究案件的这段时间内，一夜勘查未曾睡觉的那位徒弟靠在椅子上沉沉睡去了。浓浓的困倦加之他对自己师父的信任，让他仿佛进入了避风港般的享受着片刻的安宁。

可是，刚刚过了一个多小时，老师就不得不狠心打断了那位徒弟的睡梦。案情紧急呀！必须让他尽快与破案指挥部取得联系。

“告诉指挥部，让侦查人员在排查工作中全力寻找瘸腿的中年人，那就是作案者。”

现场上一共出现了两种形态的足迹痕迹：一种是灰尘足迹，另一种是血足迹。通过对现场上发现的所有足迹进行观察分析，老师发现，作案人是中等偏矮的个头，他的右脚有疾患，在他行走时，右脚是用前脚掌支撑地面的，后跟不着地；另外，根据作案人在现场上不紧不慢的活动路径等特点，老师判断此作案人是一个心智较为成熟的中年人……

对于攀爬痕迹，要结合现场上出现的痕迹要点进行行为上的还原；当你在研究现场上发现足迹时，不能平面地把它当作一枚或成趟的足迹去看待，而是要透过足迹所形成的生理、心理等临场因素再现足迹形成的全过程。概要讲吧，就如同让人观看动画片似的“一目了然”。

“怎么，原来是他？”

侦查人员对瘸子的询问就如同是点到了穴位一样，从店内其他员工到知情人全都被“激活”了！作案人被迅速圈踪。

案件及时侦破了。

“立体思维是全新的临场工作思维方式，也是刑事技术人员必须学习和掌握的一种科学的思维方式。实践证明，它不仅确保现场勘查的质量，也确保了现场勘查过程的证据提取与突破。

立体思维是遵循于物质世界的客观存在形式而产生的，因为世界的构架及表现形式是立体的，其主旨是告诉人们，当我们倾心去关注某一现象和点时，同时有更多的现象和点被人们忽略与抛弃，但那一切却是不可或缺的，因为它们是组成某一现象和点的有机部位。简单地说，就好比你要拆下汽车的一个轮胎，首先还应该注意到汽车车身的支撑问题，因为由于车身的重量而无法直接拆下轮胎……而在考虑汽车的支撑问题时，又必须研究和确定支撑的部位和用于支撑汽车的方法……”

老师的讲解仍在继续。

二十、勘查之道

“何时再能回到公大？我不知道……

何时再能回到警院？我不知道……

何时再能站上讲台？我不知道……

但我知道，当那一刻到来时我一定会瞪大双眼寻找你们的脸庞和身影……”

又是一年毕业季，又有一大批师弟、师妹们告别校园奔赴全国各地的公安一线。

看着手机上老师发的微信，我把高高翘起在桌上的双腿调整了一下姿势，以便更有利于思考问题。今天是休息日，我在家中的阳台上又习惯地摆出了喜欢的姿势小憩，铿锵伏在我的身旁，一声不响地用眼睛、耳朵、鼻子等器官不时收集着我的各种信息。

老师轻易不在朋友圈里发信息，这次的信息图文并茂，可见老师的感慨之深。我甚至可以“看到”老师那冷峻中透出爱怜、期盼、挂怀的目光与神情。

同学们的点赞与回应像潮水一般地涌动和冲击着屏幕，有一位同学写道：

“刘老师,您无论何时来我们的城市讲课,我都会全身心地来听讲,我还是您的学生！

……”

大家一段段感人至深的话语,不仅是对老师的回复,更是老师人格精神的折射和弥散。

作为一名刑事技术人员，如何看待切合实际的标准和要求呢?

“除了不怕苦和累以外，最重要的就是两点：一是要耐得住寂寞，辉煌只是一瞬间的，你们知道，要成就这一瞬间的辉煌需要付出多少的忍耐吗？二是要耐得住委屈，怎么看待荣誉？真正的功勋奖章是老百姓用心铸就的。家长里短的斤斤计较之人不适合从事刑事科学技术工作。”

作为一名刑事技术人员，如何正确认识去模拟化的模拟现场?

“首先，从法律的意义角度上讲，这不属于犯罪行为；其一，其设置的技巧是……”

作为一名刑事技术人员，我们一生所追求的最高目标是什么？要杜绝的现象是什么?

“看见不等于发现。刑事技术人员的最高目标是既发现问题又能去解析问题。光是看见是远远不够的，要对客观事物和现象进行深入的解析。如果在现场上连看见都没有做到，何谈解析呢？问题往往就出现在这个方面。”

这些是老师可以公开的一部分思想片段。

在老师从事刑事技术工作不久时，一次无意中听到基层一些同志的评议：只要某某人到现场，我就放心了！

从那天起，老师就为做一名让人放心的刑事技术员而不懈地努力工作着，终于，他成了一名只要在案件现场上出现，就能让大家安心的人。就连火灾调查部门的人也会在遇到难题时想到他，有一起重大的工厂火灾案件，老师穿着高腰水靴、头戴安全头盔、手里拿着勘查工具，在一个多小时的现场勘查后，最终通过现场上发现的烟头、锯末面、架空电线、风向、风级等与火灾发生的关联性一举解决了这起疑难的案件。

还有一次，老师身着高级警官的警监服和大家一起勘查现场，当他从现场内出现在室外时，后续赶到的当地派出所领导惊愕地看着老师道：

“刘老师，您这样的身份，也亲自勘查这种普通的盗窃现场？”

“老师什么样的现场都会亲自勘查。用他的话说就是：一段时间不勘查现场就会落后，就没有资格再让别人称之为老师。”

我不由自主地抢话说道。

老师亲自勘查现场有几个重要的目的：一则为了案件的破获；二则自身“磨刀”并收集课件资源；三则带教年轻的技术员们。

我注意到，那位派出所的领导在大家全心于现场勘查时，用手机悄悄地为老师拍摄了一段视频。

“失败乃成功之母。但并不是说你经历了失败之后就能走向成功。”

老师的这句话在我们心中刻下了深深的印记。是的，在所有看似顺理成章的现象后面都有着你看不见的努力与一定之规。比如，一个工作了三年的刑事技术人员和一个工作了近十年的刑事技术人员，两人谁的业务强？你可能会说是工作做了近十年的那个技术员。这个答案是不对的，因为一个人的业务能力取决于多个因素，有时间因素、工作量的因素、个人能动性的因素、个人境遇因素等，而不是单纯地按时间长短去划定的。

严法医第四次下意识地扶了扶金丝眼镜：

“镜工，这个，助燃剂不多的情况在依据上我看不出什么，省厅总队的专家也讲这方面不好说。您的分析是根据什么来形成的呢？”

案件指挥部的大会议桌上，带着客套的唇枪舌剑吸引了众人关注的目光。尽管在座的严法医试图能够让意思表达得尽量柔和些，但确实心中存在着不解的疑问。

那是一起碎尸后又抛尸的恶性案件，凶手在抛尸后又对尸体进行了焚烧。技术人员们对于凶手是否使用了助燃剂以及助燃剂的量大量小的问题上产生了不同的意见。老师的分析意见是：有助燃剂，但是量很少。

老师慢慢站了起来，他用深邃的目光绕过严法医扫视了省厅总队来的专家一眼：

“可否请您从头上拔一根长头发下来。”

老师话的内容中有迂回，也使明白人体味到了他的能量。

“这？”

“请。”

望着老师的目光，满脸疑惑的专家轻轻点了点头。严格地讲，是老师的名气感染了那位专家。

接过专家递过来的头发，老师转身与坐在他身旁不远的何队长比画了一个手势，何队长见状立即从腰部解下了一枚玉石佩件，只见老师把那根头发紧紧地缠绕在玉石外侧，又伸手向同事借来了打火机。当打火机的火苗烧在被头发缠绕着的玉石上时，奇迹般的现象展示在人们眼前，头发完好无损。

“如果我把这根头发松一下呢？”

老师说着让紧紧缠绕着玉石的头发松开了一些，只见头发在瞬间就灰飞烟灭了。

实验做完了。老师从我手里接过餐巾纸，一边擦手一边向一脸迷茫的人们解说道：

“那根缠绕在玉石上的头发之所以一时不会在火中被焚毁，是物理学上热传递的原理，石头迅速地将火的热量散去了。话题回到现场上来，在尸体的外侧皆有包裹的麻袋、报纸等物品，既然燃烧了，却没有彻底烧透并且扩大燃烧的外沿，只是呈现斑块形状而已，这说明两个问题：一是有助燃剂形成燃烧；二是助燃剂的量非常少。”

老师环视着一双双渐渐明亮起来却依然带着问号的眼睛，目光投向了墙面上的投影屏幕，胖胖端坐在笔记本电脑前，随着老师的讲解同步地调出一幅幅有关的现场画面。

这些工作都是不需要专门说的，默契也是我们这个刑事技术团队的重要品质之一。

“大家可能已经关注到了，尸体身上的毛发基本完好，并没有在焚烧中消失，这坚硬的尸体就如同是石块一样的原理。那么，有一个关键的条件，就是身体上的汗毛必须贴靠在皮肤表面上才行，尸体虽然有着包裹物，但并不紧，不能形成汗毛贴靠的效果，只有一种现象可以形成，那就是液体助燃物。这就好比是人在洗澡时一样，当水浸湿身体时，你会发现，身体上的汗毛就会贴靠在人的身体表面……”

循序渐进，一通百通。就连高频率与老师见面的我也听得入迷了。

“所以，抛尸的对象是驾驶的二轮摩托车，油箱小，同时也符合具体的环境条件。而且，焚烧尸体的行为不是他预谋之中的，是临时产生的想法……”

沉默良久，那位来自省厅的专家伴着一丝幽默道：

“镜工，好！以后再有需要拔头发的事，我全包了。”

后面的故事无须细表了。

在重案组的内部小小庆功会上，两杯五粮液下肚的严法医十分认真地说出了一句肺腑之言：

“原来，我只做了半个法医。相信我一定会补上这一课的！”

也许可以这么说：最难学习和吸收的东西就是理念了。因为它不可避免地会对我们的传统和长久以来形成的习惯产生冲击，形成挑战。这是一个大课堂，对这个大课堂而言，只有局外人，没有迟到者。

两周后的一天，我接到局里政治处一个电话通知。

这真是一个奇怪的电话通知，让我在两个小时的时间内上报一个重案勘查组中立功的人员候选人。奇怪之一，因为一般都是提前几天下达这类通知的，没有过如此之急的情况；奇怪之二，这方面的工作通常都是由被称为大内总管的内勤去完成的，这次却意外地落到了我的身上。

后来才知道，是前面上报的人被上级领导否决了，并特别点名说到了勘查现场的技术人员。可我们压根就没有听说过要报功的事……之所以让我亲自上报所需要的各种材料，是看中我熟悉一切情况的缘故，时间太紧凑了！

当之无愧的应立功者是老师，这可是胖胖、小李子、严法医等人异口同声的决定。

我迅速完成了电脑中材料和表格的填写，请老师审核。何为快手，此时再一次彰显出其效应。

老师几乎是一气呵成地完成了审核。我回看着电脑上的审核内容，一瞬间我愣住了！

“老师……”

“抓紧上报。丁探，你辛苦了！”

申报材料上老师审核中把他的名字改成了我的名字。

“丁探，做完手头上的工作后来研究一起案件。”

“是，老师。”

这不是客套，是一种充满信任和热诚的命令，让人无法拒绝。

一个中年妇女大白天去超市购物出来后被害。

这真是一件让人匪夷所思的案件，太狂妄了。猛猛第一时间想到了老师，并在现场勘查工作告一段落后便及时将案件资料传给了老师。

“猛猛，你的分析意见呢？”

“我也认同是熟悉的人作案。师父，颈部的伤口非常重，还有……”

“案件定性是什么？依据？”

“是矛盾激化引发的杀人案件。否则，谁敢在这样的时间和地点作案呢。不过，太史秋芙大师姐不同意我的观点，再三提醒我请师父看看，把一下关。另外，我们的排查工作还没有什么进展，非常需要师父的指导。”

我第一次看到猛猛的“大胆”讲话，可见他所承受的压力有多大。

“猛猛，请回答几个问题：第一，被害人为什么倒在远离超市的地方？第二，如果说凶手是为了掩藏被害人的尸体，那为什么将被害人的尸体放在居民小区处呢？第三，凶手为什么要去脱掉被害人双脚上的鞋子，并把鞋子分散地扔在路边的草丛里？第四，凶手放置被害人的原始形态是将地上的她侧身竖着放，后来才形成了现在所看到的平躺状态，为什么？”

“这……我没有注意到这些现象……我再认真研究一下案件材料……再……”

老师连珠炮似的一串提问各个都点在了案件现场的关键环节。难怪大师姐太史秋芙不同意猛猛的看法，看来，她已经本能地感到了存在问题，只是还没有理清楚条理，或者说一时还无法做到这些。

我的目光和头脑快速地随着老师的提问扫描着电脑上的案件资料，就如同搭乘在高速行驶的列车上一样风驰电掣地前进着！

小李子快速地把影像投放在了室内的白色墙壁上供大家讨论，胖胖使劲咬着嘴里的香烟，严法医除了被害人的伤情外也投入到了整体的现场中去。

“老师，我谈一下自己的分析意见。”

“好，丁探。”

说着，老师把手里的一支激光笔递到我手中。

“凶手趁刚从超市里走出来的被害人不防备，从她的身体后面控制了她，并把被害人往路边的草丛里拖拉，在靠近路边的位置处动了刀，在草丛内又脱去了被害人双脚上的鞋子，然后将她靠放在了居民小区处的围墙下面，在凶手逃离作案现场后，被害人又慢慢地向一侧倒下，形成了现在我们所看到的平躺状态。这就是整个案发过程，这一切的现场分析都是从现场上的血迹、衣服褶皱、尸体状况、现场上各种痕迹的形态得出来的。”

说完，我转向老师：

“老师。”

“好！及格。”

大家不要以为只是及格而已，在老师这里要想及格，是极不容易的。

下面，请听老师对这起案件的现场分析：

“丁探的分析很正确，我接着她的分析往下讲。”

我放好录音笔的同时，老师的分析也开始了，举重若轻的语调和神态不亚于让人气稳神爽的良药，在人们的心中渐渐化开去。

“要杀人，为何又要选择路边的位置呢？这是一个意外之举，大家看见了吧，在道路与草丛之间有一个水泥筑成的坎，从照片上看，约有十厘米高，正是这一道坎，当把刀放在被害人脖子上的凶手倒拖着被害人朝草丛里走时，倒退中的凶手脚跟绊在了这道坎上，由于猝不及防，凶手为了维持身体的平衡，手有个向上、向后的动作，被害人颈部的刀伤就是这样形成的，刀的走势和深浅上的变化和异样说明了这一点。”

我刻意观察了一下严法医，只见他下意识地边看边深深地点着头。唉，我还差得远啊！

“关于被害人的鞋子被脱掉的问题，当被害人被凶手的刀伤害后，只能换成去拖拉被害人的双脚，因为伤害行为的高度紧张，凶手在拖拉过程中又一次发生了意外，他拉掉了被害人的鞋子。要知道，在这种情况下要拉动一个体态偏胖的人并不容易，得使出很大的力气，所以当一双鞋子从被害人的脚上脱落时，被凶手顺势抛在了身体的左右两侧。一则，从现场草丛地面的拖拉痕迹可以发现，鞋子相对位于拖拉痕迹的两侧地面的草丛内；二则，从鞋子内侧的痕迹上可以看见，这双鞋子的尺码略大于被害人的双脚，穿在被害人脚上比较松。”

这才叫做现场勘查，这才是对现场的分析，这就是看见不等于发现的道理。

“关于被害人的位置和姿势问题。”

时间的紧凑，让老师加快了分析的节奏，在这种时候，没有一定专业知识的人，就只能是听一个故事了，只有懂行的人才能发现字里行间的奥秘所在。

“这里是居民小区的背面，相对比较隐蔽，是凶手在没法选择情况下的唯一选择。可凶手为什么要将被害人身体呈横侧位放置呢？声音，因为怕被害人发出的声音传向超市一面，所以将被害人背对着超市的方向横侧位放置，正如刚才丁探所分析的那样，地面的血迹等痕迹形态说明了这一点。那么，引申出来一个新的问题，死去的人会发出声音吗？不会。就此而说明，当时被害人并没有完全死亡……”

几乎是同步，老师分析案件的录音就分段传递给了猛猛。老师不能再等他第二次的研究结果了。这虽不是打仗，但却是另一场必胜的战斗。

当然，不能少了太史秋芙大师姐的一份，想必她也会挤出时间苦苦思索的。物以类聚，人以群分。

“这是一个抢劫案件，被害人与凶手之间不认识，否则就不会对她的生存放任不管了。根据被害人的身高、被害人颈部刀伤的位置和走向分析，凶手是一个瘦子，身高中等，心理年龄是偏年轻的准中年人。”

可能你会发现，这里使用的是“心理年龄”一词，因为，社会上那种长不大的大龄人并非乏人。

“猛猛，你年轻、聪明，又是科班出身，中国有一句古话：好钢要用在刀刃上。这是一句非常有哲理的话，把有限的好钢用在了刀刃上，就可能产生出一把优质的上等利器，而如果把有限的好钢用在了刀背上，或者装饰在了刀柄上，那么即便是这把刀的外观再漂亮，它也只能是一把功能普通的刀具。要善于安排自己的时间，紧抓业务，切勿被埋没在那些没完没了的大小会议里……”

“我明白了，师父！我绝不会让您失望的。”

这是猛猛向老师报告案件破获的消息时与老师的部分对话。他说到做到了对老师的承诺，最终成为一名年轻而优秀的公安局长。这是后话。

我渐渐理解了以前老师说时间不多了的原因，就如同看见那些还没有从事几年刑事技术工作的技术员，本人经验浅薄却常常不知高低地摆出一副老资格的模样，大谈各种现场的勘查之道，实在是让人忍俊不禁。

任重而道远啊！

人的一生能够全力去做好一件事情已实属不易了，俗话说：有志者事竟成。这里所说的志，不仅是志向，而且是不懈的努力，光有志向是远远不够的。

要做好刑事科学技术工作，还要力争去成为一名饱学之士。学习的方法有多种：有对新知识的学习、有温故而知新的学习、有业务上的学习、有生活过程中的学习，等等。在大学读研究生的时候，听过老师讲的一个案件，当时给我的感觉就是，诸多知识与能力都存在于课堂之外的广阔领域之中。

一个冬天的早晨接到侦查人员电话报称，某单位门卫人员凌晨在门前泥路北侧的一条无名水泥路上发现大量血迹，在路边的污水沟内还有一个带血的蛇皮袋，感觉可疑。要求技术人员勘查现场。

刚吃了一半早饭的老师立即带领着技术员赶赴现场。血迹位于一条南北走向的水泥路上，现场虽为一条无名的道路但该道路每天都有较多的行人及车辆通行，路的南头与东西走向的交通主干道相接，路的北头通往村落，路的两侧零散分布着一些小厂家、小公司。

经对现场勘查见，血迹位于水泥路的路中心位置，由于被大量过往车辆碾压，血迹已扩延为一个东西宽约 100 厘米，南北长约 250 厘米的血带，在血带的西北侧约 30 米处的路西污水沟内有一条带血水的破蛇皮袋，在蛇皮袋上方，即污水沟的南端水泥矮墙南墙面、矮墙对面（南面）的工厂围墙墙面上、污水沟西侧沟壁上皆有血迹。从水泥路面血迹到发现蛇皮袋的污水沟之间地面上有多处点状滴血。

这是一个几乎要全部依靠血迹来重建和分析的现场。据现场访问，血迹昨夜已形成，现场已在无人保护的状态下经历了十多个小时的严重破坏，但通过对现场上各处血迹形态的“溯源”法分析，最终成功地解读出各种信息，通过重建现场解开了血迹之谜。

解释一下，就此案而言，所谓“溯源”法，就是判明现场上血迹所遭受的破坏方式和破坏程度，然后“消除”这些因素所造成的变化，尽量还原出现场血迹的相对原始形态，进而再对其解读，以提高所获信息的可靠性，为分析提供依据。

虽说是冬天，但现场勘查工作是一项既费体力又费脑力的特殊性工作，不出一个小时，技术人员的头上已经泛出了一片汗珠。通过仔细观察水泥路面上的血迹带发现，因为血在靠近路中心的位置，所以血迹所遭到的破坏主要是来自汽车的反复碾轧，在血带的两侧有很多长刺状的溅血，它的长度较长，刺体粗而有力，纵向角度低（擦地而出），横向角度大且有类同性，应为沉重而具备相当速度的物体挤压所形成，根据血刺与血带上车轮印之间的关联性，分析为由汽车碾轧所形成。另外，在血迹边上还有类似自行车车轮的带血轮印及一些杂乱的足迹。在“过滤”掉由汽车所造成的破坏后发现，这里原始形态是一个不规则的血泊，位于血迹西侧边地面上有类似自行车轮的血轮印从血泊的南端而出，继而转向北，由血泊西侧路面朝北渐渐淡去，车轮印呈双轮并行，两轮印间宽 97 厘米，沿轮印有成趟的滴血，血滴呈硬币大小，边沿芒刺短小速度感不强，但其密度很大，并随着轮印北去而渐渐变稀，但其由密至稀的过渡很短，滴血量很快变少了。

老师对现场作出了如下让人意外的分析：

第一，这不是交通事故。

现场上没有人体组织、毛发，没有抢救、移动受伤人员的血迹形态，现场访问也未反映昨夜有交通事故发生（现场血量很多，如果人员受伤，必须在现场停留相当的时间）。

第二，这不是汽车撞轧动物所形成。

现场上没有发现皮毛及组织体,一般的小型家畜动物也没有如此大量的血。

第三，这是从某种运输工具上泼出的血水。

现场血迹中未曾发现有皮毛、动物组织等杂质，是纯血水。现场访问中得知附近有专门贩卖猪血的人，此路是他们运血的必经之路。

第四，运血工具就是现场上发现的血轮印，是一种小型的三轮车。

血轮印从血泊中出来，但只有两个后轮印，而没有位于中间的前轮印，如果该车只是轧过血泊的话应该出现三条血轮印，只出现两条说明血就装于该车后斗内，在骑行中血泼洒出来当然只会污及两个后轮，形成血轮印。另外，随着血轮印而走的成趟滴血就是泼于后斗内的血不断漏出所形成的，车斗底板没什么密封性，所以血漏得急（不均匀），地面上的滴血很快就由密变稀了。

第五，路边污水沟内的带血蛇皮袋与泼血事件有关，是被扔入沟内的，是空袋，未装东西。

路面血迹与污水沟之间地面上的血滴说明了二者的关联性。从污水沟墙面上的三处血迹形态看，它们是挥甩形成的，角度平直，说明是挥甩一件很轻的物品所形成，与沟内的带血蛇皮袋吻合，沟南端外墙面大部分洒有血滴，说明甩蛇皮袋时人并未走到污水沟跟前，而是相距着一定距离甩出手的。

第六，综合上述分析，这不是一起案件。

这是一个初看很杂乱无章的现场，但经“过滤”后便条理清晰起来。

老师的现场分析重现出了事情的经过：昨天夜间，有一个贩动物血的人骑着一辆小型的三轮车运生血，在途经此处时不慎将装在车后斗内容器中的血泼洒了出来，于是他便下车进行处理，而后将车推离现场，在离开时随手将带血的蛇皮袋甩入了路边的污水沟内。

后来的调查工作证实了上述分析，居住在水泥路北端村落中的一名血贩，昨夜凌晨1时许将收来的生猪血用塑料桶装好放于小三轮的后斗内，准备运回家加工后一早上市场卖，在途经现场时车轮轧到了路上的石块，造成桶内猪血泼出，他见地面上泼出的血量较多，就用自己随车带的蛇皮袋对地面进行擦拭，后见没什么用处就推车离开，离开现场时将沾满猪血的蛇皮袋甩入了路边的污水沟内。

听完了老师讲的这个案件，或者说是故事，我并没有发出如释重负的笑声，因为，我感到自己已经从中发现且提炼出了许多重要的东西，有工作上的，也有生活上的，还有今后要走的道路。

我认真思索着，学无止境。

二十一、侦案通途

人的思维有一种记忆性的先入为主，这个记忆不仅指即时的状态，也包含人生阅历的经验提炼。比如，张三将烧开的水灌满热水瓶，不一会儿，张三拿着茶杯来倒水，结果，当他拿起热水瓶时手猛地向上冲抬了一下！为什么呢？因为他仍然以为瓶中装满了开水，所以出手时是按照满瓶开水的分量来使劲的，殊不知在他离开的这一小会儿，瓶中的开水已经被别人倒空了。

“嘀——嘀嘀——！”

我的电话铃声鸣唱得真是应景，看见不等于发现的电报声配合了我的思索。

我看了一眼电话屏幕，是小李子打来的。今天是周六，也是重案勘查组事先定好一起去踏青的日子，今天的踏青不同于往常，因为太史秋芙大师姐来了，而且我们还邀请了何队长一起加入。

小李子的电话比事先约定好的时间早了五分钟，尽管我早已养成了做事要视情况放足提前量的习惯，我还是一边接着电话，一边出门了——去接老师。

阳光铺洒着稚嫩的新辉，仿佛能让人听见万物抽条成长的声音！两辆汽车朝着远郊欢快地奔跑着，我、老师、大师姐、何队长一辆车，胖胖、严法医、小李子一辆车。今天是双喜临门，一喜是大家的欢聚与难得的踏青远足，二喜是这春天的阳光。大家都非常的高兴！

“你们看那里是什么？”

随着老师的指引，大家的目光转向了车窗外广阔的原野，只见在植物和各色花丛中出现了许多只花羽缤纷的小鸟，它们停留在植物的顶部，随着风的摆动摇荡着。

我扫了一眼，继续专注地驾驶着汽车，胖胖的电话是我们两辆车之间的联络专用机，在七嘴八舌的话语声中，只有大师姐一声不吭地认真看着。

“师父，那些鸟为什么一只也没有飞动呢？”

“好啊，太史，你没有先入为主。”

老师轻轻地肯定了大师姐的思维谨慎。

“虽然距离较远，不能仔细地观察，但你看到了事物特性当中的差异。”

大师姐专心认真地听着老师的话，她的表现也带起了大家的好奇。

“那些植物是蛛丝毛蓝耳草，当你从远处看时，它很像一只只的鸟，如果你能靠近它多角度地去观察，就会发觉它花朵的真实面目了。”

原来是这样啊。大自然内包含着无穷无尽的奥秘，知识的海洋深邃而又充满了趣味。

“师父，真希望您永远都在身旁指导。有多少人需要您，又还有多少有需要的人们还不知道您的存在啊！”

老师徒孙辈分的人所带的徒弟也有不少人成了高级工程师，而老师因没有全日制本科文凭至今仍然不能被评定为高级工程师。只看文凭不看真本事的人真是不可思议……还好并非处处如此，老师在大学的工作、老师被评定为全国刑事科学技术现场勘查特长专家、老师成为大学的客座教授等，仍是一股涌动的暖流！

野生动物园。我制止了小李子等人的举动，自己去买了七张门票。钱，是老师的，命令，也来自老师预先的安排。多少年来，已经习惯了跟着老师花不了钱的日子。

“师父，听说您通过看人的指甲就确定了一起案件的性质。您对处理局部与全面之间的关联性常常让人叫绝不已！”

也许大师姐是偶然看见了铺设桥面用的方石条间隙中生长着的那些艳绿色植物叶片，感觉它们很像是一种叫金钱草的植物，那一片片叶子就如同指甲的形状，它们密集而顽强地生长在窄窄的间隙中间，让略高出自身的石条成为自己安全的屏障，组成了自己独特的美丽格局，默默地映衬着春天的韵律！

“是的，太史，其关键点就在于何为局部、何为全面、怎么认识局部、怎么看待全面等的问题，在特定的情况下，所谓局部并不是面积大小和某一方面组成部分的概念。比如，汽车的发动机，相比于整个汽车而言它只是个局部，和一个螺丝钉没有什么高低上的差别，但是汽车如果缺少了一颗螺丝钉或许仍然是可以继续行驶的，而如果缺少了发动机呢？”

空气真好啊！可是我并没有像小李子他们一样的纵情于山水景物之中，而是默默地聆听着太史秋芙大师姐和老师之间关于业务技能方面的对话。哈哈，做任何事情都是需要讲究技巧的，如此“美味可口”的大餐岂能轻易放过呢？

“我以前在电影和电视剧中经常听到这样的说法，说枪膛里面如果没有了子弹，还不如一根普通的烧火棍。现在想来，也是这种意思吧。”

“当然，在具体的工作当中也绝不能放弃其他的部分，而应当充分地利用它们本身具有的价值，可以说让它们成为一种背景资源，从而辅助我们的认识。因为从哲学的角度上讲，它们在一定条件下是可以发生相互转换的。”

听起来有一点拗口，理解了就可以一目了然了：如果汽车原本是坏的，那么，有没有发动机的存在它都无法行驶；如果枪支缺少能形成击发的部件，那么不管枪膛内有没有子弹的存在，它都不如一根普通的烧火棍。

“真好！师父，您给我们讲一下那起案件吧。”

“行啊！”

“老师，走得也有点累了，我们去那边的茶室喝点茶吧。”

我指着几十米开外一间类似茅草屋一样风格的茶室道。

进入茶室，选坐了个一面靠窗，另两面临水、远离其他顾客的位置，这样，一来便于观景，二来也安全隐蔽，方便说话。

照例，我们要了极品铁观音茶。

随着袅袅蒸腾的茶雾和杯中翻滚的叶片，我们跟随着老师的话语进入了我亲身经历的案件现场：

前不久的一个傍晚，一名老年女性被人发现躺倒在废旧厂房空旷的车间地面上，已经死亡。

经现场勘查，她是由上方楼层坠落于地面的，并在上方的地面上发现了有死者身份证件的女式挎包，里面的物品正常，没有被人翻动过的迹象。

那么，她为什么会出现在这样一个地方呢?

“丁探，这名死者是一个智障人员。”

“……”

老师从死者身旁站起身来对我说的一句话让我一时间脑筋急转弯起来。

老师并没有继续往下说，这也是老师平素训练学员的方法之一：告诉你们答案，由你们来寻找依据。

我和其他技术员们带着问题重新又把目光转向了死者的尸体。

死者身长约一米六〇，体态一般，上身穿着短袖的毛衣，下身穿着白色长裤，脚上是白色的旅游鞋，内衣内裤等皆处于正常状态，霜白的齐耳的短发散铺在地面的血泊中……

说实话，这个室外温度仅在七摄氏度上下飘动的季节内，没有外套只穿短袖确实太冷了点，尽管是短袖毛衣也一样。除此之外，我一时没有更多的发现。

“丁探，你注意死者的手指甲。”

根据老师的提醒，我用放大镜仔细观察起她的十指指甲来。在放大镜下，指甲的真实面貌显露出来，我发现，她的十指指甲不仅在长短上参差不齐，而且指甲的形状简直就如同是狗啃出来的一样，呈现出五花八门的不规则样子，显然，没有使用过指甲钳类的专用工具修剪。另外，我还有一个重要的发现，在死者的十指指甲内侧积存了许多肮脏的物质。

我似乎明白了什么，但又一时间说不出来，有一种如鲠在喉的感觉。

“老师，给我讲解一下吧。”

“好。丁探，就如同眼睛是人类心灵的窗户一样，双手则是人们生活直接而又具体的参与者和记录者。从一个人的手上的光洁度、修饰与否及方法、气味、特定情况下的温度、神经的反应程度等方面，往往可以洞窥出这个人的生活状况以及这个人的精神状态。比如，木匠的手、厨师的手、钢琴家的手等，他们都存在着各自不同的特点，有生活中形成的，也有职业生涯中所形成的。”

老师的启发性讲解不仅给了我自主思考的空间，也一点点让我走向了茅塞顿开的境界。

“老师，我明白了，她手上的指甲是一个特别的写照，反映着她在日常生活、行为方面的实际状态。这些客观的反常规现象说明，这个死者在精神和智商方面存在问题。”

……

虽然这是我亲身经历的案件，但老师的讲述和评点还是让我大有温故而知新的感悟。

“太棒了！师父的思维切入点真的好敏锐，一语中的了事物的特殊性。”

大师姐的叫好带起了一片轻轻的掌声！

正在这时，阳光依然明媚的天空上附和般地下起雨来，雨点敲打在屋顶和树叶上，发出一片类似掌声的鸣响。

太阳雨的不期而至增加了空气中负氧离子的浓度，更激起了人们内心的思维广度。

“师父，做首诗吧。”

大师姐一边给老师续茶一边微笑着说道。

老师兴趣盎然地看着眼前的茶具以及周边精美的盆景和窗外的雨丝点点头。

大师姐的建议总是能够打在点子上，据我的察言观色，如此美妙的景致，老师已经在构思了。

“就称为‘听雨吟’吧：

竹具满盛新旧香，

紫盆外探长短萃。

雨敲窗外吟新季，

茶吮杯中念故浆。”

细细咀嚼着老师诗中的词句，那种浓浓的惦念追忆之情浸润在字里行间。

人生可以运用这种形式、这种对美好节点的回忆去透视自己的一生，破案也一样吧，抓住事物或者现象中包含着的关键点，从而洞视出案件的相关信息。

大师姐起身为老师的杯中添加茶水。

“师父，我也要修炼成您这样文武兼备的人，踏着您的脚步往前走。”

“不仅要做到这些，总有一天，你，还有你们会超越我……”

“师父，您不可以再往下说了。”

大师姐不说，我也会对老师这样说的。老师已经成了我们的精神支柱，永远的精神支柱。

我的家再一次成了大家聚会的殿堂，大师姐第一次到我家来，而且在我的努力下，顺利的成就了两件事，一是大师姐很快与铿铿“化敌为友”了；第二件事嘛，大师姐今晚不住宾馆，而是住在我家。

离定制的菜肴送达还有半个多小时的时间，我们七个人在客厅饮茶，大师姐为老师带的茶叶果真不同凡响，远比白天茶室的茶上品。

“太史，把你带来让我研究的案件资料拿出来吧。”

老师一句看似随口说出的话让在场的所有人都愣住了！

“师父，您知道？”

“是啊！你的随身物品与旅游的时间长短不匹配，在我昨天询问你旅游计划时，你的回答略有犹豫，这不是你一贯细致的风格，另外，在你所有的话语之中，没有一句是和旅游有关联的……”

发现反常之处就是引导人们走往正道的客观暗示。老师把这一切都用活了。

“对不起师父，我没有对您讲真话，我这次来的目的就是请您为我把个关，之所以不像以前那样的方式与您联系，是因为得知您近来特别的累。”

老师看了我一眼。我与大师姐的关系老师非常了解，这次是我在和大师姐电话交谈中随意说起的。老师确实太累了，又是本地的案件，还有些许各地发来的案件，几乎占用了他半数的休息时间。

各位看官，也许你们觉得半个多小时的时间去研究一个案件是否紧张了些？不要紧，大师姐还有我们都深知老师的真功夫。

大师姐迅速从包内拿出了存放有案件资料的闪存，而我也是“闻风而动”，同步架起了我的笔记本电脑。

这是一台业务工作专用的电脑，之所以在我的住处，是老师为突发的重案而准备的，一旦有案件发生我可以直接携带专用电脑从家中赶赴现场。

上周三的清晨，一名青年男性被上门来收取租金的房东发现吊挂在所租房屋内的天花板铁钩子上。一个圆凳子放在床铺上，人就吊在凳子上方，死者的双腿半弯曲，脚踏放在圆凳子面上……

“师父，各方面的因素都考虑到了，但是对于案件的性质还是缺乏具有说服力的东西。要真正成为一名在业务工作上游刃有余的刑事技术人员就犹如是逆水行舟啊！”

在大师姐的话语中有一个特别引人深思的词汇：说服力。

平常人们把说服力的概念很随意地挂在嘴边、应用在工作和生活中，殊不知，不是什么事都可轻易地用说服力来证实的。这么说吧，如果缺少一定的文化、缺少相关的专业知识和实践认知，是完全会出现“听不懂”以及“无法理解”的现象的，只是人们一般不会注意到这个问题，听不懂就当听不懂去认识、不理解就当不理解去理解了。有道是曲高和寡、阳春白雪、水清则无鱼等，可见一斑。

大师姐刚才的话语，老师就像是没有听见一样。看来，老师从看到案件资料的那一刻起，心思早已浸入“现场之中”。也就近二十分钟的时间，老师慢慢放下了手中的案件资料，继续沉思着。少顷，老师抬头看着大师姐：

“太史，鲲鹏图南。逆水、逆风、逆境并非都只有负面的因素，比如，飞机在起飞和降落的阶段就需要逆风而行。”

大师姐的话，老师都听见了。他起身招呼大家围坐在了餐桌前。老师的这个举动显然是为了帮助大师姐掩饰她的尴尬。老师的敏锐不是在某些场合，是随时随地的，用他的话说，修养到成为自己的本能。

“太史，在今天郊游的时候你说过我从对指甲的观察发现案件了实质，就如同人身上有穴位一样，现场也是相同的存在着它特有的穴位，在现场勘查过程中这种穴位的发现可以帮助刑事技术人员对案件的认识，借用一句武术上的话讲，这叫作四两拨千斤。那么，在这个案件中请大家特别注意观察一下死者的双腿和双脚，以及上方悬吊的绳索。”

老师说着用手指了一下电脑的屏幕：

“在课堂上和实训课中，我们曾关于力的取向问题进行过全面的学习，只是要特别的注意，在实践的运用上必须讲究一个变通，否则将会人为地将自己的临场思维框在一个非常局限的范围之内。从这起案件现场中死者的腿和脚上观察，他的扭曲形态符合人的正常生理变化，另外，他双腿裤子上的褶皱形态，以及双腿褶皱间关联性的相互作用与人生理变化间的关系是吻合的。而且，这种吻合是伪造所不能形成的，试想，抱着一个人上山和一个人自己爬上山，二者间所需要的力的运动形式能一样吗……”

“明白了，师父。这么说导致死者身体旋转的原因是上方绳索的扭转了。”

“是的，这种扭转必须是在双脚下没有相对稳定的力的前提下才可以形成……也正是这一点，给我们技术人员的勘查和分析提供了一份珍贵的资源，这是一起自杀案件。”

除了悬吊上方绳索的扭转因素外，其他的也看见了，也知道那是力的趋势所至，可就是没有立体地思考它的形成原理中所包含的意义……

看见不等于发现。

真正理解它是需要多么刻苦的努力啊！

“汪、汪、汪！”

铿铿的吠叫声提示着定制的饭菜送到了。

老规矩，有老师在的场合，大师姐是滴酒不沾的，而且，为老师加酒。

饭菜非常的丰盛，当然，依然是老师出钱安排的，我只是动动手指网上点菜而已。不过，我这里有一个酒柜，不需要老师操心，哈哈！

“真方便啊，只要在手机上点几下，专业厨师的韵味就出现在眼前了。”

何队长说着端起了酒杯。

是的，像大师姐与老师之间这种师徒关系并非人人皆有，随时可以在需要的时刻及时获得指导与帮助……

我的心情仍然在刚才对案件的研究中回荡、上升。

“老师，在侦破各种疑难案件上，如果建立一个正规的网络平台就方便了。这样，双方都可以极大地减少环节，只有特别重大的案件才会需要像您这样的专家亲自去复勘现场，而且，专家介入相关案件侦破工作的及时性也大大提升了。”

“对呀！”

“丁探，你这是出了一个好主意。”

老师频频点着头接着说道：

“著名古典文学作品《水浒传》中的宋江为什么光靠着报自己的名号就无数次的避免了杀身之灾，这源自他的江湖名号‘及时雨’。

他乐善好施有两大特点：一是持之以恒；二是总是出现在他人最困难最急需救助的关头。

刑事科学技术工作也一样，专家及时介入疑难案件的勘查、如影随形地跟踪带教，才能最大程度地发挥出专家应有的作用，换句话说，专家才能真正称其为专家。

应该不断开辟刑事科学技术在实战、培训方面的新途径，可以更加切实有效地盘活庞大的专家资源，让我们的刑事技术专家在打击破案、攻坚克难、培训带教方面也成为广受基层一线期待和欢迎的‘及时雨’。”

二十二、度的深厚

有道是君子和而不同。

这既是对人的一种尊重，也是客观存在的定势。举一个简单的生活例子吧：俩人是好朋友，一个胖、一个瘦，他们需要穿相同尺码的衣服吗？不会。同样，一个医生和一个建筑工程师，截然不同的职业并不会妨碍他们成为知己。

度是一种平衡、一种分寸、一种可持续发展下去的资源储藏。

合上笔记本，我揉了揉有些发酸的双眼，我的动作也唤起了蹲坐在身旁的铿铿的反应，我随手摸了摸它的脑袋，毛茸茸的感觉通过手掌皮肤上的神经并形成一种愉悦和安慰传递回来！只要我在屋里安静地读书、写作和休息，它总是在我身体两米左右的范围内跟随和护佑着我。

依然高跷着双腿，我闭目养起神来。和煦的阳光透过封闭式阳台的钢化玻璃铺满开来，加之阳台内各种植物的馨香和茶香味，营造出了非常让自己享受的私密空间。

那是一幢很豪华、很气派的大楼，在大楼的周边种植了许多的树林，让大楼有一种处在自然氧吧中的味道，在大楼的楼下花园内，不仅是繁花盛开，而且还有人工挖出的游泳池，池内碧蓝色的水波荡漾着优雅的涟漪，让人有些头晕目眩……

“快跟我走，这幢楼没有足够的地基，马上就要倒塌了！”

老师的声音，他不知从何处闪身出来一把抓住我的手腕向着空旷的地方冲去，跑出几步后我竟随着老师的力量腾飞了起来！

在大楼倒地的瞬间，没有出现我想象中那样的天崩地裂般震撼，而是变成了一大堆纸片，不知道是谁划着了火柴，顷刻间大楼变成了一堆灰烬。天空中风雨骤起，不一会儿的工夫，那幢华丽的大楼消失得无影无踪。

“丁零零……”

闹铃的声响把我拉回了现实之中，午休结束的时间到了，据说过长的午睡会不利于身体和大脑健康。

我愣愣地看着天花板的方向，抓住梦境的尾巴回忆着，思考着它形成的缘由。

思绪渐渐滑入了前两天的考核讲评会和后来发生的故事上：

遍地的鲜血现在已经变化成了遍地黑色的片状渣粒，只有无数条形态各异的红色划痕可以勾勒出当时的惨状。死者静静地卧倒在大厅冰冷的地板上，卫生间内浓的、稀释的血水以滴落、喷溅、挥洒、摩擦等各种形态展现在我们的眼前，卧室内更是无以复加的惨状，血水甚至渗透了两层褥子、染红了床单。

这是一次个案跟考，目的是检验刚从新技术提高班培训回来的一批业务骨干的实践应用水平。老师当然是总评委，我呢，当然是评委之一啦，不过，在整个跟考过程中我都会紧随老师，一是观察和评判，二是跟着老师学习。

所谓个案跟考，是由老师当年在工作中发明的一种对刑事技术人员的考核方式，因为原有的考核形式带有一定的偶然性，还不足以整体展示出一名技术人员的综合业务素养，为了弥补这一点，老师设定了这种考核方式，简单地讲就是在考核的日子里，接受考核的技术人员随机接报什么案件，就以接报的真实案件作为考核的题目。

千万别以为碰到的案件会有难、易之分，考核是全面的展示，不单单是一个过程那么简单。这，就是个案跟考的灵魂所在。

今天的技术员碰到的是一起出租房内有人员死亡的案件。为了便于当事技术员“对付”这个现场，老师特别为他临时调配了两名技术人员供其指挥。

三个小时过去了。接受考核的那名中年技术员终于满脸汗水地从现场内踮着脚走了出来：

“报告评委，这是一起凶杀案件，作案者为一到二人……”

听着汇报，我在内心里摇着头，感觉自己的表情越来越冰冷。

刑事科学技术工作讲究准确、具体、客观。记得还是在初进技术部门时期，一次听一位“专家”对新同志的讲课，其在讲到一个盗窃案例时分析到：所以，此案不是内盗就是外盗，当然，也不排除是由内外结合的作案……

如果不是纪律的约束，我早就离开了。

我们曾听某政法大学的同学讲起他们听讲座的事，自愿来，自愿离开，满座为 140 人座的阶梯教室，最惨的时候从一开始的满员逐渐到只剩下不到 30 人。无独有偶，那所大学老师也应邀去讲过课，同样是 140 人座的阶梯教室，硬是挤进去了 160 多人听讲。老师应邀到刑警学院讲座时，还有几个区队的学生因没有位子了，排队走到教室门口又掉头返回。猛猛就是其中的学生之一，后来通过另辟蹊径才好不容易补回了课，并认识了老师。

记得后来有位大学教授为老师写下了一首打油诗：

“金秋十月话重阳，双千之事成过往。刘镜老师没有忘，音容笑貌眼前晃。以校为家日夜忙，业务精湛无人挡。教书育人志四方，兢兢业业劳模榜！”

令人回味和想念……

参考的技术员终于讲完了汇报内容，我也好不容易耐着性子听完了他的话。我想，如果是太史秋芙大师姐处在我现在的位子上，可能早就打断他的汇报了。

可能是受到我表情上的影响，那位中年技术员面对着我这位年轻的晚辈依然是无法掩饰他的紧张与不安。这可不是训练，而是真实的现场勘查。

我扭头望了一下老师。说实话，我想要讲评的话太多了，多得我一时都不知从何说起了。

老师的眼角朝上挑了一下，鼓励地朝我点了点头。尽管老师是考核的总评委，他还是一如既往地利用各种合适的机会来培养我的成长。

有老师作为坚强的后盾，我尽可大胆地发挥自己的智慧。一瞬间，满腹的言辞迅速浓缩成了一句看似平淡而又直点问题关键的一句问话：

“请你把刚才讲的依据具体化地阐述一下。”

其实，只要他头脑转一下就会发现，如果这是一起凶杀案件，老师早就有进一步的动作了。他不懂得立体地去思考问题。

“我觉得主要有两个方面：一是房间内到处是大量的血迹；二是这些血迹中有喷溅等形态，应该是一种加害的行为。另外，之所以我认为作案人数有一到两个人，是觉得怕一个人控制不了被害人……”

我的心到达了冰点，而我的肺则几近要爆炸了！

我按捺住自己，平静地说道：

“血迹的量与案件的定性没有必然的关系。第二点也站不住脚，血迹的形态千变万化，要因时、因地、因人等具体情况具体看待，比如，打击造成的血迹形态它既有喷溅状的，也有挥洒状的。作案人数不是单以力量上的控制性为依据的，如果心脏等重要器官受到重创，就算是大力士也会变得弱不禁风。”

在监考的过程中，我也认真地勘查了现场，只是更技巧、更智慧、更快捷。否则怎么去当一个名副其实的评委呢。打铁首先锤要硬啊！老师的学生，可不是白做的！

“……综合起来分析，这不是一起刑事案件。”

“是，有道理啊！评委，关键这里既没有探头也没有手机什么的东西，我这个有力用不上啊！”

我没有想到对方的想法竟是要完全依赖仪器。一时没有更好的辩驳词语来纠正他的看法。正在这时，老师发话了：

“追求高、精、尖没有错，错在一些人对它的理解上。基础就好比是树的根，有了强壮的根系才能使树枝从生长、开花、结果各个阶段都充满生机。所以，新的知识和技术的应用同时也应该是对基础的不断充实和光大，而绝不是将基础渐渐地淡化掉。这也是一个理念问题，因为什么样的理念产生出什么样的行动，什么样的行动派生出什么样的结果，理念决定效应。另外，过去式的东西并不全都是代表着落后和淘汰，就像越王勾践的宝剑、唐三彩、消失的兵马俑颜色，等等等等，对当今的人们而言依然是顶尖的科技之谜。”

“镜工，我服气，这位小妹妹，啊不，是评委，点到了我存在问题的穴位上，您又指出了问题产生的源头，我今天是出糗了，不过我会深刻反思的。”

……

记得那天我们结束个案跟考工作返回时，那位中年的应考者仍然用一种不可思议的眼光扫描着我。看来，我同样留下了让他难忘的印象。

前脚刚完成了考核工作，甚至都还没有来得及喘口气就接到了猛猛打来的急电：有一个案件他们竟然出现了败诉的情况。

案件的条件应该是不错的，高清晰度的探头甚至如同直播一样地记录了案件发生的部分过程，嫌疑人也因此曝光，侦查人员顺藤摸瓜，没有费太大的周折便将其收入了网中。可是，除了嫌疑人坚不吐实外，对通过探头抓拍到的案件录像，对方的律师称：是一个与嫌疑人长相相像的人而已……

奇耻大辱。大家都揪起了心！

我们重案勘查组的人都挤在了老师那小小的玻璃屋内，老师把椅子让给了我，小李子与胖胖两人合抢着准备去为老师搬来另一把椅子，被老师制止了，因为那样的话这小小玻璃屋内就容不下重案组的技术员们了。

按理说，我怎么会轻易地去占有老师的椅子呢，就连太史秋芙大师姐也绝对不会这样的。因为老师已经看完了猛猛发来的案件资料，需要站着思考一下而已。女士优先！其实老师是故意把座位让给我的，事情紧急，已容不得再去客气了，凡事都要讲个度啊！

案件是一起入室盗窃案，发生在农村的村落内，作案人在夜间翻爬院墙进入院内，而后再入室进行盗窃行为。报案人多了个心眼，在自家的院墙四周都分别安装了红外线探头，所以，作案人翻墙的过程被探头抓拍了一个正着，但因摄像探头角度的局限性，后面的入室盗窃过程无法被拍下来。

报案人看过了探头拍摄下的录像后一口认定是同村的崔某作案，而且，报案人对于这个方面的认识也得到了许多村民的认同。可嫌疑人崔某到案后却一口否定是自己作案，并称案件发生时自己一个人正在家中睡觉……后来就出现了律师辩驳的一幕。

“老师。”

说实话，仔细研读完所有案件资料后，我也一时觉得不知从何下手。由于农村地区的特殊情况，现场在案件发生后遭到了严重的破坏，技术人员没有更多的收获、证据。

老师曾经说过：“不是所有的现场都能留给技术人员足以一目了然的痕迹，但痕迹却是存在的，只是不那么一目了然、不那么常规而已。”可是一到实践中还是很难去准确地把握住它。

“丁探，你平常下班回家进门时是什么样的动作？如果，那不是你的家，你是去偷东西的，明知房间里面有人睡觉，你又会是什么样的动作呢？”

“明白了老师，我马上让猛猛按照这个思路去复勘现场。”

经老师一点拨我立刻就明白了，因为那都是耳熟能详的知识。怎么才能把学习到的知识自然灵活地应用到实践中去，这本身也是一门学问。只有实现了这一点，知识才真正属于你，你才是真正意义上的学士、硕士、博士、专家，而不仅仅是文凭和称呼。

“还有一件事，让猛猛详细了解一下这个嫌疑人的身体情况。”

“老师，您发现什么了？”

“是的。反复研究过录像后，我发现了一个特别的现象，作案人在翻墙时左手正常，而右手则没有过抓握动作，一直是使用小臂在用力。是受伤了还是原本存在着轻微的残疾？”

我的脸上有点发烧。

只注意要认真仔细了，也这么去做了，可这里面还有一项重要的内容，那就是方法。同样，老师也曾在课堂上讲授过的。

急急地打完了和猛猛的电话，我重新研究起了录像，一遍、两遍、三遍……天啊，确实像老师所说的那样，只是动作非常细微，很难察觉。

“老师，作案人的右手有问题，这为确定嫌疑人提供了一个独特的依据。”

“是啊丁探，可是你知道吗，此案发生在数月前，如果作案人的右手仅是一般的受伤和不适，现在早已痊愈了，而且，当初忽略掉的工作，现在重新去弥补将困难重重。我们刑事技术人员总不能把一切都交给运气吧？”

是的。发人深省！

两天后在我们去出现场的路上猛猛反馈来了信息，好在客观条件的惠顾，技术员按照老师的思路工作，在现场上提取到了作案人留下的生物痕迹。

照例猛猛是把电话打给我的，他了解老师的严谨，只好通过我来做个缓冲了。

案件的诉讼成功了，不过，作案人不是崔某，是他的一位远房堂兄，右手半残疾，功能不全。

呼吸着郊外清新的空气，老师在听完我的汇报后沉默良久，忽然，他用手指着远方的竹海问道：

“丁探，喜欢吃竹笋吧。可严格地按照自然规律去进行的话，它只能两年一挖掘，有大、小年划分，为的就是让土地休养生息，以恢复消耗掉的养分。”

不是老师的讲解，吃过多年竹笋菜肴的我还真不知晓这方面的知识。

万事万物皆有度，正确地去认识理解和把握才是需要人们去努力的事情……

“现场勘查及现场分析工作皆有一定的规律性可循，但这种规律性往往只能在一般的意义上对我们的实践产生指导和帮助，而我们的实践工作对规律性的需求却绝不可能仅仅停留在一般意义的指导程度上，这就需要我们不断深入地去对这种规律性进行研究和挖掘，以获得更深层次的东西。”

有些道理，在咀嚼过千万遍后方能品出一丝味道来。比如，老师早在大学讲课时就说过的这个道理。

当大家听到疑难案件时有什么反应呢？它并非难于上青天的蜀道，只是在思维的逻辑上改变了素常的形式罢了。所以对客观事物想得太简单和想得过于复杂都是不提倡的，还是那句话，具体情况具体看待，把握好度。

重案勘查车上，老师刚放下手机。

他又对案件在审讯中的注意要点向猛猛做了详细的嘱咐。哈哈哈哈，我完全能想象得出猛猛从接到老师的电话到通话直至通话结束的所有表情！

言归正传。此时此刻我们前往的现场正是所谓的疑难案件现场：

某刑侦责任队的队长给老师来电话，一开口就语惊四座，说他干了近二十年的刑警工作，这次遇到的是最诡异的一个案件，让人匪夷所思！

一家外资企业的财务室出事了，有人半夜撬开了位于公司中间办公大楼内财务室的窗户，躲过探头的“视野”钻入室内后，却……

他实在说不出来了。因为，第二天前来上班的财务人员在开启那个坚固程度可谓风不透雨不漏的保险箱时惊呆了，整个箱内的报表、文件、大量国内现金、外币全被翻动了，可让人意外的是，箱内物品是分文不少。对整个财务室的勘查也发现，没有任何翻动的迹象。

本应说是不幸中的大幸，但这却更使公司方面紧张起来，因为保险箱中有重要的企业机密资料。

挂掉责任区刑队队长的电话，宗副局长的电话也随之而来，并且，他已到达了现场。

重案勘查车悄无声息地停在了外资企业的办公大楼前，之所以是悄无声息，是老师要求的，他不希望我们的去向招摇过市。

一进入财务室，脚下那厚厚的地毯马上让人警觉到这里的档次，用两个字来形容吧：华丽。

现场已经被破坏了，除了那个沉重的保险箱外，连卫生都已打扫过了。对此，责任队队长不由得面现愧色。

老师见状，轻轻拍了拍他的肩膀，以示慰藉。

老师用放大镜详细地查看着当初从窗口及桌面上提取到的足迹，又围绕着公司大院内的道路“散了一圈步”……人们以一种不可思议的目光看着老师的一举一动，这不禁让现场上更加充斥着一种神秘的气氛。

终于，老师开启了保险箱的门，他一边观察箱子内的情况，一边查看着现场勘查时的照片，老师的目光中始终透出着一丝无形的敏锐。用电筒和放大镜观察了箱子内壁的情况后，老师把手上戴的纯棉手套脱下来，又换上了一副全新的乳胶手套，紧接着，老师躬身用双手轻轻地托起了保险箱，那么重的双层保险箱在老师手里简直如同是用纸糊的一样，但我心里还是为老师捏着一把汗！

保险箱一点一点地从角落中被挪了出来，把保险箱放在事先选择好的位置处，老师立刻俯身于地面，借助放大镜仔细反复扫描着每一寸地方。我立刻明白了一切，明白了老师的用意和做法。

老师，棒！

看过地面后，老师又进一步观察了箱体。

“哼！”

终于，老师发出了一个极短暂的笑声，但脸上依然是没有一丝一毫的笑容。

我立刻伸出双手把老师扶了起来。我知道，勘查工作结束了。

“现场的分析如下。”

在没有任何“外人”的会议室内，老师的话语吸引了所有人的目光和注意力，连嗜烟如命的宗局也弃香烟于不顾了。人们太想弄清这是怎么回事了。

“这是一起盗窃未遂案件。作案人的目标是财务室内的保险箱。他进入室内后用事先准备好的工具试图撬开保险箱，但没有成功，在这个过程中，为了方便用力，作案人多次变换了保险箱的箱体形态，不仅在箱体上留下了地毯的印痕，而且也导致了保险箱内物品的翻滚和移位……最后，无奈的作案人又将保险箱搬回到了原来放置的地方，原路离开现场。”

这就是保险箱被“翻动”的真实原因。我突然发觉自己忘记了拿录音笔，急急地摸索起来。

“丁探！”

小李子压低的嗓音传来，同时他挥了挥手，他的手中居然也有一支录音笔。

我放心地回笑了一下。

“剩下的事就相对简单一些了。”

老师说着，朝何队长看了一眼，并点了点头。

“根据保险箱缝隙内断裂的作案工具金属碎屑看，这是一把新的、材质特别的工具，结合现场上的其他现象，作案人对现场不仅熟门熟路，而且知晓细节，此案件是内部人员作案，所以，只要马上清查所有具备撬压功能的工具，不难让作案嫌疑人浮出水面。还有，这是个身强力壮的人，现场痕迹告诉我们，体态中等偏瘦，心理年龄三十多岁。”

心理年龄也是老师重要的研究成果。在现如今“超级婴儿”等现象时有显露的时代，以往相对单一的方法应该不断地予以充实，这样才能契合时代变迁的现实。

“镜工，明白。我马上调整工作布局，我想，今天就会出结果。”

何队长起身匆匆离去。很快，原本济济一堂的会议室兼临时指挥部内变得空荡起来，仅不到半天时间，它已结束了使命，回归原本。

“镜工，怎么样了？我看见何队长已经安排大家分别下去工作了。唉，没办法，又是签字、又是开会……”

在老师到达现场后，宗局就因事回局里了。他脸上的表情显示，他是很无奈地离开的。是啊，正如他自己讲的那样，成天在文山会海中浸泡着的人，何谈业务、何谈实绩、何谈深入一线呢？

小李子拿出录音笔交给宗局。

“跟我们小丁探学的吧？”

宗局半开玩笑地对小李子说道，又转头看了我一眼。随即，开始专心地倾听起老师对现场分析的录音。

一长段烟灰齐齐地砸落在光洁的会议室桌面上，也惊醒了渐渐陷入沉思中的宗局。他把录音笔交还给小李子，慢慢地、一字一板地对老师说道：

“镜工，辛苦了！这么多年，因为有你们的智慧与辛勤，方可高枕而无忧啊！”

……

正回忆着，我看了一眼时钟，赶紧起身收拾东西，老师他们即将到来了。

这次的重案组成员聚会与以往有些不同：吃西餐。

地点在我住处，照例，何队长不可或缺。只是除了红酒的供应还由小李子抓住不放外，大多数食材都是由该家外资企业馈赠的。

“我们知道你们是职责所在，但希望我们的一片心意也能得到贵方的尊重。换句话说，这不也同样是你们为之而努力的职责成效吗？”

宗局没有再推辞，把这份特殊的礼物转给了我们。

我想，这不是一般的权宜之策，而是一种人性、一种分寸的拿捏、一种度。

这都是前话。牛排上桌了，今天的“服务员”是破案后特别高兴的何队长，啊，应该称为何大厨！

二十三、证据的性格

“证据，诉讼之利器。但它并非一定属于拥有者。它只为理解它的人服务。”

“镜工，您的意思是说……”

铛！铛！铛！

寺院的钟声回荡在山谷之中，也暂时截断了人们的思路，好像渲染似的让人融入这佛门的意境之中去。

这是一座渊源长久的古寺庙，并非现代人辟地所建，所以，它整体都透着一股佛法的神韵。不知为何，我忽然想起了老师电脑屏保上的两句话：水静成影，心静成思。

把老师“拉”到这里来的是何队长和他现在政法大学任教授的同学，当然，主要的还是有我这个“内应”。

教授老早就从何队长处听到过老师的威名，今日见面后竟有故交之感，并排而行，相谈甚欢。我与何队长跟随在他们身后，我仔细聆听着那契合相交的对话，美景、清风、净土等都促进着人的思考速度和吸收能力。

“就好比是正要进行格斗中的两个人，其中一人手中握着一根棍子，而另一个人则是赤手空拳。由于赤手空拳的那个人武功较对方高出一筹，所以在格斗的过程中最终从对方的手中夺取了那根棍子为己所有……”

“啊，我明白了，棍子在这里就好比是法律意义上的证据，实践中谁对它的理解性强、更善于使用它，谁就更能发挥出它的威力！”

“是的。证据是具有它特有的独立性的，获得证据只是第一步，最重要的还是对证据在认识和理解上的深度。而且证据的来源可以是自己去获得，还可以是从对方亮出的证据中去发现证据，更可能的一种情况是，证据其实就在手中，而你却浑然不知，因为你不‘认识’它……”

“您所说到的这种情况在法庭上确实存在着，只是人们往往意识不到它。对了，就如您所说的看见不等于发现一样。”

……

我不得不多次地使用省略号，因为，我不能再往深度里讲了。见谅。

这晨钟暮鼓之地，真不失为思索研究的一个好的所在啊！

这次老师在被何队长“拉”出来前，我们重案勘查组刚刚结束了对一起特大盗窃案件现场的勘查，而且基本上是直接指明了侦查的方向，为何队长他们的直捣黄龙奠定了重要的基础。

某大型化工厂内发生了原料被盗窃的案件，价值巨大。其实更多的损失情况是胖胖和小李子他们在勘查现场过程中发现的，所以，老师带领着重案的全体技术人员赶赴现场增援胖胖和小李子。等我们赶到现场时，胖胖他们已经勘查得差不多了，胖胖详细地向老师介绍了现场的情况：案件首先是从野外发现的众多化工原料包装袋开始的，简单地说，作案人先从原料仓库内盗窃了成包的化工原料，运到外面某地方后又对它们进行了重新换袋包装，并把原来的包装袋扔到了野外。

这可真是个大工厂啊，有些车间与车间之间都得骑自行车，甚至坐电瓶车。

坐车勘查了各个不同地方的现场，最后，老师在最初发现化工原料原包装袋的地方下了车，这是片正等待开发的空地，在丛生的杂草中开成了一些临时的天然垃圾场，也被大型车辆碾轧出了横七纵八的临时道路。

“胖胖。”

“马上！”

胖胖应了一声，并没有详问老师事由，而是转身直奔勘查车，很快，他手里拿着四五个当初从这个垃圾场提取的部分化工原料包装袋，他递给老师一个，手里拿着剩下的袋子以备老师逐一查看，同时把强光电筒、放大镜、手套等一并递给了老师。

到底是老师多年的得力干将，同时也又给我这个现在的助手上了一课。

“丁探，你发现我在研究什么吗？”

“老师，您是在研究地面的主要物质组成还有它们与包装袋上褶皱纹里面所包含的物质之间的差别和关系。”

老师在认真反复查看了地面、化工原料包装袋后对一直专注观察着他一举一动的我问道。

学习的方式、方法有多种，在不同的时候要采取不同的，但又契合具体情况的方式、方法。能够看懂老师的临场工作思路是极难的一种入门……

“好。丁探，活学活用，根据具体情况灵活地变通运用所掌握的知识，你做到了。”

“感谢老师鼓励！老师，您已经有了重要的发现？”

我是怎么知道老师已有重要发现这一点的？按照老师的工作风格，除非他有了重要的勘查突破，否则，不会也没有空隙去刻意表扬你的。不是老师不肯定你，而是方式方法不同。

“是的。秘密就在这些褶皱里面。我之所以关注到这一点，是案件的具体发展过程引起了我的注意。”

“您是说这些化工原料包装袋在整个案件中从被盗开始直到它们出现在这里所有走过的地方，也就是它们被移动的路径？”

“对。丁探，你用了‘被移动’一词，非常深刻。因为，只要通过它，就能发现主动的一方，也就是作案人。”

记得小时候看那些高手们玩乒乓球，就感觉他们的球拍像是有磁力一样地使球不离拍。渐渐地，我知道了什么叫游刃有余，而老师让我真正理解了这句话的内涵。

通过一系列的观察对比，老师在包装袋的一侧褶皱内发现了与另一侧褶皱内完全不同的一种物质附着……

打个比方吧，对倒在地面的人单纯地拉住同一身体部位拖动，会在其衣服和裤子的褶皱内侧留下地面附着物的空白，因为它们被拖动的力所形成的衣服和裤子上的褶皱外侧面把内侧面给“隔离”了，而正向、反向交替着从当事人相反的身体部位（如拉上身与拉双腿），则会在一定程度上使这种衣服、裤子上褶皱内的空白部位消除，也形成附着物质。如果恰好两次拖动在不同物质的地面上进行，则两方面褶皱内所附着的物质也将是不同的。

当然，具体情况会复杂得多，这只是一种简单的、纯理论的解释而已。

经过厂里化验室的多次化验，发现其中的一种附着物与厂区内某仓储部门内的物质成分一致。这就是有检验样本的好处，不但快捷，而且准确。

“这里就是作案人停留并更换包装的地点。”

接过何队长递过来的化验报告单，老师轻轻松松说出了这句话。

虽然我没有参加最初的现场勘查工作，但也感到脸上发烧，因为，我就算是参加了初期的现场勘查工作，我也很可能没有老师这样的思路、去发现揭示的思路。

胖胖嘴里叼着无火的香烟，可他内心里却是燃烧着一团熊熊大火！终于，他狠狠吐掉了香烟：

“反复看过的包装袋，没有想到，解决案件的钥匙就藏在它的身上。”

破案了，但几乎是没有一丝高兴的气氛，直到何队长给我出了这个非常好的主意，我把握住机会，终于在案件总结会后把老师拉出了“尘世”。

用斋饭的时候到了。

“红烧蹄髈”“油焖茄子”“梅干菜烧肉”“丸子汤”“啤酒”……第一次进入这种境界，但并没有让自己眼花缭乱，而是跟着老师却又自主地选择着自己的判断，矜持如常。

选择了“安全”的位置，讨厌那些在自己身上扫描的目光。我请老师坐下，并为老师端上了一大杯“啤酒”。

“镜工，这位高挑美丽的女警官也是您的同行吗？”

教授问道。

老师一般不轻易介绍我，除非一定有必要，也会事先征询我的意见。对此，我非常感谢老师的细密、周到、尊重。

“我是老师的学生，也是老师的徒弟。”

我不紧不慢地讲道。不是抢话，而是读懂了老师的目光：“可以自我介绍一下。”

何队长笑而不语，表情中透着十分的尊重。

“嗯，不但是人美，更是稳重、有气质。看你刚才的言谈举止，得体而有分寸。可谓是名师出高徒、水深养蛟龙啊！”

我微微点头致谢。

老同学，我们丁探虽然年轻，但她的业务功底已经是非常的深厚了，而且，颇有其师之风。对了，你还记得前年夏天发生在你住的小区里面的天然气爆燃案件吧，解决此案件的关键之作就是出自这位丁探之手……

何队长两杯“啤酒”下肚后打开了话匣子。虽然不是真的酒，但其逼真的色泽与口感依然可能对人的精神起到兴奋的作用。一次，老师给一位政法大学教授的发问竟成了对方一时无言以对的问题：一个瘾君子多次吸食着卖家提供的新产品，感觉很有力度。直到东窗事发锒铛入狱后才知道自己花大价钱买来的新产品全是假货，就是随处可见的日常之物。请问，如何给对方定罪量刑……

何队长正在讲述的这起案件，同样也是在我经历中留下深刻印象的案件之一，它不仅得到了老师和伙伴们的一致肯定，而且也是我运用老师的立体思维理念的成功范例之一：

前年夏天的一个深夜，在一个大型社区的居民大楼内发生了天然气爆燃案件，案件中不仅导致了大量的财物损失，也导致了一名老年妇女严重灼伤，最后不治身亡。

案件发生后，多家公司和企业被告上法庭……一时间各种说法沸沸扬扬。

公安部门显然也是首当其冲的，最麻烦的问题是，老师当时正在外省出差。

“丁探，该你出山了。”

宗副局长一脸轻松地鼓励我说。我知道宗局内心的焦急，我也知道，时间不等人，此时距老师返回还有三天的时间。

“是，宗局。”

不知为什么，我在回答宗局的指令时竟然没有一丝一毫硬着头皮的感觉。因为……

“不用担心，你完全有这个能力。必要时，可以手机直接视频，这样除了通话还能勘查现场。”

老师在知晓情况后对我的叮嘱，知道我的底气了吧。当然，还有胖胖他们和我一起战斗——复勘现场。

现场位于总高为六层楼房的四楼一户居民家。房间的格局是一室一厅的结构，总门朝北，系高档防盗门，总门内即为客厅，同时也是兼有餐厅的功能；客厅的南侧是阳台，客厅的东侧由北至南分别是厨房间、卫生间、卧室。这是一种常见的居民住宅格局。

现场仅居住着一位老太，他的子女皆在外省市工作，只在逢年过节时来和她待几天。可能是身体的缘故吧，就连邻居也不常看见她外出，除了偶尔出门买些菜外，与大家没有什么交流。

现场不仅是爆燃，而且还引发了一定程度的燃烧。现场在前期的灭火、救人、危险物品清理、初期勘查等工作行为中遭到了很大程度的变动和破坏，使得原本勘查难度就很大的现场，变得更加是雪上加霜。

老师，您要在该多好啊！

在现场勘查中发现，客厅内、卧室内的损坏程度相对要轻一些，卫生间的损坏程度就严重多了，而最严重的部位还是和预料中的一样，是厨房间。

站在一片狼藉的现场中，眼睛的扫视和大脑的飞转在同时进行着。我脚上穿着高腰的防扎雨靴，头上戴着安全头盔……这一切都是老师的规定，目的是确保技术人员在类似复杂情况的现场勘查工作中的人身安全，尽管如此，每一次的移动依然是谨小慎微的。

天然气轻于空气，要注意观察储气的厚度，另外，现场上物理环境与当时和空气流动情况必须结合进去考虑……

老师曾经讲授过的话语自然地在大脑中回响着。

对啊。

“胖胖、小李子，我全明白了。”

……

“去重案现场勘查车吧。”

“OK，你是镜工附体了不成。”

重案勘查车的大是有讲究的，一方面，器材多、人多；另一方面，可作为临时的指挥部，尤其是在工作信息的保密方面更是安全可靠。

“丁探！”

当宗局喘着气随小李子来到车上时，看得出他目光的期待与谨慎。何队长同时到达，他的表情就如同老师在车上一样的，并随时准备着出发。

小区内的多个视频探头都已调过了，只能显示现场爆燃发生的时间，其他有价值的内容没有出现。

何队长他们一刻也没有清闲过，在向宗局汇报了工作情况后，所有人的目光都聚集在了我的脸上。

我也没有闲着，利用这点空隙时间把现场拍摄的重点部位视频以及分析意见发给了老师。

“和老师一样，我只做幕后，不露脸。”

顿了一下后我果敢地说道。显然，大家更期望着我下面将要进行的分析，都不由自主地点了点头。和老师一样，不想去浪费掉这些宝贵的时间。

“这个案件现场虽然非常的杂乱无章，但几个重要的信息点却依然是完好地显现着，这不是什么侥幸的缘故，而是客观存在的本质所决定的。”

我的开场白给人们的希望是立竿见影的，也就是在这个时候，老师的微信回复到了：

“好！”

一字重千金啊，特别是在此时此刻、此情此景之下。

“现场上的第一个重要信息点是厨房间内的天然气管子的断口，它不是由其他部位的燃烧所形成的，因为它的燃烧点是有局限的，不符合外来火源所应该造成的痕迹特点。另外，根据上述特点和断口的角度分析，它是由放在灶台上的剪刀剪切所形成的，即人为形成；现场上的第二个重要信息点是死者身上的损伤情况，她的损伤相对均匀地分布在身体的四周，如果她在爆燃发生时是处于躺在床上呈睡眠状态的话，会有两个方面与现实状况不符，一是她的身高，只有当她处于站立状态时才能在上身的相应部位形成如此严重的烧灼情况，这是案件现场上的空间储气情况所决定的，也就是说，如果她是躺在床上，那么，是基本不会受伤的，最多是惊吓而已。二是她身上衣物的燃烧情况，比照了卧室内特定部位挂晾的相同衣物损毁程度发现，在卧室内是不能形成的，结合她身体上的损伤程度，现场中只有在厨房间内才能造成……”

我喋喋不休地讲了约有半个小时，说实话，连我都对自己今天的一切表现感到有些惊讶，好像是毛利小五郎之于柯南似的，可完全不同的是，老师是我永远的老师，我是真的我。

“镜工……是丁探，抱歉。人站在厨房间内，而不是处于睡眠状态，结合房屋总门呈反锁的情况，也就不存在另有人故意泄漏天然气了，是她自杀。”

宗局一边翻看着车上笔记本电脑中的图片，一边自言自语道。

……

几天后，出差返回单位的老师特别召集大家到一家当地很有名的川菜馆吃饭，定的是包间。我明白，主要是为我庆贺，心里非常高兴！参加集会的人当中，何队长带来了两个特别的消息：一是原告撤诉了；二是死者在一个月前被医院查出患有绝症。

被告一方稀里糊涂地解脱了，原告却是明明白白地偃旗息鼓而去。

这顿饭非常丰盛，可见老师的高兴程度，老师还特别为我点了芥末类大拼盘：生鱼片、三文鱼、金枪鱼、龙虾刺身、鲍鱼，等等，这可是我的最爱了！

一边吃着一边讨论着对案件的勘查分析过程，一不留神，我的芥末蘸多了，冲得厉害，老师见状立即把何队长面前的一杯高度白酒递到我鼻子下：

“吸闻一下。”

我用鼻子吸了一下白酒的气息，瞬间就不冲了，有一种云开雾散的感觉，不仅解开了芥末之冲，更避免了我可能的失态。

“老师，您真是什么都懂啊！”

“平日里的积累，三人行必有我师呀！”

老师绝不是一般意义上的谦虚，而是实实在在的品质凝结。

这次老师去南方某省的出差与以往一样，一是讲课，二是研究案件。这一次老师介入研究的是一起奇怪的案件：三年前的秋季时节，渔民在某河道内发现一具老年男性的尸体，死者是生前溺水死亡，身体上没有发现其他的异常和损伤，身上所携带的腰包内的两万多元现金也都在。死者的手腕上戴着金手镯和珠串，但也没能为他辟邪和保佑。

奇怪的是，他所穿的外套——一件运动保暖衫，竟然连里面吊挂着的纸质商标都没有去除。

是不是别人替死者穿上的衣服呢？为什么？从外地赶来的家属，一方面印证了死者身上的物品，而且死者前五天来本县准备购买一批观赏鱼。但同时提出了上述疑问要求得到解释，另外，死者是个摄影爱好者，不管出门到何处去，一定都不忘带上照相机，以便可以随时拍摄自己喜欢的景色，可是现在照相机不在了。转眼间一晃几年过去了，问题始终没有答案。这次恰逢老师前往讲课培训，于是当地的同行们也就随即抬出了这起多年的疑案。

走出讲课的阶梯会场，老师马不停蹄地钻上早已等候在院子里的勘查车赶赴当年的现场而去。在车上，老师一边喝着矿泉水、嚼着面包（这是他主动要求提供的午餐），一边了解着案件的具体情况，听着听着，老师用餐的速度慢了下来，唉，如果这次我跟着老师去就好了，因为我可以从老师的行为举止中去感知一些端倪，尤其是不会让老师的午餐就这样听之任之的。毛主席可曾经说过：身体是革命的本钱哟。

老师到达发现尸体的河边后，先是来来往往地走了好几个来回，河面现在宽度约在八十米，河的两侧岸边上有许多大大小小的鹅卵石。

“尸体发现那几天这条河的水深和水流速度是多少？气象情况怎样？”

可惜，没有人能够回答上来，电话联系也是同样的结果。内行们的脸上有点尴尬之色。

“别急，隔行如隔山呀，你们可以与这个地区的水文管理站联系一下，这方面的资料他们那里是一定会有的。”

“镜工，其实，是我们当时工作时根本就没有往这方面考虑过。现在明白了，马上联系。镜工，谢谢！”

经过二十多分钟的联系，信息反馈过来了，当时的水深为最深处约六米，速度平均每秒 0.8 米。另外附近的河岸坡度约十五度，水质清澄。天气时有阴雨，气温变化较大，幅度在十度左右跳动。

老师听着、看着、用手摸着石头……

回单位，去物证室。

说实话，对于老师在现场上的一举一动，大家心里也只是有一种朦胧的感觉，并不十分清楚这一切其中的含义。

还是应了我的那句话，给老师做助手可不是一件容易的事，他在临场工作时的思维跳跃是很快的，而且变幻莫测，如果你没有相当的业务技能和天赋，那只能是做一名老师的跟随，而不能称为助手。

在物证室里，老师用放大镜观察着死者的物品，一寸一寸地移动着目光，不知为什么，老师随后又把衣服反套过来进行观察，而且看了挺长的时间。

“今天晚上吃什么？”

虽然早已经是晚饭的时间了，可在场的所有同行们还是被老师冷不丁说出的这句看似与眼前正在进行的工作南辕北辙的话给弄糊涂了。

“啊，是我有些饿了，大家也和我一样吧。我们边吃饭边汇总吧。”

老师见状补充说道。

大家的肚子的确是早已经饿极了，老师的提议正中下怀。

哈哈，品出什么来了吗？第一，多么好的老师啊，他岂能是受困于一点饥饿的人，这就是人品，设身处地地考虑到他人的感受。第二，疑案之谜已经解开。

所谓迷案是指未曾解开之时，虽然许多案件在破案解谜之后似乎并不是十分的复杂，但只有内行的有心人才能真正品味到它的深浅，并从中汲取到真正可称为经验教训的东西。否则，只是听了一个有趣的故事而已，这也就是不断有疑案出现的缘由之一、重要缘由之一。

内部的食堂包间，说话环境安全。饭桌上，老师选择了一种容易让大家理解的方式进行案件的分析讲解，即讲故事的形式：

三年前的案发前四天左右，外出办事的死者只身来到了现场附近，由于天气突变、气温骤然降低，为了抵御又是风雨、又是降温对一个老年人的侵袭，死者匆匆忙忙地在附近随机找到了一家小商店，由于没有更多的选择，便购买了一件价格低廉货品质量也很差的衣服做临时的应急之用，可能是冷极了吧，在购买好衣服后便在商店内立即穿在了身上，连商标牌也没有注意去掉它。解决了当务之急，死者很快被蒙蒙的雨中河景给吸引住了，为了拍摄到各种不同角度的照片，他小心地下到了河滩，或站或蹲地变换着姿势，就在他沉浸于自然景色时，雨中变得滑溜的鹅卵石使他失去了重心，相机也落入了滚滚的河水之中。

听完老师的讲解，大家筷子都停了下来，既有惊奇之处同时也有新的迷惑点。

“镜工，您是怎么知道那件的衣服品质很差的呢？尽管，它的品质真的是不好。”

“镜工，您是怎么分析出死者急急地就穿上的新买的衣服呢？”

“镜工，您……”

尽管问话是层出不穷，但人们的心情已经放松了，与其说是在提问题，更是一种好奇的心理而已。

就选两个不涉及专业机密的问题告诉大家吧：一、那件新买的衣服经河水浸泡后，内侧产生了大量的绒毛脱落和色泽变化；二、能拿回住处再穿的衣服，说明一切按部就班，那么，在穿着前会再次查看衣服，并剪去商标牌等物件，因为它会让人穿着时不舒服的，只有应急才会不顾一切。如果这件衣服是自己出门前穿过的或者曾清洗过的，那么也早就不存在商标牌了，而且，那件衣服的档次与死者身上的其他衣物相比相差甚远，这也是临时凑合的心理根源。

就在大家议论此案的破解多么的不容易时，老师的心思早已转到了我面对的爆燃案件上了。

老师、我、何队长、教授四人用完了素斋，而我的口中依然是那天老师请客时美味佳肴的留香。

是呀，近在咫尺的白酒也罢、现场上积累的气体与身高的关系也罢、天气与年龄和个人特点也罢、那根代表着证据的棍子也罢，证据，你只属于理解你的人。

人的智慧无处不在，你所面临的往往就是一种谋略，而不是一种平淡无奇的现象。如某佛圆寂后对他舍利子的保存方法就体现出后人出神入化般的智慧驾驭。

后人一共制作了四套装舍利子的盒子，其中最为精致的盒子里装的是假的、第二个盒子里装的也是假的、第三个是真的、第四个是其他高僧的，前前后后一共设置了四道防线，而又不单是进行机械的设置防线数，而是从前、后、装饰等心理角度上去进行的设置。

佛教中禅的含义用通常的话来解释就是有序、安静、专注的学习和思考行为……其实，人的一生应该是在生活中修行、在不断地修行中生活。

下山途中，老师与教授的谈话仍在继续着，所不同的是教授已经成了老师一个新的徒弟，教授的感触是："众里寻他千百度，蓦然回首，那人却在灯火阑珊处"，我总算发现了他。

晨钟暮鼓，晨，先敲钟再敲鼓，暮，则先敲鼓再敲钟。既点明了人们目前的职责，又延续出未来。生生不息，而有章可循。

耐人寻味的内涵啊！

二十四、时间的发酵

“DNA 亲子鉴定的原理是：一个人有 23 对即 46 条染色体，同一对染色体同一位置上的一对基因称为等位基因，它们一个来自父亲，另一个来自母亲。也就是说，如果检测到某个 DNA 位点的等位基因，一个与母亲相同，另一个就应与父亲相同，否则就存在疑问了……这些都是基础原理，是我们每一名刑事技术人员必须去学习和掌握的知识，这些知识扩展开去就是直接运用于刑事案件的侦查、法庭证据林的塑造。”

又是一批学弟学妹的加入，虽然老师为他们讲授的是基础课程，但我还是坐在学员席上全神贯注地学习着，温故而知新，更何况，老师的课件是不断补充和更新的，不是那种靠一个老掉牙的课件混日子的人。果然，非常有收获，也许你不敢相信，几乎天天在一起工作的老师，还会让我有如此的新鲜感，还会有如此多让我耳目一新的知识讲授，如果不是亲身经历，我也许会有和你一样的感觉，但，事实胜于雄辩。

下午，将是一个参观的日程安排，地点是某大型生物制品公司。这是由小李子促成的，因为那家公司的老总是他的舅舅。如果不是对刑事科学技术的热爱，小李子也早就是一位子公司的经理了。

“镜工您好，姓名如雷贯耳啊！”

“谢谢您的支持与悉心安排！”

小李子的舅舅热情地接待了我们，但脸上似乎仍存有一丝尚未完全消退的愠色。

小李子从秘书处知道了缘由，今天上班途中，一辆高速行驶的轿车一直在后面不停地闪动大灯，秘书是按照交通限速来驾驶的，老总就坐在车上，他是讲究平稳的人，因为他常常也在车上办公。秘书没有理睬那辆车，只见那辆车先是绕过他们，左突右冲地不断违章行驶着扬长而去。

无独有偶，进入公司时，秘书无意中在外来车辆停车场处看见了那辆一路违章的车。

听了秘书的汇报，一直专注于业务工作的老总让秘书打听一下情况，结果，对方竟然是前来本公司应聘的一个青年人，毕业于某名牌大学的硕士研究生。

军人出身、具有生物学博士学位的老总淡淡说道：

“又是一个次品，他应该去阎王爷那里应聘。”

多年以来的经验告诉我，要了解一个人其实可以有多个方面、多种方法。因为时间会在人的身上刻下相应的烙印，这种深入骨髓的特征会以各种不同的形式反映出来，比如开车，不遵守交通法规，喜好开英雄车的人，第一，不尊重自己；第二，不尊重他人；第三，不尊重法律；第四，不尊重生命。这样的人与人渣何异呢?

有个同学的姐姐，婚前备受其男朋友的追求和宠爱，可是等结婚以后，三天两头被家暴，现在生活在忍气吞声之中。其实婚前早已有人提醒她，此人的人品很差，但她不认同，认为他对自己的所谓柔情是真诚的。怎么去真正地识别这样的人?

不难，只要暗中旁观他是怎么对待他人、父母、师长、陌生人的，你总有机会看到原形毕露的他。

我很替那位同学的姐姐不值。

“丁探。”

是老师，我急忙从座位上站了起来。

“老师。”

“你怎么了？”

“啊，是我刚才想问题跑神了。没事。”

“好，出现场吧。”

“是，老师。”

清早，泡的茶还烫得无法入口，现场已经报来了。某建筑工地上发现一具中年男性的尸体，具体的情况不明。

早高峰的城市道路，车辆的拥堵到了难以言喻的程度，勘查车也是举步维艰，警灯、警报毫无用处。

老师让小李子关上了警报器。

“此时此刻，这只会让人更加心烦意乱。”

单纯地听这句话，并无奇巧之处，但如果做一个测试，让一百个性别、年龄、文化层次等个体情况不同的人来对待这种情况会如何呢?

看官如有兴趣，可以一试，不是让你本人测试，因为你已知晓答案，而是由你去测试其他人员。结果会让你也不相信的。

老师的这句话有几个方面的含义。

一、从层面上讲，这种严重拥堵的状态下，警报已经失去其原来存在的意义。

二、从心理学上来讲，此时绝大多数驾驶员的内心处于一种焦躁的境况中，既担心上班迟到，又担心车辆间发生碰擦，更对这种拥堵情况造成的原因以及何时可以通行感到茫然。他们不会留心在意警报声，听到了只会增加负面的因素。

三、不用警报“赶车”，警车的出现反而可以安定人心，降低浮躁。也就是说，此时无声胜有声。

我是怎么知道这些的，哈哈，事后老师为我讲解的。但，前提是，我关注到了这一点，主动去询问老师了，这就叫有心人。

积累。古人曰：不积跬步无以至千里，不积小流无以成江海。从人品操守上讲，勿以善小而不为，勿以恶小而为之。

注重工作和生活中各种知识和技能的积累，并让它们不断地发酵升华才能体现出它们存在和拥有的价值。老师也是凡人，却常常彰显出过人的智慧及涵养。

近两个小时后，我们一行人终于到达了现场。在勘查车上，老师通过与先期到达现场的民警沟通，一方面更细致地了解了情况，另一方面，从现场保护及现场勘查工作的开展所需信息等方面进行了安排和铺垫。

当然，这一切工作方法和技巧也都被我一一记录了下来，以不断去学习掌握临场工作中变通性的把握。

现场在偌大一个建筑工地的中央位置，死者位于一幢正在建造中的大楼前的地面上，这幢大楼虽然目前只建到四楼的高度，但从其趋势上看，要建到二十层以上。

死者为一名中年男性，很瘦，中等偏矮。从穿着上看是一名社会上的人，其身体俯卧在坚硬的泥土地面上，身体下有一摊血迹，血迹的直径约在七十厘米见方，头部有一定的变形……

“这一个高坠案件，从现场条件和死者身体特点造成的损伤程度看，是从这幢四层大楼的楼顶，也就是五楼的高度下来的。”

老师说完这句话后就蹲下身体仔细观察着严法医的一举一动，不时还动手协助一下严法医工作。

“怪哉啊怪哉。他的颅骨都呈开放性了，怎么……”

我蹲在老师身旁，不时也“动手动脚”地观察着死者的情况，我心中有一个疑问，我想是和严法医没有说出口的疑问是一样的。如果从这么高的位置下来的话，颅脑开放性损伤，怎么没有发现明显的喷溅血迹或者人体组织呢？

为了观察上的全面，老师竟然只身走到旁边不远处的塔吊，与塔吊司机进行了一会儿交流后，老师开始向塔吊中间的梯子爬上去，我知道，对侦察兵出身的老师来讲，这不算什么，可老师的举动还是让我们紧张起来，我二话不说，也走到塔吊的梯子前往上爬了起来，刚爬了近十米的高度，自己已经有些气喘吁吁了，可见，平日里塔吊司机的工作可真是不容易啊！

“丁探，慢一点。”

平缓的语调，老师发现了我，他没有劝我下去，而是在上面的一个平台处等着我，当老师那铁钳般的五指抓住我，有力而又稳当地把我带到安全的平台上时，我才贴切地感受到了老师的担心。

在十五六米高度的平台上，整个涉及案情的位置一目了然，一阵风吹过，让我更加感觉到了这里的高度。完成了勘查、照相等工作后，我和老师开始下行，老师让我后走，由他先顺梯子下爬，我知道，这样做是为我多设了一层保险，如果我不慎滑落，老师可以在下方接住我的身体。

当我的脚一踏上地面，老师的批评也到了：

“丁探，现场是存在着不特定因素的地方，以后像类似的行为一定请先得到我的同意再行动。”

老师的心意我们都明白了，老师为什么在这时才批评我，我心里也明白，谢谢老师！

“是，老师。”

“好。拍一下身上的灰吧。”

呀！刚发现，衣服、裤子，真脏啊！

“我说丫头，那么漂亮的生命不想要了……”

严法医随着老师说道。

“现在，我来告诉你们，死者为什么没有出现明显的血迹或者人体组织的飞溅现象。”

老师岔开了话题。

“你们发现了没有，在死者身体的旁边有几块呈不规则状态重叠的木板，而在这些木板的下方又是一个二十多度的坡道。”

这些木板每块都有一扇房门大小，果然如此，不是前面观察得不认真，在建筑工地上，杂乱无章的物品实在是太多了，只是没有把那些木板及坡道等与死者的具体现象结合起来。立体思维，老师可真细！

见我们已经明确了这些情况后，老师才开口继续分析：

“这些木板与木板之间以及木板与坡道之间并非密切接触，而是存在着间隔空隙，于是就产生出了一定的缓冲和弹性，从表象上看，它极大地减弱了最后的高坠症状，也导致了没有明显的血迹或者人体组织喷溅的现象。比如，死者目前的姿势就是由这些现状造成的回弹性所致的，也就是说，死者坠落到地面时的身体姿态是仰卧状态，而不是现在的身体俯卧状态。”

老师的分析解开了现场现象之谜，但感觉总有那么一点还没有完全消化。

“老师，我还想知道得更加详细些。”

“明白，事实胜于雄辩，不过，这一点上请允许我稍微保密这么一小会儿，给大家一个小悬念。”

小李子，天热，大家都渴了，回程的路上请在水果行停一下车，我去买些水果来。

“镜工，让我去吧。”

“镜工，我去买！”

……

唯独我，一言不发。因为，这好像不是单纯地买水果那么简单。当然，就算是买水果，也争不过老师的，你看他们，最终全败下阵了。

“老师，我和你一起拿。”

“好的，丁探。”

在水果行里，老师问我要吃什么水果？

嗯——草莓、菠萝、西瓜、樱桃、桃子还有新疆香梨，我都喜欢吃。

哈哈！老师全都买了。

只有西瓜不方便直接在勘查车上吃，于是大家决定等到了单位再消灭它。

一进入大办公室，同事们“呼”地一下子都聚拢过来，胖胖在车上就把吃水果的消息发布给大家了。

小李子操起刀直奔两个硕大的西瓜而去。

“且慢动刀。”

老师叫住了小李子。

“今天这个西瓜先做一个实验，待大家明白后，再烦请小李子动刀来为它修饰一下。”

被我想中了，老师果然是话中有话。

进行实验的是胖胖，他卷起袖子，按照老师的要求，双手掌按住一个西瓜逐渐加大力量，终于，当力量加大到一定程度时，西瓜“咔嚓”一声响，碎裂开来了！

“西瓜碎裂了，但并没有出现四下飞溅的情况，如果把这个西瓜抱起来举过头顶然后摔在地面上，那又是一种怎么样的状态呢？”

“四下飞溅！”

严法医接话道。

“对。回弹性把猛力变成了软力……”

这下我是彻底地明白了。

女士优先，我急忙拿了两块西瓜，一块递给老师，小李子和胖胖等同事们又分别给老师和我拿来了一些草莓、樱桃等水果，严法医将一瓶进口黑咖啡放到了老师的跟前，一本正经地说道：

“我呀，另辟蹊径，这才叫作交学费！”

老师没有推却，这是战友们真诚的情谊，金不换。一一谢过后，老师把黑咖啡交到我的手里：

“丁探，辛苦了！”

我也没有推却，一来是老师的心意，二来我也会经常为老师泡上一杯咖啡解乏。

“谢谢老师。”

“有问题问我吧？”

老师点了点头反问道。

“是的老师。今天的现场信息点很杂，您是什么时候得出结论的？”

老师略微顿了一下，然后说道：

“五分钟。之后所进行的一切工作是进一步印证这些。”

“难怪胖胖多次对我说，在现场上要跟上您的思路是非常难的……您是如何做到的呢？”

“用发酵来形容吧，一切积累在面对具体事物时一瞬间的思维塑造。知识和技能的积累不仅仅是一般意义上的累加，它们在积累中亦在不断地发酵中，换句话说，‘1+1 ＞ 2’才是积累的真正内涵。”

放下西瓜皮，老师用我递上的湿巾纸擦着手接着说道：

“我在部队时曾目睹了一件奇事，一个在大医院住院近一个月的病人，尽管花费昂贵的医药费用尽了各种好药，但其病情却不见一丝好转。一日外出开会刚回来的老专家亲自查房，看到这位老大难病人时，只观察一下他吐的痰，立刻开出了一张处方，三天后，这位病人康复出院了。而这三天所用的药都是非常普通、非常便宜的药品。”

天哪，真是如同神仙下凡一般。

“丁探，这就如同一句话所说的，买东西只买对的，不买贵的。这位专家看上去只用了不到十分钟的时间就解决了这起疑难杂症，而他在知识、经验、技能等方面的积累是其他医生所望尘莫及的。”

神仙下凡不是神话，老师曾说到，神仙原本就是人去塑造的。当铁杵被磨成针的时候，你会看到生活中的神仙的。

“老师，看来许多的不可思议，其实关键就在于人的思维和眼界的局限性，一是不知道整体，二是不了解过程。”

“说得好。”

“老师，今天那起高坠案件产生的缘由会是什么呢？”

“好，趁何队长他们的反馈还没有来，我先举出现场现象中的一个重要信息点——”

老师一边说着，一边快速地将小李子刚输入电脑中的现场照片调出来并打开了其中的一张照片：死者皮夹子的细目照。仔细察看发现，皮夹子里面除了一些香烟丝的渣子空无一物。

一瞬间，我想起了电视中小品里的台词：我的口袋比脸还干净。

“老师，他是穷困潦倒？不全对，应该还远不止这些？”

“在这个社会中的健康人，只要肯吃苦，是不会走到这个地步的。丁探，你仔细看，这个皮夹子里面的痕迹告诉我们，它已经长久没有装过钱了，褶皱也显示，没有相应的痕迹形态……”

“他是赌博。”

“是的。浓厚的烟草味也说明了死者生前的经历和他经常所处的环境。”

“来晚了、来晚了，还有我的那份儿吗？”

可谓无巧不成书，正说着呢，何队长大步流星地走了进来。

“怎么会漏了你的呢。”

说着，老师把桌上的一堆各式水果尽皆推到了何队长面前。

唉！百密一疏啊，我到现在才算真正明白了老师为什么对送来的水果是来而不拒呢。丁探啊丁探，要学的东西还多得很呐。

我赶忙为何队长冲泡了一杯香气扑鼻的黑咖啡！

“辛苦了，何队长。”

“镜工，您客气了，我今天能及时赶上这顿水果大餐，喝上小丁探亲手冲调的咖啡，全靠您准确的临场分析。”

死者有工作，而且月收入还不算低，只是都用在赌博上了。现在用身无分文来形容他是远远不够的，应该用债台高筑才恰如其分。

一切都揭晓和通顺了，如果把严法医所说的高坠致死比喻成他的生理死因的话，那么，这就是他的心理死因吧。

也许是白天勘查现场时爬塔吊出汗多受凉了吧，我终于病倒了。

已经五年多的时间没有像模像样地生过病了，前天晚上出现场时恰遇降温及天下小雨，而那起案件现场的场面又较大，勘查的时间长，一时间大意了，当头重脚轻的感觉油然出现时，我才发现，大事不妙了。

沉沉地睡了近两天的时间，陪伴我的小姐妹刚刚离去上班，手机的微信声响了，铿铿闻声跑过去将手机叼到我的手里，我用手摸了摸它的头，心里滑过一丝温暖。

是老师发来的：

“丁探，我们何时方便上门来看你？”

老师之所以没有直接打电话，是考虑到不影响我的休息，如果我正在睡眠中，可以继续休息，在我清醒时再读这条信息也不迟。

老师的微信让我一下子精神好了许多，连我自己都一时感到了诧异，但这一切都是真实的感受。

我支撑着起床、整理自己。大约一个小时后，老师、胖胖、小李子、严法医、何队长他们到了。一进屋，就好像事先安排好似的，小李子取代我开始忙着泡起茶来。

尽管大家还是一如既往地随便，但我总是有一种特别的感觉：他们如同是做错了事的孩子似的。

“老师，我已经没事了，很快就可以正常工作了。”

“别急着上班，休息一段时间。我们没有照顾好你……”

“这是我们大家的想法，也是宗局的意思，他去云南出差了，特意关照镜工要转达他的慰问。”

“小丁探，可一定要保护好这革命的本钱呀！”

……

老师留下了慰问金和鲜花、胖胖精选了一篮我平时喜欢吃的水果、小李子送来了进口的高档补品、严法医专门调配了营养茶汤和营养羹、何队长拿来了两盆特别的植物文竹和薄荷，说有灭菌和醒脑的功能。

我浑身被一种特别的温馨与幸福拥抱着！这份真诚而隽永的战友之情、这个进取而宽容的坚强团队、这幸运而艳丽的命运之迹！是我的理想、信念、追求、进取，永不干枯的源泉。

病神速地好了，精神的作用是不可低估的，更重要的是，我希望早日回归到团队中去，这么多年了，岁月的酸甜苦辣把那里铸造成了我的寄托。

“老师，茶为您泡好了。”

“你身体恢复了，太好了。”

老师就像是他自己的病好了一样地高兴。

随着上班人员陆续的到达，我的座位前热闹了起来，问候语充斥着我的耳膜。

老师把一叠共六盒鲜花饼递给我，这是出差的宗局特地从云南快递回来给我的特产。我当即拆开来请大家一起品尝，看着我的行为，老师默默地朝我点了点头。

一点小病让这么多人为我操心，太史秋芙大师姐甚至准备坐飞机过来看望我，被我婉言劝住了。不过，没过多久，老师为我申请了为期一周的假期，让我去大师姐那里疗养一下。

“丁探，瘦了一点，不过更加漂亮了。这次我为你安排了一些轻松的活动，比如山溪漂流。师父近来好吧，真想请他也来休养休养。什么！师父爬到塔吊上去了？你也上去了……”

和大师姐一见面就会有说不完的话，两个多小时的飞行疲劳一扫而光。我们索性在机场大厅内找了一家茶室坐了下来。离上次见面转眼已经三年多了，尽管平日里也不断有联系，还有不少案件研究方面的交流，但毕竟相隔有千里之遥啊！可是刚过了二十分钟左右我就坐不住了，在我们的前、后、左、右，全是捧着手机玩游戏的人，扰得人好不心烦，尤其是今天从进入候机楼到飞机上、到现在，哪里都是恨不得把手机黏在眼睛上的人。俗话说，玩物丧志，我看，如果原本就没有所谓的志，又何谈丧之呢，一生就是空泛泛而来，且空泛泛而去也。

大师姐看出了我的心事：

“走吧，到我那一亩三分净土去。”

大师姐一个人住着二百多平方米的房子，房子位于楼顶，大师姐在楼顶特意制造了一个人工植物园，选择的许多植物都是一年四季常绿的，但也有一些是名贵的花木。

我住在大师姐处，心情非常的愉悦，为了陪伴我，她也公休一周。除了每日安排的休闲旅游，喝茶是少不了的功课。

“师姐，这些植物让您费了不少心思吧。”

“只要愿意，就说不上是费心思。师父住处也有很多的植物，可几乎每一盆植物都记录着师父的一段重要经历。我是喜欢植物，但更多的是受师父的启发。”

老师住处阳台上布置的植物高低错落，一次胖胖曾说到，老师的这个小植物园可有内涵了，我那时来到的时间不长，只以为胖胖是说老师栽培植物的水平了，无数年过去了，直到今日方才明白就里。

“比如，这盆心叶藤。”

大师姐轻轻抚摸着那发出油光之色的茂密叶片：

“它取之于师父的办公室。那是我毕业工作后第一次上门去请教师父关于一起名人死亡的案件，至今仍清晰地记得，当时师父正在给它喷水，一个个晶莹的小水珠挂在枝繁叶茂的植物上显得活力十足。”

我入迷地听着，大师姐的每句话都立体地展现在我的面前。

“一个当地专门编写传统戏的著名作家在自己家的院落内死亡，身上、包括头部发现有钝器伤，死亡原因是颅脑损伤。可在侦查工作中怎么也找不到线索，到底是他杀还是自杀？没有充足的依据。”

我以前只是听说过这个故事，却不知道这故事里面所包含着的故事。

“那次去找到师父并不是组织安排的，而是我自己决定的行为，把所有的现场资料拷贝到U盘里，利用公休的时间说走就走了。”

我能想象出当年大师姐风风火火的样子。

“虽然只用了不到两天的时间，但所有的吃、住、行都是师父自己花钱一手安排的。其实，师父研究我带去的案件资料一共只花了一个多小时，其他时间都是陪同我参观和吃饭了。第二天一早我便离开师父回了单位。”

大师姐默然了一会儿，为我续了一点儿茶水。

“记得师父的分析很简单，他说，这个死者的真正死因是他一贯的任性所致，这是一个意外造成的死亡，过程大概如此：死者出于某种目的与其奶奶赌气，为了造成他失踪以引起奶奶着急的效果，他就走到阳台上，用力挪开了正在清洗衣物的洗衣机，而后过于自信地翻过阳台栏杆让自己悬吊在阳台下方的水泥地板边沿，可很快便感到了自己体力上的不支，坠落到了院子里。洗衣机有新鲜移动过的痕迹，痕迹上面又发现了片断死者的鞋印，在阳台下方的水泥地板边沿处有两手抓握的手印，只是手印混在了地砖花纹中不易被发现而已，如果现场尚未完全破坏，马上去从地砖上提取手印与死者的手印进行比对。后来，我们成功提取到了手印，并且经鉴定是由死者留下的。”

是的，两层的阳台并不算太高，加上人悬吊减去的高度，只是死者没有保护自己的能力，加之真的摔的也不巧。

“说实话，师父讲到的几处重要痕迹我们当初根本没有发现。另外，虽然法医感觉高坠的损伤特点不明显，但师父的分析是，身上的损伤形态是一个组合行为所形成的，而不是分散形成的。高坠损伤不典型，是由于其下落的高度低的缘故……尽管早已是成年人了，但在人前与人后却有着天壤之别的表现，这可不是一般意义方面的心理学，而是在特定环境、特定人物、特定关系下派生出来的一种心理衍生。”

想必各位看官早已熟悉了省略号的含义，此已然。

“临走时我对师父提出，想要带一棵心叶藤的新苗走，它会常常暗示着我用心、用心、再用心。师父默默地点了点头。”

“太史，这盆长势旺盛的心叶藤是我从草丛里捡来的，别人以为它已经死了就扔掉了，当时它只剩下不到十片叶子了。几年来，它一直四季旺盛地陪伴着我。”

“现在，它也四季旺盛地陪伴着我了，每次看到它，都会让我想起那个难忘的经历，都会不断激励着我的意志，它既是一段历史，更是一种衡量。”

“大师姐，我们与它合张影吧，回去也可以让老师看看。”

“好主意。”

用心、用心、再用心。这是一种心的开垦，也是人生的自我修养之道，不仅是记住它，而且是要实践它。

一盆仙人球引起了我的注意，之所以这样，是因为这盆仙人球形状长得很类似一个大菠萝。

看来，我今天是坐在故事丛中品茶了，其乐无穷也。

“哈哈，这盆仙人球是我‘抢’来的。”

不等我问，大师姐就顺着我的目光开始了讲述：

“大前年吧，一个独居的中年男性在自己的家中割腕自杀了，如何去证实他的死亡是自主行为呢？由于尸体已经高度腐败了，很难直接从法医损伤的角度去判明情况。”

老师曾经写过一篇名为“自杀案件现场上的主观性行为现象”的论文，给了我一个全新的视角，至少让刑事技术人员明确了对此类现场在进行勘查过程中应当注意的重点、应该解决的具体问题等。

“我运用师父教授给的方式一举解决了问题：自杀地点在卫生间内，依据，在抽水马桶前有双脚踩踏在地面所形成的血迹空白；死者的内裤、外裤的裤腰处没有发现一丝血迹，而当时死者的内、外裤子全都是穿着完好的，这一点证明，死者当时并不是真正去上厕所的，而是坐在马桶上自杀的，死者外裤大腿上的大量血迹以及小腿上零落的血迹说明了这一点……为什么要坐在卫生间内的抽水马桶上再行自杀呢？”

这一点可是必须要研究明确的问题。在现场勘查中是不应该存在着疑问的，因为现场和案件是一环扣一环的，就像看一本书，应该去连贯地阅读，而不是跳过某些章节去理解这本书里所表达的含义。且看大师姐的回答：

“不希望自己的自杀行为污染了这个家，矛盾中选择了坐在马桶上这个能让自身有个依靠的姿势。”

妙极。要知道，一个人的行为举动是取决于他（她）的心理的，如果忘记或者忽略了这一点，则完全谈不上现场勘查，只是走程序而已。所以，老师说到，对现场上的有关现象和信息点，都应该把它们来个“挖地三尺”。

“师姐，那，这盆仙人球？”

“我对现场的分析不仅加快了侦查工作的进度，而且最后都被侦查工作所印证了。我也借机‘抢’走了侦查人员大办公室内桌上这盆早已看中了的仙人球，当时，它已经是软软的严重缺水了，而且，花盆内遍是一枚枚摁灭的香烟烟蒂，惨不忍睹。”

天啊，它在这里居然变成了众人的烟灰缸。

“丁探你看，那盆进口品种的芦荟。”

大师姐用手指着距我们三米多远，长势挺拔茂盛，枝体高度在一米多高的一株芦荟说道。那株芦荟已经把直径六十厘米的大花盆充实得丰满无比，外探的茂密枝条一路向上蓬开，展示着它的渴望。

“它的生命力很顽强，除了根据它的厚薄浇水外，没有其他的特别需求。可它来到这里前只有不到二十厘米的高度。这也是师父对我的一种别致的鼓励。”

原来，某年的春节前两天，师姐在勘查一起火灾案件时遇到了难题，火灾发生在一个住着六个人的某商店员工群租房内，位于三楼，凌晨二时左右发生的火灾，其中一人死亡，多人受伤。现场的上侧三分之二已经被烟熏黑，勘查中发现，现场的房门门锁完好，且呈反锁状态，据几位存活的人讲，头一天晚上的十二时许，大家都上床入睡了，房门是由最后回来的室友李某某反锁的，这也是不成文的规定，由当晚最后回来的人反锁门。

死者正是李某某，他死在了自己睡觉的上铺床上……

伤者的样子很惨，而位于起火部位的死者更是惨不忍睹。

“我当时在勘查现场的过程中有一种感觉，第一，人为纵火，现场没有发现可以意外起火的因素；第二，纵火的人就在这个房间内睡觉的六个人当中，因为现场火势燃烧的痕迹显示，纵火者使用了液态的助燃剂，但量很少。”

大师姐仿佛又身处在了当年的火灾现场中，她下意识地用手指碰了碰鼻子。

“死者睡觉的床是勘查中特别需要注意的地方，它可以逆向反应并用特定的形态记录当火灾发生时死者的具体情况，比如他是否还有能力挣扎等。”

记得老师曾在《对涉火类现场的勘查》一文中专门阐述过相关的原理，看得出，大师姐已是烂熟于胸了。

“丁探，在现场上有时候就会有那么灵光一闪的瞬间，在死者床铺上的残留物中我终于有了重要的发现，分别经过仔细地清理排序，我发现，死者在生命最后的时刻所穿着的竟是一套新的西服，而且是春秋季节单薄的穿着，既不是常人睡觉时的穿着、又不是在这个零度上下的季节里人们及他本人素来的穿着。”

“师姐，这分明就是一种打扮得整齐潇洒的样子准备赴死嘛。”

“丁探，你说得很对。常年跟着师父耳濡目染就是长进得快呀！”

具体的原因就不再去赘述了。老师非常高兴，肯定了师姐的临场工作思维切入点，并给师姐寄去了一株芦荟，附言道：顽强的生命更能在坚强意志的支撑下茁壮成长。

……

那天，我与大师姐聊了两个多钟头，人生第一次对植物有了另一种功能和意义上的认识，深刻地感受到了老师的心事细密且心与事、心与物之间的呼应性。这是一种优良的品质，在这样的基地里能更有效地产生出积极的人生。

“刑事技术人员的所谓资格不是由从事技术工作的年限长与短来衡量的，应该是由他所拥有的业务能力及人品修养来衡量的，否则，某人只是年龄长一些而已。”

在大学的课堂上听到老师这独特的见解时，我们大家的内心在既感到新奇，同时又觉得非常的有力。这让我们如同呼吸到了新鲜的空气一般。对呀，这才是人生的理儿、这才是时间与生命之辩证。

我也一定会让我那一南一北两个繁花似锦的阳台有内涵起来。

要走了。这一周的时间我过得很愉快，只是，无论是在品茶、在漂流、在索道……尽管有大师姐的一路陪伴，但总有一股空空的感觉，总是不知不觉地在眼前会浮现出老师、胖胖、小李子、严法医和何队长等战友们辛劳的工作场景。

“叮嘱师父，别太累。”

直到我过完机场的安检，拿起随身挎包准备前往候机大厅时，大师姐依然玉立在送行处，似乎用目光和心托送着那句嘱托。

二十五、偏锋之刃

“怎么看油温，是七成热出细烟、八成热起微浪、九成热归平静、十成热蹿腾火。”

欢迎我的聚会在我的住处进行，老师决定改变以往叫外卖的做法，由每人当场操刀奉上自己的拿手好菜。

同样的围裙，当扎到胖胖身体上时总有那么一种让人发笑的因素产生，他正手忙脚乱地制作着他的得意之品——红烧荷包蛋，赶不走的严法医像蚊子一样地盯在身旁指手画脚，让胖胖不胜其烦。

“别觉得制作这些装饰的叶片和花瓣不值什么钱，可同样的一盘菜，其价格就如同孙悟空翻跟头一样了。”

何队长看着老师精美的摆盘说道。

“我只是现学现卖而已。”

“老师什么时候学的厨艺？”

“就在你外出休养的这段时间，案件的原因。”

说完，老师小心翼翼地将自己的作品“荠菜谣”在餐桌上扶正。这是一道老师从小就常吃的菜，老师的母亲带着他去野外一株一株地挖掘着别人看作野菜的荠菜，回家经母亲烹调出的菜肴老师非常喜欢吃，是一道母亲菜，包含着老师对自己母亲的思念之情。这次，经专业大厨在摆盘上的指点，这道菜更透出了荠菜这个健康食品的特色。

每个人的拿手绝技分别摆上了餐桌，它们分别是：老师的“荠菜谣”、胖胖的“红烧荷包蛋”、小李子的“法式牛排”、严法医的“人参童子鸡”、何队长的“清蒸甲鱼”、我的“泡姜炒鸡杂”和“川菜大拼盘”等。每一盘菜都可谓是量足质优，加上我事先准备好的各色水果，一眼看去，丰盛而又美丽！当然，不会忽略掉铿铿的另一种大餐的。

毛主席曾说过：“自己动手，丰衣足食。”

在“足食”前，精神上早已“足食”了。

酒还没有过三巡，我早已迫不及待地把大家的话题拽到了我外出期间发生的案件上来。

“我算是跳进黄河也洗不清了。没错，昨天晚上我是陪他喝了酒、聊过家常，那是因为他的情绪不好……可这跟他的死亡有什么关系呢？我怎么可能害人呀！”

他的名字叫郑某某，四十开外的岁数，是一家餐饮店的大厨，而他所称的那个“他”是店里的汽车驾驶员陈某，专门负责采购拉货的，年纪与郑某某相仿。陈某一大早就失踪不见人影，人们在他平日所驾驶的卡车驾驶室内发现有大量的血迹。经初步调查发现，头一天的晚上他与郑某某在一起。侦查人员找到郑某某后，他先是一口否认，后来在相关证据面前才承认。

“嘭！”急促的开门声音。只见撞入与询问室一墙之隔的询问观察室内的老师匆匆对宗局和何队长小声说道：

“第一，郑某某没有杀人；第二，现在携带警犬，组织大批人员以陈某平日所驾驶的那辆货车为中心，在方圆一公里的范围内进行搜寻，人命关天。”

宗局以及何队长谁也没有刨根问底地从老师那里询问为什么？一则，他们信任老师；二则，时间相当紧，不容得再四平八稳地耗费时间了。

军令如山，一张大网迅速撒了开去，半个小时后，在距离货车七百多米的树丛里发现了已经死亡了的陈某。

事后，人们问起老师是怎么在现场勘查还没有结束时就得出结论的，老师只淡淡地说了一句话：

“货车上没有其他客观存在所形成的血迹空白。”

血迹空白是指两方面的现象：一是常规意义上的各种血迹形态的空白处；二是血迹尚未完全干涸前由其他客观存在的行为造成的蹭擦等现象。

“镜工，我应该怎样感谢您呢？”

“这是我们的职责。倒是想请您给讲解一下摆盘的艺术。”

老师的话让郑某某既感到非常的意外，而同时更是感到了一份深深的尊重。

“您也喜欢厨艺？包在我身上。”

……

“也就是说，今天这顿饭，镜工早已在筹划之中了。”

啪！胖胖像说书人的结束动作一样完成了对案件分析侦破整个过程的叙述。

“临阵磨刀不快也光。这里面的学问可大了，比如，使用材料的选择、刀工、造型、色泽搭配、入盘时间，等等。有些摆盘用的材料，当与热菜进行搭配时，放早了不行，会因温度的原因而失去造型，要在端上桌之前的时候再放，这样才能达到其效果。”

这真餐中之餐。老师告诉我们说，刑事技术工作中的学习有多种渠道，在工作中就可以发现许多可师之师。

我真的油然升起了浓浓的工作渴望，难怪有同行说与老师的交流会让人有一种被打了鸡血般的感觉。我的体验是，老师把刑事科学技术工作演绎得是津津有味、引人入胜。

“幸好那是一个相对原始的现场。”

小李子插话道。

“是的，原始的现场往往是对案件发生具体情况的一种记录，可是在现场上有一种所谓的原始现场除外，那就是‘被原始化’了的现场。”

聚餐渐渐变成了研讨会。

老师品了一口红酒：

“昨天，有一个曾经的培训班学员把一起液化气爆燃案件的现场资料传给了我，请我帮助研究分析案件的发生是否具有人为的因素存在。现场照片显示，在厨房内的灶具是比较老式的那种型号，在灶具上放有一壶水……”

什么叫复杂？什么又叫简单？理解了就简单，不理解则是面对着一团谜。而在简单中必然衬垫着一丝都不容简单的努力，正是这一切成就了看似简单的产生。光有这些还不够，是远远不够的，还应该有一个灵活变通的运用度，这才是出奇制胜的法宝。

老师解决这起案件的途径不过是寥寥数语：

“表面上看，水壶里面的水基本上是满的，不像是由水烧开后浇灭了灶眼上的火苗。只要做一个实验就可以发现，装满的水壶在烧开后并不是大量的水外溢……事情的关键在于，这个爆燃的发生还导致了部分墙壁的损毁。”

老师一个小小的急转弯让大家轻轻皱一下眉，但随即便变成了会意地点头。

“镜工，也就是说它们之间的关联性具有某种重要的揭示意义？”

“是的何队长。这么来解析这个过程吧：一满水壶的水要烧开是需要经历一些时间的，这段时间内不仅烧灼着灶具，也烘焙着周边的一切，当开水溢出时，溢出的水在水壶、灶具、发热的灶台处不断地挥发着，而开水本身的挥发程度就高于常温的水，加之火被浇灭后液化气泄漏的时间、遭遇引发爆燃机会的时间等因素，溢出的水基本已经干涸。而当爆燃发生时，由于墙壁的损毁从而产生出了大量浓厚的粉尘，而这些粉尘又覆盖在了包括灶具在内的现场各种物品上。”

“粉尘无意中起到了障眼法的作用，这一切就形成了一个被原始化了的现场！”

严法医说完快速地扶了一下金丝边眼镜。

“您说得对。再回到前面所说的开水溢出现象上去，不断干涸掉了的只是表面上暴露的水，而溢出后的水并没有完全消失，它们中的一部分隐藏在了灶具上那些相对隐蔽的部位处。”

“拆卸开灶具。对，这样一来不仅有水的存在可以被发现，而且也符合相关的物理学原理。”

“被相对隐藏性小环境盛装的溢出水，在其水蒸气回旋的过程中不会全部挥发掉，其部分可以再次凝结成水。”

“胖胖和小李子等人的表达也代表了我的想法。”

“现场勘查上的学问真是太大了，几乎每一次都能让我有新的、不同方面的感悟。可能从侦查的视角出发，更可以客观、深刻地体味到这些。”

“俗话说触类旁通，没有那么简单的，想要实现旁通，具体的方式方法是激活能力的必要途径。镜工的工作都可以看到这一点。”

老师慢慢地继续品着红酒，很享受地细听着大家七嘴八舌的议论。多么好的战友啊！

“丁探，怎么不说话？你是越来越像镜工的风格了。”

老师的风格，不断地吸收、思考、提炼。我还差得很远很远：一个住有八个人的集体宿舍发生了集体被盗财物的案件，简单地说，作案的嫌疑人就在这八个人之中，可是谁呢？传统意义上的指纹、足迹、DNA 等一时又无用武之地。经询问得知，八个人早上是一起离开宿舍去上班的，因为当天是雨天，为了不迟到，大家急急地出门而去，留下了一屋子的凌乱。下班最先回到宿舍并发现自己被盗的人是王某，王某称自己回来准备去买东西，发现挂在床头的包好像有被人动过的样子，后发现包内的钱不见了，除了包，自己什么都没有触碰过。

“把这里照相固定下来……好，请全程录像……”

王某的床垫夹层中，宿舍内人员被盗的四千多元钱露了出来。

以上是老师在查看研究了每一个人的床及物品后所做的动作，他发现，王某的床单、被子等与早上起床所形成的形态有局部的不吻合，而正常处与不吻合处又存在着自身之间的矛盾，显然，王某对床的局部进行了特别的处理。

这是一个让踏进工作岗位不久的我目瞪口呆的现场破案过程，我似乎从一个新的角度重新认识了早已熟悉的老师。

从众多人员与老师的临场对话中我有一个微妙的发现，不是所有人都能够明白老师对现场的分析。

这可是我的另一个新收获：除了个体上的理解能力外，刑事科学技术有一个我已耳熟能详的道理，没有一定程度的经验，是无法完全听懂的。

“其他人员随即便陆续回到宿舍，他一时来不及转移钱物。”

这是老师对我好奇的回复。

“立体思维才可能避免对立体的客观存在的疏漏，积累到一定程度就会明白这些的。”

这是老师对我的另一个好奇的回复。但老师用了一个词语“明白”。说明，要真正掌握它是仍需努力和时日的。

重点在哪里？在于一般人根本不会去从那个方面进行思考，但这却是在这种具体情况下解析案件的别致有效之方法。

终于迎来了一个阳光明媚的清晨。

洗茶、冲泡，新茶泡出来的茶水真不错，这是我在结束休养时大师姐太史秋芙交给我的：

“带给师父。”

“明白，老规矩。”

这算是我和大师姐间的秘密吧，其实，好茶我有的是，知道这是大师姐的心意才这样的，就如同每次聚餐都是小李子提供进口酒一样。

今天正好是案件研讨会，这也是重案勘查组不定期进行的业务会议。不定期，想必大家明白，一是视工作情况；二是案件的价值，老师称为有嚼头的案件；三是人员齐全。

宗局也时常调整工作安排尽可能地参加我们的研讨会，这次也不例外。

热烈的讨论是这个研讨会的风格，可以这么说，没有人担心自己的分析有何不完善的地方，甚至有些不太成熟的想法也会和盘托出，最后是越争论越清晰。每次的水果、小吃等可都是老师自己购买的。今天，在老师进行讲评前，宗局给老师出了一道题目：

一枚血指纹的放大图片。

“我的老战友最近遇到了一件伤脑筋的案件，在一起命案案件现场上，刑事技术人员成功地获取到了指纹，并且经过鉴定，与死者的一位同事认定同一。可问题是，这位同事在案件发生后曾去过现场，当时已经有120的急救人员先期到达现场，这位同事称自己是上班路过现场才发现的，他还称，虽然平日里自己与死者有过节，但不能见死不救呀，还帮助120人员小心翼翼地将人抬上了救护车。”

大家都仔细听着宗局的讲述，我则揣摩着每一句话、每一个字里蕴含的信息。

“宗局，这枚血指纹的提取部位在什么地方？还有其他的指纹吗？”

老师的问话看似很随意，但这句平淡无奇的话竟让我在脑海中出现了一道闪电，它照出了一种轮廓、一种思维切入的轮廓。只有对老师有着深入的了解，否则是绝对产生不出这种现象的。

“说来也是一种特例了，是一个细心的技术员在死者的左手拇指指甲盖上发现并提取的。”

“死者的伤处以及在现场上所处的位置？”

“就一处锐器伤，在右侧偏后的位置。人在床底下，身体的右侧靠床的外侧，左侧靠床的内侧即墙壁。是到达现场的120人员将其移出来的，在往救护车上抬的时候那位同事前来一起帮的忙。”

“老师，这位同事没有机会接触到死者的左手吧？”

老师没有回话，只是轻轻地摇了摇头。显然，这个问题老师已经想到了，而且这还不是重点之所在。

“小丁探，这一点也考虑到了，问题是当时这位同事在担架的两侧都有过出现，手上还沾上了血迹，所以一时间还拿捏不准……”

对于宗局的话我也一时间无言以对了，本能地把头转向了老师，不只是我，全场的人都是如此。

老师端起茶呷了一口，他不紧不慢地起身走到窗前，两眼直视着天空。

看着老师的背影，我大有一种使不上劲的感觉。

突然，老师转身走回到桌前，他再一次端详了一下放大的血指纹图片，像是最后确认什么。

“大家看。”

老师说罢用茶水弄湿了自己的手，然后在桌面上摸了一下，桌上立刻出现了湿的手印。就在大家观而无语的时候，老师再一次用茶水弄湿了手，然后用力在桌面上拍了一下，桌子面上出现的是水渍飞溅的手印。

我站起身，目光在血指纹图片、桌面上的湿手印、桌面上水渍飞溅的手印三者上来回扫描了两圈，立刻明白了。

天哪……

“死者的那位同事就是案件的参与者，如果排除其他人员的存在，他就是凶手。”

说罢，老师朝我使了一个眼色，意为：丁探，下面由你来具体解释。

这不仅是老师对我的信任，也从我刚才的表情中知道了我已经豁然开朗。

我调整了一下情绪。

“宗局，关键在于指纹的形成原理，现场勘查的技术员从死者左手拇指指甲盖上发现并提取的这枚血指纹是在猛力撞击的情况下形成的，而不是一般的不小心接触形成的。这一点，刚才老师的实验已经展示出来了，当然，实验的现象有所放大，为的是让大家更能够一目了然地理解其原理。也就是说是一种打击行为过程中所形成的……”

我不急不缓地向宗局和大家讲述道。

“痕迹中包含着相关的信息。这是现场上痕迹与人的心理、行为的组合关联性。”

老师补充了一句。

“组合关联性。镜工概括得很准，过去往往只注重现场上的纯痕迹物证，其实更应该结合人的行为研究，它揭示的是一连贯的心理、生理临场表现，而一般意义上的纯痕迹物证只是一种表象而已。”

宗局说完后掏出了手机，临通话前，他冲我竖起了大拇指：

“小丁探，非常棒！”

刑事技术工作就是这样的，可以在短暂的时间中让人穿梭于截然不同的时空内。

记得老师和我应邀为猛猛所在的市局进行业务培训，在布置模拟现场时老师严谨到了一根头发丝放置的角度都属于考核的重点之一，考核中，猛猛和技术员们的勘查服浸透了汗水，可当一天的模拟勘查结束，老师在临场进行讲评时所做的第一件事竟是把布置现场时摆设的水果等食品、没有用完的几瓶红葡萄酒用一次性的纸杯子分给大家，技术员们边吃着水果、品着红酒，边聆听着老师的点评，双份的享受，其乐融融。这种别致的工作方式起到了令人意想不到的积极效果，士气飞腾，为后来夺得全省业务大比武第一名奠定了扎实的基础。

“心贴心方能知心笃行啊！”

在给外省市的同行进行培训时，老师总是先将自己制作的系列课件菜单提供给举办方并告知业务培训的层次性，结合对方的具体要求，以小系列、中系列、大系列及理论与实训相结合等不同形式的培训过程，使学员们可以真正获得科学的学习及受训机会。

组织业务培训是一门学问，不是说请上几个专家来各自讲一堂课就行了的，每一个专业、每一名专家都有着各自的特点，尤其是对于专业学科而言，对它的学习、吸收、掌握等是需要一个循序渐进的过程的，如果仅凭单纯的一堂讲座是不会有什么真正效果的。业务的层次性如此、学员的吸收规律性也是如此，这是科学。

这看上去是一个细节，但却是一种培训中的培训，不仅对学员进行了培训，也使其组织者明白了贴合科学、贴合实践、贴合一线、贴合人文的培训之道。

严酷的要求、知己般的关心，就如同制造一部汽车，一丝不苟的工艺加之上品的燃料，好车就是这样炼成的。

当猛猛等技术人员披着大红色的绶带、锦花，手捧着获奖证书接受领导与大家的表彰赞扬时，千里之外的老师却在那小小的玻璃屋里静静地品着茶研究案件。

从一只拖鞋、一枚足迹、一滴血、一个缝衣针到咬痕、水饺、工具、褶皱再到行为回溯、切入点、临场心理、立体思维，等等等等，犯罪一个个灭失、事实一起起澄清，家园增添着平和、万物生机依然。

老师说他从小的梦想是当一名飞行员。我认为，现在老师的人生同样在飞行之中，他凭借着自身高超的技能在业务的崇山峻岭中自如地飞行着，尽管面临着千变万化的难题，却犹如庖丁解牛般游刃有余！不愧被人称为刑事科学技术领域的怪才。

二十六、隐伤悠痛

“丁探，知道吗，当那天大娘问我杀人的案子破了没有的时候，我是多么多么希望自己能告诉她已经破了啊……”

老师时常会回忆起那些研究过的案件、复勘过的现场，对其中一些尚未破获的案件耿耿于怀。

有道是百里不同风，千里不同俗。

行走在外省郊外的大地上，那些截然不同风格的山、水、花、草、气息又一次触动了老师对往事的回忆。

“老师，巧妇难为无米之炊，您尽力了。”

破案的时间有当场破案、有十天半月破案、有几个月破案、有几年破案，虽然都已属于正常的客观规律，可是，岁月不饶人呀，老师的头发已经发白了。

“他并不是一般意义上所讲的游客，在某市，他不仅有远房亲戚，还拥有自己的汽车。这个信息汇集的要是再快一些，此案何须过了三天才破案啊！”

这是一起发生在猛猛辖区的案件，被害人是一名前来旅游的游客。

“给你添麻烦了。”

“不，不，镜工，是我有幸受教了。”

老师的和蔼大气让当地的法医很受感动。他们在老师的请求下，仔细地对死者身上那些伤口逐一进行了深度、角度、力度等的检验。

“凶手是两个人，其中一个是女性，且是一名力量不大的女性。在死者的身体上发现了两组不同深度、角度、力度等的损伤，可以排除掉偶然性，是相对稳定的客观存在。另外，从伤口形成的各种特定因素分析，第一现场是位于一个空间较为狭窄的地方，不便于发力，同时也不便于被害人的挣扎、躲避……”

“他曾经是有过一辆面包车放在我家里的，后来说是要转给我，但是一直没有具体操作，目前是由我的侄儿在驾驶。我担心失去这部汽车，所以一直也没有向警察说出实情。”

第三天的傍晚，当已经是副局长的猛猛将这个新得到的信息转告给老师时，老师什么也没说，而是转身向扣押的汽车位置跑去……

仅仅过了不到五分钟，老师让我拨通了楼上指挥部里猛猛的电话。

“猛猛，这部面包车，就是我们苦苦寻找的第一现场。”

……

“审讯也罢、询问也罢、了解情况也罢，从刑事侦查的角度上讲，它们都是一门门严谨的学问，绝对不是你一问我一答的那么简单，生理学、临场心理学、年龄、文化、个性、种族、风俗、职业等皆融于其中……”

讲完这些话，老师离开了案件总结会的现场。我和猛猛紧随其后。

“丁探，那位老大娘的话让我感到无地自容。刑警，正义之利剑，人民的卫士，我们要以自己的一生来维护和光大这个神圣的称号。”

“宗局，我个人建议，给负责这起案件现场保护工作的同志记功。”

面对闻讯匆匆赶来的被害人家属，这几位先期赶到案发现场的民警打不还手、骂不还口，而是通过智慧的语言及时稳定了人们的情绪。

现场勘查完毕以后，老师高度称赞了这起案件的现场保护工作，通过案发现场门口处地面上的一粒圆形水果糖以及室内的一根绳索，老师敏锐地发现了其中凶手的蛛丝马迹，及时把住在同一个村庄内的凶手绳之以法。

“知道吗，丁探，如果那粒水果糖被人不小心踢开了、如果那根绳索被触动移位了，那么，我们的技术工作将要走许多的弯路……”

“何队，这么多年了，我从来没有发过一支香烟给你，连为你点一次火都没有。”

在医院的病房里，我和老师把刚买的果篮轻轻地放在了何队长的床头柜上。

何队长病倒了。

“通俗地说，就是积劳成疾。人不可以经常不按规律起居的。”

主治医生的话语中既有责怪又有着无奈。

那天，躺在病床上的何队长显得更加消瘦和疲惫了，但仍乐呵呵地说了许多的话，老师静静地听着、微微点着头。

“配合医生治疗早日康复，大家都等着你呢。”

一走出病房的门，我的眼泪再也忍不住了，断线般地涌了出来。

还好，在医院里，这样的景象是见怪不怪了。

几个月后，何队长终于出院了，可是，他的胃被切除了一半。他拒绝了轻松的工作，仍旧回到了自己所钟爱的刑事侦查岗位上。

“哈哈，我不用担心会长胖了，变身为节能型身材啦。”

这是何队长回复大家关心的话。

从那天起，老师的小小玻璃屋内备上了香烟，是为何队长所预备的。

二十多年前，一批大学生加入了刑警队伍，其中有一位毕业于政法大学的高个子，只要是老师出去勘查现场，他都会尽可能地跟随前往，他话不多，但却常常是问在点子上，他好像特别喜欢吃葡萄，随身的包里不时会出现葡萄的影子。他说，甜甜的，让人心情好。

“很久没有吃你喜爱的葡萄了吧？”

一次，老师借用他的笔时随口说道。

“是的……镜工，您是怎么知道的？”

“是它告诉我的。”

老师挥了挥手中的笔。

“它？会说话？”

老师没吱声，待用完笔交还给这位身高近一米八的小伙子时才开口道：

“你的这支常用笔上已经闻不出葡萄的甜味了。”

“原来是这样！这么简单。那么，镜工，您一定也会知道这是为什么吧？”

老师认真看了看这位打破砂锅问到底的年轻刑警。

“真正目的是想让我教你吧。”

“嗯！”

“你已经吃了两个多星期的素，如果不是胖胖故意让你蹭油，你会营养不良的，怎么担负这繁忙的工作呢？”

胖胖一直在一旁笑而不语。

“哦——明白了，是您一直在通过胖胖‘请’我吃饭。”

原来，他是在为了买房而勒紧腰带，无奈之举。老师早已关注到了这名在侦查工作、业务知识学习方面无须挥鞭的潜在千里马。

这个高个子而且很有心计的年轻刑警就是后来成长为重案队队长的何队长。

老师第一次为这种类型的案件出差。

当然，我也去，这是宗局的梯队培训计划。

按理说就算是命案，老师也不一定都会亲自去，因为这一切都取决于案件资料的质量。

三天前，猛猛发来了一个系列案件的资料，某居民小区内发生了十数起玻璃窗被打穿的案件，一则人心惶惶，家中往往有着老人、孩子；二则各种猜疑丛生……

“师父，这种案件麻烦您，不好意思了。”

“发端之差，定验之误。”

老师借用南宋宋慈的话回答了猛猛。

“明白了，师父。”

简单的回复中透着老师严厉的批评、及时的纠正、具体的方式。

“这样的照片是为拍照而拍照。”

老师指着电脑屏幕对我说道。

刑事技术工作中的现场照相是一种对现场上证据的固定、获取手段之一，它与人们通常的照相是两回事。它需要以勘查的角度去刻画客观存在。它首先需要照相的刑事技术人员吃透现场、理解案件的细节，比如，仅仅是拍摄了窗户玻璃上被打击的洞是根本不可以的，无法反映出其“文字效应”。

所谓“文字效应”是老师总结出的一个概念，言下之意就是如同旁边挂着一串说明文字般的，也就是让现场上的客观存在“说话”。

从机场直奔现场，“飞机餐”勉强维持着几度被自己“忘怀”的感觉。

“都联系好了吧。”

“是的，师父。十二户人家都在，只有三户因故无法回来。”

“尽量减少居民的等待……丁探，先用面包垫一下吧。”

“不用。老师，工作吧。”

其实，猛猛准备好了饭菜，但绕回单位吃饭要耽误一个多小时。

不同楼层、不同厚度玻璃、不同层数玻璃、不同角度的击打、不同力度的击打、不同直径的孔洞、穿透与未穿透的、规则与不规则的、有黏附物质与无黏附物质的……老师用手里的放大镜扫描着、比较着。

不时地，老师会微微闭目思索一小会儿。居民们好奇地看着这一切，有的人还会在老师完成勘查后重新对着窗上的洞孔左右观察一番，似乎想知道那里会有什么新的发现。

“这些窗玻璃上的洞有仰角发射的，也有相对平直状态发射的，这些现象是楼层的高低与所针对的目标而形成的，在最高的十二楼那家窗玻璃上的洞是由弹丸在下坠过程中所形成的。”

离开最后一家现场后，老师在勘查车内对大家说道。

尽管在下楼的过程中已有或性急或期盼的技术人员、侦查人员开口提出了各种各样的问题，但被猛猛制止了，他知道，老师不会在这种时候回答任何有关现场、案件的问题，因为，这是保密工作的需要。

“工具是弹弓，弹丸上有机油的气味，使用弹弓的人抽香烟。特别之处在于，他是一个近视眼……”

在后来发生的类似案件现场勘查中，猛猛运用老师的方法又串并了几个，直到最后这一系列“窗玻璃弹孔案”的破获。作案者是一个工厂的学徒工，喜欢射击，常常用自制的弹弓打鸟，还有，抽香烟，视力是近视加散光。

“弹着点的偏移类同性及误差的不规则性。如果是枪支射击的，是枪的校准问题，可这些孔洞都是由弹弓发射的。”

“猛局，我们的问题出在哪里呢？”

“现场照相的刻画性……”

解释一下，这里被称为猛局的人，就是我的师弟猛猛。

“镜工，这看上去是一起抢劫出租车司机财物的案件。”

值班的小李子一边向老师与我介绍着这起发生于凌晨时分的案件，一边引导我们向现场方向走去。凌晨时分，扫地的一个环卫工人发现了这辆停放在行车道上，但一直没有任何动静的出租车辆，等他清扫到跟前时才在远处路灯昏暗的光线照射下，透过车窗玻璃看见了车里面的景象：在出租车的驾驶座位上，歪歪斜斜地半躺着一个人……

汽车停放的具体位置是街区边沿处的一个垃圾箱旁边，其往前是通向农村地区，往后七十多米处才开始出现临街的店铺。说是街区，但只是一个小镇而已，所以，在道路上没有专门划分交通标志和车道线。

老师并没有急于细看车内的具体情况，而是围绕着出租车查看了好几圈，然后老师慢慢地开启了副驾驶一侧的车门，出租车驾驶员是一名中年男性，体态较胖，身上穿着的是一身工作装，脚上穿一双黑色的皮鞋，双脚朝右前方倾斜着松散地搁置在汽车的脚垫上。

“初步的检验结论是颅脑遭受钝性物体打击从而导致的死亡。”

在老师查看死者时回头看了一眼站在旁边的严法医，严法医不等老师开口，心领神会地介绍起了法医检验的情况。

听着严法医的介绍，看着死者的“熊猫眼”，老师点了点头。

“对了，镜工，我们没有触动过死者的姿势，现在就是相对原始的状态……”

老师没有说话。在现在这种情况下，老师处于深度的思索之中，外来的各种信息都会即刻渗入那滚动的思维急流之中。当然，这是凭借我对老师的了解而做出的比喻，在“外人”看来，很难明白老师在现场上所作所为中包含着的实际意义。

“哼！”

正钻伏在死者前下方进行勘查的老师突然发出了一个极短暂的笑声，虽然我看不见老师的脸，但我可以想象得到，脸上定是一如既往没有一丝一毫的笑容。

戴着头套、口罩、手套的老师的右手持强光电筒，左手拿着放大镜，从窄小的空间中渐渐把身体退了出来。

“小李子，你都勘查过了吗？”

“是的，镜工，连鞋底都看过了，不过暂时没有特别的发现。您刚才的笑声是指？”

“丁探，你来勘查一下。”

老师说着，把手里的强光电筒和放大镜递给了我。

还好，空间尽管很小，但我的身材帮助了我。

现场勘查中思维的切入角极其重要，前面我说到过，但思维的形式需要特别地强调，就是立体思维，这需要除了学习之外的反复磨炼，并在这个过程中去理解和品味什么是实践活动中的变通运用，这是一个关节点，也是检验一个人对相关知识和技能在吸收、掌握程度上的试金石。

在现场勘查的工作中，我时常会这样设想：如果是老师，他会怎样去思考和行动呢？此时此刻，在我眼前展现的是一个人正常驾驶过程中腿部、双脚的动作……

猛然间，一个现象映入了眼帘，正是立体的思维模式把它们联系了起来、动态地演绎了起来，在死者的双脚皮鞋底上沾有一些黄白色的沙粒，是人在行走、奔跑中沾上去的，问题是，在汽车的油门、刹车、离合器上、相应位置下侧的脚垫上却没有发现踩踏所留下的沙粒，只有零星的散落沙粒……

当我抬起身来，小李子等人的目光就好像被磁铁吸引住了似的紧随着我的目光移动，我狠狠地瞪了小李子一眼，并把强光电筒和放大镜塞到他的手中：

“重新勘查一下。”

说完，我转身向老师走去。

在离出租车约三十米的一棵树下，老师正与何队长谈论着什么，我只隐约听到何队长的一句话：

“放心吧镜工，交给我了！”

何队长快速地离去了，带着一阵风。

“老师。”

老师闻声把目光从何队长的身影上收了回来。

“丁探，看到问题的所在了，你谈一下这种现象的价值吧。”

“是的老师，我发现了。”

老师所言的价值有以下几个方面：

一、死者的双脚皮鞋底上沾有的沙粒，在汽车的油门、刹车、离合器上及相应位置下侧的脚垫上却没有发现因驾驶汽车等行为踩踏所留下的沙粒，只有零星的散落沙粒，这说明，死者双脚鞋底上的沙粒是在案发现场停车以后形成的，而且，没有再驾驶过汽车；

二、沙粒在现场及附近的地面上都没有发现，说明它存在的地方与出租车有一定的距离；

三、死者仅仅在双脚的皮鞋底上有沙粒，但在身体上的其他部位都没有，说明死者并没有过在沙粒存在处倒地的现象，只是行走或奔跑；

四、找到沙粒存在的地方，它可能会给侦查和技术人员提供新的证据。

后面的故事发展无须再细细讲述了，何队长他们很快便在离案发现场八十多米的地方找到了建筑用的黄沙，其沙粒的色泽等物理状态与死者鞋底的沙粒类似，而且，那里正好具有视频侦查的条件……

多行不义必自毙，作案者是一个二十七岁的青年，因身负高利贷，故铤而走险。他在车停下来的时候趁驾驶员不备，伸手抢过对方的手机开门便逃跑，驾驶员反应过来后下车追赶，作案人随手从地面上捡起一个石头朝驾驶员扔了过去，头部受到重创的出租车驾驶员放弃了继续追赶，回到了出租车上，但……

有时候我真的是会产生一种后怕的心理，如果没有老师有意或者无意之中地介入，那些现场的勘查会是怎么样的，要经历多少的曲曲折折啊！

“丁探啊，我已经从事刑事科学技术工作几十年了，可说实在的话，自己的感觉是仅仅刚踏入了门槛而已。每一起案件、每一个现场，都有着其个体不同的形式和特点，所以，在具体的业务工作当中，刑事技术人员必须要掌握并灵活地运用变通之技巧。如果只是机械地去看待以及运用这门科学技术，那将会出现意想不到的错误……我们要把毕生的精力投入其中，就算是这样，还不一定能够确保可以做好它。”

记不清这是重案组的第几次聚会了。老师历来是不爱参加庆功会的，但对重案组的聚会却情有独钟。因为，每次的重案组聚会，实际上也是一次研讨会，无论是谈业务还是谈生活，甚至是讲笑话，都浸入在一种非常有趣而特别的思维训练之中。

今天是小长假，外出游玩的人、车一定是达到蜂拥级别的。我们经过一番研究后，决定避开锋芒，穿插到了这个山、海、林三者的结合部，这是个三不沾地带，却充斥着三者的风味，果然，别有洞天。

刑警的特征是智慧，这一点再次展现在了日常的生活之中。

“老师，与您一起工作，我感觉很踏实，我发觉，简直没有您解决不了的案件。”

“镣工，是的。我知道，您不是神，可您的实际表现可真的神……”

何队长说着又给老师重新满了满杯子里的红酒，一瞬间，我有点手足无措，这历来都是我的重要“工作”之一啊！

老师听着大家的话，轻轻地摇了摇头：

“大家看到的都是我成功的一面，而那些无奈和遗憾呢？虽说是客观存在的问题，巧妇难为无米之炊，可如果在工作中多一份心、在业务培训和学习中多一份专注，甚至，在生活中多一份能动，那又将会是怎样的呢？”

老师的声音渐渐地低沉了下去。

二十七、秒之长度

“人的一生是怎么度过的？这会在你对自身的塑造中体现出来，光阴，它既陪伴你的每一步前行，也是这一切的见证。当你拥有了生命，拥有了基本的生存能力、智商、知识等条件后，人生的方向盘就交到了你的手中，不管你愿不愿意接手，也不管你是否有能力接手，总之，交给你了。”

业务研讨会的初始，老师针对性地讲了前面的一段话。我瞟了会议室一眼，五六个手机族终于恋恋不舍地把手指从屏幕上的游戏界面中移了开来。对于业务，他们一知半解，而对于游戏，他们堪称高手。

我分析过其中的缘由，人各不同，他们为什么一时还无法理解、无法去品味那份厚重呢？

一种是在于缺少必要的业务基础面与实践积累的铺垫，就如同给小学生讲高中的课一样，又如同让不了解中国的外域人士听中国的相声；另一种是对客观存在认识上的偏差。

言归正传。

“大家看一看，就以分析他的下坠姿态来开始今天的业务交流吧。”

一分钟前，结束前期工作讲评后正准备开始今天的业务小课堂讲授时，大师姐的微信到了：

“师父，您好！我是太史，接报有人高坠，我刚刚赶到现场，抢先把第一手资料发给您……”

其实，太史秋芙大师姐事先给我发了一个询问信息：

“丁探好，我正前往现场，看一下师父是否方便。”

“大师姐您好，老师正好在准备业务授课，是个好机会。”

很快，公安专用网上收到了大师姐发给老师的信息。

上午时分，远在千里之外的一个居民小区内，一名青年男子坠落于花坛内，一个生命就此画上了休止符。在死者的身旁五米远的地方，发现了他的手机，手机因为掉在了草丛中，所以，不仅没有摔坏，而且正在运行之中，手机的屏幕上，游戏打斗得正酣！

“给大家一刻钟时间研究现场资料。”

各位看官，是否感觉时间有些紧张？曾经有某专家对老师研究的一起案例提出了需要补充的二十多项信息，说是这样才可以开始研究。试想，如果有了这二十几项信息内容，那还需要请你去研究吗？这些本身就是需要你去进行研究、弄清、解决的内容。

胖胖对此的评论是：滑天下之大稽。

内行就从门道入手吧。虽然这不是“一刀切”的时间，但，由老师把关下的刑事技术部门重案勘查组可真不是容易进入的，潜力、天赋、意愿，缺一不可。

“正在专注地玩手机游戏，可这同样能够有他杀、自杀、意外存在的因素……”

“对，所以，对于起坠部位的勘查要从这几个方面存在与否出发……”

“同样的现象之间往往只有着微妙的差别，这微妙之处的寻找和发现首要的是技术人员的临场工作切入角……”

“……”

对于这起现场的分析在群策群力中不断地走向深入。介于保密的需要，在此我就选取老师对局部现象形成的分析作为一些补偿吧：

“对这类案件的研究，我们要讲空中姿态，但它只是一个主要姿势，因为人在下坠过程中是会因受到客观因素的影响而变换姿势的，比如障碍物体、起坠方式、风向、气象，等等，甚至头和脚的位置都会互相变换，但它可以进行姿势上的回溯……我们从落地姿势来作为他的姿势回溯起点。”

老师手中的遥控翻页器随着对现场的分析研究而不断地变换着资料画面。

这是一种更具深入性的案件研究。“深入”二字绝非信口所言的，它不仅具备独特的研究角度，还有研究内涵上的“冷僻”性，既是一种实战上的运用，又是一种学术上的开拓。这也是老师在业务上的独特之一。

我嘛，遵照老师的吩咐避入那间小小玻璃屋内给太史秋芙大师姐打电话，把老师的分析意见及时地通报给她。

“死者的衣服、裤子，包括裤腰的位置，大家可以看出来，都有向上的趋势，两腿向左右分开，像劈叉一样，还有两手上举，这些姿势告诉我们的是一个力的展示：就是由下向上，由身体的下侧向头部运动的力。注意，这个力的形成不是在空中形成的，而是在坠地的一瞬间所形成的。就像高速行驶中的汽车突然急刹车时，车里的人会猛地向前冲似的。这个‘急刹车’的动作导致了死者双手、双腿、衣服、裤子等向头部方向的运动。”

大师姐很满意她对这起高坠案的分析与老师类同。不过，她特别关照我，还要听我录音笔中的原味讲解，需要学习更具深入性的案件研究内容。

放下电话，我迅速地回到了座位，并下意识地瞄了一眼那运转中的红色录音笔。

老师的讲解在继续进行之中：

“也就是说，不管他最初在空中的动作是什么样的，在坠地的一瞬间人的姿势是肩背部先着地，然后顺势腰部、臀部、腿部砸在了地上。并且，他必须是有一个略微斜角的姿势，为什么呢？一、可以形成上面的双手、双腿、衣服、裤子的姿势；二、也形成了他裤腰、左大腿处裤子的崩裂。其中，左大腿处裤子的崩裂比较有典型性，如果人纯粹是垂直的头朝下或者是脚朝下的姿势的话，那是形不成这样的崩裂的。这种崩裂的原理是，臀部、腿部这些肉相对比较多的部位在受力的一瞬间、猛地砸到地上的一瞬间向四周膨胀开所导致的一种崩裂，这也是高坠的一种常见现象……”

光有米是不够的，只有把米转换为饭后，米才真正焕发出了它的功能与价值。饭也罢、理论也罢、业务技能也罢……概莫能外。

我“伴奏”般地听着、想着、思考着。

“另外，头部下面有血，但不是喷溅的，是流淌出来的，这里，希望大家要特别地注意血迹的形态及形成原理。所以，在此案件中我们可以排除头直接着地，根据衣着上的形态和人体的损伤情况分析，是肩背部着地，形成了一个像鞭子一样甩下来的动作，然后是腰部、臀部、大腿、小腿等一下子‘啪’地依次坠落在了地上。”

至于对该案起坠点等的研究我就省略不做细述了。最后的结论是，这是一起高度沉迷于虚幻的网络化游戏之中而导致的意外高坠事件。

大家认真地听着老师的讲解，他们的表情显示，早已经习惯了这种现象。如果，让一个完全不了解老师的人来体味这一切，无论这个人内行与否，都可能会认为这是单纯地在讲课，是对温习已久的课件的讲解，而不会去想到这是在对现行发生案件现场分析上的“热炒热卖”呢！至少，这是我与同事们深深的体会。

台上一分钟，台下十年功。

关键在于一个“功”字。你的态度、追求、经历、坚持等，组成了这个字的内涵。

“她的心比她的生命更早地已经死了。这是她真实的遗书——最后一个晚上的行为举止。”

一名青年女性死亡在了某个小型宾馆的客房内，确切地说，她是自杀在了客房内的卫生间中。

哪里见过这样的场面啊，宾馆的服务员们吓得连探头张望的胆子都没有了，“120”的救护人员也只进入过死者所在的客房卫生间内……这算是让我的担心减少了些许，现场大多数的原始性被“自然”地保护住了。

“一个人……连一口水都没有喝过……椅子面上只有过一次放挎包所形成的痕迹……没有使用过卫生洁具……床单、被子、枕头上的形态反映出，她昨天开好房间后就扔下随身携带的挎包，然后横向侧卧在了床上，且一晚上没有什么大的动作……今天起床后在床尾处斜着身体坐了一会儿……是个细心的人，在挎包内和身上的内衣口袋里分别放置了内容几乎相同的遗书……尚且需要进行笔迹等相关鉴定……但是，这个现场中已经发现了真实可信的遗书……”

就如同是在现场的各个位置处都事先放有文字解说的牌子似的，老师分别向大家解读着现场以及每一个具体现象的依据。

也就是在这个时候，老师缓缓地说出了上面那句话：

“她的心比她的生命更早的已经死了。这是她真实的遗书——她最后一个晚上的行为举止。”

这一点是一般人很难联系起来分析的。心理与行为的结合，再反过来借力折射至心理活动的深处、起源，老师可谓演绎得淋漓尽致。

高效、成功、精确的工作成就却不一定都会带来好的心情，这也是刑事技术工作的一个特点。

走出现场，老师让我用手机向何队长进行了现场勘查情况的通报，渐渐的，这项工作更多的由我接替老师承担了起来。

“行为与痕迹间完全一致。”

“是，老师。何队长，我纠正一下刚才的用词，是行为与痕迹间的相吻合，而不是‘完全一致’。”

“哈哈，镜工的一丝不苟。谢谢小丁探！”

老师拿着脱下来的手套、鞋套和帽套，一直站在旁边仔细地听着我的通报内容。

老师纠正的是一个专业性的问题。还是举一个简单的生活例子来说明吧：

一双穿起来非常合脚的鞋子，你能说它与脚完全一致吗？当然不能这么说，只能说这双鞋子与脚之间的吻合。因为，这既是一种客观上的现象，同时也是一种逻辑上的关系。

数年来，我在书写现场勘查日志的过程中，时常会情不自禁地停下笔来，因为，自己已经记不得有多少次了，被书写的内容所感动！它们总是那么立体地呈现在我的眼前，再次深入地滋润着我的心田。

薄壤修深须，柔藤韧壁伸。
不趋寒暑林，展形在奇峰。
风啸自倜傥，雨浇助逍遥。
孤影愧云月，枝嘻村灶中。
鹰鹏抚羽翼，岁轮书锦罗。
赢就凌云志，更兼星火钟。

这是我在大师姐太史秋芙的办公桌上看见的一首诗，我当时反复揣摩着它在字里行间的寓意，正在津津有味的时候，背后传来了大师姐的话语：

“师父的诗就像他精湛的业务涵养一样，需要去精读、深读、立体地读，否则，你根本无法领会其中的思维门道所在。”

是的，老师的作品有一种独特的熟稔让人着迷，它所表达的思想可以是一秒钟的闪烁，却承负着几十载的积淀。

“谢谢阿姨！”

“不谢！应该的。”

正在旁边楼道进行清扫的一个中年阿姨不知何时走了过来，她轻轻地从老师和我们的手中取下原准备去扔掉的一次性手套、鞋套和帽套放入清洁袋内。面对老师和我们的感谢，她只是摆了摆手又忙去了。

“要是人人都如此敬业地做好本职工作，那该有多好呀！”

面对我的感慨，老师顺势般地又补充了一句：

“尤其是如同这位阿姨一样，等你们讲完了话，正准备处理掉手中的垃圾时再悄然出现，更是难能可贵了。一位聪明而智慧的阿姨。”

真是惭愧不已，对周围环境内的情况，老师一直是在掌控之中的，因为，刑事技术的临场工作一切都是属于应该严格保密的。

“老师，‘万水千山只等闲’，要让那些‘山水’成为等闲之辈，就必须把自己修炼成为非等闲之人啊！”

我冷不丁地冒出了这么一句，看上去有些飘但却是我临场思维跳跃的产物。无论是工作还是日常生活行为，我今天都是满满的收获。能动地生活、能动地学习、能动地工作，将会不断延长着生命及其价值。

“是的。丁探，我们的工作常常是与人世间的不幸、悲剧打交道，在这种情况下的双重修炼无疑是更加艰难的，但修炼的成果也将是充满着能量的。”

有些人的一百年等于零，而有些人的每一秒钟都融入了永恒。

老师的榜样同时也体现在了具体的行为之中，耳濡目染，我、胖胖、小李子、严法医，还有特邀的何队长等人，在老师的引领下凝聚成了一个优秀的团队——重案现场勘查组。

二十八、无言之誓

“我有一个特别重大的发现，这个案件的凶手自己也受伤了！”

来自省公安机关的一位博士难以掩饰自己的激动。

复式房的上层和下层中的墙面、家具、地面几乎都可以看见红色、暗红色的血迹，地面上有多处用拖把拖地的印痕，在现场下层的卫生间浴缸内放有一把拖布上沾透血迹的拖把，从客厅到卫生间内的地面瓷砖上有一连串的血滴……

老师的衣服都已经有点湿了，为了抢在即将到来的大雨前完成对外围痕迹的固定和提取，在完成初步的处理后，老师果断地向宗局提出原物局部提取的措施，并亲自操作了全部过程。

“我说博士，你初出茅庐就……”

严法医的话说了一半就被我瞪回去了，他转眼看到了筋疲力尽的老师：

“镜工，坐下休息一下吧，来，喝口水。”

没等严法医的手触碰到旁边装有饮料的纸箱，我已经把准备好的盐汽水拧开盖子递给了老师。

老师朝严法医点了点头，然后转脸对我说道：

“丁探，谢谢。现场已勘查完毕了，就在这里坐一下吧。”

大家围拢过来，各自就近坐了下来。老师这次一反常规的习惯，不回到重案勘查车上研究案件，而是选择在现场外侧场地研究，我想是现场的复杂性所致的，而且，和那位博士也有一定的关系。

果然，在大家讨论的过程中那位博士脱口就重复说出了关于血迹的观点。不过，胖胖持不同的意见，认为依据不充分，没有可见的起因以及后续的发展……对此，严法医也从专业的角度上表示认同。

确切的情况我是了解的，因为在现场勘查的过程中我自始至终都跟随着老师的，有时，老师会与我一起研究；有时，老师会解析给我听，但由于临场工作的关系，更多的是要靠自己的悟性，当然，我还有一个特别的方法，观察老师的表情，就像是老师那著名的一声“哼”一样，不经意间的微表情同样可以对我的思路有所引导和启发。但有一点，无论是什么时候，只要我提出不解的问题，老师是一定会详细解释的。

“拖把，在这个案件的现场上是一个重要的信息点……”

终于，在听完大家的分析后，老师开口了，且一下子把思路给归纳了起来。

“首先我们要了解一点，那就是作案凶手是在什么情况下想到了使用拖把？”

“我知道，是为了要清理现场上的血迹，也就是打扫现场。”

除了那位博士，没有一个人抢口发言。

我不禁皱了皱眉！大家也有同感。这是非常不像话的，太没有礼貌了。

“博士，请具体地说一下。”

“具体？这……不具体吗？”

博士的脸开始泛红。

“博士啊，你所说的只是一种现象，现场分析是要深入地对现场上的现象进行解析的。”

“看见不等于发现。”我心里嘀咕了一遍。

猛然，那位博士看见了我手中所拿的樱红色录音笔，立即在随身所携带的挎包中摸索起来，但马上被胖胖制止了：

“除了这位美女，其他人是不许录音的。”

我是用于材料制作以及资料归档用的，即使是作为刑事技术部门领导的太史秋芙大师姐，也都是听完后立即删除的。这是保密工作的需要。博士目前还只能算是半个“内人”。

“拖把的使用并非为了打扫现场上的血迹，即清理现场，而是反映在对拖把的使用方法上，凶手使用拖把只是将靠近房门口处地面上的血迹进行了简单的处理，而对别处血迹却犹如视而不见。这说明什么呢？”

每一个字、每一句话都清楚地打印在了心里。我对面的博士好像是发现了新大陆似的，不自觉地点着头听着老师的分析。

“这说明，作案凶手只是为了阻止那些血会顺着门缝流淌出去，因为这可能会很快被人发现，也说明凶手并不是单纯地杀人，而是还有自己的目的，杀人只是为了消除其障碍。”

博士似乎听明白了，但似乎又更糊涂了，因为老师一直都没有讲到过关于凶手是否受伤的问题。殊不知，现场上的现象是一环扣一环的，而且，现场是千变万化的，所以，其表现形式也是千变万化的，这远远不是几句书面上的理论可以概括得了的。

“丁探，下面你来讲吧。”

说完，老师招手让那位博士坐到身边来，并耐心地对他讲解着整体现场的分析过程、结论、依据。

“是，老师。”

老师前面的分析，充分明确了拖把在案件及现场中的地位：

“凶手在使用‘完’拖把后，将其弃在了现场卫生间内的浴缸里。所以，刚才博士所说的那些血迹就是在这个过程中所形成的。一、滴血的数量、密度等符合现在拖把布上所沾染的血迹的程度；二、根据血迹的形态、微形态等因素中所表现的信息，这些卫生间内地面上的血迹是由距离地面高度约十五厘米滴落形成的，这样的高度，在人体上的损伤部位及其血迹形态都是完全不一样的，而拖把布则自然而且顺势……”

也就是说，现场卫生间内地面上的血迹是作案凶手在回放拖把时，由拖把布上的滴血所形成的。

这表面上看起来是一个不太起眼的现象，但要知道，在诉讼过程中它可是举足轻重的，正是各种看似不太起眼的现场现象组合起来，就形成和巩固了重要、严谨的证据链。

“微形态”。老师对血迹形态的开拓性充实。

继续在不泄密的前提下举一个生活中的例子，以慰各位内行的、非内行的看官们那好奇的心理。

一个正常行走的人身体上滴落的血迹与其手上所滴落的血迹间的异同？前者是相对于行走速度形成的血迹形态，是相对轴向的，而后者则是随着手臂的摆动而有向前、向后、相对垂直、多角度变换等姿态下所形成的血迹形态，且是不规则的。

“美……丁探！镜工刚才给我上了一堂小课，别致的精彩！可以感觉到，镜工雄厚、深邃。”

重案勘查车上，老师已沉沉睡去，他太累了。

在老师的身上承负着多重的责任，有日常的案件现场勘查分析工作；有重案的现场复勘工作；有带教工作；有各地学生、徒弟、同行等转来需要研究的案件资料；有针对不同层次人员的业务课件制作；有业务论文的撰写；等等。

对于博士的话，我置若罔闻地一个字都不想说，甚至连一个浅淡的笑都没有。希望人们自己潜心地去真正认识老师，那是一片全新的天地。

老师像一本厚厚的书，又如同一杯浓浓的茶，人格也罢、业务也罢、精神也罢，一切的一切都充斥在那份默默的执着之中了，比如他在专业实践与教学中的工作，精细、奇崛、耐心而毫无保留，无论在业务工作还是在业务学习方面，哪怕我们有一丝一毫的进步和提高，老师都会发自内心由衷的高兴！以我为例，从一名刑事技术员到助理工程师、工程师、副高级工程师、高级工程师，哪一步的迈进不浸润着老师的心血与汗水呢？老师很少笑，但在这种时候我会从他的眼角和眉梢读出那份欣慰、那份骄傲。老师对名利极其淡泊，却倾心于我们的成长和进步。老师身上那份闲庭信步般的潇洒特别的让人举目、让人心醉、耐人寻味……

胖胖用手拍了一下博士，并用手指了指老师，示意他安静。

这也是一种环境意识上的养成。人，一定要有环境意识，随时清楚自己的所处与所涉及的客观存在之间的关联……否则，你遭受到的可能不仅仅是我的冷漠和胖胖的警示那么简单了。

“哦，抱歉！”

博士压着嗓门道。他用手扶了扶眼镜，重新冷静、客观地审视起这些个从未在教科书里出现过的团队、人物、实战。

“教学 30%、实践 30%、总结领悟 40%。在实践中锻造自己，成为一名真正意义上的博士。”

这是博士后来临别时的感悟。

小李子稳稳地驾驶着重案勘查车，在行驶到一个红绿灯路口时，他用嘴型向我发问：

“往哪里开？”

小李子当然不可能连返回单位的路都不认识了。我明白他话语中的含义是想送老师去休息，可是，老师的工作作风……我犹豫地望着老师。

“去指挥部，我没事，已经缓过来了。”

老师充满着疲惫的声音。

“丁探！”

真是喜从天降，清早上班刚踏进大办公室就意外地听见了带有磁韵般优雅的呼唤声！

是太史秋芙大师姐，她正端坐于我的写字台前。

在欢快的絮聊中得知，大师姐是利用年假的时间来找老师“回炉充电”的。

这时我才注意到了大师姐身上穿着的现场勘查服。

“哦，大师姐请稍等……”

“我已为师父冲好茶了。”

她说着，用手指了指放在我写字台上的两听“铁观音”。

“就差了五分钟的时间，愣是陷入了人流和车流的高潮之中。”

又一个熟悉的声音传来。

猛猛一边扣着勘查服的纽扣，一边匆匆地走了进来。

真是无巧不成书，出差参加某研讨会的猛猛“挤”出了两天的时间，也是来找老师“充电”的。

“政治处把你们二位的介绍信同时交到了我的手中。太史、丁探、猛猛……出发。”

“是！”

大家齐声回答。

老师今天的心情特别舒畅，他快步走进大办公室，并带来了出勘现场的指令。

一夜小雨，天亮后放晴。重案勘查车上一个堪称“豪华”的勘查团队正疾驶在郊外的田野中。有朋自远方来，不亦乐乎！连即将面对的重大抢劫案件也没有给大家以什么压力。

昨天凌晨时分，一名刚下火车的中年男子在回家的途中遭到三个陌生人的抢劫，中年男子身上所携带的一万多元现金被抢走，他本人被用绳子捆在了小树林中的树上，直到天至黎明时才被人发现并报警。

……

傍晚，我的住处，老师为大师姐太史秋芙、师弟猛猛举办的欢迎聚餐刚刚开始，经历了一天忙碌的现场勘查工作后，这顿饭菜更是特别的诱人！老师、我、大师姐、猛猛、胖胖、小李子、严法医、何队长等欢聚一堂。这里有一个小插曲，由于猛猛是第一次来到我的住处，所以，引起了铿铿的高度警惕，低吠声是进攻的前兆，我赶紧安抚起铿铿来，老师也刻意当着铿铿的面和猛猛握了握手才得以缓解铿铿的攻击性，为了防止万一，我还是将铿铿置于我与老师之间的位置处，显然，铿铿对这个安排非常满意。

与各种美味相比起来，更让人期待的还是聆听老师对今天几起案件现场的勘查与分析讲评了。

照例，有老师在的场合，大师姐太史秋芙滴酒不沾。

“立体思维有助于现场上信息的获得以及对信息的解析。”

酒过三巡后，老师的讲评开始了。

我迅速打开了录音笔。铿铿盯着樱红色的录音笔看了看，又用鼻子嗅了嗅，摆动了一下尾巴，显然，熟悉的气味让它很安心。

“在现场上，存在有很多与案件、事件有关联的信息。如何有效地去发现和利用这些信息，是我们立体思维的关键所在。

在今天这个案例中，技术人员到场以后首先要考虑的就是特定环境下的捆绑方式，因为它与现场环境的相对匹配性如何是个重要的信息点，它反映出嫌疑人行为的一个心理对应……举一个例子，在荒无人烟的地方与在一个不时就会有人和车通过的地方，同样是捆绑行为，但会在其具体形式上有所不同，一个是以固定人为目的，而另一个则具有捆绑、噤声、隐藏等多种目的。

在捆绑方式上，无论是手也好，腿也好，怎么捆绑的？自己可否形成？比如，能够得着吗？

其次是绳子捆绑处的痕迹。此案中，虽然可以看到一点红印子，但是红印子并不代表时间长，因为两个半小时的时间，足以在皮肤上留下深深的勒痕。

我曾经勘查过这样一个抢劫案子，被害人称嫌疑人让他坐在一个没有盖子的圆桶上面，不让他动，一直到报案为止，坐了四个小时。

有些因便秘等原因而长时间上卫生间的人，甚至双腿麻木到站立、行走都困难的程度，而报案人是在民警到场后才被解救的，但其却活动自如。于是让他把裤子脱下来，观察其大腿和臀部位置的压痕。结果怎么样呢？很淡、很浅，也就是刚刚坐了两分钟而已。一个为贪污他人财物而自导自演的伪造现场案件被当场破获了。”

老师一连喝了几大口茶，胖胖立即又给老师续满水。老师的目光越发的深邃了，就如同他在看着就在眼前的现场一样。

“当天晚上案发时下着小雨，比毛毛细雨稍大一点，这种雨量，虽不是那么轻易能把衣服淋湿，但如果连续淋至少两个半小时，会是什么样子呢？

正如他后来所交代的那样，在这个过程中，实际上他大多数时间是躲在天桥下的，直到需要他登场的时候才出来，所以看一下他的衣服被雨淋的情况，就不难解开谜题。”

是的，多年来跟随老师，我对立体思维的理解在渐渐地加深，立体思维本身就是具备着透视性和纵深性的，立体思维不仅还原现场，并可验证交代的真实性，另外它还有一个重要的意义，那就是对于诉讼的支撑。

我拉回思路，老师的分析在继续。

“……第四，对地面物质的踩踏。两个半小时被捆在一棵树上，人要挣扎吧、想挪动吧，可在这种情况下双脚的动作也只能是类似于原地踏步而已，那么，脚底下的杂草也好、泥土也好都会形成和短时踏上去时截然不同的痕迹形态。

第五，关于手机的使用。如果报案人是被反捆的话就不可能使用手机发信息了，因为现在的手机是触摸屏的，不容易摸准地方。那么问题来了，根据报案人手腕部的痕迹显示，他是被正捆的，那么手机在哪里？只能在他的口袋里，作案对象不会让你手里拿着手机的。而第一个接到信息赶到现场来的他老婆到的时候，手机在哪里？在报案人的裤子口袋里。这就出现问题了，按照正常来说，这个时候手机应该在报案人的手中，因为这是救命稻草，不可能给他老婆发完信息后再放入裤子口袋中去的，而且比起 110 三个数字来，要比发给他老婆的文字信息快得多，为何自己不先报警，而是等老婆来后再报警？再者，哪个嫌疑人会傻到作完案离开时把手机留给你，难道等着你及时报警吗？

第六，他是被捆在树上的，树上的枝、叶、树皮等，会没有摩擦和挣扎的痕迹吗？他就这么老老实实、战战兢兢地站在那里两个半小时？不可能吧！那么这些痕迹在哪里呢？这也告诉我们这是勘查的一个重点所在。当嫌疑人离开以后，你本能地想要挣扎你的双手、双脚，想要脱开，假如树上有摩擦的痕迹，树的浆汁、树皮屑等也会在捆绑的绳子上留下相应的物质和痕迹。

综上所述，在立体思维模式下，一切犹如放动画片般展示在眼前时，技术人员就会明确自己应该重点看什么。

在对案件进行研究的时候，要注意的是，一定不要用自己的想法去代替当事人的想法，这个当事人可以是犯罪嫌疑人，也可以是案件的报案人、被害人，因为生活是复杂的，所以我们再三强调一切要从现场出发，绝对不能以主观的自己的想法去替代客观存在的事实，如果这样的话，我们必然被引向死胡同。”

几秒钟短暂的沉默。

“镜工，在案件的现场上只要看到您的身影，我的心那叫一个踏实啊！”

何队长第一个打破了沉默，胖胖得意地显现出了自己的优越感，严法医的肢体语言是：对镜工来说，正常。小李子则忙于穿梭在各位之间，不断地加酒添茶，老师的讲评加快了他的节奏。

“我来谈几点……”

或许是当局长久了吧，猛猛的八股腔调有点别扭。他原本想立起身来讲话，但身体刚一动就引起了铿铿的警觉，他也只好安稳地坐在原位处。

“猛猛，好好说话。”

大师姐的语气很冰冷。

“是。师父，二位师姐，各位同行，说实话，一到现场我就四处在寻找探头，心思完全没有关注到具体的现场情况，刚才经师父一分析讲解，我一下子清醒了许多，或者这么说吧，我总算又重新回归到刑事技术业务上来了。我这次是来对了！”

猛猛又看了一眼铿铿，然后恭敬地看着老师。

老师为猛猛加上了一杯酒，小李子原本想抢先去倒酒的，被坐在旁边的大师姐暗中拉住了。

“师姐，我明白您的意思了。”

小李子悄悄对大师姐说道。他是个聪明人，一点就通。

老师是在安慰和鼓励猛猛！

“谢谢师父！我知错了。”

“对了，镜工，您把后面那起自杀案也给我们再详细讲解一下吧。今天在现场上只管忙碌了，都没有听真切您的分析细节。”

严法医有些急不可耐了，最近，他的好几篇论文都更侧重于法医在临场工作中与现场的结合性方面了，而不是单纯的从法医学的角度上去看待和认识法医临场工作。

“好。我也正有此意，今天的几起案件都值得去深入研究和总结。”

老师说完端着酒杯起身在客厅慢慢踱着步，大师姐立即也站起身来，我与猛猛也正欲起身时老师摆摆手让我们坐下。他朝我们点了点头表示感谢！

在尊师方面，大师姐无愧是表率，不是作秀，按照大师姐的性格，我没有见到过第二个能让她如此敬重的人。

当然，我也是非常不错的。哈哈哈哈，自夸一下，各位看官都是见证者！

“这个案件的现场，我们可以梳理出几个主要的疑问……”

老师的分析讲解开始了。

今天的中午时分，刚完成对上午第一起现场的勘查就接到了这一起现场的勘查指令，没有顾上吃饭，老师便带领我们立即赶赴到新的现场。

案情并不复杂，光天化日之下，一对年龄在十七八岁的男女青年一先一后地跳入了城中公园内的主河道……

这条主河道为东西流向，宽约五十米，河道最深处约在六米，水流明显，流速视涨、落潮而异。在河道的两侧岸边有金属的栏杆，栏杆高度约为一百五十厘米。

勘查中在河道岸边的草地内先后发现了两双皮鞋，一双为男式皮鞋、一双为女式皮鞋，和女式皮鞋放在一起的还有女式包及一部手机。经测量，两双皮鞋间相距有近二十厘米的距离。

“比如说：两双鞋的距离。

如果两个人相约跳河自杀，两双鞋应该在一起。既然有决心自杀了，也就不会存在其他干扰因素，因为这是一瞬间的事情，不是需要很长时间来让两人产生临时的心理变异。如果是被人加害，就更不可能有那么长的一段距离，难道光天化日之中生怕别人看不见、听不见吗？

所以这个距离，是首先要考虑的问题，也是一个分析中的难点。

第二，两双鞋在地面上所呈现的摆放姿态。

在这个现场上，这个鞋的位置是原始状态，这就给我们提供了一个非常有价值的信息点。

从那双男式皮鞋的分离情况及摆放角度可以看出，他是走到护栏边后，左脚先迈出，然后右脚直接跨栏就出去了，所以他的左鞋尖方向是朝左前方，右鞋相对正直符合这样一个动作行为。而女式的皮鞋则不然，她是把两只鞋脱下来了，而且是急急忙忙地脱下来、提起来，然后并靠在了岸边的位置。她为什么要做这个多余的动作呢？而且后面还有一个看似多余的动作，那就是把女包和手机也并排地放在女式皮鞋旁边。这些情急之中出现的下意识行为，是要告诉别人，这些东西都是我要的，临时放置在这里的，勿动。

试想，如果她的自杀决心非常坚决的话，那么这一切，都无所谓了。尽管这是一个很细小的动作，但从这个动作中，我们可以透析出她的瞬间心理。

第三个问题就是脱鞋。

为什么两个人的鞋子都脱在岸边？都要自杀了，穿着鞋子直接跳下去也无所谓呀。原因在于，因为当时水面的高度较低，河岸下面全是淤泥，不可能直接就进入河水中，需要在淤泥中行走五六米才能扑到水里去，而穿着鞋走路不方便。就算穿着鞋第一脚踩下去，第二脚，脚抬起来了，鞋也不会跟着出来，而且会被吸住。脱掉鞋后可以更快地进入河水中去。

现在我们回过头来再看第一个问题，两双鞋子之间的距离……”

大师姐悄无声息地端着一杯红酒换下了老师手中的空酒杯。整个往返如同悬飘一般得轻快，一丝一毫都没有打扰到老师的思路。

刚才的表现说明，大师姐不仅武功出众，且异常的聪慧。换杯，而不是去加酒，佩服！

“还原整个过程，简单地说是这样的：

俩人走到河边以后，因为一些事情，男的很冲动，突然就跑到河岸的护栏边翻爬出去，到下面就开始往河里奔走。女的并没有自杀的想法，但男的一下去，女的怎么喊也没有用，而且这时男子已进入水中顺着河水开始漂流了。女的在岸上追，追了十多米距离，眼看男子不行了，没有办法，情急之下只好也把鞋脱了，整齐地放在岸边，并且把手机也放在这里。这是一个下意识的行为，它包含两种意思：要是死了，物品就是留给家人的。还有一种侥幸心理，也许我还能活着，这个行为就是告诉别人，这是我的东西，我还要的，勿动。就像素常人们下河游泳一样，衣服脱下来是不会乱扔的，相对整齐、集中地摆放在一块儿。

女鞋的摆放就是这种含义，这两双鞋可以反映出两人内心的微妙不同。尽管女子最后也不幸溺亡了。”

老师喝了一口酒，举着杯子朝大师姐点了点头以示感谢。

房间内一片寂静，大家就像是在课堂里听讲一样的投入其中。其实这就是课堂，一个特别的课堂!

老师又朝大家摆了摆酒杯，示意大家边吃边听。

“在现场上,我们不但要研究客观现象,也要通过客观现象来研究当事人的心理活动。

心理活动，不管是真的还是假的，不管是真实的作案还是伪造、伪装，反映出来的就是具体的行为，包括这些行为对客观存在的影响。

我们首先看到的就是客观存在，比如门被撬了，地上有血，这有一摊、那有几滴等。但是我们要透视其中的心理因素，通过客观形态来回溯心理。这是在立体思维过程的必由之路，这也是一个难点。必须进行不断的训练、思考，甚至长年累月，经过一定数量的实践堆积。

另外，在这种心理回溯上，要注意不同案件的表现会有所不同。每一起案件，都有自己的个性，所以我们要抓住这种个性的特点结合案件。你能够更容易发现这种心理。

目前的现场勘查过程中，存在着一种较为普遍的现象：看见表面无法回溯心理。有时甚至会用自己主观的想法，越过表面去替代当事人的心理。也就是说把现场现象和当事人的内心因素割裂开来，这一点也极大地影响了我们对现场、对案件性质的分析，是干扰我们快速、准确做出分析的一个极其重要的原因。”

老师将杯中红酒一饮而尽，结束了讲评回到餐桌位子，铿铿兴奋地迎接着老师!

什么叫热爱？什么叫投入？什么叫无悔？老师用他的言行诠释了这一切。没有口号、没有大话、不是三分钟的热情。在课堂、在现场、在指挥部、在饭桌、在勘查车内、在路上……你总能看到他的身影，总能体会他的智慧，也总能感悟到一种精神。

这就是老师的无言之誓。

二十九、拓进尖兵

炉火纯青、登峰造极！

前者是一种传承的实现，已属极为不易；后者则是在前者的基础之上再实现进一步的发展与创新。

看见不等于发现

立体思维

临场思维切入点

褶皱学

临场心理学

双面双点法

信息点理论

血迹的方向标特性

微型模拟现场

……

由于涉密，只能说出这些啦。

飞机加速、抬轮、冲上了云霄，襟翼已经收回了，不用多久就会进入巡航……

学习老师的样子，每年一次的探亲假，我都更正家人为我购买头等舱的举动，转而定位于飞机机翼后面一点的靠窗位子。在前面我曾谈到过这样做可以充分地享受到飞行的乐趣，并且可以发现一些飞行员的技巧。只有真正地热爱生活，才能有充分品味生活的举动和体会、才能在生活这所大学校里受到知识与技能的熏陶！对这一点，我不仅真切地感受到了，还有了举一反三、触类旁通的收获。

望着窗外的白云与微微颤动的机翼，突感手痒，想要写些什么。长年近距离地与老师在一起工作，也让我爱动笔的习惯得到了升华。

从随身携带的包中拿出本子和笔，打开座椅背上的小桌板……书写，对我来说是一种享受，如泉涌般的思绪在笔尖上跳跃着铺洒在纸面上，字里行间内隐浸着情感的脉络和人生的修成。

高尔基说：劳动，是世界上一切快乐、一切美好事物的源泉。

在这万米高空之上，大大地扩展了自己的眼界和探索的触角！

漫步于云端，那各色各式的形态仿佛是不同的褶皱的变化……

一独居老人被发现死于出租屋内的床上，在他的床头柜上摆放着两个黄色小药瓶，从标签上看为保心丸，其中一瓶尚未开封，另一瓶已服用了一半。与床头柜上摆放着的其他物品相比较，这两个药瓶显得较为干净。

“这是他经常触碰的两个药瓶子……”

一手持着电筒，一手举着放大镜的老师轻轻说道。他起身后，我即顺势接过电筒与放大镜观察起来。

“镜工，从症状上看，他的死亡是由心脏病突发导致的。”

对于严法医的汇报，老师没有说话。

“当然，还需要通过解剖并做病理检验来进一步确认，可这要经家属……”

老师依然没有说话，只是点了点头。

凭我对老师的了解，对于严法医所说的话，老师非常的不满意。原因嘛，老师曾经讲过，在现场上，没有绝对的“纯法医、纯照相、纯痕迹”……之说，专业上的分工是相对的，每个人都应融入现场、每项工作都不能脱离开现场上的客观存在去孤立和片面地进行。现场是立体的，刑事技术人员的临场思维也必须是立体的。

“我明白了，老马未必识途啊！如果意识上出现了松懈，真的会找不到路径的。”

严法医用手背扶了扶金丝眼镜，口里喃喃道，像是在跟自己说话。

严法医是老资格，虽然别人没说什么，可他依然很快就醒过味来。但从口罩的边沿，我还是发现了他的脸色微微泛红。他是一个敏锐的聪明人。

如同做题目，就算是结论正确也是没有用的，在老师这里依然是零分，因为必须要程序正确、依据充分。就法医工作而言，老师在他的《法医在临场工作中的意识拓展性》一文中有详细的阐述。

各位看官，我的助手工作称职吧？但是，在胖胖眼里还差得远了，时常是连指教带补充的。

“把工作做到像你的人和身材一样的美丽漂亮。”

胖胖嘴里叼着不点火的香烟淡淡地说道。

无意间发现，不知何时起，现在胖胖标准的抽烟模式就是：不点火抽烟。

哈哈……

回程的重案勘查车上几乎永远都是移动的案件研究室和业务课堂。之所以说是几乎，是因为当人累到连话都不想说的时候，会有例外。

“……对于病痛，我们还需要了解他的一些基础症状。不同的人，不同的情况会导致行为表现上的不同。同样是心脏病，在行走中发作、在睡眠中发作、在洗澡时发作、在上卫生间时发作等，所表现的行为都会有所不同，因为这也是生理反应触发至心理并派生出的一种行为，了解了这些之后，对我们分析案件是非常有帮助的。所以我们每次都强调我们的业务能力分成几个组成部分：第一是纯业务；第二是丰富的生活阅历；第三是两者结合以后的不断提炼和归纳。”

碍于情面吧，这次大家说得比较婉转，但还是达到了相当的深度。最后，老师开始了上面的分析和阐述，没有空泛的过渡言语，直视要点。

且往下聆听。

“在现场上，我们知道了原因后，要做的就是把产生这种现象的行为或内心的反映，在现场上客观地寻找出来。

这种客观存在必须是源自现场。这是一个非常重要的前提。在这个现场上我着重讲的位置就是他的右拳头，请大家仔细回忆一下拳头下的床单褶皱……”

我接过胖胖递过来的笔记本电脑，迅速跳至相关的现场画面。大家聚集了过来，小李子也放慢了车速，让车辆的行驶更加平稳。

老师对现场照片进行了局部的放大，用笔指着画面说道：

“仔细观察一下这个褶皱有什么不同？

你会发觉他的拳头有一个缓慢的逆时针旋转动作。所以这个局部位置床单的整体褶皱，也有一种逆时针的叠加现象。

除此之外，在逆时针的旋转过程中，他的拇指还在不断地收紧。就像一个人握拳，逐渐使劲儿一样，力气越来越大，拳头越握越紧。在这种逆时针旋转的大趋势下，它形成了顺时针的反旋转、反折叠。”

大家不约而同地往笔记本电脑前又凑了凑。从行为学上讲，老师刚才的话点到了大家在思维上的空白处。

“这是一个极其细小的动作，但是这个动作的价值非常高。为什么呢？任何一种伪造、伪装的现场都无法想到这一点，也无法做出这一点。这是人的一种生理反应。

这两组折叠看上去有些矛盾，但恰恰这个矛盾，正是我们要寻找的非常重要的一个信息点。

另外，这一组逆时针、顺时针组合的床单褶皱告诉我们，褶皱，在案件现场中的表现是非常丰富的，是千变万化的。当我们掌握了其基本原理以后，一定要结合具体现场情况去运用。在这个前提下，还有很多相关的辅助动作、知识和技能，比如说病痛的症状的了解、对相关知情人的针对性访问等。只有把这一切都实现了，我们才能真正称为立体思维。”

听着老师的话，我越发感受到了现场勘查、现场分析这门学问的深不可测。这么说吧，当你陷入迷茫之中时，可是，能解决问题的方法、技巧、钥匙等，就在现场之上，甚至就在你的眼前。

“以此案为例，现场上对组合动作的发现和解读是需要引起我们高度关注的，比如说他有一个抱胸动作，身体蜷缩，这是人在特定症状下的本能反应。躺在床上、双手抱胸、双膝上收，这和我们正常情况下的侧身睡觉是不一样的，因为他是‘一气呵成’的，头和脚都往中间收拢——整个身体包括双腿在床单上有一个很明显的大褶皱。头部也从枕头上滑下来了，这都是具体的表现。人正常睡觉应该睡到枕头上，睡在枕边是很不舒服的。头为什么会滑下来呢？因为蜷缩，重点是，这种蜷缩组合动作与正常睡觉所形成的蜷缩形态之间最大的区别就在于对自身身体舒适度的忽视与否。我们在分析中必须把宏观行为动作与微观旋转褶皱之间的关联性结合起来，并论证其合理性。”

水为什么能克服各种各样的阻碍奔流向前，因为它会善于审时度势并且灵活地应势而为，当水势充足时会相对直线的前行，而当水流涓细时则迂巨借隙巧而为之。

“要在结合实际的基础上创造性地思维和工作。”

仰起头喝一口矿泉水，忘掉腹中的饥饿。

把胃留着品尝妈妈亲手烧制的菜肴。

飞机正在降落中。这次错过了直达航班，我会有一个转机过程。

四十分钟后，我已坐在了机场候机大厅内一家咖啡馆内的沙发上。选了一个安静的角落，要了一杯美式咖啡慢慢地打发着近一个小时的等待时光。

一个仰脸挺胸西装革履的中年人手提精美的公文包走进咖啡馆，在咖啡馆内另一个角落坐着的十多个人见状先后站起身来，但从动作及表情上看，似乎并非人人都十分地情愿……

当那位中年男子走近后，人群众星捧月般地涌了过去，其中不乏拼命般在身上摸寻名片之人……

中年男子简短地说了一句什么，一下子从座位中冲出去七八个人，高、矮、胖、瘦皆有，其中一个长腿利用自己的优势冲在了前面：

“一杯 ×× 咖啡！”从口中甩向了营业柜台。

“好的，请稍等。”

服务员小姐的话犹如尖针刺破了充足气的皮球，除长腿外，冲出来的人顿时像泄气的球，垂头丧气又恋恋不舍地回身于座位的方向。

……

古人云：由艺进道。指有益的兴趣爱好可以滋养生命，使一个人精神充实而且富足。

除了种花养草、锉锉、看书写作等，跟随着老师，我已养成了观察生活的习惯。

很有趣……

时间到了，继续飞行。

我的思绪随着飞机的爬升而爬升着，想起刚才在咖啡厅看到的一幕，自己犹如品尝食物般的真切感受到了生活百态之中的滋味。

一次，老师收到某省一名曾经的学生发来的案件资料，主要是一位因深陷网贷无法自拔而最终自杀的年轻人留下的遗书。

出于对当事人的尊重，就不对遗书的具体内容做展示了。老师事后将它作为了重案勘查组“磨刀”用的思考题，让大家分析……

这里就讲一下老师最后的讲评吧：

“我们在实际的现场勘查工作中经常会遇到类似案件，文字的信息多种多样，有手写的、有手机里的，甚至还有写在地面上、黑板上的。除此之外，我们还会听到一些信息，有当事人或旁观者的陈述，在获取这一类信息的时候，我们要先做什么呢？首先不是照单全收，而是要甄别其真伪。

如果仅仅从一般意义上去看待这些文字或语言所表述的信息和内容，那我们的工作是危险的。我们应该从一名刑事技术人员的角度去消化、去理解、去分析，最主要的就是透过字面上的意思去品味、去发现、去探索，甚至去挖掘它里面所包含的真正意思是什么。”

老师站起身来，脸色很肃穆。

“比如，刘胡兰，大家都知道，一个年纪仅十五岁的小姑娘在铡刀下英勇地牺牲了。毛主席写下了：‘生的伟大，死的光荣！’这两句话迅速地传遍四方。那么这两句话意味着什么呢？如果从字面上理解的话，这是对刘胡兰的一种褒扬、一种高度的评价！但是对业务部门来说呢？比如保卫部门、作战单位等又意味着什么呢？这就意味着但凡是参与了杀害刘胡兰烈士的所有凶手，就是跑到天涯海角，也一定要把他们抓回来，让他们得到应有的惩罚！这无疑就是一道命令，尽管主席没在字面上直接说要怎么办。而这些都是需要透过字面去理解和深入挖掘出来的。

这里请大家特别注意一点：透过字面去理解和深入挖掘的是原本客观存在的含义，而绝非主观臆想、无中生有、曲解妄断，或者是无病呻吟。

对这种类似题目，我们实际是从另外一个角度让大家立体地透视现场，‘立体’两个字，一定要牢牢地扎在我们的头脑之中。

在对字句的研究分析中有这么几类现象，一是发现当事人想表达的意思；二是发现当事人错误地理解了什么……在这起案件中，当事人至死都没有搞清楚状况，很可悲。

不知道应该怎样透过表面的现象去发现它的本质。这一切正说明我们特别需要这方面的训练，这确实有难度，除了专业的业务以外，在工作中、生活中，我们都应该去学习和吸收一些有用的知识。”

看似浅显的字句中同样可能包含着深奥的知识与道理，比如：

“此地无银三百两。”

“隔壁阿二不曾偷。”

这绝非一般意义上的笑话。

“这位小姐，您要喝什么饮料？”

空姐的询问拉回了我的思绪。

我要了一杯加冰块的矿泉水慢慢吮吸着，清爽的感觉让头脑放松了些许。

“这位先生要什么饮料？”

空姐正问到一个身着正装的男子。

“非常感谢小姐，我从来不喝饮料，我只喝可口可乐。”

那位空姐只是微微一愣，甚至连脸上的笑容都没有出现微小的中断，随即将一杯可口可乐递了过去。显然，她已是见多识广了。

生活真是一个大课堂，世间百态、人生的酸甜苦辣尽显其中。

活到老学到老，曾经，这只是挂在口头上的一句话而已，但现在我算是真正地理解到它的寓意了，就好比人吃饭一样，一顿饭任凭你吃得再饱，只要过个半天一日的还是会饥饿，如果一直没有饭吃，就会饥饿而死。

人的一生，会随着时间、环境、责任的变化和发展而不断地需要补充相关的知识及技能，并更新换代，如果停滞不前，就会渐渐地丧失掉生命的活力，渐渐地成为一个毫无价值的行尸走肉。

所以，人要活到老学到老，孜孜不倦，并乐在其中！

九十岁以上的人群中，不乏继续下地干活的农民、站在手术台上的医生、重返蓝天的飞行员、与彩云共舞的跳伞人，还有那些战斗在刑技战线上的前辈们。

理想、追求、智慧、执着、坚毅、善学、克敛、自省、变通、慎独、拓进，铸成了他们前行的台阶。

一次与老师一同去为某政法大学开展刑事技术课的微型模拟现场实训，中途休息时同学们在操场上一边活动身体一边相互讨论着课题内容。老师饶有兴趣地看着他们，慢慢说道：

“每每看到那些充满着青春活力的年轻人，都会油然升起这样的一种感慨：在对时间和精力的拥有上他们是一群‘巨富’，而自己却已渐渐走向‘贫穷’。或许有人并不知晓自己所拥有的‘富裕’，而我却万分珍惜着每一个‘铜板’的价值。”

飞机落地了，襟翼全部放出、减速板竖起，发动机反推开启、刹车，一系列的操作后飞机开始平稳地滑往廊桥。

三十、利刃之砺

红旗渠在历时十年的建设中削平山头1250座，凿通隧道211个，架设渡槽152个，修建各种建筑物12408座……

“镜工，不可思议，却做到了。”

胖胖叼着不点火的香烟，看着手机中同事们休假旅游发来的照片钦佩地说道。

从胖胖叼的香烟的摆动频率及速度，可以得知他情绪的起伏状态。

“贫穷让人们充满着对好日子的向往与追求，这是动力的源泉，并且，付诸科学的行动。关键是科学二字，而不是盲目地蛮干。”

“就像是东流之水，尽管不可避免地会遇到各种各样的阻碍，如山、石、弯、坎等，但这些阻碍它们最终都成了衬托水的风景、记录其经历的笔墨而已。水，伸屈自如，无论是涓涓的细流，还是咆哮的巨涛，它都是水的内在修成。”

我插话道。

“说得精彩。丁探已经悟道了，刑事技术需要这样的接班人。”

老师不会轻易夸人，尤其是对学生、徒弟，在业务上的要求一丝不苟。

说完话，老师把头转向了叼着不点火香烟的胖胖。

“明白、明白！我正在加油中……”

胖胖心领神会地小声叫道。

几个话语投机的人在一起坐长途高铁真是一种享受！

“老师、胖胖，请喝茶。”

“谢谢。”

自己携带的铁观音茶清香四溢，越发助力了谈兴。

喝了一小口茶，胖胖马上以掌代扇对着嘴使劲挥舞起来。显然是烫嘴了。

“镜工，我觉得自己也有那么一肚子货，可怎样才能真正实现质的飞跃呢？”

听了胖胖的话，老师没有立即回答他，而是专注地看着那旋转翻飞的茶叶片。

老师的目光也牵动了胖胖的目光。

“茶是新茶香，酒是陈酿好，万物皆具其规律性，不以人的意志为转移。去发现它、理解它、并科学地对待和利用它，方可事半功倍，得心应手。如庖丁解牛游刃有余，并非原来的骨头没有了，而是深谙其道后的分寸自如而已。”

老师的话就像清茶般醒脑香颊，让人回味悠长。

是的，对于像胖胖这样的资深技术人员，尤其是跟随老师共事多年的战友，点拨其门道所在才是真正有效的方法。

看官也许会问，为什么以前这么多年没有给予这样的点拨呢？这就叫因材施教、水到渠成，老师高明之处……

“对于知识和技能，要知其然，更要知其所以然，这样才更利于在现有的基础之上有所发展、有所创新。所谓工匠精神，不仅要有志向与目标，还不可或缺的是具体的方法，以及方法的科学性。”

“……不可或缺的是具体的方法，以及方法的科学性。”我反复回味着老师这句话，这真是点睛之笔，它使积累的经验和心得有了实现质的提升的可能。

“老师，俗话说：事在人为。其实，这个如何‘为’才是关键所在啊！”

“聪明！丁探，你这个徒弟，镜工真是收着了。”

是我的幸运啊……

现场位于大清河的南岸，距离东西流向的大清河约六十米，大清河宽约四十米，最深处为十二米。中心现场是一个自建的临时屋棚，由旧砖与碎石等搭建而成，屋棚南侧约一百米处是萃山，屋棚东侧是不规则的零片菜地，屋棚西侧十余米就是一片树林。屋棚的门朝西开，是一块不带锁的陈旧木板，屋棚内靠东墙是一张南北走向放置的单人床，靠南墙是一个方形木桌，靠北墙处放有木箱、塑料桶、衣物等。

在屋棚门外西侧约三米处的地面上趴着屋棚的主人，一位年纪在六十岁左右的男性老者。

现场处在一个依山傍水的环境，这里空气芬芳、河水透底，有一种世外桃源的氛围。

当地公安刑侦部门组织的快速渗透式访问未能从邻近的牧民身上了解到太多的信息，只知道死者于两年前孤身来到此处，平日靠捕鱼、种菜为生，除了买卖关系，与周边的村民和邻近小镇上的居民没有往来。

“学姐，在这里能碰到您和老师，这也算作是一种缘分吧！”

唉——

我在内心长叹一声！

“老师他太辛苦了，而且最近还在现场勘查中受了伤，这次是我们宗副局长特批的疗养……”

“……”

望着老师工作的背影，我轻轻叹了一口气。老师就如同老黄牛般似乎永远不会疲惫，那份工作中的坦然与冷静时时都闪烁着智慧的光芒！

我拿起两瓶矿泉水随即向着老师奔去。

“唉——学姐，让我去吧！”

“不用。”

胖胖、我与老师三人昨天傍晚乘坐高铁抵达了以安静著称的K省旅游地，朋友圈内发出的消息立刻引起了一些景点周边地区同学等人的关注，我知道老师的性格，所以，费尽口舌才按压住了那些“蠢蠢欲动”的心，我深深地自嘲了一会儿，自作自受！以后要做好保密工作才是。但是，有一个人却无法“阻拦”，他是比我小一届的学弟，现在是景点所在地公安局刑事技术部门的大队长田林。

昨天热情接待的余音尚在，今天却又意外地在旅游景点处相遇了。

田林接到报案并经过初步勘查后，感觉有些棘手，便想到了我们，正在不忍之间，老师却在警戒带的吸引下出现在了他的面前。

两个小时后，老师缓缓走到大清河边，他在一块光滑的大石头上坐了下来。取证工作布置完了，现场的分析是由我进行的：

“现场上没有打斗等外力介入的痕迹，室内床上的褶皱、物品下的灰尘、正常生活的印记都呈自然状态。在室内的方桌上有一碗还没怎么吃过的面条，方桌前没有凳子，如果是坐着吃饭的话只能坐在靠东墙的床上，但面碗里的筷子放置位置与床呈约九十度的角，筷子的头部向内朝向床、用于手握的筷子尾部向外朝着门口，这显示死者生前在吃面条时焦急地站起身来向外走去，以至于手中的筷子都是在人站起来后再横向摆放在碗上的，因为如果是坐在床上时摆放筷子，那么筷子应基本与床呈水平状。”

我像老师一样的侃侃而谈让这位学弟惊愕不已：

“学姐，多年未见，你变得太厉害了，连筷子的摆放角度这种细节都研究到了。佩服，佩服！”

我没有理会他的赞扬，冷冷地瞟了他一眼，他立刻感到了自己的尴尬，我走出石屋来到死者跟前：

“第一，死者匆忙向外走的时候在这里左脚被地面上的这个水泥块绊了一下，整个人向前扑倒，头部在接触地面时重重撞在了地面散乱的木块上，把木块撞飞到了一边，所以，现在来看，头部是与地面上的杂草和泥土相接触的……”

“这就对了，在死者的右前额头部位有钝性物体作用的皮下出血。当时总也找不到相应的物体，现在明白了，原来是木块在撞击中受力移位了。”

当地刑事技术中队的法医随声讲述道，脸上由开始时的凝重转为释然。

“学姐，怎么认定死者是匆忙之中的行为呢？正常的行走倒地也差不多是这种样子啊。”

我看了老师一眼，老师冲我偏了一下头，意喻：

棒，继续。

“用老师的话，这叫立体思维。也就是立体地去还原重建现场，重现案件过程……以后再探讨这个概念吧。”

望着略显迷茫的学弟，我不由自主再一次由衷地感到了自己的幸运。

“注意死者的裤子，在他长裤的两个裤管上都出现了向前倾斜状的褶皱纹，这是一种力的趋势的体现，反映出了死者在倒地时身体向前冲的力。第二，死者左侧裤管上的褶皱在倾斜角度上没有右侧裤管那么重，这是因为他是左脚绊在了水泥块上，形成了一种类似刹车的作用，所以，在向前冲的力度上比身体的右侧相对慢了一些，而且死者左脚上的鞋子已经脱落，且鞋尖向后、鞋跟向前，这也是绊力大小的体现，而右脚上的鞋子穿着完好……”

我款款移动着脚步，冷静地叙述着自己的分析意见。

“漂亮、精辟的分析。”

田林有些沉闷地感叹道，抬头看看我又看看老师。

老师把手在田林的肩上拍了两下，沉默了一会儿说道：

“这是正常发挥，是刑事技术工作理应做到的。”

“哦，老师，您和学姐、胖胖哥太辛苦了，我派车送您们先去休息吧……”

“田林，你要赶我走？”

“哪里！怎能呢！我是说……”

“那还不赶快带我们去第二个现场。”

“啊——您知道了？”

田林刚才的沉闷瞬间一扫而光。

“太好了！”

……

老师是怎么知道的?

记得在大学的时候，曾听老师讲过这么一句话：

“作为老师,应该了解自己的学生,关注他们、解读他们。这样,才能教好书、育好人。”

这个答案满意吗？不能多说了。

从远处看，蜿蜒的高速公路若隐若现的穿梭于树丛之中，腾空的高架桥下生长着包括树木在内的多种植物，无论枝干还是藤蔓，似乎都在尽力扩展着自己的空间。

尸体所在位置显得很隐蔽，离开两米的距离都不易被看见。如果不是一名路人突然内急而深入茂密的植物丛里，这具尸体指不定什么时候才会被发现。

这是一个抛尸现场。

老师详细地询问了发现人，细致到每一步的迈法都问到、印证到。

“丁探，这种茂密的植物特别有助于对作案人、作案过程的分析，因为嫌疑人的一举手、一投足都会对植物产生相应的作用，植物通过它的被动变化记录下了这一切。”

“明白了，老师。”

死者仰面躺倒在地面，脸上的表情扭曲，如同一种愤怒与无奈相混合的结果。

死者上身盖着一件夹克类的陈旧衣服，死者的左手手腕、双腿以及左脚脚腕上都绑有塑料电线皮，且有两种不同颜色及规格的电线皮。所谓电线皮就是将包裹铜、铁丝的皮剖开，然后抽出金属的芯子后剩下的塑料线皮。

“学姐，这算什么捆绑方法？”

对于田林深深的疑问，我仿佛看到了自己当年的成长历程，但也看到了希望，有疑问就好，这是学习的良好基础与开端。

“嘘……”

我不想干扰到老师的思路。

看到一脸茫然的田林，胖胖用手指在自己的太阳穴上转了几个圈，然后轻声道：

“先自己思考。”

“明白。”

……

死者穿一条黑色的裤子，裤子明显肥大，其裤裆部已经脱线，但从脱线的具体形态上看，裤子裆部上的脱线并不是在挣扎搏斗过程中形成的，而是在日常的穿着过程中形成的。

死者为拾荒者。

从死者被捆绑的方式来看，死者左手单手腕上被捆绑有塑料电线皮，左右双脚脚腕处被塑料电线皮捆绑在一起……

“是两个人作案，一人绑手、一人绑脚，捆绑的时候，因被害人竭力挣扎而无法达到捆绑的目的，最后合力将被害人掐死了，然后又抛尸于目前的现场。”

对于老师概括的分析，田林在惊异之余显得更加茫然了，我走过去一边指着现场、一边细细向他解释……

具体内容就不方便各位看官知道了。

抱歉。

死者臀部裤子上有泥土形成的拖拉痕迹，而死者右腿裤子上却黏附有灰尘痕迹，说明两种痕迹不是同一次所形成的，是在两种不同的环境中所形成的，其中，泥土痕迹符合目前的现场环境所形成。

我环顾着周边的环境，寻找着具备可以形成另一种灰尘痕迹的环境……

“丁探。”

老师似乎洞穿了我目前的思维，他用手指了指三十米开外的高架桥方向。

对呀，在高架桥下的地面上，泥土大都干成了灰尘状。

我转身对田林嘱咐了几句，他立刻带领着十来名技术员和侦查员向就近的几处高架桥分散而去。

在死者背部以及裤腿部位皆没有发现这种拖拉痕迹。可见，臀部裤子上的拖拉痕迹是在抬动尸体的过程中形成的，是两个人，一个人抬手，一个人抬脚。

死者中等身材，而抬动尸体的时候，其臀部不仅与地面接触且有严重的摩擦，说明两个作案的嫌疑人身材都不高，而且力量较小。

另外，准备的作案工具种类杂乱，而且针对的又是一个拾荒者，这一点折射出凶手本人的身份也与拾荒者有关……

“老师、学姐——”

田林的声音从一座高架桥下传来，同时挥动着戴有白手套的手。

第一现场找到了……

一夜猛睡，似乎还无法让自己从几天连续的高强度烧脑工作中缓解出来。

犹豫再三，田林还是不舍得错过这次大好的机会，他绕过老师找到了我和胖胖，应田林的再三请求，我与胖胖沉默少许终于咬牙答应请老师为大家做两场业务讲座。老师累极了，在田林与我和胖胖对话的片刻之间竟坐在田林办公室的沙发上睡着了。

知道胖胖和我的纠结了吧。

老师倒是很高兴：

“好啊，就以近来我们和大家共同勘查的几个案件现场作为讲座内容。”

……

“我们不能以静止、片面、孤立的思维目光去看待现场，而是要立体地去透视它，发现那些掩藏在表象下面的实质……就以这张照片上所出现的二十几滴血为例，直观地看，它就是二十六滴血而已，但仔细地分析它会发现，这些血滴中存在着滴落高度上的不同、滴落时横向与纵向移位的不同、移位速度上的不同等差异，这说明了一种动态性现象，把这种动态性现象与血源相结合进行研究，就可以发现血滴所展示的另一面：人在动，或者带血的物体在动，进而又能揭示出这种‘动力’的来源……”

永远是那么的深邃，却又容易消化，把专业理论与实践案例、日常生活案件的结合运用得游刃有余。

录音笔派大用处了，原来是我收集老师的讲课及案件分析用的，后来演变成了大师姐和她团队的“耳朵”，再后来猛猛等近百个同行都先后追随着大师姐的方法“掺和”了进来。这是一个看似无形却有形的超级课堂，在这里所弥漫的是浓浓的业务氛围，同行们为它取了一个非常形象的名称：刑事科学技术的工匠摇篮！

……

一发不可收拾！

一天的讲座，老师手持无线话筒以游走的方式与听讲的技术和侦查人员交流、探讨，在讲座结束后又被不间断的提问给“纠缠”住了。一个中年技术人员的提问给我留下了非常深刻的印象、感触：

“镜工，三十多年了，是什么样的动力让您始终都保持着对事业如此高昂的挚爱之情？”

老师拿起话筒，环视了大家一圈，平静地说道：

“如果作为一个裁缝，会为让人们穿上合体的衣服而高兴；作为一位厨师，会为顾客们津津有味地品食着自己亲手烹饪的菜肴而欣慰；而身为一名从事刑事科学技术的刑警，我最大的自豪是明察秋毫，做好社会治安的保洁员。”

我们明天就要回去了，休假结束了。

田林在自己的老家做东，一定要向老师敬几杯当地的旗酒。局里的、队里的领导，技术员济济一堂……

“好酒呀，品出了草原的风味！”

老师连饮了三杯田林捧上的敬酒。

这是当地风俗，敬酒者会捧上五杯酒，被敬者可选饮三杯，如果你的酒量好，也可以把五杯酒全部饮光，这时，向你敬酒之人也会自饮一杯以作陪。

在我的记忆中，老师极少喝白酒，一般都选择红酒，今日做出如此评价，实属不易。

胖胖在饮了一杯后瞪大眼睛朝着老师频频点头，见状，我小小地抿了一口……

“学姐，如果不习惯，就换别的酒或者饮料吧。”

……

“王爷级”的旗酒，豪放中充斥着草原民族的淳厚与柔美！难怪老师和胖胖都对其另眼相看。

我还是选择了饮茶，受之于太史秋芙大师姐的教诲，除了重案组的聚会之外，我概不饮酒，今天虽然只是浅浅地尝了尝，但已经是破例了。

酒过数巡，田林兴奋地起身献歌一曲：

遥望天上人间
就在就在这片草原
天鹅梳妆在达赉湖的岸边
孛儿帖出生在呼伦贝尔草原
烈马跨过克鲁伦河
成吉思汗迎亲在这片草原
阳光阳光流淌
千年千年的祝愿
……

紧随着田林之后，包括局领导、队领导在内，悠扬的歌声一首接一首萦绕在蒙古包内！

就在就在这片草原

向往神鹰

在每一天太阳

升起的地方

那银色的神鹰

它来到了古老村庄

雪域之外的人们

来自四面八方

仙女般的空中小姐

翩翩而降

……

你把我的思念

带向了远方 喔 远方

心儿伴随着神鹰

飞向那远方

想看看城市的灯火

和蓝色的海洋

当梦想成真

走进宽敞的机舱

俯看天外世界

止不住热泪盈眶

祖辈们朝圣的脚步还在回响

……

神圣宽广的克鲁伦河

从这里缓缓流过

输送着甘甜的生命乳汁

两岸鲜花常开不落

千折百回一路歌

祝福草原多绿色

日月伴你向东方

留下千秋无量功德

……

第一次亲历这样别致的场面，我又惊又喜，这是我最有收获的一次度假疗养。

……

恰遇草原的早晨雨丝斜飞，水的气息中夹杂着清芳的草香与其他植物的气味，我不禁做起了深呼吸，用老师的话讲，这叫洗肺!

分别的时候到了。

“老师、学姐、胖胖哥，我……说什么好呢，弄砸了你们的疗养，可我们基层一线实在是太渴求这种具体的指导与学习培训了！我们不需要那些高谈阔论的抽象理论，我们需要像您这样敢于、善于玩真格的人，接地气的大师！”

老师听后微微点了点头。他转身回看着广阔无垠的天空与大地，沉默良久：

“真是美丽，在风景如画的境地里勘查现场，是多么别致的疗养啊……”

瞬间，我眼睛有些发酸……

脑海中不禁浮现出一句话：

“钢铁就是这样炼成的。”

几天后，田林欣喜地传来了破案的消息，这是本次休养的最好结尾。

三十一、工匠之涉

“如何完成好这神圣的使命？光有决心和口号是不行的，要有具体的行动并辅之以科学的方法，要崇尚工匠精神，并且成为一名工匠，只有这样，才能承受起这份担当，才能无愧于自己的责任。”

与小姐妹们相约去看国际大师表演的歌剧时现场雷动的掌声渐渐被另一片如潮涌般的掌声所替代，那是昨天老师对青年民警们的一次恳谈交流活动结束时的掌声：

“老师，其实我对刑事科学技术专业很感兴趣，它能帮助我实现做一个福尔摩斯的梦想。可我现在却被分配到了别的岗位上……”

“有道是行行出状元，把这句话的含义扩展开来，那就是无论你目前从事着什么专业，它都不会阻碍你最终成就为某个行业的状元，有志者事竟成。人的一生应善于把握好自己的命运走向，比如毛遂自荐，当你拥有了一定的条件、能力之后，完全可以为自己争取一个让它为社会发光发热的机会。”

“老师，当您面对着复杂的案件现场时、面对着死亡的人员时，那一瞬间您会想到些什么呢？”

“让现场开口说话、让死者开口说话，这就是我所想的，并且马上着手去做的。”

“老师，据说，您只要没有特别的安排，几乎每天都会和大家一起勘查各类案件的现场。您没有想过让自己多休息放松一下吗？”

“流水才能不腐。时代在不断地前进和发展中，这是一种客观存在，它不以人的意志为转移。如果不能能动地去充实自己，从意识和知识等方面去充实自己，不但自己会落伍时代，而且还会误人子弟。以相同类型的案件现场而言，年代不同了，作案者与破案者的思维、手法都会发生改变。如果因循守旧，那么在教学和实践工作中如何对得起学生、学员、同行，如何心安理得……”

“老师，如何正确对待自己在生活或工作中出现的失误及错误？”

“人非圣贤，不用回避过失，正视它，关键要弄明白其产生的根源，知其然，知其所以然。失误也罢、错误也罢，是一种现象，不可忽视之，更不可畏惧它，要冷静清醒地对待它。有许多古今良方就在你的耳旁和眼前，去发现它们，因为它们是带你进入一个全新世界大门的钥匙。其中，学习是发现的一项重要手段，向书学习、向史学习、向人学习……”

……

上述记录我经过了许多过滤，原因各位应该是知道的——涉密。

尽管交流活动比原定时间加长了半个多小时，这是牺牲午休时间换来的，但大家依然热情不减。

“看见不等于发现”的电报嘀嘀声响了起来。

我接通手机，是小李子：

“丁探，镜工在你旁边吗？”

他压低声音有点急促地说道。

“老师已经去休息了。”

说着，我不由自主地朝着那个小小的玻璃屋看了一眼。

“那太好了。”

“什么？”

“我在勘查一个非正常死亡的案件现场，是一个看起来上吊自杀的案件。我这个……有点……”

小李子说话一下子变得有些结巴起来。

“说吧，遇到难题了？”

“正是。可我实在不敢轻易去打扰镜工，我想，找你也是一样的，所以想请你前来现场把把关。”

……

我给老师留下一个纸条，告诉他我的去向。

老师的午休其实就是靠在座椅上打个盹而已。要是有一张沙发该多好啊，可玻璃屋太小了，根本就摆不下一张可供老师临时睡一会儿的三人沙发。

一个半小时后，我的车在一片杂草丛生的远郊树林旁边停下来。如果没有手机的导航，还真是难以找到这个荒僻的地方。

俗话说：霜降杀百草。周围的枯黄景色使这里增添了一份荒凉的气氛。

我没有给车门解锁，也没有熄火，我把两侧的车窗玻璃各放下一指宽的空隙，以便室外新鲜的空气流入车内。直到小李子和另一个技术员从草丛深处迎出来。

这是一种安全意识的养成。

“现场所处的环境千变万化，可能出现许多意想不到的状况，技术人员一定要注意保护好自己。”

老师在大学课堂上讲过的话。

“是一对玩‘探险’游戏的大学生无意中发现的。”

小李子口气揶揄地说道。

“那个男的差五米左右就撞上死者了，吓得当场尿了裤子。还是另一位女同学冷静，立即拨打了报警电话……”

现场所处的区域树林很密集，虽然不算高大，但也遮天蔽日。

“那两名学生的行走路线明确了吗？”

“哇，真不愧是镜工的高徒，一刻钟前镜工刚在电话中对我们交代过。现在已经确定了，同时也已甄别出了另一条通道，就是死者生前来到现场时所走的路，并已经给通道所指方位的派出所打了电话，请求查询，死者衣着特征等情况也用微信发过去了。”

老师醒了。他午休的时间通常在四十分钟左右。

“老师还有什么交代的吗？”

“镜工说你知道应该怎么做，如果有问题可以打他的电话。”

“……”

我没有说话。

因为这不仅是老师的信任，更是一种寄托。

难得的真原始现场。

从小李子对现场的介绍及自己对细节的观察，我内心感慨道。

死者吊在一棵枝叶茂盛的松树上，由于地势凹凸不平，死者身体向右侧倾斜着，右手臂和右腿下垂着，左腿略显弯曲，左手则搭在胸前一根横出的粗树枝上。死者颈部的索沟静态、有生活反应，系生前一次形成……绳索环套于上方的树枝上。

“是的，我不是专业法医，如果我不去能动地学习一定的法医学基础知识及常见应用性知识，我不会拥有现在的业务能力。”

这是老师在一次采访中对记者所讲的话。

我只是继承了老师的衣钵而已。

自杀、他杀，一字之差，天壤之别。

以上吊为例：

可以是自杀行为；

可以是生前外力行为；

可以是死后外力伪装行为；

可以是生前失去行为能力后的外力行为；

……

刑事科学技术人员肩头的担子可谓有千斤之重。

“请把放大镜递给我。”

“好的，马上。”

小李子麻利地从现场勘查箱中将放大镜抽出来递给我。

“丁探姐，您那么年轻眼神也不好吗？”

一个新来的技术员一脸不解地随口说道。

说实话，这句话出自一名刑事技术人员之口，让我有些失望……

我不由自主地瞟了他一眼，没有说什么。

“小李子，除了死者衣服、裤子、颈部皮肤等处的褶皱形态与自主行为相吻合外，在这起案件中，死者的双手又是一个重要的佐证。”

对于现场上的细微处，我透过放大镜一一对它们及它们之间的关联性做了观察分析。过了二十多分钟，我直起身体转身对一旁的小李子及其他技术人员说道。

“死者的手？”

“是的，死者搭在胸前粗树枝上的左手沾有树枝上原有的黑灰，特别是左手十个手指头上的灰黑色特别严重，而靠近掌心部位反而逐渐变得干净起来，手指、手掌皆没有明显的摩擦痕迹。这符合紧急抓握时人瞬间的生理反应……手指的勾抓力度比指节的力度要大，之所以没有可能形成摩擦的持续性、反复性行为，因为人很快便失去知觉并最后导致死亡；而右手的反差明显，几乎是干净的。”

我耐心地给小李子和大家讲解着，直到从他们的眼神中显示出真的理解了再继续讲下去。

……

对于案件现场在分析过程中所涉及的知识不仅仅局限于业务方面，总是从不同的角度和侧面充斥着人类生活的知识与经验，以及对这些知识与经验的积累和总结。

业务与生活的交叉性知识，在吸收和反应上需要一些时间。大家对照我给出的分析又一次重新审视着现场。

“现在我给你讲一下关于‘眼神’的问题。”

我叫刚才那个新来的技术员用右手从旁边的泥土堆上抓了一把干土撒掉，又用左手在泥土里按了一下。

“你哪个手上的土多？为什么？”

“我看差不多，没有什么特别。”

他很快回答道。一旁的其他人也点了点头，唯独小李子不置可否。大家把目光从手上移到了我的脸上。

“请大家再用放大镜细细观察一下吧。你们会发现，他右手上的泥土已经在指纹和掌纹的纹线内有了一定的渗入程度，而左手上的泥土只是黏附在皮肤的表层上。”

“——没错，是这样的。”

如同发现新大陆似的，大家对这个细微的区别之处表现出了很浓厚的兴趣。

“那么，结合这个原理用于这个案件现场的分析呢？”

我又进一步说道。

……

刑事科学技术，博大精深。

“小李子，你是喜欢武术的，应该明白一个道理：武术好学，寸手难练。”

“啊……丁探，你让我是豁然开朗了，是这个理了，难就难在这个环节……”

看着喋喋不休的小李子，回想起了我报到后第一次跟随老师出现场的情景，当时开车的人就是小李子。俗话道，先入山门为大，当时在我眼里小李子已经是一个成熟的技术员了。可这么多年过去了，我却仍犹如面对着一个入行不久的新手……

我心里不禁默念起老师讲过的一句话：

“干不会白干，不干也不会白不干。”

这里所说的干，它不只是一种具体的形式，而是要用脑用心地全力投入、用脑用心地去总结、去发现、去温故而知新。

老师，您说得太对了。

不知什么道理，总预感老师今天又会有案件要接，尽管老师接到外省同行发来的案件已经是家常便饭了，但就是有这种感觉。

老师在等待传来的案件资料的过程就如同在等待一顿期盼已久的大餐，一旦拿到手便会废寝忘食地开始研究，他深知，一线工作中时间与战机的重要性，还有案件当中被害人或死难者对刑警的寄望！

我的先见之明。果然老师在小小的玻璃屋内已经开始了案件的研究，果然老师没有去食堂吃饭，果然胖胖他们犹豫再三还是不忍打扰老师，只是为老师，也为外出工作的我买好了饭菜，果然我明智地事先用手机在网上为老师和自己订好了外卖，这样，老师就不会吃冷饭冷菜了。

“丁探，刚才宗局来找过镜工，说今天有个外省的领导要来。”

胖胖、严法医等人见我回来都围了过来。

“好像也是为了一起案件，要请镜工研究。”

“丁探，外卖送到了，还是先让镜工把饭吃了吧。”

老师在业务上细致入微，而在吃饭的时候却是大口大口地，很豪爽。老师说这与他当年的侦察兵生涯密不可分……

一个卖淫女大白天被掐死在住处。这个所谓的住处同时也是她从事卖淫的场所，一间独立的房间，室内各种生活物品摆放得很整齐，尤其是房间内的洁净程度简直让人匪夷所思，要知道，原本这是一间农家的破旧厨房间，而眼前的整洁就连许多正常的人家也少见。

破案后的总结讨论会上，这一点也成了大家话题的热点。

“如果她像对待所住的环境一样去对待自己的人生该多好啊。她的本性不坏，是个好女人。”

老师的话让我对人和人生的看法与认识产生了很大、很大的感慨：

看见不等于发现。

死者约三十岁，装扮时尚而得体，平静地躺在位于墙角处的单人床上，如果不是其颈部那刺眼的掐痕，就如同睡着了似的，但是其头发、裤脚、床单、垫被、枕头等的变化，依然透出一种只有刑事技术专业人员才会察觉出的异常现象。

第一，搏斗首先要取决于双方的力量对比，即力量是悬殊还是不悬殊？那么，这个对比要怎么看？角度有多种，比如，同样一个房间，如果双方的力量比较悬殊，你会看不出什么大的搏斗痕迹，因为刚一开始一方就被另一方制服了；如果是突然袭击、趁其不备的情况下，其中一方一下子就受到了致命的打击，也不会有太多的搏斗痕迹。只有双方力量相当、都有准备的时候，才可能有较大的搏斗痕迹产生。

第二，谈一下褶皱，它是力的一种体现，此案中死者的头发比较长，都是靠着身体的右侧，这点比较容易说明力的运行方向，除此之外，从她的两个裤脚管还可以看出，上面大腿位置的裤子绷得比较紧，很难形成有效的褶痕，而小腿处的裤子褶皱就比较明显，左小腿的褶皱，可以看出是腿部的裤子与床垫、床面在移动摩擦中形成的一个顺势的旋转的褶皱，是顺时针旋转；而右侧小腿的裤子则不然，它的褶皱旋转是相反的、逆时针的旋转。

怎么解释这一点？它是作案人站在已经死亡、浑身瘫软的被害人右侧，并用双手去将她抱上床，右胳膊往其右腿下面抄的时候，手臂与裤脚间摩擦力所形成的与左脚裤子褶皱相反的褶皱……这不仅是对作案人临场行为的一种还原，同时也反映和固定了这是作案人与被害人最后的接触这一点，否则被害人两个脚上裤子的旋转褶皱就会被变动破坏。

死者的脚底不太脏，就是说她在地上没怎么踩踏，这一点也说明挣扎搏斗很快就结束了，即被害人很快便被制服。

这就是整个作案过程。

把这个过程分析出来以后，一切就像放动画片一样地展示在我们眼前了，案件的质性等因素也就立体地呈现出来。

……

隐去了许多不能外传的内容，也不可避免地影响了案件精彩的程度。上述文字是我根据老师与我们大家边吃饭边分析讲解的录音所做出的过滤性整理。

当然，如果看官是一位业务资深的同行，相信不会产生精彩程度上的损失。

是吧。

“儿时对电影的喜爱让我和各小伙伴们萌生出对投影的兴趣！于是开始动手制作幻灯机。自制的幻灯机，是用一个方形的筒状厚纸盒，在前面的盒盖上用小刀开出来一个方形的洞，并在上方开出长条形的插口，找来许多厚薄不一的玻璃片，求人用玻璃刀割成一样大小的正方形，然后用笔在玻璃面上画上各种图案或写上一些喜欢的词句，待到天黑后将幻灯机在屋中对着白墙，找来大号的手电筒从纸盒后方探入并打开，在纸盒前插入制作好的玻璃片，在手电筒的光线照耀下，玻璃片上的画和字被大大地投放在了白色的墙壁上。如此这般，一群人的脸庞上带着惊喜、欢快，眼中闪烁出探索目光的小伙伴们可以消磨掉整整一个黄昏的时光……在手电筒热量的作用下，用纸盒自制的幻灯机散发着气息，使得房间内弥漫着纸盒的味道——那是一种知识的蒸腾、一种对成就的初尝！至今每每忆起那段往事，犹可清晰地嗅到那遥远年代的纸盒香味。”

这是胖胖转述老师以前讲过的童年故事。谈到动画片就一下子想了起来。

年代、事由、场景、气氛、味香、情绪……或许，老师对立体思维的萌动，就是从那时开始产生的吧。

“来晚了！来晚了！”

宗局陪着两个人匆匆走进了大办公室。

是猛猛，还有太史秋芙大师姐！

后来得知，猛猛已是V市所在省的省公安厅刑侦局副局长了，而大师姐已经担任了S市公安局分管刑侦工作的副局长。这次，他们是来参加某刑侦工作会议的。

“师父，您身体好吧。”

“师父……”

在大师姐问候过老师后，猛猛才怯生生地叫道，随后便下意识地退到了大师姐的身后。

“太史、猛猛，宗局已经告诉了我你们的情况，为你们的进步高兴。”

老师说完刻意瞟了我一眼。

半年前，组织上让我担任刑侦支队副支队长，我婉拒了。

我之所以要效仿老师，他当年还是一名年轻技术员的时候，也放弃了宗局推荐他担任副支队长的提拔机会。老师的举动一度引来了各种各样的议论，宗局也希望他能三思：

“请允许我用一生来回答这个问题，请您用一生来印证这个答案。”

老师不想离开自己钟爱的刑事科学技术岗位及专业，我也一样。

我要跟着老师学习下去，我相信、也从老师的身上看见和发现了：有真本领、真学识，才会拥有真正充实的人生。

“如果说情报是战争的灵魂，那么，刑事技术就是在形形色色的案件现场上为破案、为诉讼、为正义寻找着灵魂。”

老师的话。

没有太多的寒暄，一干人等随着老师进到了小小的玻璃屋内，胖胖他们早已布置好了座位并送上了茶水。

“猛猛，案件资料挂好了吧？”

“是的师父，已经在您电脑的FTP文件夹内了。”

听着老师与猛猛间的对话，大师姐微微低下了头，但随即就睁大眼睛全神贯注于老师的言谈举止……后来在我们姐妹间闲谈时，我才知道，这个案件猛猛先是向大师姐求助过的，但没有能够解决。

“主卧室的房门朝北，位于卧室北墙东侧，门扇安装在西侧门框，呈向内、即向南开启状态……”

涉火案件现场的特点“两眼一黑”，但老师快速地操作着电脑：翻页、放大、移动、回溯、询问……

刚开始工作的时候，老师的这些动作让我一度处于眼花缭乱的境地，还好老师立即感觉到了，并慢下来，一边操作一边细致地讲解，让我知其然，并知其所以然，直到我彻底弄明白。而现在再看老师的操作，已经逐渐适应了，尽管不能完全跟上老师，但却有一个重大的进步，可以看懂老师的思路了，老师的每一个操作行为，都在观察什么、思考什么，甚至对某一张现场照片在质量上的感触都能体会得出来。

千万不可小看这个进步，这可是在刑事科学技术业务能力上一个巨大的飞跃——质的飞跃！

“嗞——”

好生悦耳的声音，通过它就可以对包的品质有所了解了。

大师姐迅速拉开包的拉链，掏出本子和笔按照老师正在进行的口述画起了现场平面图。

有点发愣的猛猛一下子醒悟了过来，也随即动手画了起来。

看官也许会觉得奇怪，有一个人画不就行了？

不一样。

对于现场的理解存在于多个方面，由现场图、现场勘验笔录、现场照片、现场录像、现场痕迹确认等立体组成。现场图的绘制是重要的功夫之一。

我在画吗？

你说呢。

老师赞许地看了看大师姐。他站起身来让出座位，而后背着双手边踱步边继续口述。

现场已经印在了老师的脑子里。

“主卧室内靠北墙并排放置有两个木制的衣柜；靠东墙中部放置电脑桌，桌上摆放着一个台式电脑，桌前有一把木制椅子；靠南窗前呈东西走向放有一张席梦思双人床；在卧室内顶部偏南的位置安装有一盏吸顶灯；室内地面铺设复合地板；卧室的南窗为四扇横拉式塑钢玻璃窗……”

主卧室是这场火灾的重灾区，两个衣柜部分焚毁、席梦思双人床烧得只剩下一圈圈变形的金属弹簧，原来位于房顶中部的吸顶灯已烧毁，灯罩掉于地面，电脑桌部分烧毁……独居的中年男主人在火灾中跳楼坠亡。

当初，经有关部门勘查后的结论是由吸顶灯引发的电器类火灾，起火点是靠近吸顶灯的席梦思床，但猛猛对此不认可，可又说不出这种感觉的依据所在。

“图画好了吧，答案就在图里面。”

研究案件是一种形式，但它同时也是一种教学和培训的过程，老师把它运用得非常灵活，让人充满兴趣，这样一来，原本被动的学习转换成了双方互动的交流。

为老师点赞。

猛猛仍然是一头雾水，只好把目光又投向了大师姐与我。

知道猛猛为何在与老师谈工作时常常会脸红出汗了吧。

大师姐极聪慧，可谓一点就通！深厚的业务素养可见一斑：

“师父，我明白了。”

大师姐优雅的声音让猛猛的双眼瞬间放出光芒！犹如落水之人看见了稻草一般。

俗话说：神仙一把抓。

我认为，其实，并不是简单的“一把抓”，而是根据各种情况的不同所优选出的唯一有效解决方法而已。此乃“一”之所在也，“举重若轻”的源泉。

我也从对听着描述画出来的现场图的解读中明白了……且听大师姐的现场分析吧。

“师父，整个现场内只有主卧室内有过火，其他如次卧室、客厅、卫生间、厨房间、过道等都是只有浓烟熏染的痕迹以及高温灼烤造成的变形。”

猛猛若有所思地点了点头。

老师不动声色地看了他一眼。

这是最基本要弄明白的现场情况。老师的名言“看见不等于发现”，如果连看见都没有做到，何谈去发现呢?

“主卧室内火的燃烧发展总趋势为：由东向西燃烧、由北向南燃烧。这两个燃烧趋势的起点相交处就是本案中的真正起火部位——即主卧室北墙处靠东侧放置的衣柜内东侧部位处。”

漂亮！大师姐简洁的分析可谓一语中的。

老师依然面无表情默默地喝着茶。

“席梦思床的燃烧性能大大高于木制衣柜，如果起火点是靠近吸顶灯的席梦思床，当床被引燃后，火势对位于北墙处的木制衣柜会形成高温灼烤，而后产生燃烧，那么首先会在衣柜表面上与席梦思床相类似的高度处出现灼烤及燃烧的痕迹，而不可能从柜子的东侧面以及两个柜子之间的夹缝中开始燃烧，这两处的位置也都高于席梦思，且是呈现北重南轻的燃烧趋势……其次，卧室内的两个木制衣柜皆靠着北墙放置，而席梦思床却紧靠着南墙处放置，两者间的间隔距离有近四米，那么试想，如果席梦思床已经着火了，死者要逃生的话应该朝着北面跑才对，怎么会朝向席梦思床这个火源跑去，并越过床而坠楼呢……”

“太史，今天晚上我请客。”

说着，老师环视了我们一圈，这是老师极其高兴的表现。

就这么简单解决了连大师姐都一度受困扰的案件难题？简单吗？如果你觉得简单，那么——是的，就这么“简单”。

看到过这样一个记载，国外某知名汽车公司的作业线出现了问题，请了不少的专家也没有研究出问题的症结所在，后一位经举荐的工人解决了困扰公司的问题，他在机器上用笔画了一条线，说明问题所在的部位和缘由，一切迎刃而解。

事后关于公司询问他要多少劳务费的事，他回答要 10000 美元。要知道，那可是一个为 5 美元工资努力的年代啊，面对各种的评论，那位工人讲出了 10000 美元劳务费的构成：

画一条线 1 美元，知道在何处画线 9999 美元。

你还觉得“简单”吗？

大办公室的门被推开，小李子和几个技术员勘查完了现场后赶了回来，一进门就很快发现了大师姐和猛猛等人。

“师姐好！猛猛哥好……镜工，我们回来了。”

“辛苦了。”

老师说完看了我一眼，点了点头。

胖胖及严法医朝我竖起了大拇指。

大师姐和猛猛也朝着小李子点头寒暄，老师在的场合，大师姐从不多说话，猛猛也学会了这一点。

“我想我一定是又错过了什么……”

看到我们的这个阵势，小李子竟然发出了焦急的声调。还是头一次看到小李子的这种重大变化。兴许，一早勘查的那起自杀案件现场对他产生了不小的震动、许多的感触吧。

“只要自己想学习、想研究，机会有的是。因为自己才是自己的主宰者，去做好他。”

“是。丁探——师姐。”

小李子正色回答道。

三十二、日常的底蕴

“你们说说看，我老家郊区有条双向六车道的柏油公路，同期建造、同一天通车，每一天都有许多的土方车和集装箱卡车通行，但这两年不到的时间就变得大相径庭了，由北向南的道路依然平坦，而由南向北的反向道路则是坑坑洼洼的……”

小李子一边开车一边揶揄道。

一阵短暂的沉默。

“那么，我再给你补充一点。”

“好的——啊，是镜工？”

小李子露出一脸惊异和不解。

“镜工，您好像还从来没有去过我老家的郊区呀？您怎么会有补充……不过您可能是分析出来的吧？但是，就凭这两句话，信息量也太少了点吧？”

说着说着，小李子不再往下说了。

“那条由北向南的道路不仅平坦，而且还比由南向北的道路要干净得多。”

“啊！对对，是这样的！可是您……到底是怎么分析出来的？额滴神啊——”

“问一下你丁师姐吧。她知道的信息量和我一样多。”

已经近一年了，与我同岁的小李子一直管我叫“丁师姐”，老师也随着大家叫了。我心里明白，这不是一般的顺口称呼，老师做事极为严谨，这么叫，是对我的认可和鼓励。

今天是休息日，也是阔别了近两年的重案组郊游日。包括老师在内，大家都很愉快且放松。当然，特邀嘉宾何队长是不可少的。

“老师，我有点儿口渴。”

“哦——收到、收到，明白、明白！”

话音刚落，小李子立即抢答道！

我是故意拿小李子一把的。不过，这样的玩笑话也只有我敢在老师面前说了，大师姐不会这么做，猛猛不敢这么做……不等老师回话，小李子立即深刻领悟了我的话其实是说给他听的——前面约二百米处有一个大型超市。

吃、喝三巡后，小李子又问起了答案。小李子现在对待业务和生活的态度发生了重大的变化，知其然，知其所以然。

老师很欣慰他的这种进步，利用各种机会帮助他。

可见，事在人为。

“同期建造、同一天通车的柏油公路，在不到两年时间后不同行驶方向车道发生的不同变化，归纳一下，主要就是两点：一、由北向南的道路依然平坦，而由南向北的反向道路则已经是坑坑洼洼了；二、由北向南的道路不仅平坦，而且还比由南向北的道路要干净得多。”

“对的，是这样。”

“造成这种不同变化的原因是行驶的车辆，车辆的种类以土方车和集装箱卡车为主。”

“丁师姐，经您这么一理吧，好像有些味道了，但我一时还没有发现其症结所在。您给说说。”

“顺着这个思路按图索骥，可以推理分析得出这样的结论：由北向南行驶的多为空车；而由南向北行驶的则以满载的重车为主。”

“……啊，我明白了、明白了：以土方车为例，满载的车不仅重，而且常常会有渣土等掉落在道路上，晴天灰、雨天泥。对柏油路面的损坏也大。”

看见不等于发现。

车厢内有兴奋的笑声、有喝彩的叫声、有感触的掌声、有欣慰的鼓励声。

“镜工，您说生活是充满魅力的，是的，只要去细致地品味它——它就是一所丰富无比的大学堂！”

“我说胖胖，又遇到什么趣事了？”

严法医喝了一口苏打水后问道。

“最近啊，我出了一个大洋相，这么多年来都是自己开车出门，对于生活中许多变化都不甚了解了。话说上个周末去高铁车站接一个来自大山深处的同学，因为他说要体验一下大城市的味道，所以我决定不开车，坐公共交通去迎接这位老兄。结果……这不，为了留作纪念，特意写了一篇出行记。说明一下啊，因为我是属兔子的，故短文的题目取为《兔子出行记》。”

全文如下：

兔子出行记

晴朗的天气似乎并没有减轻心里的不安，据说即将途经的沿线上许多规矩都有了与以往不同的改变。

收拾停当，我怀着兴奋而又忐忑不安的心情来到了轻轨车站。先是四处打量熟悉环境寻找哪里可以人工购票，好不容易看见有一个人工购票的窗口，于是欣喜若狂地奔了过去。可经询问得知，他们不卖票只卖那个月卡，然后告知我在边上可以自助购票。以及，既可以用纸币购票也可以用硬币购票等事。

转身找到了自动购票的仪器，可是一下子不知道到要去的目的地需要多少钱，正准备在长长的价格表单中查询，我偶然发现有一位年轻女顾客正在购票，于是索性直接询问她到要去的桦木庄站多少钱？答曰：“坐五号线，三块钱。”

谢过女顾客，哆哆嗦嗦地从皮夹子里摸出三块硬币之后又不知道如何使用，好不容易找到了操作指南，当我正要凑向前去查看的时候，前面那个卖月卡窗口里的工作人员可能是实在看不下去了，他走过来告诉我说：“我来帮你买吧。”千恩万谢之后，拿着购好的车票上到了地铁站。

好不容易挨到了桦木庄车站，可是在车站出口闸机处又出了问题，车票无论如何也无法塞进闸机口。但是看着别人都一个个鱼贯而出，就让我一个人在那里急得团团转。

终于，我灵机一动，想，会不会是这个闸机坏了？换一台试试看，结果一换就顺利过卡走出了站台。

接好人回程，一路上我是行云流水、游刃有余，通过每一处“关隘”的其中要领都会主动向那位老同学如数家珍般娓娓道来。

但是，在侃侃而谈的自如中，我心里却暗暗自嘲：数小时前，自己还是一个“睁眼瞎”呢……

出行记结束。

“胖胖，你这篇游记更像是一次深刻的自我检讨啊。”

何队长可谓一语中的。

老师在大学讲课时曾说道：

“虽然我们每一个人天天都处在日常生活的潮流中，似乎不可能脱离开生活，但如果我们漠视生活中的点点滴滴的话，就可能被生活抛弃，成为一个‘脱离’生活的人。”

对于老师这句话的真正领悟，还是在参加工作以后了，想来真是惭愧。这不，胖胖的经历就是一个写照。

“大海具有自洁能力，我说，这方面还真应该向大海学习，不断地刷新自己、顺应潮流，这样才能永不脱离生活，不被生活所漠视。”

严法医正色道。

“有道理，形象！”

胖胖竖了竖大拇指。

“真是太、太、太美味了！老板娘，请再给我来一碗。”

小巧的包间内，何队长把袖子管向上提了提说道。

何队长每年都有十多次的外省出差，几十年来保守地说也跑遍了大半个中国，各地的饮食品尝无数，可今天却为一碗普通的饮食喝起了彩，而且，观其神态绝无夸张之意。

“向何队长学习，我也再加一碗。胖胖你要吗？”

“怎么少得了我呢？”

小李子也吃得兴起，一边与胖胖打趣，一边扫视着大家，但从其目光的覆盖面来看，不包括我。

今天，大家在郊游中吃饭打尖的地方是一家江西特色的小餐馆，吃的是一种在江西本地被称为“清汤”的面食。各位看官是不是有些耳熟？对，就是老师出差时亲手制作过的那种食物。

今天之所以吃得特别香，一是郊游过程中对体力的大量消耗，还有就是，今天我们所吃的“清汤”全都是由老师、胖胖、我、何队长、小李子、严法医一干人经老板娘同意，并在老板娘的热心指导下亲自动手制作的。

与相似的饺子、馄饨等面食相比，“清汤”的面皮更加透薄。一张小面皮平摊于手掌之中，另一只手手持一根十余厘米长、二到三毫米直径的细木棒，将木棒在拌好的馅料中挑蘸少许置于面皮上，而后一拉细木棒，同时持面皮的手快速合拢，两下里合作将馅料留在面皮内并合掌捏紧。一个“清汤”便在瞬间制作好了……

这看似流畅而又随意的一连贯动作中其实包含着多个动作节点及要领，皮的厚薄、馅的多少、捏的轻重、黏合的部位等，所以才会做出一盘盘样式类同、隐透适中、让人念念不忘的“清汤”来。

哈哈，自力更生，不仅丰衣足食，还让人胃口大开。心态加形态，其乐融融！

“你们看，这是我的作品！”

胖胖的筷子上夹着一个微微颤动的“清汤”笑道。

“你这样子不标准啊！”

“没办法，我这只手受过伤，还没有完全恢复，只能尽量做到‘准’标准了。”

“唉——唉，我也来到一个‘伤手清汤’耶！”

小李子兴奋地叫道。

“我说胖胖，有道是‘七两为参，八两为宝’，你的作品与标准相比，还就差着这么一哆嗦——没能达到色、香、味俱全的境界。”

“我宣布，‘生活杯’清汤制作大赛的名次为：优胜奖：小丁探；开拓奖：胖胖；鼓励奖：本人、严法医；参与奖：小李子；临摹奖：何队长；引领奖：镜工。”

……

胖胖、严法医、小李子之间的“三国之争”充斥着整个吃饭的过程，连老板娘也不时以裁判的身份笑着凑个趣。

“老板娘，我看您这家店的‘清汤’卖得最好。有什么诀窍吧？”

一直看似默默吃东西的老师不紧不慢地问了一句。

“您说得太对了，您想呀……”

说着，老板娘突然停住了，她定定地看了看老师，似乎从老师的目光中看到了与众不同的地方。

只是一眨眼的工夫而已，老板娘旋即接上了前面的情绪：

“这位先生，您不妨先给把一下脉，旁观者清呀。”

老板娘近四十岁，做事干净利落，回味她的言行，貌似不经意中却深含蕴意，把几个伙计调配得有条不紊。

“那，我就试一试，不妥当的地方也烦请一定给予点拨。”

老板娘的笑容渐渐变得平静而专注起来。

“饭店虽以汤点和简约的酒菜为主，但环境精巧、雅致，店周布局有序的种植给人以世外桃源的意境。此为‘引诱人’。”

老板娘轻轻在一张空椅子上坐了下来，双手将手中的菜单压在了掌下。

“进出的客人没有视觉上的高、大、上压迫，却如品茗似的渐渐被店内的软、硬氛围所吸引，食未进，意已酣。此为‘稳住人’。”

“餐品简约，但功夫到家，即使是一碗由客人自己制作的清汤也会巧妙地放点雅致的香菜或翠葱烘托，虽系狗尾续貂，却依然让人陶醉一番。此为‘成就人’。”

老板娘的眼光中隐约闪出一丝星芒。

“雅俗共聚一堂，却能各取其乐，全仰仗于服务人员的因人而异、灵活应对，这种察言观色的服务特色非一言可概之，他乡遇故知般的体验方可长久的‘留住人’。”

“即便是身无长物，终归还有一张吃饭、说话的嘴，这口口相传的接力是最好的广告，百姓是水，水能载舟亦能覆舟，开饭店又何尝不是。此为‘引来人’。”

是啊，如此，饭店岂能不兴。

我心里默默道。

“啊，先生观察力、判断力不凡呀，可谓是一语中的。小店正是如此这般去行事的……”

事后得知，老板娘早年毕业于国内一流知名大学，后来却放弃了令常人羡慕的机关工作，与几个志同道合的同学共同搞起了创业，餐饮业是他们创业的一部分……

“老师，特色，也是需要去品味才能得以展示啊！”

“对。但是，特色本身却是始终存在的，不以人的意志为转移。丁探，在案件现场上，如果能够及时而准确地品味出其特色所在的话……”

“明白，老师。可怎样对其进行归纳呢？”

“对于特色而言，有两种主要的类型，一种是人的特定行为所形成的特色，另一种是特定的人所形成的特色。”

听着老师的讲解，我的眼神渐渐明晰起来。什么时候我才能像老师那样举重若轻呢？其实我知道答案：

拳不离手，曲不离口。

“镜工！果然是您。”

一个声音从身后传来。

是一位曾经和老师同事过的人，为了照顾家庭而调换了单位。

“这位就是大名鼎鼎的镜工。今天你可是遇上高人了！”

那位顾不上与老师打招呼，忙不迭地向身旁的一个年轻人介绍着。

“镜工，如同做梦般的，刚才我还在讲您的故事呢……”

言归正传后，那位老师曾经的同事说道。

“有工作？”

“刚勘查了一起伤害案件，这不，又接到了一个汽车停车场的报案，说昨天夜里停放在这里的卡车被人抽光了油箱里的柴油，所以简单吃完饭后正准备去现场呢。”

老师微微点了点头说道：

“辛苦了。”

“刘老师，您看像这样的案件如何勘查、取痕呢？”

那位年轻技术员不失时机地向老师询问着。

这种问话是有问题的。

应该说勘查、取痕的重点所在，以及依据是什么。

从问话上就已经暴露出了一个人的水平。

“对了，现场离这里约三公里远，可不可以麻烦刘老师临场指导指导？先谢谢了！”

无语了。老师极难得出来休息一下……更何况，哪有这样说话的，太失礼了。更可气的是，那位老同志非但没有制止年轻的技术员，闻言后也是一脸的期待之色。

老师轻轻拦住了我准备的语言，说道：

“好，出发。”

老师向老板娘及店员们道了声谢，并嘱咐何队长、小李子、严法医他们慢慢吃着，带着我和胖胖二人出来。

事后，老师告诉我，对方确实机会难得，是个爱学习的人；只会说不会做的所谓专家冲毁了一些人心目中的专家形象……可以理解。

在停车场附近的公路旁，我们一行人见到了报案人，其实是见到了报案人一家子，一对年轻夫妻带着一个刚学会走路的孩子。

汽车已经被报案人开到了公路上，如果我们再晚到五分钟，夫妻俩整理完东西后就将驾车离去。

“警察同志，不是我们不保护现场，我们得抓紧时间去做生意啊，这是我们一家人的生计……”

老师用眼神制止了那位年轻技术员刚出口的责怪，一边轻柔地摸着孩子的小手一边与报案人攀谈着，那个小孩不仅不害怕，一双水灵灵的眼睛像是定格般地看着老师。那么多年了，我还是头一次发现老师此时此刻这种目光——一种让人特别希望自己变成那个小孩子的目光。

老师的举动拉近了与报案人一家的距离，更增强了一种信任，我们详细了解了案件发生前后的过程，详细了解了被盗的油卡车在三百米外停车场的原始停车位置及具体的停车姿态和周边停车的数量、种类等情况。

“昨天刚加满的油，一夜之间几乎被抽了个精光！”

报案人气愤中透着一丝伤心，有些说不下去了。

……

完成了对现场的初期固定等工作后，老师对现场开始了更详细的勘查，他走到原始的停车位置，先是环视了一下周边，进而从树木、围墙、道路、车辆，到草丛、石子等逐一扫描起来……

那位年轻的技术员好奇地跟随着老师的目光，但脸上的迷茫却暴露无遗，我们几个老师身边的人虽然内心深处对老师的举动是清晰明了的，可现场是千变万化的，要想完全把握老师在对于目前这个现场的思维角度是需要时间及功底的。

“把那里的六枚烟蒂提取掉并尽快进行检验。”

终于，从老师的嘴里蹦出了这句话。说完后老师向那位老同事告别并带着我们离去了。

那位年轻的技术员更加不解了，他似乎想追上来问个究竟，却被那位老同事拦住了，他对年轻的技术员耳语了几句，对方立即吃惊地望着正准备上车的我们。

后来的一次学术交流会上，胖胖遇到了那个年轻技术员，并知道了当年那位老同事对他所说的话：

“案子破了，那六枚烟蒂就是作案人留下的……我了解镜工。”

那个年轻技术员也早已成为了老师的徒弟，业务上取得了长足的进步。

这是后话。

坐在送我们返回的车上，我的脑海中一遍一遍地继续“扫视”着刚才的现场，老师没有与我讲话，这是刻意给我一个思考的空间，胖胖对于老师的用意心知肚明，也在静静地思考着。

现场是在一片原本空旷的土地上撒上层碎石面建成的临时停车场，其大小约有六个篮球场的面积。在停车场的北面是围墙；停车场的西面是一条南北走向的水泥路，水泥路往北通向一公里外的村落，往南与柏油公路相接；停车场的南侧是东西走向的柏油公路，双向四车道，为市郊接合部的主干道。昨夜停放在这里的车辆已经开走了一些，目前仍有三十几辆车停放于此，但大多是轿车、SUV 等小型车辆。

据报案人描述，昨天夜里他是把自己的卡车停放在停车场北侧靠围墙处，在最西端的位置，当时他是把卡车的车头朝北、即朝向围墙停放的，在其卡车的东侧已经停满了各种小型车辆，以轿车为主，车头都一律是朝向南方、车尾朝向围墙。停车场内只有在靠近柏油公路处停放着几辆卡车……

老师让提取的那六枚烟蒂位于报案人卡车东侧第一辆和第二辆轿车之间的地面上。可它们与案件之间的关系是什么呢？在停车场内的地面上，各种各样品牌的香烟烟蒂可谓比比皆是，老师是怎样认定它们与案件的关联性的呢？

我的手指在膝盖上轻轻地敲着……

第一，六枚烟蒂都是干净新鲜的；

第二，六枚烟蒂分布在四十平方厘米的范围内；

第三，六枚烟蒂都是同一种品牌的香烟；

第四，六枚烟蒂的抽吸压痕及剩余长度基本相同；

第五……

“卡住啦？”

“啊，是的老师。您，是怎么知道我卡住了的？”

“是你手指敲击的节奏、轻重变化告诉我的。”

唉，下意识、微表情、肢体语言……都是人类难以堵塞的心迹管涌。

“谈一下你分析的程度吧。”

老师快速略过了我的窘迫。

“是，老师。我想，重点是那六枚烟蒂及其所在位置，因为报案人的卡车是车头向里停放的，也就是向北停放，这辆车的结构为油箱在车的右侧，和周边车辆停放情况结合起来观察得知，盗窃油料的作案对象及抽油车必然分别位于卡车的右侧和右后侧位置……可就是没有看出那六枚烟蒂与案件之间的关联性是什么？”

我一边说着，一边再次陷入了沉思。

“丁探，还记得‘个案跟考’中那个粪坑边放置着被卸下的窗玻璃的案件吗？”

以前曾介绍过，个案跟考，是老师独创的一种考核模式，旨在全面检验刑事技术人员的临场工作规范性及现场分析在实践中的运用水平。

老师这么一点，把我拉回到了那起案件的现场……猛然间，我脑海中打了一道闪电！

“老师！我明白了，在那起现场上您讲到了关于窗玻璃、烟蒂、地面烟灰、粪坑等之间的关系……啊，对了，在这起盗窃车辆油料的案件现场上那六枚烟蒂太重要了……”

我向老师谈了自己前面在对烟蒂所罗列的分析意见，并接着谈道：

“第五，六枚烟蒂的烟头与烟嘴的朝向与角度极为类似；

第六，六枚烟蒂所在地面上的烟灰量、烟灰播撒范围、抛弃烟蒂时烟蒂与地面碰撞所形成的碎裂程度等因素，都折射出一点——这六支香烟是同一个人相对稳定地在这个位置抽吸的，而且，都是蹲在这里抽的。他采用这种姿势抽烟，一是隐藏自己，二是在等待把报案人卡车油箱里那满箱的柴油抽完。”

一通皆通，思如泉涌。我竹筒倒豆子般的分析引来胖胖一阵大笑！从笑声中我感到他事先已经知道了结果，姜还是老的辣呀！

我没有一丝笑意，内心深深地感触到了一种底蕴的欠缺，一种路漫漫其修远兮的鞭策。

老师的目光在胖胖的脸上扫了一下，胖胖立刻收住笑意作正襟危坐状。

“站和蹲，这在书面上仅是一字之差而已，但在现场上它却可以映衬出作案人的临场心理及行为，比如，站立中的香烟抽吸，在扔掉烟蒂时，烟蒂的落点位置会因当事人的移动、情绪变化、外界影响等因素而产生变化；如果在有风的环境中抽烟，站立和下蹲两种不同状态下，烟灰的飘落距离和飘落范围也会因风量的大小及变异而不同。更重要的是，烟灰飘落的方向也会不同……”

老师突然停顿下来，他目光看着我，是想让我来解释这种不同产生的原因。这就是老师，他会循序渐进地引导着你发挥出自己的智慧。

“老师，我想这应该是您上课时讲到的宏观气流与局部气流在相同条件下受客观物理条件的影响性。高度不同，受风的影响不同；站立与蹲着的姿势不同，营造出的局部环境也不同，或者说造成的微环境不同，从而受风的影响也可能不同……”

老师露出欣赏的表情，胖胖冲着老师伸了一下大拇指。

“掌握知识的内在规律性、对外联系性，是学习的重要任务和技巧。”

老师在大学为我们上最后一堂课时所讲的结束语。

老师，我会加倍努力的！

……

璀璨的群星

纵然无名也要闪晶莹

……

不沉寂从来不放弃

迸出华彩点燃生命

……

我不禁想起了日本歌曲《星》。

“唉，如果我能拥有装满这个机器的钱，就能还清购房贷款了……”

胖胖望着街道旁闪过的银行取款机自言自语道。

“胖胖，据我所知，你在银行的贷款金额是 160 万元吧？”

“镜工，您记得真清楚。”

“可是，一般自动取款机的最大装款金融是人民币 40 万元。”

老师轻轻地对胖胖说。

胖胖立刻做出中弹状，夸张地倒伏在车座上。

“哈哈哈哈……”

银铃般的笑声压抑着从嘴里冲出，不为胖胖的贷款，是为此时的心境！

三十三、实质之表象

在不断的自我挑战中，去真正地认识自己，发现问题，并且找到那种感觉……那种促进自己不断前进的动力和方法。

这已是自己泡的第二杯了。

在封闭式的阳台内，被各种植物簇拥着，深爱的铿铿不时会轻轻地跑到我的身旁巡视一遭，但不管它在我闭目休息时身处房屋内的哪个角落，只要我这里发出一丝动静，它便立即像箭一般地冲到我身边。

> 什么叫立体思维？我们不能把自己的目光和思路仅仅停留在一种现象上面，要深入进去研究导致这种现象产生的原因和条件有哪些？……
>
> 所谓的重点有两种：一种就是理论上的重点，比如说进出口啊、具体做了什么行为啊等等；另一种是实践当中的重点，是更为重要的重点，它告诉我们解决案件的“钥匙”所在。不同的案件，它的重点也有所不同，在实践当中一定要千万注意把握好这一点……
>
> 让自己做个好奇的人，拓展性地去学习。这样才可能构成立体思维的框架，才可能架构起这样一种立体的空间。

小憩片刻，喝口茶清醒一下头脑后，我再一次捧起了桌面上《立体视角下的现场勘查理念》一书。

> 为什么我们的古人会留下盲人摸象这个成语，什么叫盲人摸象？五个盲人摸同一个大象为什么没有一个真正地描述出大象的样子？
>
> ……尽管成语当中的字眼是盲人摸象，但在生活当中这个“盲”字不光是眼睛看不见，更多的是存在于我们的心灵里面、我们的思维里面啊……
>
> 当我们讲着这个似乎有点儿可笑的故事的时候，也可能我们天天都在犯着同样的错误——盲人摸象。

书的扉页已经有些变色，经历了长年累月无数遍地翻阅，每一页纸都浸润着浓浓的气息，那是我的气息。但是在每一次阅读的过程中我却感受到了另一种气息，那是一种信念、一种特别的耕种与收获，它来自书的作者。

就如同听老师的讲课，为什么总也存在着意犹未尽的感觉呢？因为每一次都会产生不同的感受、获得新的启迪。当然，这是对专心投入的人而言的……

渐渐地，书上的文字淡入成了两个多月前与老师一起勘查的一起“弹孔”案件现场的画面……

春风拂面，好不惬意！

把驾驶室一侧的车窗开启了一半，透过淡雅的防尘目镜浏览着远郊的景色。不过，如果不是有老师坐在车上，我一个人独自开车时，是绝不会这样打开车窗的，只会把车窗下降成一条缝、一条以成年人的手指无法伸进为标准的缝隙……

刚换上崭新春装的山野田地、流水新芽，像是炫耀般地尽情展示着自己……

可是我们眼前面临的案件却与这一切的美好大相径庭。

早晨，刚上班来到大办公室便接到报案，一家大型幼儿园遭到钢珠弹的射击，墙面、窗户玻璃上多处被击打，所幸案件发生在昨夜，园区内没有孩子。

没有被保护过的案件现场、过度保护行为下的案件现场，它们都可能造成破案资源的损失。所以，老师在讲授现场保护课时强调的是“对案件现场应实施有效的保护行为及措施”，这是工作的程序与规范，是铸造法庭证据的重要源泉。

其中，“有效”二字是关键。

当脸上堆满热情与骄傲的保安摊开手掌向我们展示他的战绩时，老师不易察觉地抽动了一下双眉——现场上的物证被破坏了。

“原则上，现场上的任何东西都是不应该去动的，这才是现场保护的含义所在。”

“哦，是这样，从没人给我们讲起过呀……好的，我们听明白了。”

在保安惭愧时，老师已经开始了对现场的整体勘查：

现场周边宏观布局、弹着点分布位置、弹着点的纵向与横向差异数据、弹着点的大小与深度异同、弹着点孔洞内壁上力的趋势与力的构成特性……

在对弹孔的研究上老师具有独到之处，举个例子，在某种客体的表面有一个呈俯角形成的弹孔，那么这个弹孔是从上往下俯角射击所形成的呢，还是在弹丸在飞行进入下坠过程中所形成的呢？等等。同时，把弹孔形成原理与具体结果造成的微形态与生物物证的提取方法紧密联系起来，形成了对现场证据链条新的塑造与阐述。

小小的弹孔里面学问可是一点都不小。老师反复观察和比较着不同的弹孔，约半个小时后，老师把强光电筒和放大镜递给我，在老师的脸上我看到了胸有成竹的自信。

“丁探，弹孔形态很典型……”

我早已在等待着这一刻了，几乎每一个现场都有着可供学习的不同侧面，老师非常善于引导着你运用自身的行为和智慧去发现它们……一句话，和老师一起工作简直就是一种享受！

“内折、外翻、下坐、平冲、上顶、横挤……”

玻璃上的弹孔比较熟悉，我着重观察和研究着墙面上的弹孔痕迹，各种专业术语加上老师自创的痕迹名称随着我的目光和思维走马灯般地在脑海中闪现着。

“弹丸发射点的范围以案发现场以南100米处居民楼的四楼为中心，发射角度偏向西侧……哦，老师，我刚才已经了解到了昨天晚上案件发生地的局部气象状况：二至三级偏南风，气温约16度，湿度80%……”

破案有时就是这样，在看似普通的言行中，却包含着深深的玄机。

节日的含义有多种：庆祝、纪念、怀念、综合因素。

两个月后，我和老师应邀参加了幼儿园的“六一儿童节园庆”活动。

就在案发后的第三天，幼儿园钢珠弹射击案件告破，DNA比中了嫌疑人，发射弹丸的地点是现场以南100米处居民楼四楼西侧第二户……

这就是今天我和老师受到邀请的原因。

我和小朋友们一起做游戏，玩得不亦乐乎，半天的时光真可谓是一闪而过了！

“这么漂亮的女刑警，不但破案厉害，还特别招孩子们的喜欢……”

临别时，幼儿园的女园长不停地对老师说着，感谢之情溢于言表：

“镜工啊，真不知道怎么感谢你们，我替孩子们、替他们的父母亲们感谢！”

“院长，此时此刻，我们也要感谢你们呀，我们只是尽了应尽的职责，而你们的理解和信任则给了我们最大的褒奖和鼓励。”

“丁探，你一定知道六一儿童节的来历吧……”

回程的车上，老师深沉地说道。

是的，我知道，那还是在我读书的时候听班主任讲的：

1942年6月10日，德国纳粹党卫军上将海德里希被捷克游击队员刺杀后，游击队员受到当地利迪策村村民的掩护。纳粹德国军队为此实施了残酷的报复，他们焚烧了全村的房屋，屠杀了15岁以上的173名男性村民，妇女则被送往集中营，有88名儿童在集中营被毒气杀害……

为了悼念利迪策惨案和全世界所有在战争中死难的儿童，1949 年 11 月，国际民主妇女联合会在莫斯科举行理事会，把每年的 6 月 1 日定为国际儿童节。

六一儿童节充满着欢乐，以至于有很多人都不知道它的起源却充斥着哀恸。

“是的。老师，我明白您的意思……您说的是职责。”

“嘀——嘀嘀——”

我的手机又响起了“看见不等于发现”的电报铃声！

“丁探你好，我们十分钟后到你家楼下。”

大师姐太史秋芙好听的声音从话筒中传出。

今天有一个重要的活动——“押”着老师去参加刑事技术副高级工程师的评审面试。

前面曾给大家提到过，老师尽管有着一身高超的业务本领，但却因为无本科文凭而没有资格参加高级工程师的评审，否则，十六年前就已经是正高级工程师了。

“破案才是硬道理呀，这才是老百姓对我们人民警察的期盼和要求……”

“什么叫作资格？能解决实际问题甚至是解决别人所解决不了的问题，这就是最大的资格。”

“‘实践是检验真理的唯一标准’嘛！”

……

老师的徒弟、徒弟的徒弟、徒弟的徒弟的徒弟中已不乏高级工程师了，仅在老师的徒弟和学生中，除了一线的技术员、指挥员外，大学教授、硕士、博士、警监也已如雨后春笋般地逐年递增着。

“一张纸文凭竟重过一个成年人抱都抱不动的论文与著作，这真是现实。”

“师父几个小时的现场复勘就解决了几年都没有破的命案，这不是神话。”

“你们这是在写对联吗，我加个横批吧：实质之表象。”

大师姐一锤定音。

……

今年终于传来了消息，老师可以评副高级工程师了。

看到这个消息，老师想到的是自己的学生、徒弟们……自己却选择了放弃。

是啊，这个消息迟到了太久太久！不过这可急坏了我们这一大群的学生、徒弟，大师姐更是安置好手上的工作直飞而来，我这个老师的身边人当然是责无旁贷地操持着各种各样的环节直到今天——上午10时轮到老师参加评审面试。

我带着为老师准备好的面试资料，飞似的下楼而去，临出门时扭头对追随着我到门口的铿铿说了句：

“看好家！”

老师的面试用了半个多小时，而其他面试人员一般都在一刻钟左右。

为什么？

我、大师姐、小李子三人站在门外听得真切，隔着门缝看得真切：担任面试官的三位省厅专家不容老师开口，争先恐后地向着另二位外请专家喋喋不休地介绍起老师的情况，这种阵式、介绍的内容、老师的补充直把那二位专家听了个目不转睛，直到后面的面试者不知就里地探头张望才惊醒各位评委，恋恋不舍地结束了老师的面试。

……

面试的场面没有少见，我自己也多次担任过面试官，可像这样的地位颠倒的场景有生以来还是第一次看见、第一次听见！

真是：莫愁前路无知己，天下谁人不识君。

“师父……”

回程的车上，大师姐将自己的笔记本电脑轻轻地放到老师手中。电脑屏幕上显示的是大师姐刚才收到的由“家”里传来的案件资料。别忘了，她已经是S市公安局分管刑侦工作的副局长了。

“现场位于一幢楼高十一层居民楼的四楼，为一室户结构的房屋，总门朝北，门内是厨房间，厨房间以南分别为过道厅、卧室、阳台，在过道厅的西侧是卫生间。房主是一个退休的老年男性，单身独居。今天上午接到居民报案称楼道内有臭味……经开锁进入房间后发现那位独居老人倒在阳台内地面，已经高度腐败……”

根据老师查看现场照片的速度，大师姐随机不断调整着自己介绍案件情况的语速及频率……还是那句话，大师姐就是大师姐，把思维的立体性深入方方面面。我需要学习的东西太多了。

现场一片狼藉，所谓的卧室没有房门，室内靠西墙和北墙处有一个地铺，地铺呈东西向，在其周边杂乱地摆放着各种杂物，有吃的、穿的、用的、垃圾等，地铺没有枕头，只是在其西头有凸起的垫高，上面铺有一床陈旧肮脏的被子权当是床垫与床单了，在地铺西头的墙面上有一团因长年靠头所形成的黄色斑痕，在地铺的西南侧地面上摆放有一个黑色的电脑显示器，电脑的键盘放在一旁的主机箱顶部，室内随处可见烟蒂、空酒瓶及已经发霉的果皮等垃圾，在地铺的东北方靠近脚后的地面上有一堆灰烬，从灰烬一侧边缘残存物来看，这是由一叠草纸燃烧后所形成的。在灰烬北侧十多厘米的位置处放有一个塑料框，框子的高度在二十厘米，在框子的一个侧面有熔化的现象……

经了解，老年男性死者 71 岁，退休前是某厂的翻砂工，喜烟嗜酒，每月仅靠一点退休金生活，很少出门……

死者仰卧于阳台内地面，花白的头发中夹杂着少量的黑发向后披去，其衣着完整，却显得较为肮脏，衣服上翻露出前胸，双手置于身体两侧，双腿直伸，脚尖向下绷直……在其身体左侧离大腿约二十厘米的地面上放有一副老花眼镜，眼镜呈折叠状。

老师细细地查看着，不时将照片的局部放大研究，这种时候可是了解老师思路的重中之重之时，那往往就是一种暗示……内行看门道，学习不仅是一种能动的行为，同时也必须懂得其门道。

“请递给我一瓶矿泉水……谢谢。”

“师父，您喝这个。”

大师姐从随身的包里拿出一瓶苏打水换下了老师手里的矿泉水。

“哦，谢谢。”

老师拧开瓶盖深深地喝了一口。

老师的行为透出两个信息：

一、对该案的现场分析完毕；

二、没有问题，警报解除。

“太史、丁探，请谈一下你们的分析。”

以老师的风格，这是预料之中的。没叫小李子，因为他此刻需要专注于汽车的驾驶。

“师父，我难得有这样亲耳聆听您分析案件的机会，您的讲解听着过瘾。”

大师姐一边说一边又拿出一瓶苏打水拧开盖子递给我，并在小李子的身旁放了一瓶。

是啊，就算和老师一起工作的我也有同样的感受——就好这一口。

“好，谁让我喝了人家的嘴短呢……其实从你们如此稳当的做派中就已经说明了你们对此案的正确分析，否则急于订机票赶往现场去的人是不会如此泰然的。”

“咯咯咯咯……”

老师的冷幽默让我与大师姐不约而同地笑出声来！

生活中有些幽默是需要理解才能产生的。

“镜工，我是不是理解为不用去机场，而是可以直接返回为师姐接风了！”

“理解准确无误。”

小李子恰到好处的提问延长了我们俩的笑声！

笑声中，我突然由衷地感到，老师就像一座巍峨的大山，不仅是我们业务上的依靠，也是我们精神上永远的支柱。

“先讲一下倒在阳台上的死者吧……”

老师把电脑屏幕的角度向我们转动了一下，调到相应的现场画面，开始了讲解。我也已经打开了录音笔的开关。

“从这个现场的勘查，再一次体现了现场原始的重要意义和作用，现场在室内，阳台也是封闭式的，这同时也很大程度上降低了自然及气候变化对现场的影响度。”

现场保护是对现场进行勘查中实现有效性和准确性的重要保证及前提。

老师一直高度重视对现场的保护，因为，现场保护是一门系统而严谨的警务科学，并且需要在实践中视情变通的运用才能彰显其作用。

“……死者的头颅右侧紧紧贴靠在阳台门的门槛，从其‘大披头’的发型看，其头部左右两侧的头发尽管有一定凹凸上的差异，但其发丝的梳理趋势和风格是对称而自然的……背部及裤子上的灰尘附着和褶皱形态及走势显示，死者是生前先坐在了地上然后再缓慢倒卧于地面并失去行为能力、意识，直至死亡，他口腔、鼻孔及其周边可见黑色的烟灰，说明死者生前吸入过……眼镜的放置、折叠方式等符合长年配戴眼镜之人的习惯，眼镜框架着地侧上的灰土附着是由低位放置形成，无碰撞和摩擦，结合放置位置，符合死者生前呈坐姿时形成……”

依旧是寥寥数语、举重若轻。

正如俗话所言：

台上十分钟，台下十年功。

“再说一下室内，有两个比较重要的信息点：一是位于地铺东北方靠近床尾的塑料框，从塑料框一侧损毁的部位及形态可以看出是由其南侧约十厘米处的一厚叠草纸燃烧中产生的辐射热所造成，那一叠草纸的灰烬形态和周边其他物品上的焦痕也证明了这一点。”

说到这里，老师的话锋突然转了一下：

“你们都知道有‘千里之堤溃于蚁穴’这么一句话，小节对于人生来说可不是‘小节’，而是一种构成——人生的构成。从这个意义上去分析一个人，可以在最基础的环节结构中逆向发现一个人的品质，并演义其命运走向……”

我的心猛地一抽，瞬间感到自己“目光”的透视性有了一个大大的飞跃！一抬头，发现大师姐会心地微微眨了一下眼。

“在这个房间，随处可见的垃圾中不乏烟蒂的存在，而这些烟蒂有个特点，品牌繁多、香型杂乱……我们不妨先岔开前面的话题谈一下地铺上那个既是床垫又是床单的东西，也就是第二个比较重要的信息点，床垫上面的褶皱主要集中在地铺的西端，占半个地铺的位置，其褶皱形态较为单一，即由西向东形成，而且呈现出‘顽固’的特性——折叠处的内侧面明显比外侧面‘干净’。地铺的西头有东西垫高，在相应偏北的墙面上有直径约三十厘米的不规则黑中透黄的斑迹，那是由长年处于较脏状态的头发及头油蹭靠形成的。地铺西南侧电脑屏幕的东侧角发亮，而西侧角上积满灰尘，说明屏幕的角度经常被地铺上的人用左手进行调整，放在一旁主机箱上的电脑键盘布满了灰尘，说明地铺上的人并不是像常人那样使用电脑……床垫褶皱、墙面斑迹、电脑，三点结合起来记录了此人的日常生活片段——右侧位斜靠在地铺上长时间观看电脑，困了就势趴下睡觉，周而复始……这是一种由灵魂内透发出的颓废，它与一般意义上的懒散、不讲究、嗜好等有着本质上的区别，一种是个性，另一种是精神世界，在这起案件上它就是导火索。

再回到第一个比较重要的信息点，塑料框一侧的损毁处边沿没有硬的结痂或黑色的燃烧痕迹，是高温导致的熔化现象而不是直接燃烧所致，从草纸的灰烬形态看，燃烧是从那叠草纸的最下侧边缘开始的，结合周边的塑料框等物品的烧灼情况看，是由火的阴燃所致，而阴燃只能是由没有完全熄灭的烟蒂所至……地铺北侧的浓烟把他赶到了阳台，而封闭式的阳台又导致了最后的窒息死亡……”

“小李子，绿灯啦。”

当我察觉到车辆较长时间没有动静时，十字路口的信号灯已经由红转绿近二十秒钟了，这是一个大路口，交通信号灯的时间很长，小李子借机“蹭”听老师的分析竟入了神，又碰巧此时路口没有别的车辆，所以也没有别人按喇叭的提醒。

……

“唉——看见不等于发现……就像我手腕上这块瑞士表，天天看它，昨天刚知道它实际上是一个德国人和一个英国人合作的产物，他们的公司注册地在瑞士。”

小李子边摇头边启动汽车，他“入戏”了。

“师父，立体思维在您身上是用活了，现场上的客观存在在您观察它的一瞬间，它的表象与实质，或者说它与案件的关系、是否属于与案件有关联的信息点、信息点的主次、信息点的构成原理、信息点的演变趋势等都出现在了脑海里，客观现象—细节—形成过程—心理支配—根源……我想，用活立体思维，它的基础表现形式就是在思维触角及其感知上能够跳出一般仅靠目光所能捕捉到的信息范围，扩大到目光之外的东西——目光所看不见的存在，比如气味、甜度、燃烧特质、关系真伪、人格取向等。”

“很好……”

老师说着将汽车座位上那叠职称申报材料移到了一边，腾出空间让大师姐把手中抱着的电脑放在位子上，随后接着说道：

“关键是实现这一切的基础所在，用句朴素的话说吧，习惯成自然，好习惯如此，坏习惯亦如此。要不懈地做到勤学、反思、提炼、消化、才能形成本能。”

“明白了，师父！每次都能从您这得到深深的感悟。从在刑警学院第一次见到您、聆听您的业务讲座至今，跟着您学习的感觉真好。”

大师姐的肢体语言里蕴含着一种虔诚。

……

感悟，是耕耘的报酬，是顺应事物发展变化这种必然的科学的写真。

我关上了樱红色的录音笔。

汽车在双向八车道的公路上快捷而平稳地奔驰着。

三十四、打造构成

“俗话说小心驶得万年船，可光有小心是不行的，还必须练就高超的技能，并且不断地提升。只有把二者有机地融合起来才可能构成‘万年之船’。”

我把老师的这句话用语音录入手机，待回家后再输入电脑。这个方法也是从老师那里“偷”来的，对一些偶遇的重要、有价值的事或问题，老师会用这种方法做备忘录。

“我说丁探，你一人在那自言自语什么呢？”

“我说胖胖，既然你没有听清，那就说明我不是在对你讲话，哈哈！”

我学着胖胖的语气回复他道。

我和胖胖正在去接老师的路上，一会儿我们三人将应邀去距离本市三百多公里的S县“送教上门”，就在刚才，又接到了宗局打来的电话，S县郊区的一家饭店今晨发生爆炸案，方便时可助他们一臂之力云云。

车开进小区时，老师已经在楼下等待了，我们还比预定时间早到一刻钟呢。

“请把基本情况及已经拍摄的现场照片发给我看一下……对，相关数据也请了解后一并发给我……”

老师一边打电话一边坐上车来，冲我和胖胖点点头，并把透着香气的一大袋东西交到我的手中。

豆浆、粢饭糕、春卷、小笼包子、一次性筷子、湿巾纸，还有我很喜欢的樱桃、草莓。就连路上喝的苏打水也装了十多瓶。

“来，时间充裕，吃好了再出发。”

老师放下电话对我和胖胖说。

“营养益智的豆浆、素香的春卷、虾肉馅的小笼包、新鲜的水果、养胃的苏打水，一顿可以放开吃却不用担心长胖的套餐。”

老师如数家珍般地随着我从袋中取出的物品点评讲解着，就如同在讲授业务课似的严谨。

常常可以从细微之处去发现和感悟到老师的体贴所在，比如，他不仅知道你喜欢吃什么，还会让你放心地去喜欢你喜欢的。

车出市区后开始加速。

胖胖的驾驶风格以稳见长，这是一种能动性的稳，不仅表现在驾驶上，还会根据“乘客”的状态随时调整，比如，行驶至风景优美的地方会刻意放缓速度、当你们处于休息中时会选择最为平坦的路面行驶、根据当日的饮食等情况决定进出休息区的频率和时间长短……这些与小李子截然不同，小李子虽然是随叫随应、有叫必应，但都是被动式的。

丝绵般的风，从车窗的缝隙中涌入，即便是紧闭双目，也能从其气息中嗅出乡野里那浓浓的初夏情愫！

如洗的蓝天、层叠的山峦、广垠的大地、人海、楼宇、情商、智搏、喜中之泪、悲极之笑、茫然无措的幸福、难以挥灭的酸楚……要想在这天地之间成为一个能触动存在、行游刃之有余、布鸿鹄之夙愿、于无声处响惊雷、梦中百度灯阑珊的大写低调之人，那是何其有趣呀！

进入山区，汽车在蜿蜒曲折的盘山公路上缓行，路旁的密林中，枝条上包裹着黄色和绿色的苔藓类植物，毛茸茸的，就像是在不同方位处潜伏着身穿伪装服的狙击手……阴幽的气息营造出一种新的氛围、一种让心界无限延伸触角的广垠。

想到狙击手的伪装，不由得蹦出一个老师儿时回忆时讲的故事，在老师十二岁的时候，一日，在外闯祸后回家的老师为了“避难”，跑到后山的树丛中。将身体上插满了一种名叫紫萁的植物叶片来隐蔽自己，可不久就被母亲的慧眼识破，而且是远在离老师藏身之处三十多米的距离便淡淡地喊道：

“躲在大樟树旁边的那位同学，回家吃饭吧！”

紫萁，又名高脚贯众、水骨菜，蕨类植物，生长高度在50—80厘米，作隐蔽用具有独到之处，一方面可以有效地隐藏自己；另一方面又可以在纹丝不动的状态下透过叶片上的锯齿状造型间隙来观察外界的情况。

“赔礼道歉可以，但您要告诉我被您发现的原因。”

对于自己在和小伙伴们游戏玩耍中总结出的、屡试不爽的独门绝活如此轻易地在母亲跟前折戟，老师仍心有不甘。

“做事情要学会动脑子……你用心去观察一下，看看有你这样粗壮的紫萁吗？”

“啊？”

“好好学习，想学会动脑筋吧，我给你讲福尔摩斯的故事！”

母亲把盛满饭的碗放在老师的面前，她知道，老师特别爱听故事。

老师在口中细细地咀嚼着饭菜，而在心里却在咀嚼着母亲所说的话、话中的每一个字。

大师姐对此故事的评价是：

“机灵的孩子遇上了智慧的克星。机灵，是师父的天资，智慧则是对这种天资的打磨与充实，是精加工。”

此话一点不错，老师最畏的是从不打骂他的母亲，最服、最敬、最爱的也是他的母亲——一位高雅、含蓄、医术精湛、智慧深绵、颇受同行与患者尊重的女军医。

……

“镜工，你们辛苦了！”

S 县高速公路的收费口到了。

前来迎接我们的是分管刑侦工作的公安局袁副局长——一位中等身高、身材偏瘦，文质彬彬的中年人。

“镜工，这是目前所获得的案件基本情况及相关数据，除了已经发给您的外，还有后续的补充信息。另外，正准备派一个熟悉现场的技术人员赶回局里向您介绍……”

一行人上车，刚关上车门，袁副局长便一边说，一边从公文包里掏出了一叠材料。

巧妇难为无米之炊。

现场上与案、事件有关的信息，就是那“米”。

“防止现场信息的灭失，不仅是能动的职业行为，更是折射出对信息本身意义的认识。”

用大白话翻译一下老师的这句话吧：

对案件现场上各类信息的收集保护是作为警务人员必须具有的职业行为，而对信息收集上的准确性则取决于对相关信息及对其地位的认识和理解程度。

一是别“抱着枕头找枕头”；二是要杜绝“捧着金饭碗讨饭”。

“镜工，您有什么要求尽管说。”

“让那名技术员在现场等我们。”

老师翻阅着手中的资料说道，袁副局长微微愣了一下神，正欲开口说什么，老师又抬起头来朝他点了点。

“那……行！”

虽然袁副局长语调中透着一丝犹豫，但我却明明白白地发现了他眉梢溢出的喜悦，尽管，是那么的不易察觉。

“袁局，我们是来‘送教上门的’，第一课，就从这个现场开始。”

“我说什么来着，据我的耳闻，镜工不是那种来了先喝茶、再吃饭、而后看着 PPT 听汇报、最后夸奖鼓励带一二三点结束的人。”

事后，我们与当地技术人员成了好朋友，从他们的口中听到了以上的交谈。

这是后话。

人生遇到的平台与个人的实际能力之间是没有先天的等号的。

可悲的是，有些人一生都没有清醒地认识到这一点，身着“皇帝的新衣”穿井过市……其状叫人忍俊不禁。

“镜工，饭店今晨发生的爆炸案不仅毁掉了店铺，而且位于其左右两侧的一家超市、一家房屋中介所也都受到了很大的影响，另外，在饭店前门和后门外面停放的汽车等也受到了严重的损坏……”

穿着高筒消防靴、戴着安全盔，老师手持勘查灯在现场内巡视着，倒塌的墙体、飞出的金属门、焦软变形的天花板以及脚下碎玻璃碴发出的声音犹如呻吟般地立体展示着惨重的现实。

用眼观察、用手触摸、用鼻子嗅闻、用探棍刺拨……时间在一分一秒地流逝着。

“丁探小心！”

几乎在同时，老师的手像钳子般抓住了我的手臂，身体瞬间被牢牢固定住了。

“谢谢老师……”

我心有余悸地本能说道。

好险，原本在此类现场当中就危机四伏，哪怕移动一次脚步也要上、下、左、右的探寻一番可行性，更何况案件发生在饭店，地面的油腻又增加了一层隐患！

现场上，我一步不落地跟随着老师，在勘查的同时也不断地揣摩着老师的思维，正是这一步不落挽救了我。

“累了吧？”

“我能坚持，老师。”

说实话，确有些累，一大早出门，几个小时的赶路加上马不停蹄的现场勘查消耗掉了大量体力。

老师看着我略停顿了一下，随即扭头对袁副局长说道：

“这不是爆炸，是液化气爆燃。爆燃气源在饭店后厨，小心移开这堆爆燃中产生的杂物，我要查看液化气管线并知道相关数据，比如该钢瓶已使用的时长、使用频率、原瓶重量、气源及质量……另外，请技术室的同志马上送一台立体显微镜到现场来。”

“明白，镜工。”

现场上所谓的相关数据有多种，视案件的异同而有着不同的侧重点，以此案为例，其中有关液化气钢瓶的重量、管线的走向、与地面的距离、最高摧毁点的位置等都是不可或缺的重要信息。

在大家的齐心协力下，拍完照后，杂物被逐层轻轻清理开来，看着显露出来的液化气管线和接头，众人脸上露出了笑容——原来，灶具上管线连接液化气钢瓶阀门接口处脱开了，不过已经没有液化气喷出，看来瓶中残存的气量在爆燃发生前已经不多了，也好在钢瓶内原有的气体量不多，否则后果将更加严重。

我说怎么进入现场没有闻到液化气的味道呢。

“只是管线接头与液化气钢瓶阀门接口处脱开而已，还需要通过证明它脱开的方式和时间段来证明是否与爆燃有关，也可甄别出人为与意外……”

老师平静地说道。

大家的脸色重新又凝重了起来。

拿着提取的液化气管线接头从现场内出来，室外清新的空又唤醒了我对正常气息的记忆。

“镜工，显微镜送来了。”

一名技术人员说完又将一包蛋糕和水果交到我手中：

“丁姐，先垫一下。”

“交给我吧。”

胖胖转接了过去，我想，他知道此刻的我是绝不会放下手中案件的，老师还在工作中。

老师闻言朝袁副局长点头致谢，袁副局长笑着摆了摆手。

立体显微镜被放在现场勘查车的后备厢盖上，借着勘查灯均匀而明亮的白光，老师不断变换着照射的角度细致地观察着：接口及附近端头处管线上附着物的厚薄、组成物质、断口形态、新旧程度、与其他断口的异同、管线内壁情况……老师刚才刻意对我讲过观察时的要点，因为这些也是在对相关物证提取过程中要注意保护好的部位。

近水楼台先得月？哪有这么简单的事情。

要是不看它、不懂它、不师它，何来得月之谈呢？

“袁局，管线与液化气钢瓶阀门接口处是在外力的作用下被拉脱开的，根据现场细目照所显示，液化气管线原本是悬挂于灶具内侧的一个钩子上，距离地面约四十厘米，而现在那个钩子已经坏了，管线就被随意搭在了原来钩子所在位置的残存凸起上。从凸起上滑落的管线脱落后距地面仅有两厘米多一点的距离，且靠近灶具的外沿，处在后厨内人们的脚前，只要在灶台前干活就有可能无意中踩踏到管线，而痕迹告诉我们，这种可能不幸变成了现实……”

从显微镜的目镜上抬起头来，老师轻轻按摩着眼部穴位对袁副局长和围成半圆形的技术人员讲解着。

所有的现场状况及痕迹形态反应都最终证明了一个事实：管线与液化气钢瓶阀门接口处不仅是在外力的作用下被拉脱开的，而且是在爆燃发生之前就脱落的。

这一点至关重要，因为，这种脱落也有可能是由爆燃发生时产生的破坏力导致的。

案件性质是由诸要素所构成的，就像一环扣一环的链条，每一环都是不可或缺的，否则，它将不是一种简单的完整与残缺之别，而是原则上、本质上的改变。

立体显微镜前，我一边看、一边听、一边心里想着……

糕点和水果已忘得一干二净。

“看见不等于发现。导致这种现象产生的根源有多种，而‘眼’到心未到是较为主要的原因……”

紧锣密鼓的业务培训甚至涵盖了节假日，理论讲座、模拟实训、勘查带教、积案研究……看着大家如饥似渴和忘我的样子，所有的辛苦与汗水都转换成了源源的动力。

泰戈尔说：“你今天受的苦，吃的亏，担的责，扛的罪，忍的痛，到最后都会变成光，照亮你的路。”

我坚信，老师、大师姐、猛猛……包括自己成长所走过的路等，都是真实的写照。

一个煮鸡蛋、一碗淡豆浆，这是我们今天的早饭，刚出锅的稀饭烫得嘴都不能碰，因而放弃了。

“这家店半年内已经被小偷光顾了两次，这次又……”

现场勘查车内，送教上门期间全程陪同的袁局介绍着情况，因为早饭之事的内疚还未完全从他的眉梢消退。

“镜工，前两次案件都破获了，还没几天呢，又偷上了，这贼倒也‘前赴后继’啊。”胖胖打趣道。

老师看了他一眼，没说话。

胖胖见状打了一下自己的嘴轻声说道：

“先入为主了。”

报案的是位于县城闹市区的一家临街药店，有100多平方米大小，商店的大门有两层，内侧是两扇玻璃门，外侧为卷帘式铁门。

我们到达现场时只见卷帘铁门升起了一半，内侧玻璃门有一扇破碎，碎玻璃碴摊满地面。一旁的店主似乎有些麻木地看着我们到来的一行人。

或许是被盗的次数多了吧，早晨来上班的店主尽管感到扭动卷帘门锁的钥匙比平日里困难了许多，反复尝试才终于开启门锁，可这并没有引起他的疑心，只当是门锁质量差的缘故。但当拉起卷帘门时，那一地的玻璃碴催皱了他的双眉：

“我怎么这么倒霉……”

他一边嘟囔着，一边低头朝店堂内张望了一圈儿，但没有像以前一样贸然地进入——

“保护好现场是破获案件的重要前提和保障。”

民警以前的嘱咐让他收住了正要抬起的脚！

是啊，作为警务人员，破案固然是第一职责，在工作中向百姓做好宣传教育更是责无旁贷的，因为只有这样才可能为及时的破案打下基础，而及时的破案又会产生强有力的震慑，从而有力维护百姓的平安、社会的安宁，构成警民联手打击犯罪行为的良性循环。

“丁探，你来主勘。这堂实践课由你讲授。”

老师说完，拉开勘查车的门让我第一个下车。

询问案情、巡视现场、指挥照相……

也就半个小时左右，我已完成了对这个现场的全部勘查工作。

看官们也许会问，这么快？看仔细了吗？

别忘了，我的一举一动全在老师的眼睛里呢，老师可以从我的行为中捕捉到我的思路以及具体的想法……此刻，我从老师的神态中看到的是满意与欣慰。

人们常以案件的大小“论英雄”，其实不然，甚至是大错特错了。

案件或者是事件，当它没有被真正揭示之前都是一团迷雾，从来没有案子小简单、案子大复杂之谈。

我带着技术员们上到跟随的大型勘查车上。对案件的分析与讲评在这里进行，最大的好处在于，技术员们对于分析的结论还可以立马回到近在咫尺的现场印证，有效提高了带教的效果。

“勘查过程及重点是……所以分析结论如下：

一、玻璃门的破碎是在外侧卷帘铁门呈锁闭状态时所产生的，所以向外的碎玻璃形成了以卷帘铁门下侧为界的整齐线状分布；

二、报案人称卷帘铁门门锁不好开启，怀疑是门锁质量的问题，经过勘查发现，门锁完好，既没有坏，也没有外力破坏形成的痕迹，而是玻璃门破碎后掉落下来的玻璃碴将门的横向插销杆卡住了，清理掉玻璃碴后，卷帘铁门开关自如，一切正常；

三、店内物品的放置位置没有变化。

所以，这不是盗窃案件，也不是故意破坏案件，而是一起玻璃门自己爆裂的事件。

导致玻璃门、窗自己爆裂的现象在生活中时有发生，爆裂的因素是多样的，有玻璃的质量原因，也有施工中是否规范的原因……”

“丁教官！”

我讲完后，一位当地的技术员举手道：

“是否存在这样一种可能性，是有人故意隔着卷帘铁门撞击导致玻璃门破碎的？”

“非常好的问题，大家怎么看？”

我的反问引发了一阵窃窃私语，最后，目光又重新聚集到了我的身上。

“首先要研究一下卷帘铁门材质的情况……隔着卷帘铁门撞击，对内侧的门玻璃所作用的力是一种相对的力，但主要着力形式还是聚集在一定面积的点上，所以，破碎的玻璃碴不会形成光芒状的溅射，而只有当玻璃门发生自燃爆裂时，破碎后的玻璃碴与卷帘铁门碰撞后产生的回射弹力可以形成目前所显示的大面积放射状形态。”

……

重新回到车外的现场，对于前期工作中看见却没有刻意去关注到的现象，大家认真地观察研究着。

“丁教官，刚才听你这么一讲，现在再来勘查现场的感觉就是大不相同了，顺了，明了了。”

碎玻璃的线状分布、大面积放射状形态、铁门材质与作用力的分散关联等，教科书的局限性要靠自己在实践中去挖掘、拓展。

新一轮渗透性更强的讨论在技术员们之间展开。

也许是由我主勘，观摩的技术员较多的缘故，围观的人群中不乏惊异的目光和议论：

“敢情来的这些警察中，就这漂亮的丫头说了算。了不起，了不起，如果不是穿着警服，走在大街上一准会被当成模特、明星！”

哈哈哈哈……最美的还是此时我的心境，像花朵，在辛苦与智慧浇灌中绽放出灿烂！

老师，再一次感谢您。

“神吧？就靠对现场上几滴血迹的分析，与死者毫不认识的作案嫌疑人在十六个小时后便落入法网。有这样的技术、这样的神探，好人可以安心了。”

尽管是早已熟知的案件，再一次重温那丝丝入扣的勘查分析，还是让人感到一种不可思议的震撼。

某省台卫视的《经典传奇》栏目正在播放的是老师以前破获一起命案的场面……

是啊，在现场勘查和分析方面，老师的思维模式总是那么恰如其分地迎合着不同案情、不同环境中发生的一切，简直就像拍电影那样事先布置好一般，以至于当回想起往事时，我竟发现自己这么多年来就是在这些不断出现的不可思议中发现、思索、实践、提炼着各种需要学习的知识和掌握的技能，并促成自己的长足进步，如同浸润在浩瀚无垠的海洋之中，在与风浪的不断搏击中铸造着自我……

“着地时一瞬间的姿势要作为这类案件研究的重点，因为它是还原起坠部位和姿势，进而从客观现象的角度研究、证实高坠发生的缘由……”

这是今天午后勘查的那起高坠案件。

有电梯却不能乘，需要走楼梯逐层去寻找起坠部位，正当胖胖运足了气准备与高楼“一决上下”时，我却扭头征询般地看向老师，我见老师正在查看环境、询问案件发生时的局部风向、楼群对气流产生的影响、死者的穿着等，有些问题好像与高坠没有关系似的，但我知道，没有一个多余的字句。

“四两拨千斤”之巧，是产生于智慧的。

“胖胖、丁探……坐电梯到八楼，对八楼、九楼和十楼楼顶进行搜寻。”

“收到！”

胖胖充当起电梯驾驶员。

……找到起坠点了，在楼顶。那里的各种痕迹记录下了这样一段画面：

在十楼楼顶的外墙面，那位选择了离开人世的年轻人身体紧贴在墙面，双手紧扣着楼的边沿，一点一点地向下滑动着身体，身体变得越来越沉重，但那双手依然紧紧地扣着楼的边沿，仿佛是对人世的不舍或者是最后的一丝留恋，终于，渐渐变得无力的双手再也承受不了了，身体像一片落叶般地飘落出去……

“在损伤上，要具体问题具体分析，腿有骨折，不代表腿先着地。

高坠着地，主要有两种力导致人的损伤，一个是地球的引力引起的重力加速度，另一个是落地以后的再生性寸劲儿。这两种力是构成了整体损伤的主要组合。”

老师这些质朴的语言中所浸润的可是绝活啊，是在实践中才能真正领悟、醒悟、感悟的绝活。

这个人腿部的骨折便是寸劲儿造成的……

解释一下，比如说背部、头部或者后腰处都已经着地，但是腿还悬在空中，腿虽然晚一步着地，但这时候的力却是两种力的和。

第一个是往下的重力，第二个是身体先着地部位形成的突然“刹车”对腿部形成的一种加速度力，就这两种力加起来的损伤程度甚至可以超过身体先着地部位的程度……

头、面部的血由两种组成，第一种是喷溅后形成的滴落血迹，这是后背部遭到猛烈撞击，内脏器官受伤后从口腔里面喷出来并回落滴下的血；第二种是流淌的血，是从口鼻腔里流出来的血迹，血迹的流动方向是斜向头顶的方向，这跟人躺在地上的姿势有关。

综合起来讲，这个人着地的姿势近乎平面。

举个例子：

一个人穿着衣服站着从上面跳下来，而且始终是呈相对垂直的角度下坠，那么在坠落的过程中形成的气流会导致裤子和衣服的上掀，反之，头朝下的话，衣服裤子会被拉直。

这一切又都会在衣服的褶皱上显示出来……供大家在今后的工作中参考，谢谢。”

或是你的未知，或是对已知运用上的技巧，或是二者间的综合……每一次的出手总会让你产生出新的感悟，犹如一个攀登者发现了新的前进路线和目标。

这就是老师，老师的魅力。

一天的实训回顾与讲评，时长仅十分钟。

老师的风格：问题临场解决，讲评拣干的捞。

为什么有些话不能说下去，其原因前面讲过，至此，各位看官想必皆已习惯了。

要是老师对案件的分析和讲评能让更多的刑事技术人员知道就太好了，但老师所处的“衙门”小，在最最基层……而造就了老师的，正是那一身的“硝烟”。

“丁探早。”

“老师早！”

今天可以安安静静地吃早餐。

“老师，我要写一本书，让人们知道有您这样的人存在……”

我品着咖啡，谈着自己的构思与想法。

老师听得很专注，不时点点头：

“谢谢，我会第一个成为这本书忠实的读者。”

老师说完又用手指了指餐厅落地窗外的高山：

“丁探，你看……美丽的花朵、飘逸的翠竹、绵长的绢溪、不尽的草芥，无论是否有人看见、有人注意，环境美好中确已增添了一个构成，这些构成从宏观到微观乃至那些肉眼都难以捕捉的存在，可它们真真实实地存在着，吐纳着芬芳，装点着山川。”

三十五、自然的雕塑

老师戴着刚从社区卫生室要来的口罩轻手轻脚地向室内的炭盆走去，在盆内木炭灰的上面有一个燃烧后形成的纸灰堆。我们则站在距离屋内炭盆约五米远的房门口。

“今天早上我出差回来，一打开房门竟看见……他是烧炭自杀的……”

报案的是死者的妻子，三十多岁的人哭得没了人形。

老师静静地看着她在两个女民警搀扶下离去的身影，微微皱起了眉头：

“请去社区卫生室拿几个口罩来。”

边上的居委会干部稍稍愣了一下，随即转身向卫生室方向奔去。不该问的不问，照做便是，他很快回过神来。

“纸张烧出的灰烬非常轻，如果是近距离地走动、掀动被子、抖动衣物等日常生活行为都会导致灰烬的飘洒，但是当纸灰受潮后则不一样了，不过，受潮的纸灰会在形态上发生细微的变化……”

看着老师的动作，我心里默述着相关的知识点。

大约过了一刻钟的时间，老师收起照相机和放大镜，扭头看着门口的我，我立刻戴上口罩轻声说道：

“老师，天气预报以及对周边居民的访问核实证明，现场所在地在前天和大前天两日中下过持续的大雨，直到昨日凌晨四时许开始放晴，而且一直到现在——上午九时，全都是大晴天。风向、风级为偏南风三到四级，阵风六级。”

事后有人问我，怎么就知道镜工要听到天气方面的信息，他并没有说话呀?

“不同类型案件现场的访问侧重点有所不同；相同类型案件现场的具体表现形式不同，其访问的侧重点也有所不同……跟了老师多年，如果什么样的现场该做什么都不知道，那只能说明你没有用心去做、去学。”

学习、思考、积累是出色工作的永恒铁律。

“丁探，你说话和考虑问题越来越像你老师了！”

我喜欢听到这样的话。

老师摆动了一下放大镜，让我过去，又将勘查灯和放大镜交给我，老师伸出一个手指，然后指指木炭灰；又伸出两个手指，然后指指纸灰堆。

老师让我先观察木炭灰，而后再观察木炭灰上面的纸灰堆。

我用眼神回复老师："明白。"

老师这样具体指导的真正用意应该是让我不要把同一盆中的两种燃烧物质混为"一谈"。

我暗自思忖着老师的用意，难道……

放大镜下，勘查灯变换着照射的角度和灯光的强度，渐渐地，我发现被烧成灰白色的灰烬有的已经散碎，而有些却依然保留着残存的造型，但整体给人的感觉是"变紧了"……这是一种受潮的表现形式之一，我的脑海中瞬间跳出了现场处的天气信息：

现场所在地在前天和大前天两日中下过持续的大雨，直到昨日凌晨四时许开始放晴……风向、风级为偏南风三到四级，阵风六级。

潮气无孔不入，可风向与风级似乎没有体现出其价值来，因为室内用毛巾等物进行了封闭处理。

错了。

那是一般人的想法，从立体思维的角度进行分析，这种所谓的没有价值，恰恰是其价值在特殊情况下的体现，它反映了燃烧发生在室内被封闭之后产生……

突然，我的心猛地一紧，当放大镜移到纸灰堆上时，那脆硬的纸灰中有些小碎片在现场微弱的气流中依然在舞动着身躯……我抬头看着老师，用目光诉说着我的发现。

老师带我走出现场：

"丁探，明白了？"

"是的，老师。"

"下面我们开始检查纸灰堆，做好取证准备。"

"是。"

小巧精致的不锈钢镊子在放大镜下犹如建筑工地上塔吊那长长的吊臂般摇摆着，纸片被一层一层地剥开，老师为我打光，光柱随着我的手势变化调整着。

我的心又一次紧了起来，在纸灰堆的下层边缘处一个小三角出现，小三角的两个边沿与纸灰相连，大小约为 0.5 毫米……

立体显微镜的白色平台上，小三角现出了原形，是纸片在燃烧中留下的残角。

……

下面，我来说一下在此案中老师与我的发现：

一、炭盆内的木炭灰表层已经有一定程度上的受潮，而位于木炭灰上面纸灰堆中的纸灰却没有明显受潮的迹象；

二、盆内的木炭业已烧成灰，而位于木炭灰上层的纸灰堆内竟发现了没有完全烧毁的纸残角“幸存”。

……

“何队长，请到现场来一下……”

“明白镜工！”

胖胖拿着手机的手从老师的耳朵上移开。

俗话曰：工欲善其事，必先利其器。

可实践证明，如果不能做到“利其器”的话，不仅无法善其事，甚至还会导致严重的后果。

这里所指的“器”包含物质上的准备，同时也包含着能力上的准备，二者缺一不可。

打开网页，在“要闻”栏目中，图片自动翻滚播放着，内容上很具特色，几乎全是一把手的工作照，春、夏、秋、冬各种服装、各种表情、各种情绪，不过有一点是类同的——在熟悉的地方视察、在小憩群中开会。

我感觉自己的眉头在渐渐收紧。

这是一家管理无方的公司，所谓保安部门在没有及时报警的情况下擅自操刀处理了一起坠楼案件现场的前期保护工作。

“终身学习是我公司一贯提倡的，比如我，就一直孜孜不倦地观看各种有关侦破方面的电视剧，还不时召集大家讨论……”

保安顾问，一个满脸白胡楂儿的老头兴奋地侃侃而谈着。

“说重点。”

“什么重点？”

回应我的，是一张茫然不知所措的脸。

“丁探，我来。”

老师的“冰”表情让那个所谓的保安顾问脸上瞬间失去了最后一丝兴奋。

“这么说吧，你们都做过什么？”

……

实在不愿用我洁净的笔去描述他们请示“上级”后的所作所为。

事后向大师姐谈及这段时，她微微笑着对我说：

“当一个优秀的警察要学会与社会中各种各样的人打交道。你呀，仗着师父在身边就不露痕迹地任性。”

……

老师快速向派出所的民警作了弥补性的布置，而后仔细勘查起现场来，在借助放大镜和勘查灯查看尸体时对我说：

“丁探，研究地面上物质组成和死者着装质地以及它对地面物质的黏附性特点……可以正确区别出一般黏附与高速撞击黏附间的本质区别……从而最大限度地还原现场的原始状态，为对现场的分析打下基础。”

“明白了，老师。”

为什么有省略号？不用我再次重复了吧。

“警官！警官！”

有人压低着声音向我们这边呼唤，一个年轻的保安站在树荫里招着手。

我示意老师：我自去吧。老师在临场工作中是非常不希望被打断思路的。

也许没有想到是我前来，年轻的保安脸一下子红了起来……

对此现象我早习以为常了。

“我用手机照、照了两张照片。”

他拘束地说道。

原来，他是一名不久前刚从部队复员的战士，凭借在退役培训中学到的知识，他明白现场原始性的重要，所以在现场还没有被变动破坏前偷偷用自己的手机拍摄了几张照片。

几年后再见到他时，对方已经是一名优秀的派出所民警了。

这是后话。

“丁探，这种类型的褶皱纹表明，死者生前坠于地面时不应该是这样的姿势，他被局部移动过，而手机里所显示的姿势才是正确的，这与我们刚才对黏附关联性的观察判断是一致的。”

老师比较着年轻保安手机里那些相对原始的现场图片与眼前现场之间的异同说道。

说明一下，褶皱学是老师独创的一种痕迹类型系统现象解析，它对于研究现场非常有效。

“自然的雕塑，对人、对事、对物、对现象，其深意概莫能外。”

老师讳莫如深的话语让站在一旁的胖胖和小李子有些懵懵懂懂，于是他俩不约而同地把目光投向了我。

“不以人的意志为转移，这就是自然性的价值所在。”

略做思忖后，二人频频点起头来，毕竟，跟随老师多年了，这也是一种雕塑吧，一种自然的雕塑。

我想。

“说得好丁探，原始现场固然是至关重要的，而还原现场原始性的方法同样至关重要。因为任何事物的发展变化和呈现在我们面前的现象都不是单一性的，有的时候甚至出现矛盾性的假象，而恰恰就是这一切证明或者促成了某种特定发展和现象的存在，这是我们立体思维的一个方面，或者说是我们强调要立体思维的一个方面。

所以我们在分析这个现场的时候要特别注意发现这种事物变化的多样性、多角度性，因为只有这样，我们才可以真正用立体思维的方式去解开现场上各种各样的对揭示案件真相有作用的信息点，还原现场、解析现场。比如，对于褶皱学原理我们无数次地使用过，但每一次都有异同，这次的褶皱与黏附关联性就与以往有所不同……总的原则只有一点，那就是必须符合事物的自然特性。”

什么叫透彻？内行们自己琢磨吧。

某日听到一则消息：

那个喜欢看侦破电视剧的白胡楂保安顾问被告上了法庭，原告称由于他的无知从而导致了高坠者没有在第一时间得到救治，失去了可能生还的机会……

“这个所谓的顾问呀，只顾了领导的眼色，却没有看法律的‘眼色’。”

严法医说着将手里的废物扔进了垃圾桶。

有道是文无第一，武无第二。

我想，这既是一种写照，也是一种鞭策。

遇到过这种现象：学了一肚子“高科技”，但到了案件现场却如盲人瞎马，束手无策。

“刑事技术人员对于诸如基础类知识的学习与掌握必须要不懈地去强化，否则无法有效地应对实践工作中对涉及相关知识点业务问题的研究与解决。”

“寓意深远啊……”

宗副局长不知何时来到了大办公室，这里正在进行例行的业务研讨。

“镜工，不得不打断你们了。”

宗副局长边说边朝我轻轻摆了摆手，意为不用为他泡茶了。

有活了，瞬间的反应。

果不其然，昨日深夜，在远郊某县城发生了一起离奇的死亡案件，一名男性青年近乎赤裸地躺倒在城区主干道中央地面上，说他近乎赤裸，因为他浑身上下只身着了牛仔短裤与拖鞋……

“这是离近了看，如果离远一些还以为他衣着完整呢。”

严法医说道。

因为死者浑身几乎都是文身。

“问题的重点在于他躺倒在这么一个特别的地方，但身上既没有发现有交通事故中的撞击点，而且连任何的摩擦痕迹都没有，只断了一根脚趾，一个独立的损伤。”

说这些话的时候我们已经在疾速行驶的重案勘查车上了。

“还记得那起案件吗，技术人员勘查中认定为两个人作案，一个穿着皮鞋，另一个穿着某品牌的球鞋。‘皮鞋’被抓获后交代只有自己一个人作案……后来才发现，报案的老夫妻曾经是某品牌球鞋厂的工人，自己用球鞋的大底和布鞋的鞋面合成了自创的私家鞋。”

这是一个久远的往事了，看到只穿布鞋的老人，技术人员怎么也没有想着去甄别他们的鞋，因为没有想到在布鞋的鞋底上竟镶嵌着的是某品牌球鞋的大底。

感觉自己的思路在老师那个故事的引领下进入了新的层面……

似有所悟——因果中所包含着的自然特性，而正是这些自然特性在某种条件下成了因果的支柱。

三个多小时的车程，老师大多数时间都默默地看着窗外移动缓慢的远景，只是时而闭目养一会儿神。

他在想什么？没人知晓，但我能感觉到，老师太累了。

想起了太史秋芙大师姐多次对老师说的话：“您别太累了。”

我将一瓶事先拧开了盖子的苏打水在老师方便的时候递了过去：

“老师……”

“谢谢！”

一口气喝掉了半瓶水，老师的精神好了许多。

手机响了，我看了一下时间，离目的地还有二十来分钟。

“什么叫作喝了许多酒？数量？酒精度？含量百分比？”

听着电话，老师的脸色渐渐变得冰冷起来。

“……要知道，对酒量大的人而言，一斤白酒也不算多，而对于酒量差的人而言，一匙子同样度数的白酒就可以烂醉如泥……与谁喝？为何喝？喝了几种酒？各有多少？喝得快还是慢？与常态相比如何……光是靠看一些数据是远远不够的，那只能是一种辅助手段……就一个饮酒而言，里面有很多很深的学问：实际酒量、饮酒量、饮酒速度、饮酒心情、情绪转变情况、转变因素、酒的真假、不同品种及品牌酒的混饮效果、服何种酒、忌讳何种酒、饮酒的主动性与被动性……情况因人而异，但这方面是第一时间应该调查清楚的重要信息……方队长，我们现场见。”

放下电话，老师一言不发，继续默默地喝着我给他的苏打水。

理解老师累的原因了吧。

“这两个方面的异常表现可以从另一个角度上反映死者生前受到酒精作用的程度。”

看过方队长重新送来的片段视频后，老师说道。继而老师又坐在公路边的石条上思考着，眼前就是案件发生的现场。

方队长擦了一把汗，轻轻地舒出一口气。

尽管还不明白老师说的是哪两个方面，但还算有了一些信息上的进展。

由片段视频可见，与大白天的车水马龙相比，深夜时分尽管清静了许多，但依然不时地有各种车辆往返于案发路段。

“老师，根据调查的情况以及刚才视频的补充，死者生前的行径里包含有许多不正常的举动，比如逆向行走在机车道上、走路的不稳定等。”

这也就是刚才老师所说的两个方面。

“深入一点，丁探。”

“老师，他似乎是故意冲着来车而去的。”

又反复研究了视频后我补充道。

“丁探，你察觉到了吧，他的‘故意’是带有一丝强迫性的，并非想要去撞车。”

听了老师的话，我马上又用慢镜头的方式播放了视频，并借助放大镜观察了他的细微小动作，虽然他已经踉跄不已，但还是本能地“玩”着逼车游戏……

老师真细啊！

不过千万不要以为只要刻意去细就行了，老师的细首先是相关意识在临场工作中发挥的重要作用与引导……这么说吧，不掌握一定的章法，细在何处、何处要细、其意何在、前因后果等皆可能成为一种盲区。

“镜工，有一个问题我实在是太想知道了……”

一旁的方队长终于找到了一个适合插话的机会，忙不迭地说道。

“方队长，你是想说断掉一根脚趾怎么会死亡吧？”

哈哈哈哈，老师不是什么神仙，刚才方队长在一旁盯着自己的脚看了好一会儿了，后来又摇了摇头。老师曾瞟了他几次，这也引起了我的好奇……

“要解释这个问题不是单纯看一下损伤就行了，还要考虑到损伤的形成原理才行，比如，为什么致伤工具避开了脚掌和其他脚趾而单单形成了一根脚趾的断损？”

“这……”

“其一，从力的运行走势看，在断损的脚趾前面脚面的位置上有表皮的刮破；其二，表皮上刮破痕迹的宽度稳定，而且与断趾的损伤宽度吻合。”

老师突然停顿下来，扭头看着我，我明白，这是老师让我接下去。

和老师在一起工作，思路慢了可不行，更何况，能让老师特别上心长期培养的人可不多，你要具备那份主客观方面的素养与条件。

这是我的幸运。

“生活中的工具类型很多，有制式的、非制式的、临时替代品等，现在可以看出的是，造成脚趾断损的工具是宽度类同于死者脚趾的钝性物体；造成脚趾断损的形式是剐蹭加扭扯两种力的合成，脚趾的断损面形态也说明了该工具瞬间移动的速度并不太快，但本身具备一定的重量，这里就不展开了。由于解剖工作还没有完成，就目前能够导致死亡的原因之一是……”

我在笔记本电脑上跳出来一张死者头面部的照片说道：

“产生‘熊猫眼’的根源。”

后来法医的检验结论也印证了这些。

……这是一起非典型的交通事故，死者生前在案发当晚大量饮酒后先是故意在机动车道上逆向行走，挑逗行驶中的车辆，后来酒劲发作倒卧在了路中央，恰巧有个骑摩托车的路过，等看清地面上躺着人并进行减速和绕行时，已经太晚了，摩托车的撑脚杆等部位还是触及了人体……

减速和绕行，造成脚趾断损的剐蹭加扭扯两种力的合成就是这样形成的。

案子破了，分别之际，方队长感慨道：

“拓展性学习！镜工，您这句话我会用一生去践行的，我要科学、不懈地打磨自己。”

一切看似偶然，但往往会忽视了他的必然性、他的自然属性，行为固然源于人，而人的雕塑则受制于你与自然存在的触碰之中……有近朱者赤、近墨者黑的，也有出淤泥而不染者，且皆自然也。

三十六、静谧的回声

不同长短、粗细、肤色的手臂仿佛是从嘈杂的呼唤及寒暄声潮中生长出来似的摇摆晃动着，而这一切与同样等候在机场出口处的太史秋芙大师姐身上透出的娴静和雍容形成了强烈的反差。

“丁探，一定要把师父拉出来，他这样累下去我真担心……”

一个多月前，大师姐像是下命令似的在电话中对我关照道。

有一位战友在连续的加班中一觉下去就再也没有醒来。

“师父，您好！”

大师姐迎向老师说道，并点头向同行的胖胖、小李子、何队长一并致意。这次，严法医因外出而未能同行。

“太史好！”

我暗中朝大师姐偏了偏头：任务完成！

这是我们大家再一次合起伙来“算计”老师了。

但我一点儿也得意不起来，记得临行前聚餐时老师举起酒杯意味深长地对大家说道：让各位费心了，谢谢。

说完，意味深长地看了我这个“领头的”一眼……

这些小把戏怎能不露出破绽，老师他是在用实际行动领大伙的情呢！

“哇！好诱人，我愿意当那位挑夫……”

“得了吧，想吃才是真的，不过，如此新鲜的荔枝，口感一定很棒。”

商务车的后排座，小李子看着手机里的图片与一旁的胖胖二人聊得正欢，还将它分享到了我们的群里。

古朴的村寨、高大的荔枝树、挤出叶隙的阳光光束、蜿蜒的石阶，一个头戴草帽的青年男子赤裸着上身担着满满两大竹筐荔枝行走在小路上，绿色的枝叶呵护般地簇拥在果实的周围……洁净的空气与清甜脆润的美味浸透身心。

“唉，看到图片让我想起了在大学支农劳动的日子，也辛苦也炎热，也类似于这样的山区村庄，虽然没有荔枝，那满山满坡的瓜果同样让人赏心悦目，也就维持了三分钟的热情，很快就明白了一个道理：再甘甜的瓜果也是需要一个一个去采摘下来而后肩挑背扛……那些瓜果在向人们展示其美好与诱惑的背后，是对艰辛的暗示！可这一点往往在初始阶段被忽视。”

又联想到了老师说的：看见不等于发现。

何队长的话倒也颇有些诗情画意，终于引起了老师的注意。

一路上，大师姐从近期以来的现场勘查情况、技术人员培训情况到当地航空乐园的扩建、新增项目等一一向老师和我述说着。

大师姐的善解人意之举非常巧妙，既应了老师的兴趣所在，话题所涉内容又不让老师太费脑力，妙。

“师父……”

大师姐将自己的手机递给老师，手机屏幕上正是小李子他们议论中的那张图片，只是，大师姐自己在看见那张图片时略微顿了一顿，我立即查看起自己手机上那张小李子群发的图片。

“哈哈哈哈！”

……

“丁姐，我怎么感觉被你笑地有点发毛呢？”

“有自知之明。”

老师自言自语般地说道，将手机还给了大师姐：

“谢谢太史。”

“小李子，这是一张摆拍的照片，你仔细观察一下，赤裸男子手臂上平日里穿短袖留下的印痕，和白嫩的躯体间形成了强烈的对比，这不是一个干农活的人，也不是一个长年在野外工作的人；再看看树干上，整棵树除了一人多高的树枝上有荔枝外再没有一粒荔枝，而这个位置上如果有荔枝的话必然会首先被采摘掉的，因为它处在上、下树的路径上，只有这里的树干上有新鲜的摩擦痕迹，树干的其他部位上全是覆盖的青苔……”

小李子用手轻轻挠着头。

这时，老师的手机响了起来，大师姐示意我接着老师的话讲下去。

“小李子，你吃过荔枝的，应该知道它的重量，而图片上这两大筐荔枝却是那么的轻盈，扁担一点儿都没有弯曲，摆动频率也不符合重担的规律……”

……

我轻声说着，何队长闻言拿起手机重新审视起图片来。

“何队长，您刚才只是就图片展示的内容联想到往事而已，并不是针对图片本身的解读，思维面和思维方向上都不同，没有任何问题。”

大师姐安抚着何队长。

“还是不应该呀，和镜工一起工作了那么多年……今天我重新认识到了什么叫让立体思维意识成为自己的本能。”

听了何队长的自责，老师按了按他的肩，又拍了拍小李子，没有说话。

是的，一起工作这么多年了，可是在案件现场上，大家都把现场分析方面的重担下意识地寄托在了老师的身上。

想到此的瞬间，我的情绪一下子跌落到了谷底，这次拉老师出来，其实我还有一个心结，我无意中得知，最近在侦破一大批积案中发挥关键作用的同志将予以记功表彰，可名单中却没有老师……

那是二十七年前发生的事，一个农村果农的家里发生了一起命案，果农被凶手捆起来后杀害，其妻子重伤侥幸逃过一死，家中财物被劫。

那时的老师还只是作为一名普通的刑事技术员参加案件现场的勘查和取证工作，当人们完成现场勘查准备离开的时候，老师独自一人依然蹲在现场的厨房内观察并思索着，浓重的血腥味弥漫在空气中，似乎彰显着这里不久前发生的惨烈……当年的胖胖刚参加工作不久，见自己的带教还没有从现场内出来，于是重又进入现场去叫他，可三声叫下来，老师就如同听不见似的。只见老师突然跑到门外，将即将装上汽车的装备提起又跑进了现场，一阵紧张而细致的操作后，老师的手里拿着刚刚提取到的指纹走出了现场。

原来，老师没有像一般技术人员那样按部就班地工作，而是运用侦查与技术相结合的方法来大大提升自己工作的深度、准确度，插一句话：何队长就是从那个年代起与老师结下深厚友谊的。

常规操作后，通过与何队长沟通得到的相关信息，老师分析到，将拼命挣扎反抗中的被害人拖入厨房内，并按在地面上捆绑，从犯罪临场心理的角度看，凶手为了不让声音传出去，很有可能会顺手关闭厨房的房门，凶手是蹲着按压控制倒在地面上的被害人的，双方皆处于低姿位，所以留下指纹的位置应该在位于厨房房门接近地面的地方，而这种地方，人们在正常的生活中一般是不可能去触碰的。

老师果然从厨房房门离地面仅不到二十厘米的位置处成功提取到了多枚指纹，完成排除工作后以A级指纹进入查询系统……法网恢恢疏而不漏，近三十年了，当年的杀人凶手因为一次诈骗行为而在指纹库中留下了档案，旋即便被牢牢锁定。

没有对于刑事科学技术工作的热爱就不会产生深厚严谨的事业心；没有事业心就不会持之以恒地精研业务；没有相关的业务能力与立体思维意识就不会拓展现场工作的思路；没有上述的一切也就将失去发现、提取现场指纹这个在本案中关键证据的可能……而现在，技术领域内仅给操作电脑查到的同志记了功。

……

"太史、丁探，谢谢你们、谢谢大家，案子破了，死者安息、凶手伏法、正义彰显、美好可期，足矣。"

发出这条微信后，老师转身走进了那小小的玻璃屋内。后来才知道，老师说服了宗副局长，将原本给他的三等功转让给了何队长。

看上去美好的，并不一定都是"真实"的。

老师，敬礼！

关闭舱门、舱门预位、推出、二号发动机开车、一号发动机开车、关闭动力辅助、二档襟翼、滑行、方向+升降+转弯检查、道口等待、到位等待、接收可以起飞指令、滑跑、加速、决断速度、继续、抬轮、收起落架、航道修正、收回襟翼、进入巡航、减油门进入进近程序、开启降落灯、放一+二+三档襟翼、放起落架、渐收油门、决断高度、释放全部襟翼、抬头5度至10度、落地、收回油门、发动机反推、拉起减速板、刹车、关闭反推、推油门滑行、收回减速板、收回襟翼、进入滑行道、进入停机位、拉起刹车、开启动力辅助、二号发动机停车、一号发动机停车、乘务人员解除舱门预位、打开舱门、乘客下机……

有志者，事竟成。

三个半小时的"飞行"，大师姐、我、胖胖、何队长、小李子等，我们既是乘客又是观摩者，对老师"驾机"的熟悉程度，屈居"副驾驶"位置指导"伴飞"的蔡机长眼神中流露出了不可思议的光芒，要知道，他可是某航空公司的现任飞行员，正宗的大型客机机长，有着二十多年的飞行经历。

别误会，我们所在的不是真正的飞机，而是某航空公司的飞行模拟舱，如果说它与真正的飞行有何不同，一个在天空、一个在地面；一个可以出现各种变化、一个只是标准模式下的"飞行"，尽管，它是可以通过电脑进行设置的。所以，也是真正飞行员的训练用具。

因为毕竟是业余爱好，所以蔡机长只对老师的“飞行”作了概略性的修正，看官们可以比较一下：

关闭舱门、舱门预位、推出、二号发动机开车、一号发动机开车、关闭动力辅助、二档襟翼、滑行、操纵检查、跑道外等待、进跑道等待、接收可以起飞指令、滑跑、加速、决断速度、继续、抬轮、正上升收轮、航迹修正、增速高度收襟翼、爬升、进入巡航、收油门下降、进场程序、10000 米开启降落灯、进近程序、放一＋二＋三档襟翼、五边放起落架、释放全部襟翼、最后进近渐收油门、决断高度、进跑道、抬头 5 度至 10 度、收回油门、接地、拉起减速板、发动机反推、刹车、接近滑行速度收反推、脱离跑道、收回减速板、收回襟翼、进入滑行道、启动 APU、进入停机位、设置停留刹车、一号二号发动机关车、乘务人员解除舱门预位、打开舱门、乘客下机……

“镜工，综合了一下您刚才的‘飞行’程序，不完全是专业用语，仅供娱乐参考。不过，我真的有些不敢相信，这一切，您是在业余时间以自学为主成就的，您具有非常好的飞行员潜质！唉，如果多一位优秀的机长，又会少一个忠诚的卫士、一个中国的福尔摩斯。”

蔡机长说着抿了抿嘴，露出了一种矛盾。

今日之约是两年前定下的，繁忙的工作错过了一次次的机会，不过老师通过手机也时常向机长请教学习，今天在大伙的努力下终于促成了这次的“飞行”。

私语一句，这是蔡机长给开的后门……他与老师的结识也是源于老师的破案，这里不赘述了。

我再次被老师见缝插针、工作爱好两不误的搭配技巧与不言放弃的执着折服和感动。

“蔡机长，我应该感谢您呀，专业的指导常常起到四两拨千斤的效果，我的受益之处不仅在飞行知识方面，还有自己的业务教学技巧上……”

“镜工过奖了，请告诉我一下，那么繁重的业务工作加之如此专业的飞行爱好，是什么让您出色地做到了两不误呢？”

对于蔡机长的问题，老师留恋地看着飞行模拟舱，缓缓吐出两个字来：“热爱。”

……

“我爱祖国的蓝天，晴空万里阳光灿烂，白云为我铺大道，东风送我飞向前……”

嘴里不由自主地哼唱起这首歌曲，车至大山之巅，老师伫立在一个巨石上看着深邃的苍穹和绵绵无尽的山河，良久、良久、良久：

“真美啊——”

……

“太史，你注意到床前地面上的情况了吗？”

“？……”

地面上有大片的血迹，那是在打击过程中作案工具上飞溅出来的血迹，还有一双放置不整齐的塑料拖鞋和一个装满各种杂物的垃圾桶。

老师的问话肯定不是指这些一目了然的现象，而是有着更深的寓意。

看见不等于发现。

此刻，大师姐思考着的也正是那些现象之中所蕴含的东西，所以她一边点头回应着老师，同时又陷入了深深的思考之中。

当然，同时陷入深思的还有我们。

一路上，大师姐对大家的关照是无微不至的，但大师姐的一举一动也牵动着我们，要知道，大师姐是利用自己的公休假来陪伴大家的，可她毕竟是S市公安局分管刑侦工作的副局长……

“太史……说吧，我能帮你做什么？”

大师姐一放下手机，老师便对她说道。

“师父，是一个命案……”

……

放弃了另一个景点的旅游计划，车子直奔案发现场，这才有了前面的一幕。

离开充满血腥味的现场后，我们在电脑投影前坐了下来，这是案件指挥部隔壁的一个小房间，我们不是第一次来J省S市公安局了，与当地的同行们早已熟悉，交流起来也快捷而熟稔，现场照片已及时输入电脑。

“师父……”

说实话，有老师在的时候，我们会本能地产生那么一些依赖感，更何况，案情也需要在可能的情况下尽快地推进，所以，大师姐仰首看着老师。

老师点了点头，一字一顿地对大师姐说道：

“已知死者是躺在单人床上遭到打击的，根据对床上褶皱的分析，凶手并不是在床上对被害人实施的打击……”

“师父，我明白了！”

见大师姐表情上随着自己分析的变化，老师忽然停了下来，意为让大师姐接着分析下去。

知道什么是一名优秀的教官了吧，关注被教学者，随时随地调整教学的方式方法，让对方有参与感，引导着对方一步步地前进和成长……

“地面上的血迹分布中没有发现脚踩踏所形成的空白点，但床上也没有发现凶手的迹象，也就是说，凶手既不是在床上对被害人打击的，也不是站在床前地面上实施的打击，而他又不可能浮在空中打击，所以，问题必然出在作案所使用的工具上。”

老师没有说话，示意大师姐继续。

“师父，结合床单、地面、床头位置墙面上的血迹形成解读，这个实施打击的工具有几个特点，一是钝器类工具；二是具有一定宽度面；三是它的面可以转化成准锐器状；四是这个具有一定的长度，所以在使用它进行打击时，凶手的自然站立位置在地面飞溅的血迹之外。”

“长柄的铁锹。”

我脱口补充道，这也是在案件发生地及周边可以寻觅到的日常用具。

“有道理、有道理。”

大家附和地点头道，小李子微微皱起了眉，仿佛痛恨自己在思维上有些个不跟趟似的，胖胖见状安慰地拍了拍他的肩膀，何队长则饶有兴趣地欣赏着我们师徒之间的智慧对话。

“这还只是第一步，太史……”

很喜欢这样的感觉，老师平淡的语调总是让人保持着冷静的心态，并触发着你进一步去探索、挖掘的意识及养成。

“是，师父，要从心理学的角度去透视这些行为现象中所蕴含的犯罪临场心理，从而刻画作案人，为侦查工作提供客观有力的证据……”

在实践工作中，这“临场”二字至关重要，每时每刻都可能有不同的信息对人产生影响，有时候即使是同一个人，一分钟前与一分钟后在情绪上就可能判若两人……前文已有过相关评论，不禁仍想强调一下而已，否则，扛着纯理论上场的你一定会有足够的机会去品尝什么叫作“驴唇不对马嘴”。

“这么长和大的作案工具一是不便于长途携带；二是不便于隐藏；三是被害人是处于睡眠中被加害的，不存在双方即时交流过程中的情绪升级，也就是说，犯罪嫌疑人与被害人之间的矛盾由来已久，而且犯罪嫌疑人是直奔加害被害人而来的，并且不顾自身的‘安危’，有鱼死网破的情绪。从血迹的挥洒形态、角度分析，作案人是右利手，结合对现场血迹的分析及其作案所使用的工具常规长度和行凶时的站立位置计算，作案人身高约 175 厘米，身材较瘦……”

只有深厚的功底才能实现一通百通，在老师的思维引导下，大师姐几乎是竹筒倒豆子般地完成了对于整个现场的分析。

随着大师姐话音的收尾，小李子也终于长长吐出一口气来。

大师姐则紧紧盯着老师，眼中充满自信……

“太史——去指挥部忙吧。”

“师父，谢谢您！”

……

“镜工，今天我对‘名师出高徒’一说有了深一层的认识。”

离开指挥部，我们一行漫步在田野植物丛形成的天然小径中，何队长手抚着身旁的枝条和叶片感触道：

“何师、何名、如何教？何徒弟、何学生、何天赋？师道之观、呕心沥血、持之以恒？然后，方可达春暖花开之艳、水到渠成之果。所以，并非名师都能出高徒，从这个意义上讲，您的学生和徒弟是幸运的、镜工您也是幸运的。”

说完，何队长笑了，带着一丝羡慕！

老师侧身看了我一眼，又眺望着指挥部的方向，由衷地点点头：

“何队长，您说得太对了。”

“……全球大约有百分之十的人是左利手，就是人们常说的左撇子，可这只是一个天然化的理论数据，生活当中的情况要复杂得多，归纳起来主要有以下几种类型：（1）自然型，即天生的左撇子；（2）后天型，即强制矫正自己形成的‘右利手’；（3）意外型，右利手的人因右手出现的状况而变成临时的左利手，比如受伤、病痛等；（4）混杂型，又叫局限性左利手，比如写字、吃饭用右手，而干活时又使用左手……”

掌声中，三个小时的业务讲座结束了，这次与以往的讲座不同，老师全程都坐在第一排聆听，旁边和后面是大师姐与她的同事们。

“很不错。”

“是的，何队长。”

这是何队长与老师间的对话。

老师一贯细致、严谨、立体的思维风格，加之冷峻的表情常常会带给人一种压迫感，尤其在考试中，让人从心理和表象上都会不由自主地产生一丝“寒意”，比如猛猛当初就是这样的，只有当你深入了解老师后才会真正“认识”他。

我一点都不“害怕”老师，反而很喜欢这种被检验的机会，讲课中自然流畅并特别注重对节点的把握，自己都感觉到了老师风采的附体，可谓是自信满满。

“老师……”

走下讲台，我以征询的目光望着老师，好像可以从老师的表情中搜寻出讲座质量的答案，要知道，在业务上，老师可是不护短的，这既是老师的严谨所在，也是老师之所以能够成就我们的源泉之一。

“宋代包拯曰：‘生死之于我，能不谨慎哉。’丁探，无论在案件现场上还是在传道授业的讲台上，能明确自己肩头责任的重大，做一名合格的刑事科学技术员和教官，这既是最基本的要求，也是毕生应有的不懈与追求。”

说完，老师将一瓶苏打水递给我。

“丁探，你们可是镜工眼里双合格的高徒啊！”

何队长扫视着我和一旁的大师姐，他与老师共事已久，而在说这句话的时候神情却非常严肃，老师对业务要求之严、之高，可见一斑。

我当然明白老师这种独特的表扬方式，其中更多的是一种鞭策。接过水，我深深地点了点头。

“师父，我们与您的距离还非常大，比如这次的命案，您的点拨太及时了……”

“事物是双方面的，有道是响鼓不用重槌，能够做到一点就通实属不易，太史、丁探，立体思维。”

“是，师父。”

这里的场面就如同是一个假面舞会，虽然没有面具，但不少人的脸上虚浮地堆积着表演出来的高雅、潇洒、风流倜傥，酒菜的味道与各种化妆品的气息交织在一起，某总长、某姐短的声音此起彼伏……着装、神态，我们的出现像在开水中加进了冰块般，场面一下子安静了许多，细碎的话语和议论随即铺散开去，不过，仅仅也就是一分多钟的时间，当我们消失在这特殊的氛围中后，一切又迅疾地恢复了常态。

在一名脸上仍然带惊慌之色的保安引领下，我们一行人快速穿过这个必经之路——可容纳二百余人的豪华宴会厅，来到这幢十八层商业大厦的九楼卫生间，这里，一具中年妇女的尸体静静地躺在冰冷的地砖上，她身上的工作服显示，她是一名清洁工。警戒带昭示着这里的异常，仿佛一下子进入了另一个世界。

“镜工，您来了……”

一个三十多岁的男医师探头与老师打着招呼，他是“120”的救护人员，之前曾碰见过，受过老师的“特训”，见到他，我那颗悬着的心稍稍放下来了一点，看来，现场原始状态的维护有些希望了。

果然，他立即从衣服口袋里掏出手机，一边急切地翻寻着，一边走向老师：

“镜工，卫生间内坑位的门是反锁着的，还好这里离我们医院近，一个前来如厕的女士无意中透过天花板的反光发现有人倒在地面，随即一边呼喊同时又用随身携带的小镜子反射出了坑位里面的境况，及时拨打了我们120的电话，所以我这次快速拍摄了这张抢救前的照片，不过人还是被她的同事们事先移动了出来……”

在生死不明的情况下，救人固然是重要的，如果能留下一张相对原始的图片，对于警方快速、准确地查明真相有多么重要，人们却知之甚少。

保护现场，这个词汇不陌生，可原始现场的价值何在？只能是问号当头了……只想告诉大家一个事实的存在——被变动、破坏的不单单是现场，而是法律意义上的证据！

在法庭上，当你为了赢得眼前的官司而煞费苦心、绞尽脑汁时，或许，证据就毁灭在案件或者事件被发现时的那个时刻。

所以，每当面临这样的状况，总有一种如鲠在喉的感觉……

“警察同志，她是和我们一起干活的同事，她是负责清洁工作的，今天上班后不久，她称要去上厕所，因为我们都有自己的活要做，也没有特别关注她后来的情况，直到……”

老师没有一丝一毫的责怪，只是专注的询问并倾听着她们对情况的讲述。

老师拍了拍那个男医师的手臂，来不及打招呼就关注起手机上的照片来。

“这个死者的脸上可能被打过巴掌，另外，脸上还有一个类圆形的压痕……扣子？圆形门卡？还有坑位门内侧的圆形把手……可是……”

严法医疲惫的身躯反复在手机里照片与地面死者之间变换着姿势。

胃部手术后出院不久的严法医的身体与精神状态都不太好，按照老师的吩咐，小李子一直照顾着他。

“别急，严法医。”

老师把手机还给男医师，在死者跟前蹲了下来，眼睛在死者的身上扫描着、思考着，放大镜随着勘查灯的光束缓缓移动、移动，它牵引着在场人们的目光与心思，我的思路在这种引导中快速地旋转着。

“丁探，说说你的分析。”

老师把放大镜和勘查灯交到我的手中。

严法医听闻老师的话后在一把折椅上坐了下来，刚才那种力不从心的焦虑在脸上消失，替代的是欣慰的神情。

“老师，弄清它的形成原理是前提，也是关键所在，给我一点时间。”

知道了眼前的方向、手中掌握着方法，我感觉到了轻车熟路的含义：

“老师，死者身高约154厘米，脸上印痕与人体上下轴线的夹角为45度，正常情况下，无论是‘巴掌’还是捂压，都难以形成。而且，死者面部的‘巴掌’没有实质性的损伤，且没有动态力作用的痕迹，也就是说，它不是损伤，是某种物质在长时间静态作用下形成的压痕，它有生活反映，说明这个压痕形成时，人是活的，左脸上那处类圆形的印痕所处的位置正好在脸部突出的‘颧部’，也就是颧骨部位，这里不仅突出，而且具有类圆形，当这个部位与平滑的地砖面接触了一定的时间后就可以形成类圆形的压痕，压痕的大小会因为人的胖、瘦及脸型而不同……无论是扣子、圆形门卡、还是坑位门内侧的圆形把手，它们如果直接与脸部接触，所形成的是边沿有清晰条线状的压痕，而现在脸上的压痕边沿模糊、弧形度也与它们不同。”

犹如神助，我有着掌控一切的自信，深厚的自信。

“所以，结合访问信息，她是感觉身体不适，又担心不干活会被扣工钱，所以只好以上厕所为由，关上坑位的门想休息一会儿，但人最后还是发病倒地，因为环境处于封闭状态，一时间没有人发现，大大地延误了及时抢救的机会，导致其不幸死亡，结合访问和勘查，得知她当时是处于左侧半卧状态，脸部的印痕分别由宽大工作服的褶皱与地砖面所形成。”

我说完了。

“丁探，漂亮，镜工，拓展性学习与应用的成果，漂亮！”

戴上刚擦拭干净的金边眼镜，严法医轻声说道，声音中明显透着中气不足。

显然，严法医身体上的状况已经影响了他的幽默感，并非他专业上有什么欠缺的，实在是有些力不从心了。

……

透过这幢十八层商业大厦的落地玻璃墙，视线非常开阔，繁华喧嚣的城市画卷铺展于眼前，车队、人流、店铺、道路、河流、山川、声响，我深深地注视着这一切。

“叮！”

电梯到了，我立即提起勘查箱疾步追上了老师，我感觉，自己提勘查箱的手握得好紧、好紧。

三十七、网的经纬

“晨曦，是你机敏的眼睛，在每一个角落里闪烁。晚风，是你匆匆的身影，在每一条小巷里飘过……”

小李子嘴里唱着一首广播剧的主题歌，胖胖在一旁哼唱附和，组成了和声效果，给清晨的大办公室充满了应景的活力。

“丁探，麻烦请再泡一杯茶水。”

刚为老师泡好了铁观音，耳边便传来老师的声音，在老师身边还跟着一个人，他听闻老师的话后，急忙摆手道：

“啊不敢、不敢，怎可让师姐动手呢！”

很快，我认出了这张似曾相识的面孔——田林，K省旅游地公安局刑事技术部门的中队长，现已是副大队长了，自从跟随老师学习以来，几年了，未曾谋过面，今天突然出现，肯定是找老师研究案件的。

心里想着事，手略显迟缓了些，田林已经快步走到了跟前。

“丁探，让他自己动手吧。”

见田林抢着要自己泡茶，老师说道，他不愿意在这些繁文缛节上浪费时间，我也借机去取自己的录音笔了。

一顿“大餐”在即。

“大规模的工作可能要展开了，可被害人生前从事过不光彩的职业，关系很混乱，一时还无法查清与之有染之人……”

一个中年女性在农村的外租房内被人杀害，现场勘查中，在死者臀部下方的床单面上发现了可疑的斑痕，经技术检验，检出了一个男性的DNA，但是在这样的环境中发现的痕迹是否与案件有关呢？如果有关联，强有力的手段将立即启动。

考虑再三，田林经上级领导批准后连夜乘坐“红眼航班”直飞我市。

老师轻轻啜着茶杯中的铁观音，半个多小时前，在田林的从旁介绍下，老师研究完了所有的案件照片，按照老师素常的习惯，此时他正在回顾并重建着案件现场的作案流程，当然，这也给我留出一些思考的时间。

“丁探，先说一下你的分析意见。”

老师已经越来越多地把第一次的案件分析任务交由我来进行了，我心里清楚，这既是出于老师对我业务能力不断提升的肯定，也是一种独特的鞭策手段。

就像纺织一般，思维飞速地在脑海中穿梭着，渐渐地，案件的轮廓变得清晰起来，出于各位皆已明白的缘故，下面我只能将案件以白描般的形式作一个阐述：

深夜，那位中年妇女独自在出租房内并处于睡眠之中，嫌疑人偷偷溜到了她的窗下，先是蹲在地上，侧耳倾听着屋内的动静，当确认屋内的人员已经熟睡后，伸手慢慢移开了锁扣没有扣住的窗户，然后将自己的手臂一点点伸了进去，扭动门锁开启了房门，嫌疑人半蹲着身体在依靠远处路灯投射过来的微弱光线帮助下摸进房间并轻轻翻寻着可能有钱财的东西，突然，“咣当”一声，一个金属瓶盖从桌面被碰落在水泥地面上，寂静的夜间声音特别惊心。

“谁呀？”

那位被惊醒的中年妇女从床上发出恐惧的喊叫，嫌疑人稍微顿了一下身体，随即快速扑向喊叫声发出的方向，他要尽快去封堵住她的嘴，中年妇女的身体渐渐软了下来，这时嫌疑人才稍稍松了口气，并发现了皮肤保养不错，且有着几分姿色的中年妇女，于是借机对她实施了侵犯，在嫌疑人束腰带的时候，他才猛然察觉到了中年妇女的体温正在逐渐下降，他立刻带上房门落荒般逃入黑夜笼罩着的旷野之中。

我还原了作案的过程，但对于田林提出的问题还是没有明确的依据来作答。

田林听得很仔细，不时插话询问，我也在分析的过程中不断将提取有关痕迹的部位及具体方法做了说明，田林一一记录了下来，因为现场目前仍处于封闭中，只要一个电话，补充勘查及采集痕迹的工作即可展开。

“老师，对于那个现场提取的斑痕，在与案件的关联程度上我一时还没有可靠的依据，请老师指点。”

我一边说着，一边想要给老师和田林续上茶水。

小小的玻璃屋再一次显出了它的局限，里里外外早已晃动着许多的脑袋、闪动着几十双眼睛，无奈，我只好放弃续茶的举动。

“两个方面……”

没有任何的过渡性赘言，工作如此，讲课亦如此，老师的风格，从大学起，就深得同学们的喜欢。

“一是现场被子、床单、枕头、被害人身上的衣裤，从褶皱的原理上分析可见，这四者系在同样的一连串动作行为过程中所形成的，具有同步性，它们所体现出来的力的方向总体趋势是由上向下移动，即由床头的方向向床尾移动，而且是多个力点形成，同时还存在逆向作用力点……”

我把老师的专业术语通俗简单地解释一下，一切褶皱的形成是由手脚并用在床上向床头后退移动身体以及嫌疑人由床尾处向床头方向控制被害人所形成的，床单整体的力度是向床尾方向的，而被害人手脚回移时形成的局部力度则是向床头方向移动的，这就是逆向作用力。

“二是那个斑痕所处的位置，从现场褶皱、血迹、斑痕、被害人的姿势分析，这里就是被害人最后遭受侵害的位置，是最后行为的组合定位，而如果把床上的物品还原成正常的生活状态可见，现在留有斑痕的位置原本是处于正常睡觉时的枕头下面，从枕头、床单相应部位上的陈旧性印痕看，这二者在素常皆处于正常的放置位置和使用状态……”

天哪、天哪，我瞬间全都明了了，在这个正常状态下不可能留下斑痕的位置上留下斑痕的人一定就是导致这种不正常状态形成的嫌疑人，斑痕与案件与嫌疑人有着直接的关联性。

老师，四两拨千斤，巧妙！

在小玻璃屋内四周、里外兴奋的讨论声中，田林显得有些语无伦次：

“师父、师姐，举重若轻啊……”

是的，这需要多少年的不懈啊，即便如此，对于不理解工匠为何物者而言——不过如此而已。

老师摆手打断了田林的感谢，用手指了指他的手机。

“明白，师父。”

“丁探，很好。自己还没有顾上泡茶吧，又要准备出发了。”

说着，老师将一瓶“沁柠水”递到我手中。

“有道是‘宰相必起于州郡，猛将必发于卒伍’，胖胖，你说这句话是不是从另一种角度阐述了实践的重要性，实践才能出真知呀！”

小李子摇头晃脑咬文嚼字地说道，近年来他开始发奋学习起来，不仅在业务上有所建树，而且也阅读了不少的书籍，最可喜的是再也不没事就捧着手机打游戏了，希望他能持之以恒。

“我说——文化人儿，你又忘记立体思维了？实践确实重要，但不代表实践都一定能够出真知，必须有相当的实践方法、实践深度和实践的检验，所以，生在州郡不一定就是天生的宰相命，而作为卒伍也许一生都只能遥看猛将的风采。”

严法医自从身体状况日渐康复，他喜欢一本正经开玩笑的风格也慢慢恢复了，不等胖胖回话就打了一个穿插。

小李子仔细咀嚼着严法医的话，并恶狠狠地回瞪了他一眼：

“就不能说些鼓励的话，胖胖……”

“今个中午肯定睡不成午觉了，我先抓紧眯一会儿。”

胖胖则合上双眼做出了入定状。

“有辱斯文。”

小李子轻轻叹道。

“宰相必起于州郡，猛将必发于卒伍”出自《韩非子·显学》，学生时代曾与读书会的同学们探讨过，记得以（西晋）陈寿《三国志·魏书·王基传》中的一句话做了结论：

“志正则众邪不生，心静则众事不躁。”

每个人生命的历程与境遇都有所不同之处，常有人抱怨命运的不济，对此，可曾想过一句古议，少年得志竟属人生的不幸之一……

个中的深浅，仁、志各见，但有一个道理想必是能够得到大众认可的：

事在人为。

田林没有加入大家的话题，但可以看出他的兴奋更多的还是第一次完整地参与同老师一起的现场勘查工作。

“师姐，师父真冷静呀，大将风度！”

田林悄悄对我嘀咕道。

我微微皱了皱眉：

“说什么呢？老师可不好这口。”

田林的脸一下子涨得通红。

“如果有一扇门等着你去开启，尽管你还不知道它的钥匙是哪一把，但你能确认的是那把钥匙肯定在你身上的钥匙圈里……成竹在胸而已，和大将、小将没有关系。”

老师还是听到了我们间的对话。

“是，师父，这一课我会永远铭记。”

向老师学习知识，千万不要把希望放在“等有机会……”“等……的时候”等诸如此类的规划上，要想抓住机会，必须是时刻准备着：工作、讲课、喝茶、吃饭、日常……都可能是你的课堂。

离报案的王大娘家还有约一百米的距离，耳边已传来了隐隐的哭泣声。

老规矩，直奔现场，在现场与先期到达的当地民警碰头：

“镜工，案件是昨天早晨报的，王大娘，某单位退休，平日是一个人居住，其有两个儿子和一个女儿，可都远在外省工作……昨天早晨她自称起床时发现自己的裤子被扔在门外地面上，裤子口袋里的四千多元钱不见了，通过我们现场勘查，作案人是利用房门上的缺陷开门入室并盗走了裤子口袋内的现金，那是王大娘头一天刚领取的退休金，可昨天还行，今天突然变得呼天抢地了，我感觉其中有什么蹊跷？所以，才请您前来……”

老师一边听着已经研究过的介绍内容，一边向现场走去。

事后老师对我说道，同样的内容，在现场听起来是不一样的，不仅是身临其境，而且可以依据现场的具体情况发现问题。

“王大娘每个月有多少退休金？”

“浏览”完现场后，老师提出了一个让人想不到的问题。

“稍等。”

民警说着掏出了手机，迅即，他告诉老师一个远不止四千元的退休金数目。

老师不易察觉地点了点头：

“意料之中呀！”

这似乎有点不着边际的话却让我隐约看见了曙光：老师已经找到那把“钥匙”了。

田林等人处于一头雾水之中，只有胖胖和严法医二人稳坐着钓鱼船，但二人心思形成的出发点各有不同，严法医是凭借对老师的信任；而胖胖则和我一样，顺着老师的思路摸索中发现了其隐含着的端倪。

“丁探，……”

老师避开所有人，对我如此这般地交代了一番。

“明白了，老师。”

我又与当地的民警单独关照了几句。

很快，当地民警让暂居邻居家的王大娘领着我这个“小妹妹”去现场讲述一下情况，其他同志要去村里面调查云云。

我手里捧着笔记本，随王大娘回到现场，在关照了大娘只说不动的注意事项后，开始认真做起记录来，而我的眼角却不时在王大娘的眼睛上扫描着，注意着她目光的动向，也许是只有我们两人的关系，王大娘的目光像被一把无形的钩子控制了一样，时不时地在墙角处的衣柜抽屉上划过。

“王大娘，您如果告诉我们全部的事实，这样更有利于案件的侦查工作……在法庭上是需要证据的。”

……

“比如说，这个衣柜的故事……”

“你们……都……知道了？”

王大娘猛地一愣。

原来，王大娘瞒着子女们偷偷藏了一笔钱，防止今后生病了无人管，共计有现金三万多元，藏在衣柜最下层的抽屉里，为了不引人注目，特意没有装锁……这次被盗后开始还庆幸自己幸亏藏了一笔钱，第二天准备将多余的退休金也放入抽屉时才发现，抽屉里面的钱全部没有了，她怕子女们知道后责怪，没有告诉警察，而是采用了加大“力度”的方式，企图达到早日破案找回全部钱财的目的。

让人有点哭笑不得。

衣柜位于卧室内的东北墙角处，这里的光线非常暗淡，其结构是上侧为双扇门的衣柜，下面两层是抽屉，钱放置在最下层抽屉内的杂物下面。

所谓杂物，是因为抽屉内并不像其他柜子、抽屉一样分门别类地放置衣物、床上用品等，而是无序地放置着瓶子、毛线、帽子、扇子、铁皮盒等混合放置的物品，几乎是塞满了整个抽屉。

“镜工、师姐，你们看，会不会是报假案？这抽屉面与墙角之间相连接的蜘蛛网还是好好的呢。”

小李子看着抽屉像抢答似的说道。

确实，呈几何状分布的蜘蛛网密集地连接着抽屉与墙角，可……小李子，说话要经过深思熟虑才行啊！

“小李子，这个抽屉是王大娘拉开放钱时动过的，访问信息你忘了？”

“我……”

小李子立刻如同卡了壳的枪似的，生生将满腹的话语咽了下去。

“镜工，我记得您讲课时曾说过，在一定条件下，被破坏的蜘蛛网只要两个小时左右就可能被修复，这都一天多时间了，会不会作案中被破坏的蜘蛛网已经被修复了？”

田林小声对老师说。

“一天前擦过的桌子与一个月前擦过的桌子桌面上灰尘的累积会一样吗?你们去做两项实验：一、在这间房屋内找几处蜘蛛网，尽管它们可能不只是一个月前织就的，但可以帮助你们了解灰尘附着的不同；二、在照相固定及痕迹处理后，拉动抽屉并模仿王大娘放钱时的行为和程度去开关几次抽屉，注意发现对蜘蛛网的影响情况。”

说完，老师将放大镜和勘查灯递给了我。

实验结果是，蜘蛛网在经历了三次抽屉的开关后依然完好，网上的灰尘陈旧。

一时间，大家陷入了沉思，也就是说，无论王大娘说的是否属实，目前的客观情况都无法予以证实。

老师把目光投向了我。

多年以来的跟学与工作，我熟悉老师的行为，他此刻的举动包含着这样的信息：

“丁探，看你的了，别担心，有我在呢。”

田林、小李子他们也先后随着老师的目光看着我的眼睛，似乎从那里可以发现答案一样。

“是，老师。”

看着放大镜里的世界，脑海中快速闪现、检索着老师教授过的知识点，光照与不同角度间的关系；正、逆光及其强度的正解运用及与其他光线间的结合；静态与动态对客观物体的组成微变化原理；立体性在行为分析中的契合点……

约二十分钟过去了，一种兴奋之情逐渐充斥着自己的身体，但感觉自己的表情依然非常的淡然。

受老师的影响吧，但我喜欢自己身上的这种变化，逐渐实现对自己情绪及表情上的控制自如。

这里，我只能选择几点以慰读者之心，抱歉。

第一，随着变动的产生及次数上的不同，蜘蛛网在灰尘附着的微观形态、张力、以及黏附性的变化上呈几何性的变异……

第二，王大娘翻动抽屉时因为手是干净的，所以她留下的是灰尘减层手印，而现场勘查时却在衣柜下侧两个抽屉内多件物品上发现了加层性的灰尘附着手印，这种灰尘的色泽、组成与抽屉上的原有灰尘不同，经临场实验，它与室内地面上灰尘类同……也就是说，作案人在进入室内后是呈手、脚着地的半爬行姿态移动身体的。

第三，通过分析现场提取的灰尘附着手印得知，作案人的右手拇指、小指皆留有较长的指甲，而其右手的食指、中指、环指却没有长指甲，虽然没有观察分析其他手指的客观条件，但依然可以看出，其右手拇指和小指的长指甲是刻意留存的长指甲。

综上分析，作案人员是一个平日里不干体力活的人，也不操作电脑，男性，有相当的年纪，文化水平低下，近乎文盲，对王大娘的生活、作息、家庭结构和状况非常熟悉。

“师姐，不干体力活、不操作电脑、近乎文盲，您是怎么得出这种结论的？”

小李子不等我的话音落地就迫不及待地问道。

严法医几乎是用同样快的语言截答道：

“我说文化人儿，没听你师姐说的，如果你的手上拇指、小指都刻意地留着长长的指甲，还怎么干活、怎么操作电脑使用键盘？如果临时凑合一下也就算了，可干活、使用键盘，你见过几个都凑合到一把年纪的人呢？”

“……”

见小李子哑口无言的样子，一直没说话的胖胖这时又追加道：

“小李子，与王大娘能够经常交流并实现对其生活等情况了解的人，一定是与其年纪相仿的老熟人，虽然不完全排除忘年交的情况，但偶然性与必然性的形成规律中有一条是不可或缺的组成，那就是现实生活状况，在访问工作中，并没有发现有类似的情况出现啊！”

“师姐的分析如同是滴水不漏的滤网啊，师父，这样的业务能力就是我的梦想。”

田林接着胖胖的话正色地、一字一顿地说道，神情很是肃然。

光有梦想是没有用的，梦想与现实之间的桥梁只有一座，那就是具体的行动、持之以恒的行动、用智慧去克服各种艰难困苦的行动，这样，才可能成就自己的梦想，同时，你会发现，自己是一个对社会、对百姓有用的人了。

这次的现场复勘工作，不仅证实了王大娘所说如实，而且扩展了痕迹提取的广度与深度，为案件的侦破提供了重要的思路和证据……

“丁探，今晚你们各位想吃什么？”

老师没有正面回答田林的话。

“唉！这话提神。”

严法医又抢先表态道。本来今天他是不用出现场的，但他就乐意跟随老师“南征北战”，用他的话讲，过瘾啊！

老师对我的分析一个字都没有评价，我知道，这是老师对我的最好肯定、最高评价。

谢谢老师，还有晚餐！

这里不是电视剧的剧本、不是小说，是现场勘查日志，真实的刑警，没有那些华丽辞藻，只有人性的彰显与跋涉。

“师姐，你说那个王大娘要是早说真话，我们可以节省多少时间和精力呀！”

小李子有些愤愤不平地嘟囔着。

“小李子，这就是现场，有记忆上的错误、有错觉的干扰、有乱报和夸大其词的、也有隐瞒事实真相的，在现场你能听到多少真话呢……”

“是，师姐，我明白了。”

我感觉自己的思维与话语也越来越像老师了，哈哈，窃喜。

乘着大家搬运技术装备上车的短暂空隙，我悄悄问老师道：

“老师，刚才您特意安排我去接触王大娘，没有叫别人去，其中有什么讲究吧？”

每完成一次工作任务，我都务必把所有的问题都弄明白，这种“点穴”式的学习方式非常有效果。

“女性容易让人放松警惕。”

老师非常认真地说道，看得出，这话中有话，果然，老师更为慎重地说：

“丁探，这是相对的……我了解你，能文能武，我放心，这次你是最适合的人选，任何事物都有其规律性，只是各自的经纬组成不同罢了。”

……

两天后，何队长给我们带来了好消息，灰尘手印中的DNA与排查中发现的一名嫌疑人比对吻合，该嫌疑人男性，55岁，无业，靠吃低保生活，酷爱麻将，据说他宁愿“忍饥挨饿”也不放弃每一次的“战斗”，但却天生一张“甜嘴”，凭借此长项倒也不常饿肚子，其中王大娘就是“施主”之一。

我想到了农夫与蛇的故事。

一过寒露，天一下子凉了下来，尤其是处于大山里，更是如此。

赵老汉依然是将自制的小帐篷搭在了坟堆前面，这是他亡故半年多妻子的坟，今晚他是来陪伴她的，理由只有一个：想念她了。

自制的小帐篷很简易，三根二米多长短的树棍扎出一个框架来，而后用一块由两件单人雨披剪开并齐头缝在一起的大雨布搭盖在木框架上，用绳子捆牢便完成了，两件单人雨披，一个是赵老汉平日使用的，另一个则是故去的老伴生前使用的。

拿起玻璃酒瓶再一次扬起头深深地嘬一口那能让自己在昏睡中暂时忘却一切的液体，

赵老汉双手枕头仰面躺了下来，老伴生前曾多次劝他少喝点酒，他听从了，但现在他却想早一点挥霍尽这积存下来的生命，好与老伴见面、团圆。

回忆往事，赵老汉久久无法入睡。

“啪——！”

一声裹挟着金属撞击和气体喷射的响动传出，在深夜的细雨中显得异常突兀、悠长。

一阵由麻木转化成的疼痛沿着膝盖向身体蔓延着……

在简短的犹豫后，我将开水徐徐冲入紫砂壶中，沁人心脾的香气冲出，直扑鼻翼……

我知道，这壶“铁观音”，老师大概也只能匆匆品上两口，一分钟前接到了宗副局长的电话，某山区寨子发生枪击案件，一人受伤，让老师带着我们重案组立即出发。

这就是我刚才泡茶时犹豫的原因。

一个半小时后，我们已经在高铁列车上了，老师在即将离开大办公室时，刻意返回小小玻璃屋将紫砂壶内的茶水一饮而尽！老师心细如发，不仅让人感慨，有时还让人感动……

好远的路程啊，这里已是与某省的交界地了，三个小时的奔驰，列车大气不喘地静静卧在了站台上。

“镜工，实在过意不去，您的风格早有耳闻，我们只能恭敬不如从命了。”

原味面包加榨菜，这就是我们一行的午餐，赶往现场的两个小时路程就是我们的用餐和午休时间，迎接我们的司机很感慨。

原本是当地刑侦部门的大队长要自己来接站的，老师婉拒了，让他集中精力于案件的调查工作，在了解了案发情况后，又补充了侦查中的一些要点，核心是对客观依据的寻找、固定，不能仅停留在想法和推断上。

“案件如果不能及时破获，对于承受着精神与肉体痛苦的老百姓来说，我们作为刑警才是真正的过意不去啊！”

外科病房，我与老师身着白大褂静静地坐在赵老汉的病床旁，片刻后老师才开口询问。

这里要多说两句：

身着白大褂的寓意，在这个特殊的环境，白大褂对于赵老汉而言是救治自己的医生和护士，放心、信任；

采用坐着的姿势，对于没有见过什么世面的赵老汉来说，不会像高高站着去注视躺在病床上的赵老汉那样对其产生心理上的压迫感。

静坐片刻后才开始询问，让已经上了年岁的赵老汉对我们有一个认识、解读上的缓冲与过渡。

有时候，看似不经意的言行中所包含着的寓意，往往是你经手而弃的宝贵财富，所以我才有这样的感慨——跟着老师学习要眼快、手快、脑快。

当然，我很幸运，老师爱才、惜才，如果察觉到我的疏漏，会及时地讲解弥补。

“……您听到什么声音了吗？”

“警察同志，我是上了岁数，但耳朵不聋，我听见远处有人跑掉的草声……对了，还有踩在地面树枝的声音。”

……

“不是由火药发射的，是由机械与气体作为发射动力的枪支。”

这是离开病房后老师对当地刑侦部门的大队长所说的话。

询问赵老汉时，老师没有轻易去使用诸如有没有听见枪声这类指向性的问话，这是针对赵老汉的身体等情况而定的……

这就是分寸，就是需要学习者去揣摩、学习的节点。

“太好了，这样就缩小了排摸工作的范围，比如缩小了枪支的功能范围；从射击距离以及在相应距离上射击的威力、精准度等方面确定射击枪支的品质，从而由经济能力来划定嫌疑人的范围……可镜工，您是怎么一下子就知道不是使用火药类枪支发射的呢？”

我一下子用手捂住自己的嘴，差点儿笑出来！

刚才老师询问赵老汉有没有听见什么声音，赵老汉的回答已经说明了问题，如果是用火药发射的枪支，会有明显的枪声，而由机械与气体作为发射动力的枪支，根据老汉与发射点之间的距离及当晚的气象条件，是不易被察觉到的。

我的这个小动作没有逃过老师的眼睛，他迅速向前紧走两步，用身体挡住了大队长的视线，同时也遮住了我发出的轻微声音，然后耐心地做起了解释。

“谢谢老师。”

我心里默默地说。

事后，老师对我说道：

“丁探啊，我们是专心于自己的业务范围，而大队长身上可担负着全面的侦查工作，当时他有可能心里正思考着某一件事呢，我们的复勘工作，从一定角度上讲就是对他们前期工作的检验呀，他出现瞬间的分心和跑神是正常的，要立体思维，在理解别人的同时，自己的心也变宽了。”

这不是一般意义上地替别人着想，而是从立体思维的角度“设身处地”地去思考问题的意识及养成。

“明白了老师，我错了。”

“可在眼前这瞬间内，你不是又有进步了吗，丁探。”

和老师交流，给你留下的永远只有鼓励，即便是批评你也是这样的，让人感动、让人感到自己必须加紧努力，否则，将是一种辜负。

老汉睡觉所处的坟地在一座小山的山脚处，山前有一大片水田，也算是“依山傍水”了，除了坟地及周边直径约一米范围外，山的上下草木丛生，坟前地面耸立着尚未完全折断的残香香灰。

依坡而生的树林中，浓淡、长短、强弱不一的光线如刺般执着地在天空与地面之间编织起清秀的梦幻，带给人一种古老而静寂的神秘。

“镜工，这里除了飞禽，还常有走兽出没，随着村民的环保意识增强，这里的生态也好了许多。”

大队长自豪地介绍着。

“也是偷猎的好地方啊！”

老师意味深长地看着大队长说道。

“……”

大队长闻言突然顿了一下，但他迅即回过神来：

“镜工，这回我可上心了，您的意思我似乎有些明白了，您是说……”

响鼓不用重槌，仅一瞬间而已，我已经跟上了老师的思路：

……在这么远的距离、这么高的杂草、这么多的树木、这么黑的夜晚、有限的射程及精确度……这些客观存在的条件，无论是有针对性地去杀害人还是伤害人都难以做到，也不会选择这种方法和手段，但客观现象的存在又是一种事实，所以，此案件唯一的结论就是，夜间偷猎过程中造成的误伤。

“老师……”

“丁探，把你的分析意见直接说出来吧。”

老师鼓励道。

听完我的分析后，大队长愣愣地看了我好半天，又看着老师，似乎要从老师的脸上寻找出答案。

“这是我的学生。”

老师用欣赏的目光看了我一眼对大队长说道。

说完老师踏上一块凸起的大石头继续道：

“一般谁会想到有人会在坟墓旁过夜呢？老汉的举动只有山里的村民知道，而外来的人员是极少知晓的，这也就是侦查排摸中的重点……”

从老师的表情及话语中，大队长脸上露出欣喜之色。

“镜工，这样一来，您帮我们把这张大网织得更加紧密了，我立即去布置开展工作。”

临走时，大队长用手指了指我对老师说道：

“镜工，后继有人啊！”

……

学生时代的一次旅游，从渔民那里知道，捕捉不同种类的鱼所用的渔网有所不同，它们的网眼各自都有着不同的经纬。

三十八、残缺的完整

这张照片里面有两种不同的足迹：一种是赤足印，比较陈旧了，这个房间有段时间没有打扫了，有一层厚厚的落灰；另一种是旅游鞋一类的鞋印，鞋印新鲜。

报案人家中没有这种类型的鞋，且进入房间都是穿着拖鞋，偶尔也赤脚进入，加之鞋印的新鲜程度，可以确定是作案人员所留。

运动鞋的动作形态符合开关床头柜抽屉或者在抽屉中寻找物品这样一个动作。在靠近抽屉跟前的地面上，有多个液体状的滴落点，案发正值八月中旬，南方的气候是又闷又热，房间内没有空调，应为人出汗所形成，从滴落液体周边的芒刺看，滴落的高度很低，而且相对比较集中，符合人呈下蹲姿势微微移动形成。

旅游鞋类的那双鞋印与汗液的新鲜程度相匹配，那么汗液也是作案人滴下来的。

大夏天在这个现场里面翻寻物品，而且作案人心情紧张，在这种情况下首先就要想到他会出汗。所以这个时候寻找汗液本身就是我们一个重点的勘查和取痕的方向，或者是一个捷径，一旦发现了汗液或者是汗液干枯后留下的汗液斑，其他的工作就可以顺势而为……

此案作为我们刑事科学技术工作上应有的总结，就是在勘查工作中应该抓住重点，点到穴位，前提是首先应该明白什么是重点、何处找穴位，它不仅可以帮助我们现在的工作，针对以后我们在其他类型现场上如何能够发挥我们的立体思维这个方法的优势、这种理念上的优势起到一个重要的作用和铺垫。

放下手中的笔，揉了揉眼睛周边的穴位，轻轻合上了现勘日志。

这是昨天老师研究完外省同行挂在公安内网 FTP 请老师分析的案件后给对方的电话回复，我通过对录音笔内容的整理，形成了前面的文字，老师几乎是在看完全部现场资料后立即得出的分析结论，我佩服不已。

不相信吗？没有见识过的人常会这么想，否则，古人就不会感叹山外有山了。

高手在民间……

像是听到了什么，铿铿闪电般地出现在我的眼前，我俯身用手拉住它的前爪轻轻爱恋地摇动着，铿铿的面相在外人眼中是非常的凶狠，但是在我的眼中却是让人踏实的。

“有人喜欢萌宠、有人需要安全、有人期望摆脱孤独、有人盲目追赶时髦……一些人追求的完美，对另一些人而言恰恰是残缺的所在。”

一次老师在与铿铿玩时，曾意味深长地说道。

和我在一起生活的缘故吧，铿铿已经习惯了自己玩，轻易不会在我看书、休息的时候来打扰，但当我有时间陪它的时候，可以感受到它那异常的幸福感。

人生啊，存在有许多不尽如人意的地方，而正是这些个“不如意”展示了真实生活中不可避免的坎坷，要正视的是这些个坎坷对于铸就相应人生所具有的、不可或缺的意义；正视这种坎坷存在的必要性；正视现象表象中的立体性；剥离出自然对于荣、辱、成、败早已显露出的暗示与根由。

“汪！”

铿铿冲着我轻轻吠了一声，将我从短暂的沉思中拉回了现实。

“走，铿铿，该吃饭啦。”

铿铿明白了我话的意思，立即闪开身体，待我起身迈出脚步后随即才紧紧地跟随在我的右侧。

哈哈，训练有素。

“什么叫立体思维的方法？就是将客观存在，可能是一句话、一段文字、一种表情或者一种行为，要把它从表象到实质都进行还原，而且两者之间要实现同步与关联……所以为什么要做实验呢，因为它不仅可以帮我们认清一种现象，还能够了解它的深层原因……只是每个自然所遭遇的先决条件不一样而已，所以说要正确理解，自然而然立体思维……尽管要真正实现立体的思维方式，并且养成习惯是有遥远的距离的事，是有很长一段路要走的，但是我们一定要让自己在路上。否则，我们就会滞后，甚至停滞不前乃至倒退。”

“老师，您在讲课时我突然想起了您当侦察兵进行军事地形学训练时常常用到的一句话：‘人在地上走，心在图中移’，地图所标示的是路线，而结合了具体的行走才能对这条路线产生实质上的认识——行走的难易度、不同气候及季节对道路可能产生的影响、对于训练或者执行任务的适用性、装备和物资上准备的范畴等，这样，‘人在地上走，心在图中移’一语才具有了立体的活力，这也属于立体思维的一个促成因素和表现形式之一吧。”

落成一年多的刑事科学技术业务研究室，这里每每是案件分析、专业学习课的场地，可容纳二百人的沙发座椅、LED 高清屏幕、无线话筒等硬件为大家的工作学习提供了良好的环境，今天的案件讲评课持续了近三个小时，时间似乎变短了，感觉上只是一小会而已。

不等走出研究室，我迅即将一瓶苏打水递到了老师手里，三个小时，老师是一气呵成的，他知道，不少同志手上都有正在进行着的工作要做，是挤出时间来听讲的。

“‘促成因素’，丁探，你讲到了点子上，不同的促成因素会产生不同的表现形式，所以，不了解具体的促成因素就无法正确地看待和理解表现形式、无法对其进行溯源性分析。”

“师姐，我对此心生一比，你看胖胖跑步及格都费劲，如果在他下次再跑步考核时，把铿铿放出来……哈哈，他一准能跑出优秀的成绩来……哈哈哈哈！”

小李子冷不丁地插话进来，不过这也算是一种促成因素吧——恶作剧的促成因素。

我冷冷地瞪了他一眼，小李子意识到了自己的失态，立刻收敛笑容对着老师道：“镜工，对不起。”

“小李子，你天资是很聪明的，只要你用劲用对了方向，会有意想不到的结果产生，今天应该表扬你的活学活用，不过与他人交流时要掌握好分寸啊！”

老师的脸色很冷，但说出的话是暖心的。

“明白了，镜工。”

“师父，您的课既是知识的加油站又是一种温馨的回忆……啊、哦，师父好，我是昨天下午到的……”

猛猛的脑袋不知何时从人群里闪现出来。

昨天正与铿铿玩的我被敲门声打断，猛猛把一大袋狗粮挡在身体前面出现在门口：

“师姐好！”

……

真会“拍马屁”。

已经是 V 市所在省的省公安厅刑侦局副局长了还需要我来为他见老师做“缓冲”，用他自己的话讲：

“不知为什么，见到师父总是感到紧张，甚至有些害怕，害怕自己的工作经受不起师父的检验，够不上一个称职的徒弟，所以每次不免打扰师姐了。”

原本打算在老师午休后再将猛猛前来之事告知老师，可今天猛猛自己却又情不自禁地“跳”了出来。

……

“老师您先休息一会儿……小李子，去我的办公桌上把咖啡拿来。”

心里一边责怪猛猛出现的不是时候，一边想着让老师不要太过劳累，但话一出口便意识到自己说的全是废话，解决案件可是老师最重要的事情之一。

“说吧猛猛，是哪一年的积案？”

在研究室内，不等落座老师便向猛猛发问道。

“哦，师父，是……您、您已经知道了？”

猛猛转头看向我，他以为我已经把昨天他告诉我的情况转告老师了。

其实，为了确保老师有效地得到休息，我是不可能提前将猛猛前来的事告诉老师的，刚才老师的问话连我也感到诧异。

“没有提前把相关材料通过公安内网挂给我，分管刑侦的大局长远道而来却还能在没有特殊情况的情况下忍受将近两天的等待，凭我对你们师兄弟们之间关系的了解，你们身处外省的任何人前来找我，丁探是必然会提前知晓的，而了解我的丁探还能够按部就班的沉着冷静、不动声色，如果是新发生的案件或者近期发生的案件是不会这样的，只有陈年的积案，而且只是需要进行研究、目前尚无重要线索的积案才会这样的‘稳当’行事。”

老师淡淡的语气却句句砸在了人们的心里，小李子一边听着一边比画着手势，样子如同在编织毛线一般，最后深深地点了点头，胖胖却悠闲地又叼起了一根不点火的香烟，完全一副见怪不怪的神态……

唉，老师就是老师……我对自己刚才内心的诧异感到不屑。

没有多会，研究室内又自发地出现了许多放弃午休的技术员，何队长也出现在人堆里，老师把他让到了前面坐下，片刻后，四周放下帘布的室内闪亮起了投影灯光，把在座的人们拉回到了十六年前的岁月里。

这里是一个古老的小镇，从房屋、砖墙、井台、布满藤条的树躯到民间淳朴而又浸润特色的风俗，无不写意般地记录和述说着往日的岁月记忆。

自从一生都伴随着自己的大黑在上个月故去后，孤身一人的陈大娘就像换了一个人，似乎能帮助她打发时光的就只剩下那满满一抽屉子女从国外寄来的信件，但那些嘘寒问暖的信件捏在手里是那么的冰冷，如同层叠的冰片。

大黑是一条狗的名字，它就是农村常见的土狗，整整陪了陈大娘十六个年头，当大娘身体不好时，它就用嘴叼着竹篮跑前跑后地为大娘运载各种物品，白天它是大娘的伴，晚上又是大娘忠实的守护者，它是寿终正寝的，临终前用无力的眼睛看着陈大娘，像在说着什么，终于，它慢慢合上了双目。

一个弥漫着细雨的深夜，当时钟敲响凌晨三时后不久，一缕灰黑色的烟雾从陈大娘屋子的窗户和门缝中透了出来，随着烟雾的变大、变浓、并从屋内迸发出燃烧的响声，终于惊醒了四邻……

陈大娘家不算大，朝北的双开正门，门外是一大片水泥场地，同时也用于晾晒粮食，尽管早已通了自来水，但仍有一口常年使用的老水井。

总门内是客堂间，客堂间的西侧是卧室，卧室内放有一些古朴风味的老式家具，陈大娘的床位于北墙处，呈南北向放置。

客堂间有一扇后门，后门外是猪圈等，陈大娘家往西是村落的中心部位。

现场是邻里们为了救火破门而入的，由于近期在进行老旧线路的更换维修，当晚停电，这给抢救造成了不便，勘查中发现，虽然从房屋内冒出的烟雾很深、很大，可房屋内实际的燃烧情况并不是十分严重，燃烧点有两处，一处在卧室内双人床的西北角处，一部分床头板、床头柜和原先放置的物品被烧毁，北窗被火势洞穿，整个室内有不少物品在浓烟和高温下被熏黑及熔化；另一处在客堂间内靠南墙处摆放的方桌上。

救火的人们在双人床的床尾处地面上发现了陈大娘的尸体。

尸体呈俯卧状，头西脚东，面朝北，在其颈部与床尾西角的床档之间有一根断开的绳子，在尸体的前、两侧颈部发现绳索的印痕……

此案虽然已过去多年，也做了不少的工作，但没有头绪，困扰着侦查人员的主要有以下几个方面的问题：

一、为什么死者的身体上仅仅只有身体背部的衣服有烧灼的痕迹，全身其他部位的衣裤全都是完好的？

二、床上的火是怎么烧起来的？

三、尸体距离最近的着火处约有 1.3 米，死者背部的衣服是如何燃烧的？

四、缠绕于床档与死者颈部的绳子都被烧断了，可尸体表皮上为何却没有发现烧灼的痕迹？

五、经法医检验，尸体背部靠近烧灼处的背部表皮上有水泡、发红等生活反应，这说明死者在火烧起来时是活着的，不是死于绳索的勒压，而经过对死者心血进行检验，其一氧化碳的含量仅不到 5%，与常见的 20%、40%、60% 等量值上大相径庭，这是一个极低的数值，这又是为什么呢？

六、死亡的原因到底是什么？如果要使用绳子自杀，为何还要放火？如果已经点燃了火，又为何再去使用绳子呢？

……

猛猛几乎是一口气说完了这一切，看来，这些疑惑实在是困扰他很久了。

老师没有与大家一起同步观看投影，而是在一旁单独查看笔记本电脑上的案件资料，依然用着我熟悉的手法，翻页、回放、放大……快速而有节奏感。

“师父，我想会不会是这样的，陈大娘自杀前不小心点燃了床头处的火，也引燃了自己背部的衣服，慌乱中跑出卧室，到客堂间的方桌处打电话，又引燃了方桌上的物品，因为，室内只有方桌上有电话机，但后来……”

猛猛说着说着话语停了下来，因为老师冷冷的目光在他脸上掠过。

我在心里摇了摇头，唉，猛猛啊，难怪你总是“害怕”老师。

“猛猛，没有看明白现场吧？甚至没有看细致现场中的各种细节与现象吧？如果我们的思维仅仅围绕着一些细枝末节的现象和问题转圈，如何去谈分析二字？”

老师终于推开手中的鼠标开口用只有猛猛和我两个人能够听见的音量小声说道。

“师父，对不起，各种会议、杂事太多了，说实话，我真的很怀念大学时期与老师一起学习、实训的日子……”

“猛猛，这里不是说这些的地方。”

“眼尖”的人已经陆续开始朝老师这里围拢过来，熟悉老师的人可以从老师的神态中了解到他思维的成熟期。

老师善意地打断了猛猛的话后，继而问道：

“猛猛，你还记得案件发生时现场所处地的气象状况吗？”

“记得的师父，那天下小雨，风较大，阵风可达六级。”

老师听后点点头道：

“这是一个重要的信息点呀！”

老师说完后看着我道：

“丁探，刚才猛猛在分析关于起火点成因时我见你微微摆了一下头，你来说一下这个问题。”

真是一切都逃不过老师的眼睛。

走到控制投影的电脑前，切换到相应的画面，我用激光笔边指示边说道：

“现场照片显示，死者身上有燃烧痕迹的部位分别是死者背部的外衣、右侧面部、右侧面部处的头发，而其他部位皆完好，如果是在背部燃火后有奔跑、挣扎等行为的话，那么仅是头发就不可能仅仅是右侧面部处的受损，还会包括头部后面的、头顶部的、头左侧的，因为，这样才符合人在遭遇到此种情况时本能的反应。”

事后猛猛悄悄告诉我，他的那种分析意见当时还曾得到过一些人的拍案叫绝呢，今天才发现，简直是乱弹琴。

无语。

“……卧室房门把手处发现的白色印痕是由已被救火中移开的木制椅子的椅背顶靠所致，也就是图片中显示的这把椅子，椅子的高度、宽度、弧形椅背形成的遮挡宽度及暴露宽度都是一致的，说明当时的卧室房门是呈开启状的，而且，为了防风刻意用椅子顶住了卧室门，也符合猛猛刚才说到的气象条件——阵风六级……死者颈部的绳子经化验是化纤的，它是在持续的高温中熔断，而并非一般意义上的明火烧断，绳子断头外没有发黑的烧灼色泽也说明了这一点，包括死者背部外衣上的燃烧情况，这是一件夹克式的外套，比一般的衣服更容易在一定条件下隆起，它也是化纤的，现场卧室床上蔓延开的火，距死者最近的着火处为 1.3 米，可当天的风向是偏北风，床头的北窗已经被烧坏，偏北风灌入……为什么死者的身体上仅仅只有身体背部的衣服有烧灼的痕迹，全身其他部位的衣裤全都是完好的？因为，双人床的位置遮挡住了身体的其余部位，仅暴露了上半身，所以，只有死者的背部外衣在灼烧的高温中损毁，这里，我们应该想起死者右侧面部和头发的烧灼情况，这不仅是顺理成章的组合现象，还还原出了死者的身体姿势——她是呈俯卧状，并且，头部转向右侧……经法医检验，尸体背部近烧灼处的背部表皮上有水泡、发红等生活反应，这说明死者在火烧起来时是活着的，不是死于绳索的勒压，而经过对死者心血进行检验，其一氧化碳的含量仅不到 5%，与常见的 20%、40%、60% 等量值上大相径庭，这是一个极低的数值，这又是为什么呢？”

老师突然止住话语看向我，老师的丝丝入扣也在不断地解开我心头存在的疑惑，有一种势如破竹般的贯通：

“老师，我就还原一下整个过程吧。”

老师做了一个手势，意为：聪明！得到老师的首肯后，我开始了侃侃而谈：

“风雨交加，天暗下来后陈大娘分别在卧室床头柜和客堂间的方桌上点上了蜡烛……年老体衰的陈大娘将自己在床尾处床档上扎好的绳子套在了脖子上……风，在室内回旋，猛然一阵大风吹倒了床头柜上的蜡烛，火从床头处的床面上开始燃烧起来，所以，床头柜的东侧面板被烧穿，而其顶部及其他侧面相对较轻……火势蔓延的高温毁坏了处于濒临死亡的陈大娘衣服外套的背面、熔断了后颈部上方的绳索，陈大娘俯卧到了地面，脸朝向北侧，继续扩开的火势烤坏了她的朝上的右面部及头发……处于客堂间方桌上的蜡烛火苗在风的吹拂中渐渐变矮，被阵风瞬间拉长的火苗引燃了方桌上摆放的物品……死者心血中一氧化碳的含量不到5%，经现场勘查中的测量值见，室内墙面、物品上所显示的浓烟层积厚度最低点在距离地面约60厘米处，故直接死亡原因是缺氧，而不是纯粹的一氧化碳所导致的窒息死亡，这不是一起命案。”

“师姐，她不是使用了绳子吗？”

情急的小李子举手道。

“绳子很快就被火势熔断了，之所以这么认为，是因为死者背部还出现有高温所形成的水泡等生活迹象，一切分析的依据都要出自现场的客观存在之中。”

“那，我认可你的分析啊，师姐的分析，能不能从另外的角度讲一下不是人为纵火的因素呢？”

“目的性，如果是人为纵火，其目的是什么？毁物？杀人？现场上没有发现与上述两种假设相契合的客观存在。”

“全明白了，谢谢师姐。啊，镜工。”

议论声从研究室内透出，人流随着探讨的韵律一起涌来，阳光刺激着双眼，如利剑刺破黑幕，光明在中心绽开。

三十九、静水流深

这真是一个天然的步态实验场啊！

我以最快的速度完成洗漱、早餐后来到了室外旷野上。

雪，我并不少见，但自从认识老师后，雪就在我的眼中变得升值了：

“不同厚度的雪有着不同的实验价值，它在厚度上的变化带来的痕迹形态上的变化更是具有特别的研究意义，在这个方面，海南的沙滩是无法取代的，如有机会要珍惜，总之，生活和工作中要学会利用各种有条件的机会去学习、提高自己。”

这是一年寒假前夕，老师对全班同学的临别嘱咐。

松树的针叶上裹着一层厚薄不一的冰甲，如同刺猬般张扬着一朵朵奇异的花，一种当地人称糖李子，学名为山丁子的圆形果实着实是一串串自然版的冰糖葫芦，一辆彩色的自行车出现于眼前，在雨雪和大风的共同创造下，沿着轮胎和其轮罩的弧度、车辆的把手、框架等处皆形成了一条一条与地面约成平行状的冰柱，长的可达二十多厘米……

火树、银花、风千条。

广垠无际的雪原在眼前铺开，飞羽般的雪片无声无息地飘入其中，瞬间便不见了踪迹，正是这些看似无痕的积累塑造出了大自然的变幻与不可或缺的必然。

“……车轮看什么？从轮胎橡胶和铝合金轮毂的燃烧及熔化程度、部位、形态、燃点数去判断热源的方向……注意观察汽车车身两侧的窗框橡胶封条，它在燃烧上的不同可以帮助判断燃点所处的位置，比如，驾驶舱、后排、后备厢、发动机舱、偏前、偏后、偏左、偏右、相对居中……看见铝质的散热器了吧，它位于汽车车头前端，它的熔化情况，熔化的确切位置和热源的凹凸反映着燃点的作用过程和受微环境影响的结果……方向盘铝质框架的损毁不仅体现着火势，还体现着火源的性质……坐垫上海绵的受热敏感度高，它的存在与否、数量、角度、厚度、与车辆地垫间的距离、烧毁、熔化、烤灼、完整度的组合，昭示着车辆内部的变化组合……车辆停放大环境与焚毁具体形态、有否助燃剂、助燃剂性质等，都直接有助于案件性质的确认——纵火、自燃、意外、其他……千万不要忽略了对汽车玻璃的勘查，这可是一个重要的资源，熔化还是碎裂、熔化的程度及形态、与周边物品的粘连情况、色泽变化与否……电瓶叶片的残存程度、组合性部位、纵向深度……往往指向着热源的初始位置及形成原因……勘查过程中鼻子别闲着，它是在一定条件下通往捷径的指南针……最后，这一切的大组合都会做出相同或彼此互补的结论……眼前这起案件现场非常明确地透析出这样的结论，这是一起由改装车辆电器设备而导致电路、电压等故障的自燃事件……产品使用寿命所涉及的因素：一、产品质量；二、辅件质量；三、安装质量；四、使用规范；五、保养规范；六、环境适应；七、意外境遇……”

老师带着我一边围绕着车辆查看，一边孜孜不倦地讲解着、演示着、回答着，就如同在一个专供教学用的现场前上课，讲授着一个耳熟能详的课件一样，可这是一起一个半小时前刚发生的涉火案件啊，三辆汽车被火焚毁。

再说一声：佩服。

我不会花费力气让各位看官相信这一切的真实性，因为，这就是事实。

人的一生中没有遇见过、看到过、经历过的人与事有各种各样，但客观存在是不以人的意志为转移的，这是科学。

“这靴子专业，建议每名刑事技术人员都具备。”

老师一边清洗着手中的靴子一边说道。

这是一双消防人员火场救援中穿着的专用消防战斗靴，老师脚踩两个脸盆行走在火灾现场当中进行勘查的情况传出后，当地消防部门的领导特意为老师送来一双消防员灭火防护胶靴，除了防水、在防刺扎等安全性方面比普通的高腰雨靴专业和安全多了。

雪花不紧不慢地在空中飘扬着，好像在用慢动作来增强自己婀娜舞姿的妩媚，而我则用踏雪之声为它们伴奏，用回忆的思绪为这曲调填诗……

几个穿着臃肿的男女从远处奔跑而去，隐约听见一个男人的抱怨声传来：

“这大雪，把我刚才梳理好的发型都弄毁了。”

……

人的一生不缺少美好，缺少的是发现美好、欣赏和品味美好的心灵啊！

“人、伤势、血迹、环境、过程，丁探，它们之间的契合性还原了整个案件的发生、发展过程，透视出各个当事人当时的临场心理状态，契合是关键，它同时还能检验和发现勘查过程中是否存在疏漏以及其处于何处……”

两名被害人，一人呈俯卧、一人呈仰卧，俯卧状的是张三，年轻却无固定职业，极喜欢赌博，是相关地下场所的常客，他的背部有近二十处刀伤，身体下侧的地面上有血，前身的衣服被血浸透，顺地面坡道流淌的血迹最远处近三米；仰卧状的是陈二，虽年近五十岁却身强力壮，是某公司的搬运工，他的损伤部位很杂，手指、手臂、胸部、腰部、腹部等部位都发现多处刀伤……

张三和陈二曾经是一个单位的搭档，二人的关系不错，不时串门、喝酒，但陈二不赌博，也常劝张三能改掉好赌的恶习，但收效不大。

两名死者身体后上方是通向二楼的楼道，一楼至二楼楼道的上三分之一及二楼楼道平台的地面及楼梯扶手上发现有多处血迹，在这数量上不多，但分布面广的血迹中，既有滴落的血点，也有不同角度、力度的血迹量形成的挥洒血迹；在楼道的相对中间一米左右的地面上则出现了十多个直径可达五厘米至六厘米的滴落血迹，结合地面情况，从血迹的边缘芒刺长度、密度分析，血迹的滴落高度在九十厘米左右，滴落呈现相对静止状态，一旁的楼梯扶手上有多处血手抓握、滑动的痕迹；在楼道中下段的地面上有成趟的滴落血迹，血滴的大小、走向、移动速度等不一，二楼以上的楼道内则没有发现明显的血迹。

陈二独身一人，居住于这幢居民楼的三楼，陈二家的房门大开，室内物品凌乱，椅子翻倒在地面……

老师蹲在地上，仔细查看着两名死者身上的损伤，默默听着严法医的介绍，继而拿起放大镜和电筒扫描般地对现场各处部位的血迹、物品形态观察着、回溯着，斜放的桌子、翻倒的椅子、破碎的花瓶、砸扁的脸盆、打破的镜子、厨房刀架上缺失的刀具、撞裂的房门和一些零星的挥洒血点……由点及面、由面连点……

我不敢有一丝一毫的依赖和怠慢，啊，唯一的依赖就是顺着老师勘查的顺序与思路前行着，这容易吗？一点不容易，如果没有相应的业务修炼的话，你是跟不上老师临场节奏的，就这，还是老师为了我而刻意放缓速度、增加讲解了呢。

“丁探……”

终于，老师开口了。

“请把整个案件发生发展的过程分析一下。”

我心里几乎听到了“唰”的一声，那是严法医、胖胖、小李子、刚访问回来的何队长等人的目光，就连宗副局长也不知何时来到了现场，没有特别的情况，宗局是不会打扰正在思考中的老师的，他知道，此时的思路连贯性比黄金都珍贵，更何况，他本人也在此道上。

我瞬间成了大家的焦点。

……

事后，我回味出来，老师只说了分析案发过程，而没有说案件定性的问题，这已经暗示了定性上的尺寸定夺性需慎重。

“老师、宗局，此案的整个过程是随着当事人情绪不断上升的临场变化而发展的……”

在场每个人的反应有所不同，老师依然是冰冷的毫无表情，但事后老师单独对我说：“丁探，你这个开场白，是对整个现场分析所做的智慧的铺垫。”

……

“……室内现场上那些看似独立存在的现象之间有着相互间的关联，也昭示出当事人之间在室内的具体行为状态，总的来说，存在三种不同的行为，一种是追打；一种是躲逃；再有一种是拉劝，痕迹显示，现场上有易位后又重新规整好的物品，比如，打翻的盐、倒地的酒瓶、被扶起的自行车……室外现场上的血迹虽然还没有进行相关的检验，但其形态确凿的显示，张三身体下侧的血迹是在倒地后形成的，陈二身体衣裤上的血迹分布与楼道上及楼道扶手上的血迹吻合，逃走的凶手身上没有明显的出血现象，最多是一些不会造成大量出血的损伤……”

“没错，正是这样的。”

严法医脱口而出地插了一句，随即做了一个“抱歉，请继续”的手势。

“综合现场上的各种现象与痕迹反映表明，当天，张三只身来到陈二的住处，正在交谈中第三个当事人，也就是凶手来到了陈二家，随即与张三发生了争吵并动手打斗起来，这一点说明事情的缘由是双方都心知肚明的，而一旁的陈二则处于劝架的地位，一方面，是朋友间的本能行为；另一方面，这里是他自己的家，有爱惜的本能……很快，争斗升级，并由室内发展到了室外——准确地说是张三冲出房间向楼道下逃跑、凶手从厨房间内抢出刀具后紧追不舍，陈二见状赶紧尾随凶手追了出来，一边追一边企图拉住凶手劝解，但凶手此时已失去理智，追到二楼至一楼的楼道处时，眼见张三即将冲出楼门逃走，情急之下转身朝缠着自己的陈二挥刀行凶，陈二在中刀后稍稍停顿了一会儿，继而又跌跌撞撞地扶着楼梯扶手向楼下走去，最后因失血过多而死于一楼楼门口地面，凶手在摆脱了陈二之后，在一楼追上并扑倒了张三，朝他的背部挥刀便刺，而后逃离了现场。”

我说完了，老师冲宗副局长微微点了点头，意喻正确，我看到了宗局眼中闪过一丝欣赏的光芒。

“当吃透了现场后，你会发觉，现场上每个部位都写满着‘自我介绍’。”

我已渐渐对老师在大学课堂上讲过的这句话有了切身的感受。

“刑事科学技术的本分，威力无穷啊，现场访问没有什么收获，大白天，这里的人们都去上班了，个别在家的老人离这里也隔着一个门洞，加之听力上的衰退，所以也听不真切，只是隐约听见有人在叫喊什么……”

何队长对大家说道。

“从临场心理学的角度上分析，后来的凶手原本不想杀人，是为了某种事情而要讨个说法、行个教训，否则又何必利用现场那么多的日常用品做武器来相互攻击对方呢?就连最后杀人所使用的刀也是冲入厨房内从餐刀架中抽取出来的，而且，根据室内物品翻动的顺序和地面痕迹显示，厨房间是整个案件发展过程中凶手最后所涉足的地方，而后连线的就是室外现场了……凶手对陈二的攻击出于两种因素：一是为了摆脱他对自己的缠扰；二是对陈二这种行为的迁怒，对张三的攻击则是失去理智后的主观故意……张三与凶手之间不仅熟悉，而且有一定的渊源……”

老师说着脱下乳胶手套放入了一旁的现场垃圾收纳袋内。

在案件现场的勘查中必须厘清其中的脉络走向，这是我们刑事技术人员肩负的职责之一。

“我看，心理学与临场心理学之间的异同，一个好比是生长并收获的大米，另一个则是根据需要用大米制作出来的食品……”

胖胖颤动着嘴上的“无火”香烟嘟囔着。

倒也不无道理。

在生活中人们往往以标准模式看待客观，忽略了人的临场心理因素，而恰恰临场心理因素决定着人的具体行为，所以，要强调立体思维。

说话间，何队长已“绝尘而去”。

……

如果不是有专人及时地清扫，我已经无法继续前行了。

不知不觉间，我已经在公园的亭子里静思了一个多小时，在神清气爽状态中的思维是一种别致的思维，雪虽然在不停地下，却并不感觉到冷，俗话说下雪不冷，化雪冷，当然，这还要感谢江西野生蚕丝的保暖功能。

终于，我决定返回房间，一种撰写的冲动驱使着脚步，十天的年假，我刻意选择了这座美丽的冰城，多年的“征战”中积聚了不少难以忘却的经历，连日来，这些故事如同涓涓细流般在我的笔下静静地流淌着，仿佛我的笔记本电脑都浸透着它的气息……记忆，不断地充溢着自己的大脑，眼前一闪而过的人和事物仿佛都有着一根无形的线——牵连出那些平淡而精彩的故事。

“看待客观事物的目光如果习惯停留于其表象上，那么，将面临的也只能是表象的回应，知其然而不知其所以然也。

刑事科学技术需要的不仅是知其然，还必须知其所以然。”

“明白了，镜工。”

小李子点头说道，神情变得谨慎起来。

又是一起居民家中财物找不到的案子。

无明显的外来侵入迹象，家中各种物品的放置位置、形态似乎也如平日里习惯的样子，可财物却不翼而飞了。

曾经历过许多起因当事人记忆上的问题而报案的，有的甚至言之凿凿地反复强调事实的可信性，比如，什么财物、多少财物、用何包装、放何位置，等等，但事后出现的偏差却连当事人自己也意想不到。

记忆差、干扰性失忆、真实的案件等表现形式是大相径庭的，如何去剥离和甄别却是一番大学问，它不仅要运用常规的现场勘查技术，还要运用临场心理学、肢体语言、微表情等进行思维启发和心理截图……心理截图，简单地说，是在读懂当事人临场即时心理活动的前提下，抓取其心理曲线变化与常态心理进行重合，从而进行差异评判的分析方法，它对涉及的知识深度要求很高，也是老师创立的现场勘查技法之一，所以才有了刚才老师与小李子间的简短对话及情形。

“啊……”

室内，一个成年男子的身影一晃，随着我的叫声，几乎就在同时，老师坚实灵活的身躯一闪把我挡在了身后。

“哦，那是我儿子，刚从单位回来，他在换衣服。”

天哪，中心现场里面居然还有人没有离开。

老师的眼中瞬间掠过一丝刀子般锐利刺人的目光，转而轻声对我道：

“没事，丁探。”

事后，得知此事的胖胖对我说：

“镜工曾经说过，相对原始的现场是最好的‘受访者’，它不会欺骗你。”

……

“塞进一个女式手套中的金饰品没有了，价值三万多，那是我为未来儿媳妇准备的聘礼啊！大前天还拿出来看过，准备过年时带回老家去呢……每月的收入虽然一般，但子女都很孝顺，这是最大的福气……从不问我要钱，自己挣的钱足够他们的花销了……大学堂里出来的，肚子里可有墨水啦……家里的财物都由我管理，以前在村里当过六年的会计，这不，都是因为陪孩子才辞去会计的活计来到城里……没有什么用大钱的地方……正在上着班呢，一听我说东西找不到了，立马在电话里对我说他马上回家来看看……一个月后、礼物、年货、订婚宴、订婚物、礼金、往返路费、日常开销……警察同志，您这么一说还真是……”

这是一位五十岁左右的农村妇女，健谈、思维敏捷，有力而略显粗糙的双手上撰写着长年辛劳留下的痕迹。

对现场进行了初步的勘查后，老师带着我将这位报案人请进了一间单独的房间里，并且刻意避开了其他人员，随着双方交流的深入，她讲话的声音由开始的着急、明亮，渐渐转入了低沉和若有所思的状态……

叫过来两名办案民警，老师单独对他们如此这般地吩咐了一阵后结束了勘查。

我们刚回到大办公室半个多小时，办案民警的电话到了：

“镜工，被盗的东西找出来了，报案人儿子偷的……原因，订婚的要求高……”

……

“老师，您最初是从什么时候开始怀疑她儿子的？”

“丁探，从你发出‘啊’的叫声开始的，我发现她儿子是借换衣服在偷听房门外我们一开始询问他母亲案情的内容。”

……

各位看官们慢慢咀嚼吧，现场勘查技术，临场心理学、即时心理、肢体语言、微表情、思维启发、心理截图……

哈哈！

“世界需要音乐，人类需要音乐，音乐与世界与人类密不可分，音乐是世界及人类灵魂的雕塑与写意。”

写作不像单纯的打字，特别费脑，尽管笔下铺就的都是真实的经历和回忆，却也时常让自己陶醉于一种往事陈酿的感染之中。

老师的话犹如神助般地在耳旁响起，像太史秋芙大师姐说的：

“人啊，一生中能遇到一个真正称得上为终身师者的人，这份幸运是极为奢侈的，与智者同行，我是命运的幸运儿……有时真的很想问问师父，您的知识面是如何练就的——如此大的跨度，且经典。”

经典钢琴版的《天空之城》从蓝牙耳机中传出，一种静谧的咏叹之感，恰恰是这种静谧衬托着探索中的时空穿梭……老师对于飞行的迷恋，也是独享其中吧。

“比如烟雾，不同物质的燃烧、不同的燃烧方式——有无助燃剂、何种助燃剂、量的大小、阴燃与明火，所形成的空气上升和流动速度、方向、受自然因素影响的程度等都是不一样的……”

三十二层高度的大楼顶部平台上，风速超过七级，气温已经降至了零下七度左右，这在南方是很严重的寒潮了，加之南方的潮湿，天气格外的阴冷。

老师的话让小李子有点儿跟不上趟，近来，小李子时常处于沉思之中。

“放大镜。”

递上放大镜，我为老师打光照明，仔细观察着老师的关注焦点，以随时调整变换灯光的角度与亮度……

前面曾经说过，这可是一种极好的学习方式，虽然没有说话，默默的授课却在这寂静中无声地进行着，查看行为、思忖所思、行为检验、回顾吸收。

“丁探……”

老师无意中发现是我在打光，他瞟了小李子一眼，然后冲我微微点了点头，埋头继续工作。

老师刚才的意思是风口太冷，怎么是我在打光、小李子呢？

不过，老师马上明白了，因为我曾对小李子说过，在我配合老师勘查的过程中，不允许打扰，以免干扰到老师的临场思路，这也是胖胖传授给我的要领之一。

“那寂静中传出的一声‘哼’，真如天籁之音。”

胖胖的话寓意准确，那‘哼’声是对疑案的解题、对犯罪行为的痛恨、对犯罪分子的蔑视，更是一名刑警对百姓的交代。

“丁探，这条安全带在施工作业中没有使用过，各个‘卡’‘带’处没有正常使用过的痕迹，而且，现在这些‘卡’‘带’上所附着的泥灰在这个施工中的工地上没有……”

“老师，在这种可能产生危险的地方施工作业，他为什么不系好安全带呢？”

当然，事实就是事实，但其中的就里往往才是学习中的宝贵财富。

“马上就会清楚的……哦，他来了。”

施工队的一名副队长怀中抱着一大捆东西快步过来，脸庞在寒风及紧张下透出黑红的色泽。

这是一起高坠案件，一名三十多岁的工人在施工过程中坠落死亡，死者就是这名副队长的下属。

二十副新旧程度各异的安全带并排展开摆放在地面上，小李子将死者的安全带摆在旁边。

怎么会是这样，死者施工处的安全带与正常的安全带相比，竟然有着严重“残疾”……

“老师，我明白死者生前在这次施工过程中不系安全带的原因了，因为这条安全带根本无法正常使用……而回去更换安全带需要跑二百多米的路，还要上下电梯。”

“可惜了，一个年轻的生命因为自己‘创造’的意外就此飘逝了。”

严法医自言自语着。

……

“丁探，你怎么看待这起案件现场。”

回程的勘查车上，老师的话打破了长久的静寂。

正在开车的小李子有些不解地皱了皱眉。

严法医悠悠地说道：

“小李子，什么时候你头脑的转速和你的拳术一样敏捷就OK了。”

现场的情况已经明了，老师的问题当然不是指的这方面，话意的角度与以往不同。

“请老师指点。”

“案件现场，一旦说穿读透了并不是很复杂，关键就在于理念，在实践中能否有意识想到这一点，而铸就这种理念的重要途径之一就是立体思维……比如换位思考，真正实现换位思考的前提是，对对方的即时心态与素日养成有所了解，二者缺一不可，它关系着人们思维的角度与方法、关系着案件现场上临场思维的切入点，而这些，又左右到具体的行动与策略，否则，单纯的换位是没有什么意义的。”

收住话头，老师缓缓倚靠在座椅背上，似乎刚完成一次艰难的长跑。

又是一堂结合实践的临场教学，每一句话、每一个字里都渗透了实用性，都值得深思与回味，都是业务开拓进取征途上一级新铺设的台阶。

“懂了，老师。”

我轻轻地吐出这句话，轻得连自己都感到诧异。

“小李子，停一下车。”

“我去，镜工。”

不等老师立起身，胖胖已麻利地下了勘查车，十分钟光景，胖胖拎着六杯热腾腾的可可回到车上。

暖流，顺着手指、舌尖向身体蔓延开去……

……

夜渐深，活动着离开键盘的手指抬起头来，窗外，雪花在夜色中不停地飘扬着，落地无声，只有路灯显映出它那千姿百态的飞舞轨迹，如同那绵绵不尽的思绪……

四十、根的绽放

只看见植物的花和叶灿烂而明媚，可不要忘记了，它们都有扎在地下的、一直处于黑暗当中的根和须，它们默默提供着营养、水分，从不抱怨自己所处的环境，因为，留存于它们心里的，是生命的盛开与绽放。

……

整整一个楼面，六间实验室内的一切几乎都移位和被撕碎了，即便隔着电脑屏幕也能感觉到现场的惨状。

一个有着相当规模的化学研究所实验室发生爆炸，老师正在出差，我担任现场的主勘领队出发。

“丁探，相信自己的能力。”

宗副局长在电话中说道。

老师不在身边，肩头的压力反而变成了动力，我知道，这也是老师希望的，尽管已经独立经历过无数起各种类型现场的勘查分析，但……

“没有完全相同的现场，每一次的勘查都是新的挑战，所谓‘轻车熟路’是对勘查技能运用和对相关类型案件现场规律性的认识、理解的程度，而不是对具体现场勘查中应有的态度及行动。”

老师的话够透彻吧。

了解好该实验室的化学实验过程、涉及的化学品种类、特点，并采取了相应的安全措施后，我们进入了现场，严密的全套人身防护措施，很快便认不出彼此是谁了，只能通过身高、体态大致判断，交流也用手势进行，还好，大家早有一定的默契基础。

实验室的房门或变形或炸飞于楼道内地面，实验室内的物品或破裂或移位或翻倒，迈出的每一步都要小心翼翼，不断变换脚步的大小、左右、快慢，眼睛则要随时扫描身体前、后、左、右、上、下的一切，这样做的目的不仅是安全的需要，也是对现场相对原始状态的维护。

天花板上的吊顶几乎全部碎裂下坠，各式各样的管道、线路暴露无遗，熔化、断落、变形、交织，这一切都充斥在密如蛛网的电线网中……

目睹这一切，眼前时隐时现地闪动出老师那冰冷机敏的脸庞，我在思索着老师如果在场的话当如何处理？渐渐地，我的心变得越发平静起来，这是处理复杂场面的最佳心理状态。

如云中漫步般地踱步于纷乱之中，看似毫无章法，其实，我在逐渐梳理着现场形成的过程，包括各个节点……

“尽管隔着防护服，依然显得非常淡定，甚至是一种优雅，这是你内心承受力和自信的临场表现，而业务功底的深厚衬托出了这些——厚积薄发，不错，丁探。”

这是事后老师出差归来后对我说的第一句话，没有落俗的客套式寒暄，却是最好的寒暄，原来，胖胖在现场勘查过程中用手机将工作情况及时传输给了千里之外的老师，重点当然是我这个主勘加指挥。

……

“这不是爆炸，是爆燃。”

综合指挥部内各式各样、不同称呼的“专家”云集，在初步介绍完情况后，主持的领导把话锋转向了我……

“这小丫头？”

“长相和身材可不能替代业务能力呀……”

“人不可貌相，且听听看。”

“那个叫刘镜的警官怎么没有看到？”

“有所不知，她就是刘镜警官的高徒，毕业于中国人民公安大学的高才生。”

……

小李子的“耳目”做得够格。

我的“身价”在一片轻淡声中高涨。

“刑事方面的专业术语这里不赘述了，现场情况请见照片和现场录像……问题出在吊顶上的输氧管道，经向专业人员询问了解，管内气体可燃、可爆，并有一定的毒性，尽管，现场上有多处的管道破裂或断开，但只有离反应釜一点三米、即反应釜上方吊顶内呈 90 度弯折并断开的输气管道断口内有烧灼的痕迹，并且，管道断口周边一米范围左右的电源线、胶管、塑料件等皆有烧灼、熔化、变形的现象，上述现象也是现场上唯一的一处……输氧管的气体泄漏是导致爆燃形成的必备基础，电线老化形成的跳火是造成爆燃发生的导火索，这，就是我们刑技部门对该现场勘查的结论。”

……

“二十六年了，那时我还处于新民警的行列，在带教老同志的指导下制作的材料，如今已经没有印象了，当年那位老同志也……”

“那，我老师呢？”

“你说镜工，他正好刚去参加晋升培训……阴差阳错吧。”

胖胖一边翻看着手中的一厚叠案卷，一边遗憾地微微摇头道。

梳理历年未破案件的工作紧张有序地进展着，一路势如破竹，而眼前却遇上了一个坎。

“重新研究分析，把资料交给丁探。”

“是，镜工。”

胖胖如释重负却又存有一丝担心，毕竟，年份长了，这不是对老师缺乏信心，而是一种战友之情、朋友之谊。

“丁探，你先研究，有问题告诉我……”

我把资料分门别类地放置在研究室内的大桌面，然后一块块地研究消化，老师则坐在旁边用笔记本电脑研究着猛猛一刻钟前发给老师的案件。

一辆蓝色的出租车停在村落外东西走向的道路边上，显得特别显眼又孤寂，汽车驾驶室一侧的门大开着，车门把手、座椅靠背、车门处地面皆有血迹，车座旁的脚垫上有一件放置凌乱的血衣，座椅靠背中下侧部位上还发现有粪便……在距离出租车以东五十多米远的北侧路边地面上是一滩 60 厘米 ×72 厘米的血迹……距北侧路边约三十米是蔬菜地及晒谷场，晒谷场处有一两间鸡舍，鸡舍北面十多米处是一条东西流向的河流，河面宽度约二十米，鸡舍东侧是一个直径在八十厘米的粪坑，在粪坑的南侧有一滩 30 厘米 ×20 厘米的血迹，血迹的西南方向发现散布的点状血迹……在鸡舍东侧十几米的地面上有一块带血的水泥块，水泥块呈直径约十一厘米的不规则状……在离带血水泥块西侧约三米处的地面发现一个蛇皮袋，袋子表面及袋内物品干净……

现场勘查笔录、现场图、现场照片、尸体检验资料……各种记录走马灯般在阅读、观察、核对、比照、相互印证中转换着，方位、概貌、重点、细目，案件现场渐渐在心目中越发清晰……

小李子将买来的客饭轻轻放下后，再轻轻地离开研究室，胖胖从现场回来后立即赶到研究室内待命。

“思维角度正确，系统阐述一下吧。”

天哪，老师您长了几双眼睛呀，一边研究手上的案件，一边关注着我，甚至连我想到哪里了都明了……要知道，我正想向老师汇报呢。

“丁探，我可不是什么神仙，你对各种材料、图片等的研究顺序、重点、过滤后的侧重、贯通等，都通过你的行为、表情、肢体语言反映着，虽然，在一般人眼里是看不见的，我得天独厚的优势在于对你的了解而已。”

看到我一脸的不解，老师轻松地解释道，果然，说穿了并不复杂和神秘。

“老师，您观察、思考的渗透性真强……学无止境啊！”

老师摆了下手——请我开始讲解研究的结果。

“尽管当初参与过的同志印象已经淡漠了，但是通过这些资料与照片，我认为这个不是一般意义上的抢劫案件，而是一起为逃避车费而引发的伤害致人死亡案件……”

说到这里，我注视着老师停顿了一下，要知道，根本性的分析结果是检验所有前期工作思路正确与否的试金石，不是我的自信问题，而是我太希望得到老师哪怕一个标点符号的指正了。

老师脸上没有任何的变化，哈哈……

“……坐在出租车后排位置上的嫌疑人开门向车外的荒地逃跑，想利用驾驶员反应上的迟缓和对地势的不熟悉脱身，可是，据我的了解，出租车驾驶员一般在深夜、荒僻的地方下客时都防着一手的，所以，车门也顾不上关，紧紧追赶了上去，最后在鸡舍东侧的粪坑处追上了嫌疑人，双方扭打在一起，嫌疑人用随手抓起的水泥块击中了出租车驾驶员的头部——法医检验结论，该水泥块可以形成头部的裂创。驾驶员倒地后不久又慢慢起来了，并且很慢地向自己车辆的方向挪动着脚步，地上的血迹形态可以证明这一点，成趟的血滴延续到车上，车上的血就是驾驶员脱下早已沾满血迹衣服时蹭的血，血衣放在了车上，另外，出租车驾驶员和椅背上沾有大便，这是双方在粪坑处扭打的时候蹭到驾驶员身上的，最后，这个驾驶员因伤重而不能开车了，为寻求帮助，他支撑着往外走去，终因失血过多自身不支而倒下……现场发现的蛇皮袋表面及袋内物品干净，不像是长时间丢在这里的，肯定与案件有关系，是嫌疑人在逃跑、挣扎、搏斗中脱落的，可利用现有的先进检验方法及手段进行相关……”

老师一直静静地听着我的汇报分析，胖胖也在思索与回忆中不时点着头。

“老师……”

我一气呵成，转身等待着老师的点评。

老师将一瓶矿泉水递到我手中，转身对着一旁的胖胖道：“胖胖，这下服了？”

“当然，原本就钦佩……”

“丁探，研究分析很到位，我也是一路搭着你思路的顺风车观察过来的……胖胖，回忆得怎么样？”

“基本上都想起来了，我这就进行系统的汇报梳理，协助何队长进行下一步侦查计划的制订。”

……

阳台门的外侧，一个挂满鱼干及自家灌制的香肠的金属架子斜向放置着，阳台内横七竖八地堆放着杂物，从某种角度上体现出这家主人的性格及精神状态，就连这个阳台门，也已经有三个多月没有去开启过了，几个钟头前的夜色里，一名年轻的女性从这个位于12楼的阳台上飘入茫茫的黑暗之中，一个刚组建不到一年的家庭破灭……

“警察啊警察，你们要为我的孩子做主啊……恋爱时他——那个混蛋的嘴可甜了，结婚后人全变了，三天两头不着家，说多了就打她，她也如同变了一个人……”

笔记本电脑里是猛猛发给老师的案件资料，里面还包括有摄像机临场录下的视频图像，里面含有女性死者家人的哭诉。

“师父，事发深夜……您看取证的重点是什么地方……麻烦您了……此时此刻真的好想做回您的学生！”

现场照片是事发后的原始状态，这可是最大的优势所在，也是老师一直以来强调的一个重点：

“如果当事人有过对现场进行破坏、变动，甚至伪造、伪装等行为，这反而给我们留下了无数揭示真相的证据，如同在现场上放置了一份‘自白书’一般，最不愿看到的就是现场在与案件、事件无关的‘外人’无知行为中被一点一点地毁灭。”

为了案件的及时查明，老师已经对猛猛进行了回复，现在是我的思考题目了。

一个多小时了，我总有一种有劲不知往何处使的感觉，这与以往不同，以前是无劲可使。这两者间有着原则性的差别，这种时候，需要老师的引导了，是引导。

太史秋芙大师姐在谈到跟随老师多年学习的体会时对我说过：

“师父的引导如果仍然不能对你有所帮助的话，说明你在业务的修炼上还有很长的路要走，还处于门外汉的状态，而当达到一点就通的程度时，你，开始入门了。”

大师姐是有感而发，不过，以上的话也仅对老师——大师姐口中的师父而言……

“老师，我此刻的思路就如同现场照片里的阳台一样无从落脚，我更加理解您常说的‘临场思维切入角’的价值了。”

“好啊，让科学成为本能，丁探，这个现场的关键点在阳台，要在纷乱中去发现和整理出它的本性所在……”

“老师，也就是说，现场阳台虽然给人凌乱不堪的感觉，但这种乱中恰恰蕴含着当事人的日常轨迹。”

老师点点头，抬手示意我继续。

半个多小时集中的研究分析，我发现了一个重要的现场现象，阳台内靠阳台门放置的一个用自来水水管制作而成的架子，也可能是阳台门极少开启的缘故，这个铁架子呈东西向放置，其西侧端头距离阳台门西侧门框之间的距离只有 40 厘米左右，虽然有两扇横拉式的阳台门，但根据阳台上物品的放置情况看，该阳台只有西侧阳台门扇可以开启，并且只能由西向东横向拉动开启，根据正常人常态下心理对障碍的规避本能，即便是一个瘦子也会下意识地在进入阳台时不仅要拉开阳台西侧门扇，而且会去移动铁架子以方便通过。

而如果那样的话……

这个铁架子从侧面看类似英文字母的 T 字，架子的两头、即两个 T 字之间有一根横梁，在横梁上用衣架悬挂着十多挂自家灌制的香肠以及呈片状的鱼干，架子的高度约 140 厘米……如果这个架子的位置是现在这个样子的话，就大有内涵了……对呀，香肠、鱼片在晾挂的过程中都会有油脂滴落的，对，就是这张照片，太好了……

“老师，取证的重点在于确定现场阳台上的物品是否是原始的习惯放置位置，尤其是挂有香肠、鱼片的铁架子所处的位置。”

老师朝我缓缓竖起大拇指，此刻，我感到自己的心飞了起来，在自由的空气中飞翔着……

“镜工，如果地面上滴落的油脂痕迹都与相应的物品位置对得上，那就可以精确定位了，后面的定性问题届时就能迎刃而解了吧。”

小李子不知什么时候也放弃午休来到了研究室，看来，他已经研究一会儿了，此时才抽空开口总结性地对老师说道。

“小李子，你恐怕要失望了，地面上的油脂滴落痕迹并不会全都对应得上。”

“啊？”

“丁探，你怎么看待这个现象？”

老师扭回头问我。

这是一个新增的问题，却是不可或缺要解释明白的问题，开始，我也没有考虑到这点，看来进步之道在于谦虚谨慎是也，感觉脸上有些发烧。

“物品移动、位置变换所导致的无法对应是一方面，可现场的阳台门已经有约三个月没有开启过了，也就是说，前面所述的情况几乎是不存在的，可为什么还会有对应不上的情况出现呢？而且，老师对此早已有所深思熟虑了。”

现场问题只有回到现场去解决，我又捧起了现场材料……

“老师，我需要当地近三个月的天气资料。”

老师闻言俯身轻点鼠标打开一个文件夹，里面是猛猛补充发来的天气资料。

看来，老师就看我何时进行至这一步了。

一目了然，心结全都打开。

“老师，现场所在阳台没有封闭，是敞开式的，自然界中的风、雨等各种变化都在一定程度上会对悬挂的香肠、鱼片产生作用，比如不同方向、程度的晃动，温度湿度变化对油脂分泌的影响，等等，所以，地面上的油脂滴落痕迹不会全都对应得上是正常的，可以从油脂的滴落数量、地面的吸收程度、泛延状态等方面去定位……”

“正确，丁探，之所以要深入地研究这些细节，因为它往往对案件或事件的解读分析起着‘秤砣’作用，小小秤砣可是压千斤呀……现场虽然凌乱但其状态却是自然的，在如此凌乱堵塞的环境内，人的行为极容易对周围产生影响，现场上的关键部位如果被证实是相对原始的状态，那么此时物品位置上的变化情况可以反映出当事人的临场心理及行为状态。比如，轻轻地、悄悄地，以防他人及时发现而无法实施自己的行为……”

……

细节：

一是小——单位面积不大、影响力在认识上往往也处于局限性的地位；

二是有一定的隐秘性——勘查者不易发现、实施者也易忽略；

所谓不易发现，指两个方面：视觉上注意不到、思维上想不到。

但，细节往往左右着事物的本质。

第二天一早，猛猛来电话告诉案件解决了：

“师父，谢谢您……我虽然职务上升了，但专业却日渐弱化了，尤其是年龄……”

猛猛的电话内容，正巧被站在老师旁边的我也听得真真切切，内心涌起一阵不安。

唉……《洗冤集录》的作者宋慈，41 岁考中进士，51 岁才当上县令、开始接手案件，可猛猛你才……

老师放下电话沉思了一会儿，突然对坐在旁边的我说了一句看似不相干的话：

“种植物需要土壤、水分、阳光、营养、培护，你可以依据自身的条件给予提供，但具体的生长却是无法替代的。”

对此，我深信不疑，一如既往。

四十一、无声的写意

不知其出处的孤照，心里念叨着，这是刑事照相的大忌。

“太史教官，问明白了，这是在两天后才补充拍摄的照片。”

“当时没有发现，专业知识的掌握与理解方面有欠缺；两天中现场处于无人看守保护的状态，照片的证据价值失效；对焦点不规范导致景深布置不合理；像素偏低，现场细节放大后模糊……成绩不合格……先重新培训再补考。”

放下电话，大师姐终于可以招呼我了，一脸的冰霜融化，显露出温文尔雅的素常：

“丁探，师父可好？”

“是的师姐，老师很好，他一会儿就到。”

太史秋芙大师姐不仅是S市公安局分管刑侦工作的副局长，年前，又被聘请为所在省省警察学校的刑事科学技术专业教官，讲课、实训、考核等牵扯了她不少的精力，还好有老师在遥控指导，才让一切变得游刃有余起来，这次不仅是前来看望老师，同时也担负着聘请老师专程前往授课的任务。

不等茶水的温度可口，胖胖气喘吁吁地出现在大办公室门口：

“大、大师姐好！丁、丁探，镜工在楼下的车上了，有一个钢珠弹案件——”

这几句话差点儿让胖胖岔过气去，胖胖真该减减体重了，这才四层楼呀……

“师父，丁探、胖胖，我们快下楼去……”

一听到老师在楼下车上等待，大师姐立即起身并将手中的包递给我让我收好。

“大师姐，把包放在镜工的小玻璃屋里吧。”

“不了胖胖，师父不在，还是不要随便进入他工作的房间。”

并不是一般人意识里那种惊天动地的案件，钢珠弹再一次在居民小区内肆意地飞舞起来，墙面、路灯、树干、汽车、助动车、窗户等都成了射击的目标，而且危及小区内居民人身的安全，老百姓对此类案件可谓深恶痛绝……

“师父，您出场的频率这么高，承受的可是体力、脑力双重的压力……”

“有道是危难之际显身手，何为危难之际？百姓的呼吁啊！”

……

奔驰的勘查车上，听着大师姐与老师的对话，思考着此类案件现场的勘查要素，如同又一次走向考场。

有密集恐惧症的人会忍受不了的，除了车窗玻璃、车体、路灯外，在多棵树木的表面上密布着几十个由钢珠弹射击形成的弹着点。

“警察同志，我不仅被打坏了电瓶车的后视镜，也让我出行时的行车安全性差了许多，这都是连锁反应啊！”

“是的呀，这段时间连小区内溜宠物狗的人都少了许多……”

“招惹谁了这是？早上准备开车去上班，这车窗碎了……”

“教你个好办法，出门时撑一把伞，一是以防万一，二者显眼……”

惶惶之心态在人群中蔓延扩散开去……

自从我们的勘查车到达现场所在地起，下车后老师除了向小区保安以及报案的居民询问了案件的基本情况外，就不停地在案件发生的区域内走着、看着、比画着，如同所有的行为都像电脑程序事先设置过似的。

我抓紧时间绘制着现场图，这份现场图与标准的图不太一样，是从老师那里学习来的，它不仅包含了标准现场制图所具有的功能，还依据现场的特点进行了扩展，以方便对案件现场的分析和对相关数据的计算需求……

仰头、猫腰、下蹲、目测……

“小李子，帮我搬个梯子来。”

“马上，镜工。”

不一会儿，小李子与小区物业人员合力抬着一把又长又大的竹制扶梯出现在视线里。

不可思议的一幕出现了，只见太史秋芙大师姐平淡地说了一句：

“交给我吧。”

随即进步上前，右手握住扶梯的重心点下侧，右肘压住扶梯的横档，左手一带扶梯的侧帮一拧腰，扶梯在移形换位后轻飘飘地倚靠在老师身旁的一棵树干上，而后又被大师姐稳稳地扶住。

认识大师姐这么多年了，虽然知道她的形意拳很到火候，但还是第一次见到她功力上的出手亮相，真漂亮！

上一次见识她的身手是几年前一次研究案件前的开机，一个简单地给位于写字台下的电脑主机开机行为，从意识到定位、行为等一系列动作可谓准确、敏捷、轻盈……就像随手接起一本即将掉落在地面上的书本一样，身手的展现就在里面——内行看门道呀！

“师父，您注意安全。”

没有更多人注意到这一瞬间的精彩，只有小李子大瞪起双眼下意识地用手摸了摸自己原先扛梯子的肩膀。

“丁探，把现场图和放大镜递给我。”

老师接过物品后向大师姐道了一声谢，便一步步朝树上爬去，看来，老师早已知晓自己这位女弟子的本领了。

我们为什么没有抢着上？一则，业务因素，有些话是不能在公共场合讲的；二则，别忘了，老师曾是野战部队侦察兵，格斗、攀登等都是专业的范畴。

老师并不是一步到位爬至相应的高度，而是逐渐观察着升高，这里面可是有玄机的，外人看来，他就是爬上树去看而已，可此看可非彼看，弹着点的疏密形成先后、角度及力度类同组合、精准度、射击的纵向角度与横向角度在不同位置弹着点间的差异合理性、不同物质对弹着点塑造反应的内在联系……

放大镜在老师手中不断地变换着它的功能，时而观察、时而测算、时而点触，终于，老师下到地面，他小声对小李子和胖胖交代了些什么，小李子马上携带着照相机、标尺、DNA 提取装备等和胖胖一起开始了相关操作。

“太史、丁探，你们都看明白了吧。”

当然，跟随老师多年了，一举一动上都产生了相应的默契，这种案件不少，但具体的情况都各有异同，今天，我是收获满满的，大师姐更是如此，学会观察和分析，并在其中捕捉“营养”，这是老师的实践性教学形式之一。

“何队长，到现场这里来。”

放下电话，老师对我们低声道：

“根据测算，弹丸是自北侧四十米左右的居民楼内射出的，重点在六楼……”

何队长在老师面授机宜后结合现场访问的信息，把工作范围锁定在了五楼以上、七楼以下的范围内……

为什么？人，是活的、是可以移动的。

……

随着香槟酒的开启，何队长的敲门声准时出现在我家房门上，铿铿快速跑过去将拖鞋叼到了进门处的地垫上。

一大半后，作案人被抓获，他就是六楼的常住户。

民生无小事，没有这种渗入骨髓的境界，就算有能耐，也是难以成为一名优秀刑警的。

望着老师还没坐下喝上一口水便又朝勘查车走去的身影，站在办公室窗口的宗副局长下意识地摇了摇头又点了点头。

太史秋芙大师姐还有一周的跟班实习时间，哪里肯放过任何的机会，立刻也抛下那满桌的各色水果茶点随老师出发了。今天是宗副局长专门召集的交流会，因工作而原本已经迟到的老师和我仅仅到场十多分钟便又宛如一阵风似的要离开会场，并带走了出于礼节而先期到会的大师姐。

“宗副局长，对我个人而言，此时最好的交流就是跟随我师父参与到实践中去……抱歉了，非常感谢您的组织和招待。”

大师姐是在起身的当头对宗副局长说出这句话的，她欠了欠身，脸上尽管是礼节性的笑容，仍然有一种让人无法拒绝的魅力。

善解人意的宗副局长当然了解老师的作风，对这种形式主义的会议原本就是本着程序性、礼节性来参加的，所以才出现了他站在窗前的一幕，随后他转身朝着会议室里其他与会者说道：

“散会，各就各位开始工作。”

……

老师曾经对我和胖胖说道，遇到宗副局长是他人生中的幸运之一。

如同钢珠弹案件一样，这次也不是什么惊天动地的案件，是普通的盗窃电动车上电瓶的案件，也许各位看官中有人会对此产生这样的疑问——就这种普通的案件也需要我老师亲自出面？还抛下了由局领导主持的交流会？

不可思议是吗，这是老师拾遗补阙针对发生频率高民生影响大的案件类型所进行的攻坚行为，所以，宗副局长对此是无条件支持的。

不树立起民生无小事的概念，何为人民警察呢？

小李子专注地开着勘查车，胖胖则变魔术般地从一个大号塑料袋中一样一样地将各色水果摆了出来，橘子、樱桃、香蕉、柚子、草莓等，原本他们是可以不用来这个现场的，可……每次老师出现时都会有不少暂时没有别的工作而跟随前往的‘志愿者’，在外省工作时，勘查一起案件现场，竟出现过五辆勘查车二十多名技术人员跟随参与的情景，因为对他们来说，机会更加的珍贵和难得，老师是有什么样的魅力呢？人品、作风、敬业，还有一点，老师是真有本事……这些水果就是在老师准备离开会场之际宗副局长示意胖胖带上的。

“对这四个位点分别提取……第二组是电瓶车左侧的两个位点……第三组是左侧障碍物上的位点……”

这次的现场勘查工作，老师让大师姐亲自操作，自己则进行补充和对具体操作中的技术细节进行辅导，大师姐娴熟、流畅、细腻和对老师指令理解的精准性给了我许多的启示，学无止境啊！

“这四个位点的提取是常规模式，电瓶车左侧的两个位点是立体分析中对作案人行为及依据还原后的选择，左侧障碍物上位点的选择是根据还原后行为接触部位具体形式及细节的深度分析所确定的提取位点……”

老师最后又讲解了所有的操作原理，让大家知其然，更知其所以然。

再普通的案件现场，在老师手里都会变得有滋有味，这一招，学来路长……

这是一户租借房屋的外省来本地打工人员，这看似处处皆可见到的电瓶车，对这家人来说可关系着生计，不仅如此，周边村落先后有数户人家被盗电瓶车电瓶，用恨之入骨来形容百姓的感受一点儿都不为过。

“……首先应该我感谢你呀，你对现场的保护做得很对，为我们发现和提取证据提供了有力的保障……放心，我们一定会抓住作案人……你提供的这个新情况非常重要，再次感谢你的配合。”

虽然是老师与报案人间的对话，也都一一录入了我的录音笔。

老师说完，冲二十米远处的一名保安招了招手：

“现场已经不用再进行维护了，你把这个地址告诉承办的同志，有新的发现……”

保安骑车而去。

……

第二天一早，现场上多处位点提取到的证据被证实为一名前科人员所留。

这起案件的及时破获看似平淡无奇，但内行却是可能从中发现端倪的——立体思维可以在常规方式方法因现场破坏或变动而失去证据价值的情况下大大拓展获取证据的途径，而且可以还原出犯罪行为的实施，从而透视出犯罪者的临场心理状态和变化、转换……

“……比如，在夏季，只要有一只蚊子在室内猖狂，就可以让室内所有人员无法安然入眠，而且还可能留下疾病隐患，你说是吧。”

“镜工，明白啦……”

放下电话，老师下意识地从桌上端起刚为他冲泡好的铁观音茶。

“老师！烫……”

人生两件宝，双手和大脑。

勤于用脑、善于用脑，加上不懈的行动，才可能实现理想，踏上登峰造极之路，然而，其中的每一步却往往是平凡的，量与质的转换有时就出现在那不经意的一刻间……

主持人把话筒转向了坐在台上的老师……

这是一次与青年民警交流互动的活动，除了在会场的人外，同时进行内部网络直播，由团委发起和主办，接到邀请的老师爽快地答应了。

我来到会场的时候正轮到对老师的采访，哈哈，我来得正是时候，不过，我不是来参加活动的，而是来接老师的——当然是工作中的需要……

“我所讲述的是《立体视角下的现场勘查理念》这本书的来源……”

老师轻轻摆手指向大屏幕说道。

这是老师在公安大学任教的一年间与刑事科学技术学院的教授共同撰写的，双方的呕心沥血是这本书在理论与实践之间一种特别的融合形式，所以，当《立体视角下的现场勘查理念》这本书出版发行时，老师曾感慨道：

“它的诞生，将在刑事科学技术领域划出一道全新的音符。”

……当老师的手伸向线圈的瞬间，它停住了——还缺少什么没有考虑到呢？还遗漏了哪方面的意识？

电，线圈是通着电的，这原本是正常的使用状态，但此刻它正常吗？繁忙的车间内竟出现一捆遍体布满灰尘的电线接线圈？反常啊，儿时学到的方法瞬间竟跃然于脑海……果然，它已损坏，且通体带电，天呀，380伏工业用电……如果刚才直接抓握的后果……

嫌疑人喝过茶，没那么简单吧……喝的是什么品种的茶叶？相关茶叶的冲泡特点？新泡的茶叶还是冲泡过多次的茶？翻倒时茶水的温度？茶杯的摆放位置？还原导致茶杯翻倒的力度、角度、高度……导致案件发生突变的因素？

这盘切成片的哈密瓜告诉我们，案件发生于数小时之前，某嫌疑人没有作案时间……盘中的哈密瓜是切片后整齐地排放在盘中，而出现枯白现象的仅仅是每片片状瓜肉的一个边棱位置，而另外的边棱和平面部位却没有出现类似的现象？风……风速、转角变化、吹拂时长……嫌疑人完全具备作案时间……谜底揭穿，报案人在事实面前承认了自己编造的谎言——这盘哈密瓜是今天早晨才切开的，报案人在厨房内切好哈密瓜，而后一直放在厨房窗边，哈密瓜切片出现枯白现象的边棱位置正好对着开启的窗口，在风的作用下，出现了局部水分收干的枯白现象……嫌疑人完全具备作案时间……

……没有进出口？难道还会飞不成……问题的关键找到了，因已许久没有下过雨，空气的清洁度较差，而这种时候零星小雨的产物就是“泥浆雨”。如果是干净的雨水，尽管可以冲淡痕迹，或者使痕迹失去鉴定价值，但在抓握、踩踏中对客体上的陈垢或氧化层的破坏痕迹依然可以被发现，但“泥浆雨”则不然，它甚至可以掩盖掉一切，使它们淡出技术人员的视野……

自私、狂暴、变态、大度、心理学与临场心理学、瞬间转变与微调的心理因素差及构成……

……构成某一案件的诸要素，时间要素、空间要素、人员要素、文化要素……它们同时也是构成证据立体性的要素组成……对，立体、立体，就是它！

……

这些我早已熟稔的案例都是老师从一名普通技术员成长为刑事科学技术专家道路上的小片段，但在今天重温的过程中依然感到其平凡中蕴含着的惊心动魄之旋律。

“当这本 42.5 万字的书收尾时，我油然升起一种强烈的冲动……奋笔疾书下这两句话语——‘感谢公安大学刑事科学技术学院的领导和老师们；感谢共同战斗的战友们！’”

短短十来分钟的讲述，老师脸上及言语的凝重更多的是带给人一种参与的力量和渴望……一种自豪、幸运感填充着我的心灵。

“镜工，虽然已经认识您多年了，可今天我感觉才算是真正认识了您……最后，请您给大家留下几句话吧。”

尽管，当我的手机第二次振动时，主持人已经看出了我的焦虑，因为，到达活动现场时，我已通过手势告知了主持人我的来意。

看得出，主持人深受感动。

老师站立起来，向前移动了几步：

“回顾过去，是为了更好地铸就现在与未来，路，在脚下……此刻，我先行告辞了，我的工作、我的学生及同事们在等着我，谢谢主持人、谢谢在座的和在屏幕前的参与者。”

说完，老师行礼后带着我在掌声中离开了活动现场……

老师，您的勘查服……大楼外的停车场上随即传出了勘查车发动机的声音，这声音又很快融入了芸芸众生的生活，就像扎入锦缎的针，不断修补、织造着它的美好与光彩。

四十二、方寸的刻度

衣服衬托了人的美丽与气质，人彰显了服装的设计品质与高雅；音乐烘托了人和氛围的特色，人和氛围渲染出音乐的魅力！

车辆的颠簸让我暂时停下笔来，我瞬间联想到了一次在某企业外墙上看到一张大大的领导班子高层照片，照片中十来个男男女女分排站立并各自造型作势，粗数了一下，最多的造型分为三类：一是双臂交于胸前做沉思状，二是一手虚托下巴斜视前方，三是手抚领带踌躇满志。

哈哈，再环视他们所领导的企业，马上就明白何为不得要领了。

“生活、文学、艺术都被映衬着不同的形式以明志，但前提是得有志于胸，否则无论何种形式，付之的都是那空洞而无物的目光……”

“丁探，写什么呢？”

“啊，大师姐，写一点心得……”

立体思维的重要组成之一就是对社会百态的观察、学习、吸收、融合，在一个有心人的眼界里，生活的实质将变得更加“一览无余”。

经宗副局长的大力支持，老师不仅接受了S市公安局的邀请，并与分管刑侦工作的副局长——大师姐商量决定，为了更好地完成对当地省警察学校刑事科学技术专业学生的授课及对一线技术人员的深入培训，由我等跟随老师一同前往。

真是太好了！

“注意保护眼睛，用语音记个要点，回来再详细书写吧。”

“明白了，大师姐。”

“当年，师父就是这么教我的，既无遗漏又不损伤身体，事半功倍……”

大师姐说着扭头看了一眼老师，微微皱了皱眉，老师和我下课后与前来警察学校的大师姐即刻登上勘查车就出发了，当然是赶赴现场而去，这几乎成了一种生活的模式……也是刑事技术人员生活的重要意义吧，此刻，老师正研究着大师姐笔记本电脑里的案件现场图片，不时闭目思索着，一只手中握着还剩下三分之一量的汽水瓶。

案发紧急，几乎是说走就走，大师姐只来得及准备了面包、榨菜、盐汽水等极简单的午饭，即将面临四个多小时的山路车程，如果天黑下来将大大影响现场勘查工作的进行……

这是一起发生在室外的汽车燃烧案件，环境加上连绵的小雨等诸多因素都需要技术人员去争分夺秒。

……

“当你理解了这一点、知道用何种方法可以从何种角度去认识和证明某种现象的时候，你就明白该怎么拍摄每一张现场照了……”

谈到刑事技术业务，无论现场勘查、案件研究、培训授课，只要一进入这种境界，他便会神奇地忘掉一切不快或病痛，充满活力与希望！

“唉！他就是这样的人，谁说也没用。”

多年前太史秋芙大师姐的话在我的耳边响起，感同身受。那是一个“拼命三郎”对另一个“拼命三郎”的评价。真是强将手下无弱兵。

“战胜自己，才能战胜各种困难。能动地去寻觅思维智慧中的规律……迎来那个心灵的春天。”

掌声中，我和胖胖也好像第一次听课似的忘情与投入……一方面，老师讲课确实精彩；另一方面，每一次讲课都有许多新的内容和提炼，听不够，即使是天天在一起工作也是如此。

这就是老师的魅力，那是源自灵魂核心的美好。

老师、胖胖、我，我们三人作为刑事技术专业的教官团应大师姐的邀请被派往J市H县开展送教上门工作，原本日程就排得满满的，但老师还是穿插进了案件研究和现场复勘等工作。这不，刚完成业务讲座，我们三人就在当地同行的带领下又一次直奔现场而去。看得出，他们对我们的行为很感动，同时又充满着希望与期待。

这是一起刚发生的案件，虽然机会难得，但还是看得出，大师姐是咬着牙同意的，连日来，老师非常辛苦不说，我们大家也十分疲劳，但此时最好的良药就是让老师做他热爱的事，这一点，太史秋芙大师姐十分明白。

车窗外飘着雨丝，把初春季节的空气过滤得异常清爽，气流中浸润着植被新芽的味道，仿佛把车厢内外融为了一体，车里的空间变得宽敞起来。

“……死者正处于热恋之中，原准备年底结婚的……”

也就不到一个小时前，距离约150公里远的一个郊县小镇派出所接到报案，某运输公司的一辆卡车被焚毁，在车辆的驾驶室内发现一具被烧焦的尸体，根据其近两米的身高及肥胖的躯体，工友们认定死者是找不见踪影的该车驾驶员宋某。

宋某，男，33 岁，在该运输公司担任驾驶员已经有七年多，平日里喜欢抽烟、喝酒、打牌，加之家在外县，一个人独居，生活上无所节制，故一直没有解决婚姻问题，直到去年夏天结识了一个女子，开始有些收敛个性……

公司里的停车场内汽车设有固定的停车位置，宋某的车呈头西尾东状停放在停车场靠边侧的地方，在汽车的后方是一长排高大的香樟树，垂下的枝叶就像是超大号的伞一般罩在汽车的上方五米到六米的高度。汽车已经基本上被完全焚毁……

“……还好当时原停放在他车旁的其他车辆都已经出车了，否则损失就更大了。”

在三个小时的车程中，老师没怎么说话，只是仔细听着太史秋芙大师姐、我和胖胖与现场那边同行之间的对话：询问、回答、有针对性地观察与了解后进一步充实性的回答、业务工作上的建议、效果与反馈……沉稳而精确。

“太史，让大家注意对现场的保护……”

“明白，师父。”

尽管已经再三强调过，大师姐依然立即询问了一遍现场情况，这也是老师此时唯一放心不下的大事，是老师永恒的关注点之一。

对话过程中我不时看看老师，这也是自己对临场工作行为进行检验的方式之一。

我从老师冷峻的脸庞和目光中读出了一种欣赏、一种鼓励、一份满满的信任！

一时间，我内心油然升起一种“天高任鸟飞、海阔凭鱼跃”之感，不过，瞬间后，我控制住了自己这种情绪，我知道，在现场勘查工作中，理性的重要。

老规矩，直奔现场。

下车，一边准备着各种勘查所需的工具、穿戴着鞋套、帽套、手套，一边向先期抵达现场的同行了解着最新的访问信息，因为有了前期的信息交流做铺垫，尽管刚来到案发现场，但即刻便顺利上手了。

老师手持勘查灯、放大镜等工具有条不紊地投入了工作，大家也都按照各自的分工忙碌起来。

涉及火的现场，其难度是专业人员都心知肚明的，尽管我和许多技术人员一样，跟随老师经历过许多起类似案件现场的勘查、分析，但对这狂野的火魔仍是在对其规律性不断的剥离中不懈努力着，说实话，现场上老师的沉稳对我们的影响非常深刻……胸有成竹，此刻对我而言已不再只是一句耳熟能详的成语了，眼前呈现出的是手执智慧之缰的驭者。

J市管辖下的H县我们是第一次来，当地的同行们对老师大多也只是有所耳闻而已，只有几个人在“立体思维群”里接受过老师的遥控培训，故而，一开始同行们对于老师非常规性的临场勘查行为还有些迷惑，直到听了胖胖一旁的低声讲解后方恍然大悟，尤其对前期由他们所提供的信息内所包含着的更深层次意义的信息既称奇又深深感叹。举个例子吧：前面对于宋某汽车所在位置、所处环境、树木距离、高度、密度、气象情况等信息的了解，对汽车燃烧的成因、起火部位、蔓延顺序、火势特点等有着不可或缺的作用。

看见不等于发现。

从宏观上看，整个车辆基本全部被烧毁，死者呈头南脚北状仰卧于汽车的驾驶座位上，全身皆已烧焦，原本近二米的身高及肥胖的躯体现只剩下一个灰黑的骨架……

毛毛小雨伴随着2—3级的偏北风，如果没有如同雨伞般张开着的大樟树“掩护”，身上的衣服早已被浸透了，老师让大师姐和我撑着雨伞“观战”，但话出口后又随即摇了摇头，老师知道，我俩是绝不可能任凭他淋在雨中而身处“观战”状态的，还好，有大树的护佑，但老师还是朝胖胖使了一个眼色，所以在整个现场勘查的过程中，胖胖始终有意无意地撑着一把大号的雨伞在我和大师姐身边“勘查”着。

“火的燃烧趋势是由车辆的前侧向后侧烧、由车辆的左侧向右侧烧、由车辆的内侧向外侧烧……从车窗玻璃的情况看，玻璃全部在高温的作用下熔化，是整扇玻璃窗的熔化。说明当时汽车的玻璃窗皆呈关闭状，且，玻璃完好……”

老师开始向我们讲解道。

气候的原因，使得今天的勘查中省略了一个让我们临场研究讨论的环节……内行都明白，在此类现场上，思维的视角如果一时走不上正轨的话，给你再多的时间也是没有用的……不过，老师的话却犹如为我们铺设起了一条思维的滑轨。

“太史、丁探……大家注意观察一下死者的姿势，尤其是他头部的姿势……”

死者呈头南脚北状仰卧于汽车的驾驶座位上，全身皆已烧焦，残存的骨骼摆放位置及形态诉说着死者生前痛苦扭动的过程，火由小腿处开始燃烧——与其说是燃烧，不如说，在这之前已经有过一段时间阴燃的过程，所以当火势蔓延至腿部时，一氧化碳作用下的他已无力避险……腿、前身、全身，直至剩下一个灰黑的骨架……

女性刑事技术人员在生活中是难得看见的，但她们却实实在在地活跃在破案的第一线，只是她们的担当更大、她们的付出更多，如果换一个生活中的场景，极难将此时的我、此时的太史秋芙大师姐与犯罪现场、尸体、血迹等联想在一起……

胖胖手中撑着的雨伞早已让别的同事抢过去了，他正全心全意地记录着现场的情况、绘制着现场的平面图。

大师姐的手在车窗处比画了几下，并用眼神向我示意着……

“死者头部的姿势显示，他的头原本是枕靠在左侧车窗玻璃上的……车窗玻璃熔化后形成现在的姿势……”

我指着伸出左侧车窗窗框外的半个焦黑头颅说道。

“很好。”

老师朝我及大师姐分别点点头后继续道：

“补充一点，死者全身过火近乎碳化，他头部所枕靠的车窗玻璃也已熔化，但是死者后脑处这个部位尚有残存的头发，它之所以比之别处相对燃烧度轻，说明有延缓燃烧的因素存在……残留物质给出了答案……枕头，他生前是在头部后侧靠有一个枕头，否则，这些有关的物质不会出现在这个部位，救火的因素我做了详细的了解，可以排除，这一切告诉我们，火是在宋某生前睡着的情况下产生的，并且是先阴燃后转为明火。在燃烧发生前，车辆的所有玻璃窗皆呈关闭状，玻璃完好……大树枝叶上的烟熏痕迹和高温灼烤导致的碳化形态与车辆的燃烧过程相吻合……没有外力的作用，是一起意外事件。”

说完，老师用一根铁棍挑起一个发黑变形的金属圆筒，用鼻子凑近嗅了嗅，一股香蕉水的气味混合着焦味扑面而来……

天哪，老师这哪是补充一点呀，这是点睛之笔啊……

综合调查的结论，事情的过程是这样的：

酒后的宋某从准丈母娘家回到车队时已是凌晨，为了不耽误第二天一早的出车，他没有回宿舍睡觉，而是想在汽车驾驶室里凑合几个钟头，在香烟发出的缭绕雾气中，宋某进入了梦乡……燃烧的烟头掉进了车厢内的杂物堆……

费了九牛二虎之力，侦查员终于意外地在距离现场六十多米的一家小饭馆处找寻到一个由店家为了防盗，一天前自己安装的探头，在路灯的映射下，从宋某上车至车辆冒烟、起火、路人报警、消防灭火……一应俱全。

不过，那是两天后的事情。

勘查取证工作接近尾声时，大师姐轻声对一个技术员说了句什么，那名技术员闻言飞快地跑向一家药店……

“师父、丁探……”

大师姐将一杯杯温热的泡腾片溶剂端了上来。

……

没有想到案件解决得这么快，但真的很累，体力和脑力的消耗都很大，尤其是脑力，在现场勘查的过程中大脑一刻不停地高速运转着，有时甚至可以让人产生虚脱般的感觉。

“太史、丁探……辛苦了，晚上我请全体勘查组吃饭。”

“……”

老师的话所有在场的人都不能接受、无法接受，我知道，大师姐肯定早已作好了安排。

“太史，你请客，我买单。”

“……”

七嘴八舌中，只有大师姐和我两个人没有说话，我了解老师、大师姐了解自己的师父，他这么做一定是有道理的……尽管如此，大师姐还是用劲咬了咬嘴唇以控制住自己——怎么能让自己的师父买单呢？但……她轻轻向大家压了一下手掌，到底是局领导、一个业务上和形象上皆服众的领导，人们即刻安静下来。

“谢谢师父，我对这里的特色菜品比较熟悉，由我来替您点吧。”

“行，太史。”

大师姐真聪明，这样，她就可以充分照顾到老师的口味了。

……

真是酒香不怕巷子深，还隔着一段距离就闻到了菜肴的气息，古朴风格的酒家镶嵌于依山傍水的竹林中，让周边的景色变得剔透而妩媚，食物的气息又使这一切立体了起来……

“这碗面条真好吃，名不虚传！”

“知道为什么吗？这一多半的功夫啊，全在这汤里……”

作为点心的面条一上桌便被一片赞美声掩盖了。

“大家说得好……”

老师左手端起红色的葡萄酒，在太史秋芙大师姐的引领下来到几位民警的跟前，这是在案件发生后第一时间赶赴现场，根据现场和天气的变化情况采取了积极有效的现场保护措施，为后来的现场勘查、分析工作提供了至关重要保证的同志。

见身为局领导的大师姐和老师来到跟前，几位随即站立起来的同志显得有些紧张，竟忘记了端起酒杯，只是忐忑地站立着……

“我刘镜感谢你们今天机智出色的工作行为，发扬光大它。”

老师一一与他们握手并为他们递上酒杯后正色说道，随后和他们轻轻碰了一下杯一饮而尽……

“镜工，这一切都是我们应该做的。”

老师听后轻轻颔首道：

“面条好不好吃，汤很关键，这一点告诉我们，基础工作的重要性不容替代，尽管它往往存在于人们的视线之外……破案、护民、查明真相、维护公正是警察的职责，但，如果离开了扎实的基础工作，尽管拥有一身的本领，也难以施展啊，那个时候你才会切身感受到什么是‘巧妇难为无米之炊’。”

老师给大家斟上第二杯酒后接着说道：

“刑事技术有个术语叫现场开道，而现场保护工作的内容中包含着另一种意义上的开道——为整个勘查工作的开展进行着无可替代的开道……一个相对原始的现场带给刑事技术人员的信息是金不换的，虽然，现场保护工作看起来默默无闻……

“孔子曰：‘芝兰生于深林，不以无人而不芳……’可贵，可誉”。

说着，老师已经为大家斟满了第三杯酒。

整个过程中，大师姐和我都没有像平时般地去替代老师为大家倒酒，老师的心意我们明白，他要用自己买的酒和菜亲自敬给那些值得敬的同志们。

大师姐照旧是有老师在的场合滴酒不沾。

……

欲速则不达，现场照片的数量多、分辨率高，电脑下载资料的时间在一点一点延长着，而老师则一边啜茶提神，一边全神贯注地聆听着太史秋芙大师姐轻声的介绍，两周多的时间，老师几乎是马不停蹄地在现场与课堂之间交替奔波着。

“刑事技术如同他生命的意义，做徒弟的我又如何敢有一丝一毫的懈怠啊！”

大师姐交织矛盾的心情我感同身受，一方面不忍心老师太累，一方面又明白这是老师在工作中最大的享受而不忍剥夺。

现场访问信息非常重要，可以为整个勘查工作和侦查工作的开展打下基础，而要做到这一点，访问、询问的技巧又是不可或缺的一项硬功夫……不过，这方面是大师姐、我，还包括老师亲授过的其他徒弟、学生、同行都掌握的重点技能。

时间回到两天前的中午时分，已经在海滩边寻找采集海产两个多小时的 H 感到有些内急，虽然只有五岁，但已经懂得害羞，随着她的脚步移往山脚草丛，草丛及小树林中盛开的野花吸引了她的目光，第一次跟随大人来到这里，其实，她更多的是来玩乐的，新鲜与好奇重又启动了她的脚步……

一个多小时后，她的失踪渐渐引起了同行人的注意……又过了两个昼夜，撒网般搜寻的民警及村民们在离海边数百米的山沟里发现了已经死亡的H。

电脑FTP内的现场照片终于下载完了，大师姐的案情介绍也恰好结束。

其实，不是什么事情都会如此巧合的，看似偶然性的事情里面往往包含着必然性的因素，案情介绍的角度、组成、关节点、详述处、省略处……因为大师姐深知老师的思维消化能力、老师的专业素养、老师的“视角”。

事实证明,对这些看似小节处的处理,无论是在工作中还是在生活中可都不是“小节”。

“介绍细而巧，辛苦了太史。”

大师姐没有回话，这是一种无言的分寸，她知道，老师的所有注意力都已投入对现场的研究之中。

一张张现场照片或快或慢，时而放大、时而对应比较……我们跟随着老师的节奏研究着电脑大屏幕上映现出的一幅幅画面，我不时还习惯性地瞟一眼老师面部表情上的微反应……

当老师把电脑鼠标交到大师姐手里时，只是简单地说了一句：

“太史、丁探，告诉我你们的分析。”

这早已成为了老师的一种常态，它同时说明我和大师姐皆为老师眼中的可造之材，哈哈，嘚瑟一下！

……

“从她衣服、裤子上的褶皱分析，它们属于具有内在关联性的组合，是自己的行为所造成，可以排除存在外力的作用……”

“身上的附着物主要是杂草，而且不是生长中的草，是自然干枯后脱落、折断的杂草，根据植物分布情况看，与死者身下及周边的杂草品种、枯败程度吻合……”

“杂草在衣裤、头发等处的黏附没有重压力作用，符合人小体轻的死者本人倒地行为所黏附……”

“死者衣、裤穿着正常，与其身体相应部位的习惯性接触痕迹无矛盾……”

“双脚赤裸属于出走时的正常状态，但脚上只有草汁的色泽而无在水中行走时黏附的沙粒，说明死者生前自己在山沟里有过长时间、长距离的行走……”

“死者身上的损伤形态符合杂草、小树枝、灌木条形成，没有非正常的外力作用痕迹……”

“死者生前是第一次在别人的带领下来到此地，对环境不熟悉，但却充满好奇……”

“我俩一致的结论是：这不是一起刑事案件，是由意外所导致的死亡……”

录音笔少有地录下了我和大师姐的现场分析过程及结论，但并没有彻底消除忐忑的心理，就如同当年在学校等待着老师批考卷一般，不同的是，当年是考虑分数，而今天所盼望的是老师那增量、提质的点睛。

“立体思维，我们观察问题、思考问题的角度有时要像伸缩自如的镜头一般灵活，既瞻远又顾近，宏观与微观有机的结合才可能有所发现……”

老师走到电脑屏幕前一边用手指示一边说道。

“第一张照片是由无人机拍摄的现场方位照片，但其中也包含着一定程度的现场概貌成分，照片将死者生前所有的活动轨迹和死后的位置全部融入其中。”

“这是一张极具昭示性的照片……如果这是一起刑事案件，那么，作案人可以费心地将被害人劫持至离开其捡拾海产处八百多米的山沟内，却没有在她死后将她移动五六米的工夫？因为，那样的话就可以将她严密地隐藏于茂盛的草丛中，而不是像现在这样躺倒在山路当中……这种反差性是刑事技术人员在现场勘查过程中应该敏锐去发现并高度关注的现象，它往往也是勘查工作中对案件、事件性质分析定性的重要依据之一，有时甚至是分水岭，如果出现其他与之矛盾的情况，那么这也是一种反向的佐证……伪造、伪装行为会更加显现出它的原形……”

是的，就如同生活中的现象一样，要做成一件事情，有时是可以具备多种方法、多种途径、多种形式的，但根据当时的具体情况而言，最佳的只有一种。

“你们俩的结论是正确的，如果更加优化、更加充实，就可能让自己的进步也更加立体化起来……现场照片各自有相应的功效，要懂得正确看待和认识它们，因为寸有所长，尺有所短……”

在工作中，思维方式正确与否可以从某种角度左右案件的难易程度，而这一切，又决定和包括诉讼证据的完备程度。

“明白了师父，在下一步的工作实践和教学中，我会逐渐将这个理念融入其中。”

我不是算命先生，但此时却有一种预感：

等待我们的可能又是一次质的飞跃。

那场大地震不仅是一次自然灾害，也改变了 D 的人生模式，当解放军将 D 从瓦砾中救出来时，她已经变成了一个全新的自我，看透了往日许多的迷茫、抛却了往日许多的梦幻，她感觉自己的人生之路变得简单而明亮起来……几十年来的一切时常在证明着事物存在着的两面性。

今天，当她手握电话报案时，仍感觉到那么一丝惶然……

退休以来，每日的晨练是D的一种习惯，在植物丛中漫步的惬意不仅愉悦着她的身心，也是她一天中思考的黄金时段，直到这一切被突然传来的沉闷声打断，寻声望去，只见在五十米开外的地面上……

“镜工，又发生一起高坠案件……您看？”

“出发。”

老师放下还没有凉到可以畅饮程度的茶杯起身对小李子说道。

原本是严法医、小李子、我和老师前往现场的，但在发动勘查车时胖胖挥动着双手挤上了车，胖胖的工作积极性一直是很高的，用他本人的话说：

“人呀，学习非常重要，终身学习更重要，而懂得技巧的学习是重中之重。”

说这话的时候他是先取下嘴上叼着的那根不点火的香烟再娓娓道来的，而且很严肃。

节点的学习与综合知识面的学习之间是紧密联系的，无数的点组成了面，面的扩大与丰富又彰显出了点与点结合所产生出的新的能量，“学而时习之”中的快乐不乏源于对知识点的学习和对知识面的融会贯通。

刚从勘查车上下来，老师就叫来了正在维持秩序保护现场的民警：

“这个现场要拉双层警戒带……”

“好的镜工，我马上去调整。”

民警离去后，在走向中心现场的路上，我轻声问道：

“老师，您一下车就注意到了这一点，有什么特别的含义吗？”

“丁探，尽管我们曾经勘查过许多类似的现场……现场保护的目的中还要注重一点，那就是注意保护死者的隐私、死者的尊严。”

“明白。”

……

“镜工……”

严法医冲着老师微微点了点头，老师也微微点了点头。

这是一种在多年工作中形成的默契，严法医的意思是通过尸表的检查符合高坠所形成，暂无发现异常之处，而老师的意思是，是的，衣着与损伤等，也符合。

老师虽然不是专职法医，但对于相关知识及操作流程是有着很深造诣的……前面曾经说过，在老师制作的各种课件中就有法医临场工作方面的课件，并且在公安大学、中国刑警学院的法医专业及一线部门广受欢迎。

……

他不停地在垃圾桶中翻找着，焦虑的神情中透着一种不知所措的慌乱，这一切、每一个细小的表情和动作都在老师看似不经意的观察中。

一个口罩、两个口罩，当第三个口罩出现时，他如获至宝地说道：

“找到了、找到了，这就是她今天戴的口罩……”

“垃圾桶里发现了三个同样款式、颜色，新旧程度也类似的口罩，你怎么确定这一只口罩是她戴的呢？”

“警官，她重感冒有一个多星期了，每天都戴口罩上下班，为了防止传染，我也每天都戴口罩，她昨天有事没有回家所以只有这一只今天换下来的口罩，这上面有她使用的香水味道，对了，还有一点点口红……”

回答老师问话的，是死者的弟弟，他是来照顾姐姐的，因为她一段时间来，不仅身体不好，情绪也非常低沉、抑郁。

……

临离开小区时，我们在停车场见到了 D，她刚从派出所做完询问笔录回来。

“辛苦了……”

当我们目光相对时，她微微颔首说道。

“您的经历虽然多有坎坷，但乐观与豁达却是您生活的主基调，您是如何做到这一切的呢？”

严法医很认真地问道。

D 轻轻摆了摆手，如同抹掉玻璃窗上的雾气：

“苦味，本身就是一种不可或缺的调味剂呀！”

高手在民间，话语质朴而有哲理。

……

勘查车内，望着 D 渐渐远去的身影，我问老师，此起现场分析中的转折重点在哪里？

“口罩，第三只口罩……这既是痕迹角度上的证据，同时又是一种渗透着心理因素的行为证据……”

回想着临场的每一个细节，耳旁渐渐又响起了老师曾经讲过的话：

“证据，诉讼之利器，它只为理解它的人服务。”

是啊,“现场上的痕迹很重要,但要明确一点,那就是痕迹本身在表现形式上的多样性,比如，临场行为痕迹、临场心理痕迹……以及不同痕迹形态间在临场的搭配及相互影响性因素……”这些老师在课堂上讲授的知识都一一记录在自己精心保存着的笔记本内，许多都在不断地重温过程中扩展、开拓、反馈着……工作、学习，学习、工作，多么美好呀!

尽情地沐浴在生活之中，接受大自然的各种洗礼，尽管有时会浸润在痛苦里，但——痛苦并快乐着，我明白，这是登上辉煌的必由之路……

“镜工，您说得妙，不同的现场有着不同的勘查着重点，即便是类同的现场，也会因为具体条件上的差异而必须另辟蹊径，立体勘查源自立体的思维，这是现场勘查的必由之路,立体二字,妙之所在也,把握精准的话就等于发现并牵住了现场的‘牛鼻子’……”

严法医以轻松的方式解释着严肃的问题。

“我、我插一句个人感言，借用一句民间的话，这叫作‘厨师的汤，唱戏的腔’。”

小李子的话，靠谱。

我将一个精致而大气的不锈钢保温杯递给老师,这是新买的,也是特意给老师准备的,因为，像今天这样的情况对刑事技术人员而言，是家常便饭。

“老师，必须要补充水分啦……”

“好东西，谢谢丁探，回去立即建议装备到每名刑事技术人员，谢谢。”

一周后，在宗副局长的支持下，老师的建议就变成了现实。

接过杯子，老师深深地喝下了今天的第一口水……

四十三、组合的架构

“一个是猜测现场里可能有财物，另一个是已知现场里有钱，只是不知道放在哪里而已，它是导致两种临场犯罪心理不同的主要源泉，而作案人的临场行为也派生于这种不同……”

大家一边喝红酒、吃牛排一边谈论着一起重大盗窃案件破获的心得，老师静静地听着，他的眼神里不时透出赞许的光芒，而我和太史秋芙大师姐则扮演了倒酒布菜的服务员角色，这原本是由猛猛和小李子承担的，因为，今天的主人就是猛猛，他终于又有机会做了一次东，可是别看猛猛已是V市所在省的省公安厅刑侦局副局长了，但在太史秋芙大师姐面前，他可半个不字都不敢言语。

大师姐明白，猛猛一定有案子请教老师，她也知道，业务研究是老师最大的乐趣之一……

在我和大师姐忙完上桌后，老师才拿起餐刀。

“太史、丁探，辛苦了。”

“师父，谢谢您。”

大师姐向老师说道，先让我坐下后才轻轻落座。

猛猛脸上的窃喜在我的白眼下渐渐淡化退去，他知道我的意思，可以谈论案件，但暂时不能谈及正题——那起要向老师请教的案件，会牵扯老师很多精力，影响吃饭的质量。

“厉害的丫头，你做得对。”

大师姐悄声对我说。

……

啜了一小口不加糖的咖啡，老师看了我一眼，我急忙挥动了一下手中的樱红色录音笔，示意我已经准备好了。

“猛猛，被她们俩压制到现在的话可以一吐为快了，去现场吧……”

看得出，老师也是为了让大家吃一顿安心愉快的饭而没有叫猛猛及时谈起需要特别研究的案件，我们几个之间无声的交流都被老师尽收眼底。

也许有看官会问，是不是越快越好呢?

我的回答是: 能解决问题才是真正的快，才能实现快，而且，磨刀不误砍柴工，要知道，老师已经有两顿饭是用方便面解决的，离开现场后便马不停蹄地奉宗副局长的指令带着我和小李子奔猛猛这来了，一同随行前来的还有仍在休假中的太史秋芙大师姐，这让老师很过意不去，但越发看重这位外表气质高雅内心刚毅的弟子。

……

虽然是初春，还穿着羊毛衫，可赵五的脸上几乎是在瞬间布满了汗珠——他在陈三住处的大木箱子下方发现了陈三的半个脑袋……

“今天是他的生日，昨天约好今天中午一起去饭店为他庆祝生日，我是来接他的，他的身体最近不太好……喜欢喝酒……高度的……可……是的，他给过我一把房门钥匙，他的忘性大，出门万一忘记带钥匙的话就不用担心了……有过几次忘记带钥匙的情况……我什么也没有动，吓得我立即逃出房间，待了半天才想到要赶快报警……”

“陈三，男，四十岁，某商场会计，单身一人居住在一个出租屋内……”

勘查完毕后在猛猛命令封闭的现场内，老师结合原始照片复勘着现场，猛猛则随着老师目光的关注点详细介绍着案情，小李子力争让自己能跟上节奏的变化，每当老师询问一些细节上的问题时，小李子的目光就会反复地在老师、大师姐和我的脸上来回跳跃，似乎在比较着什么……

现场是一个单间的外租房，位于老式居民小区边缘某六层楼房的四楼，现场总门朝东，为单扇木制门，门及门上“司必灵”门锁皆完好，门内是一条东西走向的短通道，通道西头即是卧室，在卧室的西侧分别是卫生间和简易的灶台。

“卧室内靠北墙处是双人床，床上的被子、床尾处的部分床单床垫被翻乱，靠东墙处放有一个长方形的大木箱子，在木箱子的底下地面发现了陈三……靠双人床西侧是堆放的衣物、皮箱，在卧室内地面上有小凳子、纸杯子、碗、锅、草纸、吃过和没有吃过的方便面、快递餐具、一斤装的二锅头空酒瓶子若干、横七竖八的电线和接线板、毛巾、餐巾纸等杂物，整个就像一个堆满各种物品的垃圾场。”

猛猛就如同说完一段长长的“贯口”般喘起了粗气。

此时，定睛看着手上现场材料的老师慢慢抬起头似乎很刻意地看着猛猛的脸，少顷，用手在猛猛的手臂上轻轻拍了两下。

我、太史秋芙大师姐、猛猛三人都从此刻老师的行为中感到了一种不祥之兆——老师对介绍不满意，非常不满意。

“太史，说说你的初步分析。”

“……不同的现场有不同的勘查方式，包括程序以及重点，比如你小李子练过武，应该知道练习的时候可能多是套路练习，但是在实战当中运用起来，那就是要因地制宜了，应该说见招拆招，不可能像平日练习的时候那样子刻板地来进行招式的攻防，勘查现场也有相类似的原理，就此案而言，对现场上信息点的发现与解析非常重要，枕头、枕巾整不整齐？枕头上放的毛衣会不会是翻出来的？……仔细观察这个毛衣，它的褶皱已经被压出印痕来了，就是压扁了，这种现象只有在长时间遭受一定重量的压力下才能形成，比如说枕在头下睡了一晚上，才能形成；枕头内侧放置的那个‘黑团形状’的东西是件黑色的外衣，一个人的外衣，不管是哪一种的，长的、短的、厚的、薄的，都应妥当地放置而不是这么一团吧；加之床底下物品的凌乱，床外侧其他被褥上的纸杯、草纸等，这些细节综合起来显示，这不是一种偶然的现象，而是一种日常的养成……”

大师姐说着转身看了老师一眼，老师颔首回应。

“在床尾处床单、床垫看似好像被掀起来一样的地方，不是掀动的，它的力点集中于中间那一点，是受到外力撑压所导致的，其周边上、下、左、右褶皱所显示的力的走势、来源以及角度都高度表明，都是由这个力点所形成的……”

成竹在胸，在大师姐的语气中充分地体现了出来，一旁的小李子没有闲着，他随着大师姐的分析进程比画、演绎着。

“根据这个褶皱力点的角度测算，撑压行为相对低位，类似于一个人蹲着或者坐在小凳子上，当身体不稳的时候，一只手突然猛地往这撑压一下以稳住身体所形成。”

大师姐的现场分析相当精确，我内心深处与之唱和同韵，就像有人在指挥一般……是老师，老师多年心血浇灌的成果。

“师父，我暂时还没有把这一切现象与死者陈三的具体姿态有机地关联起来……对不起，师父。”

大师姐的脸微微有些泛红，我知道，大师姐只是感觉自己的思维在没有完全的把握前不能草率地展示，这是老师不允许的，同时，也是对老师的不尊重，这是大师姐绝不会去做的事。

“老师，请您指教。”

我说道，尽管，在我心里隐约有一种思维的轮廓在闪动着，但总是模糊不清……哈哈，有老师在呢。

老师来回扫视了我们大家一圈，蹲下身体，以勘查灯的光束做指示，一边亲自比画着，一边侃侃而谈，语气中充满呵护。

“现场上有着各种有助于技术人员开展工作的信息，要有机地把它们结合起来并不是一件容易的事，其结合点的选择很关键……大家看，地面上位于插座南、北两侧的电源线呈向西侧弓出状，接线板上电源插座的松脱程度达三分之一，是地面上电源线被拉动过程中形成的插座松脱，对整个插座上的插销金属片进行观察，其洁净程度类似，也就是说正常状态下它是插好的，是近期松脱开的；纸杯内菜汤与方便面盒内的面汤翻倒、泼洒的方向皆是朝西方向；取暖用热水器在地面被移动，其支撑脚与地面摩擦移动的方向也是向西侧，移动中对地面散放的物品形成了相应程度的挤压，其挤压力的起止点系由东向西的反向力所形成；死者陈三身上衣服、裤子的褶皱形态总体分为三大趋势，各自间相对独立，而这三大趋势的形成分别由向东爬行、右转身呈面向上躺卧姿势、双手上举抓握前胸所形成……东墙下方新鲜脱落的白色墙灰是陈三在爬行中他的头顶在了东墙面上，然后转身扭动的行为中蹭落于地面的，它形成的范围和弧度与陈三的头型相吻合……”

老师站起身体，朝大家环视道：

“现场访问的信息中有这样一条，‘他的身体最近不太好……喜欢喝酒……高度的……’怎么个不太好呢？他有严重的肠胃疾病，但他拒绝了医生要求他尽快手术治疗的建议，在就医后依然大量喝酒……用放大镜观察可以发现，地上散乱放着的若干一斤装二锅头空酒瓶子的瓶嘴上洁净程度不一……整个过程是，一贯懒散并嗜酒的陈三，坐在床尾处的小凳子上吃饭，同时大量饮酒——一斤装二锅头，感到自己身体不适时用手撑压床尾处的床单……整个身体向前即向东扑倒，所以撑过以后也没有精力去把它恢复正常了，或者说也没有这个心思、没有这个时间了，在不断地扭动求生过程中，身体本能地在地面向东蠕动爬行，陈三身高 173 厘米，床尾处小凳子距大木箱子的距离为 171 厘米……直至头部顶住东墙，其身体向左翻身欲改换方向，但已被大木箱卡住……”

……

猛猛如同是第一次来到这个现场似的重新审视着眼前那看似纷乱的一切……

大师姐则向刚刚脱下乳胶手套的老师递上两张湿巾纸：

“师父，每一次跟着您都会有所长进，而且有着质的不同，以前是感觉非常有道理，但需要慢慢消化后方才得悟要领，而现在是两方面几乎会同时出现……”

“太史，你们的成长，最欣慰的人是我呀！”

“谢谢师父。”

“谢谢你们。”

老师说着举了一下拿着湿巾纸的右手和握着我刚递上的盐汽水的左手。

“行为与心理的结合部和结合点的精准性是刑事技术工作一个重要的研究及追求，就如同建筑，千姿百态，并不是每一种架构都呈现出一般意义上的合理性，但它是合理的，只是具有不同的表象而已，从科学的认知上是合理的，简单地举一个形象的例子：桥，需要有桥墩的支撑来实现它的功能，但世界上却有着看不见桥墩的桥，如拱形桥、拉索桥等，其实它们有自己的桥墩，只是桥墩的表现形式不同罢了，这种不同的表现形式必须是在遵循科学原理基础之上对环境、人文、功能特性的适应和需求……信息点的组合中要善于找准其结合点，结合点的信息既是多方信息的组合，又是经组合后的全新信息的拓展……”

返程中的现场勘查车上，流动的课堂正处于进行式中。

“田林你好，非常感谢大家的祝福，谢谢大家，谢谢你！红包我不能收，我做这些都是应该的，咱们大家共同交流，也给我带来了许多提高、许多快乐，所以，更应该我谢谢大家才是，谢谢。”

田林，K 省旅游地公安局刑事技术部门的副大队长，一晃多年了，记得第一次见时，他还是中队长。

“老师，您是不是又有我们所不知道的故事了？”

无意中听见老师用语音进行的微信回复。

一碗不加糖的淡豆浆、一碗豆花、一小碟泡嫩姜、一个白煮鸡蛋、一个玉米棒（或半个红薯、或一个馒头、或一个花卷），老师早餐的新套餐，看似简单，内涵依然不简单，比如其中的豆花，有豆制品、葱花、虾皮、榨菜沫、酱油等配料，虾皮被称之为“钙库”……营养且兼养生。

等我喝完最后一口豆浆，老师才轻轻说道：

“正准备今天告诉你，没有早说，是为了不影响你吃早餐。”

我们离开餐厅时，老师向正在忙碌的餐厅服务员点头致意……老师待人很好、很尊重，每天早早来到单位餐厅的老师只要一走进大门，便会有几个餐厅服务员操持着为他忙上一阵，顷刻间，他的托盘内就一应俱全地摆好了早餐，这一切实际上只需一个服务员就行了，我专门观察过，这种待遇也只会出现在老师的身上，整个过程中老师甚至不用开口说一个字，不过，老师还是说话的：

“早……谢谢。”

人生有时看起来就是这么简单，关键在于节点……记住本句中的那三个字——看起来。

自己悟吧。

……

桃花凋谢，新叶展翠，几乎是在短短几天的时间内，大自然便换上了新装。

早餐后的短暂散步是老师的习惯，同时也是老师思考问题、计划一天工作的时间，我一般不会去打扰他，今天是例外——哈哈！

和风轻拂抽新嫩，

眠者方晓四月天，

足踏裂韵竞播撒，

从容每季式于鲜。

脚下植物种子噼噼啪啪的声音好像在为移动的步伐打着节拍，尽管在内心品鉴与附和，但我知道，老师应景的吟诵绝不会单是风雅之举。

“‘以不变应万变’，这话不简单呀，因为首先要搞明白何为不变……”

果然，在这个前奏的铺垫下，老师的思维切入点和视角直入案件现场。

“不同客观条件、主观因素，它们皆有不变之变，对一贯而言它们在变，对特定而言它们是不变，是必然……”

……

他是在自己家中擦玻璃窗的过程中不慎摔落下来的……

这是田林在现场上听到最多的一句话，刑事技术是科学，技术人员绝不会听风就是雨，但……

死者的家在小区居民楼的 12 楼，高坠死亡无疑，在死者身旁约三米处的地面上发现了死者家中专门用于擦拭玻璃窗户的抹布，经现场访问得知，抹布平时都统一挂在家中卫生间门背后，死者生前是个很细心的人，不会随意乱放东西，对家中勘查也发现，一切都是那么井井有条……

不存在抹布意外掉落的情况，只有擦窗才会将抹布带进卧室里……

依据？依据呢？人命关天啊，这是绕不过的坎，任何结论都必须有客观存在的依据……对了，第一手资料收集齐全，镜工说过的，田林的神情为之一振。

还是先描述一下死者家的房屋结构吧——

死者所住楼房共15层，其居住于第12层，每层六户人家。

死者家总门西，为双开式防盗金属门，门锁及功能完好，发现时房门呈锁闭状，总门内北侧是客厅及北阳台，南侧是餐厅，餐厅的南端是厨房，在客厅与餐厅交界处向东有一条走道，走道的北侧由西至东分别是次卧室、书房；走道的南侧由西至东分别是卫生间、主卧室，其中主卧室有两组朝南的推窗，靠东侧的窗户呈开启状，西侧的窗户呈关闭状，室内床铺、柜子、桌子等物品都完好，在主卧室东侧南窗外下方地面上躺着死者，在死者东北方向三米的地面上是死者家的抹布……

“关键就在于主卧室。”

回到大办公室里那小小的玻璃屋，老师指着电脑屏幕上的现场照片说道。

仔细研究了每一张现场照片后，我把目光定格在了老师说的这张照片上。

主卧室，房门位于北墙的西端，门朝北，门呈关闭状，室内靠北墙是组合衣柜；靠东墙是一张东西向放置的双人床，在床的南北两侧各放有一个木制床头柜；靠西墙放着写字台和简易书柜；南窗是外凸式窗台的格局，西侧推窗关闭，窗内侧浅蓝色纱窗窗帘处于拉闭状，东侧推窗呈八十度开启，窗内侧浅蓝色纱窗窗帘处于拉开状，南窗靠内墙处还有两组厚实的深色窗帘，两组窗帘皆呈拉闭状，在外凸式窗台前的地板上有一双黄色塑料拖鞋，其中左鞋的鞋尖朝南，鞋面朝上，右鞋的鞋尖朝北，并呈鞋底朝上状……

咔嗒。

淡淡的脆响从桌面传来，老师将茶杯轻轻放在方便我取用的位置，一股清香沁入鼻翼。

哎呀，只顾着早一点看到现场照片，竟忘记了给老师和自己泡茶。

“总的来说，现场上呈现出两种截然不同的客观存在……”

甚至没有向老师道声谢，便不由自主地开始了对自己分析的阐述。

“所谓两种截然不同的客观存在即自然与反常这两种：所谓自然，一是从褶皱形成原理上的生活化自然，二是家中整体风格类似的自然；所谓反常，集中在主卧室内，一是窗帘，主卧室南窗上有两层窗帘，外层为浅蓝色薄纱窗帘，内层为一组厚实的深色窗帘。其中，不仅西侧推窗关闭，窗内侧的浅蓝色纱窗窗帘也处于拉闭状，而只有东侧推窗及窗内侧浅蓝色纱窗窗帘处于拉开状，另外，内侧两组厚实的深色窗帘皆呈拉闭状，生活中不会以这种方式擦窗的；二是主卧室的南窗玻璃，在窗玻璃及窗框上布满灰尘，其厚度相对均匀，根本没有过擦窗的行为和擦窗留下的痕迹……”

老师慢慢站起身，往我的茶杯里加了一些热水递到我手中，不知不觉，已时近中午。

“丁探，生活与业务、行为与心理、正常中的异常、异常中的自然……有机地结合与运用——立体思维，你给了我一份满意的答卷。”

……

一周后的一天清晨，当我又一次与老师散步时，桃树的枝叶间已经挂上了许多手指大的果子……

“关于立体足迹在现场分析中对嫌疑人行为细节的判断，总体有两个方面……”

这是一间呈扇面展开的大阶梯教室，可容纳300人，LED的高清大屏幕、无线话筒、无线扩音……老师无论是站在讲台上，还是踱行于学生间、阐述、对话、解疑、交流，一切都显得那么游刃有余。

这是位于某政法大学校园里的讲座大厅，这是一所有着悠久历史的知名大学，学校园区内河流纵横、植被茂盛，伴着清脆的鸟鸣声，使得校园青春勃发中又透出悠远的静谧……

“在某些地面——有条件的情况下，承重量可以做实验来测算当事人的体重……结合现场被盗物品的重量加上嫌疑人的体重，这构成地面的立体足迹承重量，这是有先决条件的，比如地面的干湿度、软硬度、物质组成等，可以通过实地观察、现场访问了解案发时的当时现场环境……利用喷壶等对地面人为加湿……可以对详细的动作细节判断得更准确。”

好享受这样的环境、好享受这种聆听，它把各种的困惑粉碎，再化作涓涓细流灌溉着心田，你会发现，原来，解惑释疑是那么的美好……

“平面鞋印只能留下平面的鞋底花纹，主要是鞋底的一部分，它不是足迹的全部……不一样的鞋不一样的面积……什么是立体的足迹，它不光是鞋底、鞋帮，还有鞋底的详细结构，比如说鞋跟有多厚、磨损得怎么样，它能够立体地呈现出来……比如花纹的深浅，磨损厉害的花纹和没有磨损的花纹到底有多大的区别？立体的比平面的可以更加详细地刻画出来……人的具体的动作方面，平面鞋印告诉我们，这个人在这里有个转身或是扭动身体的动作，但到底扭了多少度呢？转了多大的身呢……如果从平面鞋印看，这个人转动了15度，但实际上这个人可能转动了40度，为什么呢？因为转动过程中，鞋底有一部分可能已经腾空了，或者先腾空，仅鞋印的局部与地面相接触……立体鞋印有一定深度，即便离地面有一定距离，它照样能够继续反映出来，所以在这方面显得更加精确、细腻……平面无法记录的内容，立体足迹依然可以记录……”

投影屏上的图片加上老师惟妙惟肖的动作形态、自愿被抽选起来亲身体验的同学，无一不在加强着对教学知识的理解和推送，时间如梭……

“……立体足迹，有三种表现形式：（1）主动形成式；（2）被动形成式；（3）综合形成式。”

“……转动角度、实地加腾空……泥土、沙坑，一踩就主动陷下去的，是主动式形成；脚上沾了很多泥，尽管离开泥地以后，到了平整地面，这时脱落下来形成的、所反映出来的也是立体的足迹，跟平面踩在地面上的足迹不一样，这是被动式形成的；综合形成式……”

讲座结束后的互动交流阶段持续了近40分钟的时间，同学们交谈中流露出来的睿智与跃跃欲试让我联想到了自己、联想到了太史秋芙大师姐、联想到了猛猛……当热烈的掌声经久不息在耳旁响起时，我在内心深处呐喊着：

同学们，加油！

……

正当同学们潮水般涌出阶梯教室大门的时候，有一个由外向内挤入阶梯教室里的人引起了大家的关注，是小李子，紧跟在他身后的还有一个陌生的中年男性。

“抱歉，我找镜工，SOS，借过……”

什么词都用上了，看来是真有急事，不过，他的这个举动吸引了许多同学的好奇，一部分人群竟返潮似的回流起来。

“镜工、师姐……宗副局长让我赶来把这个交给您，并说，结论出来得越快越好。”

小李子手中递给老师的是两个分别由专用物证袋包装的黑色橡塑类管件，从其附着物看，是使用过一定时间了的东西。

从小李子随后的讲述中得知，P县公安局紧急上报，该县农机站发生疑似故意杀人案件，一名农机驾驶员在操作当中车辆突然失控，幸得当时事处相对偏僻，否则后果难以预料，后经维修检查发现，位于车辆某重要部位处的一对橡塑类管件已经近乎断裂状态，从其断裂处观察，应为锐器工具刻意破坏所造成……

P县因其独特的自然生态条件，若干年前就已是农机大县……如果此案不能及时破获，就如同一个定时炸弹，不知何时、何处会发生不测。

“镜工，车就在门口……”

老师没有马上理会小李子，而是与负责组织这次讨论的大学老师轻声耳语了几句：

“当然行，镜工，绝对没问题。”

哈哈，这里是政法类大学，有现成的专业实验室，这可快多了。

……

我也观察完毕，并彻底明白了其中的原理，老师的诲人不倦给接触过他的学生、老师、徒弟、同行等都留下过深刻的印象。

摘下帽套、口罩、脱下实验服、脱掉鞋套、手套，休息室内已经摆好了客饭，老师与政法大学的老师仍然就实验在继续谈论着……

“镜工，这次检验的过程、方法、结论等相关数据是否可以作为教学研究的案例使用？”

“可以作为纯科研和教学使用，对其中涉及的某些人、事方面的信息请给予保密……”

“明白。”

……

“老师，该吃饭了……这有苏打水。”

“谢谢丁探。”

老师接过苏打水一饮而尽。

“……该死……”

我狠狠责怪着自己，从完成讲座到现在，三个多小时过去了，老师一口水也没有喝过，我自己也只顾着协助老师在实验室进行实验了……而老师一上午的讲座也持续了三个小时……

我马上又将一瓶苏打水拧开盖子递给老师。

“如同建筑造型派生的物理结构、物理结构对相应建筑的巧妙顺应一般，‘知其然’更要‘知其所以然’，这样才能诞生出科学的美丽……但如果连‘知其然’都无法完全实现的话，是永远都谈不上‘知其所以然’的，这是阻碍认知的关键之一，一个往往处于思维视角死角中的关键……”

来自实战第一线的老师与大学老师——准确地说，他是一位博士出身的教授，他们之间的交流对话让研究课题达到了一种独特的峰值，已经超越了一般意义之上的惺惺相惜……

这顿工作餐渐渐演变为了小型“研讨会”，我默默地倾听着，享用着另一种大餐，只是礼节性的偶尔回复几句，不知从何时开始，自己越来越像太史秋芙大师姐了。

……

“他们不是曾经受过专业的培训吗，怎么就搞不明白呢？”

回到办公室，小李子终于吐出忍了半天的话。

“小李子，你看过戏剧表演吗？”

不等我抢先于老师回答小李子的这个问题，胖胖嘴角上那没有火的香烟就随着说话声颤抖了起来。

老师今天太累了，你就不能换个时间再问？

虽然没有说话，但狠狠的眼神依然投向了小李子。

“当……当然看过。”

“那你都学会了吗？”

“……这怎么可能，只凭看看、听听就能够完全掌握……哦——我明白了，如果没有实践、没有相应的条件、没有正确的思维以及由其派生出的方法……明白了，理解了。”

“看来你这思想一贯通，小嘴还是挺能白话的！”

随着话音，严法医的身影闪现出来，他是闻听检验一事后过来的……

什么叫学习知识，有具体的程序、方法、技巧，还有塑造出这一切的理念……自己悟吧。

不出所料的话，又一个业务讲座要开始了，这不，何队长和几名侦查员也鱼贯而入了……

当我在纠结中调整着电脑和投影仪时，老师正好走了过来。

“老师，让我来吧，不足的地方您再补充。”

我有些急切地对老师说道。

“这就是我过来想对你说的。”

……

在我们自己的“地盘”上即便是老师的“传话筒”也不好做。

受众不一样，所面临的问题与深度也会不一样，尤其是这些常年耳濡目染于老师言行中的战友们、这些被无数曲折锻造出来的一支铁军，但是，此刻我所面对的却是一双双充满寄托和信任的目光，而那最锐利、冷静、深邃的目光就是端坐于第一排的老师，也正是这双目光，可以让我在任何环境和状态的挑战中气定神闲。

“事物的表象性容易被发现，而它的实质却隐藏在表象之下往往成为被忽略的存在……”

举手投足间的韵味及其与语言的契合让我自己都心感惊讶，一瞬间，感觉到了自己的成长，并且被这种感觉涌动着、尽情地舒展去……

“表象常常会出现两种表现形式，一是简单化了的表象；另一种是复杂化的表象，而真正能够解释一切的，是对实质的正确解析，所以，认识事物不能先入为主……这就是送检来的，位于车辆某重要部位处的一对橡塑类管件，它已经近乎断裂状态，其断裂处非常疑似为锐器工具所造成……”

投影屏幕上的高清图像在我手中激光笔的点触下有序地变换着不同角度照片对橡塑类管件的展示，我不断放慢变换图片的速度，给大家以更多的观察、思考时间。

哈哈，老师的绝活儿我运用得得心应手。

“……显微镜可以帮助显示客体的细微之处，但要读懂它还需要掌握与之相对应的工具、行为、特点等现象……概括之，有如下检验分析结论……”

放下激光笔，我戴上手套，拿出装在透明物证袋中的两根橡塑类管件原物向大家进行展示。

看官也许会问，不是有高清的投影图片展示了吗，为何还要……

这是一种点睛之笔……这样才能最终促成立体思维在脑海中的构成……

当过兵会有的感触——千万遍的瞄准训练、千万遍的讲解、提示，最能让你终身铭记的还是那实弹射击打出的第一枪……

……

“……第一，断头不整齐，只有在显微镜下才能发现，要注意的是，这一点并不是排除锐器形成的因素，其与工具本身的具体情况有重要的关联……第二，无拉动割痕，橡塑类管件断裂处的物理形态说明了这一点……第三，橡塑类管件内侧的金属保护网断头杂乱、长短不齐，不符合相对时间和行为所形成的相对统一力向，也不符合相对统一切割行为应形成的物理变异……第四，两侧橡塑类管件的断离位置和形态高度相似，符合在相对时间范畴内相对类似作用及频率所形成……第五，无第二次及以上的断裂痕迹，现有痕迹恰位于力点……第六，断裂痕分离程度相对均衡，无拖尾痕迹……第七，橡塑类管件断裂处横切面内壁上无异常附着物成分……”

放下手中装着橡塑类管件的物证袋，取下手套整齐地摆放在旁边，嘴里吐出最后一句话：

“产品质量鱼龙混杂，是这次所谓‘疑似故意杀人案件’的罪魁祸首。”

迎着掌声轻轻点了点头，我径直走向老师。

“丁探，你其中的总结和归纳体现出了你对相关知识和技能认识理解的深度，很好。”不等我开口征询，老师主动说道。

……

“重任在手中、责任在心里，小丁探，请收下这份来自镜工——你老师的嘱托……”

说完，严法医手指轻点，我的手机上立即传出收到信息的提示，我刚才讲解时的全过程视频文件呈现在眼前。

……

哈哈哈哈……

尽管抿着嘴，但我心里笑得好开心、好开心、好开心。

……

四十四、积累的搭建

聪明人分三类：

一眼可以发现的聪明，那是小聪明；

需要琢磨才能发现的聪明，那是真聪明；

必须参悟方可体会到的聪明，那是智慧。

……

“立体思维群”里，老师又挂出了新一期的作业题。

老师的作业常常会给人一种业务“新疆界”的开阔，作业涵盖面广，在工作中不时能出现“这方面练习过；这技能我知道；这个案子有过参照；这个知识真实用；这个醒提得及时……”，就像它们早已在转角处等着你了，久而久之，会有一种“随风潜入夜，润物细无声”的体悟，没有轰轰烈烈、惊天动地，却给人想知道、想了解、想学习的冲动，即便与老师近在咫尺的我也无例外。

“……某地发生一起刑事案件，案发时间在清晨七时许，张三有重大嫌疑，而张三称，当日早上六时至七时四十分，自己一直在湖旁打太极拳健身，还好像看见过有人在湖边垂钓……不过，湖旁一个为防人偷渔安装的监控探头并没有发现垂钓人。”

“请问：从立体思维的角度，该如何对待这个证据？”

作业附上了该视频。

……

“师姐，我太激动了、太激动了，我终于可以跟上镜工的作业了……”

清早，小李子急匆匆地一边嚼着葱油饼一边迫不及待地将这一喜讯告诉我。

“师姐，我知道您远比我聪明，一定早就做出来了，不过请先别说出来，让我谈谈自己的分析。”

静静地听着小李子的话，正在泡茶的活丝毫没有变慢，说实话，我还没有做出来，有一个难以解释的矛盾点……老师的题目皆源自真实案件，真实，它是客观存在，不以人的意志所转移……

“我从视频中发现，案件发生时间段，湖所在的地区正在下着雨，雨量有中到大的程度……”

小李子艰难地咽下最后一口饼，轻松地喝着豆浆道。

“……回顾有重大嫌疑的张三自述，张三称，当日早上六时至七时四十分，他自己一直在湖旁打太极拳健身……您想想，哪里有人会淋着大雨打太极拳的……”

这就是我感到难以解释的矛盾点所在，只是，与小李子不同之处在于，他自感发现了答案……而我，知道这只是一个引子而已，一个一旦理解就可以到达目标的引子，这里面一定存在有自己知识或经验上的空白点。

“我说小哥们，你还是不够了解镜工，下雨、太极拳，如此一目了然的现象……这是镜工的风格吗？”

严法医真是小李子的“克星”，一句话就让原本信心满满的小李子变得像泄了气的皮球，幸亏他的葱油饼已经吃完了，不然……常常，人的心情与胃口间紧密相连。

茶香蒸腾而上，突然，有一年当时还是K省旅游地公安局刑事技术部门中队长的田林，在案件破获后，为感谢老师，并在我的“紧密配合”下终于将老师拉去景点放松的事情闪现在脑海，其中，有一个名为“观鱼潭”的景点……

“丁探……”

老师的声音从小小玻璃屋的房门处传来，同时出现的，还有那关切的目光。

老师来上班了。

“啊……老师早！”

我迅速从愣神中解脱出来，将紫砂壶整齐地放置在办公桌上老师习惯的位置，紧接着说道：

“老师，案件发生时间并没有下雨，湖水中出现的不是雨滴，而是水中鱼群在受到惊扰后或者缺氧等因素所形成的水面形态……”

“继续……”

老师一边把椅子让到我身前一边说道。

“鱼群的惊动说明受到外界的干扰，水面匀称的类似水滴状圆圈说明这种来自外界的干扰可以排除石块投入等情况，所以，是湖边有人走动形成的震动所致，在这个情节上，嫌疑人张三讲述的是真话，至于那个走动人是不是一定要来湖边垂钓，只能如同张三自己所说的：‘好像’……”

有看官会问：湖里到底是怎么个情况呢?

还记得前面小李子讲过的话吗……

“我从视频中发现，案件发生时间段，湖所在的地区正在下着雨，雨量有中到大的程度……”

小李子之所以这么说，是因为视频里的湖水中有大量的、频率很高的水圈出现，极为类同于自然界中下雨所形成的雨点形态。

“老师，如何区别这两种现象的不同呢？”

……

“不可以去问一下吗？这样不就简单地解决了。”

小李子小心翼翼地轻声问胖胖。

“这是作业，是用真实的事件来进行思维上的训练，即便工作实践中，能直接解决的问题也远比绕着圈子去问询要快速许多，更何况，依赖一定能获得正确、及时的回应吗？……要两条腿走路，一旦只能靠自己的时候，也一样能够披荆斩棘一往无前……”

默默听完胖胖与小李子的对话，老师对我说：

“丁探，分析得很好……区别这两种现象的不同是这道题目最后一个问题，也是最核心的一个问题，因为不弄清楚这一点，不仅无法真正意义上的解题，也实现不了自身的提高，不过，你能意识到这个方面，这种意识的产生就已经是提高的开始了……或者说是另一种侧面的提高。”

我没有单纯地向老师致谢，因为老师讲的也不是一般的客套话，而是一种教授，一种对学习知识渐进性规律的教授。

认真地听着、品着……

“……单位时间内，二者之间的总体异同有两个方面：一、由鱼产生的是由水面下向水面上的力；由雨滴产生的是由水面上向水面下的力；二、由鱼产生的是向上而后下坠的力；由雨滴产生的是向下坠而后向上回弹再向下坠的力。”

趁着老师短暂的停顿，迅速在自己包内取出樱桃红录音笔，在我回转身的时候，老师将我桌上的茶杯交到我手中……

“别急，丁探。”

……

“还是以单位时间为范畴，二者间的区别主要有这几个方面：（1）形成水波的密度不同；（2）水波产生的频率不同；（3）水波的大小不同；（4）水波波动的速度不同；（5）水波中心起点的图形规则度不同；（6）单位面积内的水波密度差异性不均衡；（7）中心点撞击差异性不同；（8）单位点的作用力次数不同……”

逐一扩开讲解后，老师看着我说：

“丁探，还有什么没有考虑到的？”

“老师，我想凡事必有例外，这是考虑问题不可或缺的部分吧。”

“好！”

老师点头道：

“干扰因素，遗漏掉这方面，可能会让人对相关理论的正确性和实践性产生怀疑，会无法做出正确的分析：（1）季节；（2）风的作用；（3）鱼群密集度及大小差异；（4）潮汐；（5）水及水域纯净度；（6）非常态干扰……”

……

“这两天我刻意在水边观察了一下，我发觉，除非用慢动作放映，否则凭肉眼很难做出准确的区分，这……”

一阵消化性的沉默后，小李子提问道。

“小李子，发现问题是学习有效性的前提之一，不错，单凭肉眼是难以准确做到，但当掌握了事物规律性所在后，只要有必要就可以辅之以科学的手段进行及时准确的判断了。”

“明白了，镜工。”

……

生活，愉快而充实，无论一份作业，还是一个现场、一场讲座、一次郊游……常常为自己对命运的选择自豪，为有这么好的战友而荣幸！

清晨，为老师提前泡好茶，多年以来这几乎成了我每天必做的功课，这也是我得天独厚的一份荣幸。

“镜工，我一时找不到起跳点，麻烦您增援一下……”

听得出，小李子很着急，尽管他压着嗓子说话，但焦虑之情充斥着耳膜。

一幢高二十一层的商务楼发生高坠事件，坠楼者是一名中年人……据称，有人看见人是由十二楼的过道窗坠落的，但小李子从五层至十二层逐一勘查过，却没有发现明显的起坠痕迹……

“不是十二楼，远高于此。”

看着地面的情形，老师轻声对小李子和我说。

“镜工，这种状态所体现出的冲击力不足以形成？”

“可以形成，可坠落地点是绿化带中的草地而不是现在所看到的水泥地，所看到的情况是在草地地面所具有的弹性减缓了冲击力之后形成的——尚且形成的……现在所在位置是二次弹跳变位所致的……”

我时而走动、时而俯身查看，对照老师的讲解一一印证着，耳旁不时飘来围观人群中的阵阵议论声，无非几个方面：这种活不是漂亮姑娘应该干的，这丫头的胆子真大云云，甚至有人认为我是来体验生活的影视演员……

电梯在十二楼慢慢地停下。

“镜工，您看，用放大镜仔细看过了，这里的走道栏杆上没有明显的翻爬痕迹……”

“做过现场实验吗？”

“还没有，想等您来看过后再做，现场照片已经固定过了。”

老师点点头，伸出戴着手套的手在选定的“空白”处擦拭了一下，并用勘查灯光不断变换着角度和距离，一道只有在一定角度的光线折射下才能出现的擦拭痕迹在放大镜下显现了出来。

“哇……”

小李子说着赶忙拿起了相机。

“不同的客体对相应的痕迹反映性也不尽相同，比如这个栏杆，上面是否有痕迹，肉眼和自然光的观察甚至是看不见的……”

是的，单纯的有痕迹或者没有痕迹是不行的，必须有证据证实，小李子没有发现痕迹，现场也确实没有翻爬过，只是一种巧合，一切依然是一个未知数，老师的分析和方法就是要消除这些未知数……

看见不等于发现。

“老师别动，您勘查服蹭上了许多白色的墙灰。”

我一边说着，一边为老师轻轻拍打着衣服上的墙灰。

“谢谢丁探。”

“镜工，高坠的地面位置显示，其起点应该是走道栏杆处，可您现在观察的是距离栏杆西侧约两米的走道窗户……我知道，这里面肯定有道理，能不能……”

在老师往窗户走的时候，我已经明白了缘由……

立体思维，真正做到这一点可不是易事。

“小李子，过来。”

老师将小李子叫到窗户前，让他向窗户外面伸出一只胳膊……

“小李子，感受一下，在这个特定的位置处，现在是什么风向？风级多少？”

“是偏西风，风级……三至四级……明白了，在高空坠落的过程中，风向会左右坠落者的位置，以此案而言，会使之向东侧偏移。”

……

最终，老师带领我们在二十一层楼的楼道窗户处发现了起坠点……

“这个起坠点非常不易发现……对了，镜工，这里窗户四周都是白色的粉墙，我刚才试了一下，和前面一样，墙上的粉灰很容易就会蹭在衣服和裤子上，但刚才检查坠亡人的时候却几乎看不出其身上的墙灰，这是为什么？”

尽管起坠点的确定已没有任何问题，但喜欢打破砂锅问到底的严法医提出的想法依然勾起了大家的兴趣。

老师转头对我说了一句看似“答非所问”的话，却让大家瞬间恍然大悟……

“丁探，你看我的勘查服上还有墙灰吗？”

当然没有了，我刚才已经为老师拍掉了，拍得干干净净……

看出关节点了吗——二十一层楼房的高度坠落于地面，会形成多大的力量……

“这就是一句话，干脆利落，关键是打在了点子上，或者用镜工的话说是‘打在对方的心理防御空白点上’。”

何队长在监所长长的走道上一边走一边对我说，看着四周那坚固的铁栅栏和虽然身处其中却享受着自由的自己与何队长，不由得感慨万分——这就是法律的分寸……

分身乏术，老师没来，由我随同何队长来“攻坚”，勘查过现场的案件，刑事技术人员对于审讯而言，其作用是独特和无法替代的，涉及人员死亡案件的现场尤其如此……

并非处处、案案都需老师到场才行，可大家都喜欢有老师出现的现场，不仅心中有了主心骨，业务上还常常有更深入的收获、拓展。

……

冗长而程式化的问讯使嫌疑人渐渐放松了心态……

“死者仰面躺着，你把其上身先塞入床下，至膝盖处时将双脚向左移动，慢慢使得死者的身体向顺时针方向转动了约九十度至全身都塞入床下为止……死者生前原本准备外出，挎好挎包正要穿鞋的时候你突然动手……”

我突然的插话波澜不惊，似乎只是一句随意的补充而已，却使得嫌疑人一下失去了方阵：

“你们怎么——知道……”

……

这是我与何队长事先商量好的审讯技巧。

老师的褶皱学原理派上了大用场：

“死者身体上的衣服、裙子等形态，符合身体顺时针旋转过程中所形成，身体右侧的挎包是一个重点，虽然它现在处于死者身体的右侧，但不是后来放上去的，它的形态与死者身体上衣服的形态力点和褶皱相吻合，说明它原本就挂在死者身上，并随着死者身体的移动而变化……这与嫌疑人所描述的完全不吻合，是案件性质上的分水岭……”

临场分析结论加昨天的功课准备，铸就了今天的一幕。

“……我也就是一句话：‘强将手下无弱兵。’”

我无心于何队长的赞美之词，急切要赶向另一起汽车被焚烧的现场。此时此刻，老师就在那里。

……

“我、我、我当时不想活了，我把自己一个人关在大卡车的驾驶室里，在副驾驶处倒了一大塑料瓶柴油，咬着牙点上了火……后来，高温烤得我实在受不了了，我就开启驾驶室车门逃了出来。”

多处谎言被揭穿的嫌疑人在沉默良久后喃喃说道，皱起的眉头里一小半来自身体上的灼伤。

“镜工，他说的还是与现场不吻合呀……”

小李子说的不无道理，在案件发生的现场上，被焚烧的卡车明显是左侧车身的燃烧程度大大超过车身右侧，这与嫌疑人所述‘在副驾驶处倒了一大塑料瓶柴油，咬着牙点上了火……’不相符合。

“老师，虽然先点火处不一定比后来再着火的部位燃烧程度重，这是因不同物质的燃烧特性所决定的，可这辆卡车的车厢内、外条件都是一样的，能燃烧成现在这种左侧重、右侧轻的状态吗？”

我之所以用询问的方式请教老师，而没有简单地认同小李子的说法，基于自己对老师的了解和信任，自从听了嫌疑人的交代后，老师即带领我们离开审讯室赶往现场。

“丁探，现场会告诉真相的。”

老师没有多说什么，若有所思地看着勘查车窗外，看着那些在风中呈现出不同摇摆方向、程度、频率的树和植物。

……

车头、车尾、车顶、左侧、右侧，无论从哪个角度观察，整个卡车的燃烧程度都呈现出左侧重于右侧的状况，蹲下身子查看了车辆的车胎，用一根同事帮助找来的木棍拨动着车内的物品，探寻着炭化的部位与程度，用放大镜细细查看了每一扇窗玻璃……

“玻璃全都是在高温中熔化和碎裂的……从窗玻璃熔化、破碎后残存的位置看，所有车窗当时都处于紧闭状态……这就是答案所在，嫌疑人最后的交代讲的是真话。”

“老师……”

似乎有些明白了，我的脑海中划过一道闪电，如同黑暗里照路的明灯……还是老师那句话：

看见不等于发现。

“……是氧气，对，一定是的，密闭窄小的车厢内，火势因车内氧气的迅速减少而受到压抑，这时，恰遇嫌疑人的忍耐到达极限夺门而出，瞬时间，‘饥饿’的火焰从被嫌疑人开启的左侧车门扑向外界的空气，优先并加强了局部的燃烧，于是火势形成了左侧重于右侧的燃烧态势……”

“正确，很好。”

老师说着用手势示意我站到一旁的大树树荫下：

“丁探，哈根达斯冰激凌行吗？”

……

四十五、意识的渗透

雨后的森林别有一番韵味，植物的花、叶、枝、条、藤纷纷已尽所能，用自己的辉煌和灿烂来回报着明媚的阳光和雨露……

那个废弃了十多年的矿洞离我们一行越来越近了，它就像一个张开的大口，在寂寞中等待着什么。

出发时，老师特意让大家多准备几只强光勘查灯，现在派上用场了，矿洞给人一种深不可测的感觉，一条长长的、一侧建有阶梯的斜坡路在脚下不断地延伸下去，斜坡的角度有超过三十度的样子。

“大家注意，台阶的高低和坡度都在不断地变换中，路上不时会出现碎石和砖块。”

老师的声音在这个环境中不断地传播着，如同维系着安全的无形之手。

这不是一般意义上的走路，而是在走动中勘查，在勘查中行进……

在勘验过程中，相伴而行的原矿井技术人员不时对煤井内的空气进行着测定，在距矿洞口超过三十米时空气尚可进行人员活动，再向里进，明显二氧化碳及瓦斯浓度过高起来。

老师和胖胖也用上了呼吸器，我悬着的心终于放了下来……按照老师的命令，我和小李子、严法医等人早在进入矿洞时就已经用上了呼吸器、头盔等全套装备，在记忆中，这是老师对我为数不多的几次“严厉”之一。

老师之所以一开始不用氧气，是做现场实验所需，重要的现场实验。

胖胖腿粗，高筒雨鞋不太合脚，小腿处形成的褶皱不断地挤压着，事后发现，竟在小腿的后侧磨掉了一层皮。

……

一天前，几个“探险者”这次可是真正被刺激了一把，当他们连滚带爬地从洞中逃出来的时候，已经连尖叫的声音都发不出来了……

用胖胖的话说：

“此时此刻，警察的形象在他们心中显得是格外亲切。”

……

终于，在距离矿洞口三十多米的地方，勘查灯的光柱中映照出了那具已经白骨化了的尸体。

死者呈头朝坡上方向、脚朝坡下方向的俯卧状态，其身着牛仔衣裤，颈部、双手、腰部、双脚等都被捆扎，双脚穿着袜子，在其身体俯卧的坡道下方 2 米及 12 米的地面上分别发现左右脚皮鞋……

不光是熟悉的缘由吧，反正我很容易就明白了老师用手势进行的讲解和分析，我用语言把它概括如下。

一、死者双臂前伸，双手骨节呈抓握状，死者双手的手腕处白骨上，绳子依然呈现着当时捆绑的形态，双手只能同步行动，弯曲呈钩子般的指骨骨节紧紧扣着地面。

二、死者双脚脚前掌呈弯曲蹬地姿势，双脚上只剩下套着骨头的袜子，但努力蹬动地面的力感犹存。

三、死者上身衣服和下身裤子上的褶皱皆呈现身体向前挪动爬行过程中形成的同步形态，褶皱只是一种痕迹形态，关键在于它在这里的形成原理：（1）向前挪动的力；（2）褶皱形态在全身上下的整体同步性。

四、现场上发现的皮鞋为一双，其尺寸与死者相仿，在鞋子的鞋底前掌近鞋尖处有蹬地所产生的蹭擦痕迹，不仅鞋底局部痕迹与可以形成这种痕迹的行为方式相吻合，而且，鞋从脚上脱落的方式也与死者生前的行为相吻合，其中一只鞋内的鞋垫有近一半已经脱出鞋跟处，形态如同脱鞋时带动鞋垫滑脱出来一般。

五、死者身上的捆绑方式是为了控制人，而不是直接杀人。从上到下的全身捆绑费时、费力，却不厌其烦，这直接反映出作案人的临场心理状况，不想马上将人杀死。

六、死者的出发点接近于发现皮鞋处，他之所以要拼命地向洞口方向爬行，首先是急于离开二氧化碳及瓦斯浓度过高的要命环境，同时也是为了逃离矿洞。

七、死者生前虽然受过打击，但不致命，不是要手下留情，而是听之任之于此环境内。

八、所有捆绑死者用的“绳子”都是用一件撕成条状的衬衣制作而成的，说明第一现场没有应手的用具，也反映出案件形成的突发性。

九、矿洞内现场的位置深度说明，作案人没有氧气等装备，这里已是他能够走到的最极限位置，显示出作案人需要有一个外界无法看见、听见的安全环境。

十、作案人对死者生前的控制方式、选择地方刻意，矿洞位于地面的部分没有什么特别标示，如同周边的普通民宅一般，故，双方间人熟、地熟、所为之事心知肚明。

十一、死者生前即被全身捆绑，即便多人协作，在运输移动上也较难掩人耳目，加之所需工具皆“因陋就简”临时制作，所以，死者在生前即被劫持于矿洞内，是自我行走进入的矿洞，进一步分析，要做到这一点，作案人数在二人及以上。

……

浑身被汗水所湿透，当我们一行人戴着深色的墨镜出现在矿洞口时，头盔、呼吸器、勘查服、长筒靴、手套、各种勘查箱加之墨镜，不知道的人可能会觉得我们的样子特别潇洒，哪里啊，就说最抢眼的墨镜吧，那是老师在临近洞口时让大家戴上保护眼睛用的，是预防措施，我们毕竟已经在矿洞内勘查了近四个小时，同样的工作，如果在光线正常的地方，只需一半的时间即可完成，而在矿洞里，一关闭勘查灯，眼前就是一片漆黑……

巨伞般的古树树荫下，喝着盐汽水，看着被阳光笼罩的万物，清芳的气息透彻心身，不由得想起一句话：

人生弥足珍贵，须珍惜，犹如蝉，历经四年的地下生活，方获一个月的阳光中歌唱，如何不尽情放声、闪烁辉煌！

……

很快，DNA 报告出来了，死者系一年前失踪的赵某某……

宗副局长专门送来了几大箱水果以示慰问。

“何队长，看你的了，尽管，我知道你很喜欢葡萄。”

老师说着，将一颗红彤彤的苹果放在何队长的手中，表情意味深长。

“明白，放心，镜工。”

“怎么啦？小妹妹。”

一个五年级样子的小姑娘像雕塑般在路边站立了许久，引起了我的注意，我在她跟前轻轻蹲下身来问道。

“……”

已经放假了，不会是老师批评的缘故，扔在一边的书包，还算整洁的校服，家就住在附近……

“作业没有写好，被妈妈批评了吧？”

小姑娘的双眼瞬间红了起来，泪水夺眶而出！

分析对了。

“小妹妹，别伤心，努力学习，妈妈是关心你、爱你、希望你进步才着急的……你看，天快下雨了，姐姐送你回家好吗？”

我捡起了地上的书包，并拍去了上面黏附的泥土。

正说着，一个四五岁扎着两支冲天辫的圆脸姑娘摇晃着身体跑了过来：

“姐姐、姐姐，你怎么到这里来了，妈妈急坏了……”

说着，一只手从我手中抢过书包，另一只手牵起姐姐的手就往回家的方向拉。

她的身高比书包高不了多少，哪里拿得动那鼓鼓的书包，我就在后面暗中为她提着，拐过两个弯后，只见一名中年妇女在三十多米开外的小路上焦急地找寻着，远远看到小姑娘后一脸生气地叫道：

“功课没有做好，说两句就生气啦？”

突然看到了后面的我，我的动作也马上让她明白了一切，脸上转露出歉意的微笑，挥手到：

“谢谢、谢谢了！”

我挥手看着，好懂事的小丫丫啊……

“品味生活，别有洞天啊！”

耳旁响起了老师的声音，原来，我前面的一举一动都在老师的目光关注之内，老师和胖胖一直静静地跟随着我们、保护着我们。

“镜工，可以出发了。”

来接我们的现场勘查车到了，小李子驾驶的车辆直接开到了跟前。

勘查车开出不久，便下起了小雨，平日里三个小时的里程，今天花了三个半小时，待我们赶到现场时，已是大雨滂沱了。

“镜工，是不是等雨……”

小李子的话说了一半就停住了。

我了解老师，他此刻的心早已融入了现场之中，小李子没再说话，快速撑开了一把大号的雨伞，形影不离地为我和老师遮挡着那随着山风不断变换角度和方向的雨丝。

“小李子，别管我，全力保护好丁探即可。”

老师头也没回地甩出一句话，目光却在不停地扫视着整个现场的环境，神情犹如痴迷于这山村一隅的景色般专注。

现场位于山区深处的一个自然村落，一辆大型推土机停在半山坡道上，浓浓的烟熏痕迹包裹着机身，也埋没了它原有的精气神，像是被寒霜打过的茄子一样无力地趴在路的一侧。

“镜工，报案人称自己花大价钱购买的推土机昨夜里被人烧毁了，昨天白天还在一个工地上工作了一天时间，可……”

在早餐的餐桌上接到当地派出所的报案。

一碗淡豆浆、一碗加了葱花和虾皮的豆花、一个玉米棒、一个煮鸡蛋、一小碟子泡嫩姜，一顿完整的早餐就差餐后的散步了。

“还是定性问题，镜工……”

胖胖一边小声对我嘀咕着，一边跟我一起随着老师走上了街道：

“今天离不了大号的雨伞。”

……

两年前建成的公路蜿蜒于山林间，在这个村落的边缘处，公路的北侧与一条宽四米左右的简易山道相连接，在距离公路三十米处的山道靠东侧路面上是被烧毁的大型推土机，推土机以东四十米是农宅，住有七八户人家，推土机以西路边是大片的农田，推土机以南公路的南侧也是农宅，住有二十几户人家，其以东地区是山林。

涉火类现场是具有相当勘查难度的，但用老师的话说，不同的现场有着不同的“个性”，只有清楚这一点才可能从知识和技能上通过学习、修养，做到游刃有余。

整个现场的勘查工作约进行了一个半小时，老师时而思考，时而蹲下查看，时而登上近两米高的驾驶室梳理着线路走向、用放大镜查看驾驶室各扇玻璃窗残片的形态，并且不时指引着现场照相的拍摄种类和角度……

“让每一张现场照片都渗透出证据性，这是刑事照相的基本准则和要求。”

我感到，此时此刻，回想老师的话语，其本身就有着特别的渗透性。

老师的衣服全湿透了，他几乎是在雨水中完成了全部勘查，如果有机会看到这种情景，会发现，工作中，大雨似乎“不存在”——对他来说。

所领导问我要不要去买件衣服让老师换去身上的湿衣服？

能做的话我早这样做了，但……

果然，老师谢绝了所里的好意，只随手抽出两张餐巾纸擦去脸上的雨水和汗水。

……

“……火的燃烧特点及因素有以下几个方面：

一、由车内向车外燃烧；

二、由车腰高度以上燃烧；

三、由车的中部向四周燃烧；

四、驾驶室所有窗玻璃皆系在燃烧过程中碎裂、变形、熔化，没有发现砸碎等人为因素的毁坏；

五、中心起火燃烧位置在驾驶室近座椅处；

六、这是一个四周‘封闭式’的起火点，故，是由车内线路自燃引发并蔓延至推土机整体燃烧。”

举起手里的矿泉水瓶子喝了几大口后，老师进一步说道：

“建议多角度调查该推土机的购买、改装、维修情况，以确保能获取真实可靠的信息。”

没有多余的话，汇总工作一共仅二十来分钟，随即侦查人员便各就各位开始了进一步深入且有的放矢的工作。

我有着得天独厚的优势，每个现场都会将自己所存的问题及想法向老师单独请教，就如这起现场，由于恶劣的气候因素和确保老师在临场的思维不被打断，时常会积存一些问题事后请教，不过，这种请教不是单纯的问答来往，对相关业务知识、技能的拓展性探讨是重要且关键的内容，是请教中最大的干货所在。

……

这个重要的信息到来时是第二天的午后：

“推土机购买于三年前，上周施工时驾驶室内原装的液晶屏不小心被碰坏了，为图省钱，机主便在路边小店内买了一个液晶屏，并由店内小工进行了安装，经查，其购买的产品及安装的小工皆没有正规的生产和维修资质。”

雨丝抽去万般暑，山风婀娜劲枝舞，
静心似水风留痕，凡界方得才思睹，
指尖轻点如舞杵，炬目扫动碍物腐，
尘拂艳阳铁肩担，一渺阴霾谈今古。

终点站在五个小时的行驶后到达，可能是忍耐良久的缘故，随着从各个车厢涌出的人流会集在高铁站台上，空气中迅即弥漫起浓重的香烟烟雾。

避开几乎是拥挤不动的电梯，选择人员寥寥的人行楼梯，我和老师快速走向了车站出口。

“……六年了，最大的纠结就是抛尸位置的选择与作案人范围之间的关系。”

这次由省厅组织的业务培训班，老师和我都承担了授课任务，这不，刚走出讲座所在的大会堂就听见当地公安部门同行与老师介绍案情的内容。

六年前，在当地的高速公路旁排泄雨水用的水泥涵洞内发现一具老人的尸体，系他杀。

虽经多方工作暂时尚未破案，其中很关键的一个方面就是对作案人范围的划定，因为，如果不能准确地解决这个问题，侦查人员面临的是天文数字般的工作量……

“镜工，您的授课让我及大家受益良多，尤其是临场工作中的立体思维一点……相见恨晚，特意请您予以指导。”

是的，刑事科学技术很重要，但它是整个刑事侦查工作体系中的一个重要组成部分，它在实践中发挥作用的大小还需取决于客观的条件，如现场保护工作、信息收集及传递等。

要知道，客观存在是不以人的意志为转移的。

有一年，老师出差某地应邀参加一起凶杀案件的侦破，由于在当初案发时现场已经被严重破坏，失去了关键的证据资源，一时还不能立即突破……但老师凭借高深的业务造诣和实践经验，对犯罪嫌疑人应具备的生理、心理等条件做出了详细的分析与刻画，就如同一个筛子，牢牢卡住了嫌疑人的喉咙……

三周后，案件突破，嫌疑人完全符合老师的分析刻画。

……

“李大队，请带好装备，吃完午饭立即出发去当年的现场，对了，带上现场资料。”

“您午休……”

正大步走向食堂的老师对当地公安局刑警大队的李大队长意味深长地说道：

“李大队，‘肚子饿了’。”

说完，侧身让我先进入了食堂大厅。

……

似乎是因为高速公路两侧如画的风景，路上老师很少说话，只是一边看着车窗外、一边听着李大队对案件现场的讲述，只有我知道，此时此刻，老师正仔细查看着现场周边的环境结构规律，偶尔会主动向李大队询问、了解一些当地风土人情上的情况……

“镜工、丁探，这里的风景很有特色，民风淳朴，工作之余，我陪你们尽情浏览……”

李大队突然止住了话头，既感觉到了什么，可一时半会儿又理不出头绪来，他不由得转头看着我，我只是淡然一笑，微微颔了颔首。

高速公路旁排泄雨水用的水泥涵洞内发现的老人尸体，系男性，年龄六十多岁，穿着还算时尚，但实质上层次不高。现场所处路段为东西走向，车辆是由东往西方向行驶，发现尸体的涵洞位于公路的北侧两米处，是沿公路两侧进行修建的工程。

现场北侧的涵洞有一个朝西的端口，端口以西连接着一条小水渠，尸体位于端口内往东约七米的位置处……其面部特征被刻意进行了掩饰……

“这条小水渠向山坡下方延伸到什么位置？看起来像一个大型的水库。”

“是的，镜工，您说得完全正确。”

说这些话的时候，已经离开现场位置二百多米了，老师按照图上的标示一边查看、一边研究思索着，不时从路边找来篮球大小的圆形石块像打保龄球般沿水渠投掷……

尽管高速公路上停放着多辆警车进行安全警示，我还是为老师的安全担忧不已，近两个小时后，巡视得满头都是汗水的老师终于让大家停下了脚步……

“丁探，你发现什么了？”

在大家喝水休息的时候，老师关切地私下对我说到，话不多，目光里却充斥一种寄托、一份信任。

“老师，有几点，一是涵洞沿高速公路的两侧修建，在发现上和使用上都很方便；二是在公路的位置处基本都可以看见排水水渠通往的目的地，或河流或水库；三是涵洞的大小足可容纳成年人爬进爬出，这也是被利用的重要条件之一；四是死者的面容虽然看不清了，但其身体、包括身上所穿着的衣物都在，如果是熟悉的人，一眼就能认出来，说明死者不是就近的本地人；五是周边的人员居住、活动等情况都比较频繁，不利于远距离的运输，所以问题出在高速公路上，是通过车辆运送到现场所在地的，尽管对死者的临场处理需要相当的时间，但运送和处理完全可以分别进行的……”

老师默默听着我的分析，脸上没有出现什么特别的表情，我想，在老师心中，作为跟随老师学习了多年的学生，就应该达到这样的业务能力……说实话，这一切真是来之不易的。

我很幸运。

“丁探，为什么尸体距离洞口仅仅只有七米？这是一个随意的动作吗？”

不会是一个随意性的行为，作案人的整个处理过程都透着刻意，尸体应该会隐藏得更深的呀，我想到了老师在勘查过程中做过的一组动作——不时从路边找来篮球大小的圆形石块像打保龄球般沿水渠投掷……

老师是在测算不同水渠的坡度，记得滚动最远的石块可达三十多米，近的则只有七八米。

“老师，难道作案人是想让藏匿的尸体在一定条件下被水冲走……”

“是的。”

老师将手中的盐汽水瓶指向现场所在位置。

“这也是选择这个具体地点作为藏匿尸体的原因，尽管是东西向的涵洞，但雨季雨水充盈时水流的走向往往受就近涵洞端口及端口外侧引水水渠排水性能及流向的影响；刚才测算不同水渠的坡度，滚动最远的石块可达三十多米，近的则只有七八米，因为坡度角各不相同，现场处水渠的坡度最理想……另外，尸体进入水库会形成停滞，很快就会发案，而在河流中则会让尸体顺流而行，离现场渐渐远去。”

明白了，七米，既达到了藏匿尸体的目的，又为“水运”准备好了条件。

正如老师所说：

“在现场上，作案者的行为当中往往渗透着其内心的目的或欲望，关注并解析之，是立体思维的一种重要的表现形式。”

“丁探，你观察分析得很细节，更上一层楼。”

“谢谢老师。”

……

四十六、弯道的火候

“……现场勘查中要特别注重各专业形成的共同指向依据，要透过现场现象去透析临场心理上的转折节点，用现场上的客观存在去证实真实的‘假象’、去揭穿虚假的‘真实’……如果是先发生燃烧再由路上翻滚至近五十米的山坡坡底，那么，一路上所触及的植物丛上会留下痕迹、车内死者身上衣物的燃烧及高温灼烤痕迹的部位和面积会大并呈多样性……现在只是死者的背部燃烧至炭化程度，而处于身体压住部位的衣物、皮肤等却仍残存，这种情况说明，在燃烧的整个过程中，死者的姿势一直处于相对静止的状态……”

“丁探，我们出发吧。”

老师与外省同行的通话直到坐上勘查车时才算告一段落，给老师递上一瓶水后，我发动了汽车。

等待我们的将是近三个小时的路程，为了能让老师得到有效的休息，我几乎是“惜字如金”。

老师曾对我的驾驶风格做过评价：

“平稳、流畅。”

生活中不少行为都可透视出人的本质。

是的，现场分析的途径之一就是通过现场上所展示的案件留痕对作案过程及涉案当事人进行分析“画像”。

但，在具体的操作过程中就不那么简单了，这不，小李子来自现场的电话不仅毁了老师的午休，更把一个看似简单却极具分寸性的问题带给了我们。

湿润的空气和茂密林木营造出的阴凉氛围让人很快进入一种“临场感”中。

一间老屋后院围墙内的地面上，四十岁的单身汉崔某静静地躺在地面铺着的卷席上，颈部一道深陷的索沟半隐在下巴后面……

“早上九点钟左右发现的，就吊在后院平日里晾衣物的铁丝上……”

“法医角度上没有发现异常，属于自缢……”

小李子和严法医二人分别向我们介绍着初期勘查的情况。

“问题有两点：第一，晾衣物的铁丝上有两处弯折点，一处是因为上吊的重量所致的，那么另一处呢？不可能出现如此程度的两处弯折点啊……第二，铁丝上出现的半圆形卷，按该铁丝的承重性，会被上吊行为拉直的，而现在却存在这样的形态……”

“小李子，你有了长足的进步！”

啊，这……

我被老师对小李子讲述的回复一下子弄愣了，但马上醒悟过来：其实，小李子所遇到的问题并不复杂，但他要寻求一种对此案现场而言最佳的思维方法和途径。

现场是千变万化的，可遇不可求的情况往往就存在于看似普通的方寸之内。

所以，小李子能意识到这点，确实有了长足的进步。

“对于第一个问题而言，如果是单纯的通过访问了解到某种现象是不够的，而是要以铸造证据作为出发点去进行构思，比如，行为细节以及行为的目的……以行为节点与现场客观之间的吻合与否作为分水岭……在特定的情况下，人对言、行上的记忆是不刻意的，这种特质是笼罩在事实真相上的修饰……如何做的、为何这样做、主客观间架构存在的合理性联系？这就是下一步临场访问工作需要把握的点。”

“小李子，我和你一起吧。”

何队长已经在一旁站了一会儿了，他示意我不要打断老师的讲解。

“何队长，有您在是一举两得了，侦查与技术工作的临场配合。”

正确的程序迅速在具体的工作行为中渗透，合理的返工和弥补既是一种存在形式也是意识提升后的必需品！

“丁探……”

不等老师讲下去，我已经将放大镜递到老师的手中。

在勘查灯光的反射下，老师的目光在铁丝上扫描着，一寸寸地移动、一度度地旋转……

“丁探，你看一下。”

良久，老师说道，同时，接过了我举着的勘查灯。

晾衣绳由两股长长的铁丝缠绕而成，生活中也常见，在由垂吊所形成的V形弯折旁约三十厘米处又有一处弯折，只是其下端所呈现的角度不是V形，而是近似于九十度的角，在靠这个弯折处有一个呈半圆形的圈……按照铁丝在垂吊中承受的重量，这个圈是会被拉直的……

这时，对第一个问题的询问结果出来了，第二处弯折点是发现后的抢救行为所致，往上提重同时往下拉住铁丝进行借力所形成，可以形成现场客观状态，可，即便是如此，第二处弯折也是由向下的拉力所形成呀……

放下放大镜，我的大脑在飞速地转动着，老师的眼神告诉我，问题已经了然。

规律性，对，事物是遵循着不同的要素展开的……当我再一次关注铁丝时有了新的发现，这根晾衣物用的铁丝虽然由两股缠绕所致，但它不是正规的机器等工具缠绕形成的，其状态是由手工随意缠绕而成的，所以，在整段铁丝上就出现了松紧不一、疏密不一等现象，而形成半圆形圈的部位正好处于间隙较大、较松的一点……

我马上在长铁丝另一处找到了类似的点……实验结果证实了这一切。

……

有的事物说穿后并不觉得有多复杂，但一定不要忽略了它的前提——说穿后。

看似不复杂的事情，要做好、做精……可是一点儿也不简单。

对此，老师深有感触地说过一段话：

“刑事科学技术工作责任的神圣，往往只有技术人员自己知道，但，这就足够了。”

对此案件的定性早已完成，更多的研究是充分利用一些相对不太复杂的现场和有特殊性的现场，来进行实验性质的深入剖析，有局部的、有整体的、有行为上的、有临场心理方面的，这一切都是为了一个目的——探寻现象中的发现，触类旁通，为更多的破获提炼、收集经验。

有一句古话：

“只要功夫深，铁杵磨成针。”

这里的功夫，不仅是一种行为，还包括一种精神、一种技能、一种创造、一份灵气，明白这一点，才会理解在现场分析中为什么常常出现既出乎意料却又合情合理的结论。

还是老师那句话，不具备相当的条件，连听都听不懂。

“师姐，什么时候我也能逐渐充实和圆满起来啊……”

勘查车上，小李子颇深沉地对我说道。

“小李子，要想让自己圆满，你就要练就能够圆满的本事，路还很长，慢慢修炼，做事情要有自信，如果觉得自己做得不好，那就争取去把它做好啊，你都发现了不好，也知道了好应该是怎么样的，那就朝着这个方向努力吧。”

事后，与老师谈起此事，老师的一席话发人深思：

“这是个好习惯，遇事情一定要彻底搞清楚，比如，在对象抓住以后，既有口供，又能搜查，还有别的扩展进行印证，从中可以获取很多宝贵的经验，但，这最宝贵的一块地方往往都在‘得过且过’中被放弃了，可悲啊！如同每个人都有自己的长处一样，既要善于发现它，还要充分运用它，并力争用好它。”

“要把现场上的证据用到穷尽，有一个前提，首先是发现证据的所在、了解相关案件现场上证据的表现形式、明确证据所包含的价值……如果做不到这点，那就是——看见不等于发现……温度、湿度、亮度、气味……都有可能会左右当事人在临场中的行为性质及程度，这是为什么要强调立体思维的因素之一。”

不知不觉，近两个小时了，猛然一抬头，平时一直都是自己玩的铿铿，此时正静静地看着我，威严的目光中透出一丝温柔，见我抬起头，温柔的成分瞬间加强了许多，站立起来的铿铿摇动起尾巴，我记起来，是该给它进食的时间了。

尽管我与老师近在咫尺，但老师在群里发布的业务题目我是每一期都认真思考制作的，可这一期的作业让我遇上了拦路虎，翻阅着老师写的书，试图能从中得到一丝灵感和启发……现场上血迹的形态确实有异常之处，可那手腕上的痕迹又如何解释呢？

“试刀伤”，这种毫无意义的举动反映出什么？

“老师，这个现场是被变动过了吧……”

尽管是休息日，我还是时常通过手机向老师请教。

冒昧？一点不，这就是我所遇到的老师。

“丁探，原始状态称之为相对原始，属于相对原始的，有两种含义：一种是有些事物和现象随着时间的推移会不可逆地发生改变，比如说水会干掉等；还有一种是即便在某些条件下现场有过局部上的变动，但是某个具体现象产生的时候是相对静止的，如果它现有的特性足够有证据性的话，依然可以具有重要的证据意义，相对原始，‘相对’两个字的含义就在这个地方。”

明白了，如果一种客观现象的形成过程是处于一种相对原始的状态下完成的，即便后来的干扰破坏改变部分程度，但只要其原始性依然存在，就可能为对它的恢复提供可能性，因为，变化是源于其原本的相对原始之上的。

我重新研究起手腕上的几条刀痕，突然，我发觉，自己只顾伤口的形态了，而一时竟忽略了老师关于褶皱学原理的运用，在刀的划动过程中，锋利程度不同和划动速度、力度上的不同、当事人的胖瘦体态不同，皮肤会产生出不同的褶皱形态，而它们会造就出不同的割划痕迹：

“该死，真是看见不等于发现！”

我自责道。

……结论找到了，不是刀的问题，而是使用刀的人的临场心态使然。

复杂吗?

刀不快所形成的划痕可能会被误认为试刀痕。

不仅要观察入微，还要方法得当，才能使之迎刃而解，这也是刑事科学技术被冠以科学二字的缘由之一。

我向老师汇报了自己的成果。

“丁探，非常好，另外，在现场上能有更多的信息点是最好了，尽管有时一个、两个都足够了，但如果能够发现五六个，不是更好吗？一方面，能够让我们的分析在证据上更充足；另一方面，锻炼我们自己。锻炼什么呢？这次有五六个，下次可能就只有一个、两个了……那怎么办？所以要养成：有钱的时候也得过‘穷日子’……在这起案件中，有两处血迹的流淌起始源点到终点的状态都是不正常的，因为它们都不符合人体生理结构的特点，只有来自外力的作用才能形成，你发现了这一点，可以借助这个发现来辅助对其他客观现象的分析，也就是造就了一种‘先入为主的条件’，因为，此时这种条件是有益的。”

……

事物的两面性在特定条件下是可以相互发生转换的，而促成这种转换的因素之一就是运用上的变通，前提是，具备这种变通的能力……

记得在一年教师节大家给老师发的祝福中，有一个外省的师弟从自己的角度概括出了这一点：

“一方车票，北上南下西进，答疑解惑；一张照片，简短数语问乾坤，难倒一片。教授辛苦！”

“在浩荡如海的恭维声中，如何还会注重到我这一粟呢？”

严法医揶揄地回答着大家，周末参加一个中学时期同学举办的聚会，宴会上老板长、老板短的声音夹杂着玻璃杯的叮当，最终“赶”走了他这个当年的玩伴。

“也好，清净。”

小李子冷笑着安慰严法医。

……

“啊，镜工……”

老师正进入大办公室朝那间小小玻璃屋走去，严法医见状迅即叫道，一秒钟前与一秒钟后的严法医在神情上完全是判若两人，瞬间便进入了工作状态。

有时候感觉到在老师的身上似乎辐射着一种感召，你会不自觉地受其感染、精神上受之涤荡、思维上受其辅佐和引领。

老师将严法医让进小玻璃屋，我如影随形地起身跟了过去，我知道，老师即将前往复勘现场，我要尽早掌握第一手资料，当然，这也是老师对我的要求，同时也是一种工作上的技巧……

昨天傍晚，在郊区某建筑工地的生活区内发生一起人员在洗澡过程中死亡的事件，搬运工赵某下班后即前往淋浴房洗澡，该淋浴房系私人搭建，由于一次只能容纳一个人使用，所以，一起前往准备洗澡的另外一个工人就在淋浴房外边抽烟边等待，一晃三十多分钟了，当那位工人起身推开淋浴房的门欲进行催促时，发现赵某已经躺倒在淋浴房内地面了，身上还残留有许多沐浴露的泡沫……

“初步判断，死亡原因是触电，在其肩背部发现电灼痕迹，通过电笔检测，只有屋顶部的‘浴霸’有反应，而‘浴霸’离地面的高度为二米三，死者赵某的身高为一米七……一时找不到触电源和触电方式，加之天已黑，所以我让派出所的民警封闭了现场，等待您今天进行复勘。”

严法医讲述的过程中，我同时将他交与我的现场照片下载到老师的电脑上并打开。

小小玻璃屋内陷入静寂，老师全神贯注仔细看着照片，甚至都没有喝一口茶。

“去现场。”

突然，老师像发现了什么，起身说道，我注意到，电脑上的画面停留在现场的“浴霸”上。

……

该淋浴房系私人搭建，并非标准的建筑模式，面积在六平方米左右，屋内简单装配有常见的洗浴器皿，安装有一台电热水器，一次容纳一个人使用，在淋浴房外面约八米的地方散放着几把规格、样式各异的凳子，地面上散落着许多新旧程度、品牌不一的烟蒂。

老师让小李子进入沐浴房内，关上房门后由轻到重地试着进行喊叫，由于淋浴房是由夹层为泡沫的简易房专用板材所制作而成，所以小李子的喊叫声很难传出，不经意的话根本听不清楚。

“镜工，我赶到现场时，当事人已经由120送往医院进行抢救了，在淋浴房内地面上只有当事人洗澡时所使用的毛巾，地上全是水的湿迹……哦，对了，现在已经关闭了全部电源，安全。”

严法医说道。

“老师，我去拿梯子吧。”

“我去。”

小李子说话间转身走了出去。

在现场上，思维要跟随着老师的言行而动，既是一种学习的态度，又是对自己理解能力的检验……

老师闻言点点头：

“对，丁探。”

手中的勘查灯映照出严法医赞许的目光。

接过小李子搬来的三角梯，架稳固后就准备爬上去，老师一手抓着勘查灯和放大镜，另一只手拦住了我的举动：

“丁探，有我呢。”

“师姐，我上去吧，我练武，手脚灵活。”

我无法也无暇理会小李子的话，手扶梯子全神贯注地看着老师的一举一动……

手脚固然重要，而业务能力、智慧不可或缺，否则，一切白费。

……

“丁探，相机。”

闪光灯不断变换着角度，室内显露出明亮的本色，我感觉，那如同一束束敏锐的目光，剥离着掩盖于真相之上的雾霾。

闪念间，我想起了刚才离开老师小小玻璃屋时电脑屏幕上最后停留的画面——现场的“浴霸”。

看来，实地的复勘印证了老师从屏幕中的发现，信息点抓住了。

“丁探……”

老师从梯子上下来后对我轻点了几句观察的要点。

我知道，老师是关心我的安全，让我可以早点发现信息点所在。

……

“死者后背上电流瘢等形态的提示，在目前所展现的现场状况下，不可能形成这一切……对此现场的综合分析如下：

这个临时搭建的淋浴房天天都有人员下班后来此洗澡，昨天傍晚洗澡的赵某也是在最后冲洗身上的沐浴露泡沫时才出的事情，这说明，淋浴房正常使用中不会有漏电的情况，否则早就出事了，所以，其中有被人隐瞒的情况——那就是，淋浴房内顶部安装的‘浴霸’在赵某沐浴期间掉落下来过。”

在当地派出所会议室进行的情况汇总会上，我的话一下子让参会者们睁大了双眼，不少人欲言又止，可当他们看到老师冷峻平淡的表情后咽下了自己的疑问，转而专注于倾听了。

“一、死者赵某背部的电灼瘢痕形态、大小、力的冲击方向、冲击力量‘浴霸’可以形成；二、‘浴霸’组合件在一个角脱落后下垂的高度与死者站立时背部相应位置的高度一致；三、‘浴霸’灯泡之所以没有摔碎，是因为当捆扎在屋顶铁钉上的固定电线脱开后，‘浴霸’组合直接撞击在了洗浴中的赵某身上，人体形成了缓冲，但其金属边框却形成了导电；四、‘浴霸’脱落一角处的塑料件因老化在撞击中破碎，破碎处的断离面是新鲜的痕迹；五、根据‘浴霸’的高度与洗浴人的身高之差，‘浴霸’不脱落就不会形成触电、不会形成死者身上的电流瘢痕及灼伤印痕，现场，在事发后曾被人为‘整理’过，也就是重新安装好了垂落下来的‘浴霸’。”

……

等我的话音刚落下时，只见何队长已经亲自带队出发了，看着他们离去的背影，心中不禁感慨，默念道：谢谢你们，我的战友。

刚才从梯子上下来后，老师对我简短的汇报表示认同，这给了我极大的支撑。

“老师，你在电脑中就发现这些了吧。”

我边说边在老师身旁坐下来。

顺便说一下，多年来的习惯，老师身旁的座位大家都会为我保留下来，这个习惯最初的制定者是宗副局长，是为了让我更好的学习提高提供条件，若干年后老师告诉我，是宗副局长要重点培养我，成为老师衣钵的传承人。

嘻嘻，大家对我有信心吧。

“这要表扬严法医近年来现场摄影技术的长进……合格的现场摄影是有章法的，但却可以让未去过现场的专业人员‘任性’的观察解读，并为树立出现场的临场性、立体性创造条件、提供资源。”

老师所说的专业人员，必须是要具备相当业务素养的，否则，再次借用老师的话：“你听都听不懂。”

在现场勘查工作中，没有主要与次要之分，只有工作的程序之分，每一项工作的到位与否都会产生出“牵一发而动全身”之效。

……

走向勘查车的路是一条宽度约一米，由石板铺设成的小道，在路的两侧成趟种植着数十棵桂花树……

时值金秋十月，随风飘来一股桂花的芬芳。

好应景的气息，我扭头看了一眼老师，希望此时他也体味到了这份美好！

“老师，您看，桂花的花蕊毫不张扬，但它的气息却沁人心脾。”

“是的丁探，我联想起二战著名的谍报人员佐尔格说的话：‘我的工作坚持一个原则，我从不撬保险柜，但文件会主动送上门来，不持枪闯密室，但门会为我自动打开。’”

略顿了顿，老师强调般地对我说道：

“他以看似轻描淡写的口吻，讲述了一个非常深奥、值得回味的原理，就像这花：独特、低调而美好。”

四十七、拉伸的意识

如果指甲有味道，那么此时也已让小李子嚼干了：

“三个人为什么就动不了呢？照样可以挣扎呀！”

老师终于从电脑屏幕前抬起头来，看来，案件资料研究完了，他看着小李子的指甲，若有所思地说道：

“是的小李子，可以挣扎，但不一定都会进行挣扎，为什么——威慑。”

看到老师回复自己，小李子收起手坐正身体认真倾听起来，他好像刚刚发现自己的失态。

“是的，威慑可以分为多种表现形式，有语言威慑、行为威慑、暗示威慑，其中暗示威慑又分为多种：主动暗示性威慑、被动暗示性威慑、其他自我缔造的暗示性威慑等。比如二人正准备搏斗，这时对方来了多个援军，尽管没有动手，但一方可能已产生了放弃搏斗的想法；语言上的威慑……至于挣扎的程度大小，不完全取决于被控制者，还要根据控制者的控制性如何来评判。”

“啊，我明白了，镜工，立体思维。”

老师轻轻点了点头，继而朝我和胖胖二人快步走来，任务来得急，我甚至都没有时间和老师一起研究大师姐发来的案件资料。

……

今年的业务交流大会定在太史秋芙大师姐所在的J省S市召开，我们翘首盼望着会期的来临，老师和我还有胖胖已经被认定为参会者之列。

就在会议开始前不到三天的时间，接到了大师姐的请求，凌晨时分，当地发生一起命案，希望派老师带队先行抵达，加强刑事技术工作在此起案件中的侦破力度和速度，以确保会议的准时、顺利进行提供保障……希望在当日白天能赶到现场。

既是本次会议的主办方，又是分管刑事侦查工作的副局长，大师姐的要求立刻得到了支持，于是有了前面发生的一幕。

在机场宽敞整洁而明亮的候机大厅内，老师和我选择了一处冷僻的长椅端头以方便查看笔记本电脑中由大师姐传来的案件资料，一边看一边听着老师的介绍……胖胖则在一旁“望风”，登机前，终于完成了这项不可或缺的工作及程序，心中如同饱餐一顿般有了底。

万米高空，望着飞机舷窗外的机翼，在洁白厚密的云层上，它显得是如此平稳而静谧，凸显出天空的博大无垠……想到前面的征程及使命，身上充满力量和信心。

“老师，真好——这一切。”

不同的职业和所从事的岗位，都有着别人看不到的独特风景，只要，沉浸其中、热爱它、敬畏它、理解它，这时候的它会出现以前所没有发现的美好！

“矿泉水加冰块，谢谢。”

回应着空姐轻盈的语调和笑容，以及熟稔有素的操作，内心似有所悟：

人生的境遇如同纸和笔，或许你拿到的是一支金笔、一支钢笔、一支毛笔、一支铅笔、一支粉笔、一支铬笔……或许你面对的是精美的纸张、是张草纸、是面黑板、是地面、是竹木……从一般意义上看，似乎只是行业的不同，但深入去看，真正书写人生的还是取决于人、取决于自己的做与为，所以才有了书法、有了绘画、有了艺术、有了伟大的平凡、有了平凡的伟大！

那优美的身形久久驻留于心目之中……

……

依旧茂密的植物丛不仅阻碍着行走，而且脸上、手上等皮肤裸露的部位不断传来由植物造成的割划与痛痒掺杂的刺扎感，但内心却徒增欣慰——现场保护做得不错。

现场位于某县城西侧约三公里的一处山沟内，这里平时少有人畜出入，因而野生的藤蔓类植物如同一床厚厚的毯子覆盖在山坡和沟壑上，在植物丛中，一具呈现出扭曲状的尸体上身被衣服覆盖着倒在地面，其姿势依然反映出当时搏斗、挣扎的激烈性。

“死者为男性，身长 170 厘米，年纪五十多岁，其左、右两只手臂外展，左手手腕上捆扎着一段红色的电线线皮，双脚呈并列状，在小腿处有绿色的电线皮将双腿合并捆扎，另外，在左侧脚腕上捆扎有一长段黄色的电线皮，身上的灰色长裤、黑色皮鞋和浅色衬衣很肮脏，在死者的头面部覆盖着一件人造革的夹克……”

时间一分一秒地挪动着脚步，我们也照着老师的样子谨小慎微地移动着身体、选择适合勘查相应部位所需要的角度，从旁边看，每个人的脚下就如同踩着练功人使用的桩子一般，现场的保护分为勘查前保护、勘查中保护、勘查后保护，这么做就是为了最大限度维护现场的原状。

“师姐，从四肢、指甲、衣着、口腔等方面看，其显示出来的肮脏组成有多种表现，不完全是新近形成，相当程度都是非常陈旧的，所以，这个无名的死者生前是从事拾荒为主的营生……”

是的：

“其中一个人使用的捆扎方法是先捆住一只手、一只脚，再捆扎住另一只手、一只脚，而另一个人使用的捆扎方法则是同时先捆住双脚……从捆扎的风格、方式等因素分析，作案人为两个人，一个年龄偏大，另一个年轻，力量上年轻者偏小……”

大师姐紧接着说道。

“捆扎使用了长短、新旧、规格、颜色不同的电线线皮，而且这些东西只发现很少一点残量，其下侧的植被上也没有长期堆放相应物品所形成的压痕，故，这些作案工具是从别处携带来的，属于事先准备好的有预谋作案，会选用这种物品为作案工具的人层次不高，加之被害人的个体状况，凶手应该是与之同类的人……”

“对，一般人还真拿不出这种东西来。”

“这个地方离城镇有一定的距离，不适合拾荒者的取向，之所以将被害人骗到这么远的偏僻处，是为了方便对其进行威逼……”

“从地面上密集的植物丛被踩踏破坏的程度和路径看，起初被害人是自己自愿行走至此的，也就是说，双方之间不仅认识，还存有一定的信任度……”

……

我和太史秋芙大师姐二人一唱一和地对着话，这不仅是一种临场上的讨论分析，对于大师姐来说，同时也在基于这个基础之上进行着临场第二次深入勘查工作的调度与指挥，技术员们各司其职忙碌着……

老师只是仔细听着我与大师姐之间的对话，要知道，这个时候这样的作为不是对老师视而不见似的不尊重，而正是老师所希望的、我们所应该有的样子。

“老师，嫌疑人不是应该为了抢劫钱财吗？骗到这么远的地方来怎么得到钱呢……被害人难道会将钱随身携带？”

终于，我们的目光同时投向了老师。

“日常生活中，不同的行当有着不同的行业风气，不是绝对的，但具有一定的概率，所以才说生活是个大学校，因为它不光是学习那么简单，还要结合实际拓展自己的思维方法、形式，否则，依然只会是一知半解。”

老师说着用戴着乳胶手套的手轻轻将死者贴身穿着的内裤翻开，指着内裤后腰处的部位问大家：

“你们发现什么了？”

“……师父，这个位置的布比别处显得干净一些。”

大师姐太史秋芙蹲下身对老师说道，我也发现了这个现象，立即将手中的放大镜递给大师姐。

“师父，残线头比较新，应该曾缝藏过东西……”

“太史，你把这个部位的布放松，让它呈自然的状态。”

“……师父，轮廓。”

在那块相对干净处的部位布料上映显出了轮廓形态。

“胖胖，拿一张百元面额的纸币给我。”

在一旁记录现场情况的胖胖闻言立即放下手中的笔，麻利地从勘查服的大口袋中摸出几张百元面额的纸币递给就近的我。

经折叠比对，百元纸币与布料上的轮廓一致。

……

两天即破获了这起凶杀案件，凶手是两名拾荒者，一人三十二岁，一人二十三岁，与死者认识……

拾荒者群体无论在人们的意识里还是被人们了解的主动性及程度，都处于非常边缘的地带，缺乏对这一块知识的了解，对于作案动机、形式、目的等重要因素的分析上可能形成严重的短板性阻碍……

我终于明白了大师姐为什么会特别请求老师前来指导勘查这起现场。

“现场分析不是单纯地将现场上的各种痕迹形态进行罗列，而是要透过这一切展开一种探索，一种把对方的内心‘掏’出来的探索。”

会议进行得很顺利，老师的发言不仅受到欢迎，更将一种专业领域的思维走向性激发同行迈出更高的步伐。

“地面上呈放射状散开的钥匙串，这是从上往下相对垂直的角度坠落于水泥地面所形成的，不是在使用完钥匙后随手放置形成的，即便是在生活中不小心落地，也会被及时捡进来放好，这是家中正在使用的一串钥匙，怎么会在掉落于地面后听之任之不管呢，所以只有特别的因素才会这样，那就是，作案人的突然袭击……”

还未及完成全部会议进程返回江海市，小李子已将刚发生的一起命案资料发给了老师。

宾馆房间内的写字台前，大师姐、我、胖胖三人正围着老师，笔记本电脑屏幕上的现场画面在老师操控下不断地根据需要变换着。

多么熟悉的画面与场景，台灯发出的柔光仿佛是一种特殊的凝固剂般簇拥着我们……

刚发生不久、正在勘查中的案件，时间紧迫，老师直接通过电话与另一头的小李子联系着。

今日黄昏时分，一中年农村妇女被从工厂下班回家的丈夫发现死于卧室内的床上，该妇女没有正式的工作，平日里只在家中操持一个经营杂货生意的小门面店，小店每日一早开门，傍晚关门，今天早早关了门，且被发现时是身着睡衣……

“死者平日有穿着睡衣在店里做生意的情况吗？”

老师继续着与小李子的对话。

“经了解，偶尔也会有……服装与案件也有关系？”

小李子的声音通过手机的免提功能传来，……有时候真的让人着急和揪心。

当然，服饰、气味、环境、光线、氛围等因素都会在特定条件下对案件的发生以及具体形态产生影响与作用……小李子，你缺课啦。

“死者身上的衣服和裤子是作案人临走时为她穿上的，动作匆忙，穿着不到位……”

“呀，镜工，我正准备向您提出这个问题呢，感觉她身上的衣裤确实不太整齐……可她丈夫说不记得自己是否动过了，记得您曾说过，在精神高度紧张的情况下可能出现这样的失忆症状……”

“小李子，注意观察一下第X号现场照片……”

老师打断了小李子的赘述，“拉”着他的思路快速向前跳跃般挺进着。

“师父，死者裤腰上松紧带及相应部位的衣服和裤子褶皱在死者腰部尸斑处形成白色印压痕，而勘查现场时尸斑已经处于指压不褪色的状态，所以，这些白色印压痕应该是在尸斑指压不褪色之前就已经存在，死者丈夫从回家到报案，直至勘查拍照的时间不超过一个小时，即便她丈夫动过死者的裤子现在也不可能形成这个白色印压痕，更何况，松紧带及褶皱的相应形态及纹路没有出现移位情况，所以，她丈夫没有动过死者的裤子，他说的是真话。”

沉思片刻，太史秋芙大师姐款款道。

“太史，不错，这确是一个重要的信息点……”

“大师姐，您说得太好了……”

小李子讲到一半突然停了下来，他可能是发觉，自己又在废话了。

老师略顿了一下继续说道：

“现场上有一个很重要的现象，死者的头发形态如同刚淋过雨似的，而当天既没有下雨，死者本人也没有做过清洗，调查工作也反映，死者当天的发型是一如既往的梳理习惯……这说明死者生前曾与作案人进行过较长时间的搏斗，时值八月份的天气，形成了大量的出汗现象。”

……

研究完现场资料，老师让大家坐下，看着选择出来的照片说。

“这说明作案人的体力不太强。”

老师的话音刚落下，小李子就抢言说道。

小李子无法透过电话观察到我们的表情，否则他一定会失望的，因为，如果如他所说的那样，老师是不会对我们几个人提出这种层次的话题的。

老师没有立即回答小李子，只是继续专注地看着现场照片，我知道老师在等什么。

“老师，我认为这应该是与作案人的犯意有关……”

老师抬起头来看着我，小李子发出的声音显示出，他陷入了深度思索的神态。

我继续说道：

“老师，死者的体力也就属于一般的状态，也没有受过什么专业训练，按理说即便是作案人的体力因素所致，死者的身体上也会出现与双方搏斗相关的伤势，可却没有，所以，作案人并不是以杀人为直接目的的，而是以性侵为目的，故而才以控制对方为主，动作虽然多，却少有损伤，仅是形成了一身大汗。”

“说得对丁探，关键在于死者身体上损伤的特点，它主要出现的部位及形态是由控制行为所形成……”

……

会诊、讨论进行得很顺利，指导和建议源源不断通过网络飞向第一线，小李子在电话另一头的现场上不时将新的情况和工作进展通报过来。

“我再给你加一句，丁探……”

最后，老师总结道：

“……在这个案件里，双方的体力是一方面，犯意是一方面，更重要的一点是——双方认识且熟悉……这是导致被害人身体上没有出现由双方搏斗形成的相应伤势而只有满头大汗的重要原因，心理因素在这起案件中起了关键性的行为导向，包括作案后还没有忘记为被害人穿好被脱掉的衣服和裤子，作案者在现场上的所谓‘多余’动作，往往是一种心理层面上的刻意，抓住这个信息点甚至可以从中解读出作案者的自我‘介绍’。”

……

老师的点睛之笔此时真的如同赋予了我一处被新点亮的视野，这真的是做到了在临场上“把对方的内心‘掏’出来”。

“观其行而忖其心。”

“谢谢老师！”

“师父，您又传授了一招，学习啦。”

“镜工、师姐们及胖胖，我听明白了，这有点像农村的篾匠，手艺高超者可以将竹片分离出很多层次，在工匠手里，原本薄薄的竹片似乎变得‘厚’了起来，刑事技术也是这样，对现场上的各种现象吃得越透才能分析得越细、越精，对案件和作案者的揭示性越强，在侦破工作中发挥的作用才能越大。”

小李子说得对，概括地说，这就是思维上的纵深性。

记得出来前，无意中发现在小李子的办公桌上竖立着一个精致的小牌子，上面手书着一段话：

“莫将人生当儿戏，莫将儿戏做人生。”

这是老师送给他的话，现已成了小李子的座右铭。

……

“我呀，一看到它就会乐！感觉这个创意不错，既利用了闲置物，又满足了实用之需求，关键是还能愉悦心情。”

听着胖胖的话，不知为什么，我的心情没有感到一丝一毫的愉悦，反而油然生出绵长的酸楚……

老师喝茶用的紫砂壶盖子不小心被胖胖弄碎了，老师不仅安慰了胖胖，并用一个旧的瓷杯盖子进行代替，这一下反而把胖胖逗乐了！

这是大师姐单位的业务研讨室，当胖胖笑着抬起头来时，老师正沉浸于对现场资料的研究之中，大师姐在一旁向老师介绍着什么。

我用冰冷的目光扫视着胖胖低声道：

“你还笑得出……明天我会给老师买一个新壶。”

我只想马上结束这个对话，开始今天的任务，对以往未破案件的研究。

“丁探，我已经让外省的同学买了，可，镜工的脾气……我敢说是我赔给他的吗？所以，只能求你了，我刚才的笑，是故意让你先批评我的眼光，然后你就可以顺势将自己‘闲置’的这把紫砂壶送给镜工……”

胖胖说着如同变魔术似的从自己身体后面将一把品相相当不错的紫砂壶偷偷放在了我的手中。

我不会去欺骗老师的，而且，这点小伎俩……

“唉，他可不好蒙啊！”

不等我开口反对，胖胖自己先泄了气。

“知道就好，交给我吧，别影响了研究案子。”

太史秋芙大师姐从老师身旁走过来伸手将壶接了过去，严肃地说。

“胖胖，这把壶的价值是……”

“太史、丁探、胖胖，你们过来一下。”

老师头也不抬地冲着我们叫了一声。

听到老师的叫声，我和大师姐不约而同地朝着胖胖瞪了一眼，要不是他，我们早就与老师在研究案件了。

“听听你们对这起陈年旧案现场的分析。”

天哪，这就看明白了，就在为胖胖的事所耽搁的二十多分钟，老师真厉害。

这起案件是大师姐上任前的积案，她也刚罗列出来还没有做深入的研究，这次老师前来出差就借机做好了准备。

某年的冬季，一位独居的中年女性被发现死于租住的某居民小区房间内。

“……死者呈头西脚东仰躺状卧于床面，身上盖着被子，身旁散乱地放有衣物、女式长筒靴等物……现场上的血迹主要分布于床上死者的头面部及相应的枕头、床单、被子、衣物等上面，另外，床头板、床头墙面、南侧床头柜及其他物品上也有大量血迹，血迹的形态为挥洒、喷溅、擦拭、滴落状……在床头板与其南侧的西墙墙面交接处有一竖条状的血迹空白带，其横向宽约五厘米，上下高与床头板相等……南侧床头柜及柜面物品上有多处血迹喷溅及滴落，只有床头柜上电话机挂放部位和话筒内侧面上无血迹，电话机话筒摘下放置于旁侧床头柜的柜面……”

……

“这么多的血，近乎疯狂的打击行为，这仇不小。”

胖胖在一旁自言自语道。

大师姐正在不时地向我介绍着现场的情况，而这些内容就是刚才因为胖胖的事情而没有及时听见的内容。

我和大师姐又一次不约而同地瞪了胖胖一眼，胖胖看了老师一眼，立刻闭了嘴，因为他从老师身上感受到了相同的信息，胖胖很了解老师。

良久，大师姐轻声对老师说道：

“师父，打击的力向是由北向南，打击时的位置在紧靠床头处，也就是紧靠西床头板的位置，打击时的角度很偏，到了不能再偏的程度，床头板与其南侧的西墙墙面交接处那个竖条状的血迹空白带说明了这点，只有大斜角的血迹挥洒和喷溅才会形成如此大的竖条状血迹空白带……可，这个角度实施打击很别扭啊……难道是实施打击的凶手左手这边有什么障碍？”

“大师姐，应该是有另一名作案对象的存在，两个对象，一人打击、另一人在对被害人进行控制。”

“有道理，你看，在床的南侧相应位置处也存在着一定范围的血迹空白区，而且被害人身上有从床南侧方向进行控制的行为特征。”

“等一下，我知道自己刚才错在什么地方了，现场上的喷溅、挥洒血迹之所以多，不是仇恨所致，而是由于打击时的角度、位置别扭所致，使不上劲，所以才不停地打击……”

胖胖在我和大师姐的讨论当中插话说道，说完，又看了一旁的老师一眼。

“所以，作案对象不是直接杀害被害人，而是先进行控制——作案的目的出现了，尽管在现场上有杀人、劫财、性侵等多种现象，但促使其作案的主要目的不是为了杀人……所以会先对被害人进行控制。”

老师饶有兴趣地听着我们之间的讨论，不时微微点头并流露出欣慰的神色。

“……电话听筒和部分机身上没有血迹，说明是完成打击之后才拿掉了听筒，为什么？因为可以延迟发现时间，打不通还以为对方正在使用电话；但关键在于是什么时候拿下电话听筒的——是在血迹都干涸了以后才拿下来的，因为在电话机上有大量的血迹，却没有发现因为拿动电话听筒行为所造成的血迹的擦拭等痕迹，所以，这是一个非常刻意的行为，杀人后没有急于离开现场，而是反复思索自己有什么会让人怀疑的痕迹和现象，在这个过程中发现了电话，如果电话没有人接听，会让人感到异常，调查工作告诉我们，因为被害人平日里没有正常工作，主要时间都会待在家中……”

“凶手了解这一点！”

“对呀，什么样的对象才会如此刻意地注重自身的防护？熟悉的人，不仅认识被害人，而且对她的日常生活、行为规律都有相当程度的了解。”

“房间的总门口处是换鞋的位置，出门回来应该在此处换鞋，而躺在卧室内床上的死者身旁弃有她平日外出穿的靴子，她的拖鞋依然在总门口处的鞋架上，这说明案件发生的起始点在房屋的总门口处……”

……

当对案件的研究接近尾声时，一阵议论声传来，我发现身旁已经或站或坐了许多人，他们是大师姐的部下，既有技术人员，也有侦查人员，而在我们身旁的白色墙面上投影仪正投放着与我们研究相同步的画面，我们的讨论及老师最后进行的系统性讲解就如同旁白一般。

“现场信息点是客观存在的，但它在直观的表象上似乎又是杂乱无章的，因为在现场勘查的过程中，技术人员不仅要发现信息点，还要善于发现各个信息点之间的关联性，现场信息点之间的关联性不是任意可以搭配的，只有找到了信息点间搭配的契合点，才能让信息点发挥出更及时、更大的作用。”

随着老师的话音落下，房间内响起了一片掌声！

哈哈，大师姐总是抓住一切机会，利用各种形式对队伍进行培训、充电。

大师姐这才发现自己手中还捧着那把紫砂壶呢……

“这壶，我收下了，谢谢胖胖，谢谢你们大家的良苦用心。”

笑意刚从胖胖的眉梢溢出，不经意发现了自己手机上的一条信息，那是老师转给他的壶钱，刚才专心研究案件没有注意到，显然，我、胖胖、大师姐间关于紫砂壶的对话老师都听见了。

数周后这起陈年旧案破获了，作案人是一个当年住在楼下的邻居以及他的另一个气息相投之人……

四十八、点与面的呼应

清晨，刚开门的超市，一群争抢便宜货的人蜂拥而入，甚至相互间发生了争吵……

我和小李子在正品货架处快速买好了面包、饮料、方便面、水果、餐巾纸等物品，结完账跑向暂停于路旁的现场勘查车。

“老师，任务完成了，还好很多人都聚集在超市门口处，空出了地方……”

我一边说一边放好东西，将多余的钱还给老师，胖胖、小李子、严法医等人赶忙分发着物品。

这是今天的早餐。

凌晨时分，一个准备去赶早集的农村妇女发现屋外台阶与两米多远的水泥公路间躺着一个人，仔细观察发现，该人为一个上年岁的男性，年龄在六十多岁，躺倒在深约五十厘米的路边泥土沟内，自己不认识，唤之无任何反应，遂报警。

“……是、是这样的……那个，情况是……”

我朝老师的方向轻轻展开手臂摆动了一下，意思是他应该向老师进行汇报，那名负责保护现场的青年辅警明白了我的意思，转身面对老师开始了阐述，口齿立即变得伶俐起来。

“他没有见过这么美丽又高雅的女警察，所以……”

严法医一本正经地小声对我说道。

我没有理会他，拿着记录本站在老师身旁全神贯注地记录着、品味着……

“死者从被发现到警察到达现场这段时间内有谁碰过？”

对现场进行拍照、对相关部位进行过细致的观察后，蹲在死者身体旁边的老师和我小声议论着，我抬头向当地派出所的所长复述了一遍问题。

“哦，访问过了，目前还无法确定这一点，对了，现场曾有车辆开过，怀疑是交通事故逃匿……在手腕部位和脚内侧皮肤也发现有蹭擦痕，皮肤破损……”

他躲开我的目光向着老师回答道。

……我，怎么啦……

一旁的严法医对着我上扬了一下头，虽然没有开口说话，但意思明确：看，我没说错吧！

该法医上场了，老师和我根据需要配合着，三双戴着乳胶手套的手，准确而有的放矢地移动着，小李子一边拍摄照片、一边介入讨论……缺少这个环节是拍不出刑事案件现场所需要的合格照片的。

有业务上的分工，有同样是业务上的互补、损伤与痕迹、形态中折射的行为、局部和整体间的关联、点与面的呼应……

现场位于水泥公路的一侧，死者呈头西脚东仰躺状，衣着完整，脚上穿着一双半新旧程度的胶鞋，死者的左手旁则是东西走向的乡村水泥公路，路上不时有各种车辆通过，死者右手旁侧是一栋三层楼的农村住宅，也就是那位因准备去赶早集而发现死者的农村妇女住家，在现场以东约六十米的位置，有一条泥土路与水泥公路间的岔路口，顺着泥土路可以方便地通过农宅南侧抵达三层楼农宅的楼顶平台，平台的四周皆砌有高约一米一的水泥栏杆……

现场的勘查进入尾声，脑海中回味着获取到的一系列信息。

“丁探，还是由你进行分析汇总。”

老师边摘着乳胶手套边低声对我说。

临场进行对案件现场的分析汇总，它不单单是一种对于现场的认识与理解，其中还自始至终都包含着这种认识与理解上的方法和技巧，能够巧妙地实现这一切是刑事科学技术中特别难能可贵的地方。

“是，老师，您及时指正我分析中的不足。”

借用现场旁农家小院不大的场地，大家或站或蹲或坐在能找到的各式凳子上摆开了阵式，只有我坐在一把非常舒适的藤椅中，这是老师和同事们对我的关心之举，多年以来，我对此甚至都已经适应了，多可爱的同事们，在此借文由衷道一声：谢谢！

我的分析汇总主要内容有以下几个方面：

第一，死者身体无论是衣物还是皮肤上的泥土、渣粒，其附着方式皆以挤压形成的黏附所致，没有带明显方向性的轴向冲击形态；

第二，泥土、渣粒着重黏附的身体部位在双膝、臀部、背部、后脑等突出部位，而交通事故不会局限于此；

第三，在身体的皮肤上，没有大的片状蹭擦痕和与之相应的伤势，而以挤压痕迹为主；

第四，死者头部出现的几处损伤，不仅出现于头部突出的部位，还同时出现在内凹部位，这说明死者的头部是与凹凸不一、软硬不同的地面作用所形成，不是相对平面的钝性物体作用所致，与现场所在处的地面条件相吻合；

第五，死者双脚鞋子上的黏附泥土很厚，但主要处于鞋子的后跟与前掌这几处凸出部位，所黏附的泥土与现场相应处地面相同，但以泥土的干湿程度而言，一般正常的行走不会形成如此之厚的黏附，只有相当大的冲击所形成的挤压才能形成现在死者两只鞋底凸出部分泥土的黏附程度；

第六，他并没有当场死亡，有过轻微的痛苦扭动过程，他的双手及指甲以及掌根等部位皆有与地面相应部位相同的泥土，唯手掌心相对干净，另外，这也就是造成死者身体姿势有所变化的原因，不是现场被外力变动和破坏，所以，尽管在死者身体上血迹流淌方向和形态与现在看到的情况不相符，怀疑现场可能被破坏了，其实，大家看到的就是相对原始的现场。

第七，手腕部位和脚内侧皮肤发现有蹭擦痕，皮肤破损，有血渗出……在损伤力的走势上有多次转向现象，现场所在处地面物质组成特点可以形成，相应损伤处的物质附着与地面的物质组成变化吻合。

综上分析，这不是交通事故，而是一起高坠死亡案件，起坠点位于现场上方的农宅三楼水泥平台，在平台上水泥栏杆的相应部位发现新鲜的蹭擦痕迹……

“老师……”

一口气说完自己对案件的分析，我扭身看着一直专注着我分析的老师。

从老师的目光里，我看到了对自己的认可、赞许，同时也看到了……

“看死者双腿内侧的裤子表面……”

老师走到死者前说。

大家都起身移动着位置。

我顺着老师话语的指向观察：

在死者双腿内侧近裆部处裤子上所出现的有方向性的蹭擦印痕有这几个特点：方向性以由下向上为主、形成过程中裤子呈现褶皱的形态、左裤腿处多于右裤腿。

见我还陷入思考之中，老师走向小李子说道：

“小李子，到现场上方的屋顶平台水泥护栏处去做个现场实验，选条件相当且安全的屋顶内侧一边进行实验，胖胖进行保护。”

十分钟不到，小李子和胖胖回到了现场……

“我明白了老师，结合裤子上蹭擦痕的形成物质，分析为死者生前翻爬现场上方平台水泥栏杆的行为所致——小李子他们的现场实验也已经证实了这一点。”

“正确，丁探，虽然你前面的分析已经证明了死者系高坠导致的死亡，而这个实验结果更进一步告诉你，高坠行为属死者生前的自我行为所致，非来自外力作用……”

“我懂了，老师。”

醍醐灌顶！

唉，在大学就学习了关于现场信息的理论，通过了解什么是现场信息、现场信息在破案中的作用和它的表现形式，来提高大家对现场保护的意识，从而为侦查破案的顺利开展提供扎实的基础。

简直可以倒背如流了，可……

“在刑事侦查科学中，现场信息是现场重要的组成，它虽然不是一切，但缺少它就没有了一切，失去证据、失去证据源泉的案件，某种意义上只是一个故事而已。”

这是老师的话。

“浓郁的男用香水味从身旁飘过，时尚的黑色运动服和不知从哪儿来的一脸自信……还好这顿早餐已经到了只剩下半碗豆浆的阶段。”

胖胖回忆着往事有声有色地说道。

“带换洗衣服了吗？”

“镜工，我……”

“洗不出本色味不能进入现场，不明白？重温一下关于对现场保护方面的知识。”

……

现场保护也是立体的，其中就包含着技术人员身上的异味……

这是我当年报到不久就听到的一件“小故事”，那位黑衣男就是小李子。

老师的“冷”中充满着知识点。

胖胖悠长地品了一口茶水，如同品味着往事的余韵。

胖胖跟随老师一起工作的时间很长、很充实，所以他时常会对我们讲述一些“往事”，这已经成为他的一大嗜好。

……

“首先要弄清本次考核比武的着重点是什么，有的放矢地去工作才能让现场整体资源发挥出应有的功能……”

小小玻璃屋内传出老师打电话的声音。

田林，现已由当地刑侦部门的副大队长升任为大队长了，近期，他所在的市将进行刑事科学技术的大比武，一共有十二支来自各个区、县的队伍参加……这不，田林正通过电话向老师征询着相关事宜及注意事项。

“……已经向你们提供了嫌疑人的案件现场并不是就着重于各种痕迹的寻找和提取了：第一，对发现的各种痕迹从其留存部位、方式、缘由、组成、与其他痕迹之间的逻辑关联性等方面综合研究，从中探寻与现场、与案件之间的关系。第二，从立体的架构出发来确定每一处痕迹与嫌疑人之间是否具有关联——比如，在嫌疑人居住或工作的地方发现与嫌疑人认定一致的痕迹，这种认定是否与案件有关系？这种关系对痕迹的性质作用所在？第三，证据的组合性运用能力和意识，痕迹、照相、法医、侦查等不同专业和分工所汲取的信息在指向性上的‘殊途同归性’？……用立体的证据体系刻画出的‘框架’与嫌疑人是否吻合来认定嫌疑的是与否……”

偷听别人的电话固然不雅，但其内容实在是引人入胜，在那扇小小的玻璃屋门外不自觉地引来了一群故作有事要做的“偷听”者。

“吱”的一声，随着一道耀眼的光亮闪过，玻璃门敞开了。

老师手中举着电话，口中继续着刚才的话题，朝着大家迈步走来，目光中闪动的是对大家的鼓励和感谢。

老师的声音很好听，像播音员一样……由那间小小玻璃屋内溢出，传往各地不同的警营、校园、现场！

“偷听”演变成了一堂公开课。

“……发现了其中的矛盾点、反常点，这是件非常好的事情，就好比一个大厨，我把各种材料都给你备齐了，是不是就可以烧出真正的美味了呢？不一定！哪个菜先放，哪个菜后放，哪个菜需要多少时间等，真正的技巧在这里呀！所以说，要实时进行研究，别忘了，现场勘查不仅仅要分析现场的客观存在，还要研究当事人、嫌疑人的临场形态，犯罪心理学意义上的临场形态，‘临场’两个字，是发现那些分水岭的问题所在点。比如说内盗、外盗，自杀、他杀等，分水岭是什么？客观依据是什么？心理依据是什么？深入研究、分析……”

老师一边缓缓地踱着步，一边侃侃而谈，当他无意中发现我正手握着樱桃红色录音笔在不时调整着最佳的录音角度和距离时，便伸手从我手中取过录音笔并用手势朝我示意了一下，意为由他来替我进行录音的操作。

“……矛盾的表现形式是多样的，有明显的、有隐情的；有共性化的，还有个体化的，不能以偏概全，因为这样容易导致点与面的混淆，就好比你刚才讲的，因为他近来喜欢上了赌博，所以家族中不再让他管理经济了，大钱不给他经手，日常经营的钱也另换人保管了……有没有矛盾？你们说没有，这个不是矛盾吗？赌博上了瘾以后，就像吸鸦片一样的，突然断掉它，他那个仇恨是非常非常大的……自古以来，因赌博、吸毒等进而卖儿卖女、倾家荡产的人和事还少吗？为什么会这样惨绝人寰？因为这种行为极易上瘾，更是让人‘难以割舍’……这还不算矛盾吗？尽管他从表面上没有展现出这些言行，但从侦查工作一开始就要发现和想到这一点……家属无异议？武大郎之死，潘金莲会有异议吗……”

细节和逻辑很重要，老师的话既有针对性又很精准，整体思路一下子帮他们梳理清晰，而且充斥实质有效的内容和循序渐进的程序。

有道是：台上一分钟，台下十年功。

老师，您的付出我最清楚。

“……总结是重要的一个环节，在这方面不善、不勤、不巧、不抓住要点是难以有效全面提升的。一、程序与实际操作间的契合，一个是教会开车，另一个是上路以后的熟练程度……二、在众多参赛队伍中，取其他队之所长，避其他队之所短——哪怕是第一名的队伍，它也有不足之处，而即便是排名在最后的队伍，它也有可圈可点的地方，发现它、吃透它、汲取其中的养分……三、在比赛中所获得的经验教训，有效地转换成战斗力，提高我们的勘查质量和材料制作质量……四、团队结合方面，照相跟现场、法医和现场、照相跟法医、法医跟痕迹，包括技术跟侦查等，其中容易脱钩的现象及存在的问题需特别提出来……对每起现场都要谨小慎微，对业务、对职责，要有敬畏……”

……

据说飞行员放单飞回来，同事们会向他泼水庆祝，寓意是让他冷静下来，以后每一次飞行都要为自己和乘客的生命负责任。

这里的以后，我想就是一生中的职业生涯。

“教学相长，大家共同努力一起提高，这既是我的初衷也是大家的需要，辛苦了。”

近一个小时，电话那端的田林收获满满。

……

名列前茅的优异成绩，这既是意料之中，又是出乎意料。

两周后，比武成绩亮相。

一口吃不成胖子，与田林他们的认识和多次的往返，这回算是有个直观的检验了。

好成绩不仅让田林所在团队获益多多，更是多了不少对此缘由打破砂锅问到底的“寻根者”……

这是后话。

心念一首：

行行出状元，只临有心人，

漫漫人生路，为铸攀登者。

匆匆百年荫，可就万世功，

繁繁天地事，一念择取舍。

曾看到过一种艺术形式，用锤子在特制的玻璃上反复敲打，利用玻璃碎裂点的大小、密度、相互间的搭配关系等，巧妙地创作出一幅幅生动的画面，点与面的结合技巧让人叹为观止。

……

就是这样，老师的学识、智慧和他的人格一起年复一年地由一个点不断朝着祖国东、西、南、北、中的不同面传播扩散着，潜移默化地为大地祥和、百姓平安付出着自己的光与热，赢得了人们的认可和敬重。

上次随老师从太史秋芙大师姐处完成工作后，因另有任务，我们一行乘坐的是高铁，随着列车起步，站台上送行的大师姐忽然举手耳际，向老师行出一个标准的敬礼，她优美的身姿追随着列车移动角度的变换而转动着，久久伫立于站台。

台下人头攒动，来自社会各系统十余家不同单位的青年团员代表们齐聚一堂，在期盼中等待着这次由团委组织的活动里最高潮、最期盼的项目——解读刑警。

老师的出现让会场立刻静了下来，人们怀着各自不同的心态暗暗打量研究着这位在刚才主持人嘴里颇有些分量的本次活动特邀人物：公安部全国刑事科学技术特长专家、全国公安系统优秀教官、中国刑事警察学院客座教授、中国人民公安大学教官……一位刑事科学技术警察。

金属的警衔在灯光照耀中银光闪烁，一身得体的警监服在老师的冷峻和英气中被衬托得飒爽而厚重。

“……‘不识庐山真面目，只缘身在此山中’，身为一名刑事警察，更应认识和了解这个职业所要具备的素养……如何强化自身？如何做好配合？如何在案件侦查中把当事人的心‘挖’出来？如何事半功倍地运用证据……”

有句话为“口吐莲花”，而出自老师口中的却是有情商的“干货”。

……

“刘镜老师，可以打扰您一下吗？”

讲座结束后，一位抢步等待在会议室门口来自公安系统的年轻民警对走来的老师说道。

原来，他是来自某公安分局的刑事技术员，昨日早晨接到报警称：某条河边发现一只人脚露出地面，怀疑土里埋着一具尸体……

“刘镜老师，遇到这种情况该如何更好地处理？”

……

“不错的问题，对这类看似不复杂，但一点不可掉以轻心的现场，在具体的勘查上一定要有思维上的延续性，要预见于未见……常说要有思维拓展性，而怎么拓展？向何处拓展？以何处为拓展的支撑点和思维依据，这是关键。”

听完介绍，老师一丝不苟地回答道。

“……到达现场后应着重了解的几个问题：技术人员所看到的现场情况和报案人描述的是否完全一致？重点是‘完全一致’，发现出入之处须弄清楚缘由……鞋在什么地方？袜子是什么样子的？鞋袜是现场上这只脚的吗？怎么看出是人脚的……如何去发现问题呢？要去做临场实验，根据当地当时的气象条件、时间段、距离、发现人的个体条件等做临场实验……这个实验的进行有一个前提基础：就是第一步的询问工作一定要仔细，不然，后面就可能会面临巧妇难为无米之炊了……判断现场发现的人脚和鞋的位置原始关系及形态的依据：第一个是根据当地的具体情况，比如说有施工的地方，施工变化情况如何？时间频率如何？是天天干，还是干一天歇五天……第二个是根据季节、环境与腐败情况间的吻合度……第三个是根据裸露在外面的部分已经黏附的物质，比如说新的泥浆或者其他杂物，以及面朝下的部分，因覆盖保护而没有黏附的情况，两者之比较……它原有的或者说在这次变化之前这个阶段，从它的黏附记录来了解这个‘人’是否一开始就埋在这儿？怎么埋的……脚先出来有多种形式，躺着、趴着、头朝下等姿势……第三步，对损伤进行检验，如果有损伤的话，这个损伤是自然形成的？还是腐败造成的？抑或是由动物所形成的？多种因素导致形成的？客观依据？”

我在一旁注意到，那位青年技术民警手中原本准备用作记录的笔和本子几乎没有动，整个人都处于全神贯注的状态里，虽说好记性不如烂笔头，但在这样的情况下，恐怕先用脑子记，而后再进行整理是最佳、最理智的选择。

“……由人为所形成的情况：比如说锐器伤、钝器伤、有否骨折……由动物形成的情况：比如老鼠、猫狗等动物的啃咬痕迹……看鞋：它是怎么出来的？怎么从脚上下来的？如果这个鞋早就脱落了，你要把一个人移动到几十米以后甚至更远的地方去，有必要带着这个鞋吗……注意对这个鞋子提取以后要做一个不可或缺的工作：对鞋内侧、鞋底花纹、特别是最靠近鞋底花纹的一侧，如果有泥土或黏附物，要进行单独的化验，与现场所处的位置处地面的泥土或者说黏附物等进行比对，两者是否相似？同与不同完全不一样……如果不同，找到不同的地方，分析不同的地方，知道大概的环境，这往往可能就是第一现场的重要资料……有没有味道不是一句话就能说的。当时处于什么风向，风不对的话，你可能是闻不到味道的，在现场，味道是跟风向走的，味道中是否还掺杂了别的地方的味道？当事人的鼻子灵敏度怎么样？这些都要考虑……”

……

曾经有一个碎尸案，在堆积如山的大型垃圾处理场里，在发现尸块的现场，除了垃圾的味道，什么味道都没有闻到，而当尸块快被拉到停尸房的时候，因为没有别的干扰了，才真正闻到这个尸块极其臭……

事后胖胖告诉我，在垃圾山现场，很快聚集了上千名围观的人群，但人们的目光更多、更长时间是集中于我的身上，这可能是他们此生中见过的最不协调的场景。

见我露出有些不解的神情，胖胖谨慎地后退了几步后笑道：

“因为你的美丽，如此佳丽竟然出现于这种环境，如此佳丽竟然从事这样的工作。”

……

数日后，相关单位负责人特意致电老师，措辞中充满感激与赞美，在这次的活动中，我们所在单位团组织被评获第一名。

四十九、渗析的演变

“分寸，对，就是这个意思……”

小李子长出一口气，近来他越来越专注于老师工作中的细节。

“师姐，举个小例子吧，给我一个进一步的导向。”

这也是我当年所经历过的一个阶段，一个极其重要的阶段，有一次，看到老师勘查现场中对一枚显现出来的指纹不是马上进行提取，而是反复观察着，时而还做着比画，良久方才心满意足般开始做起下一步的提取……

“丁探，这不仅仅是发现了一枚指纹，它与案件间的联系性？它的留存原理？留存方式？留存时间？与现场环境的关系？与其他痕迹间的关联？显示的动作形态中包含什么临场心理因素？异样行为的铸成源？既有即时要解读透彻的，又有后续工作中必须弄清的，还有破案后需要总结反思的……即便在当事人的家中提取到他自己的指纹也应弄清它与案件之间的关联性……这是一门科学，尊重科学需要意识上的养成……”

有一起非正常死亡案件，一位女性因为与家中发生矛盾所以携款出走，漫无目标地来到某城市，并独自在一家宾馆住宿，三天后被打扫清洁的工作人员发现在房中死亡……

小李子一边翻看着电脑屏幕上显示的现场照片和资料，一边用心聆听着我对这起案件现场的讲解，从他的神态显示，我的每一句话、每一个字他都会在心中充分地进行研磨。

“好了，小李子，如果是你去这个现场勘查，会怎么做？”

“到达现场之后首先要向相关人员了解案件的发现过程以及对现场的保护措施、保护情况、变动或者被破坏的情况及原因……然后开展规范的工作程序……”

小李子的回答很“规范”。

要利用能够获取的条件，许多工作在技术人员到达现场之前就要去做、去构思、去设想多警种协同的建议要点……这才是能动的工作。

老师所做的工作中，有些你看得见，而有些你是看不见的，比如思考。

波澜不惊，有些不惊其实是因为没有发现波澜的存在，没有真正感觉到它的价值、它的演绎内涵。

真正领会这些，还需要在工作、生活中去悟。

小李子口干舌燥地结束了他的勘查演义，圆满的勘查、圆满的取痕、圆满的证据链构成基础。

“师姐，您怎么毫无表情呀？”

不知何时起，越来越多的人感觉到了我身上这样的变化，冰冷度接近于老师了。

“死者生前的状态是处于在自己的手机上翻寻电话，这种情况下，当事人最需要的是有人倾诉，这是人的正常心理……立体思维中的结合技巧……他最后的姿势反映了死亡前的一瞬——使用手机的过程中感到身体不适，而后慢慢向右侧滑倒下去，直到死亡，他的右手手指虽然已移位，却依然保持着翻滑手机屏幕的姿势……头发、衣服、枕头、被子、床单等上的褶皱形态充分反映了这一切的变化过程……手机上如有选定的电话号码，那么这可以当场提供给相关侦查人员……这是一个重要的有信息来源的渠道，可是你也没有关注到这一点……”

我眼睛看着远处，口中喃喃地说出了“标准答案”。

小李子的惊讶已经不再是当初的目瞪口呆了，取而代之以深入的思考，这是一种飞跃式的进步。

老师曾说：

“道理，对于不能正确理解的人而言，产生的后果往往相反。”

恭贺小李子已经越过了这条鸿沟。

进口处是卫生间的窗户，窗框上安装的不锈钢防盗窗栅被破坏。两根被破坏的窗栅中只有一根有较大幅度的扳动痕迹，另一根只有小幅度的扳动迹象……

“可惜了，这根窗栅上有被反复扳动过的痕迹，也就意味着现在所看到的窗栅间宽度不能准确地分析刻画出作案人的体态特征……”

听着胖胖的述说和惋惜我没有插嘴，但心里面却是不认可这种说法的。

胖胖勘查得很细致，通过金属变形的特性对窗栅的宽度变化进行反向计算，从而对作案人的体态进行分析，能想到这一点已属不易。

“通过进、出口的大小来计算作案人体态，这应该不太难吧……”

一旁的小李子说话的速度和节奏渐渐变得慢了下来，这是一种有意识的警觉——这样的现场会产生出怎样的高明之举呢？

这不是一个疑问句，而是一种探求……

从语气里，我感觉到了这点。

“不对、不对、不对……”

胖胖立即否定了这种分析。

大家围绕着这个看似不复杂的问题沉思起来，连我端着刚冲好的咖啡穿过都没有人像往常般的“关心”。

“谢谢丁探。”

老师接过我端上的咖啡。

人的一生当中如果能遇见让你心甘情愿甚至从内心深处渴望着为之多做哪怕一点点事情的人，实在是太美好的事情，这是可遇不可求的。

……

“看见不等于发现！”

沉思中的小李子闻声转头看着老师，口中下意识地默默念道。

“我说小李子，此时此刻我给你提供一个法宝，怎样？”

严法医一本正经地提议到，见小李子露出半信半疑的神态，又进而道：

“这个法宝啊，就如同是药引子，是一幅思维上的药引子，你呀，拿出一张纸、一支笔，将纸平铺于办公桌上，而后把你看到的所有现场上的现象一一写下来……镜工说得好，看见不等于发现，可如果有看漏、看错的地方，那如何正确地发现呢？想想，是这个理不？”

好法子，当初我也运用过此方法，有心得。

小李子用手指一点严法医，意为“好主意”，立刻转身去取纸笔……

“不用啦，你看看，还缺什么？唉，我才是这场讨论的‘主场’……”

胖胖变戏法似的从手中摊出一张清单般列满字迹的 A4 纸。

“窗框、瓷砖、不透钢防盗窗栅、各处尺寸、浴缸、灰尘、足迹……”

小李子没理会胖胖的小抗议，一把接过清单，迫不及待地逐行轻声扫读起来。

“小李子，我建议你结合对现场资料的解析来阅读这份清单。”

我小声说道，这是我传承的经验之谈，清单有清单的作用，现场资料有现场资料的作用，把二者割裂开去进行研究会失去构成事物特性的成分，因为，它们之间的有机结合才是唯一的归宿……

“我明白了，我终于明白了，是灰尘，是内侧窗台上原来累积的灰尘被擦拭后所形成的形态！”

胖胖如梦初醒般地从沉思中觉悟道。

什么？你说灰尘？

一时间，小李子的眼中充满问号，转而求证般地又把目光投向我和老师。

“金属的窗栅是有弹性的，而且在钻爬窗户的行为中会随着作案人肢体的晃动而产生双向性的变化，但是窗台上的灰尘则不会有双向的变化，因为它一旦被擦拭掉就不能恢复……所以，就内侧窗台上现有的灰尘擦拭宽度而言，只会偏大不会偏小，如果现在灰尘的宽度让你都认为不大，那作案人的体态一定是偏于瘦小的人……”

胖胖一字一顿地说道，每一个字都能在地面上砸出一个坑来，显然，他在为自己这迟到的觉醒而自责。

“有道理呀——还有吗？”

小李子略带痛苦状地低声问道。

“当然，现场分析也是一环套一环的，前面的体态分析就连接着下面的分析，而且双方之间是互相支撑、相辅相成的，窗户内侧的浴缸等地面落脚处只有很少的作案人足迹，所谓很少，是必须有支撑所需而形成的足迹，如果是个体态较大或者身体不灵巧的人，就会形成不同的足迹形态……故而才有一通百通之说。”

“胖胖，你到底是镜工带过的技术员，有功底。”

“没错，我可一直都看好你啊！”

严法医接着小李子的话笑道。

“那是，我和镜工一起工作了多少年……”

胖胖看向老师对小李子说道，突然他的神态如同坐过山车一样跌落下来，原来，此时此刻，老师的目光也正看着胖胖，冷峻又毫无表情的目光。

是啊，胖胖跟随老师的年份是我们当中最长的，只是在业务上还远远不够匹配呀！

我理解老师此刻的心情。

“原以为这个案例简单了点吧，如何用来烘托我的论文呢？现在终于发现了它的丰富及其中的内涵，是一起非常棒的案例，以后我要多多去积累那些有价值的案例。”

胖胖像是对大家，又像是对自己说道。

“胖胖，在以后的工作中去更多地注重积累这固然是重要的，但在以前那么多年工作中的经历也是一个需要珍惜的宝库，要让它‘发酵’，可以慢慢琢磨，有些暂时不理解，但却蕴含着潜在的价值……”

老师轻轻拍着胖胖的肩头，靠近他低声说着，胖胖取下嘴角叼着的那根不点火的香烟，深深地点头致意，我想，那既是聆听，也包含着一种感谢！

我的目光移向窗外，长长的垂柳枝条上已经抽出了嫩绿的小叶片，虽然还只有几毫米，但充盈着春的活力；虽然随着微风而摇曳，却彰显出宏大的气场。

“傲梅指天骨，苍穹甘为幕。”

车上，胖胖有些感慨，老师曾经写的两句话不时在他的口中咀嚼着。

出差已经约有两周的时间了，心里非常挂念“家里”的一切，面对我的热情，来接机的胖胖似乎有些欲言又止，这是我见到胖胖后第一眼的感觉。

“胖胖，说吧，出什么事了？”

车厢里，胖胖用略带惊异的目光看着我，可能是我话题的突然转折吧。

“丁探，你就是第二个镜工，下面我要说的你可别着急……”

胖胖取下嘴上叼着的无火香烟开口道。

“掉头，去老师家。”

我刚出差，老师就在对一起疑似命案现场的勘查工作中意外受伤，为了不影响大家在专项工作中的正常运作，老师不让人们为他的“小伤”分心……

“太好了，丁探，只有你、太史秋芙大师姐、宗副局长能劝说镜工，而他们两个人不是远在他地就是忙得难以分身，现在只有靠你了……”

胖胖边说边掏出手机。

“别，老师一准又在研究案子，不要打断他的思路。”

一个多小时的车程，心里挂念着老师，他的伤势究竟如何？我能做些什么……我几乎没有说什么话，只是静静地望着车窗外快速掠过的景物发呆。

果然是不出所料，老师的房间内几个人头正聚集在电脑的大屏幕前研究着什么……小李子、严法医、何队长，还有一个熟悉的身影——太史秋芙大师姐。

无巧不成书，小李子和严法医是来看望老师的，太史秋芙大师姐是利用出差机会带着现场资料顺路来研究案子的，这事我虽然知道，但之前是大师姐日程未定，后来我与她又分别都在不同航班的飞机上，故而没有及时联系，何队长是陪大师姐来老师处的。

我回头看了一眼故意落在后面的胖胖，难怪上车后感觉他在与空气对话一般。

“丁探，是我让胖胖尽量晚一些告诉你的。”

老师替胖胖解围道。

“老师，您……”

我与太史秋芙大师姐只是做了一个眼神上的交流，便迫不及待地关注起老师的伤情来。

“我的伤势不要紧，丁探，你来了正好，大家一起研究一下太史带来的这起案件现场，只是本应让你先休息一下……”

我看了一下大师姐，她微微皱眉并轻轻摇头，意为她已努力过，无效，随即又恢复了平和的神情。

“老师，我不累，和大家在一起很快乐！”

“是啊师父，真是很快乐。”

大师姐笑着对老师说道，她那种自然的优雅气质总是充斥着一种让人信服又舒适的感觉。

“谢谢，你们就是最好的良药……我让小李子订好了酒菜，今天是休息日，中午我们大家一起，同时也为你和太史接风。”

老师很高兴。

老师就是老师，现在离中午也就还有两个多小时的样子，我到来时太史秋芙大师姐正在介绍案情，也就是说，案件的研究刚刚开始，对老师了解的人应该知道，在没有完成工作前老师是不会有心思去“接风”的，显然，老师已经发现了那条破解案件的线。

很快，言归正传。

一天凌晨，在九楼办公的某公司孙经理进入自己办公室的房门时愣住了，只见室内一片狼藉……正在这时又听见后窗外楼下发出惊呼之声：

“死人啦……”

感觉到出事了的孙经理正欲前往办公室后窗看个究竟，突然想到要保护现场，于是止步转而从旁边的卫生间后窗户去观察，只见后窗外地面上躺卧有一人，除了在一旁站着的两个人外，陆续有人从不同的方位朝出事地点聚集……

“师父，经对现场进行勘查发现，楼下的死者系高坠死亡，而起跳点就是孙经理的办公室后窗，经理室内非常凌乱，由于地面条件上的限制，无法单纯从足迹来对人数进行判断……目前，分析的焦点主要集中于是否有临场搏斗的可能性上。”

“太史，你的分析是怎样的？”

“师父，我个人认为是没有临场搏斗的，但是这种情况下如何有效发现和运用证据我还在思考之中。”

现场不是千篇一律的，可以说有着无数种的变化，每一种变化都需要有相应的方式去揭示，但有一种整体上的感觉，它是人们经验达到一定程度后才会出现的所谓“直觉”，它不是一种普通的感觉，是一种千万次修炼后的结晶，这种时候是特别需要一种指引的。

对此，我也陷入了沉思之中，毕竟，证据有时候是需要用雕琢来展现的。

见状，老师的目光中透出鼓励与肯定，他微微点了点头，伸手指着电脑屏幕轻轻说道：

“办公室内的地面上散布着碎玻璃、茶杯碎瓷片、抛出的各种物品等，虽然看上去非常凌乱，但仔细观察、辨别、梳理可以发现出它的规律性——虽然它们都是在不同力的趋势下所形成的现象，但每一次产生变化的力都是处于相对单纯的趋势……”

“啊！明白了……”

我和大师姐几乎同时喊了起来。

什么叫作电光火石般的闪念，此刻之于我与大师姐而言即如斯，当然，必须有集对业务知识、自然科学、生活积累于一体的素养功底……

“师父，这每一种客观存在的相对‘整体性’就是诠释个人行为的最直接依据，如果有外力的介入，则会破坏掉这种‘整体性’……”

“而在这个现场上，老师，这种整体性却没有被破坏与干扰。”

看着我们两人的领悟，老师非常欣慰地伸手端起茶壶细细品啜起来，这简直就在做一种独特的欣赏。

……

“大师姐、师姐，为什么要加上相对二字呢？”

小李子似懂非懂地急切发问道。

“这还不明白，地面上散布的木柜碎玻璃、茶杯碎瓷片、抛出的各种物品等难免会被前一次的力所影响，被后一次的力所破坏，还会因个人的行为所变化……”

胖胖一语中的地概括道。

“这下我算是彻底明白了，明白了！”

小李子高兴得手舞足蹈。

大师姐却如视若不见但又满脸喜色地轻声对老师说道：

“师父，吃饭的时间到了。”

……

以前觉得二十年的时间很长久，现在才真实地体会到，对于某些业务的熟悉、精通而言，这些都是微不足道的，它们可能只是铸造基础所必需的时光而已。

五十、师者

对刑事科学技术的不懈追求和钻研，就像这条路，崎岖而险峻……

但，风景无限。

爬上山顶，感觉略微有些气喘，但这种感觉在此时此刻间却恰好烘托了一种坚韧不拔铸就的成就感。

“师姐，您太厉害了，我似乎有些明白了，为什么您会成长进步得这么快——认准目标，锲而不舍。”

半个多小时后，陪同到景点来的田林——现在已是当地技术部门的大队长了，一边给我递上盐汽水，一边叉着腰喋喋不休地说道。

田林，我是你们邀请来研究案件现场的，不是来听你讲好听的话的，如果当着我老师的面你也敢说吗？

心里这么想着，我嘴里什么也没有说，只是淡淡地看了田林一眼。

“啊……师姐，对不起，不过您真的很了不起，看似不复杂的现场现象，却被您观察分析得透彻清晰……”

田林似乎感到了什么，赶紧调整了对话的角度。

“田林，知道你为什么这么累吗，除了体力上的因素外，还有一点，心不够专一、思绪太散、包袱太重……”

……

我无心和田林说下去。

老师应邀去参加一个业务研讨会，还要在会上进行演讲，于是我就成了他的替身，这也是老师推荐的，这次在田林所在地完成工作后本想拒绝去当地景点休息一下的邀请，但老师却建议我不要错过这个机会。

“丁探，出去走走，生活本身就是一种学习呀。”

“双重标准”的老师，被太史秋芙大师姐一语中的：

“……这，就是我师父啊！”

可是他要调走了……

看着眼前的山山水水，仿佛我和师父勘查的所有现场都浮现在眼前：

我记得老师说过的话：

“受伤后的情况种类：（1）被另一只手捂住；（2）不管不顾，行为照常；（3）不知道出血，行为照常。”

“这一切都与受伤轻重、是否知道自己受伤、临场心理状态有关，根据血滴落在地面上的形态如何去判断当事人移动的速度？这一点可是经过了千百次的实验得来的呀，各种地面、各种天气，得到了这个数据，来之不易。”

“……这个环境内能跑出一百米冲刺的速度吗？同时，分析中对嫌疑人的临场心理状态切不可忽视，为了逃避打击、保全自身，他一定会进行观察、聆听，他的快与慢主要取决于斯。”

“大自然的作用：（1）风速、风向及变化；（2）周边环境的构成形态及变化（如穿堂风）；（3）承受体的情况（水泥地、泥土地、地砖、玻璃地面、地板、地毯——它们的粗糙程度及洁净程度）及变化；（4）季节及天气；（5）其他因素。”

“观一叶而知秋，落下来的那片树叶代表和包含着大自然的一种规律性，但不代表掉落下来的黄叶子都是如此，比如正常的新陈代谢、病虫害等，它就不属于特定现象的规律性。”

“不能不说，人的高度是有一定分寸的，它必须与所有的成长因素所匹配，高或者低于这种因素都可能影响其心理状态并在一定条件下产生出失格的关键环节。”

“因与果之间不一定都是单一线条的，比如‘好人有好报’，它往往是多样性的，比如‘以德报怨’，但因与果之间是有着无法割裂的联系性的，无论最后产生什么样的果，它都是对起初那个因的烘托与升华。”

“俗话道：寒土不养，借用大自然这一现象所得，欲做好一个事业，缺少发自内心的热爱是难以有所大成的……”

“对于俗话所说的一些理念也需具体事情具体对待，如‘先人后已’，在万米高空使用氧气面罩时是先给自己还是先给未成年儿童用呢？当然是先给自己用再给儿童用。”

……

想不下去了……

“田林，去机场！”

“什么？”

早上我带好了行李，在山下的车里，本想放松一下再走，现在想来……

我改变了出行计划，把原本下午的航班换成了中午的。

我的一阵指手画脚让田林瞬时间忙了个不亦乐乎……

“师姐，你说的我铭记在心，准确地说是你的行动给了我一种暗示……”

我无心听他讲完，因为我的心已经飞翔……

“……三百六十五里路呀，从春夏到秋冬，三百六十五里路呀，从少年到白头……”

“在我心灵的深处，有着一朵玫瑰……你使我生活充满光辉……”

一路上《三百六十五里路》《心中的玫瑰》这两首歌在我心上反复地吟唱着，在高空中构成了一条美丽的走道。

……

难忘的老师，他的脚踏实地、他的细致入微、他的科学方法、他的思维技巧，还有他的天赋，给我留下了深刻的记忆。

我怕泪水模糊了双眼，失去这最后宝贵的见面时光。

给大家看封信吧。

敬爱的刘老师：

老师好！展信佳！还有迟到的新年快乐，虎年大吉，身体健康，阖家幸福！

收到您回复的语音很久了，一直想很正式地给您写一封感谢信或者回复，因为年底家庭琐事环绕，一拖再拖，内心一直记挂此事，今天孩子第一天上幼儿园，终于有了自己的时间，可以静下心来，于是给您写这封信。

首先，听到您的语音回复，有一种瞬间穿越回到您的课堂的感觉：说话不疾不徐，亲切又从容，坚定而有力量，就像您在我眼前当面跟我讲话一样。每次您提问，我能回答上的感觉真的很好，有一种“我还挺不错”的成就感。

我的生活工作都还好。不用我多虑，我觉得您的生活工作应该都很不错。谢谢您的关心，还有记得。

总结您给我的回复：（1）喜欢是前提，要肯付出；（2）耐得住寂寞，去积累；（3）耐得住委屈，不计较眼前得失。

我觉得，您说的这几点，我还有很多不足的地方：

喜欢，但还不够热爱。

耐得住寂寞，却没有那种紧迫感，往前冲、使劲闯的劲头。

通过您的指引我知道了努力的方向：

喜欢，所以主动去学习、去了解、去探索一切相关的知识，丰富储备量，滋养“喜欢—擅长—热爱—更擅长”这条感情线，不断加深成就感。

细化计划表，及时反馈落实，抓紧时间往前冲，加强紧迫感。

最后，多学习！多做事！少说话！

刘老师，内心深处很感谢您，但是知道您很忙碌，不敢随意打扰您。不知道近段时间您在忙些什么，不知道您是在学校任教，还是在写书，抑或是在一线勘查、体验快乐，又或者是在研究疑难杂案……

真诚地希望您：健康、平安、快乐！

您永远的学生

×××

多么美好的岁月啊……

《人民警察之歌》雄壮的歌曲声回响在大会堂的穹顶：

“在繁华的城镇，在寂静的山谷，人民警察的身影陪着月落、陪着日出……金色的盾牌守卫着千家万户……我们维护着祖国的尊严，全心全意为人民服务！……”

老师身着洁白的警监服，警徽在灯光中闪烁出耀眼的星芒。他稳步走到主席台中央，一个转身面向会场内的战友们庄重地抬起手臂：

“啪！”

一个潇洒的敬礼。

……

“这才是最帅、最智慧、最充满魅力的人！”

“是的，大师姐。”

繁星点点般闪烁着刑事科学技术领域中无数的同行、学生、学员、徒弟等人言谈举止上的风采！

当本书接近尾声时，我依然和战友们一起破解一个个人生之谜，一起面对那些形形色色的案件现场、铲除一起起罪恶。

每一起案件从不同角度和侧面进行描述、刻画、昭示，更让中国刑警这个团队中的刑事科学技术人员以立体的全息形态出现在人们面前、冲击人们的心灵，他们用自己的言行和举动镌刻着这六个大字：

法律、正义、人民。

人的学习和积累如同是对一个个部件的铸造，尽管顺序和方式各异，但有一点是相似的，任何架构的最终形成，都是持之以恒的产物和结晶，其他的一切皆派生于此上。

表象与实质同存同在。

人们意识的视角将立体的客观构架平面化之后，便隐去了实质。

所以，看见不等于发现。